A SOCIEDADE
DO ANEL

J.R.R. TOLKIEN

A SOCIEDADE DO ANEL

Tradução de
RONALD KYRMSE

O SENHOR DOS ANÉIS
PARTE 1

Rio de Janeiro, 2022

Título original: *The Fellowship of the Ring*
Copyright © The Tolkien State Limited 1954, 1966
Edição original por George Allen & Unwin, 1954
Todos os direitos reservados à HarperCollins *Publishers*.
Copyright de tradução © Casa dos Livros Editora LTDA., 2019

Esta edição é baseada na edição revisada publicada pela primeira vez em 2002, que é uma versão revisada da edição revisada publicada pela primeira vez em 1994.

Os pontos de vista desta obra são de responsabilidade de seus autores, não refletindo necessariamente a posição da HarperCollins Brasil, da HarperCollins *Publishers* ou de sua equipe editorial.

®, TOLKIEN®, THE LORD OF THE RINGS® e THE FELLOWSHIP OF THE RING® são marcas registradas de J.R.R. Tolkien Estate Limited.

Publisher	Samuel Coto
Produção editorial	Brunna Castanheira Prado
Produção gráfica	Lúcio Nöthlich Pimentel
Preparação de texto	Leonardo Dantas do Carmo
Revisão	Guilherme Mazzafera, Gabriel Oliva Brum, Daniela Vilarinho
Diagramação	Sonia Peticov
Capa	Alexandre Azevedo, Rafael Brum (capa tecido)

**CIP-BRASIL. CATALOGAÇÃO NA FONTE
SINDICATO NACIONAL DOS EDITORES DE LIVROS, RJ**

T589s

Tolkien, J.R.R. (John Ronald Reuel), 1892–1973
A Sociedade do Anel: Primeira Parte de O Senhor dos Anéis / J.R.R. Tolkien; tradução de Ronald Kyrmse. – 1. ed. – Rio de Janeiro: Harper Collins Brasil, 2019.
608 p.

Tradução de: *The Fellowship of the Ring*
ISBN 978-85-95084-75-9 (versão capa dura)
978-65-55113-63-1 (versão brochura)

1. Literatura inglesa. 2. Fantasia. 3. Ficção. 4. Tolkien. 5.Hobbit. 6. Terra-média. I. Kyrmse, Ronald. II. Título.

CDD: 820

Aline Graziele Benitez – Bibliotecária – RB-1/3129

HarperCollins Brasil é uma marca licenciada à Casa dos Livros Editora LTDA.
Todos os direitos reservados à Casa dos Livros Editora LTDA.
Rua da Quitanda, 86, sala 218 — Centro
Rio de Janeiro — RJ — CEP 20091-005
Tel.: (21) 3175-1030
www.harpercollins.com.br

Três Anéis para os élficos reis sob o céu,
  Sete para os Anãos em recinto rochoso,
Nove para os Homens, que a morte escolheu,
  Um para o Senhor Sombrio no espaldar tenebroso
Na Terra de Mordor aonde a Sombra desceu.
  Um Anel que a todos rege, Um Anel para achá-los,
  Um Anel que a todos traz para na escuridão atá-los
Na Terra de Mordor aonde a Sombra desceu.

Sumário

Nota sobre a Tradução 9
Nota sobre o Texto 15
Nota sobre a Edição do 50º Aniversário 25
Prefácio da Segunda Edição 31
Prólogo 37

A SOCIEDADE DO ANEL

LIVRO I

1. Uma Festa Muito Esperada 63
2. A Sombra do Passado 91
3. Três não é Demais 121
4. Um Atalho para Cogumelos 148
5. Uma Conspiração Desmascarada 164
6. A Floresta Velha 179
7. Na Casa de Tom Bombadil 197
8. Neblina nas Colinas-dos-túmulos 212
9. Na Estalagem do Pônei Empinado 230
10. Passolargo 248
11. Um Punhal no Escuro 265
12. Fuga para o Vau 292

LIVRO II

1. Muitos Encontros 319
2. O Conselho de Elrond 345
3. O Anel Vai para o Sul 388
4. Uma Jornada no Escuro 418
5. A Ponte de Khazad-dûm 451

6. Lothlórien	473
7. O Espelho de Galadriel	499
8. Adeus a Lórien	518
9. O Grande Rio	535
10. O Rompimento da Sociedade	555
Poemas Originais	573
Nota sobre as Inscrições em *Tengwar* e em Runas e suas Versões em Português	595
Nota sobre as Ilustrações	599

Nota sobre a Tradução

Nesta nova tradução de *O Senhor dos Anéis*, o leitor atento encontrará diversas diferenças em relação às versões anteriores publicadas em língua portuguesa — tanto no Brasil como em Portugal. Cumpre dizer que, de cerca de meio milhão de palavras que ela contém, não há uma só que não tenha sido sopesada e decidida. Ao contrário de tantas obras que surgem no mercado editorial, frequentemente traduzidas com critérios personalíssimos, às vezes discutíveis, este exemplar foi vertido para o português com o apoio de um conselho de tradução. Participaram dele tradutores acadêmicos, profissionais de edição e revisão e este amador que tem a seu favor o apreço pela obra tolkieniana e decênios de experiência com sua tradução e divulgação.

Os nomes próprios (antropônimos, topônimos, nomes de povos e raças) foram objeto de cuidado especial, com base em uma orientação que o próprio J.R.R. Tolkien nos legou, escrita à época em que *O Hobbit* e *O Senhor dos Anéis* começavam a ser vertidos nos idiomas europeus que eram linguisticamente mais próximos do inglês. Trata-se do *Guide to the Names in The Lord of the Rings* [Guia dos Nomes em O Senhor dos Anéis], que esmiúça muitas dessas palavras e evidencia suas etimologias, sua composição e — o mais importante — a intenção do autor acerca delas. Algumas, diz Tolkien, devem ser mantidas (por serem palavras-élficas, por exemplo); outras, vertidas à língua-destino da tradução; outras, ainda, adaptadas à fonologia desta. O resultado pode ser conferido por quem ler a presente tradução. Para estes, é importante ter em mente que, parafraseando Umberto Eco, traduzir não é um ofício matematicamente exato; consiste, isso sim, em dizer *quase a mesma coisa* em outra língua.

O Senhor dos Anéis é uma narrativa épica que envolve povos e culturas muito diversos, desde os rurais e burgueses Hobbits até os nobres descendentes dos Homens de Númenor, passando pelos cruéis e grosseiros Orques, pelos Elfos antiquíssimos e refinados, porém nostálgicos e conscientes de que seu tempo terminou; inclui também os Senhores-de-cavalos, de honra rude e inabalável, os Ents, sábios e "arvorescos", os Magos e mais... quem ler verá. Cada um desses grupos se comunica à sua maneira, e Tolkien — que posa de mero tradutor do *Livro Vermelho*, que remonta à própria Guerra do Anel — redige suas falas em inglês moderno, mas tomando o cuidado de manter os contrastes de tom, registro e refinamento linguístico. Visto que toda tradução deveria mostrar como seria a obra se ela tivesse sido originalmente composta na língua-destino (em nosso caso o português do Brasil), discutiu-se longamente o melhor modo de fazê-lo. O leitor verá, por exemplo, que os hobbits se tratam entre si por "você", no máximo por "o senhor", mas que os Elfos — em sua majestade quase inalcançável — são tratados por "vós". O pronome corriqueiro entre personagens de nível semelhante é o "tu". Outros artifícios foram usados para refletir o arcaísmo ou a coloquialidade do discurso e da nomenclatura, procurando causar no leitor de língua portuguesa uma familiaridade, ou um estranhamento, semelhante ao que sente o leitor do original.

Este romance contém dezenas de poemas e canções, alguns rimados — uma forma mais familiar aos nossos leitores — e outros aliterantes. Há peças de complexidade espantosa, como o poema sobre Eärendil que Bilbo recita em Valfenda. Ali, além das rimas no *final* dos versos pares, onde já são esperadas, ocorrem ainda inesperadas rimas *internas*, toantes, que interligam o fim dos versos ímpares com o interior dos seguintes. Esse esquema foi respeitado na tradução:

> *Eärendil was a <u>mariner</u>*
> *that <u>tarried in</u> <u>Arvernien</u>;*
> *he built a boat of <u>timber felled</u>*
> *in <u>Nimbrethil</u> to <u>journey in</u>;*
> *her sails he wove of <u>silver fair</u>,*
> *of <u>silver were</u> her <u>lanterns made</u>,*
> *her prow he fashioned <u>like a swan</u>,*
> *and <u>light upon</u> her <u>banners laid</u>.*
>
> *Eärendil foi um <u>navegante</u>*
> *<u>errante</u> desde <u>Arvernien</u>;*
> *buscou madeira <u>pro navio</u>*
> *em <u>Nimbrethil</u> e foi <u>além</u>;*
> *velas de prata ele <u>teceu</u>,*
> *o farol <u>seu</u> de prata <u>fez</u>,*
> *qual cisne a proa foi <u>formada</u>,*
> *e <u>embandeirada</u> a nau de <u>vez</u>.*

Esta "Balada de Eärendil" foi composta em um estilo que o próprio autor, aliás versificador habilíssimo, considerou extremamente desafiador, chegando a dizer que não pretendia mais escrever nenhum poema tão complexo. Escreveu vários, todos relacionados entre si.

Os poemas que poderão causar maior estranheza são os compostos em versos aliterantes, comuns na tradição germânica — anglo-saxã, alemã, nórdica —, mas extremamente incomuns em línguas românicas como o português. No entanto, esse modo de versificação apresenta um paralelismo com os versos rimados aos quais estamos mais afeitos. Uns e outros são como são porque eram originalmente (na Idade Média) declamados — não escritos — pelos menestréis ou bardos, que usavam recursos fonéticos para ligar os versos entre si e proporcionar aos ouvintes um sentido de continuidade. Simplificando: na poesia em rimas, normalmente são os sons *vocálicos* que se repetem entre um e outro *fim de verso*, enquanto que na aliteração são as *consoantes* que se repetem *dentro de um mesmo verso*. Essas consoantes são as que iniciam as sílabas tônicas de três palavras, canonicamente duas no primeiro hemistíquio (meio verso) e uma no segundo. Podem aliterar entre si formas surdas e sonoras da mesma articulação (*f* com *v*, ou *s* com *z*, por exemplo), e em português convenciona-se também aliterar *r* com *rr*, *l* com *lh*, *n* com *nh*. Ademais, qualquer vogal alitera com qualquer outra (e com *h*, nas línguas germânicas). Estes versos podem servir de exemplo dos dois modos:

> *A rima marca bem o fim do v**erso**
> Pra que não fique o leitor disp**erso**.*
>
> *Ali**t**eram as **t**ônicas   repe**t**indo os sons
> Mas **u**mas às **o**utras   fazem **e**co as vogais.*

Tolkien valeu-se de diversos esquemas rítmicos; ora, então deveria-se apenas acompanhar essa métrica na tradução. Contudo, o inglês tem muito mais palavras monossilábicas que o português, no qual basta conjugar um verbo no imperfeito para lhe acrescentar, normalmente, mais uma sílaba. Que fazer então? Recorrer a sinônimos mais curtos (quando existem e não são demasiado arcaicos ou eruditos); perder uma parte do sentido original (com uma furtiva lágrima); ou lançar-se num malabarismo prosódico, elidindo vogais aqui e ali na esperança de que o leitor — principalmente o que recita em voz alta! — perceba o que se espera dele? Ao contrário da tradição de língua portuguesa, que conta <u>sílabas</u> com rigor, o idioma inglês conta os <u>pés</u> dos versos: cada um destes é um conjunto de sílabas (uma tônica e várias átonas) que confere ritmo e melodia à leitura. Na tradução dos poemas de *O Senhor dos Anéis* foi dada preferência à contagem de pés, criando uma métrica que possibilite cantá-los, se o leitor quiser, com acompanhamento musical. Tom Bombadil fala praticamente só em versos brancos, cada um contendo dois pés, o que foi reproduzido nesta tradução:

> ***Few** now re**mem**ber them, | yet **still** some go **wan**dering, | **sons**
> of for**got**ten kings | **walk**ing in **lone**liness, | **guard**ing from **ev**il
> things | **folk** that are **heed**less.*

***Pou**cos já se **lem**bram deles,* | *mas al**guns** inda **va**gam,* | ***fi**lhos de olvi**da**dos reis* | *que **an**dam soli**tá**rios,* | *pro**te**gem de **se**res maus* | ***gen**te desa**ten**ta.*

Fazendo eco ao grande Eco[1], a tradução consiste em uma negociação em que, às vezes, o tradutor precisa admitir que perdeu o combate:

"Traduzir significa sempre 'cortar' algumas das consequências que o termo original implicava. Nesse sentido, ao traduzir *não se diz nunca a mesma coisa*." [pág. 107; grifo do autor]

Existem perdas que poderíamos definir como absolutas. São os casos em que não é possível traduzir e, se casos do gênero acontecem, digamos, no curso de um romance, o tradutor recorre à *ultima ratio*, a de anexar uma nota de pé de página — e a nota em pé de página ratifica a sua derrota." [pág. 109; grifo do autor]

Com todas essas restrições, o que se perde do texto original? Até que ponto é possível ler uma tradução — pois esse é o objetivo — da mesma maneira que se lê o original? O que restou do espírito de Tolkien neste *O Senhor dos Anéis* transmutado? Espero que o leitor de língua portuguesa possa apreciar, como em uma fotografia em preto e branco de um quadro multicor, um tanto daquilo que o autor quis transmitir. Pois isso foi muita coisa.

Ronald Kyrmse

---

[1] Eco, Umberto. *Quase a Mesma Coisa*. Rio de Janeiro: Record, 2014.

Nota sobre o Texto

O Senhor dos Anéis de J.R.R. Tolkien é muitas vezes chamado, erroneamente, de trilogia, quando se trata, na verdade, de um único romance que contém seis livros e mais apêndices e, às vezes, é publicado em três volumes.

O primeiro volume, *A Sociedade do Anel*, foi publicado na Grã-Bretanha pela empresa londrina George Allen & Unwin, em 29 de julho de 1954; uma edição estadunidense seguiu-se em 21 de outubro do mesmo ano, publicada pela Houghton Mifflin Company de Boston. Na produção desse primeiro volume, Tolkien experimentou o que para ele se tornou um problema contínuo: erros de impressão e enganos de composição, incluindo bem-intencionadas "correções" de seus usos às vezes idiossincráticos. Essas "correções" incluem a alteração de *dwarves* para *dwarfs*, *elvish* para *elfish*, *further* para *farther*, *nasturtians* para *nasturtiums*, *try and say* para *try to say* e ("pior de tudo" para Tolkien) *elven* para *elfin*.[1] Em uma obra como *O Senhor dos Anéis*, contendo idiomas inventados e nomenclaturas construídas com delicadeza, erros e inconsistências impedem ao mesmo tempo a compreensão e a apreciação dos leitores sérios — e Tolkien teve muitos leitores assim desde bem no início. Mesmo antes da publicação do terceiro volume, que continha muitas informações até então não reveladas sobre as línguas e os sistemas de escritas inventados, Tolkien recebeu

---

[1] Trata-se em todos os casos de usos não padrão de palavras ou expressões inglesas, traduzíveis respectivamente por "anãos", "élfico", "além", "nastúrcios", "tentar dizer" e, novamente, "élfico". [N. T.]

muitas cartas de leitores escritas nesses sistemas, além de numerosas questões sobre os pontos mais detalhados de seu uso.

O segundo volume, *As Duas Torres*, foi publicado na Inglaterra em 11 de novembro de 1954 e nos Estados Unidos em 21 de abril de 1955. Enquanto isso, Tolkien trabalhava para cumprir uma promessa que fizera no prefácio do primeiro volume: que "um índice remissivo de nomes e palavras estranhas" seria publicado no terceiro volume. Conforme planejado originalmente, esse índice remissivo conteria muitas informações etimológicas sobre os idiomas, especialmente sobre as línguas-élficas, com um grande vocabulário. O índice remissivo provou-se a principal causa do atraso da publicação do terceiro volume, que acabou não contendo índice remissivo nenhum, apenas um pedido de desculpas do editor por sua ausência. Pois Tolkien abandonara o trabalho nele depois de indexar o primeiro e o segundo volumes, acreditando que seu tamanho, e, portanto, seu custo, seria ruinoso.

O terceiro volume, *O Retorno do Rei*, finalmente foi publicado na Inglaterra em 20 de outubro de 1955 e nos Estados Unidos em 5 de janeiro de 1956. Com a edição do terceiro volume, *O Senhor dos Anéis* estava publicado inteiramente, e o texto de sua primeira edição permaneceu virtualmente inalterado por uma década. Tolkien fizera algumas pequenas correções, porém erros adicionais entraram em *A Sociedade do Anel* em sua segunda impressão, em dezembro de 1954, quando a gráfica, que desmontara a página de tipos móveis após a primeira impressão, recompôs o livro sem informar o autor nem a editora. Incluem-se aí deturpações do texto impresso original — isto é, palavras e frases que podem ser lidas aceitavelmente no contexto, mas que se afastam da redação de Tolkien como foi originalmente escrita e publicada.

Em 1965, devido ao que parecia então um problema de direitos autorais nos Estados Unidos, uma empresa estadunidense de brochuras publicou uma edição não autorizada, sem pagar direitos, de *O Senhor dos Anéis*. Para essa nova edição da Ace Books o texto da narrativa foi recomposto, introduzindo assim novos erros tipográficos; os apêndices, no entanto, foram reproduzidos fotograficamente da edição de capa dura e permaneceram consistentes com ela.

Tolkien pôs-se a trabalhar em sua primeira revisão do texto para que uma edição novamente revisada e autorizada pudesse competir com êxito no mercado americano. A primeira revisão do texto foi publicada nos Estados Unidos, em brochura, pela Ballantine Books, sob licença da Houghton Mifflin, em outubro de 1965. Além de revisões no próprio texto, Tolkien substituiu seu prefácio original por um novo. Ficou contente em remover o prefácio original; em sua cópia de conferência, escreveu a respeito: "confundir (como ele confunde) assuntos pessoais reais com o 'maquinário' do Conto é um erro sério". Tolkien também acrescentou uma extensão do prólogo e um índice remissivo — não o índice remissivo detalhado de nomes prometido na primeira edição, mas sim um índice remissivo despojado apenas com nomes e referências de páginas. Além disso, nessa época os apêndices foram amplamente revisados.

Tolkien recebeu suas cópias da edição da Ballantine no final de janeiro de 1966 e, no início de fevereiro, registrou em seu diário que tinha "trabalhado por algumas horas nos apêndices da versão da Ballantine e encontrado mais erros do que esperava inicialmente". Logo depois, enviou um pequeno número de revisões adicionais à Ballantine para constarem dos apêndices, incluindo o acréscimo, agora bem conhecido, de "Estella Bolger" como esposa de Meriadoc nas árvores genealógicas do Apêndice C. A maior parte dessas revisões, que entraram variadamente na terceira e quarta impressões (junho e agosto de 1966) do terceiro volume, e que nem sempre foram inseridas corretamente (causando assim confusão adicional no texto), por algum motivo jamais alcançaram a sequência principal de revisões na edição britânica de capa dura em três volumes e, por muito tempo, permaneceram como anomalias. Tolkien escreveu, certa vez, a respeito da revisão de *O Senhor dos Anéis*, que talvez negligenciara manter suas anotações em ordem; esse ramo errante da revisão parece ser, provavelmente, um exemplo dessa desordem — quer em suas anotações, quer na capacidade dos editores de segui-las com a maior exatidão.

NOTA SOBRE O TEXTO

O texto revisado apareceu primeiro na Grã-Bretanha em uma "segunda edição" de capa dura em três volumes da Allen & Unwin, em 27 de outubro de 1966. Mas outra vez houve problemas. Apesar de as revisões do próprio texto que Tolkien mandou aos Estados Unidos estarem disponíveis para serem usadas na nova edição britânica, suas extensas revisões dos apêndices se perderam após serem incluídas na edição da Ballantine. A Allen & Unwin foi forçada a recompor os apêndices usando a cópia que fora publicada na primeira edição da Ballantine. Isso não incluía o pequeno segundo conjunto de revisões que Tolkien enviara à editora americana; porém, mais significativamente, incluía um grande número de erros e omissões, muitos dos quais só foram descobertos muito tempo depois. Assim, nos apêndices, é necessário um exame detalhado do texto da primeira edição e das impressões da segunda edição, corrigidas muito mais tarde, para detectar se uma determinada alteração dessa edição é autoral ou errônea.

Nos Estados Unidos o texto revisado foi publicado em capa dura na edição de três volumes da Houghton Mifflin, em 27 de fevereiro de 1967. Esse texto foi evidentemente produzido em foto-offset a partir da capa dura em três volumes da Allen & Unwin, de 1966, e é, portanto, consistente com ela. À parte da primeira impressão dessa segunda edição da Houghton Mifflin, que traz a data de 1967 no frontispício, nenhuma das muitas reimpressões está datada. Após as impressões iniciais desta edição, que trazia uma nota de direitos autorais de 1966, a data de direito foi alterada para 1965 para concordar com o que dizia a edição da Ballantine. Essa alteração tem causado grande confusão aos bibliotecários e outros pesquisadores que tentaram organizar a sequência de publicação dessas edições.

Enquanto isso, Tolkien gastou boa parte do verão de 1966 com revisões adicionais do texto. Em junho, ficou sabendo que quaisquer outras revisões chegariam tarde demais para serem incluídas na segunda edição da Allen & Unwin de 1966 e registrou em seu diário: "Mas estou tentando completar meu trabalho [nas revisões] — não posso abandoná-lo enquanto tenho tudo na mente. Tanto tempo foi desperdiçado em todo o meu trabalho por essa constante ruptura das meadas." Esse foi o último conjunto importante de revisões que o próprio Tolkien fez no texto durante sua vida. Elas foram acrescentadas à segunda impressão (1967) da segunda edição da Allen & Unwin, em três volumes de capa dura. As revisões propriamente ditas incluem mormente correções da nomenclatura e tentativas de consistência de uso em todos os três volumes. Algumas alterações menores foram feitas por Tolkien na edição de volume único de 1969, impressa em papel da Índia.

J.R.R. Tolkien faleceu em 1973. Seu terceiro filho e testamenteiro literário, Christopher Tolkien, enviou à Allen & Unwin grande número de correções adicionais de erros de impressão, especialmente dos apêndices e do índice remissivo, para serem usadas em suas edições de 1974. A maior parte dessas correções era tipográfica e alinhada com a intenção de seu pai, expressa em suas próprias cópias de conferência.

Desde 1974 Christopher Tolkien tem mandado correções adicionais, à medida que os erros vêm sendo descobertos, aos editores britânicos de *O Senhor dos Anéis* (Allen & Unwin, depois Unwin Hyman, e agora HarperCollins), que tentaram ser conscienciosos na tarefa impossível de manter a integridade textual em todas as edições de *O Senhor dos Anéis* que publicaram. No entanto, todas as vezes que o texto foi recomposto para publicação em novo formato (por exemplo, as várias edições em brochura publicadas na Inglaterra nas décadas de 1970 e 1980), enormes quantidades de novos erros de impressão se insinuaram, apesar de às vezes alguns desses erros terem sido observados e corrigidos em impressões posteriores. Ainda assim, ao longo desses anos, a edição britânica em capa dura e três volumes manteve a maior integridade textual.

Nos Estados Unidos, o texto da brochura da Ballantine permaneceu inalterado por mais de três décadas depois que Tolkien acrescentou suas poucas revisões em 1966. O texto de todas as edições da Houghton Mifflin permaneceu inalterado de 1967 até 1987, quando a Houghton Mifflin fez um foto-offset da edição britânica em capa dura e três volumes da época para atualizar o texto usado em suas edições. Nessas novas reimpressões foi acrescentado certo número de correções adicionais (supervisionadas por Christopher Tolkien), e o ramo desgarrado da revisão da Ballantine (incluindo a adição de "Estella Bolger") foi integrado ao ramo principal da descendência textual. Este método de correção envolveu um processo de corte-e-colagem com versões impressas do texto. Começando pela edição da Houghton Mifflin de 1987, uma versão anterior desta "Nota sobre o Texto" (datada de outubro de 1986) foi acrescentada a *O Senhor dos Anéis*. Esta "Nota" foi retrabalhada três vezes desde então — a versão datada de abril de 1993 apareceu primeiro em 1994, e a versão datada de abril de 2002 saiu no final daquele ano. A presente "Nota" substitui e suplanta todas as versões anteriores.

Para a edição britânica de 1994 publicada pela HarperCollins, o texto de *O Senhor dos Anéis* foi transformado em arquivos de processamento de texto. Esta próxima etapa da evolução textual ocorreu para permitir maior uniformidade do texto em todas as edições futuras, mas, junto com ela, inevitavelmente, vieram novos problemas. Alguns novos erros de leitura entraram no texto, ao mesmo tempo em que outros foram corrigidos. No pior exemplo, uma linha da inscrição do anel, no capítulo "A Sombra do Passado" de *A Sociedade do Anel*, foi simplesmente omitida. Falhas imprevisíveis surgiram em outras edições quando o texto-base computadorizado foi transferido para programas de leiaute ou tipografia — por exemplo, em uma edição de *A Sociedade do Anel*, as duas frases finais de "O Conselho de Elrond" simplesmente e inexplicavelmente desapareceram. Tais falhas têm sido normalmente a exceção, não a regra, e, ademais, o texto tem mantido consistência e integridade por toda a sua evolução computadorizada.

A edição de 1994 também continha um certo número de novas correções (outra vez supervisionadas por Christopher Tolkien), bem como um índice remissivo de nomes e referências de página reconfigurado. O texto de 1994 foi primeiramente usado em edições americanas publicadas pela Houghton Mifflin em 1999. Um pequeno número de correções adicionais foi acrescentado à edição em três volumes de 2002, ilustrada por Alan Lee e publicada pela HarperCollins na Grã-Bretanha e pela Houghton Mifflin nos Estados Unidos.

A história textual de *O Senhor dos Anéis*, meramente na sua forma publicada, é uma trama vasta e complexa. Nesta breve nota forneci apenas um vislumbre da sequência e estrutura geral. Detalhes adicionais sobre as revisões e correções feitas ao longo dos anos no texto publicado de *O Senhor dos Anéis*, e um relato mais amplo sobre a história de sua publicação, podem ser encontrados em *J.R.R. Tolkien: A Descriptive Bibliography* [J.R.R. Tolkien: Uma Bibliografia Descritiva], de Wayne G. Hammond, com a assistência de Douglas A. Anderson (1993).

Para quem se interesse em observar a evolução gradativa de *O Senhor dos Anéis* desde seus primeiros rascunhos até a obra publicada, recomendo extremamente o relato de Christopher Tolkien, que consta de cinco volumes da sua série em doze volumes *A História da Terra-média*. Os volumes 6 a 9 contêm a maior parte de seu estudo acerca de "O Senhor dos Anéis: O Retorno da Sombra" (1988); "A Traição de Isengard" (1989); "A Guerra do Anel" (1990); e "Sauron Derrotado" (1992). Ademais, o livro final da série, "Os Povos da Terra-média" (1996), compreende a evolução do prólogo e dos apêndices de *O Senhor dos Anéis*. Estes volumes contêm um relato cativante, visto por cima do ombro, do crescimento e da composição da obra-prima de Tolkien.

O processo de estudar os manuscritos de *O Senhor dos Anéis* de Tolkien envolveu a decifração de versões em que Tolkien escreveu primeiro a lápis e depois a tinta, por cima do rascunho a lápis. Christopher Tolkien descreveu o método de composição do pai em "O Retorno da Sombra": "Na letra que usava para rápidos rascunhos e esboços, em que a intenção não era que durassem muito tempo antes que ele retornasse a eles e desse-lhes forma mais manejável, as letras são formadas tão frouxamente que uma palavra que não possa ser deduzida ou adivinhada pelo contexto, ou por versões posteriores, pode demonstrar-se perfeitamente opaca após longo exame; e nos casos em que ele usava um lápis macio, como costumava fazer, muita coisa se tornou borrada e fraca." A verdadeira dificuldade em ler tais duplos rascunhos pode ser observada no frontispício de "A Guerra do Anel", que reproduz em cores a ilustração da "Toca de Laracna" de Tolkien, tirada de uma página de seu manuscrito. Olhando muito de perto o apressado rascunho a tinta que ladeia a ilustração, pode-se ver por baixo dele o rascunho a lápis, anterior e mais apressado. Também em "A Guerra do Anel", Christopher Tolkien reproduz uma página do primeiro manuscrito do capítulo "A Doma de Sméagol", e o texto impresso correspondente a ela está espelhada na edição. Fica-se estupefato que alguma pessoa seja capaz de decifrar tais textos.

Deixando de lado essa dificuldade, o que exatamente estes livros significam para leitores comuns e para estudiosos de Tolkien? E qual é "a história da composição" de um livro? Simplesmente esses volumes mostram em grandes detalhes a evolução da história de *O Senhor dos Anéis* desde seus primeiríssimos rascunhos e projeções apressadas até sua consecução. Vemos nos materiais mais antigos algo que é em grande parte um livro infantil, uma continuação de *O Hobbit*, e, à medida que a história cresce em várias "fases", ocorre um incremento de seriedade e profundidade. Vemos ramos alternativos de desenvolvimento, a gradativa amálgama e fusão de certos personagens e o lento surgimento da natureza dos anéis e das motivações de outros personagens. Algumas dessas ideias variadas são abandonadas por completo, enquanto outras são retrabalhadas em formas variantes que podem ou não sobreviver na versão final.

Seria possível montar todo um catálogo de bocados interessantes do estudo de Christopher Tolkien — como o fato de que Passolargo era chamado de Troteiro até uma fase bem tardia da composição do livro; de que Troteiro foi por certo tempo um hobbit, chamado assim porque usava sapatos de madeira; de que, em certo ponto, Tolkien considerou um romance entre Aragorn e Éowyn; de que Tolkien escreveu um epílogo do livro, amarrando pontas soltas, mas este foi abandonado antes da publicação (e agora aparece em "Sauron Derrotado"); e assim por diante. Mas esses desenvolvimentos são mais bem apreciados se forem lidos dentro do contexto do comentário de Christopher Tolkien, e não discutidos separadamente.

A realização mais significativa destes volumes é que eles nos mostram como Tolkien escrevia e pensava. Em nenhum outro lugar vemos o próprio processo autoral em ação com tantos detalhes. Os mais apressados comentários de Tolkien sobre o rumo que a história poderia tomar, ou as razões por que pode ou não pode continuar desta ou daquela maneira — estas questões para ele mesmo foram escritas: Tolkien está literalmente pensando no papel. Isso confere uma dimensão adicional de compreensão ao comentário que Tolkien fez a Stanley Unwin numa carta de 1963, dizendo que, com problemas no ombro e no braço direito, "percebi que não ser capaz de usar uma caneta ou um lápis é para mim tão frustrante quanto a perda do bico seria para uma galinha". E nós, como leitores desses volumes, podemos compartilhar com o próprio Tolkien a admiração e a perplexidade com novos personagens que aparecem como que do nada, ou de alguma outra mudança ou evolução repentina, no momento mesmo em que emergem na história.

Não conheço nenhum outro exemplo na literatura em que temos tal "história da composição" de um livro, contada mormente pelo próprio autor, com todas as hesitações e trilhas falsas expostas diante de nós, organizadas, comentadas e servidas ao leitor como um banquete. São-nos exibidos inúmeros casos no mais miúdo detalhe do próprio processo mental em ação. Vemos o autor totalmente absorto na criação como fim em si mesmo. E isso é ainda mais excepcional porque essa é uma história não apenas do desdobramento de uma história e seu texto, mas da evolução de um mundo. Há uma imensidão de material adicional além do simples texto narrativo. Há mapas e ilustrações. Há línguas e sistemas de escrita, e as histórias de povos que falavam e escreviam nesses sistemas. Todos esses materiais adicionais acrescentam múltiplas dimensões de complexidade à nossa apreciação do próprio mundo inventado.

Após cinquenta anos de vida publicada de *O Senhor dos Anéis*, parece-me extraordinário que tenhamos não somente uma obra de literatura tão magistral, mas também, como acompanhamento, um relato sem paralelo de sua composição. Nossa gratidão como leitores vai para ambos os Tolkiens, pai e filho.

Douglas A. Anderson
maio de 2004

Nota sobre a Edição do 50º Aniversário

Nesta edição de *O Senhor dos Anéis*, preparada para o quinquagésimo aniversário de sua publicação, foram feitas de trezentas a quatrocentas retificações, em seguida a uma exaustiva revisão de edições e impressões passadas. O presente texto se baseia na composição da edição em capa dura da HarperCollins, publicada em 2002 em três volumes, que por sua vez foi uma revisão da edição recomposta da HarperCollins de 1994. Como Douglas A. Anderson comenta na "Nota sobre o Texto" precedente, cada uma dessas edições foi corrigida por sua vez, e cada uma também introduziu novos erros. Ao mesmo tempo, outros erros sobreviveram indetectados, entre eles cerca de cinco dúzias que entraram no remoto ano de 1954, quando foi recomposta *A Sociedade do Anel* e publicada como "segunda impressão".

Tolkien jamais ficou sabendo que a gráfica silenciosamente recompusera *A Sociedade do Anel* e que exemplares haviam sido liberados sem que o autor tivesse lido as provas; e seu editor, Rayner Unwin, só foi informado disso trinta e oito anos após o fato. Tolkien encontrou algumas das mudanças não autorizadas introduzidas na segunda impressão quando (provavelmente ao preparar a segunda edição em 1965) leu um exemplar da décima segunda impressão (1962), mas pensou que os erros fossem recentes. Estes, entre outros, foram corrigidos no decorrer da reimpressão. Então, em 1992, Eric Thompson, um leitor com olho aguçado para detalhes tipográficos, notou pequenas diferenças entre a primeira e a segunda impressões de *A Sociedade do Anel* e chamou a atenção dos então editores para elas. Cerca de um sexto dos erros que entraram na segunda impressão foram revelados rapidamente. Muitos mais foram revelados só recentemente, quando Steven M. Frisby usou engenhosos subsídios ópticos para fazer uma comparação entre exemplares de *O Senhor dos Anéis* com maior detalhe do que fora conseguido antes. Fizemos uso de bom grado dos resultados do Sr. Frisby, que ele generosamente compartilhou e discutiu.

No decorrer de sua história de cinquenta anos, *O Senhor dos Anéis* teve muitos leitores assim, que registraram mudanças feitas entre suas várias publicações impressas, tanto para documentar o que ocorreu antes como para auxiliar na consecução de um texto autorizado. Erros ou possíveis erros foram relatados ao próprio autor ou a seus editores, e informações sobre a história textual da obra circulavam entre entusiastas de Tolkien já em 1966, quando Banks Mebane publicou seus "Prolegomena to a Variorum Tolkien" [Prolegômenos a uma Edição Crítica de Tolkien] no fanzine *Entmoot*. Mais notavelmente, em anos posteriores, Douglas A. Anderson esteve na vanguarda dos esforços para obter um texto preciso de *O Senhor dos Anéis* (e de *O Hobbit*); Christina Scull publicou "A Preliminary Study of Variations in Editions of *The Lord of the Rings*" [Um Estudo Preliminar de Variações em Edições de *O Senhor dos Anéis*] em *Beyond Bree* (abril e agosto de 1985); Wayne G. Hammond compilou extensas listas de alterações textuais em *J.R.R. Tolkien: A Descriptive Bibliography* [J.R.R. Tolkien: Uma Bibliografia Descritiva] (1993); e David Bratman publicou um importante artigo, "A Corrigenda to *The Lord of the Rings*" [Uma Errata de *O Senhor dos Anéis*], no número de março de 1994 de *The Tolkien Collector*. As observações de Dainis Bisenieks, Yuval Welis, Charles Noad e outros leitores, mandadas a nós diretamente ou postadas em fóruns públicos, também foram úteis.

Esforços como estes seguem o exemplo do autor de *O Senhor dos Anéis* durante sua vida. Sua preocupação com a precisão textual e a coerência de sua obra fica evidente pelas muitas emendas que fez em impressões posteriores e pelas notas que fez para outras emendas que, por um ou outro motivo, até agora não foram efetivadas (ou foram apenas parcialmente). Mesmo no fim da vida, quando tais labutas o deixavam exausto, seus sentimentos eram claros. Em 30 de outubro de 1967, escreveu a

Joy Hill, da George Allen & Unwin, a respeito da pergunta que recebera de um leitor sobre aspectos dos Apêndices de *O Senhor dos Anéis*: "Pessoalmente parei de me preocupar com essas 'discrepâncias' menores, pois, se as genealogias e os calendários etc. não têm verossimilhança, isso se deve à sua precisão excessiva em geral: em comparação com anais ou genealogias de verdade! Seja como for, os deslizes foram poucos, agora foram removidos em sua maioria, e a descoberta do que resta parece um divertido passatempo! *Mas erros no texto são outra história*" [itálicos nossos]. Na verdade, Tolkien não "parara de se preocupar", e "deslizes" eram tratados à medida que as oportunidades surgiam. Estas, e a indulgência de seu editor, permitiram a Tolkien um luxo de que poucos autores desfrutam: múltiplas chances, não apenas de corrigir seu texto, mas de melhorá-lo e de desenvolver mais além as línguas, a geografia e os povos da Terra-média.

O quinquagésimo aniversário de *O Senhor dos Anéis* pareceu uma oportunidade ideal para considerar o texto mais recente (2002) à luz das informações que tínhamos coligido no decorrer de décadas de trabalho em estudos tolkienianos, tendo à mão o estudo de Steve Frisby e uma cópia eletrônica de *O Senhor dos Anéis* (fornecida pela HarperCollins) suscetível de busca por palavra-chave ou frase. Especialmente esta última nos permitiu desenvolver listas de palavras que variavam entre uma ocorrência e outra e investigar variações de uso, assim como constavam do texto da cópia e em relação a edições e impressões anteriores. É claro que Tolkien escreveu *O Senhor dos Anéis* ao longo de um período tão extenso, cerca de dezoito anos, que inconsistências no seu texto foram quase inevitáveis. Christopher Tolkien até nos indicou que algumas aparentes inconsistências de forma na obra de seu pai podem mesmo ter sido propositais: por exemplo, apesar de Tolkien distinguir cuidadosamente entre *casa* "habitação" e *Casa* "família ou dinastia nobre", em dois exemplos usou *casa* neste último sentido, mas em caixa-baixa, talvez porque uma maiúscula tivesse rebaixado a importância do adjetivo ao qual a palavra estava associada ("casa real", "casa dourada"). Porém não pode haver dúvida de que Tolkien tentava corrigir inconsistências, do mesmo modo que erros flagrantes, sempre que chamavam sua atenção, e foi nossa opinião, com o conselho e a concordância de Christopher Tolkien, que deveria ser feito um esforço nesse sentido na edição de aniversário, na medida em que conseguíssemos distinguir, cuidadosa e conservadoramente, o que emendar.

Muitas das emendas do presente texto são de marcas de pontuação, seja para corrigir recentes erros tipográficos, seja para reparar alterações sobreviventes, introduzidas na segunda impressão de *A Sociedade do Anel*. Sob este último aspecto e em todos os casos, a pontuação original de Tolkien é sempre mais adequada — aspectos sutis quando se comparam vírgulas e ponto e vírgulas, mas ainda assim parte da expressão pretendida pelo autor. Palavras características como *chill* [gélido, gelado] em vez de *cold* [frio], e *glistered* [rebrilhava] em vez de *glistened* [cintilava], alteradas pelos tipógrafos muito tempo atrás, sem autorização, foram também restauradas. Uma quantidade controlada de regularização também pareceu necessária, assim como *naught* em vez de *nought* [nada], uma mudança instituída por Tolkien, mas não efetivada em todos os casos; *Dark Power* [Poder Sombrio] em vez de *dark power* quando a referência é obviamente a Sauron (ou Morgoth); *Barrow-downs* [Colina-dos-túmulos] por preferência de Tolkien em vez de *Barrowdowns*; de modo semelhante *Bree-hill* [Colina-de-Bri] em vez de *Bree Hill* [Colina-de-Bri]; *Drúadan*, acentuado e mais comum, em vez de *Druadan*; nomes de estações do ano em maiúscula quando usados como personificação ou metáfora, de acordo com a praxe predominante de Tolkien e a lógica interna do texto; e *Elvish* em vez de *elvish* quando usado como adjetivo separado, de acordo com uma preferência que Tolkien marcou em seu exemplar da segunda edição de *O Senhor dos Anéis*. Adicionalmente, acrescentamos um segundo acento a *Númenórean(s)* [Númenóreano(s)], como Tolkien frequentemente escreveu o nome no manuscrito, e como aparece em *O Silmarillion* e em outras publicações póstumas.

Ainda assim, o resultado continua incluindo muitas variações do uso de maiúsculas, pontuação, e outros aspectos de estilo. Nem todas são errôneas: incluem palavras como *Sun*, *Moon*, *Hobbit* e *Man* (ou *sun*, *moon*, *hobbit* e *man*), que podem mudar de forma de acordo com o significado ou a aplicação, em relação a adjetivos adjacentes ou conforme Tolkien pretendesse personificação, poesia ou ênfase. Sua intenção não pode ser adivinhada com confiança em todos os casos. Mas é possível discernir as preferências de Tolkien em muitos deles por conta de afirmações que escreveu em seus exemplares de conferência de *O Senhor dos Anéis* ou a partir de uma análise detalhada do seu texto manuscrito, datilografado, em prova e impresso. Toda vez em que houve qualquer dúvida quanto às intenções do autor, o texto foi mantido tal e qual.

A maior parte dos erros demonstráveis notados por Christopher Tolkien em *A História da Terra-média* também foram corrigidos, tais como a distância da Ponte do Brandevin à Balsa (*dez* milhas[1], não *vinte*) e o número dos pôneis de Merry (*cinco*, não *seis*), sombras de rascunhos anteriores. Mas aquelas inconsistências de conteúdo, como a famosa (e errônea) afirmativa de Gimli no Livro III, Capítulo 7, "Até agora nada abati senão madeira desde que deixei Moria", que demandariam para sua emenda uma reescrita, não simples correção, permanecem inalteradas.

Tantas emendas em *O Senhor dos Anéis*, e uma revisão tão extensa de seu texto, merecem ser plenamente documentadas. Apesar de a maior parte dos leitores se contentar com o texto em si, muitos quererão saber mais sobre os problemas encontrados no preparo desta nova edição e suas soluções (quando soluções foram possíveis), especialmente onde o texto foi emendado, mas também onde não foi. Com esse fim, e para esclarecer a obra em outros aspectos, estamos preparando um volume de anotações de *O Senhor dos Anéis* a ser publicado em 2005. Ele nos permitirá discutir, com detalhes impossíveis em uma nota de prefácio, os diversos dilemas textuais de *O Senhor dos Anéis*, identificar mudanças que foram feitas no presente texto, e fazer observações sobre alterações significativas na obra publicada ao longo de sua história. Também explicaremos palavras e

---
[1] Equivale a, aproximadamente, 16 quilômetros. [N. T.]

nomes arcaicos ou incomuns em *O Senhor dos Anéis*, exploraremos influências literárias e históricas, observaremos conexões com os outros escritos de Tolkien e comentaremos sobre diferenças entre seus rascunhos e a forma publicada, sobre questões de linguagem e sobre muitas outras coisas que esperamos que interessem aos leitores e reforcem sua apreciação da obra-prima de Tolkien.

Wayne G. Hammond & Christina Scull
maio de 2004

Prefácio da
Segunda Edição

Este conto cresceu à medida que era contado, até se tornar uma história da Grande Guerra do Anel e incluir muitos vislumbres da história ainda mais antiga que a precedeu. Foi iniciado logo depois que foi escrito *O Hobbit* e antes de sua publicação, em 1937; mas não prossegui com essa continuação, pois desejava primeiro completar e pôr em ordem a mitologia e as lendas dos Dias Antigos, que àquela altura estavam adquirindo forma havia alguns anos. Eu desejei fazê-lo para minha própria satisfação e tinha poucas esperanças de que outras pessoas se interessassem por essa obra, em especial por ela ser de inspiração primariamente linguística e ter sido iniciada para proporcionar o necessário pano de fundo de "história" para as línguas-élficas.

Quando aqueles cujo conselho e opinião busquei corrigiram *poucas esperanças* para *nenhuma esperança*, retornei à continuação, encorajado com pedidos dos leitores por mais informações acerca dos hobbits e suas aventuras. Mas a história foi irresistivelmente atraída na direção do mundo mais antigo e tornou-se um relato, de certo modo, do seu fim e de seu declínio antes que seu começo e meio tivessem sido contados. O processo começara na composição de *O Hobbit*, em que já havia algumas referências ao material mais antigo: Elrond, Gondolin, os Altos-elfos e os orques, bem como vislumbres, que haviam surgido espontaneamente, de coisas mais altas ou profundas ou obscuras que sua superfície: Durin, Moria, Gandalf, o Necromante, o Anel. A descoberta do significado desses vislumbres e de sua relação com as histórias antigas revelou a Terceira Era e sua culminação na Guerra do Anel.

Os que haviam pedido mais informações sobre os hobbits acabaram obtendo-as. Mas tiveram de esperar muito tempo;

pois a composição de *O Senhor dos Anéis* prosseguiu com intervalos durante os anos de 1936 a 1949, um período em que tive muitos deveres que não negligenciei, e muitos outros interesses como aprendiz e professor que muitas vezes me absorveram. É claro que o atraso também foi aumentado pela irrupção da guerra em 1939, e, ao final desse ano, o conto ainda não atingira o fim do Livro I. A despeito da treva dos cinco anos seguintes, descobri que, àquela altura, a história não podia ser totalmente abandonada e arrastei-me em frente, principalmente à noite, até me ver diante do túmulo de Balin em Moria. Ali detive-me por longo tempo. Foi quase um ano mais tarde que prossegui e, assim, cheguei a Lothlórien e ao Grande Rio no final de 1941. No ano seguinte, escrevi os primeiros esboços do material que agora permanece como o Livro III, e os começos dos capítulos 1 e 3 do Livro V; e ali, com os faróis ardendo em Anórien e com Théoden chegando ao Vale Harg, eu parei. A presciência falhara e não havia tempo para pensar.

Foi durante o ano de 1944 que, abandonando as pontas soltas e perplexidades de uma guerra que era minha tarefa conduzir, ou pelo menos relatar, obriguei-me a abordar a jornada de Frodo a Mordor. Estes capítulos, que acabariam se tornando o Livro IV, foram escritos e enviados em lotes a meu filho Christopher, à época na África do Sul com a RAF [Royal Air Force, Força Aérea Real]. Não obstante, levou mais seis anos para que o conto fosse levado ao fim atual; nesse tempo mudei de casa, de cátedra e de departamento, e os dias, apesar de menos obscuros, não foram menos laboriosos. Então, quando o "fim" fora atingido afinal, toda a história teve de ser revisada e, de fato, reescrita de trás para a frente em grande parte. E teve de ser datilografada e redatilografada: por mim; o custo de uma datilografia profissional por alguém que usasse dez dedos estava além de minhas posses.

O Senhor dos Anéis foi lido por muita gente desde que finalmente apareceu em forma impressa; e aqui eu gostaria de dizer algo com referência às muitas opiniões ou conjecturas que recebi ou li a respeito dos motivos e do significado da história. O motivo principal foi o desejo de um contador de histórias de experimentar escrever uma história realmente longa que cativasse a atenção dos leitores, os divertisse, os deleitasse e às vezes, talvez, os animasse ou comovesse profundamente. Como guia eu só tinha meus próprios sentimentos sobre o que é atraente ou comovente, e para muitos, inevitavelmente, esse guia estava enganado. Alguns que leram o livro, ou de alguma forma o criticaram, o acharam enfadonho, absurdo ou desprezível; e não tenho motivo para me queixar, visto que tenho opiniões semelhantes sobre as obras deles, ou sobre os tipos de escrita que eles evidentemente preferem. Porém, mesmo do ponto de vista de muitos que apreciaram minha história, existe muita coisa que deixa de agradar. Num conto longo talvez não seja possível agradar a todos em todos os pontos, nem desagradar a todos nos mesmos pontos; pois descobri, nas cartas que recebi, que todos os trechos ou capítulos que para alguns são um defeito são especialmente aprovados por outros. O leitor mais crítico de todos, eu mesmo, encontra agora muitos defeitos, menores e maiores, mas, já que por sorte não tem nenhuma obrigação de criticar o livro ou de reescrevê-lo, ele passará por cima deles em silêncio, exceto por um que tem sido observado por outros: o livro é curto demais.

Quanto a algum significado interno ou "mensagem", na intenção do autor, ele não tem nenhum. Não é nem alegórico nem tópico. À medida que a história crescia ela desenvolveu raízes (rumo ao passado) e lançou ramos inesperados: mas seu tema principal estava definido desde o começo pela inevitável escolha do Anel como elo entre ele e *O Hobbit*. O capítulo crucial "A Sombra do Passado" é uma das partes mais antigas do conto. Foi escrito muito antes que o prenúncio de 1939 se tornasse uma ameaça de desastre inevitável, e daquele ponto a história teria evoluído essencialmente segundo as mesmas linhas, mesmo se aquele desastre tivesse sido evitado. Suas fontes são coisas que estavam em mente muito tempo antes, ou em alguns casos já estavam escritas, e pouco ou nada foi modificado pela guerra que começou em 1939 ou por suas consequências.

A guerra de verdade não se parece com a guerra lendária em seu processo ou seu desfecho. Se ela tivesse inspirado ou dirigido a evolução da lenda, certamente o Anel teria sido tomado e usado contra Sauron; este não teria sido aniquilado, e sim escravizado, e Barad-dûr não teria sido destruída, e sim ocupada. Saruman, sem conseguir entrar em posse do Anel, na confusão e nas traições do tempo, teria encontrado em Mordor os elos perdidos de suas próprias pesquisas no saber do Anel, e em breve teria feito seu próprio Grande Anel com o qual desafiaria o autointitulado Soberano da Terra-média. Nesse conflito, ambas as partes considerariam os hobbits com ódio e desprezo: eles não teriam sobrevivido por muito tempo, mesmo como escravos.

Outros arranjos poderiam ser inventados de acordo com os gostos ou as opiniões dos que gostam da alegoria ou da referência tópica. Mas eu detesto cordialmente a alegoria em todas as suas manifestações e sempre a detestei desde que me tornei bastante velho e cauteloso para detectar sua presença. Prefiro muito a história, verdadeira ou inventada, com sua variada aplicabilidade ao pensamento e à experiência dos leitores. Creio que muitos confundem "aplicabilidade" com "alegoria"; mas uma reside na liberdade do leitor, e a outra, na dominação proposital do autor.

É claro que um autor não pode permanecer totalmente imune à sua experiência, mas os modos como o germe de uma história usa o solo da experiência são extremamente complexos, e tentativas de definir o processo são no máximo conjecturas a partir de evidências inadequadas e ambíguas. Também é falso, apesar de naturalmente atraente, quando as vidas do autor e do crítico se sobrepuseram, supor que os movimentos do pensar ou os eventos do tempo comum a ambos foram necessariamente as influências mais poderosas. Na verdade, é preciso que se experimente em pessoa a sombra da guerra para sentir plenamente sua opressão; mas, com os anos passando, agora muitas vezes parece esquecido que ser apanhado por 1914 na juventude não foi uma experiência menos hedionda que estar envolvido em 1939 e nos anos seguintes. Em 1918 todos os meus amigos próximos, exceto um, estavam mortos. Ou, tratando de um assunto menos aflitivo: foi suposto por alguns que "O Expurgo do Condado" reflete a situação na Inglaterra à época em que eu terminava meu conto. Não reflete. É parte essencial do enredo, prevista desde o início, mesmo que acabasse modificada pelo personagem de Saruman como ele evoluiu na história, preciso dizer que não tem nenhum significado alegórico nem qualquer referência política contemporânea. Tem, de fato, alguma base na experiência, porém tênue (pois a situação econômica era inteiramente diferente), e muito mais remota. A região em que vivi na infância estava sendo miseravelmente destruída antes de eu fazer dez anos, nos dias em que automóveis eram objetos raros (eu jamais vira um) e os homens ainda construíam ferrovias suburbanas. Recentemente vi num jornal uma imagem da última decrepitude do moinho de trigo junto à sua lagoa, outrora pujante, que muito tempo atrás me parecia tão importante. Nunca gostei do aspecto do Jovem moleiro, mas seu pai, o Velho moleiro, tinha uma barba negra e não se chamava Ruivão.

O Senhor dos Anéis sai agora em nova edição, e foi usada a oportunidade de revisá-lo. Certo número de erros e inconsistências que ainda permaneciam no texto foram corrigidos, e tentou-se proporcionar informações sobre alguns pontos levantados por leitores atentos. Considerei todos os seus comentários e questionamentos, e, se alguns parecem ter sido desprezados, isso pode ser porque deixei de manter em ordem minhas anotações; mas muitos questionamentos só poderiam ser respondidos por apêndices, ou de fato pela produção de um volume suplementar contendo grande parte do material que não incluí na edição original, em particular informações linguísticas mais detalhadas. Nesse meio-tempo esta edição oferece este "Prefácio", um adendo ao "Prólogo", algumas notas e um "Índice de Nomes" de pessoas e lugares. O índice, em sua intenção, é completo em termos de itens, mas não de referências, visto que para o presente fim foi necessário reduzir seu tamanho. Um índice remissivo completo, fazendo pleno uso do material preparado para mim pela Sra. N. Smith, faria parte do volume suplementar.

Prólogo

1
A Respeito dos Hobbits

Este livro trata em grande parte de Hobbits, e em suas páginas o leitor pode descobrir muito sobre seu caráter e um pouco de sua história. Informações adicionais também serão encontradas na seleção do Livro Vermelho do Marco Ocidental que já foi publicada, com o título de *O Hobbit*. Aquela história derivou dos primeiros capítulos do Livro Vermelho, compostos pelo próprio Bilbo, o primeiro Hobbit a se tornar famoso no mundo em geral, e por ele chamados de *Lá e de Volta Outra Vez*, visto que contavam sua viagem para o Leste e seu retorno: uma aventura que mais tarde envolveu todos os Hobbits nos grandes eventos daquela Era que aqui se relatam.

Muitos, porém, podem querer saber mais sobre esse notável povo desde o começo, enquanto que alguns podem não possuir o livro mais antigo. Para esses leitores estão coletadas aqui, do saber dos Hobbits, algumas notas sobre os pontos mais importantes, e a primeira aventura é brevemente relembrada.

Os Hobbits são um povo discreto, mas muito antigo, mais numeroso antigamente do que hoje em dia; pois amam a paz e a tranquilidade e boa terra lavrada: uma área rural bem ordenada e bem cultivada era seu pouso favorito. Desde sempre, não compreendem e não gostam de máquinas mais complicadas que um fole de forja, um moinho d'água ou um tear manual, apesar de que eram habilidosos com ferramentas. Mesmo nos dias antigos eles se retraíam, em regra, diante do "Povo Grande",

PRÓLOGO

como nos chamam, e agora nos evitam com aflição e estão se tornando difíceis de encontrar. São bons de audição, têm olhar penetrante e, apesar de tenderem a ser gordos e não se apressarem desnecessariamente, são assim mesmo ágeis e destros nos movimentos. Possuíram desde cedo a arte de desaparecer rápida e silenciosamente, quando pessoas grandes que não querem encontrar passam canhestras; e desenvolveram essa arte até ela parecer mágica aos Homens. Mas, de fato, os Hobbits jamais estudaram magia de qualquer espécie e sua natureza evasiva deve-se apenas a uma habilidade profissional que a hereditariedade e a prática, e uma amizade próxima com a terra, tornaram inimitável por raças maiores e mais desajeitadas.

Pois são um povo pequeno, menor que os Anãos: quer dizer, menos corpulentos e atarracados, mesmo quando não são realmente muito mais baixos. Sua altura é variável, ficando entre dois e quatro pés[1] em nossa medida. Agora raramente alcançam três pés[2]; mas diminuíram, ao que dizem, e nos dias antigos eram mais altos. De acordo com o Livro Vermelho, Bandobras Tûk (Berratouro), filho de Isumbras Terceiro, tinha quatro pés e cinco polegadas[3] e conseguia montar um cavalo. Foi ultrapassado, em todos os registros dos Hobbits, apenas por dois famosos personagens de outrora; mas esse assunto curioso é tratado neste livro.

Quanto aos Hobbits do Condado, dos quais tratam estes contos, nos dias de sua paz e prosperidade eles eram uma gente feliz. Vestiam-se de cores vivas, gostando notavelmente de amarelo e verde; mas raramente usavam sapatos, visto que seus pés tinham solas coriáceas e rijas e estavam revestidos de pelos espessos e crespos, semelhantes ao cabelo de suas cabeças, que comumente era castanho. Assim, o único ofício pouco praticado entre eles era o de sapateiro; mas tinham dedos longos e habilidosos e sabiam fazer muitos outros objetos úteis e graciosos. Seus rostos eram em regra mais bem-humorados que

---

[1] Aproximadamente 60 a 120 centímetros. [N. T.]
[2] Cerca de 90 centímetros. [N. T.]
[3] Cerca de 135 centímetros. [N. T.]

bonitos, largos, de olhos vivos, com faces vermelhas, com bocas acostumadas ao riso e a comer e a beber. E riam, e comiam, e bebiam, frequentemente e de modo cordial, pois gostavam de chistes simples a toda hora e de seis refeições por dia (quando podiam obtê-las). Eram hospitaleiros e se deleitavam com festas e com presentes, que davam livremente e aceitavam com avidez.

Na verdade, é óbvio que, a despeito de separações posteriores, os Hobbits são parentes nossos: muito mais próximos de nós que os Elfos, ou mesmo que os Anãos. Outrora falavam as línguas dos Homens, à sua própria maneira, e gostavam e desgostavam mais ou menos das mesmas coisas que os Homens. Mas a natureza exata de nosso parentesco não pode mais ser descoberta. O começo dos Hobbits remonta ao passado longínquo, nos Dias Antigos que agora estão perdidos e esquecidos. Somente os Elfos ainda conservam algum registro daquele tempo desaparecido, e suas tradições se ocupam quase que inteiramente com sua própria história, na qual os Homens aparecem raramente e os Hobbits nem são mencionados. Ainda assim, é claro que os Hobbits de fato haviam vivido tranquilamente na Terra-média por muitos longos anos antes que outras gentes se dessem conta deles. E, afinal de contas, já que o mundo estava repleto de incontáveis criaturas estranhas, aquele povo pequeno parecia ter muito pouca importância. Mas, nos dias de Bilbo e de seu herdeiro Frodo, eles de repente, sem que eles próprios o desejassem, se tornaram ao mesmo tempo importantes e renomados e perturbaram os conselhos dos Sábios e dos Grandes.

Aqueles dias, a Terceira Era da Terra-média, se foram há muito tempo, e a forma de todas as terras foi mudada; mas as regiões onde os Hobbits então viviam eram, sem dúvida, as mesmas onde ainda subsistem: o Noroeste do Velho Mundo, a leste do Mar. Do seu lar original os Hobbits não guardavam conhecimento na época de Bilbo. O amor da erudição (diversa do saber genealógico) estava longe de ser geral entre eles, mas ainda permaneciam alguns, nas famílias mais antigas, que estudavam seus próprios livros e até mesmo reuniam relatos dos velhos tempos e das terras distantes oriundos dos Elfos, Anãos e Homens.

Seus próprios registros só começaram após o povoamento do Condado, e suas lendas mais antigas mal remontavam além dos seus Dias Errantes. Ainda assim, fica claro nessas lendas, e pela evidência de suas palavras e costumes peculiares, que como muitas outras gentes os Hobbits, no passado distante, haviam se deslocado para o oeste. Suas histórias mais primitivas parecem entrever uma época em que moravam nos vales superiores do Anduin, entre as beiras de Verdemata, a Grande, e as Montanhas Nevoentas. Não se sabe mais ao certo por que depois empreenderam a dura e perigosa travessia das montanhas rumo a Eriador. Seus próprios relatos falam da multiplicação dos Homens na região e de uma sombra que se abateu sobre a floresta, de forma que ela se obscureceu e seu novo nome foi Trevamata.

Antes da travessia das montanhas os Hobbits já se haviam dividido em três estirpes um tanto diversas: Pés-Peludos, Grados e Cascalvas. Os Pés-Peludos eram mais morenos de pele, mais miúdos e mais baixos, eram imberbes e não calçavam botas; suas mãos e pés eram asseados e ligeiros; e preferiam os planaltos e as encostas dos morros. Os Grados eram mais largos, de compleição mais pesada; seus pés e mãos eram maiores; e preferiam planícies e margens de rios. Os Cascalvas eram mais claros de pele e também de cabelos e eram mais altos e esbeltos que os demais; apreciavam as árvores e os bosques.

Os Pés-Peludos tinham muitos contatos com os Anãos em tempos passados e por muito tempo viveram nos sopés das montanhas. Mudaram-se cedo rumo ao oeste e perambularam por Eriador até o Topo-do-Vento, enquanto os demais ainda estavam nas Terras-selváticas. Eram a variedade mais normal e representativa dos Hobbits e, de longe, a mais numerosa. Eram os mais inclinados a se estabelecer num só lugar e preservaram por mais tempo seu hábito ancestral de viver em túneis e tocas.

Os Grados demoraram-se muito tempo junto às margens do Grande Rio Anduin e eram menos ariscos frente aos Homens. Vieram para o oeste após os Pés-Peludos e seguiram o curso do Ruidoságua para o sul; e ali muitos habitaram por longo tempo entre Tharbad e as beiras da Terra Parda antes de se moverem outra vez para o norte.

Os Cascalvas, os menos numerosos, eram um ramo setentrional. Tinham mais amizades com os Elfos que os demais Hobbits e eram mais habilidosos em línguas e canções que em ofícios manuais; e antigamente preferiam a caça ao cultivo do solo. Atravessaram as montanhas ao norte de Valfenda e desceram ao Rio Fontegris. Em Eriador logo se misturaram às demais estirpes que os haviam precedido, mas, como eram um tanto mais ousados e mais aventureiros, muitas vezes acabavam como líderes ou chefes entre clãs de Pés-Peludos ou Grados. Mesmo na época de Bilbo, o forte traço cascalvo ainda podia ser percebido entre as maiores famílias, como os Tûks e os Senhores da Terra-dos-Buques.

Nas terras ocidentais de Eriador, entre as Montanhas Nevoentas e as Montanhas de Lûn, os Hobbits encontraram Homens e Elfos. Na verdade, ali ainda habitava um remanescente dos Dúnedain, os reis dos Homens que vieram atravessando o Mar, de Ociente; mas minguavam depressa, e as terras de seu Reino do Norte estavam ficando cada vez mais abandonadas. Havia espaço de sobra para recém-chegados, e não demorou muito para os Hobbits começarem a se estabelecer em comunidades ordenadas. A maioria de seus povoados antigos já desaparecera havia muito e, na época de Bilbo, havia sido esquecida; mas um dos primeiros a se tornar importante ainda perdurava, se bem que em extensão reduzida; era em Bri e na Floresta Chet que ficava à sua volta, umas quarenta milhas[4] a leste do Condado.

Foi nesses dias primitivos, sem dúvida, que os Hobbits aprenderam a escrita e começaram a escrever à maneira dos Dúnedain, que por sua vez haviam aprendido a arte com os Elfos muito tempo antes. E naqueles dias esqueceram-se também dos idiomas que antes usavam e falavam sempre na fala comum, o westron, como era chamado, que era corrente por todas as terras dos reis de Arnor até Gondor e em torno de todas as costas do Mar, desde Belfalas até Lûn. Porém mantinham algumas de suas próprias

---

[4] Aqui e no restante do livro pode-se considerar a "milha" como equivalente à medida inglesa, de 1.609 quilômeros. Portanto, 64 quilômetros. [N. T.]

palavras, bem como seus próprios nomes dos meses e dos dias, e grande número de nomes pessoais oriundos do passado.

Por volta desse tempo, as lendas entre os Hobbits começaram a se tornar história com uma contagem dos anos. Pois foi no milésimo sexcentésimo primeiro ano da Terceira Era que os irmãos Cascalvas Marcho e Blanco partiram de Bri; e, tendo obtido permissão do alto rei em Fornost,[5] atravessaram o rio pardo Baranduin com grande séquito de Hobbits. Passaram sobre a Ponte dos Arcos de Pedra, que fora construída nos dias do poderio do Reino do Norte, e tomaram toda a terra além para morarem, entre o rio e as Colinas Distantes. Tudo o que lhes foi exigido era que mantivessem a Grande Ponte em bom estado, e todas as outras pontes e estradas, auxiliassem os mensageiros do rei e reconhecessem sua autoridade.

Assim começou o *Registro do Condado* (R.C.), pois o ano da travessia do Brandevin (como os Hobbits transformaram o nome) passou a ser o Ano Um do Condado, e todas as datas posteriores foram contadas a partir daí.[6] Os Hobbits ocidentais imediatamente se apaixonaram por sua nova terra e ali permaneceram e logo, mais uma vez, se afastaram da história dos Homens e dos Elfos. Enquanto ainda havia rei, eram seus súditos nominais, mas eram de fato governados por seus próprios chefes e não se metiam nem um pouco nos eventos do mundo exterior. À última batalha em Fornost, contra o Rei bruxo de Angmar, enviaram alguns arqueiros em auxílio do rei, ou assim afirmavam, apesar de nenhuma história dos Homens registrar o fato. Mas naquela guerra terminou o Reino do Norte; e então os Hobbits tomaram a terra para si e escolheram entre seus próprios chefes um Thain para assumir a autoridade do rei que se fora. Ali, durante mil anos pouco foram perturbados pelas guerras e prosperaram e se multiplicaram após a Praga Sombria (R.C. 37) até o desastre do Inverno Longo e da fome que se

---

[5] Como relatam os registros de Gondor, esse foi Argeleb II, vigésimo da linhagem do Norte, que terminou com Arvedui trezentos anos depois. [N. A.]

[6] Assim, os anos da Terceira Era, na contagem dos Elfos e dos Dúnedain, podem ser calculados somando 1600 às datas do Registro do Condado. [N. A.]

seguiu a ele. Pereceram então muitos milhares, mas os Dias de Privação (1158–60) estavam, à época desta história, longe no passado, e os Hobbits outra vez haviam se acostumado à fartura. A terra era rica e generosa e, apesar de estar deserta há muito quando nela entraram, ela antes fora bem cultivada, e ali o rei outrora tivera muitas fazendas, trigais, vinhedos e bosques.

Quarenta léguas[7] era sua extensão desde as Colinas Distantes até a Ponte do Brandevin, e cinquenta das charnecas do norte até os pântanos do sul. Os Hobbits a chamavam de Condado, como região da autoridade de seu Thain e distrito de afazeres bem organizados; e ali, naquele agradável canto do mundo, eles realizavam seus bem-organizados afazeres da vida e se importavam cada vez menos com o mundo lá fora, onde se moviam seres obscuros, até chegarem a crer que a paz e a fartura eram regra na Terra-média e direito de toda a gente sensata. Esqueceram ou ignoraram o pouco que já tinham sabido sobre os Guardiões e a labuta daqueles que tornavam possível a longa paz do Condado. Na verdade, estavam abrigados, mas tinham deixado de se lembrar disso.

Em nenhum tempo os Hobbits de qualquer estirpe foram belicosos e jamais tinham combatido entre si. Nos dias de outrora tinham, é claro, sido muitas vezes obrigados a lutar para se manterem em um mundo cruel; mas na época de Bilbo isso era história muito antiga. A última batalha, antes da abertura desta história, e, na verdade, a única que já fora combatida dentro das fronteiras do Condado, estava além da lembrança dos vivos: a Batalha dos Verdescampos, R.C. 1147, em que Bandobras Tûk desbaratou uma invasão de Orques. O próprio clima havia se tornado mais ameno, e os lobos que outrora vinham vorazes do Norte, nos rigorosos invernos brancos, eram agora apenas uma história de avós. Assim, apesar de ainda haver um estoque de armas no Condado, elas eram usadas mormente como troféus, suspensas acima das lareiras ou nas paredes, ou reunidas no museu de Grã-Cava. Ele era chamado de Casa-mathom; pois qualquer coisa para a qual

---

[7] A légua equivale a 3 milhas, ou a 4,8 km. [N. T.]

os Hobbits não tinham uso imediato, mas relutavam em jogar fora, eles chamavam de *mathom*. Era comum que suas residências ficassem um tanto atulhadas de mathoms, e muitos dos presentes que passavam de mão em mão eram desse tipo.

Não obstante, o ócio e a paz ainda haviam mantido esse povo curiosamente firme. Se chegasse a tanto, eram difíceis de desanimar ou de matar; e talvez fossem tão incansavelmente apegados às coisas boas porque podiam, em caso de necessidade, passar sem elas e sobreviver a maus tratos por pesar, inimigo ou clima de um modo que admirava os que não os conheciam bem e não olhavam para além de suas barrigas e de seus rostos bem alimentados. Apesar de dificilmente se desentenderem e não matarem nenhum ser vivo por esporte, eram valentes quando acuados e, se necessário, ainda sabiam manejar armas. Atiravam bem com o arco, pois tinham visão aguçada e eram certeiros. Não somente com arco e flecha. Se um Hobbit se abaixasse para pegar uma pedra, era bom esconder-se logo, como todos os animais invasores sabiam muito bem.

Todos os Hobbits haviam originalmente vivido em tocas no solo, ou assim acreditavam, e em tais habitações ainda se sentiam mais em casa; mas no decorrer do tempo tinham sido obrigados a adotar outras formas de abrigo. Na verdade, no Condado dos dias de Bilbo eram, em regra, só os Hobbits mais ricos e mais pobres que mantinham o antigo costume. Os mais pobres continuavam morando em escavações do tipo mais primitivo, de fato meros buracos, com apenas uma ou nenhuma janela; mas os abastados ainda construíam versões mais luxuosas das simples cavas de antigamente. Porém, locais adequados para esses túneis extensos e ramificados (ou *smials*, como os chamavam) não se encontravam em toda a parte; e nas planícies e nos distritos de baixada os Hobbits, ao se multiplicarem, começaram a construir acima do solo. Na verdade, até nas regiões de colinas e nos vilarejos mais antigos, como Vila-dos-Hobbits ou Tuqueburgo, ou na principal aldeia do Condado, Grã-Cava nas Colinas Brancas, havia agora muitas casas de madeira, tijolos ou pedras. Eram especialmente apreciadas pelos moleiros, ferreiros, cordoeiros, fabricantes de carroças e outros dessa espécie; pois, mesmo quando tinham tocas para morar, os Hobbits havia tempos se acostumaram a construir galpões e oficinas.

Consta que o hábito de construir casas de fazenda e celeiros começou entre os habitantes do Pântano, na baixada do Brandevin. Os Hobbits dessa região, a Quarta Leste, eram bem grandes, de pernas pesadas e usavam botas de Anãos no tempo lamacento. Mas sabia-se bem que eram Grados em grande parte de seu sangue, como de fato era demonstrado pela penugem que crescia no queixo de muitos deles. Nenhum dos Pés-Peludos nem dos Cascalvas tinha qualquer vestígio de barba. Na verdade, a maioria da gente do Pântano e da Terra-dos-Buques, a leste do Rio, que ocuparam depois, chegou tarde ao Condado vinda lá do sul; e ainda tinham muitos nomes peculiares e palavras estranhas que não se encontravam em outras partes do Condado.

É provável que o ofício da construção, como muitos outros ofícios, derivou-se dos Dúnedain. Mas os Hobbits podem tê-lo aprendido diretamente dos Elfos, os mestres dos Homens em sua juventude. Pois os Elfos da Alta Linhagem ainda não haviam abandonado a Terra-média e habitavam ainda, naquela época, nos Portos Cinzentos, longe para o oeste, e em outros lugares ao alcance do Condado. Três Torres-élficas de idade imemorial ainda podiam ser vistas nas Colinas das Torres, além das marcas ocidentais. Elas reluziam ao longe no luar. A maior era a mais distante, posta a sós sobre um outeiro verde. Os Hobbits da Quarta Oeste diziam que era possível ver o Mar do alto daquela torre; mas nenhum Hobbit, que se soubesse, jamais havia subido nela. De fato, poucos Hobbits haviam visto o Mar ou navegado nele, e menos ainda tinham voltado para relatá-lo. A maioria dos Hobbits via até mesmo os rios e os barquinhos com profunda desconfiança, e não muitos deles sabiam nadar. E, à medida que os dias do Condado passavam, eles falavam cada vez menos com os Elfos e passaram a temê-los e a desconfiar dos que com eles tratavam; e o Mar se tornou uma palavra de temor entre eles e um símbolo de morte, e desviavam o rosto das colinas do oeste.

O ofício da construção pode ter vindo dos Elfos ou dos Homens, mas os Hobbits o usavam à sua própria maneira.

Não apreciavam as torres. Suas casas normalmente eram compridas, baixas e confortáveis. Na verdade, o tipo mais antigo era nada mais que uma imitação edificada de *smial*, coberta de capim seco ou palha, ou com um telhado de relva, e com paredes um pouco encurvadas. Essa etapa, porém, pertencia aos dias primitivos do Condado, e a construção dos Hobbits já se alterara havia muito, incrementada por artifícios aprendidos dos Anãos ou descobertos por eles mesmos. Uma preferência por janelas redondas, e até portas redondas, era a principal peculiaridade restante da arquitetura hobbítica.

As casas e as tocas dos Hobbits do Condado eram frequentemente grandes e habitadas por famílias extensas. (Bilbo e Frodo Bolseiro eram muito excepcionais como solteirões e também de muitas outras maneiras, como por sua amizade com os Elfos.) Às vezes, como no caso dos Tûks de Grandes Smials, ou dos Brandebuques da Mansão do Brandevin, muitas gerações de parentes viviam juntas, em (comparativa) paz, numa mesma mansão ancestral de muitos túneis. Seja como for, todos os Hobbits eram arredios e registravam seus parentescos com grande cuidado. Desenhavam longas e elaboradas árvores genealógicas com inúmeras ramificações. No trato com os Hobbits é importante lembrar quem é parente de quem e em que grau. Seria impossível expor neste livro uma árvore genealógica que incluísse apenas os membros mais importantes das mais importantes famílias à época de que falam estes contos. As árvores genealógicas no final do Livro Vermelho do Marco Ocidental são um livrinho por si sós, e qualquer um que não fosse Hobbit as acharia excessivamente enfadonhas. Os Hobbits se deleitavam com tais coisas, se fossem exatas: gostavam de ter livros repletos de coisas que já sabiam, expostas em perfeita ordem, sem contradições.

2

A Respeito da Erva-de-fumo

Há outro fato espantoso sobre os Hobbits de antigamente que precisa ser mencionado, um hábito espantoso: embebiam ou inalavam, através de tubos de barro ou madeira, a fumaça das folhas ardentes de uma erva a que chamavam de *erva-de-fumo* ou *folha*, provavelmente uma variedade de *Nicotiana*. Um grande mistério cerca a origem deste peculiar costume, ou "arte", como os Hobbits preferem chamá-lo. Tudo o que pôde ser descoberto a respeito na antiguidade foi coligido por Meriadoc Brandebuque (mais tarde Senhor da Terra dos Buques), e, visto que ele e o tabaco da Quarta Sul desempenham um papel na história que se segue, suas observações na introdução de seu *Saber das Ervas do Condado* podem ser citadas.

"Esta", diz ele, "é a única arte que podemos reivindicar com certeza como sendo nossa própria invenção. Não se sabe quando os Hobbits começaram a fumar, todas as lendas e histórias familiares dão isso por coisa certa; durante muito tempo a gente do Condado fumou várias ervas, algumas mais fétidas, outras mais doces. Mas todos os relatos concordam em que Tobold Corneteiro do Vale Comprido na Quarta Sul foi o primeiro a cultivar a verdadeira erva-de-fumo em seus jardins, nos dias de Isengrim Segundo, por volta do ano de 1070 no Registro do Condado. A melhor erva caseira ainda vem desse distrito, especialmente as variedades agora conhecidas como Folha do Vale Comprido, Velho Toby e Estrela do Sul.

"Não está registrado como o Velho Toby descobriu a planta, pois ele não admitia contar isso nem mesmo no dia de sua morte. Sabia muita coisa sobre ervas, mas não era viajante. Dizem que na juventude muitas vezes foi até Bri, porém é certo que jamais se afastou do Condado mais do que isso. Assim, é bem possível que tenha ficado sabendo dessa planta em Bri, onde agora, seja como for, ela cresce bem nas encostas meridionais da colina. Os Hobbits de Bri afirmam que foram os primeiros reais fumantes da erva-de-fumo. É claro que afirmam que fizeram tudo antes do povo do Condado, a quem se referem como 'colonos'; mas neste caso creio que sua reivindicação provavelmente é verdadeira. E foi certamente de Bri que a arte de fumar a genuína erva se espalhou, nos séculos recentes, entre os Anãos e outras gentes dessa espécie, Caminheiros, Magos, ou viandantes, que ainda passavam para lá e para cá através desse antigo encontro de estradas. O lar e centro da arte, portanto, encontra-se na velha estalagem de Bri, O Pônei Empinado, que vem sendo mantida pela família Carrapicho desde tempos imemoriais.

"Seja como for, as observações que fiz em minhas próprias numerosas viagens rumo ao sul me convenceram de que a erva não é nativa de nossa parte do mundo, mas veio para o Norte desde o baixo Anduin, de onde suspeito que tenha sido trazida por sobre o mar pelos Homens de Oriente. Ela cresce abundante em Gondor, e lá é mais rica e maior que no Norte, onde nunca se encontra selvagem, e viceja somente em lugares quentes e abrigados, como o Vale Comprido. Os Homens de Gondor a chamam de *doce galenas* e a estimam somente pela fragrância de suas flores. Daquela terra ela deve ter sido trazida subindo o Verdescampos, durante os longos séculos entre a chegada de Elendil e nossos próprios dias. Mas mesmo os Dúnedain de Gondor nos concedem este crédito: os Hobbits foram os primeiros a pô-la em cachimbos. Nem mesmo os Magos pensaram nisso antes de nós. Porém um Mago que conheci adotou a arte muito tempo atrás, e tornou-se nela tão hábil quanto em todas as outras coisas a que se dispôs."

3
Do Ordenamento do Condado

O Condado dividia-se em quatro partes, as Quartas já referidas: Norte, Sul, Leste e Oeste; e estas, por sua vez, em certo número de terras familiares, que ainda traziam os nomes de algumas das antigas famílias principais, apesar de, à época desta história, os nomes não serem mais encontrados apenas nas suas terras originais. Quase todos os Tûks ainda viviam na Terra-dos-Tûks, mas isso não era verdade em relação a muitas outras famílias, como os Bolseiros e os Boffins. Fora das Quartas ficavam os Marcos do Leste e do Oeste: a Terra-dos-Buques (pp. 164–65); e o Marco Ocidental acrescentado ao Condado em R.C. 1452.

Nessa época o Condado mal tinha "governo". As famílias geralmente administravam seus próprios assuntos. Cultivar alimentos e comê-los ocupava a maior parte de seu tempo. Em outros assuntos elas eram, em regra, generosas e não gananciosas, mas sim contentes e moderadas, de modo que propriedades rurais, fazendas, oficinas e pequenos comércios tendiam a permanecer inalterados por gerações.

Restava, é claro, a antiga tradição sobre o alto rei em Fornost, ou Norforte, como a chamavam, longe ao norte do Condado. Mas não houvera rei por quase mil anos, e as próprias ruínas de Norforte dos Reis estavam cobertas de capim. Porém os Hobbits ainda diziam, a respeito de gente selvagem e seres malvados (como trols), que eles não haviam ouvido falar do rei. Pois atribuíam ao rei de antigamente todas as suas leis essenciais; e usualmente respeitavam as leis de livre vontade, porque eram As Regras (como diziam), tanto antigas como justas.

É verdade que a família Tûk havia sido proeminente por muito tempo; pois o cargo de Thain havia sido passado a eles (dos Velhobuques) alguns séculos antes, e o chefe dos Tûks ostentara esse título desde então. O Thain era senhor do Tribunal do Condado e capitão das Tropas do Condado e dos Hobbits-em-Armas; mas, como as tropas e o tribunal só se organizavam em tempos de emergência, que não ocorriam mais, o cargo de Thain havia deixado de ser mais do que uma dignidade nominal. Na verdade, a família Tûk ainda merecia respeito especial, visto que continuava sendo numerosa e extremamente rica, e costumava produzir, em cada geração, personagens fortes com hábitos peculiares e até temperamento aventuresco. Estas últimas qualidades, no entanto, eram então mais toleradas (nos ricos) do que aprovadas em geral. Ainda assim, permanecia o costume de se referir ao chefe da família como O Tûk e de acrescentar um número ao seu nome, se necessário: tal como Isengrim Segundo, por exemplo.

O único oficial verdadeiro do Condado, nessa data, era o Prefeito de Grã-Cava (ou do Condado), que era eleito a cada sete anos na Feira Livre das Colinas Brancas, em Lite, isto é, no Meio-do-Verão. Como prefeito, sua única obrigação praticamente era presidir banquetes realizados nos feriados do Condado, o que ocorria a intervalos frequentes. Mas os cargos de Mestre-Correio e Primeiro Condestável estavam ligados à prefeitura, de forma que ele administrava o Serviço de

Mensageiros e a Guarda. Esses eram os únicos serviços no Condado, e os Mensageiros eram os mais numerosos e de longe os mais ocupados entre ambos. Nem todos os Hobbits eram alfabetizados, mas os que eram escreviam constantemente a todos os amigos (e alguns parentes selecionados) que morassem mais longe que uma caminhada vespertina.

Os Condestáveis era o nome que os Hobbits davam à sua polícia, ou ao mais próximo equivalente que possuíam. É claro que não usavam uniforme (tais coisas eram totalmente desconhecidas), apenas uma pena no boné; e na prática eram mais guarda-cercas que policiais, mais ocupados com animais desgarrados que com pessoas. Em todo o Condado só havia doze, três em cada Quarta, para Trabalhos Internos. Um grupo um tanto maior, que variava conforme a necessidade, era empregado para "vigiar as divisas" e para assegurar que Forasteiros de qualquer espécie, grandes ou pequenos, não se tornassem incômodos.

Na época em que esta história começa, os Fronteiros, como eram chamados, haviam sido muito incrementados. Havia muitos relatos e queixas de pessoas e criaturas estranhas que andavam a esmo pelas divisas, ou as atravessavam: o primeiro sinal de que nem tudo estava exatamente como deveria e como sempre estivera, exceto em contos e lendas de muito tempo atrás. Poucos deram atenção ao sinal, e nem o próprio Bilbo ainda fazia ideia do que ele pressagiava. Tinham-se passado sessenta anos desde que ele partira em sua jornada memorável, e ele era velho mesmo para os padrões dos Hobbits, que alcançavam os cem anos em metade dos casos; mas evidentemente ainda restava muito da considerável fortuna que ele trouxera. Quanto ou quão pouco, ele não revelava a ninguém, nem mesmo a Frodo, seu "sobrinho" favorito. E ele ainda mantinha em segredo o anel que encontrara.

4

Do Achado do Anel

Como está contado em *O Hobbit*, certo dia chegou à porta de Bilbo o grande Mago Gandalf, o Cinzento, e com ele treze anões: na verdade, nenhum outro senão Thorin Escudo-de-carvalho, descendente de reis, e seus doze companheiros no exílio. Com eles Bilbo partiu, para seu próprio espanto duradouro, numa manhã de abril, no ano que era 1341 do Registro do Condado, em uma demanda de grande tesouro acumulado pelos Reis sob a Montanha, abaixo de Erebor, em Valle, muito longe no Leste. A demanda teve êxito, e o dragão que vigiava o tesouro foi destruído. No entanto, apesar de antes de tudo estar vencido ocorrer o combate na Batalha dos Cinco Exércitos, e Thorin ser morto, e se realizarem muitos feitos de renome, o assunto pouco teria importado à história posterior, ou merecido mais que uma nota nos longos anais da Terceira Era, não fosse por um "acidente" no caminho. O grupo foi assaltado por orques em uma alta passagem das Montanhas Nevoentas, quando rumava para as Terras-selváticas; e aconteceu que Bilbo se perdeu por um tempo nas negras minas-órquicas, bem no fundo das montanhas e ali, tateando em vão e no escuro, ele pôs a mão em um anel que jazia no piso de um túnel. Colocou-o no bolso. Parecia, então, mera sorte.

Tentando encontrar o caminho da saída, Bilbo prosseguiu rumo às raízes das montanhas até não poder mais ir em frente. No fundo do túnel havia um lago frio, longe da luz, e numa ilha de rocha em meio à água vivia Gollum. Era uma criaturinha repugnante: remava um pequeno barco com os grandes pés chatos, espiando com pálidos olhos luminosos e apanhando peixes cegos com os dedos compridos e comendo-os crus. Comia qualquer coisa viva, até orques, se conseguisse apanhá-los e os estrangular sem luta. Possuía um tesouro secreto que viera até ele longas eras atrás, quando ainda vivia na luz: um anel de ouro que fazia invisível quem o usasse. Era a única coisa que amava, seu "Precioso", e lhe falava mesmo quando não estava com ele. Pois mantinha-o oculto em um buraco de sua ilha, exceto quando estava caçando ou espionando os orques das minas.

Quem sabe ele tivesse atacado Bilbo de imediato, se estivesse usando o anel quando se encontraram; mas não estava, e o hobbit trazia na mão um punhal-élfico que lhe servia de espada. Assim, para ganhar tempo, Gollum desafiou Bilbo para o Jogo das Adivinhas, dizendo que, caso propusesse uma adivinha que

Bilbo não acertasse, iria matá-lo e devorá-lo; mas, caso Bilbo o derrotasse, ele faria o que Bilbo desejava: conduzi-lo-ia a um caminho para fora dos túneis.

Visto que estava perdido no escuro, sem esperança e sem poder avançar nem recuar, Bilbo aceitou o desafio; e propuseram um ao outro muitas adivinhas. No fim, Bilbo venceu o jogo, mais por sorte (conforme parecia) que por esperteza; pois finalmente ficou perplexo sobre que adivinha propor e exclamou, quando sua mão topou com o anel que apanhara e esquecera: "O que tem no meu bolso?" A isso Gollum não conseguiu responder, apesar de exigir três chances de adivinhar.

As Autoridades, é bem verdade, divergem quanto a esta última pergunta ser uma mera "pergunta" e não uma "adivinha", de acordo com as regras estritas do Jogo; mas todos concordam que, depois de aceitá-la e tentar adivinhar a resposta, Gollum estava obrigado por sua promessa. E Bilbo o pressionou a manter a palavra; pois veio-lhe o pensamento de que a criatura viscosa poderia demonstrar falsidade, apesar de tais promessas serem consideradas sagradas e de antigamente todos, exceto os seres mais malvados, temerem rompê-las. Mas, após eras sozinho no escuro, o coração de Gollum enegrecera, e havia traição nele. Ele escapou e retornou à sua ilha, da qual Bilbo nada sabia, não muito longe na água escura. Ali, pensava, estava seu anel. Agora estava faminto e furioso e, uma vez que estivesse de posse do seu "Precioso", não temeria nenhuma arma.

Mas o anel não estava na ilha; ele o perdera, fora-se. Seu guincho causou um arrepio na espinha de Bilbo, apesar de ele ainda não compreender o que acontecera. Mas finalmente Gollum havia percebido, tarde demais. "O que ele tem nos seus bolsossos?", gritou ele. A luz em seus olhos era como uma chama verde quando ele correu de volta para assassinar o hobbit e recuperar seu "Precioso". Foi bem a tempo que Bilbo viu o perigo e fugiu às cegas pelo corredor, afastando-se da água; e mais uma vez foi salvo pela sorte. Pois ao correr pôs a mão no bolso, e o anel se ajustou secretamente ao seu dedo. Assim foi que Gollum passou por ele sem vê-lo e foi vigiar o caminho de saída para evitar que o "ladrão" escapasse. Bilbo o seguiu cauteloso enquanto ele prosseguia, imprecando e falando sozinho sobre seu "Precioso"; e por essa fala o próprio Bilbo acabou adivinhando a verdade, e a esperança lhe veio na treva: ele mesmo encontrara o anel maravilhoso e uma chance de escapar dos orques e de Gollum.

Por fim, detiveram-se diante de uma abertura invisível que conduzia aos portões inferiores das minas, do lado leste das montanhas. Ali Gollum se agachou vigilante, farejando e escutando; e Bilbo foi tentado a matá-lo com a espada. Mas a compaixão o deteve e, apesar de manter o anel, no qual residia sua única esperança, não iria usá-lo para conseguir matar a criatura desgraçada e em desvantagem. No fim, reunindo coragem, saltou por cima de Gollum no escuro e fugiu corredor abaixo, perseguido pelos gritos de ódio e desespero de seu inimigo: "Ladrão, ladrão! Bolseiro! Nós odeia ele para sempre!"

Ora, é um fato curioso que esta não é a história como Bilbo a contou inicialmente aos companheiros. Seu relato a eles foi de que Gollum prometera lhe dar um *presente* se ele ganhasse o jogo; mas quando Gollum foi buscá-lo na ilha descobriu que o tesouro se fora: um anel mágico que lhe fora dado muito tempo atrás, em seu aniversário. Bilbo adivinhou que aquele era o próprio anel que encontrara, e, como tinha ganho o jogo, ele já era seu por direito. Mas, como estava em apuros, não disse nada a respeito e fez com que Gollum lhe mostrasse a saída como prêmio, em vez de presente. Esse relato foi registrado por Bilbo em suas memórias, e parece que ele mesmo jamais o alterou, nem mesmo após o Conselho de Elrond. Evidentemente ele ainda aparece no Livro Vermelho original, assim como em diversas cópias e extratos. Mas muitas cópias contêm o relato verdadeiro (como alternativa), sem dúvida derivado de notas de Frodo ou Samwise, que ficaram ambos sabendo da verdade, apesar de aparentemente não quererem eliminar qualquer coisa que o próprio velho hobbit tivesse escrito.

Gandalf, no entanto, não acreditou na primeira história de Bilbo assim que a ouviu e continuou muito curioso a respeito do anel. Acabou extraindo de Bilbo o relato verdadeiro, depois de muito questioná-lo, o que por algum tempo pôs em risco a amizade deles; mas o mago parecia pensar que a verdade era importante. Apesar de não dizer isso a Bilbo, também pensava ser importante, e perturbador, o fato de que o bom hobbit não dissera a verdade desde o começo: bastante contrário aos seus hábitos. A ideia de um "presente", mesmo assim, não era uma mera invenção hobbitesca. Ela foi sugerida a Bilbo, como este confessou, pela fala de Gollum que ele ouviu por acaso; pois Gollum de fato chamou o anel de seu "presente de aniversário" muitas vezes. Também isto Gandalf considerou estranho e suspeito; mas só descobriu a verdade sobre esse ponto muitos anos depois, como se verá neste livro.

Sobre as aventuras posteriores de Bilbo, pouco mais precisa ser dito aqui. Com a ajuda do anel ele escapou dos guardas orques no portão e se reuniu aos companheiros. Usou o anel muitas vezes em sua demanda, principalmente em auxílio dos amigos; mas manteve-o em segredo deles pelo tempo que pôde. Depois de retornar à sua casa nunca mais falou dele para qualquer pessoa, exceto a Gandalf e Frodo; e ninguém mais no Condado sabia de sua existência, ou assim ele cria. Só a Frodo ele mostrou o relato de sua Jornada que estava escrevendo.

Sua espada, Ferroada, Bilbo pendurou sobre a lareira, e sua maravilhosa cota de malha, presente dos Anãos vindo do tesouro do Dragão, ele emprestou a um museu, na verdade, à Casa-mathom de Grã-Cava. Mas manteve em uma gaveta em Bolsão a velha capa e o capuz que usara em suas viagens; e o anel, preso a uma fina corrente, ficou no bolso dele.

Retornou ao seu lar em Bolsão em 22 de junho do seu quinquagésimo segundo ano de vida (R.C. 1342), e nada muito notável ocorreu no Condado até o Sr. Bolseiro iniciar os preparativos para comemorar seu centésimo décimo primeiro aniversário (R.C. 1401). Neste ponto esta História começa.

NOTA SOBRE OS REGISTROS DO CONDADO

Ao final da Terceira Era o papel desempenhado pelos Hobbits nos grandes eventos que levaram à inclusão do Condado no Reino Reunido despertou entre eles um interesse mais amplo na sua própria história; e muitas de suas tradições, que até a época ainda eram principalmente orais, foram coletadas e escritas. As maiores famílias também se preocuparam com os eventos no Reino em geral, e muitos de seus membros estudaram suas antigas histórias e lendas. Ao final do primeiro século da Quarta Era já podiam ser encontradas no Condado várias bibliotecas contendo muitos livros e registros históricos.

As maiores dessas coleções estavam provavelmente em Sob-as-Torres, em Grandes Smials e na Mansão do Brandevin. Este relato do fim da Terceira Era provém, mormente, de *O Livro Vermelho do Marco Ocidental*. Essa fonte mais importante da história da Guerra do Anel era assim chamada por ter sido longamente preservada em Sob-as-Torres, lar dos Lindofilhos, Guardiões do Marco Ocidental.[8] Em sua origem, foi o diário particular de Bilbo, que o levou consigo para Valfenda. Frodo o trouxe de volta ao Condado, junto com muitas folhas soltas de anotações e, durante R.C. 1420–21, ele quase preencheu suas páginas com seu relato da Guerra. Mas anexos a ele e preservados com ele, provavelmente no mesmo estojo vermelho, estavam os três grandes volumes encadernados em couro vermelho que Bilbo lhe deu como presente de despedida. A esses quatro volumes foi acrescentado, no Marco Ocidental, um quinto volume contendo comentários, genealogias e vários outros assuntos que diziam respeito aos membros hobbits da Sociedade.

O Livro Vermelho original não está preservado, mas muitas cópias foram feitas, especialmente do primeiro volume, para uso dos descendentes dos filhos do Mestre Samwise. A cópia mais importante, porém, tem uma história diferente. Estava guardada em Grandes Smials, mas foi escrita em Gondor, provavelmente a pedido do bisneto de Peregrin, e completada no R.C. 1592 (Q.E. 172). Seu escriba meridional anexou esta nota: Findegil, Escriba do Rei, terminou esta obra em IV 172. Ela é uma cópia exata, em todos os detalhes, do Livro do Thain, em Minas Tirith. Esse livro era uma cópia feita a pedido do Rei Elessar de

---

[8] Vide Apêndice B (anais 1451, 1462 e 1482) e nota no fim do Apêndice C. [N. A.]

O Livro Vermelho dos Periannath e lhe foi trazido por Thain Peregrin quando este se afastou para Gondor, em IV 64.

O Livro do Thain foi, assim, a primeira cópia feita do *Livro Vermelho* e continha muita coisa que mais tarde foi omitida ou perdida. Em Minas Tirith ele recebeu muitas anotações e muitas correções, em especial de nomes, palavras e citações em línguas--élficas; e lhe foi acrescentada uma versão abreviada daquelas partes de *O Conto de Aragorn e Arwen*, que são externas ao relato da Guerra. Afirma-se que a história plena foi escrita por Barahir, neto do Regente Faramir, algum tempo depois do falecimento do Rei. Mas a principal importância da cópia de Findegil é que só ela contém o total das "Traduções do Élfico" de Bilbo. Esses três volumes revelaram ser uma obra de grande habilidade e erudição em que, entre 1403 e 1418, ele usara todas as fontes disponíveis a ele em Valfenda, tanto vivas quanto escritas. Mas, visto que foram pouco usados por Frodo, já que tratavam quase que inteiramente dos Dias Antigos, nada mais se diz deles aqui.

Visto que Meriadoc e Peregrin se tornaram chefes de suas grandes famílias e, ao mesmo tempo, mantiveram suas conexões com Rohan e Gondor, as bibliotecas de Buqueburgo e Tuqueburgo continham muita coisa que não constava no Livro Vermelho. Na Mansão do Brandevin havia muitas obras acerca de Eriador e da história de Rohan. Algumas delas foram compostas ou começadas pelo próprio Meriadoc, porém no Condado ele era principalmente lembrado por seu *Saber das Ervas do Condado* e por seu *Registro dos Anos*, em que discutiu a relação dos calendários do Condado e de Bri com os de Valfenda, Gondor e Rohan. Ele também escreveu um breve tratado chamado *Antigas Palavras e Nomes no Condado*, demonstrando especial interesse em descobrir o parentesco das "palavras do Condado" com a língua dos Rohirrim, como *mathom* e antigos elementos em topônimos.

Em Grandes Smials os livros tinham menos interesse para a gente do Condado, porém eram de maior importância para a história mais ampla. Nenhum deles foi escrito por Peregrin, mas ele e seus sucessores coletaram muitos manuscritos elaborados por escribas de Gondor, principalmente cópias ou resumos de histórias ou lendas relacionadas a Elendil e seus herdeiros. Somente ali, no Condado, podiam ser encontrados extensos materiais sobre a história de Númenor e o surgimento de Sauron. Foi provavelmente em Grandes Smials que *O Conto dos Anos*[9] foi coligido, com a ajuda de material recolhido por Meriadoc. Apesar de as datas indicadas serem muitas vezes conjecturas, especialmente na Segunda Era, elas merecem atenção. É provável que Meriadoc tenha obtido auxílio e informações de Valfenda, que ele visitou mais de uma vez. Ali, apesar de Elrond ter partido, seus filhos permaneceram por muito tempo, junto com alguns da gente dos Altos-elfos. Diz-se que Celeborn foi morar ali após a partida de Galadriel; mas não há registro do dia em que ele finalmente foi em busca dos Portos Cinzentos, e com ele se foi a última lembrança viva dos Dias Antigos na Terra-média.

---

[9] Representado, em forma muito reduzida, no Apêndice B até o fim da Terceira Era. [N. A.]

A SOCIEDADE DO ANEL

Primeira parte de
O SENHOR DOS ANÉIS

LIVRO I

1

Uma Festa Muito Esperada

Quando o Sr. Bilbo Bolseiro de Bolsão anunciou que em breve comemoraria seu onzentésimo primeiro aniversário com uma festa de especial magnificência, houve muito falatório e agitação na Vila-dos-Hobbits.

Bilbo era muito rico e muito esquisito, e tinha sido a admiração do Condado por sessenta anos, desde seu notável desaparecimento e inesperado retorno. A fortuna que trouxera de suas viagens já se tornara uma lenda local e popularmente acreditava-se, não importasse o que dissessem os mais velhos, que a Colina em Bolsão estava repleta de túneis entupidos de tesouros. E, se isso não bastasse para a fama, havia também seu vigor prolongado em maravilhar-se. O tempo seguia, mas parecia ter pouco efeito sobre o Sr. Bolseiro. Aos noventa anos estava quase igual aos cinquenta. Aos noventa e nove começaram a chamá-lo de *bem conservado*; mas *inalterado* seria a palavra mais certeira. Alguns havia que balançavam a cabeça, pensando que era bom demais para ser verdade; parecia injusto alguém possuir juventude (aparentemente) perpétua e também riqueza (alegadamente) inesgotável.

"Isso vai precisar ser pago", diziam. "Não é natural e vai dar problemas!"

Mas até agora os problemas não tinham chegado; e, como o Sr. Bolseiro era generoso com o dinheiro, a maioria das pessoas estava disposta a perdoar suas esquisitices e sua boa sorte. Continuava mantendo relações de visita com seus parentes (exceto, é claro, com os Sacola-Bolseiros) e tinha muitos admiradores fiéis entre os hobbits de famílias pobres e desimportantes.

Mas não tinha amigos próximos até alguns de seus primos mais jovens crescerem um pouco.

O mais velho deles, e favorito de Bilbo, era o jovem Frodo Bolseiro. Aos noventa e nove anos ele adotou Frodo como herdeiro e o trouxe para morar em Bolsão; e as esperanças dos Sacola-Bolseiros finalmente se despedaçaram. Acontecia de Bilbo e Frodo terem o mesmo aniversário, 22 de setembro. "É melhor você vir morar aqui, Frodo, meu rapaz", disse Bilbo certo dia; "daí poderemos comemorar nossas festas de aniversário juntos, com conforto." Naquela época Frodo ainda estava na *vintolescência*, como os hobbits chamavam a idade irresponsável de vinte e tantos anos, entre a infância e a maioridade aos trinta e três.

Mais doze anos se passaram. A cada ano os Bolseiros haviam dado festas de aniversário conjuntas muito animadas em Bolsão; mas agora ficou evidente que algo bem excepcional estava sendo planejado para aquele outono. Bilbo ia fazer *onzenta e um*, 111, um número bem curioso e uma idade muito respeitável para um hobbit (o próprio Velho Tûk só alcançara os 130); e Frodo ia fazer *trinta e três*, 33, um número importante: a data de sua "maioridade".

As línguas começaram a se mexer na Vila-dos-Hobbits e em Beirágua; e boatos sobre o evento vindouro percorreram todo o Condado. A história e o caráter do Sr. Bilbo Bolseiro tornaram-se mais uma vez o principal assunto das conversas; e os mais velhos de repente descobriram uma grata demanda para suas lembranças.

Ninguém tinha uma plateia mais atenta que o velho Ham Gamgi, comumente conhecido por Feitor. Ele discursava na Moita de Hera, uma pequena taverna na estrada de Beirágua; e falava com alguma autoridade, pois cuidara do jardim de Bolsão por quarenta anos e ajudara o velho Holman no mesmo emprego antes disso. Agora que ele mesmo estava ficando velho e emperrado nas juntas, o trabalho era feito principalmente por seu filho mais novo, Sam Gamgi. Tanto o pai como o filho tinham relações muito amigáveis com Bilbo e Frodo. Moravam na própria Colina, no número 3 da Rua do Bolsinho, logo abaixo de Bolsão.

"É um gentil-hobbit muito simpático e de boa fala, o Sr. Bilbo, como eu sempre disse", declarou o Feitor. Era a perfeita verdade: pois Bilbo era muito polido com ele, chamando-o de "Mestre Hamfast" e consultando-o constantemente sobre o cultivo de vegetais — em termos de "raízes", especialmente batatas, o Feitor era reconhecido como principal autoridade por todos da vizinhança (incluindo ele próprio).

"Mas e esse Frodo que mora com ele?", perguntou o Velho Noques de Beirágua. "Bolseiro ele se chama, mas é mais que metade Brandebuque, dizem. Não entendo por que um Bolseiro da Vila-dos-Hobbits iria sair em busca de esposa lá longe na Terra-dos-Buques, onde a gente é tão esquisita."

"E não espanta que são esquisitos," atalhou Papai Doispé (o vizinho de porta do Feitor), "se eles vivem do lado errado do Rio Brandevin e bem junto da Floresta Velha. É um lugar escuro e ruim, se for verdade metade das histórias."

"Está certo, Pai!", disse o Feitor. "Não é que os Brandebuques da Terra-dos-Buques vivem *na* Floresta Velha; mas são uma família estranha, parece. Ficam brincando com barcos nesse rio grande — e isso não é natural. Pouco admira que tenha dado encrenca, eu digo. Mas, seja como for, o Sr. Frodo é o jovem hobbit mais simpático que você queira conhecer. Muito parecido com o Sr. Bilbo, e é mais do que só aparência. Afinal, o pai dele era Bolseiro. Era um hobbit decente e respeitável, o Sr. Drogo Bolseiro; nunca houve muito que falar dele, até ele se afogar."

"Afogar?", indagaram várias vozes. É claro que já tinham ouvido antes esse boato, e outros mais obscuros; mas os hobbits têm paixão por histórias de família e estavam dispostos a ouvir essa de novo.

"Bem, assim dizem", respondeu o Feitor. "Vejam: o Sr. Drogo, ele se casou com a coitada da Srta. Prímula Brandebuque. Ela era prima-irmã do nosso Sr. Bilbo pelo lado da mãe (a mãe dela era a filha mais moça do Velho Tûk); e o Sr. Drogo era primo-segundo dele. Então o Sr. Frodo é primo dele em primeiro *e* segundo grau, com uma geração de diferença, como costumam dizer, se é que me entendem.[1] E o Sr. Drogo estava morando na Mansão do Brandevin com o sogro, o velho Mestre Gorbadoc, como fazia muitas vezes depois de se casar (já que ele apreciava bons comes, e o velho Gorbadoc tinha uma mesa muito generosa); e saiu para *andar de barco* no Rio Brandevin; e ele e a esposa se afogaram, e o coitado do Sr. Frodo era só uma criança, e tudo o mais."

"Ouvi dizer que eles saíram na água depois do jantar à luz do luar", comentou o Velho Noques; "e foi o peso de Drogo que afundou o barco."

"E *eu* ouvi dizer que ela jogou ele na água, e ele a puxou depois", disse Ruivão, o moleiro da Vila-dos-Hobbits.

"Não precisa escutar tudo que ouve, Ruivão", respondeu o Feitor, que não gostava muito do moleiro. "Não é necessário ficar falando de empurrar e puxar. Um barco já é bem traiçoeiro para quem senta quieto, sem precisar procurar mais motivo de encrenca. Seja como for: aí o Sr. Frodo ficou órfão e encalhado, como poderíamos dizer, entre esse povo estranho da Terra-dos-Buques, e, de qualquer forma, ele foi criado na Mansão do Brandevin. Uma verdadeira coelheira pelo que falam. O velho Mestre Gorbadoc nunca teve menos que algumas centenas de parentes nesse lugar. O Sr. Bilbo nunca fez coisa mais bondosa que trazer o rapaz de volta para morar entre gente decente.

"Mas calculo que foi um golpe brabo para esses Sacola--Bolseiros. Pensavam que iam ficar com Bolsão daquela vez em que ele foi embora e pensavam que estava morto. E daí ele volta e os manda embora; e continua vivendo, vivendo, e nunca parece ter um dia a mais de idade, abençoado seja! E de repente produz um herdeiro, e com toda a papelada certinha. Agora os Sacola-Bolseiros nunca vão ver o lado de dentro de Bolsão, pelo menos esperamos que não."

"Tem uma boa quantidade de dinheiro enfiada lá, ouvi dizer", disse um estranho, um visitante a negócios de Grã-Cava

---

[1] O diálogo está reproduzido com a nomenclatura do original. Pela convenção corrente no Brasil, Bilbo e Frodo são primos em quarto grau pelo lado Bolseiro e em segundo pelo lado Tûk. [N. T.]

na Quarta Oeste. "Todo o topo da sua colina está cheio de túneis entupidos de arcas de ouro e prata e joias, pelo que ouvi."

"Então você ouviu mais do que eu posso garantir", respondeu o Feitor. "Não sei nada de *joias*. O Sr. Bilbo é liberal com dinheiro e não parece que lhe falte; mas não sei de escavação de túneis. Eu vi o Sr. Bilbo quando ele voltou, coisa de sessenta anos atrás, quando eu era rapaz. Não fazia muito tempo que eu era aprendiz do velho Holman (que era primo de meu pai), mas ele me pôs lá em Bolsão para ajudá-lo a impedir as pessoas de pisotearem e invadirem todo o jardim enquanto ocorria a venda. E no meio de tudo isso vem o Sr. Bilbo subindo a Colina com um pônei e uns sacos bem grandes e um par de arcas. Não tenho dúvida que na maior parte estavam cheios de tesouros que ele apanhou em terras estrangeiras, onde há montanhas de ouro, dizem; mas não havia o bastante para encher túneis. Mas meu rapaz Sam deve saber mais sobre isso. Ele entra e sai de Bolsão. Doido por histórias de antigamente ele é, e ouve todos os relatos do Sr. Bilbo. O Sr. Bilbo ensinou as letras a ele — não tem mal nisso, vejam bem, e espero que nenhum mal venha daí.

'Elfos e Dragões!', eu digo a ele. 'Repolhos e batatas são melhores para mim e para você. Não vá se misturar nos afazeres dos seus superiores ou vai acabar em encrenca grande demais para você', eu digo a ele. E poderia dizer isso a outros", acrescentou com uma olhadela para o estranho e para o moleiro.

Mas o Feitor não convenceu sua plateia. A lenda da fortuna de Bilbo já estava fixada demasiado firmemente nas mentes da geração mais jovem de hobbits.

"Ah, mas é bem provável que ele andou acrescentando ao que trouxe primeiro", argumentou o moleiro, expressando a opinião comum. "Muitas vezes ele sai de casa. E veja essa gente bizarra que o visita: anões que vêm de noite, e esse velho feiticeiro andante, Gandalf, e tudo o mais. Pode dizer o que quiser, Feitor, mas Bolsão é um lugar esquisito, e a gente de lá é mais esquisita ainda."

"E você pode dizer o que *você* quiser sobre coisas que você conhece tanto quanto andar de barco, Sr. Ruivão", retorquiu o Feitor, detestando o moleiro ainda mais que de costume. "Se isso é ser esquisito, então seria bom se tivéssemos um pouco mais de esquisitice por aqui. Tem gente não muito longe daqui que não serviria um quartilho[2] de cerveja a um amigo, mesmo que morasse numa toca de paredes douradas. Mas eles fazem as coisas do jeito certo em Bolsão. Nosso Sam diz que *todos* vão ser convidados à festa, e vai ter presentes, veja bem, presentes para todo mundo — e é neste mesmo mês."

Aquele mesmo mês era setembro, e o tempo era o melhor que se poderia querer. Um ou dois dias depois espalhou-se um boato (provavelmente iniciado pelo bem-informado Sam) de que havia fogos de artifício — e mais, fogos de artifício como não se havia visto no Condado por quase um século, de fato desde a morte do Velho Tûk.

Os dias passaram e O Dia se aproximava. Um carroção de aspecto estranho, carregado com pacotes de aspecto estranho, entrou pela Vila-dos-Hobbits certa tardinha e subiu com esforço a Colina até Bolsão. Os hobbits, espantados, espiavam pelas portas iluminadas por lanternas para olhá-lo com pasmo. Era conduzido por gente bizarra, cantando estranhas canções: anões de barbas compridas e capuzes fundos. Alguns deles ficaram em Bolsão. Ao final da segunda semana de setembro chegou uma carroça através de Beirágua, da direção da Ponte do Brandevin, em plena luz do dia. Um velho a dirigia sozinho. Usava um alto chapéu azul pontudo, um comprido manto cinzento e um cachecol prateado. Tinha uma longa barba branca e sobrancelhas frondosas que se projetavam além da aba do chapéu. Criancinhas hobbits corriam atrás da carroça por toda a Vila-dos-Hobbits e também colina acima. Ela tinha uma carga de fogos de artifício, como eles supunham corretamente. Na porta dianteira de Bilbo o velho começou a descarregar: havia grandes feixes de fogos de todos os tipos e formas, cada um marcado com um grande G वermelho e a runa-élfica ᚵ.

Essa era a marca de Gandalf, é claro, e o velho era Gandalf, o Mago, cuja fama no Condado se devia principalmente à sua

---

[2] Medida líquida equivalente a 568 mililitros. [N. T.]

habilidade com fogos, fumaças e luzes. Sua ocupação real era muito mais difícil e perigosa, mas o povo do Condado nada sabia a respeito. Para eles, era apenas uma das "atrações" da festa. Vinha daí a animação das crianças-hobbits. "G de Grandioso!", gritavam eles, e o velho sorria. Conheciam-no de vista, apesar de ele só aparecer na Vila-dos-Hobbits ocasionalmente e nunca se demorar muito; mas nem eles nem algum dos seus ancestrais, exceto os mais velhos, haviam visto uma de suas exibições de fogos de artifício — essas agora pertenciam a um passado lendário.

Quando o velho, ajudado por Bilbo e alguns anãos, havia terminado de descarregar, Bilbo distribuiu alguns tostões; mas nem um só busca-pé ou bombinha chegou a aparecer, para decepção dos espectadores.

"Agora vão correndo!", disse Gandalf. "Vocês vão ter bastante quando chegar a hora." Depois sumiu no interior de Bolsão com Bilbo, e a porta se fechou. Os jovens hobbits encararam a porta em vão por algum tempo e depois foram embora, sentindo que o dia da festa jamais chegaria.

Dentro de Bolsão, Bilbo e Gandalf estavam sentados à janela aberta de um pequeno recinto que dava para o oeste, com vista para o jardim. O fim de tarde estava luminoso e pacífico. As flores brilhavam em vermelho e dourado: bocas-de-leão, girassóis e capuchinhas se espalhando pelos muros de relva e espiando pelas janelas redondas.

"Como parece luminoso seu jardim!", comentou Gandalf.

"Sim", respondeu Bilbo. "Gosto muito mesmo dele e de todo o querido velho Condado; mas acho que preciso de férias."

"Então pretende prosseguir com seu plano?"

"Pretendo. Tomei minha decisão meses atrás e não a mudei."

"Muito bem. Não vale a pena dizer nada mais. Atenha-se ao seu plano — todo o seu plano, veja bem — e espero que ele acabe bem, para você e para todos nós."

"Assim espero. Seja como for, pretendo me divertir na quinta-feira e fazer minha pequena brincadeira."

"Quem vai rir, eu me pergunto?", indagou Gandalf, balançando a cabeça.

"Veremos", respondeu Bilbo.

No dia seguinte, mais carroças subiram a Colina, e mais carroças ainda. Pode ter havido alguns resmungos sobre "comércio local", mas nessa mesma semana começaram a jorrar de Bolsão pedidos de toda espécie de víveres, utilidades ou luxos que pudessem ser obtidos na Vila-dos-Hobbits, ou em Beirágua, ou em qualquer lugar das redondezas. As pessoas se entusiasmaram; e começaram a marcar os dias no calendário; e observavam avidamente o carteiro, esperando um convite.

Pouco tempo depois os convites começaram a jorrar, e a agência do correio da Vila-dos-Hobbits ficou bloqueada, e a agência do correio de Beirágua ficou soterrada, e foram convocados carteiros auxiliares voluntários. Havia um fluxo constante deles subindo a Colina, trazendo centenas de variantes polidas de "Obrigado, irei com certeza".

Um aviso apareceu no portão de Bolsão: ENTRADA PROIBIDA EXCETO PARA ASSUNTOS DA FESTA. Mesmo àqueles que tinham ou fingiam ter assuntos da festa a tratar raramente a entrada era permitida. Bilbo estava ocupado: escrevendo convites, conferindo respostas, embrulhando presentes e fazendo alguns preparativos particulares. Desde o momento da chegada de Gandalf ele permaneceu sem ser visto.

Certa manhã os hobbits acordaram e viram o grande campo, ao sul da porta dianteira de Bilbo, coberto de cordas e mastros para tendas e pavilhões. Uma entrada especial foi aberta na encosta que levava à estrada, e largos degraus e um grande portão branco foram construídos ali. As três famílias hobbits da Rua do Bolsinho, adjacente ao campo, estavam intensamente interessadas e eram geralmente invejadas. O velho Feitor Gamgi até parou de fingir que estava trabalhando no jardim.

As tendas começaram a subir. Havia um pavilhão especialmente grande, tanto que a árvore que crescia no campo ficou bem dentro dele, e se erguia altiva perto de uma das extremidades, na cabeceira da mesa principal. Havia lanternas suspensas em todos os seus galhos. Ainda mais promissor (na cabeça dos hobbits): uma enorme cozinha ao ar livre foi erguida no canto norte do campo. Um enxame de cozinheiros, de todas as tavernas e tascas a milhas de distância, chegou para suplementar os anãos e outras pessoas esquisitas que estavam alojadas em Bolsão. A animação chegou ao auge.

Então o tempo ficou nublado. Isso foi na quarta-feira, véspera da Festa. A ansiedade era intensa. Então a quinta-feira, 22 de setembro, chegou a raiar. O sol nasceu, as nuvens desapareceram, as bandeiras foram desenroladas e a diversão começou.

Bilbo Bolseiro a chamava de *festa*, mas era de fato uma variedade de entretenimentos embrulhados em um só. Praticamente todos os que moravam perto foram convidados. Alguns bem poucos foram esquecidos por acidente, mas, como eles apareceram assim mesmo, isso não teve importância. Muita gente de outras partes do Condado também foi convidada; e havia até alguns de fora das divisas. Bilbo recebeu os convidados (e os adicionais) em pessoa, no novo portão branco. Entregou presentes a toda a gente e mais alguns — estes últimos eram os que saíram de novo pelos fundos e voltaram a entrar pelo portão. Os hobbits davam presentes a outras pessoas em seus próprios aniversários. Não muito caros, em regra, e não de forma tão pródiga como nessa ocasião; mas não era um mau sistema. Na verdade, todo dia na Vila-dos-Hobbits e em Beirágua era aniversário de alguém, de modo que cada hobbit daquela região tinha boa chance de ganhar ao menos um presente pelo menos uma vez por semana. Mas eles nunca se cansavam disso.

Nesta ocasião os presentes eram incomumente bons. As crianças-hobbits estavam tão animadas que por alguns momentos chegaram a se esquecer de comer. Havia brinquedos como jamais tinham visto antes, todos lindos e alguns obviamente mágicos. Muitos deles, na verdade, tinham sido encomendados um ano antes, e vieram lá da Montanha e de Valle, e eram legítimos produtos dos anãos.

Quando todos os convidados haviam sido recebidos e finalmente estavam dentro do portão, houve canções, danças, música, jogos e, é claro, comida e bebida. Houve três refeições oficiais: almoço, lanche e jantar (ou ceia). Mas o almoço e o lanche se destacaram principalmente pelo fato de que nessas ocasiões todos os convidados estavam sentados e comendo juntos. Em outras horas havia simplesmente montes de pessoas comendo e bebendo — continuamente das onze até as seis e meia, quando começaram os fogos de artifício.

Os fogos eram obra de Gandalf: não somente foram trazidos por ele, mas projetados e feitos por ele; e os efeitos especiais, conjuntos e revoadas de foguetes foram lançados por ele. Mas houve também uma generosa distribuição de busca-pés, bombinhas, estouros em série, estrelinhas, tochas, velas-anânicas, chafarizes-élficos, latidos-de-gobelins e ribombos. Todos eram soberbos. A arte de Gandalf melhorava com a idade.

Havia foguetes como uma revoada de aves cintilantes, cantando com vozes suaves. Havia árvores verdes com troncos de fumaça escura: suas folhas se abriam como toda uma primavera que se desdobra num momento, e seus ramos reluzentes derrubavam flores fulgurantes sobre os hobbits assombrados, desaparecendo com suave fragrância logo antes que lhes tocassem os rostos voltados para cima. Havia fontes de borboletas que voavam, resplandecentes, para dentro das árvores; havia pilares de fogos coloridos que se erguiam e se transformavam em águias, ou navios a vela, ou uma falange de cisnes em voo; havia uma tempestade rubra e um borrifo de chuva amarela; havia uma floresta de lanças de prata que saltavam de repente no ar com o grito de uma tropa aprestada e voltavam a descer sobre o Água com o chiado de cem serpentes abrasadas. E houve também uma última surpresa, em homenagem a Bilbo, e essa assustou imensamente os hobbits, como Gandalf pretendia. As luzes se apagaram. Ergueu-se uma grande fumaça. Ela tomou a forma de uma montanha vista ao longe e começou a brilhar no pico. Cuspiu chamas verdes e escarlates. Dela saiu voando um dragão rubro-dourado — não em tamanho real, mas de aspecto terrivelmente real: saía-lhe fogo pela queixada, seus olhos estavam fixos para baixo; ouviu-se um rugido, e ele mergulhou três vezes sobre as cabeças da multidão. Todos se abaixaram e muitos caíram de rosto no chão. O dragão passou como um trem expresso, deu um salto mortal e estourou acima de Beirágua com uma explosão ensurdecedora.

"Esse é o sinal do jantar!", disse Bilbo. A dor e a aflição sumiram de repente, e os hobbits prostrados puseram-se de pé com um salto. Havia um jantar esplêndido para todos; isto é, para todos exceto os convidados ao jantar especial da família. Este foi servido no grande pavilhão da árvore. Os convites estavam limitados a doze dúzias (um número que os hobbits também chamavam de Grosa, apesar de a palavra não ser considerada adequada falando de pessoas); e os convidados foram selecionados de todas as famílias com as quais Bilbo e Frodo tinham parentesco, com o acréscimo de alguns amigos especiais que não eram parentes (como Gandalf). Muitos hobbits jovens foram incluídos e estavam presentes com permissão dos pais; pois os hobbits eram liberais com os filhos em termos de ficarem acordados até tarde, especialmente quando havia chance de lhes conseguir uma refeição grátis. Criar jovens hobbits custava muito mantimento.

Havia muitos Bolseiros e Boffins, e também muitos Tûks e Brandebuques; havia vários Fossadores (parentes da avó de Bilbo Bolseiro), e vários Roliços (aparentados com seu avô Tûk); e uma seleção de Covas, Bolgers, Justa-Correias, Texugos, Boncorpos, Corneteiros e Pé-Soberbos. Alguns desses tinham apenas um parentesco bem distante com Bilbo, e alguns mal tinham estado na Vila-dos-Hobbits antes, já que viviam em cantos remotos do Condado. Os Sacola-Bolseiros não foram esquecidos. Otho e sua esposa Lobélia estavam presentes. Não gostavam de Bilbo e detestavam Frodo, mas o cartão de convite era tão magnífico, escrito com tinta dourada, que sentiram ser impossível recusar. Além disso, seu primo Bilbo estivera se especializando em comida por muitos anos, e sua mesa tinha alta reputação.

Todos os cento e quarenta e quatro convidados esperavam uma festa agradável; porém estavam um tanto apreensivos com o discurso de seu anfitrião depois do jantar (um item inevitável). Ele costumava incluir fragmentos do que chamava de poesia; e às vezes, depois de um copo ou dois, fazia alusões às aventuras absurdas de sua misteriosa viagem. Os convidados não se decepcionaram: tiveram um banquete *muito* agradável, de fato um entretenimento que os absorveu: rico, abundante, variado e prolongado. Nas semanas seguintes as compras de suprimentos caíram quase a zero em todo o distrito; mas, como o abastecimento de Bilbo havia esgotado os estoques da maioria das lojas, adegas e depósitos num raio de milhas, isso não importava muito.

Após o banquete (mais ou menos) veio o Discurso. No entanto, a maior parte da companhia já estava com humor tolerante, naquele ponto deleitoso que eles chamavam de "preencher os cantos". Estavam bebericando suas bebidas favoritas e mordiscando seus petiscos favoritos, e seus temores foram esquecidos. Estavam dispostos a escutar qualquer coisa e a dar vivas a cada ponto final.

Minha cara Gente, começou Bilbo, erguendo-se em seu lugar. "Ouçam! Ouçam! Ouçam!", gritaram, e continuaram repetindo isso em coro, aparentemente relutando em seguir seu próprio conselho. Bilbo saiu de seu lugar e se pôs de pé em uma cadeira embaixo da árvore iluminada. A luz das lanternas lhe caía sobre o rosto radiante; os botões dourados brilhavam em seu colete bordado de seda. Todos podiam vê-lo de pé, abanando uma mão no ar, com a outra no bolso da calça.

Meus caros Bolseiros e Boffins, recomeçou ele, *e meus caros Tûks e Brandebuques, e Fossadores, e Roliços, e Covas, e Corneteiros, e Bolgers, Justa-Correias, Boncorpos, Texugos e Pé-Soberbos*. "pés-Soberbos!", gritou um hobbit de certa idade do fundo do pavilhão. Seu nome, claro, era Pé-Soberbo, e bem merecido; seus pés eram grandes, especialmente peludos, e estavam ambos sobre a mesa.

Pé-Soberbos, repetiu Bilbo. *Também meus bons Sacola-Bolseiros a quem finalmente volto a dar as boas-vindas em Bolsão. Hoje é meu centésimo décimo primeiro aniversário: tenho onzenta e um anos hoje!* "Viva! Viva! Muitos Anos de Vida!", gritavam, e martelavam as mesas com alegria. Bilbo estava se saindo esplendidamente. Era desse tipo de coisa que gostavam: curto e óbvio.

Espero que todos estejam se divertindo como eu. Vivas ensurdecedores. Gritos de "Sim" (e "Não"). Barulho de trompas e cornetas, apitos e flautas e outros instrumentos musicais. Como foi dito, havia muitos jovens hobbits presentes. Centenas de bombinhas musicais tinham sido estouradas. A maioria trazia a marca valle; isso não queria dizer muita coisa para a maioria dos hobbits, mas todos concordavam que eram bombinhas maravilhosas. Elas continham instrumentos pequenos, mas de feitura perfeita e tons encantadores. Na verdade, em um canto, alguns dos jovens Tûks e Brandebuques, supondo que o Tio Bilbo acabara (visto que claramente dissera tudo o que era necessário), montaram uma orquestra improvisada e começaram a tocar uma alegre melodia de dança. O Mestre Everard Tûk e a Srta. Melilota Brandebuque subiram numa mesa e, com guizos nas mãos, começaram a dançar a Ciranda-saltitante: uma dança bonita, mas um tanto vigorosa.

Mas Bilbo não havia terminado. Agarrando uma corneta de um jovem próximo, deu três toques altos. O barulho amainou. *Não vou tomar muito do seu tempo*, exclamou. Vivas de toda a multidão. *Chamei todos aqui com um Propósito.* Alguma coisa no modo como disse isso os impressionou. Fez-se quase silêncio, e um ou dois dos Tûks lhe deram ouvidos.

Na verdade, com Três Propósitos! Primeiro de tudo, para lhes dizer que gosto imensamente de todos vocês, e que onzenta e um anos é um tempo curto demais para viver entre hobbits tão excelentes e admiráveis. Tremenda explosão de aprovação.

Não conheço a metade de vocês a metade do que gostaria; e gosto de menos da metade de vocês a metade do que merecem. Isso era inesperado e um tanto difícil. Houve alguns aplausos esparsos, mas a maioria deles estava tentando compreender e ver se era um elogio.

Em segundo lugar, para comemorar meu aniversário. Vivas de novo. *Eu deveria dizer: NOSSO aniversário. Pois é claro que também é o aniversário de meu herdeiro e sobrinho Frodo. Hoje ele se torna maior de idade e faz jus à sua herança.* Alguns aplausos perfunctórios dos mais velhos; e alguns gritos altos de "Frodo! Frodo! O bom e velho Frodo" dos mais moços. Os Sacola-Bolseiros franziram as sobrancelhas e se perguntaram o que queria dizer "fazer jus à sua herança".

Juntos nós totalizamos cento e quarenta e quatro anos. O número de vocês foi escolhido para igualar este notável total: uma Grosa, se me permitem usar a expressão. Nenhum aplauso. Aquilo era ridículo. Muitos dos convidados, em especial os Sacola-Bolseiros, sentiram-se insultados, certos de que só tinham sido chamados para perfazer o número requerido, como mercadorias numa embalagem. "Uma Grosa, essa é boa! Expressão vulgar."

É também, se me permitirem referir-me à história antiga, o aniversário de minha chegada, num barril, a Esgaroth, no Lago Longo; porém o fato de que era meu aniversário me escapou à memória naquela ocasião. Eu tinha apenas cinquenta e um anos, e os aniversários não pareciam tão importantes. O banquete, no entanto, foi deveras esplêndido, apesar de eu estar muito resfriado na ocasião, lembro-me, e só poder dizer "buito obigado". Agora repito mais corretamente: Muitíssimo obrigado por virem à minha pequena festa. Silêncio obstinado. Todos temiam que uma canção ou algum poema fosse iminente; e estavam ficando entediados. Por que ele não podia parar de falar e deixar que eles brindassem à sua saúde? Mas Bilbo não cantou nem recitou. Pausou por um momento.

Em terceiro e último lugar, prosseguiu ele, *desejo fazer um ANÚNCIO.* Falou esta última palavra tão alta e repentinamente que todos aqueles que ainda podiam se ergueram nos assentos. *Lamento anunciar que — apesar de, como eu disse, onzenta e um anos serem um tempo curto demais para passar entre vocês — este é o FIM. Estou indo embora. Estou partindo AGORA. ADEUS!*

Desceu da cadeira e desapareceu. Houve um lampejo cegante de luz, e todos os convidados piscaram. Quando abriram os olhos Bilbo não podia ser visto em nenhum lugar. Cento e quarenta e quatro hobbits estupefatos reclinaram-se emudecidos. O velho Odo Pé-Soberbo tirou os pés da mesa e pisou forte. Então fez-se um silêncio profundo, até que de repente, após várias inspirações profundas, todos os Bolseiros, Boffins, Tûks, Brandebuques, Fossadores, Roliços, Covas, Bolgers, Justa-Correias, Texugos, Boncorpos, Corneteiros e Pé-Soberbos começaram a falar ao mesmo tempo.

A concordância geral era que tinha sido uma brincadeira de muito mau gosto, e foram precisas mais comida e bebida para curar os convidados do choque e do incômodo. "É maluco. Eu sempre disse isso" foi provavelmente o comentário mais popular. Até os Tûks (com algumas exceções) achavam que o comportamento de Bilbo fora absurdo. No momento a maior parte deles achou óbvio que seu desaparecimento nada mais era que uma travessura ridícula.

Mas o velho Rory Brandebuque não tinha tanta certeza. Nem a idade nem um jantar enorme haviam embotado sua perspicácia, e ele falou à nora Esmeralda: "Há qualquer coisa esquisita aí, querida! Creio que o Bolseiro maluco está à solta outra vez. Velho tolo e bobo. Mas por que se preocupar? Ele não levou as provisões consigo." Chamou Frodo em voz alta para que mandasse o vinho passar outra vez.

Frodo era o único presente que não dissera nada. Por algum tempo estivera sentado em silêncio junto à cadeira vazia de Bilbo e ignorara todas as observações e perguntas. É claro que apreciara a brincadeira, apesar de ser um dos iniciados. Achava difícil não rir da indignada surpresa dos convidados. Mas ao mesmo tempo sentia-se profundamente perturbado: deu-se conta de repente de que o velho hobbit lhe era muito querido. A maioria dos convidados continuou comendo e bebendo e discutindo as esquisitices de Bilbo Bolseiro, passadas e presentes; mas os Sacola-Bolseiros já haviam partido furiosos. Frodo não queria mais nada com a festa. Deu ordens para servirem mais vinho; depois levantou-se e esvaziou seu copo à saúde de Bilbo, em silêncio, e se esgueirou para fora do pavilhão.

Quanto a Bilbo Bolseiro, ao mesmo tempo em que fazia seu discurso, ele estivera mexendo no anel dourado em seu bolso: seu anel mágico que mantivera em segredo por tantos anos. Ao descer da cadeira ele o pôs no dedo; e nunca mais foi visto por nenhum hobbit na Vila-dos-Hobbits.

Caminhou enérgico de volta à toca e ficou um momento parado, escutando com um sorriso o ruído no pavilhão e os sons das festividades em outras partes do campo. Depois entrou. Tirou as roupas da festa, dobrou e embrulhou em papel fino seu colete bordado de seda e o guardou. Então vestiu depressa uns trajes velhos e desmazelados, e prendeu à cintura um cinto gasto de couro. Pendurou nele uma espada curta numa bainha surrada de couro preto. De uma gaveta trancada, com cheiro de naftalina, tirou uma velha capa e capuz. Tinham sido trancados como se fossem muito preciosos, mas estavam tão remendados e manchados pelas intempéries que mal se podia adivinhar a cor original: podiam ter sido verde-escuros. Eram um tanto grandes para ele. Depois foi ao escritório e tirou de uma grande caixa-forte um maço embrulhado em panos velhos e um manuscrito encadernado em couro; e também um envelope grande e maciço. Enfiou o livro e o maço no topo de um saco pesado que estava de pé ali, já quase cheio. Deslizou para dentro do envelope seu anel dourado e sua fina corrente, e depois o selou e o endereçou a Frodo. Primeiro colocou-o sobre o consolo da lareira, mas tirou-o de repente e o enfiou no bolso. Nesse momento a porta se abriu e Gandalf entrou depressa.

"Alô!", exclamou Bilbo. "Estava me perguntando se você iria aparecer."

"Estou contente de encontrá-lo visível", retrucou o mago, sentando-se numa cadeira. "Queria apanhá-lo para falar umas últimas palavras. Imagino que você pense que tudo transcorreu de modo esplêndido, de acordo com o plano?"

"Penso, sim", disse Bilbo. "Porém aquele lampejo foi surpreendente: espantou-me bastante, o que dizer dos outros. Um pequeno acréscimo seu, suponho?"

"Foi. Você sabiamente manteve esse anel em segredo todos esses anos, e achei necessário dar aos seus convidados algo mais que pudesse explicar seu súbito desaparecimento."

"E estragasse minha brincadeira. Você é um velho abelhudo intrometido", riu Bilbo, "mas imagino que sabe o que é melhor, como sempre."

"Sei — quando sei alguma coisa. Mas não tenho tanta certeza de toda esta questão. Ela agora alcançou o ponto final. Você fez sua brincadeira e alarmou ou ofendeu a maior parte de seus parentes, e deu a todo o Condado algo para falar durante nove dias, ou mais provavelmente noventa e nove. Vai em frente?"

"Vou, sim. Sinto que preciso de férias, férias muito longas, como lhe disse antes. Provavelmente férias permanentes: não espero retornar. Na verdade, não pretendo, e fiz todos os arranjos.

"Estou velho, Gandalf. Não pareço, mas estou começando a sentir no fundo do coração. *Bem conservado*, essa é boa!", bufou ele. "Ora, eu me sinto todo fino, como que *esticado*, se você me entende: como manteiga que foi espalhada sobre muito pão. Isso não pode estar certo. Preciso de uma mudança ou algo assim."

Gandalf fitou-o, curioso e de perto. "Não, não parece certo", comentou ele, pensativo. "Não, afinal, eu acho que seu plano provavelmente é o melhor."

"Bem, seja como for, estou decidido. Quero ver montanhas de novo, Gandalf — *montanhas*; e depois encontrar algum lugar onde possa *descansar*. Em paz e com tranquilidade, sem um monte de parentes se intrometendo e uma fileira de malditos visitantes pendurados na campainha. Pode ser que eu encontre um lugar onde possa terminar meu livro. Pensei num bom desfecho para ele: *e viveu feliz para sempre até o fim de seus dias.*"

Gandalf riu. "Espero que sim. Mas ninguém lerá o livro, não importa como termine."

"Oh, pode ser que leiam, em anos futuros. Frodo já leu uma parte, até o ponto em que chegou. Você vai ficar de olho em Frodo, não vai?"

"Vou, sim — dois olhos, sempre que os tiver de sobra."

"Ele viria comigo, é claro, se eu lhe pedisse. Na verdade, ofereceu-se para vir uma vez, logo antes da festa. Mas ele não quer de verdade, ainda. Quero ver as regiões ermas outra vez antes de morrer, e as Montanhas; mas ele ainda está apaixonado pelo Condado, com bosques e campos e riozinhos. Deverá ficar confortável aqui. Estou deixando tudo para ele, é claro, exceto algumas miudezas. Espero que fique feliz quando se acostumar a estar sozinho. Já era hora de ele ser dono do seu nariz."

"Tudo?", indagou Gandalf. "O anel também? Você concordou com isso, lembre-se."

"Bem, há, sim, acho que sim", gaguejou Bilbo.

"Onde ele está?"

"Num envelope, se quer saber", respondeu Bilbo com impaciência. "Ali no consolo da lareira. Ora, não! Aqui está, no meu bolso!", hesitou. "Isso não é estranho?", disse baixinho consigo. "Mas, afinal, por que não? Por que não deveria ficar ali?"

Gandalf encarou Bilbo outra vez, muito intensamente, e havia um brilho em seus olhos. "Eu penso, Bilbo", prosseguiu ele tranquilamente, "que eu o deixaria para trás. Não quer fazer isso?"

"Ora, sim — e não. Agora que a hora chegou, não gosto nem um pouco de me separar dele, é isso. E, na verdade, não vejo por que deveria. Por que você quer que eu faça isso?", perguntou, e sua voz sofreu uma curiosa alteração. Estava ríspida com suspeita e incômodo. "Você está sempre me atormentando sobre meu anel; mas você nunca me aborreceu sobre as outras coisas que obtive em minha viagem."

"Não, mas eu tinha de atormentá-lo", disse Gandalf. "Eu queria a verdade. Era importante. Anéis mágicos são, ora, mágicos; e são raros e curiosos. Eu estava profissionalmente interessado em seu anel, pode-se dizer; e ainda estou. Gostaria de saber onde está, caso você saia outra vez a passear. Também acho que *você* o teve por tempo mais do que suficiente. Não vai mais precisar dele, Bilbo, a não ser que eu muito me engane."

Bilbo enrubesceu, e havia uma luz raivosa em seus olhos. Seu rosto bondoso se endureceu. "Por que não?", exclamou. "E, afinal, o que lhe importa saber o que faço com minhas coisas? Ele é meu. Eu o encontrei. Ele veio ter comigo."

"Sim, sim", assentiu Gandalf. "Mas não há por que ficar com raiva."

"Se estou, é culpa sua", disse Bilbo. "Ele é meu, eu lhe digo. Meu. Meu Precioso. Sim, meu Precioso."

O rosto do mago manteve-se grave e atento, e somente um lampejo em seus olhos profundos demonstrava que estava assustado, de fato alarmado. "Ele já foi chamado assim", afirmou ele, "mas não por você."

"Mas agora eu o digo. E por que não? Mesmo que Gollum alguma vez tenha dito a mesma coisa. Agora não é dele, e sim meu. E vou ficar com ele, eu digo."

Gandalf levantou-se. Falou com severidade. "Você será um tolo se fizer isso, Bilbo", disse ele. "Você deixa isso mais evidente com cada palavra que diz. Ele tem demasiado domínio sobre você. Largue-o! E depois você mesmo pode partir e ser livre."

"Vou fazer o que decido e partir como bem entender", comunicou Bilbo, obstinado.

"Ora, ora, meu caro hobbit!", exclamou Gandalf. "Por toda a sua longa vida fomos amigos, e você me deve alguma coisa. Vamos! Faça o que prometeu: desista dele!"

"Bem, se você quer meu anel para você, diga isso!", exclamou Bilbo. "Mas não vai tê-lo. Não vou dar meu Precioso, eu digo." Sua mão se moveu em direção ao punho da pequena espada.

Os olhos de Gandalf relampejaram. "Logo será minha vez de ficar com raiva", falou ele. "Se você disser isso de novo, vou ficar. Aí você verá Gandalf, o Cinzento, desvendado." Deu um passo na direção do hobbit, e pareceu tornar-se alto e ameaçador; sua sombra preenchia o pequeno recinto.

Bilbo recuou até a parede, com a respiração pesada e a mão apertada no bolso. Passaram um momento encarando-se, e o ar do recinto ardia. Os olhos de Gandalf estavam fixos no hobbit. Lentamente as mãos deste se soltaram, e ele começou a tremer.

"Não sei o que deu em você, Gandalf", afirmou ele. "Você nunca foi assim antes. O que é tudo isso? Ele é meu, não é? Eu o encontrei, e Gollum me mataria se eu não o tivesse guardado. Não sou ladrão, não importa o que ele disse."

"Nunca chamei você assim", respondeu Gandalf. "Nem eu o sou. Não estou tentando roubá-lo, e sim ajudá-lo. Gostaria que confiasse em mim, como costumava." Deu-lhe as costas, e a sombra passou. Pareceu minguar outra vez, tornando-se um velho grisalho, curvado e aflito.

Bilbo passou a mão sobre os olhos. "Lamento", comentou ele. "Mas senti-me muito estranho. E, ainda assim, de certo modo seria um alívio não me preocupar mais com ele. Ele tem dominado minha mente nos últimos tempos. Às vezes senti que era como um olho me fitando. E sempre quero pô-lo e desaparecer, você sabe; ou me pergunto se ele está a salvo, e o tiro do bolso para me certificar. Tentei trancá-lo, mas descobri que não conseguia descansar sem o ter no bolso. Não sei por quê. E parece que não sou capaz de me decidir."

"Então confie em mim", disse Gandalf. "Estou bem decidido. Vá embora e deixe-o para trás. Pare de possuí-lo. Dê-o a Frodo, e eu cuidarei dele."

Por um momento Bilbo ficou parado, tenso e indeciso. Por fim suspirou. "Muito bem", prosseguiu com esforço. "Farei isso." Depois deu de ombros e sorriu um tanto pesaroso. "Afinal, todo esse negócio da festa era para isto, na verdade: dar montes de presentes de aniversário, e de algum modo tornar mais fácil dá-lo ao mesmo tempo. No fim não ficou mais fácil desse jeito, mas seria uma pena desperdiçar todos os meus preparativos. Isso estragaria a brincadeira."

"De fato anularia a única finalidade que cheguei a ver nesse assunto", assentiu Gandalf.

"Muito bem," respondeu Bilbo, "ele vai para Frodo com todo o resto." Inspirou fundo. "E agora preciso mesmo partir, ou outra pessoa vai me apanhar. Eu disse adeus e não suportaria fazer tudo de novo." Apanhou o saco e se aproximou da porta.

"Você ainda está com o anel no bolso", reiterou o mago.

"Ora, estou sim!", exclamou Bilbo. "E meu testamento e todos os outros documentos também. É melhor você pegá-lo e entregar em meu nome. Isso será o mais seguro."

"Não, não me dê o anel", disse Gandalf. "Ponha-o no consolo da lareira. Lá ficará bem seguro até que Frodo chegue. Vou esperar por ele."

Bilbo tirou o envelope, mas bem quando estava prestes a colocá-lo junto ao relógio sua mão se afastou repentinamente, e o pacote caiu no chão. Antes que ele pudesse apanhá-lo o mago se inclinou, pegou-o e o pôs no lugar. Outra vez um espasmo de raiva passou depressa pelo rosto do hobbit. De repente ele cedeu a um olhar de alívio e uma risada.

"Bem, é isso", encerrou ele. "Agora me vou!"

Saíram para o saguão. Bilbo escolheu a bengala favorita no suporte; depois assobiou. Três anãos saíram de diferentes quartos, onde estavam ocupados.

"Está tudo pronto?", perguntou Bilbo. "Tudo embalado e etiquetado?"

"Tudo", responderam eles.

"Bem, então vamos partir!" Deu um passo pela porta da frente. Era uma bela noite, e o céu negro estava salpicado de estrelas. Ergueu os olhos, farejando o ar. "Que divertido! Que divertido partir outra vez pela Estrada com anões! Era por isto mesmo que eu estava ansiando durante anos! Adeus!", disse ele, olhando seu velho lar e se inclinando diante da porta. "Adeus, Gandalf!"

"Adeus, por enquanto, Bilbo. Cuide-se! Você é velho o bastante, e talvez sábio o bastante."

"Cuide-se! Não me importo. Não se preocupe comigo! Agora estou feliz como jamais estive, e isso quer dizer muita coisa. Mas a hora chegou. Estou sendo arrebatado, finalmente", acrescentou, e depois, em voz baixa, como que para si mesmo, cantou suavemente no escuro:

> *A Estrada segue sempre avante*
> *Da porta onde é seu começo.*
> *Já longe a Estrada vai, constante,*
> *E eu vou por ela sem tropeço,*
> *Seguindo-a com pés ansiosos,*
> *Pois outra estrada vou achar*
> *Onde há encontros numerosos.*
> *Depois? Não posso adivinhar.*[A]

Fez uma pausa, em silêncio, por um momento. Depois, sem mais palavra, deu as costas às luzes e às vozes no campo e nas tendas e, seguido pelos três companheiros, deu a volta no jardim e trotou percorrendo a longa trilha que descia. Pulou um trecho baixo da sebe no sopé e passou para os prados, entrando na noite como um farfalhar de vento no capim.

Gandalf ficou um tempo com o olhar fixo nele, na escuridão. "Até logo, meu caro Bilbo — até nosso próximo encontro!", disse baixinho e voltou para dentro.

Frodo entrou logo depois e o encontrou sentado no escuro, absorto em pensamentos. "Ele se foi?", perguntou.

"Sim," respondeu Gandalf, "ele se foi afinal."

"Eu gostaria, quero dizer, até esta tarde eu esperava que fosse apenas uma brincadeira", declarou Frodo. "Mas no meu coração eu sabia que ele realmente pretendia ir. Ele sempre brincava com coisas sérias. Eu gostaria de ter voltado antes, só para me despedir dele."

"Na verdade, acho que ele preferiu escapulir tranquilamente no final", disse Gandalf. "Não se aflija demais. Ele vai ficar bem — agora. Deixou um pacote para você. Ali está ele!"

Frodo pegou o envelope no consolo da lareira e lhe lançou um olhar, mas não o abriu.

"Creio que aí dentro você encontrará seu testamento e todos os outros documentos", afirmou o mago. "Agora você é o dono de Bolsão. E imagino que também encontrará um anel dourado."

"O anel!", exclamou Frodo. "Ele deixou isso para mim? Pergunto-me por quê. Ainda assim, poderá ser útil."

"Poderá, ou não poderá", disse Gandalf. "Eu não faria uso dele, se fosse você. Mas mantenha-o em segredo, e mantenha-o guardado! Agora vou para a cama."

Como dono de Bolsão, Frodo sentiu ser seu doloroso dever despedir-se dos convidados. Àquela altura boatos sobre eventos estranhos haviam se espalhado pelo campo, mas Frodo só dizia que "sem dúvida tudo estará esclarecido pela manhã." Por volta da meia-noite vieram carruagens para as pessoas importantes. Uma a uma elas se afastaram, repletas de hobbits cheios, mas muito insatisfeitos. Vieram os jardineiros contratados e removeram, em carrinhos de mão, os que inadvertidamente tinham ficado para trás.

A noite passou devagar. O sol nasceu. Os hobbits se levantaram um tanto tarde. A manhã prosseguiu. Vieram pessoas para começar (seguindo ordens) a remover os pavilhões, e as mesas, e as cadeiras, e colheres, e facas, e garrafas, e pratos, e lanternas, e os arbustos floridos em caixas, e as migalhas e papéis de bombinhas, bolsas e luvas e lenços esquecidos, e a comida intocada (um item muito reduzido). Então chegou um certo número de outras pessoas (sem ordens): Bolseiros, e Boffins, e Bolgers, e Tûks, e outros convidados que moravam ou estavam alojados por perto. No meio do dia, quando até os mais bem alimentados estavam circulando outra vez, havia em Bolsão uma grande multidão, sem convite, mas não inesperada.

Frodo esperava nos degraus, sorrindo, mas parecendo um tanto cansado e preocupado. Recebia todos os visitantes, mas não tinha muito mais a dizer do que antes. Sua resposta a todas as questões era simplesmente esta: "O Sr. Bilbo Bolseiro partiu; até onde sei, em definitivo." Alguns dos visitantes ele convidou a entrar, pois Bilbo deixara "mensagens" para eles.

Lá dentro, no saguão, estava empilhado um grande sortimento de pacotes e embrulhos e pequenas peças de mobiliário. Em cada item havia uma etiqueta amarrada. Havia diversas etiquetas deste tipo:

Para ADELARD TÛK, para ELE MESMO, de Bilbo; num guarda-chuva. Adelard já havia levado muitos que não tinham etiqueta.

Para DORA BOLSEIRO em memória de uma LONGA correspondência, com amor de Bilbo; num grande cesto de lixo. Dora era irmã de Drogo, a mais velha parenta sobrevivente de Bilbo e Frodo; tinha noventa e nove anos e escrevera resmas de bons conselhos por mais de meio século.

Para MILO COVAS, esperando que seja útil, de B.B.; numa caneta de ouro e tinteiro. Milo jamais respondia a cartas.

Para o uso de ANGÉLICA, do Tio Bilbo; num espelho convexo redondo. Ela era uma jovem Bolseiro e, obviamente, acreditava demais ter um rosto formoso.

Para a coleção de HUGO JUSTA-CORREIA, de um contribuidor; em uma estante (vazia) de livros. Hugo era grande tomador de livros emprestados, e pior que o normal para devolvê-los.

Para LOBÉLIA SACOLA-BOLSEIRO, como PRESENTE; num estojo de colheres de prata. Bilbo acreditava que ela carregara muitas das suas colheres enquanto ele estava longe em sua antiga viagem. Lobélia bem sabia disso. Quando chegou mais tarde naquele dia, pegou a alusão imediatamente, mas também pegou as colheres.

Esta é apenas uma pequena seleção dos presentes reunidos. A residência de Bilbo tinha ficado bastante atulhada de objetos no decorrer de sua longa vida. Era uma tendência das tocas de hobbits ficarem atulhadas: o costume de dar tantos presentes de aniversário tinha grande responsabilidade nisso. Claro que os presentes de aniversário nem sempre eram *novos*; havia um ou dois *mathoms* de uso esquecido que tinham circulado por todo o distrito; mas Bilbo normalmente dera presentes novos, e guardara os que recebera. Agora a velha toca estava sendo desimpedida um pouco.

Cada um dos vários presentes de despedida tinha uma etiqueta, escrita pessoalmente por Bilbo, e diversos tinham alguma alusão, ou alguma brincadeira. Mas é claro que a maior parte dos objetos foi dada a quem precisava e recebia de bom grado. Os hobbits mais pobres, especialmente os da Rua do Bolsinho, deram-se muito bem. O velho Feitor Gamgi ganhou dois sacos de batatas, uma pá nova, um colete de lã e um frasco de unguento para juntas enferrujadas. O velho Rory Brandebuque, em troca de muita hospitalidade, ganhou uma dúzia de garrafas de Velhos Vinhedos: um vinho tinto forte da Quarta Sul, e àquela altura bem maduro, visto que fora armazenado pelo pai de Bilbo. Rory perdoou Bilbo por completo e o declarou excelente sujeito depois da primeira garrafa.

De tudo, bastante havia sido deixado para Frodo. E é claro que todos os tesouros principais, bem como os livros, os quadros e mais móveis que o suficiente, foram deixados em sua posse. No entanto, não havia sinal nem menção de dinheiro nem joias: nem um tostão nem uma conta de vidro foram doados.

Frodo passou maus bocados naquela tarde. Um boato falso de que toda a instalação estava sendo distribuída de graça espalhou-se como fogo-fátuo; e em pouco tempo a casa estava lotada de gente que não tinha nada a fazer ali, mas que não podia ser mantida do lado de fora. Etiquetas eram arrancadas e misturadas, e brigas irromperam. Algumas pessoas tentaram fazer trocas e acordos no saguão; e outras tentaram pilhar objetos pequenos que não lhes eram destinados, ou qualquer coisa que parecesse não ser desejada nem vigiada. O caminho do portão estava bloqueado com carrinhos de mão e carretas.

No meio da confusão chegaram os Sacola-Bolseiros. Frodo se afastara por um momento e deixara o amigo Merry

Brandebuque vigiando os objetos. Quando Otho pediu para ver Frodo em alta voz, Merry se inclinou polidamente.

"Ele está indisposto", disse. "Está repousando."

"Escondido, você quer dizer", retrucou Lobélia. "Seja como for, queremos vê-lo e pretendemos vê-lo. Agora vá e diga a ele!"

Merry os deixou no saguão por longo período, e eles tiveram tempo de descobrir as colheres que eram presentes de despedida. Isso não melhorou seu humor. Acabaram sendo admitidos no escritório. Frodo estava sentado a uma mesa com um monte de papéis à sua frente. Parecia indisposto — em ver os Sacola-Bolseiros, com certeza; e levantou-se, remexendo alguma coisa no bolso. Mas falou muito educadamente.

Os Sacola-Bolseiros foram bem ofensivos. Começaram lhe oferecendo preços de pechincha ruins (como se fosse entre amigos) para vários objetos valiosos sem etiqueta. Quando Frodo retrucou que só estavam sendo doadas as coisas especialmente marcadas por Bilbo, eles disseram que todo o caso era bem duvidoso.

"Só uma coisa está clara para mim", falou Otho, "é que você está se dando muito bem. Insisto em ver o testamento."

Otho teria sido herdeiro de Bilbo, não fosse a adoção de Frodo. Leu o testamento com cuidado e bufou. Infelizmente ele era muito claro e correto (de acordo com os costumes legais dos hobbits, que entre outras coisas exigem sete assinaturas de testemunhas em tinta vermelha).

"Frustrados outra vez!", disse ele à esposa. "E depois de esperar *sessenta* anos. Colheres? Baboseira!" Estalou os dedos debaixo do nariz de Frodo e saiu pisando duro. Mas Lobélia não era tão fácil de se livrar. Pouco depois Frodo saiu do escritório para ver como as coisas estavam andando e a encontrou ainda rodando, investigando frestas e cantos e dando pancadinhas no chão. Escoltou-a com firmeza para fora do recinto, depois de aliviá-la de diversos artigos pequenos (mas bem valiosos) que de algum modo haviam caído dentro do seu guarda-chuva. Pelo rosto dela, parecia que estava na agonia de imaginar uma observação de despedida que fosse realmente avassaladora; mas só conseguiu dizer, virando-se no degrau:

"Você viverá para se arrepender disto, rapazinho! Por que não foi embora também? Seu lugar não é aqui; você não é Bolseiro — você — você é um Brandebuque!"

"Ouviu isso, Merry? Foi um insulto, se você me entende", exclamou Frodo, fechando a porta atrás dela.

"Foi um elogio", disse Merry Brandebuque, "e, portanto, não era verdade."

Então deram uma volta pela toca e expulsaram três jovens hobbits (dois Boffins e um Bolger) que estavam fazendo buracos nas paredes de um dos porões. Frodo também teve uma briga com o jovem Sancho Pé-Soberbo (neto do velho Odo Pé-Soberbo), que começara uma escavação na despensa maior, onde cria haver um eco. A lenda do ouro de Bilbo excitava ao mesmo tempo curiosidade e esperança; pois ouro lendário (obtido de modo misterioso, se não francamente ilícito) é, como todos sabem, de quem o achar — a não ser que a busca seja interrompida.

Depois de derrotar Sancho e empurrá-lo para fora, Frodo desabou numa cadeira no saguão. "É hora de fechar a loja, Merry", afirmou ele. "Tranque a porta e não a abra para ninguém hoje, nem que tragam um aríete." Então foi recompor-se com uma xícara tardia de chá.

Mal estava sentado quando se ouviu uma batida fraca na porta da frente. "Muito provavelmente Lobélia de novo", pensou ele. "Ela deve ter pensado em alguma coisa bem detestável e voltou para dizê-la. Isso pode esperar."

Continuou com seu chá. A batida repetiu-se, bem mais alta, mas ele não deu atenção. De repente, a cabeça do mago surgiu à janela.

"Se não me deixar entrar, Frodo, vou explodir sua porta, que vai atravessar sua toca e sair pela colina", disse ele.

"Meu caro Gandalf! Meio minuto!", exclamou Frodo, correndo pelo recinto até a porta. "Entre! Entre! Pensei que era Lobélia."

"Então eu o perdoo. Mas eu a vi um tempo atrás, dirigindo uma carreta de pônei rumo a Beirágua com uma cara que azedaria leite fresco."

"Ela quase azedou a mim. Honestamente, faltou pouco para eu usar o anel de Bilbo. Tive ganas de desaparecer."

"Não faça isso!", exclamou Gandalf, sentando-se. "Tenha muito cuidado com esse anel, Frodo! Na verdade, é em parte sobre isso que vim dizer uma última palavra."

"Bem, do que se trata?"

"O que você já sabe?"

"Só o que Bilbo me contou. Ouvi a história dele: como ele o encontrou, e como o usou — na sua viagem, quero dizer."

"Qual história, eu me pergunto", indagou Gandalf.

"Oh, não a que ele contou aos anãos e pôs no seu livro", respondeu Frodo. "Ele me contou a história verdadeira logo depois que vim morar aqui. Falou que você o tinha importunado até lhe contar, e, portanto, era melhor que eu também soubesse. 'Sem segredos entre nós, Frodo', ele disse; 'mas estes não devem ir além. Seja como for, é meu.'"

"Isso é interessante", comentou Gandalf. "Bem, o que você pensou de tudo isso?"

"Se você se refere a inventar tudo aquilo sobre um 'presente', bem, pensei que a história verdadeira era muito mais provável e não consegui ver nenhum motivo para alterá-la. De qualquer modo, não era nada característico de Bilbo fazer isso; e pensei que era bem esquisito."

"Eu também. Mas coisas esquisitas podem acontecer com pessoas que têm tais tesouros — se os usarem. Que isso seja um alerta para você tomar muito cuidado com ele. Ele pode ter outros poderes além de simplesmente fazer você sumir quando deseja."

"Não compreendo", disse Frodo.

"Nem eu", replicou o mago. "Meramente comecei a me perguntar sobre o anel, especialmente desde ontem à noite. Não há por que se preocupar. Mas, se aceita meu conselho, você o usará muito raramente, ou nunca. Pelo menos imploro que não o use de modo que cause comentários ou levante suspeitas. Digo outra vez: mantenha-o guardado, e mantenha-o em segredo!"

"Você está muito misterioso! Do que tem medo?"

"Não tenho certeza, por isso não direi nada mais. Poderei ser capaz de lhe contar alguma coisa quando voltar. Vou partir imediatamente: então é adeus por ora." Levantou-se.

"Imediatamente!", exclamou Frodo. "Ora, pensei que você iria ficar pelo menos por uma semana. Estava contando com sua ajuda."

"Eu pretendia — mas tive que mudar de ideia. Poderei estar longe por um bom tempo; mas virei vê-lo de novo assim que puder. Espere-me quando me vir! Vou chegar furtivamente e em silêncio. Não vou mais visitar o Condado abertamente muitas vezes. Descobri que me tornei um tanto impopular. Dizem que sou inconveniente e perturbador da paz. Algumas pessoas chegam a me acusar de raptar Bilbo, ou pior. Se quer saber, dizem que há um complô entre você e eu para tomar posse da fortuna dele."

"Algumas pessoas!", exclamou Frodo. "Você quer dizer Otho e Lobélia. Que coisa abominável! Eu lhes daria Bolsão e tudo o mais se pudesse fazer Bilbo voltar e sair perambulando por aí com ele. Amo o Condado. Mas começo a desejar, de algum modo, que eu também tivesse ido. Pergunto-me se alguma vez vou voltar a vê-lo."

"Eu também", disse Gandalf. "E me pergunto várias outras coisas. Adeus por agora! Cuide-se! Espere me ver, especialmente em horas improváveis! Adeus!"

Frodo levou-o até a porta. Ele deu um aceno de mão final e partiu caminhando em velocidade espantosa; mas Frodo pensou que o velho mago parecia incomumente curvado, quase como se estivesse carregando um grande peso. A noitinha estava chegando, e seu vulto encapado desapareceu depressa na penumbra. Frodo não voltou a vê-lo por longo tempo.

2

A SOMBRA
DO PASSADO

O falatório não diminuiu em nove dias, nem mesmo em noventa e nove. O segundo desaparecimento do Sr. Bilbo Bolseiro foi discutido na Vila-dos-Hobbits, e, na verdade, por todo o Condado, por um ano e um dia, e foi lembrado por muito mais tempo que isso. Transformou-se numa história ao pé da lareira para os jovens hobbits; e eventualmente o Bolseiro Louco, que costumava sumir com um estrondo e um clarão e reaparecer com sacos de joias e ouro, tornou-se um personagem predileto das lendas e continuou vivendo muito tempo depois de todos os acontecimentos reais estarem esquecidos.

Mas, nesse meio-tempo, a opinião geral da vizinhança era de que Bilbo, que sempre fora um tanto doido, tinha finalmente enlouquecido de vez e saíra correndo para o Grande Mundo. Ali ele sem dúvida caíra em uma lagoa ou um rio, chegando a um fim trágico, mas não necessariamente precoce. A culpa, na maioria das vezes, era atribuída a Gandalf.

"Contanto que esse mago danado deixe o jovem Frodo sozinho, quem sabe ele se acalme e desenvolva bom-senso de hobbit", diziam. E ao que parecia o mago deixou Frodo sozinho, e este se acalmou, mas o desenvolvimento de bom-senso de hobbit não era muito perceptível. Na verdade, ele imediatamente começou a perpetuar a reputação de esquisitice de Bilbo. Recusou-se a vestir luto; e no ano seguinte deu uma festa em homenagem ao centésimo décimo segundo aniversário de Bilbo, que chamou de Banquete do Quintal.[1] Mas ficou abaixo do esperado, pois

---

[1] O quintal (em inglês *hundredweight*) é uma antiga unidade de medida de peso equivalente a 112 libras (ou cerca de 51 quilogramas). [N. T.]

foram convidadas vinte pessoas, e houve diversas refeições em que nevou comida e choveu bebida, como dizem os hobbits.

Alguns ficaram um tanto chocados; mas Frodo manteve o costume de celebrar a Festa de Aniversário de Bilbo ano após ano, até que se acostumassem. Dizia que não achava que Bilbo estivesse morto. Quando perguntavam "Então onde ele está?", ele dava de ombros.

Morava sozinho, como Bilbo morara; mas tinha um bom número de amigos, especialmente entre os hobbits mais jovens (em sua maioria descendentes do Velho Tûk), que em criança gostavam de Bilbo e costumavam entrar e sair de Bolsão. Folco Boffin e Fredegar Bolger eram dois deles; mas seus amigos mais próximos eram Peregrin Tûk (usualmente chamado de Pippin) e Merry Brandebuque (seu nome verdadeiro era Meriadoc, mas raramente era lembrado). Frodo saía com eles em caminhadas pelo Condado; porém mais amiúde ele perambulava sozinho, e, para espanto das pessoas sensatas, era visto às vezes longe de casa, caminhando nas colinas e nos bosques sob a luz das estrelas. Merry e Pippin suspeitavam que às vezes ele visitava os Elfos, como Bilbo fazia.

À medida que o tempo passava, as pessoas começaram a notar que também Frodo demonstrava sinais de boa "conservação": externamente mantinha a aparência de um hobbit robusto e enérgico recém-saído da vintolescência. "Algumas pessoas têm a sorte toda", diziam; mas foi só quando Frodo se aproximou da idade de cinquenta anos, usualmente mais sóbria, que começaram a achar isso esquisito.

O próprio Frodo, após o primeiro choque, descobriu que ser dono do próprio nariz e *o* Sr. Bolseiro de Bolsão era bem agradável. Por alguns anos foi bastante feliz e não se preocupou muito com o futuro. Mas, meio à revelia dele, o arrependimento de não ter ido com Bilbo crescia constantemente. Ele se pegava perguntando-se, em especial no outono, sobre as terras ermas, e estranhas visões de montanhas que ele jamais vira lhe vinham em sonhos. Começou a dizer para si mesmo: "Quem sabe eu mesmo hei de atravessar o Rio algum dia." A isso a outra metade de sua mente sempre respondia: "Ainda não."

Assim as coisas iam indo até que os quarenta e tantos foram acabando e seu quinquagésimo aniversário se aproximava: cinquenta era um número que ele acreditava ser significativo (ou agourento) de certa maneira; fosse como fosse, fora nessa idade que a aventura subitamente acometera Bilbo. Frodo começou a se sentir inquieto, e as velhas sendas pareciam demasiado bem trilhadas. Olhava mapas e se perguntava o que ficava além de suas beiradas: mapas feitos no Condado mostravam quase só espaços brancos para lá das suas divisas. Principiou a vagar para mais longe, e mais frequentemente sozinho; e Merry e os demais amigos o observavam com ansiedade. Muitas vezes era visto caminhando e conversando com os estranhos viandantes que nessa época começaram a surgir no Condado.

Havia boatos de coisas estranhas acontecendo no mundo lá fora; e, como àquela época Gandalf nem aparecera nem tinha enviado recado por vários anos, Frodo reunia todas as notícias que podia. Elfos, que raramente caminhavam no Condado, agora podiam ser vistos passando pelas matas ao entardecer, rumo ao oeste, passando sem retornar; mas estavam deixando a Terra-média e não se importavam mais com seus infortúnios. Havia, porém, anãos em números incomuns na estrada. A antiga Estrada Leste-Oeste corria através do Condado até seu término nos Portos Cinzentos, e os anãos sempre a tinham usado a caminho de suas minas nas Montanhas Azuis. Eram a principal fonte de notícias de regiões longínquas para os hobbits — caso estes quisessem notícias: em regra os anãos pouco diziam, e os hobbits não perguntavam mais que isso. Mas agora Frodo costumava encontrar anãos estranhos de regiões distantes, buscando refúgio no Oeste. Estavam perturbados, e alguns falavam em sussurros do Inimigo e da Terra de Mordor.

Esse nome os hobbits só conheciam de lendas do passado obscuro, como uma sombra no segundo plano de suas lembranças; mas era ominoso e inquietante. Parecia que o poder maligno em Trevamata havia sido expulso pelo Conselho Branco e ressurgido, com maior força, nos velhos baluartes de Mordor. A Torre Sombria fora reconstruída, dizia-se. Dali o poder se espalhava por toda a parte, e longe no leste e no sul havia guerras e temor crescente. Orques se multiplicavam outra vez nas montanhas. Trols estavam em campo, não mais obtusos, e sim astuciosos e munidos de armas pavorosas. E havia insinuações murmuradas sobre criaturas mais terríveis que todas essas, mas elas não tinham nome.

É claro que poucas destas coisas chegavam aos ouvidos dos hobbits comuns. Mas até os mais surdos e mais caseiros começaram a ouvir relatos peculiares; e aqueles cujos afazeres os levavam até as divisas viam coisas estranhas. A conversa no Dragão Verde em Beirágua, certa tardinha na primavera do quinquagésimo ano de vida de Frodo, mostrava que até no confortável coração do Condado os boatos tinham sido ouvidos, apesar de a maioria dos hobbits ainda rir-se deles.

Sam Gamgi estava sentado a um canto, perto do fogo, e à sua frente estava Ted Ruivão, filho do moleiro; e vários outros hobbits escutavam a conversa deles.

"Coisas esquisitas a gente ouve esses dias, com certeza", disse Sam.

"Ah", respondeu Ted, "ouve mesmo se escutar. Mas eu posso ouvir contos ao pé do fogo e histórias infantis em casa se quiser."

"Sem dúvida que pode," retorquiu Sam, "e imagino que tem mais verdade em algumas delas do que você pensa. E depois, quem inventou as histórias? Veja os dragões, por exemplo."

"Não, obrigado", respondeu Ted. "Não vou ver. Ouvi falar deles quando era menino, mas agora não tem por que acreditar neles. Só tem um Dragão em Beirágua, que é Verde", disse ele, obtendo uma risada geral.

"Está bem", assentiu Sam, rindo com os outros. "Mas e esses Homens-árvores, esses gigantes, como se poderia dizer? Dizem que um, maior que uma árvore, foi visto lá em cima além dos Pântanos do Norte não faz muito tempo."

"Quem *dizem*?"

"Meu primo Hal, por exemplo. Ele trabalha para o Sr. Boffin em Sobremonte e sobe para a Quarta Norte para caçar. Ele *viu* um."

"Diz que viu, quem sabe. O seu Hal sempre diz que viu coisas; e talvez veja coisas que não estão lá."

"Mas esse era do tamanho de um olmo e andava... andava sete jardas[2] em cada passo, nem uma polegada a menos."

"Então aposto que foram umas polegadas a menos. O que ele viu *foi* um olmo, muito provavelmente."

"Mas esse estava *andando*, estou lhe dizendo; e não tem olmo nos Pântanos do Norte."

"Então Hal não pode ter visto um", disse Ted. Houve algumas risadas e palmas; a plateia parecia achar que Ted marcara um ponto.

"Ainda assim," continuou Sam, "não pode negar que outros, além do nosso Halfast, viram gente estranha atravessando o Condado — atravessando, veja bem: tem mais gente que é rechaçada na divisa. Os Fronteiros nunca estiveram tão ocupados antes.

"E ouvi dizer que os Elfos estão se deslocando para o oeste. Eles dizem que estão indo para os portos, lá longe além das Torres Brancas." Sam balançou o braço vagamente: nem ele, nem nenhum deles sabia a que distância ficava o Mar, depois das velhas torres além das divisas ocidentais do Condado. Mas era uma tradição antiga que para aqueles lados ficavam os Portos Cinzentos, de onde às vezes os navios-élficos zarpavam para jamais retornar.

"Estão navegando, navegando, navegando sobre o Mar, estão indo para o Oeste e nos deixando", disse Sam, meio entoando as palavras, balançando a cabeça de modo triste e solene. Mas Ted riu-se.

"Bem, isso não é novidade nenhuma, se você acreditar nas velhas histórias. E não sei o que isso importa para mim ou para você. Eles que naveguem! Mas garanto que você não os viu navegando; nem qualquer outra pessoa do Condado."

"Bem, não sei", declarou Sam, pensativo. Ele acreditava ter visto um Elfo na floresta, certa vez, e ainda esperava ver outros

---

[2] A jarda tem cerca de 91 centímetros, portanto, sete jardas equivalem a quase 6,4 metros. [N. T.]

algum dia. De todas as lendas que ouvira nos dias de infância, esses fragmentos de relatos e histórias meio recordadas sobre os Elfos, como os hobbits sabiam, sempre o haviam comovido mais profundamente. "Tem alguns, mesmo por aqui, que conhecem o Belo Povo e têm notícias dele", disse. "Ora, tem o Sr. Bolseiro para quem eu trabalho. Ele me contou que eles estavam navegando, e ele sabe um bocado sobre os Elfos. E o velho Sr. Bilbo sabia mais: foram muitas as conversas que tive com ele quando era garotinho."

"Oh, os dois são birutas", retrucou Ted. "Pelo menos o velho Bilbo era biruta, e Frodo está ficando. Se é deles que vêm as suas notícias, nunca vai lhe faltar devaneio. Bem, amigos, vou para casa. Saúde!" Esvaziou o caneco e saiu ruidosamente.

Sam ficou sentado em silêncio e não falou mais nada. Tinha bastante em que pensar. Por exemplo, havia muita coisa para fazer no jardim de Bolsão, e o dia seguinte seria trabalhoso se o tempo abrisse. A grama estava crescendo depressa. Mas Sam tinha mais em que pensar do que jardinagem. Algum tempo depois, suspirou, levantou-se e saiu.

Era o começo de abril, e o céu já estava clareando após chuvas intensas. O sol se pusera, e uma tardinha fresca e pálida lentamente desbotava e se tornava noite. Caminhou para casa sob as estrelas precoces, atravessando a Vila-dos-Hobbits e subindo a Colina, assobiando baixinho, pensativo.

Foi bem a esse tempo que Gandalf reapareceu após sua longa ausência. Por três anos após a Festa ele estivera afastado. Depois fez uma breve visita a Frodo e, após olhá-lo bem, foi-se embora outra vez. Durante o próximo ano ou dois ele aparecera com razoável frequência, chegando inesperado após o anoitecer e partindo sem aviso antes do nascer do sol. Não discutia seus próprios afazeres nem viagens e parecia interessado principalmente em pequenas notícias sobre a saúde e as atividades de Frodo.

Então, de repente, suas visitas haviam cessado. Fazia mais de nove anos que Frodo não o vira nem escutara falar dele, e começara a pensar que o mago não voltaria nunca e que desistira de todo interesse nos hobbits. Mas, naquela tarde, enquanto

Sam caminhava para casa e o crepúsculo se desfazia, ouviu-se a batida, outrora familiar, na janela do escritório.

Frodo recebeu o velho amigo com surpresa e grande deleite. Entreolharam-se com intensidade.

"Tudo bem, hein?", disse Gandalf. "Você parece o mesmo de sempre, Frodo."

"Você também", respondeu Frodo; mas em segredo pensava que Gandalf parecia mais velho e mais atormentado. Exigiu-lhe notícias sobre ele e o vasto mundo, e logo estavam imersos em diálogo, e ficaram acordados até tarde da noite.

Na manhã seguinte, após um desjejum tardio, o mago estava sentado com Frodo junto à janela aberta do escritório. Havia um fogo intenso na lareira, mas o sol estava quente e o vento vinha do Sul. Tudo parecia fresco, e o verde novo da primavera rebrilhava nos campos e nas pontas dos dedos das árvores.

Gandalf pensava numa primavera, quase oitenta anos antes, quando Bilbo saíra correndo de Bolsão sem um lenço. Talvez seus cabelos estivessem mais brancos do que naquela época, e sua barba e suas sobrancelhas, mais compridas, e seu rosto, mais enrugado com preocupações e sabedoria; mas seus olhos eram brilhantes como sempre, e ele fumava e soprava anéis de fumaça com o mesmo vigor e deleite.

Agora fumava em silêncio, pois Frodo estava sentado, imóvel, imerso em pensamentos. Mesmo na luz da manhã ele sentia a obscura sombra das novas que Gandalf trouxera. Por fim rompeu o silêncio.

"A noite passada você começou a me contar coisas estranhas sobre meu anel, Gandalf", apontou ele. "E depois você parou porque disse que seria melhor deixar tais assuntos para a luz do dia. Não acha que é melhor terminar agora? Você diz que o anel é perigoso, muito mais perigoso do que eu imagino. De que modo?"

"De muitos modos", respondeu o mago. "Ele é mais poderoso do que ousei pensar no começo, tão poderoso que no final ele conquistaria qualquer pessoa de raça mortal que o possuísse. Ele a possuiria.

"Em Eregion, muito tempo atrás, foram feitos muitos anéis-élficos, anéis mágicos, como você os chama, e é claro que eram de vários tipos: alguns mais potentes e outros menos. Os anéis menores eram apenas ensaios do ofício antes que este estivesse maduro, e para os artífices-élficos eles eram meras miudezas — ainda assim, em minha opinião, arriscados para os mortais. Mas os Grandes Anéis, os Anéis de Poder, esses eram perigosos.

"Um mortal, Frodo, que tenha posse de um dos Grandes Anéis, não morre, porém não cresce nem obtém mais vida, ele meramente continua até que afinal cada minuto seja uma fadiga. E, se ele usar o Anel com frequência para se tornar invisível, ele *míngua*: no fim torna-se invisível permanentemente e caminha na penumbra sob o olho do Poder Sombrio que controla os Anéis. Sim, mais cedo ou mais tarde — mais tarde, se ele for forte ou de boas intenções no começo, porém nem a força nem o bom propósito durarão —, mais cedo ou mais tarde o Poder Sombrio o devorará."

"Que aterrorizante!", exclamou Frodo. Houve outro longo silêncio. O som de Sam Gamgi aparando o gramado entrava do jardim.

"Por quanto tempo você soube disso?", perguntou Frodo, por fim. "E quanto Bilbo sabia?"

"Bilbo não sabia mais do que lhe contou, tenho certeza", disse Gandalf. "Ele certamente jamais teria legado a você qualquer coisa que acreditasse ser perigosa, mesmo depois de eu prometer cuidar de você. Ele pensava que o anel era muito belo e muito útil em caso de necessidade; e se havia alguma coisa errada ou esquisita era ele mesmo. Ele disse que lhe estava 'dominando a mente' e sempre se preocupava com ele; mas não suspeitava que a culpa era do próprio anel. Porém ele tinha descoberto que o objeto exigia atenção; não parecia ter sempre o mesmo tamanho ou peso; encolhia e se dilatava de modo estranho e podia, subitamente, cair de um dedo onde estivera apertado."

"Sim, ele me alertou sobre isso em sua última carta", afirmou Frodo. "Portanto, sempre o mantive em sua corrente."

"Muito sábio", falou Gandalf. "Mas, quanto à sua vida longa, Bilbo nunca fez a conexão com o anel. Assumiu todo o crédito por isso e tinha muito orgulho. Mas estava ficando inquieto e desconfortável. 'Fino, como que esticado', ele disse. Um sinal de que o anel estava assumindo o controle."

"Por quanto tempo você soube de tudo isso?", Frodo perguntou outra vez.

"Soube?", seguiu Gandalf. "Eu soube de muita coisa que somente os Sábios sabem, Frodo. Mas se você quer dizer 'soube *deste* anel', bem, ainda não *sei*, poderíamos dizer. Há um último teste a ser feito. Mas não duvido mais de minha conjectura.

"Quando comecei a conjecturar?", refletiu ele, buscando no fundo da memória. "Deixe-me ver — foi no ano em que o Conselho Branco expulsou o Poder Sombrio de Trevamata, logo antes da Batalha dos Cinco Exércitos, que Bilbo encontrou seu anel. Na época, uma sombra se abateu sobre meu coração, apesar de eu ainda não saber o que temia. Muitas vezes me perguntei como Gollum obteve um Grande Anel, pois claramente era isso — pelo menos isso estava óbvio desde o início. Depois ouvi a estranha história de Bilbo sobre como ele o 'ganhara', e não consegui acreditar nela. Quando afinal arranquei a verdade dele, vi de imediato que ele estava tentando pôr acima de qualquer dúvida sua reivindicação do anel. Quase como Gollum com seu 'presente de aniversário'. As mentiras eram parecidas demais para meu conforto. Obviamente o anel tinha um poder doentio que se punha imediatamente a agir sobre o possuidor. Esse foi o primeiro alerta que tive de que nem tudo estava bem. Muitas vezes disse a Bilbo que seria melhor que anéis assim não fossem usados; mas ele se ressentiu disso e logo ficou com raiva. Havia pouca coisa mais que eu pudesse fazer. Eu não podia tirá-lo dele sem causar mal maior; e de qualquer modo não tinha o direito de fazê-lo. Eu só podia observar e esperar. Talvez pudesse ter consultado Saruman, o Branco, mas algo sempre me reteve."

"Quem é ele?", perguntou Frodo. "Nunca ouvi falar dele antes."

"Talvez não", respondeu Gandalf. "Os hobbits não são, ou não eram, interesse dele. No entanto, ele é grande entre os Sábios. É o chefe de minha ordem e comanda o Conselho. Seu conhecimento é profundo, mas seu orgulho cresceu junto com ele e leva a mal qualquer interferência. O saber dos anéis dos Elfos, grandes e pequenos, é sua província. Estudou-o por longo tempo, buscando os segredos perdidos de sua feitura; mas, quando os Anéis foram debatidos no Conselho, tudo o que nos quis revelar do seu saber dos anéis contradisse meus temores. Assim, minha dúvida dormiu — mas inquieta. Assim mesmo observei e esperei.

"Tudo parecia estar bem com Bilbo. E os anos passaram. Sim, passaram e pareciam não tocá-lo. Ele não demonstrava estar envelhecendo. A sombra outra vez se abateu sobre mim. Mas eu me disse: 'Afinal de contas ele vem de uma família longeva pelo lado materno. Ainda há tempo. Espere!'

"E esperei. Até aquela noite em que ele partiu desta casa. Naquela ocasião ele falou e fez coisas que me encheram com um temor que nenhuma palavra de Saruman poderia aplacar. Por fim, eu sabia que algo obscuro e mortífero estava agindo. E passei a maior parte dos anos desde então encontrando a verdade a esse respeito."

"Não houve nenhum prejuízo permanente, houve?", perguntou Frodo, ansioso. "Ele iria melhorar com o tempo, não iria? Quero dizer, ser capaz de descansar em paz?"

"Ele se sentiu melhor de imediato", declarou Gandalf. "Mas só há um Poder neste mundo que sabe tudo sobre os Anéis e seus efeitos; e até onde sei não há Poder no mundo que saiba tudo sobre hobbits. Entre os Sábios eu sou o único que se interessa pelo saber dos hobbits: um ramo obscuro do conhecimento, mas cheio de surpresas. Eles podem ser moles como manteiga, porém às vezes duros como velhas raízes de árvore. Acho provável que alguns resistiriam ao Anel por muito mais tempo do que a maioria dos Sábios poderia crer. Não acho que você precise se preocupar com Bilbo.

"É claro que ele possui o anel por muitos anos, e o usou, por isso poderia levar muito tempo para a influência enfraquecer — antes que fosse seguro ele voltar a vê-lo, por exemplo. Do contrário ele poderia viver por muitos anos bem feliz: simplesmente parando do modo como estava quando se separou dele. Pois no fim desistiu dele de própria vontade: um ponto importante. Não, eu não estava mais preocupado com o caro Bilbo uma vez que ele havia se livrado do objeto. É por *você* que me sinto responsável.

"Desde que Bilbo partiu, tenho-me preocupado profundamente com você e com todos estes hobbits encantadores, absurdos, indefesos. Seria um golpe atroz para o mundo se o Poder Sombrio dominasse o Condado; se todos os seus bondosos, joviais, estúpidos Bolgers, Corneteiros, Boffins, Justa-Correias, e todos os demais, sem mencionar os ridículos Bolseiros, fossem escravizados."

Frodo estremeceu. "Mas por que seríamos?", perguntou. "E por que ele quereria escravos assim?"

"Para lhe dizer a verdade," retrucou Gandalf, "acredito que até agora — *até agora*, veja bem — ele deixou de notar por completo a existência dos hobbits. Vocês deveriam ser gratos. Mas sua segurança passou. Ele não precisa de vocês — tem muitos serviçais mais úteis — mas não esquecerá vocês de novo. E hobbits como escravos miseráveis o agradarão bem mais do que hobbits felizes e livres. Existe uma coisa que se chama malícia e vingança."

"Vingança?", disse Frodo. "Vingança pelo quê? Ainda não compreendo o que tudo isso tem a ver com Bilbo, comigo e com nosso anel."

"Tem tudo a ver", respondeu Gandalf. "Você ainda não sabe qual é o perigo real; mas há de saber. Eu mesmo não tinha certeza da última vez em que estive aqui, mas chegou a hora de falar. Dê-me o anel por um momento."

Frodo o tirou do bolso dos calções, onde estava enganchado numa corrente suspensa do seu cinto. Desprendeu-o e o entregou devagar ao mago. Subitamente ele parecia muito pesado, como se ele ou o próprio Frodo estivessem relutantes, de alguma maneira, de que Gandalf o tocasse.

Gandalf ergueu-o. Ele parecia feito de ouro puro e sólido. "Você consegue ver alguma marca nele?", perguntou.

"Não", respondeu Frodo. "Não há nenhuma. Ele é bem liso e nunca mostra riscos nem marcas de uso."

"Muito bem, olhe!" Para espanto e desconforto de Frodo o mago lançou o anel de súbito no meio de um canto incandescente da lareira. Frodo deu um grito e procurou as tenazes às apalpadelas; mas Gandalf o deteve.

"Espere!", exclamou ele em voz de comando, dando uma olhadela em Frodo por debaixo das sobrancelhas eriçadas.

Nenhuma mudança aparente aconteceu no anel. Pouco depois Gandalf ergueu-se, fechou as venezianas do lado de fora da janela e puxou as cortinas. O recinto ficou escuro e silencioso, apesar de os estalos da tesoura de Sam, agora mais perto das janelas, ainda poderem ser ouvidos debilmente do jardim. Por um momento o mago ficou de pé, olhando o fogo; depois inclinou-se e removeu o anel para a borda da lareira com as tenazes e o apanhou de imediato. Frodo teve um sobressalto.

"Está bem frio", disse Gandalf. "Pegue-o!" Frodo o recebeu na palma da mão, que se retraía; ele parecia ter-se tornado mais grosso e pesado do que jamais fora.

"Levante-o!", orientou Gandalf. "E olhe de perto!"

Quando Frodo fez isso, logo viu linhas finas, mais finas que os mais finos traços de pena, dando a volta no anel, por fora e por dentro: linhas de fogo que pareciam formar as letras de uma caligrafia fluente. Brilhavam com luz penetrante e ainda assim remota, como se viesse de grande profundeza.

"Não consigo ler as letras de fogo", disse Frodo com voz trêmula.

"Não," prosseguiu Gandalf, "mas eu consigo. As letras são élficas, de um modo antigo, mas a língua é de Mordor, que não pronunciarei aqui. Mas na língua comum é isto que elas dizem, aproximadamente:

Um Anel que a todos rege, Um Anel para achá-los,
Um Anel que a todos traz para na escuridão atá-los.[A]

"São apenas dois versos de um poema conhecido há muito tempo no saber-élfico:

> *Três Anéis para os élficos reis sob o céu,*
> *Sete para os Anãos em recinto rochoso,*
> *Nove para os Homens, que a morte escolheu,*
> *Um para o Senhor Sombrio no espaldar tenebroso*
> *Na Terra de Mordor aonde a Sombra desceu.*
> *Um Anel que a todos rege, Um Anel para achá-los,*
> *Um Anel que a todos traz para na escuridão atá-los*
> *Na Terra de Mordor aonde a Sombra desceu.*"[B]

Fez uma pausa e depois disse devagar, com voz grave: "Este é o Anel-Mestre, o Um Anel que a todos rege. Este é o Um Anel que Sauron perdeu muitas eras atrás, com grande enfraquecimento de seu poder. Ele o deseja intensamente — mas não pode recuperá-lo."

Frodo ficou sentado em silêncio e imóvel. O medo parecia estender uma vasta mão, como uma nuvem escura que se erguesse no Leste e assomasse para envolvê-lo. "Este anel!", balbuciou. "Como, como foi que ele veio parar comigo?"

"Ah!", disse Gandalf. "Essa é uma história muito longa. Os começos remontam aos Anos de Trevas, que agora são lembrados apenas pelos mestres-do-saber. Se eu fosse lhe contar toda essa história, ainda estaríamos sentados aqui quando a primavera tivesse se tornado inverno.

"Mas ontem à noite eu lhe contei de Sauron, o Grande, o Senhor Sombrio. Os boatos que você ouviu são verdadeiros: de fato ele voltou a se erguer, deixou seu baluarte em Trevamata e voltou à sua antiga fortaleza na Torre Sombria de Mordor. Até vocês hobbits ouviram falar nesse nome, como uma sombra nas beiras de velhas histórias. Sempre, depois de uma derrota e uma folga, a Sombra assume outra forma e volta a crescer."

"Gostaria que não tivesse que acontecer no meu tempo", afirmou Frodo.

"Eu também," assentiu Gandalf, "e gostariam todos os que vivem para ver tais tempos. Mas isso não cabe a eles decidir.

Tudo o que temos que decidir é o que fazer com o tempo que nos é dado. E, Frodo, nosso tempo já começa a parecer sombrio. O Inimigo rapidamente torna-se muito forte. Seus planos estão longe de estarem maduros, creio, mas estão amadurecendo. Teremos grandes dificuldades a enfrentar. Teríamos grandes dificuldades a enfrentar mesmo que não fosse por este tremendo acaso.

"Ao Inimigo falta ainda uma coisa para lhe dar força e conhecimento para abater toda a resistência, romper as últimas defesas e cobrir todas as terras com uma segunda treva. Falta-lhe o Um Anel.

"Os Três, mais belos de todos, os senhores-élficos esconderam dele, e sua mão jamais os tocou nem conspurcou. Sete estiveram em posse dos reis dos Anãos, mas três ele recuperou, e os demais os dragões consumiram. Nove ele deu a Homens mortais, altivos e grandiosos, e assim os apanhou na armadilha. Muito tempo atrás eles caíram sob o domínio do Um e se tornaram Espectros-do-Anel, sombras sob sua grande Sombra, seus mais terríveis serviçais. Muito tempo atrás. Faz muitos anos desde que os Nove caminharam livremente. Mas quem sabe? À medida que a Sombra volta a crescer, também eles poderão caminhar de novo. Mas vamos! Não falemos dessas coisas, nem mesmo na manhã do Condado.

"Assim é agora: os Nove ele recolheu para si; os Sete também, ou então estão destruídos. Os Três ainda estão ocultos. Mas isso não o perturba mais. Só precisa do Um; pois ele mesmo fez esse Anel, é seu, e deixou grande parte de seu antigo poder passar para dentro dele, de modo que pudesse reger todos os demais. Se ele o recuperar, voltará a comandar todos eles de novo, onde quer que estejam, mesmo os Três, e tudo o que foi realizado com eles será desnudado, e ele será mais forte que nunca.

"E esse é o tremendo acaso, Frodo. Ele acreditava que o Um tinha perecido; que os Elfos o haviam destruído, como deveriam ter feito. Mas agora ele sabe que *não* pereceu, que foi encontrado. Portanto, ele o busca, busca, e todo o seu pensamento se dirige para ele. É sua grande esperança e nosso grande temor."

"Por que, por que não foi destruído?", questionou Frodo. "E como o Inimigo chegou a perdê-lo, se era tão forte, e ele lhe era tão precioso?" Agarrou o Anel na mão, como se já visse dedos escuros se estendendo para agarrá-lo.

"Foi tomado dele", disse Gandalf. "A força dos Elfos para resistir a ele foi maior outrora; e nem todos os Homens estavam afastados deles. Os Homens de Ociente vieram em ajuda deles. Esse é um capítulo de história antiga que seria bom relembrar; pois também então havia pesar e treva crescente, mas também grande proeza e grandes feitos que não foram totalmente em vão. Um dia, quem sabe, eu lhe contarei toda a história, ou você a ouvirá ser contada toda por alguém que a conhece melhor.

"Mas, no momento, já que principalmente você precisa saber como este objeto chegou até você, e isso será um relato bem extenso, eis tudo o que vou dizer. Foram Gil-galad, Rei-élfico, e Elendil de Ociente que derrotaram Sauron, apesar de eles próprios terem perecido ao fazê-lo; e Isildur, filho de Elendil, cortou o Anel da mão de Sauron e o tomou para si. Então Sauron foi vencido, e seu espírito fugiu e esteve escondido por longos anos, até que sua sombra voltasse a tomar forma em Trevamata.

"Mas o Anel foi perdido. Caiu no Grande Rio Anduin e desapareceu. Pois Isildur marchava para o norte seguindo as margens orientais do Rio e, perto dos Campos de Lis, foi tocaiado por orques das Montanhas, e quase toda a sua gente foi morta. Ele saltou nas águas, mas o Anel se desprendeu de seu dedo enquanto nadava, e então os orques o viram e o mataram a flechadas."

Gandalf fez uma pausa. "E ali, nas lagoas escuras em meio aos Campos de Lis," disse, "o Anel escapou do conhecimento e da lenda; e mesmo assim grande parte de sua história agora só é conhecida de alguns poucos, e o Conselho dos Sábios não conseguiu descobrir mais nada. Mas finalmente consigo continuar a história, eu creio.

"Muito tempo depois, mas ainda muito tempo atrás, vivia junto às margens do Grande Rio, na beirada das Terras-selváticas, um pequeno povo de mãos hábeis e pés silenciosos. Imagino que fossem da espécie dos hobbits; parentes dos pais dos pais dos Grados, pois amavam o Rio e muitas vezes nadavam nele, ou faziam barquinhos de juncos. Havia entre eles uma família de grande reputação, pois era numerosa e mais rica que a maioria, e era regida por uma avó do povo, severa e sábia no antigo saber, aquele que possuíam. O mais inquisitivo e de mente mais curiosa dessa família chamava-se Sméagol. Interessava-se por raízes e começos; mergulhava em lagos profundos; escavava debaixo de árvores e plantas crescentes; fazia túneis em morros verdes; e parou de erguer os olhos para o topo das colinas, ou as folhas das árvores, ou as flores que se abriam no ar: sua cabeça e seus olhos estavam voltados para baixo.

"Tinha um amigo chamado Déagol, de jeito semelhante, de olhos mais agudos, porém menos ágil e forte. Certa vez pegaram um barco e desceram para os Campos de Lis, onde havia grandes extensões de íris e juncos floridos. Ali Sméagol desembarcou e foi explorar as margens, mas Déagol ficou sentado no barco, pescando. De repente um grande peixe apanhou seu anzol, e, antes que soubesse onde estava, ele foi puxado para fora do barco e para dentro da água, até o fundo. Então soltou a linha, pois lhe pareceu que via algo brilhando no leito do rio; e, segurando a respiração, agarrou o objeto.

"Depois subiu cuspindo água, com algas no cabelo e a mão cheia de lama; e nadou até a margem. Pasme! Quando lavou a lama havia em sua mão um lindo anel dourado; ele brilhava e reluzia ao sol, e seu coração se alegrou. Mas Sméagol estivera vigiando-o detrás de uma árvore, e enquanto Déagol se regozijava com o anel, Sméagol chegou furtivo por trás.

"'Nos dê isso, Déagol, meu querido', disse Sméagol por cima do ombro do amigo.

"'Por quê?', indagou Déagol.

"'Porque é meu aniversário, querido, e eu quer ele', respondeu Sméagol.

"'Não me importa', disse Déagol. 'Já lhe dei um presente, mais do que pude gastar. Encontrei isto e vou ficar com ele.'

"'Oh, vai mesmo, querido', retrucou Sméagol; e pegou Déagol pelo pescoço e o estrangulou, porque o ouro parecia tão brilhante e lindo. Depois pôs o anel no dedo.

"Ninguém jamais descobriu o que acontecera com Déagol; foi assassinado longe de casa, e seu corpo foi ocultado habilmente.

Mas Sméagol voltou sozinho; e descobriu que ninguém de sua família podia vê-lo quando estava usando o anel. Ficou muito contente com sua descoberta e a escondeu; e usou-a para descobrir segredos, e usou seus conhecimentos para fins distorcidos e maliciosos. Seus olhos e seus ouvidos se aguçaram para tudo que fosse doloroso. O anel lhe dera poder de acordo com sua condição. Não admira que ele se tornasse muito impopular e fosse evitado (quando visível) por todos os conhecidos. Chutavam-no e ele lhes mordia os pés. Começou a roubar, e a andar por aí resmungando sozinho, e a gorgolejar na garganta. Assim chamaram-no de Gollum, e o amaldiçoaram, e o mandaram ir para bem longe; e sua avó, que desejava a paz, o expulsou da família e o colocou para fora de sua toca.

"Vagou solitário, chorando um pouco por causa da dureza do mundo, e viajou Rio acima até chegar a um riacho que vinha do alto das montanhas, e seguiu por ali. Apanhava peixes em lagoas fundas com seus dedos invisíveis e comia-os crus. Certo dia fazia muito calor, e ao se inclinar numa lagoa sentiu queimar o topo da cabeça, e uma luz cegante vinda da água lhe doeu nos olhos úmidos. Admirou-se com isso, pois quase se esquecera do Sol. Então, pela última vez, ergueu os olhos e sacudiu o punho em sua direção.

"Mas ao baixar os olhos viu à frente, ao longe, os cumes das Montanhas Nevoentas das quais vinha o riacho. E pensou de repente: 'Deve estar fresco e sombreado debaixo dessas montanhas. A Sol[3] não pode me vigiar lá. As raízes dessas montanhas devem ser raízes de verdade; ali deve haver grandes segredos enterrados que não foram descobertos desde o princípio.'

"Assim, viajou à noite, subindo para as terras altas, e encontrou uma pequena caverna pela qual saía o riacho escuro; e insinuou-se como uma larva no coração dos morros e desapareceu de qualquer conhecimento. O Anel foi com ele para as sombras, e seu próprio artífice, quando seu poderio recomeçou a crescer, não conseguiu saber nada a respeito."

---

[3] Segundo o saber dos Elfos e Hobbits, o Sol é uma figura feminina, e a Lua, masculina. [N. T.]

"Gollum!", exclamou Frodo. "Gollum? Quer dizer que essa é a própria criatura Gollum que Bilbo encontrou? Que repugnante!"

"Acho que é uma triste história," ponderou o mago, "e poderia ter acontecido a outros, até a alguns hobbits que conheci."

"Não posso crer que Gollum tivesse conexão com os hobbits, por muito distante que fosse", disse Frodo, um tanto agitado. "Que ideia abominável!"

"É verdadeira mesmo assim", prosseguiu Gandalf. "Sobre suas origens pelo menos, eu sei mais que os próprios hobbits. E mesmo a história de Bilbo sugere um parentesco. Havia muita coisa no fundo de suas mentes e lembranças que era bem semelhante. Eles se compreendiam notavelmente bem, muito melhor do que um Hobbit compreenderia, digamos, um Anão ou um Orque, ou até um Elfo. Pense nas adivinhas que ambos conheciam, por exemplo."

"Sim", concordou Frodo. "Porém, outras gentes além dos hobbits fazem adivinhas, e de tipo bem parecido. E os hobbits não trapaceiam. Gollum pretendia trapacear o tempo todo. Só estava tentando deixar desatento o pobre do Bilbo. E ouso dizer que sua maldade se divertia com ideia de que estava começando um jogo que poderia acabar lhe fornecendo uma vítima fácil, mas que não faria mal se ele perdesse."

"É bem verdade, eu temo", disse Gandalf. "Mas havia outra coisa aí, creio, que você ainda não vê. Mesmo Gollum não estava completamente arruinado. Ele tinha demonstrado mais resistência do que até um dos Sábios poderia imaginar — como um hobbit demonstraria. Havia um cantinho de sua mente que ainda lhe pertencia, e uma luz passava por ali, como que por uma fresta no escuro: uma luz do passado. Chegava a ser agradável, eu acho, ouvir de novo uma voz bondosa, recuperando lembranças do vento, e das árvores, e do sol na grama, e de tais coisas esquecidas.

"Mas isso, é claro, só acabaria enfurecendo mais a parte malvada dele — a não ser que pudesse ser conquistada. A não ser que pudesse ser curada." Gandalf suspirou. "Ai! para ele existe pouca esperança disso. Porém não nenhuma esperança. Não, apesar de ele possuir o Anel por tanto tempo, quase no limite de sua lembrança. Pois fazia muito que ele não o usara por longo tempo:

na treva negra raramente era necessário. Certamente ele jamais havia 'minguado'. Ainda está fino e rijo. Mas é claro que o objeto lhe devorava a mente, e o tormento se tornara quase insuportável.

"Todos os 'grandes segredos' sob as montanhas tinham revelado ser apenas noite vazia: não havia mais nada para descobrir, nada que valesse a pena fazer, apenas asquerosas comilanças furtivas e lembranças ressentidas. Ele estava desgraçado por completo. Odiava o escuro e odiava a luz mais ainda: odiava todas as coisas, e o Anel mais que tudo."

"O que quer dizer?", perguntou Frodo. "Por certo o Anel era seu Precioso, a única coisa que lhe importava? Mas, se ele o odiava, por que não se livrou dele ou foi embora deixando-o para trás?"

"Você deveria começar a entender, Frodo, depois de tudo que ouviu", disse Gandalf. "Ele o odiava e o amava, assim como odiava e amava a si mesmo. Não podia livrar-se dele. Não lhe restava vontade nesse assunto.

"Um Anel de Poder toma conta de si mesmo, Frodo. Ele pode soltar-se traiçoeiramente, mas seu possuidor jamais o abandona. No máximo joga com a ideia de entregá-lo aos cuidados de outra pessoa — e isso só na primeira etapa, quando o domínio está só começando. Mas ao que sei, só Bilbo, em toda a história, já passou de jogar e realmente o fez. Precisou de toda a minha ajuda também. E mesmo assim nunca o teria abandonado ou jogado de lado. Não era Gollum, Frodo, e sim o próprio Anel que decidia as coisas. O Anel o abandonou."

"O quê, bem a tempo de encontrar Bilbo?", indagou Frodo. "Um Orque não lhe teria servido melhor?"

"Isso não é assunto de piada", disse Gandalf. "Não para você. Foi o evento mais estranho em toda a história do Anel até agora: a chegada de Bilbo bem naquela hora, pondo a mão sobre ele, às cegas, no escuro.

"Havia mais que um poder agindo, Frodo. O Anel estava tentando voltar a seu mestre. Ele se soltara da mão de Isildur e o traíra; depois, quando veio a oportunidade, apanhou o coitado do Déagol, e ele foi assassinado; e depois disso Gollum, e o devorara. Não podia fazer mais uso dele: ele era demasiado pequeno e mesquinho; e enquanto ficasse com ele jamais voltaria a deixar sua lagoa profunda. Aí então, quando seu mestre estava desperto outra vez, emitindo seu sombrio pensamento de Trevamata, ele abandonou Gollum. Para ser apanhado pela pessoa mais improvável que se possa imaginar: Bilbo do Condado!

"Por trás disso havia outra coisa em ação, além de qualquer intenção do artífice do Anel. Não posso expressá-lo mais simplesmente senão dizendo que Bilbo estava destinado a encontrar o Anel, e não por seu artífice. E nesse caso também você estava destinado a tê-lo. E esse pode ser um pensamento encorajador."

"Não é", disse Frodo. "No entanto, não tenho certeza se entendo você. Mas como você descobriu tudo isso sobre o Anel e sobre Gollum? Você realmente sabe tudo, ou está apenas adivinhando ainda?"

Gandalf olhou para Frodo, e seus olhos rebrilharam. "Eu sabia muito e aprendi muito", respondeu. "Mas não vou fazer um relato de todos os meus atos a você. A história de Elendil e de Isildur e do Um Anel é conhecida de todos os Sábios. O seu anel demonstra ser o Um Anel apenas pela escrita de fogo, à parte de qualquer outra evidência."

"E quando você descobriu isso?", perguntou Frodo, interrompendo-o.

"Agora mesmo, nesta sala, é claro", respondeu o mago rispidamente. "Mas eu esperava encontrá-lo. Retornei de escuras jornadas e longas buscas para fazer esse teste final. É a última prova, e agora tudo está demasiado claro. Discernir o papel de Gollum e encaixá-lo na lacuna da história exigiu algum raciocínio. Posso ter começado com conjecturas sobre Gollum, mas agora não estou conjecturando. Eu sei. Eu o vi."

"Você viu Gollum?", exclamou Frodo, admirado.

"Sim. A coisa óbvia a ser feita, é claro, se fosse possível. Tentei muito tempo atrás; mas consegui afinal."

"Então o que aconteceu depois que Bilbo escapou dele? Você sabe isso?"

"Não tão claramente. O que lhe contei é o que Gollum estava disposto a contar — claro que não do modo como relatei. Gollum é mentiroso, e é preciso peneirar suas palavras. Por exemplo, chamava o Anel de seu 'presente de aniversário' e insistia nisso. Dizia que vinha de sua avó, que tinha montes de objetos bonitos daquela espécie. Uma história ridícula. Não tenho dúvida de que a avó de Sméagol era uma matriarca, uma grande pessoa à sua maneira, mas era absurdo dizer que ela possuía muitos anéis-élficos e que os dava de presente, isso era mentira. Mas uma mentira com um grão de verdade.

"O assassinato de Déagol assombrava Gollum, e ele montara uma defesa, repetindo-a muitas e muitas vezes ao seu 'Precioso' enquanto roía ossos no escuro, até quase acreditar nela. *Era* o seu aniversário. Déagol deveria lhe ter dado o anel. Obviamente ele surgira bem a tempo de ser um presente. *Era* seu presente de aniversário, e assim por diante.

"Eu o aguentei por quanto tempo pude, mas a verdade era desesperadoramente importante, e no fim tive de ser ríspido. Pus nele o temor do fogo e espremi dele a história verdadeira, pedaço a pedaço, junto com muita lamúria e grunhido. Ele achava que fora incompreendido e abusado. Mas quando finalmente tinha me contado sua história, até o fim do jogo de Adivinhas e a fuga de Bilbo, não disse mais nada, exceto por alusões obscuras. Havia nele algum outro temor além do meu. Resmungava que ia recuperar o que era seu. As pessoas iam ver se ele ia aguentar ser chutado e expulso para um buraco e depois *roubado*. Agora Gollum tinha bons amigos, amigos bons e muito fortes. Eles iam ajudá-lo. Bolseiro ia pagar por isso. Esse era seu principal pensamento. Odiava Bilbo e maldizia o seu nome. Mais ainda, sabia de onde ele vinha."

"Mas como ele descobriu isso?", perguntou Frodo.

"Bem, quanto ao nome, o próprio Bilbo tolamente o contou a Gollum; e depois disso não foi difícil descobrir seu país, uma vez que Gollum saiu. Oh, sim, ele saiu. Seu anseio pelo Anel demonstrou ser mais forte que seu medo dos Orques ou até da luz. Depois de um ou dois anos ele deixou as montanhas. Veja, apesar de ainda estar atado pelo desejo dele, o Anel não o devorava mais; ele começou a reviver um pouco. Sentia-se velho, terrivelmente velho, porém menos tímido, e estava mortalmente faminto.

"A luz, a luz do Sol e da Lua ele ainda temia e odiava, e sempre será assim, creio; mas era ardiloso. Descobriu que podia se esconder da luz do dia e do luar, e seguir rápida e tranquilamente na escuridão da noite, com seus olhos pálidos e frios, e apanhar criaturinhas amedrontadas ou desatentas. Ficou mais forte e ousado com nova comida e novos ares. Encontrou o caminho para dentro de Trevamata, como era de se esperar."

"Foi lá que você o encontrou?", perguntou Frodo.

"Eu o vi lá," respondeu Gandalf, "mas antes disso ele vagara longe, seguindo a trilha de Bilbo. Foi difícil saber qualquer coisa segura dele, pois sua fala era constantemente interrompida por imprecações e ameaças. 'O que ele tem nos bolsossos?' dizia. 'Não queria dizer, não, precioso. Trapaceirozinho. Não foi pergunta que vale. Ele trapaceou primeiro, foi isso. Quebrou as regras. Devíamos ter espremido ele, sim, precioso. E vamos espremer, precioso!'

"Isso é uma amostra de sua fala. Não acho que você queira mais. Ouvi isso durante dias cansativos. Mas, por alusões que soltou entre os rosnados, deduzi que seus pés compassados o haviam finalmente levado a Esgaroth, e mesmo às ruas de Valle, escutando em segredo e espiando. Bem, a notícia dos grandes eventos se espalhou pelas Terras-selváticas, e muitos tinham ouvido o nome de Bilbo e sabiam de onde ele vinha. Em nossa viagem de volta não tínhamos feito segredo do seu lar no Oeste. Os ouvidos aguçados de Gollum logo descobriram o que ele queria."

"Então por que não perseguiu Bilbo mais além?", perguntou Frodo. "Por que não veio ao Condado?"

"Ah," disse Gandalf, "agora chegamos ao ponto. Creio que Gollum tentou. Partiu e voltou para o oeste, até o Grande Rio. Mas depois desviou-se. Não ficou assustado com a distância, estou certo. Não, outra coisa o puxou para longe. Assim pensam meus amigos, os que o caçaram para mim.

"Os Elfos-da-floresta o rastrearam primeiro, tarefa fácil para eles, pois então sua trilha ainda estava fresca. Através de Trevamata e de volta outra vez ela os conduziu, porém nunca o apanharam. A floresta estava repleta de rumores sobre ele, histórias pavorosas mesmo entre animais e pássaros. Os Homens-da-floresta diziam que havia algum novo terror à larga, um fantasma que bebia sangue. Escalava árvores para encontrar ninhos; esgueirava-se para dentro de tocas para encontrar filhotes; insinuava-se em janelas para encontrar berços.

"Mas na borda ocidental de Trevamata a trilha se desviou. Foi rumo ao sul, e escapou ao conhecimento dos Elfos-da-floresta, e se perdeu. E então cometi um grande erro. Sim, Frodo, e não foi o primeiro; porém temo que demonstrará ser o pior. Deixei o assunto de lado. Deixei-o ir embora; pois tinha muito mais coisas em que pensar nessa época e ainda confiava no saber de Saruman.

"Bem, isso foi anos atrás. Paguei por isso desde então, com muitos dias escuros e perigosos. A trilha esfriara havia tempo quando a retomei, depois que Bilbo partiu daqui. E minha busca teria sido em vão não fosse pela ajuda que tive de um amigo: Aragorn, o maior viajante e caçador desta era do mundo. Juntos procuramos Gollum, por toda a extensão das Terras-selváticas, sem esperança e sem êxito. Mas, por fim, quando eu havia desistido da perseguição e me voltara para outros caminhos, Gollum foi encontrado. Meu amigo voltou de grandes perigos trazendo consigo a criatura desgraçada.

"Não queria dizer o que andara fazendo. Só chorava e nos chamava de cruéis, com muito *gollum* na garganta; e quando o pressionamos ele choramingou e se encolheu, e esfregava as mãos compridas, lambendo os dedos como se lhe doessem, como se lembrasse alguma antiga tortura. Mas temo que não haja dúvida possível: ele fizera seu caminho lento e sorrateiro, passo a passo, milha a milha, para o sul, descendo afinal à Terra de Mordor."

Um silêncio pesado se abateu sobre o recinto. Frodo podia ouvir seu coração batendo. Até do lado de fora tudo parecia quieto. Já não se ouvia o som da tesoura de Sam.

"Sim, para Mordor", disse Gandalf. "Ai de nós! Mordor atrai todos os seres malignos, e o Poder Sombrio empenhava toda a sua vontade para os reunir ali. O Anel do Inimigo também deixaria sua marca, o deixaria aberto à convocação. E então toda a gente sussurrava sobre a nova Sombra no Sul e sobre seu ódio do Oeste. Esses eram seus belos novos amigos, que o ajudariam em sua vingança!

"Tolo desgraçado! Naquela terra ele aprenderia muito, demais para seu conforto. E mais cedo ou mais tarde, espreitando e espionando nas fronteiras, ele seria apanhado e levado para um interrogatório. Foi assim que aconteceu, eu temo. Quando foi encontrado ele já estivera lá por muito tempo e estava no caminho de volta. Em alguma missão de maldade. Mas agora isso não importa muito. Sua pior maldade estava feita.

"Sim, infelizmente através dele o Inimigo ficou sabendo que o Um foi reencontrado. Ele sabe onde Isildur tombou. Ele sabe onde Gollum encontrou seu anel. Ele sabe que é um Grande Anel, pois concedeu vida longa. Ele sabe que não é um dos Três, pois esses jamais foram perdidos e não suportam o mal. Ele sabe que não é um dos Sete, nem dos Nove, pois deles foram prestadas contas. Ele sabe que é o Um. E finalmente ouviu falar, creio, dos *hobbits* e do *Condado*.

"O Condado — ele pode estar procurando-o agora, se já não descobriu onde fica. Na verdade, Frodo, temo que ele até possa pensar que o nome *Bolseiro*, despercebido por longo tempo, tenha se tornado importante."

"Mas isso é terrível!", exclamou Frodo. "Muito pior do que o pior que imaginei por suas alusões e seus avisos. Ó Gandalf, melhor dos amigos, o que vou fazer? Pois agora estou com medo de verdade. O que vou fazer? Que pena que Bilbo não apunhalou essa vil criatura quando teve a chance!"

"Pena? Foi a Pena que deteve sua mão. A Pena e a Compaixão: de não golpear sem necessidade. E ele foi bem recompensado, Frodo. Tenha a certeza de que ele teve tão poucos danos devidos ao mal, e escapou por fim, porque começou sua posse do Anel desse modo. Com Pena."

"Lamento", disse Frodo. "Mas estou apavorado; e não sinto nenhuma pena de Gollum."

"Você não o viu", interrompeu Gandalf.

"Não, e não quero vê-lo", retrucou Frodo. "Não consigo compreender você. Quer dizer que você e os Elfos o deixaram continuar vivo depois de todos esses feitos horríveis? Seja como for, agora ele é tão mau quanto um Orque e apenas um inimigo. Ele merece a morte."

"Merece! Imagino que merece. Muitos que vivem merecem a morte. E alguns que morrem merecem a vida. Você pode dá-la a eles? Então não seja ávido demais por conferir a morte em julgamento. Pois nem mesmo os muito sábios conseguem ver todos os fins. Não tenho muita esperança de que Gollum possa ser curado antes de morrer, mas existe uma chance. E ele está atado ao destino do Anel. Meu coração me diz que ele ainda tem algum papel a desempenhar, pelo bem ou pelo mal, antes do fim; e quando este chegar, a pena de Bilbo poderá reger o destino de muitos — não menos o seu. Em qualquer caso, não o matamos: ele está muito velho e muito desgraçado. Os Elfos-da-floresta o mantêm na prisão, mas tratam-no com a bondade que conseguem encontrar em seus sábios corações."

"Ainda assim," afirmou Frodo, "mesmo que Bilbo não tenha matado Gollum, queria que não tivesse ficado com o Anel. Queria que nunca o tivesse encontrado e que eu não o tivesse ganho! Por que me deixou ficar com ele? Por que não me obrigou a jogá-lo fora, ou, ou a destruí-lo?"

"Deixá-lo? Obrigá-lo?", indagou o mago. "Você não escutou tudo o que eu disse? Você não está pensando no que está dizendo. Mas, quanto a jogá-lo fora, isso era obviamente errado. Esses Anéis têm maneiras de serem encontrados. Em mãos malignas ele poderia ter feito grande mal. Pior que tudo, poderia ter caído nas mãos do Inimigo. Na verdade, teria com certeza; pois este é o Um, e ele está exercendo todo o seu poder para encontrá-lo ou atraí-lo para si.

"É claro, meu querido Frodo, que era perigoso para você; e isso me perturbou profundamente. Mas havia tanta coisa em jogo que precisei assumir algum risco — mesmo que, quando eu estava longe, não houvesse um só dia em que o Condado não fosse vigiado por olhos atentos. Enquanto você não o usasse, eu não pensava que o Anel teria qualquer efeito duradouro sobre você, não para o mal, não por muito longo tempo, seja lá como for. E você deve recordar que nove anos atrás, quando o vi pela última vez, eu ainda tinha certeza de poucas coisas."

"Mas por que não destruí-lo, como você diz que deveria ter acontecido muito tempo atrás?", questionou Frodo outra vez. "Se me tivesse alertado, ou mesmo mandado uma mensagem, eu teria dado cabo dele."

"Teria? Como faria isso? Alguma vez tentou?"

"Não. Mas imagino que poderia ser martelado ou derretido."
"Tente!", exclamou Gandalf. "Tente agora!"

Frodo retirou o Anel do bolso e olhou para ele. Agora parecia singelo e liso, sem marca nem desenho que ele pudesse ver. O ouro parecia muito bonito e puro, e Frodo pensou como era rica e linda a sua cor, como era perfeita a sua forma redonda. Era um objeto admirável e totalmente precioso. Quando o tirou, pretendia jogá-lo para longe, para a parte mais quente do fogo. Mas agora via que não podia fazê-lo, não sem grande esforço. Sopesou o Anel na mão, hesitante, e forçando-se a lembrar tudo o que Gandalf lhe dissera; e então, com um esforço da vontade, fez um movimento como que para lançá-lo fora — mas descobriu que o pusera de volta no bolso.

Gandalf riu, sinistro. "Está vendo? Também você, Frodo, já não consegue se livrar dele com facilidade, nem ter vontade de danificá-lo. E eu não poderia 'obrigá-lo' — exceto à força, o que lhe destroçaria a mente. Mas quanto a quebrar o Anel, a força é inútil. Mesmo que você o pegasse e golpeasse com um malho pesado, ele nem se amassaria um pouco. Ele não pode ser desfeito por suas mãos, nem pelas minhas.

"Seu foguinho, claro, não derreteria nem ouro comum. Este Anel já passou por ele ileso, até sem se aquecer. Mas não há forja de ferreiro neste Condado que possa alterá-lo nem um pouco. Nem mesmo as bigornas e fornalhas dos Anões poderiam fazê-lo. Disseram que o fogo dos dragões poderia fundir e consumir os Anéis de Poder, mas já não há dragão que reste na terra em que o antigo fogo esteja quente o bastante; nem jamais houve dragão, nem mesmo Ancalagon, o Negro, que pudesse causar dano ao Um Anel, o Anel Regente, pois esse foi feito pelo próprio Sauron.

"Só há uma maneira: encontrar as Fendas da Perdição nas profundezas de Orodruin, a Montanha-de-Fogo, e lançar o Anel lá dentro, se realmente você quiser destruí-lo, pô-lo além do alcance do Inimigo para sempre."

"Eu realmente quero destruí-lo!", exclamou Frodo. "Ou, bem, que seja destruído. Não sou feito para demandas perigosas. Gostaria de jamais ter visto o Anel! Por que ele veio ter comigo? Por que fui escolhido?"

"Tais perguntas não podem ser respondidas", disse Gandalf. "Pode ter certeza de que não foi por algum mérito que outros não possuam: não por poder nem sabedoria, seja como for. Mas você foi escolhido, e, portanto, precisa usar a força, a coragem e a inteligência que possui."

"Mas tenho tão pouco de tudo isso! Você é sábio e poderoso. Não quer pegar o Anel?"

"Não!", exclamou Gandalf, pondo-se de pé com um salto. "Com esse poder eu teria poder demasiado grande e terrível. E sobre mim o Anel obteria um poder ainda maior e mais mortífero." Seus olhos relampejaram e seu rosto foi iluminado como que por um fogo interior. "Não me tente! Pois não desejo me tornar igual ao próprio Senhor Sombrio. No entanto, o caminho do Anel para meu coração é pela pena, pena da fraqueza e desejo de força para fazer o bem. Não me tente! Não me atrevo a pegá-lo, nem mesmo para mantê-lo guardado, sem uso. O desejo de manejá-lo seria grande demais para minha força. Vou precisar muito dela. Grandes perigos estão diante de mim."

Foi até a janela e abriu as cortinas e as venezianas. A luz do sol voltou a fluir para dentro do quarto. Sam passou assobiando pelo caminho lá fora. "E agora", disse o mago, voltando-se outra vez para Frodo, "a decisão está com você. Mas eu sempre o ajudarei." Pôs a mão no ombro de Frodo. "Vou ajudá-lo a levar este fardo, enquanto ele for seu para ser levado. Mas precisamos fazer alguma coisa logo. O Inimigo se move."

Fez-se um longo silêncio. Gandalf sentou-se de novo e deu baforadas no cachimbo, como que perdido em pensamentos. Seus olhos pareciam fechados, mas por baixo das pálpebras ele observava Frodo com atenção. Frodo fitava fixamente as brasas vermelhas na lareira, até que elas preenchessem toda a sua visão e ele parecesse estar olhando para dentro de fundos poços de fogo. Pensava nas lendárias Fendas da Perdição e no terror da Montanha de Fogo.

"Bem!", pontuou Gandalf finalmente. "No que está pensando? Decidiu o que fazer?"

"Não!", respondeu Frodo, voltando a si da escuridão e descobrindo, surpreso, que não estava escuro, e que pela janela podia ver o jardim iluminado pelo sol. "Ou quem sabe sim. Até onde entendi o que você disse, suponho que devo manter o Anel e guardá-lo, ao menos por ora, não importa o que ele me fizer."

"Qualquer coisa que ele lhe fizer será lenta, lenta rumo ao mal, se você o mantiver com esse propósito", afirmou Gandalf.

"Assim espero", colocou Frodo. "Mas espero que você logo encontre outro guardador melhor. Mas, enquanto isso, parece que sou um perigo, um perigo para todos os que vivem perto de mim. Não posso guardar o Anel e ficar aqui. Eu devia deixar Bolsão, deixar o Condado, deixar tudo e ir embora." Suspirou.

"Gostaria de salvar o Condado, se puder — porém houve tempos em que pensei que os habitantes eram demasiado estúpidos e obtusos às palavras e senti que um terremoto ou uma invasão de dragões poderia lhes fazer bem. Mas não me sinto assim agora. Sinto que, contanto que o Condado fique para trás, seguro e confortável, eu acharei a vida errante mais suportável: vou saber que em algum lugar existe uma base firme, mesmo que meus pés não possam mais pisar ali.

"É claro que algumas vezes pensei em ir embora, mas imaginei isso como uma espécie de férias, uma série de aventuras como as de Bilbo ou melhores, terminando em paz. Mas isso significaria o exílio, uma fuga de perigo em perigo, puxando-os atrás de mim. E suponho que preciso ir sozinho, se tiver de fazer isso e salvar o Condado. Mas sinto-me muito pequeno, muito desarraigado e, bem, desesperado. O Inimigo é tão forte e terrível."

Não contou a Gandalf, mas, à medida que falava, um grande desejo de seguir Bilbo se acendeu em seu coração — seguir Bilbo e, quem sabe, até encontrá-lo de novo. Era tão forte que superou seu medo: quase se pôs a correr ali mesmo, descendo a estrada sem chapéu, como Bilbo fizera numa manhã parecida, muito tempo atrás.

"Meu caro Frodo!", exclamou Gandalf. "Os hobbits são realmente criaturas espantosas, como eu disse antes. Pode-se aprender tudo o que há para saber sobre seus modos em um mês, e, no entanto, cem anos depois eles ainda podem surpreendê-lo num aperto. Eu mal esperava obter tal resposta, nem mesmo de você. Mas Bilbo não se enganou quando escolheu o herdeiro, por muito pouco que soubesse como isso revelaria ser importante. Temo que você tenha razão. O Anel não conseguirá permanecer oculto no Condado por muito mais tempo; e para seu próprio bem, e o de outros, você terá de partir e deixar para trás o nome Bolseiro. Não será seguro usar esse nome fora do Condado ou no Ermo. Agora vou lhe dar um nome de viagem. Quando se for, vá como Sr. Sotomonte.

"Mas não creio que precise ir sozinho. Não se você conhecer alguém em quem possa confiar e que esteja disposto a ir ao seu lado — e que você esteja disposto a levar para perigos desconhecidos. Mas se buscar um companheiro, escolha com cuidado! E cuidado com o que disser, mesmo aos amigos mais próximos! O inimigo tem muitos espiões e muitas formas de ouvir."

Deteve-se de repente como se escutasse. Frodo tomou consciência de que estava tudo muito quieto, dentro e fora. Gandalf esgueirou-se para um lado da janela. Então, num arranco, pulou para o peitoril e estendeu o braço comprido para fora e para baixo. Ouviu-se um grasnido, e a cabeça encaracolada de Sam Gamgi subiu puxada por uma orelha.

"Ora, ora, pela minha barba!", disse Gandalf. "Sam Gamgi, é isso? O que é que você está fazendo?"

"Bendito seja, Sr. Gandalf, senhor!", exclamou Sam. "Nada! Quer dizer, eu estava só aparando a borda da grama embaixo da janela, se me entende." Pegou sua tesoura e a exibiu à guisa de evidência.

"Não entendo", prosseguiu Gandalf, severo. "Faz algum tempo que não ouço mais o som de sua tesoura. Por quanto tempo bancou o abelhudo?"

"Abelhudo, senhor? Não compreendo, com seu perdão. Não tem abelhas em Bolsão, isso é fato."

"Não seja tolo! O que você ouviu e por que estava escutando?" Os olhos de Gandalf lampejavam e as sobrancelhas se projetavam como cerdas.

"Sr. Frodo, senhor!", exclamou Sam, trêmulo. "Não deixe que ele me machuque, senhor! Não deixe que ele me transforme em coisa antinatural! Meu velho pai ia ficar magoado. Não quis causar dano, juro pela minha honra, senhor!"

"Ele não vai machucá-lo", disse Frodo, mal conseguindo conter o riso, apesar de estar ele próprio espantado e um tanto perplexo. "Ele sabe tão bem quanto eu que você não quer causar dano. Mas vá, responda às perguntas agora mesmo!"

"Bem, senhor", respondeu Sam, um pouco trepidante. "Ouvi bastante coisa que não entendi direito, sobre um inimigo, e anéis, e o Sr. Bilbo, senhor, e dragões, e uma montanha de fogo, e... e Elfos, senhor. Ouvi porque não consegui me conter, se entende o que quero dizer. Bendito seja, senhor, mas adoro histórias desse tipo. E acredito nelas também, não importa o que diz o Ted. Elfos, senhor! Gostaria imensamente de ver *eles*. Não podia me levar para ver os Elfos, senhor, quando partir?"

Subitamente Gandalf riu. "Venha para dentro!", gritou ele e, estendendo ambos os braços, ergueu através da janela o espantado Sam com tesoura, retalhos de grama e tudo, pondo-o de pé no chão. "Levá-lo para ver os Elfos, hein?", disse ele, espiando Sam de perto, mas com um sorriso vacilando no rosto. "Então ouviu que o Sr. Frodo vai embora?"

"Ouvi, senhor. E foi por isso que engasguei: o que parece que o senhor ouviu. Tentei não engasgar, senhor, mas me escapou: fiquei tão perturbado."

"Não há como evitar, Sam", declarou Frodo tristemente. De súbito dera-se conta de que fugir do Condado envolveria mais despedidas dolorosas do que meramente dizer adeus aos confortos familiares de Bolsão. "Vou ter que partir. Mas" — então olhou intensamente para Sam — "se você realmente se preocupa comigo vai manter isso em *absoluto* segredo. Viu? Se não mantiver, se pronunciar uma só palavra do que ouviu aqui, espero que Gandalf o transforme num sapo malhado e encha o jardim de cobras-d'água."

Sam caiu de joelhos, tremendo. "Levante-se, Sam!", falou Gandalf. "Pensei em algo melhor que isso. Algo que lhe fechará a boca e o castigará adequadamente por escutar. Você vai partir com o Sr. Frodo!"

"Eu, senhor!", exclamou Sam, pulando como um cachorro convidado a passear. "Eu, partir e ver os Elfos e tudo o mais! Viva!", gritou, e depois irrompeu em lágrimas.

3

Três não é Demais

"Você precisa ir sem alarde, e precisa ir logo", disse Gandalf. Duas ou três semanas haviam passado, e ainda Frodo não dava sinais de se aprontar para a partida.

"Eu sei. Mas é difícil fazer as duas coisas", objetou ele. "Se eu simplesmente sumir como Bilbo, a história vai correr o Condado em um instante."

"É claro que você não pode sumir!", afirmou Gandalf. "Isso não vai funcionar! Eu disse *logo*, não *instantaneamente*. Se você puder imaginar algum modo de escapar do Condado sem que isso seja de conhecimento geral, valerá a pena um pequeno atraso. Mas não pode se atrasar demais."

"Que tal no outono, no Nosso Aniversário ou depois?", perguntou Frodo. "Acho que provavelmente poderei fazer acertos para essa época."

Para dizer a verdade, ele relutava muito em partir, agora que o tempo havia chegado: Bolsão parecia uma residência mais desejável do que fora por anos, e ele queria aproveitar o quanto pudesse de seu último verão no Condado. Quando chegasse o outono, ele sabia que pelo menos parte de seu coração pensaria mais favoravelmente sobre a viagem, como sempre acontecia naquela estação. De fato, em particular decidira-se a partir em seu quinquagésimo aniversário: o centésimo vigésimo oitavo de Bilbo. De algum modo, parecia ser o dia adequado para partir a segui-lo. Seguir Bilbo era a coisa mais importante em sua mente, e a única que tornava tolerável a ideia de ir embora. Pensava o mínimo possível sobre o Anel e aonde este poderia levá-lo no final. Mas não contava a Gandalf todos os seus pensamentos. O quanto o mago adivinhava era sempre difícil saber.

Ele olhou para Frodo e sorriu. "Muito bem", disse ele. "Acho que isso vai estar bem — mas não pode ser mais tarde. Estou ficando muito ansioso. Enquanto isso, cuide-se e não dê qualquer indicação sobre aonde vai! E assegure-se de que Sam Gamgi não fale. Se falar, vou mesmo transformá-lo num sapo."

"Quanto a *aonde* estou indo," declarou Frodo, "seria difícil de revelar, pois eu mesmo ainda não tenho ideia clara."

"Não seja absurdo!", exclamou Gandalf. "Não o estou alertando contra deixar um endereço no correio! Mas você está saindo do Condado — e isso não pode ser conhecido até que você esteja bem longe. E você precisa ir, ou pelo menos partir, para o Norte, Sul, Oeste ou Leste — e a direção certamente não pode ser conhecida."

"Estive tão ocupado com a ideia de deixar Bolsão e de me despedir que nem mesmo considerei a direção", disse Frodo. "Pois irei aonde? E como me guiarei? Qual deverá ser minha demanda? Bilbo saiu para encontrar um tesouro, lá e de volta outra vez; mas eu saio para perder um, e não retornar, até onde posso ver."

"Mas você não consegue ver muito longe", comentou Gandalf. "Nem eu consigo. Pode ser tarefa sua encontrar as Fendas da Perdição; mas essa demanda poderá ser de outros: não sei. Seja como for, você ainda não está pronto para essa longa estrada."

"Não mesmo!", assentiu Frodo. "Mas, enquanto isso, que curso devo tomar?"

"Na direção do perigo; mas não muito temerário, nem muito direto", respondeu o mago. "Se quer meu conselho, rume para Valfenda. Essa viagem não deverá resultar muito perigosa, apesar de a Estrada estar menos favorável do que já esteve, e ela piorará à medida que o ano avança."

"Valfenda!", disse Frodo. "Muito bem: vou para o leste e vou rumar para Valfenda. Levarei Sam para visitar os Elfos; ele ficará encantado." Falava com despreocupação; mas seu coração se emocionou de repente com o desejo de ver a casa de Elrond Meio-Elfo e de respirar o ar daquele vale profundo onde muitos do Belo Povo ainda moravam em paz.

Certa tardinha de verão uma notícia espantosa chegou à Moita de Hera e ao Dragão Verde. Gigantes e outros portentos nas fronteiras do Condado foram esquecidos em favor de assuntos mais importantes: O Sr. Frodo estava vendendo Bolsão, na verdade, já vendera — aos Sacola-Bolseiros!

"Por um precinho bom, também", disseram alguns. "Uma pechincha," disseram outros, "e isso é mais provável quando a Sra. Lobélia é quem compra." (Otho morrera alguns anos antes, na idade madura, porém decepcionada, de 102 anos.)

O motivo pelo qual o Sr. Frodo estava vendendo sua bela toca era ainda mais discutível que o preço. Alguns adotavam a teoria — sustentada pelos gestos de cabeça e insinuações do próprio Sr. Bolseiro — de que o dinheiro de Frodo estava acabando: iria deixar a Vila-dos-Hobbits e viver tranquilamente com o produto da venda lá na Terra-dos-Buques entre seus parentes Brandebuques. "O mais longe possível dos Sacola-Bolseiros", acrescentavam alguns. Mas tornara-se tão firmemente estabelecida a ideia da fortuna incomensurável dos Bolseiros de Bolsão que a maioria achava difícil acreditar nisso, mais difícil que qualquer outra razão ou desrazão que sua fantasia poderia sugerir: para a maioria isso sugeria um complô, obscuro e ainda não revelado, de Gandalf. Apesar de este se manter muito quieto e não sair de dia, era bem conhecido que estava "escondido lá em cima em Bolsão". Mas, não importa o quanto a mudança pudesse se encaixar com os desígnios de sua magia, não havia dúvida sobre este fato: Frodo Bolseiro estava retornando à Terra-dos-Buques.

"Sim, vou me mudar neste outono", dizia ele. "Merry Brandebuque está procurando uma bela tocazinha para mim, ou quem sabe uma pequena casa."

Na verdade, com a ajuda de Merry ele já escolhera e comprara uma casinha em Cricôncavo, na região além de Buqueburgo. Para todos, além de Sam, ele fingia que ia estabelecer-se ali permanentemente. A decisão de partir rumo ao leste lhe sugerira a ideia; pois a Terra-dos-Buques ficava nas beiras orientais do Condado, e, como ele vivera ali na infância, a volta pelo menos pareceria plausível.

Gandalf ficou no Condado por mais de dois meses. Então, certa tarde no fim de junho, logo depois de o plano de Frodo estar finalmente acertado, ele anunciou de repente que estava indo embora outra vez na manhã seguinte. "Só por um tempinho, espero", afirmou ele. "Mas vou descer além da fronteira sul para obter notícias, se puder. Estive ocioso mais tempo do que deveria."

Falava com tranquilidade, mas a Frodo pareceu que ele tinha um aspecto bem preocupado. "Aconteceu alguma coisa?", perguntou.

"Bem, não; mas ouvi algo que me preocupou e precisa ser investigado. Se eu pensar, afinal, que vocês devem partir de imediato, voltarei de pronto, ou pelo menos mandarei um recado. Enquanto isso atenha-se ao seu plano; mas tome mais cuidado do que nunca, especialmente com o Anel. Deixe-me insistir mais uma vez: *não o use!*"

Partiu ao amanhecer. "Posso voltar em qualquer dia", disse ele. "No mais tardar voltarei para a festa de despedida. Acho que afinal vocês vão precisar de minha companhia na Estrada."

Inicialmente Frodo ficou bastante perturbado, e muitas vezes perguntou-se o que Gandalf teria ouvido; mas sua inquietação diminuiu, e diante daquele clima agradável ele esqueceu um pouco suas inquietações. Raramente o Condado vira um verão tão bonito ou um outono tão rico: as árvores estavam carregadas de maçãs, o mel pingava das colmeias e o trigo estava alto e cheio.

O outono já estava bem adiantado quando Frodo começou a se preocupar com Gandalf de novo. Setembro estava passando e ainda não havia notícia dele. O Aniversário e a mudança aproximavam-se, e ainda ele não chegara nem mandara recado. Bolsão começou a ficar movimentado. Alguns amigos de Frodo vieram ficar com ele para ajudar na mudança: lá estavam Fredegar Bolger e Folco Boffin, e naturalmente seus amigos especiais Pippin Tûk e Merry Brandebuque. O grupo virou a casa toda de pernas para o ar.

Em 20 de setembro, dois carroções cobertos partiram carregados para a Terra-dos-Buques, levando ao novo lar, pelo caminho da Ponte do Brandevin, a mobília e os objetos que Frodo não havia vendido. No dia seguinte, Frodo estava ansioso de verdade e manteve constante vigilância por Gandalf. Na quinta-feira, manhã de seu aniversário, o dia amanheceu bonito e claro, como na grande festa de Bilbo longo tempo atrás. Ainda assim, Gandalf não aparecera. À tardinha, Frodo deu seu banquete de despedida: foi bem reduzido, apenas um jantar para si e seus quatro ajudantes; mas ele estava perturbado e sem o espírito certo. A ideia de que logo precisaria se despedir dos jovens amigos lhe pesava no coração. Perguntava-se como lhes anunciaria o fato.

Os quatro hobbits mais jovens, porém, estavam animadíssimos, e logo a festa se tornou muito alegre, a despeito da ausência de Gandalf. A sala de jantar estava vazia, exceto por uma mesa e cadeiras, mas a comida era boa e havia bom vinho: o vinho de Frodo não fora incluído na venda aos Sacola-Bolseiros.

"Seja lá o que acontecer com o resto de minhas coisas quando os S.-B. puserem as garras aqui, pelo menos encontrei um bom lar para isto!", disse Frodo esvaziando o copo. Era a última gota de Velhos Vinhedos.

Quando haviam cantado muitas canções e falado de muitas coisas que fizeram juntos, brindaram ao aniversário de Bilbo, e beberam à saúde dele e de Frodo juntos, conforme o costume de Frodo. Depois saíram para tomar um pouco de ar e espiar as estrelas, então foram dormir. A festa de Frodo terminara, e Gandalf não havia chegado.

Na manhã seguinte estavam ocupados carregando outro carroção com o restante da bagagem. Merry encarregou-se disso e partiu com Fofo (isto é, Fredegar Bolger). "Alguém precisa ir lá esquentar a casa antes que você chegue", comentou Merry. "Bem, até mais tarde — depois de amanhã, se você não for dormir no caminho!"

Folco foi para casa após o almoço, mas Pippin ficou para trás. Frodo estava inquieto e ansioso, procurando em vão escutar algum som de Gandalf. Decidiu esperar até o cair da noite. Depois disso, se Gandalf precisasse dele com urgência, poderia ir a Cricôncavo, e até poderia chegar lá antes. Pois Frodo estava indo a pé. Seu plano — por lazer e uma última olhada no Condado, tanto quanto qualquer outro motivo — era caminhar da Vila-dos-Hobbits até a Balsa de Buqueburgo com a maior tranquilidade.

"Vou treinar um pouco também", disse ele, olhando-se num espelho empoeirado no saguão meio vazio. Fazia muito tempo que não caminhara com energia, e o reflexo parecia bem flácido, pensou.

Depois do almoço, os Sacola-Bolseiros, Lobélia e seu filho arruivado, Lotho, apareceram, para grande incômodo de Frodo. "Enfim nosso!", exclamou Lobélia ao dar um passo para dentro. Isso não era educado; nem estritamente verdadeiro, pois a venda de Bolsão não teria efeito antes da meia-noite. Mas talvez Lobélia possa ser perdoada: ela fora obrigada a esperar por Bolsão cerca de setenta e sete anos mais do que esperava outrora, e tinha agora cem anos de idade. De qualquer modo, viera para ver se não haviam levado nada que ela pagara; e queria as chaves. Levou muito tempo para satisfazê-la, pois ela trouxera um inventário completo e começou a conferi-lo de imediato. No fim, partiu com Lotho e a chave de reserva e a promessa de que a outra chave seria deixada na casa dos Gamgis, na Rua do Bolsinho. Ela bufou e demonstrou com clareza que achava os Gamgis capazes de saquearem a toca durante a noite. Frodo não lhe ofereceu chá.

Ele tomou seu próprio chá com Pippin e Sam Gamgi na cozinha. Fora oficialmente anunciado que Sam iria à Terra-dos-Buques "para trabalhar para o Sr. Frodo e cuidar do seu pequeno jardim"; um acerto que foi aprovado pelo Feitor, mas que não o consolou pela perspectiva de ter Lobélia como vizinha.

"Nossa última refeição em Bolsão!", disse Frodo, empurrando a cadeira para trás. Deixaram a louça suja para Lobélia. Pippin e Sam afivelaram suas três mochilas e as empilharam na varanda. Pippin saiu para um último passeio no jardim. Sam desapareceu.

O sol se pôs. Bolsão parecia triste, abatido e desgrenhado. Frodo perambulou pelos recintos familiares e viu a luz do pôr do sol se apagando nas paredes, e as sombras se insinuando dos cantos. Lentamente escureceu lá dentro. Ele saiu e desceu até o portão na extremidade inferior do caminho, depois caminhou um pouco pela Estrada da Colina. Meio que esperava ver Gandalf chegar andando pelo crepúsculo.

O céu estava claro, e as estrelas brilhavam intensamente. "Vai ser uma bela noite", afirmou em voz alta. "É bom para o começo. Sinto vontade de caminhar. Não aguento mais ficar por aí. Vou partir, e Gandalf terá de me seguir." Virou-se para voltar e depois parou, pois ouviu vozes, logo virando a esquina junto ao final da Rua do Bolsinho. Uma voz certamente era do velho Feitor; a outra era estranha e um tanto desagradável. Não conseguiu distinguir o que ela dizia, mas ouviu as respostas do Feitor, bastante estridentes. O velho parecia aborrecido.

"Não, o Sr. Bolseiro foi embora. Foi hoje de manhã, e meu Sam foi com ele: seja como for, todas as coisas dele foram. Sim, liquidou e foi embora, estou dizendo. Por quê? O porquê não é da minha conta, nem da sua. Aonde? Isso não é segredo. Mudou para Buqueburgo ou outro lugar assim, lá bem longe. É sim — um pedaço de caminho. Eu nunca fui tão longe; é gente esquisita na Terra-dos-Buques. Não, não posso dar recado. Boa noite para você!"

Passos se afastaram descendo a Colina. Frodo se perguntou vagamente por que parecia um grande alívio o fato de eles não subirem a Colina. "Estou farto de perguntas e curiosidade sobre o que estou fazendo, acho", pensou. "Que gente bisbilhoteira, todos eles!" Meio que pretendia ir perguntar ao Feitor quem era o intrometido; mas pensou melhor (ou pior), deu a volta e caminhou depressa para Bolsão.

Pippin estava sentado na mochila na varanda. Sam não estava lá. Frodo deu um passo porta escura adentro. "Sam!", chamou. "Sam! É hora!"

"Chegando, senhor!", veio a resposta bem de dentro, logo seguida pelo próprio Sam, enxugando a boca. Estivera dando adeus ao barril de cerveja no porão.

"Todos a bordo, Sam?", indagou Frodo.

"Sim, senhor. Agora vou aguentar bastante, senhor."

Frodo fechou e trancou a porta redonda e deu a chave a Sam. "Corra com ela até sua casa, Sam!", disse ele. "Depois corte caminho pela Rua e nos encontre o mais depressa que puder no portão da alameda, além dos prados. Hoje à noite não vamos passar pela vila. Orelhas em pé e olhos espiando demais." Sam saiu correndo a toda velocidade.

"Bem, finalmente partimos!", comentou Frodo. Puseram as mochilas nos ombros, pegaram os bastões e dobraram a esquina até o lado oeste de Bolsão. "Adeus!", disse Frodo, olhando as janelas escuras e vazias. Acenou com a mão, depois voltou-se e (seguindo Bilbo sem saber) apressou-se atrás de Peregrin, que descia a trilha do jardim. Pularam o trecho baixo da sebe lá embaixo e entraram nos campos, passando para o escuro como um farfalhar no capim.

No sopé da Colina, do lado ocidental, chegaram ao portão que dava para uma alameda estreita. Ali pararam e ajustaram as tiras das mochilas. Logo apareceu Sam, trotando depressa e respirando forte; sua pesada mochila estava empoleirada nos ombros, e ele pusera na cabeça um alto saco disforme de feltro que chamava de chapéu. À meia-luz ele se parecia muito com um anão.

"Estou certo de que me deram todas as coisas mais pesadas", disse Frodo. "Tenho pena dos caracóis e de todos que carregam a casa nas costas."

"Ainda posso levar muito mais, senhor. Meu pacote é bem leve", declarou Sam, decidido e inverídico.

"Não pode não, Sam!", exclamou Pippin. "É bom para ele. Ele só tem o que nos mandou empacotar. Esteve frouxo ultimamente e vai sentir menos peso quando, caminhando, tiver perdido um pouco do seu próprio."

"Sejam bondosos com um pobre velho hobbit!", riu-se Frodo. "Vou estar fino como uma vara de salgueiro, tenho certeza, antes de chegar à Terra-dos-Buques. Mas eu estava dizendo bobagens. Suspeito que você assumiu mais que a sua parte, Sam, e vou verificar isso da próxima vez que fizermos as mochilas." Apanhou novamente o bastão. "Bem, todos gostamos de caminhar no escuro," disse ele, "portanto, vamos percorrer algumas milhas antes de dormir."

Por um curto espaço seguiram a alameda rumo ao oeste. Depois, deixando-a, viraram para a esquerda e outra vez entraram silenciosamente nos campos. Andaram enfileirados ao longo de sebes e das bordas de capoeiras, e a noite caiu escura sobre eles. Em suas capas escuras estavam tão invisíveis como se todos tivessem anéis mágicos. Visto que todos eram hobbits e tentavam ser silenciosos, não faziam nenhum barulho que os próprios hobbits pudessem ouvir. Mesmo os seres selvagens nos campos e bosques mal perceberam sua passagem.

Algum tempo depois atravessaram o Água, a oeste da Vila-dos-Hobbits, numa estreita ponte de pranchas. Ali o rio não era mais que uma serpenteante fita negra ladeada de amieiros inclinados. Uma ou duas milhas mais ao sul, atravessaram apressados a grande estrada que vinha da Ponte do Brandevin; estavam agora na Terra-dos-Tûks e, fazendo uma curva para o sudeste, rumaram para a Terra das Colinas Verdes. Quando começavam a subir suas primeiras encostas, olharam para trás e viram as lâmpadas da Vila-dos-Hobbits ao longe, piscando no suave vale do Água. Logo ela desapareceu nas dobras da paisagem escurecida, e foi seguida por Beirágua junto à sua lagoa cinzenta. Quando a luz da última fazenda estava bem para trás, espiando através das árvores, Frodo se virou e acenou com a mão num adeus.

"Pergunto-me se ainda vou olhar para o vale lá embaixo outra vez", disse baixinho.

Quando haviam caminhado por umas três horas, fizeram um descanso. A noite estava clara, fresca e estrelada, mas fiapos de névoa, como fumaça, se arrastavam subindo as encostas dos morros desde os rios e prados fundos. Bétulas com pouca folhagem, balançando ao vento leve sobre suas cabeças, faziam uma teia negra diante do céu pálido. Comeram uma janta muito frugal (para hobbits) e depois seguiram adiante. Logo deram com uma estrada estreita que rolava para cima e para baixo, desfazendo-se cinzenta na escuridão à frente: a estrada para Vila-do-Bosque, Tronco e a Balsa de Buqueburgo. Ela subia da estrada principal no vale do Água e fazia curvas pelos sopés das Colinas Verdes rumo à Ponta do Bosque, um canto selvagem da Quarta Leste.

Algum tempo depois mergulharam numa trilha funda encravada entre altas árvores cujas folhas secas farfalhavam na noite. Estava muito escuro. No começo conversaram, ou cantarolaram uma melodia juntos, baixinho, já que estavam longe de ouvidos intrometidos. Depois seguiram marchando em silêncio, e Pippin começou a ficar para trás. Por fim, quando principiaram a escalar uma encosta íngreme, ele parou e bocejou.

"Estou com tanto sono", comentou ele, "que logo vou despencar na estrada. Vocês vão dormir em pé? Já é quase meia-noite."

"Pensei que você gostava de caminhar no escuro", disse Frodo. "Mas não há grande pressa. Merry nos espera a alguma hora depois de amanhã; mas isso nos dá quase mais dois dias. Vamos parar no primeiro ponto adequado."

"O vento está no Oeste", afirmou Sam. "Se alcançarmos o outro lado deste morro vamos encontrar um ponto bem abrigado e confortável, senhor. Tem um bosque seco de abetos logo em frente, se bem me lembro." Sam conhecia bem a paisagem num raio de vinte milhas da Vila-dos-Hobbits, mas esse era o limite de sua geografia.

Logo além do topo da colina deram com o capão de abetos. Saindo da estrada, penetraram na profunda escuridão das árvores, com aroma de resina, e reuniram galhos secos e pinhas para fazer fogo. Logo obtiveram alegres estalidos de chamas ao pé de um grande abeto e passaram algum tempo sentados em torno dele até começarem a cabecear. Então, cada um num canto das raízes da grande árvore, enrodilharam-se nas capas e nos cobertores, e logo estavam dormindo profundamente. Não puseram vigia; mesmo Frodo ainda não temia nenhum perigo, pois estavam ainda no coração do Condado. Algumas criaturas vieram olhá-los depois de o fogo se apagar. Uma raposa que passava pela floresta em seus próprios afazeres parou por alguns minutos e farejou.

"Hobbits!", pensou. "Bem, e o que mais? Ouvi falar de feitos estranhos nesta terra, mas raramente ouvi de um hobbit dormindo ao relento embaixo de uma árvore. Três deles! Há algo muito esquisito por trás disto." Tinha toda a razão, porém nunca descobriu nada mais a respeito.

Chegou a manhã, pálida e úmida. Frodo acordou primeiro e descobriu que uma raiz da árvore tinha feito um furo em suas costas e que tinha um torcicolo. "Caminhar por prazer! Por que não vim de carroça?", pensou ele, como costumava pensar no começo de uma expedição. "E todos os meus belos edredons de pena foram vendidos aos Sacola-Bolseiros! Estas raízes de árvore fariam bem a eles." Esticou-se. "Acordem, hobbits!", exclamou. "É uma linda manhã."

"O que tem de linda?", indagou Pippin, espiando sobre a beira de seu cobertor com um olho. "Sam! Apronte o desjejum para as nove e meia! Já esquentou a água do banho?"

Sam levantou-se de um salto, com aspecto um tanto lacrimejante. "Não senhor, ainda não, senhor!", disse ele.

Frodo arrancou os cobertores de Pippin e o rolou para o lado, depois caminhou até a borda do bosque. Longe no leste, o sol se erguia vermelho das névoas que jaziam espessas sobre o mundo. Tocadas de ouro e vermelho, as árvores outonais pareciam navegar sem raízes em um mar sombreado. Pouco abaixo dele, à esquerda, a estrada descia íngreme para uma depressão e desaparecia.

Quando voltou, Sam e Pippin tinham acendido uma boa fogueira. "Água!", gritou Pippin. "Onde está a água?"

"Não levo água nos bolsos", afirmou Frodo.

"Pensamos que você tinha ido buscar", respondeu Pippin, ocupado em dispor a comida e as canecas. "É melhor você ir agora."

"Você também pode vir", disse Frodo, "e trazer todos os cantis." Havia um regato no sopé da colina. Encheram os cantis e a chaleirinha de acampamento numa pequena queda onde a água descia alguns pés sobre um afloramento de pedra cinzenta. Estava fria; e eles cuspiram e bufaram, banhando os rostos e as mãos.

Quando o desjejum estava terminado, e as mochilas, afiveladas de novo, passava das dez, e o dia começava a ficar limpo e quente. Desceram a encosta, atravessaram o riacho onde ele passava sob a estrada, e subiram pela encosta seguinte, e subiram e desceram por outro flanco das colinas; e a essa altura suas capas, cobertores, água, comida e outros equipamentos já pareciam um fardo pesado.

A marcha do dia prometia ser um trabalho quente e exaustivo. Algumas milhas após, no entanto, a estrada deixou de rolar para cima e para baixo: subiu ao topo de uma encosta íngreme de um jeito serpenteante e preguiçoso, e depois aprestou-se a descer pela última vez. Diante deles viram as terras baixas pontilhadas com pequenos capões de árvores que se desfaziam ao longe numa névoa parda de bosques. Olhavam por cima da Ponta do Bosque na direção do Rio Brandevin. A estrada fazia curvas diante deles como um pedaço de barbante.

"A estrada segue sempre avante", disse Pippin; "mas eu não posso sem descansar. É mais do que hora do almoço." Sentou-se na margem junto à estrada e fitou a névoa, longe no leste, além da qual estava o Rio, e o fim do Condado onde passara toda a sua vida. Sam estava de pé ao seu lado. Seus olhos redondos estavam bem abertos — pois olhava por cima de terras que jamais vira, na direção de um novo horizonte.

"Moram Elfos nesses bosques?", perguntou.

"Não que eu jamais tenha ouvido dizer", comentou Pippin. Frodo estava em silêncio. Também ele fitava o leste ao longo da estrada, como se jamais a tivesse visto antes. De repente falou, em voz alta, mas como para si mesmo, dizendo devagar:

> *A Estrada segue sempre avante*
>   *Da porta onde é seu começo.*
> *Já longe a Estrada vai, constante,*
>   *E eu vou por ela sem tropeço,*
> *Seguindo-a com pés morosos,*
>   *Pois outra estrada vou achar*
> *Onde há encontros numerosos.*
>   *Depois? Não posso adivinhar.*[A]

"Isso soa como um pedaço das rimas do velho Bilbo", disse Pippin. "Ou é uma das suas imitações? Não soa lá muito animador."

"Não sei", respondeu Frodo. "Isso me ocorreu agora, como se eu estivesse inventando; mas posso tê-lo ouvido muito tempo atrás. Certamente lembra-me muito Bilbo nos últimos anos, antes de ele partir. Muitas vezes ele costumava dizer que só havia uma Estrada; que era como um grande rio: suas nascentes estavam em cada soleira, e cada trilha era seu afluente. 'É um negócio perigoso, Frodo, sair pela sua porta', ele costumava dizer. 'Você dá um passo na Estrada e, se não cuidar dos seus pés, não há como saber para onde você poderá ser arrastado. Você se dá conta de que esta é a própria trilha que atravessa Trevamata e, se você deixar, ela poderá levá-lo à Montanha Solitária, ou mais longe ainda, a lugares piores?' Costumava dizer isso na trilha junto à porta dianteira de Bolsão, especialmente depois de voltar de uma longa caminhada."

"Bem, a Estrada não vai me arrastar a nenhum lugar por uma hora ao menos", disse Pippin, tirando a mochila. Os outros seguiram seu exemplo, apoiando as mochilas na encosta e esticando as pernas na estrada. Depois de descansarem, fizeram um bom almoço e descansaram mais.

O sol começava a declinar e a luz da tarde iluminava a paisagem quando desceram a colina. Até então não tinham encontrado vivalma na estrada. Aquele caminho não era muito usado, já que mal servia para carroças, e havia pouco tráfego na direção da Ponta do Bosque. Haviam prosseguido por uma hora ou mais quando Sam parou por um instante, como quem escuta. Já estavam em solo plano, e a estrada, depois de muitas voltas, estendia-se reta à frente através de capinzais salpicados de árvores altas, isoladas da floresta que se avizinhava.

"Posso ouvir um pônei ou cavalo que vem pela estrada atrás de nós", comentou Sam.

Olharam para trás, mas a curva da estrada não os deixava enxergar longe. "Eu me pergunto se é Gandalf vindo atrás de nós", disse Frodo; mas enquanto dizia isso teve um sentimento de que não era assim, e o acometeu um desejo súbito de se esconder das vistas do cavaleiro.

"Pode não ser muito importante," falou como quem se desculpa, "mas preferia não ser visto na estrada — por ninguém. Estou farto de notarem e discutirem minhas atividades. E se for Gandalf," acrescentou em reflexão posterior, "podemos fazer-lhe uma surpresinha como paga pelo seu atraso. Vamos nos esconder!"

Os outros dois correram depressa para a esquerda, descendo para uma pequena depressão não longe da estrada. Ali deitaram-se no chão. Frodo hesitou por um segundo: a curiosidade ou alguma outra sensação se opunha ao desejo de se esconder. O som dos cascos se aproximava. Bem a tempo, jogou-se num tufo de capim alto atrás de uma árvore que fazia sombra na estrada. Então ergueu a cabeça e espiou cautelosamente por cima de uma das grandes raízes.

Virando a curva veio um cavalo negro — não um pônei de hobbit, mas um cavalo crescido; e nele estava montado um homem grande, que parecia agachado na sela, enrolado em um grande manto e capuz negros, de modo que embaixo apareciam apenas suas botas nos altos estribos; o rosto estava na sombra, invisível.

Quando chegou à árvore e estava emparelhado com Frodo, o cavalo parou. O vulto montado mantinha-se bem imóvel, com a cabeça inclinada, como quem escuta. De baixo do capuz veio um ruído como de alguém que fareja para apanhar um odor fugidio; a cabeça virou-se de um lado da estrada para o outro.

Um súbito temor irracional de ser descoberto tomou conta de Frodo, e ele pensou em seu Anel. Mal ousava respirar, e, ainda assim, o desejo de tirá-lo do bolso se tornou tão forte que começou a mexer a mão devagar. Sentia que só precisava colocá-lo e estaria a salvo. O conselho de Gandalf parecia absurdo. Bilbo usara o Anel. "E ainda estou no Condado", pensou ele, com a mão tocando a corrente em que estava suspenso. Nesse momento o cavaleiro se ergueu e sacudiu as rédeas. O cavalo deu um passo avante, primeiro caminhando devagar e depois irrompendo num trote rápido.

Frodo engatinhou até a beira da estrada e observou o cavaleiro até este sumir à distância. Não podia ter certeza absoluta, mas teve a impressão de que subitamente, antes de sair de sua vista, o cavalo desviou para o lado e entrou nas árvores à direita.

"Bem, eu digo que isso é muito esquisito, na verdade, perturbador", disse Frodo consigo, caminhando em direção aos companheiros. Pippin e Sam haviam ficado deitados no capim e nada tinham visto; portanto Frodo descreveu o cavaleiro e seu estranho comportamento.

"Não sei dizer por que, mas tive a certeza de que ele estava me procurando com a visão ou o *faro*; e também tive a certeza de que não queria que ele me descobrisse. Nunca vi nem senti nada parecido no Condado até agora."

"Mas o que alguém do Povo Grande tem a ver conosco?", disse Pippin. "E o que ele está fazendo nesta parte do mundo?"

"Há alguns Homens por aí", afirmou Frodo. "Lá embaixo, na Quarta Sul, tiveram problemas com o Povo Grande, creio. Mas nunca ouvi falar de nada parecido com este cavaleiro. Eu me pergunto de onde ele vem."

"Com sua licença", atalhou Sam de repente. "Eu sei de onde ele vem. É da Vila-dos-Hobbits que vem esse cavaleiro negro, a não ser que tenha mais do que um. E sei aonde ele vai."

"O que quer dizer?", indagou Frodo rispidamente, encarando-o espantado. "Por que não se manifestou antes?"

"É que acabo de lembrar, senhor. Foi assim: quando voltei à nossa toca ontem à tardinha com a chave, meu pai, ele me disse: 'Alô, Sam!', disse ele. 'Pensei que tinha saído com o Sr. Frodo esta manhã. Teve um freguês esquisito perguntando pelo Sr. Bolseiro de Bolsão, e ele acaba de ir embora. Eu mandei ele ir para Buqueburgo. Não que eu gostasse do som dele. Ele pareceu muito desapontado quando eu falei que o Sr. Bolseiro tinha saído da velha casa para valer. Chiou pra mim, foi isso. Isso me deu um belo calafrio.' 'Que tipo de sujeito ele era?', eu falei ao Feitor. 'Não sei', respondeu ele; 'mas não era um hobbit. Era alto e meio preto, e se inclinou sobre mim. Acho que era do Povo Grande das partes estrangeiras. Falava engraçado.'

"Não pude ficar para ouvir mais, senhor, já que o senhor estava esperando; e eu mesmo não dei muita importância. O Feitor está ficando velho e mais do que um pouco cego, e já devia estar quase escurecendo quando esse sujeito subiu a Colina e encontrou ele tomando os ares na ponta da nossa Rua. Espero que ele não tenha feito nenhum mal, senhor, e nem eu."

"Seja como for, o Feitor não tem culpa", afirmou Frodo. "Na verdade, eu o ouvi falando com um estrangeiro, que parecia estar perguntando por mim, e quase fui lhe perguntar quem era. Gostaria de ter feito isso, ou que você me tivesse contado antes. Eu poderia ter sido mais cuidadoso na estrada."

"Ainda assim pode não haver ligação entre este cavaleiro e o estrangeiro do Feitor", disse Pippin. "Deixamos a Vila-dos-Hobbits em bastante segredo, e não sei como ele poderia ter nos seguido."

"E isso do *faro*, senhor?", indagou Sam. "E o Feitor falou que era um sujeito de preto."

"Devia ter esperado por Gandalf", resmungou Frodo. "Mas quem sabe isso só tivesse piorado as coisas."

"Então você sabe ou supõe alguma coisa sobre este cavaleiro?", disse Pippin, que percebera as palavras resmungadas.

"Não sei e preferia não adivinhar", declarou Frodo.

"Muito bem, primo Frodo! Pode guardar seu segredo por ora, se quiser ser misterioso. Enquanto isso, o que devemos fazer? Eu gostaria de um bocado e de um trago, mas de algum modo acho que seria melhor irmos embora daqui. Sua conversa de cavaleiros farejadores com narizes invisíveis me perturbou."

"Sim, acho que vamos prosseguir agora", disse Frodo; "mas não na estrada — caso aquele cavaleiro volte ou outro o siga. Devíamos fazer mais uma boa caminhada hoje. A Terra-dos-Buques ainda está a milhas de distância."

As sombras das árvores eram longas e estreitas no capim quando partiram outra vez. Mantinham-se agora a uma pedrada de distância, à esquerda da estrada, e tanto quanto podiam ficavam longe da visão dela. Mas isso os atrapalhou; pois o capim era espesso e em tufos, e o chão irregular, e as árvores começavam a se agrupar em capões.

O sol se pusera vermelho nas colinas atrás deles, e a tardinha chegou antes que retornassem à estrada no final do longo trecho plano que ela percorrera reta por algumas milhas. Naquele ponto ela dobrava à esquerda e descia para a planície da Baixada, rumando para Tronco; mas uma alameda saía para a direita, serpenteando por uma floresta de velhos carvalhos a caminho da Vila-do-Bosque. "Esse é o caminho para nós", comentou Frodo.

Não muito longe da confluência das estradas eles deram com o enorme vulto de uma árvore: ainda estava viva e tinha folhas nos raminhos que emitira ao redor dos tocos quebrados dos galhos caídos muito tempo atrás; mas era oca, e podia-se entrar nela por uma grande fenda do lado oposto à estrada. Os hobbits enfiaram-se lá dentro e se sentaram num chão de folhas velhas e madeira decomposta. Descansaram e fizeram uma refeição leve, conversando baixinho e escutando de tempos em tempos.

O crepúsculo os envolveu quando se esgueiraram de volta para a alameda. O vento Oeste silvava nos galhos. As folhas sussurravam. Logo a estrada começou a descer para a penumbra, lenta, mas continuamente. Uma estrela saiu acima das árvores no Leste, que se apagava diante deles. Seguiram lado a lado e acertando o passo, para se manterem animados. Algum tempo depois, as estrelas se tornaram mais densas e luminosas, a sensação de desconforto os abandonou, e não procuravam mais ouvir o som de cascos. Começaram a cantarolar baixinho, como os hobbits costumam fazer quando caminham, especialmente quando se aproximam de casa à noite. No caso da maioria dos hobbits é uma melodia de ceiar ou de ir para a cama; mas aqueles hobbits cantarolavam uma melodia de caminhada (mas não, é claro, sem mencionarem o jantar ou a cama). Bilbo Bolseiro escrevera a letra, com uma música antiga como as colinas, e a ensinara a Frodo quando andavam nas alamedas do vale do Água e conversavam sobre Aventuras.

Há fogo rubro na lareira,
E um leito sob a cumeeira;
Mas inda correm nossos pés,
Na curva achamos, de través,
Pedra fincada, tronco estranho
Que só nós vimos desde antanho.
  Bosque e flor, folha e capim,
Passem sim! Passem sim!
Morro e água a rolar,
Deixe estar! Deixe estar!

Virando a esquina espera quieto
Nova estrada, portão secreto,
E, se hoje de relance os vemos,
Quem sabe amanhã voltemos
Para tomar a trilha nua
Que vai à Sol, que vai ao Lua.
  Noz, maçã, abrunho, espinho,
  A caminho! A caminho!
  Lago, vale, pedra e areia,
  Vamos, eia! Vamos, eia!

O lar pra trás, o mundo à frente,
E muitas trilhas para a gente,
Por sombras pela noite bela,
Até que raie cada estrela.
O mundo atrás, à frente o lar,
À casa e ao leito já tornar!
  Névoa, nuvem, sombra, escuro
  Esconjuro! E esconjuro!
  Fogo e luz, e carne e pão,
  À cama então! À cama então![B]

A canção terminou. "À cama *agora*! À cama *agora*!", cantou Pippin em alta voz.

"Quieto!", pontuou Frodo. "Acho que estou ouvindo cascos outra vez."

Pararam de repente e se mantiveram silenciosos como sombras de árvores, escutando. Ouviu-se um som de cascos na alameda, um pouco mais atrás, porém chegando devagar e nítido com o vento. Rápidos e em silêncio, deslizaram para fora do caminho e correram para a sombra mais profunda sob os carvalhos.

"Não vamos longe demais!", disse Frodo. "Não quero ser visto, mas quero ver se é outro Cavaleiro Negro."

"Muito bem!", assentiu Pippin. "Mas não se esqueça do faro."

Os cascos se aproximaram. Não tinham tempo de encontrar esconderijo melhor que a escuridão geral embaixo das árvores; Sam e Pippin se agacharam atrás de um grande tronco de árvore, enquanto Frodo voltou engatinhando algumas jardas[1] rumo à alameda. Esta aparecia cinza e pálida, uma linha de luz esmaecida através do bosque. Acima dela as estrelas eram espessas no céu sombrio, mas não havia lua.

O som dos cascos parou. Frodo, observando, viu algo escuro passar diante do espaço mais claro entre duas árvores e depois parar. Parecia a sombra negra de um cavalo conduzido por uma sombra menor. A sombra negra parou perto do ponto onde haviam deixado a trilha e oscilava de um lado para o outro. Frodo pensou ouvir o som de fungadelas. A sombra se inclinou para o chão e depois começou a engatinhar na direção dele.

Mais uma vez o desejo de colocar o Anel dominou Frodo; mas desta vez era mais forte que antes. Tão forte que, quase antes de ele perceber o que fazia, sua mão estava tateando seu bolso. Mas nesse momento houve um som como canção e riso mesclados. Vozes claras subiam e desciam no ar iluminado pelas estrelas. A sombra negra levantou-se e recuou. Montou no cavalo obscuro e pareceu sumir do lado oposto da alameda, na treva da outra beira. Frodo voltou a respirar.

"Elfos!", exclamou Sam num sussurro rouco. "Elfos, senhor!" Teria irrompido das árvores e corrido em direção às vozes se não o tivessem puxado para trás.

"Sim, são Elfos", disse Frodo. "Às vezes pode-se encontrá-los na Ponta do Bosque. Não vivem no Condado, mas perambulam nele na primavera e no outono, vindos de suas próprias terras lá longe além das Colinas das Torres. Sou grato por isso! Vocês não viram, mas aquele Cavaleiro Negro parou bem aqui e estava mesmo engatinhando em nossa direção quando a canção começou. Assim que ouviu as vozes, ele escapuliu."

"E quanto aos Elfos?", indagou Sam, animado demais para se preocupar com o cavaleiro. "Não podemos ir vê-los?"

"Ouça! Estão vindo para cá", comentou Frodo. "Só precisamos esperar."

O canto se aproximou. Uma voz nítida já se erguia acima das demais. Cantava na bela língua-élfica, de que Frodo só conhecia

---

[1] A jarda tem 3 pés, ou cerca de 91 centímetros. [N. T.]

pouca coisa, e os outros, nada. Porém, o som mesclado à melodia parecia moldar-se, nos pensamentos deles, em palavras que só compreendiam em parte. Esta era a canção como Frodo a ouviu:

> *Neve-alva! Neve-alva! Clara Dama!*
>   *Rainha além do Mar do Oeste!*
> *Ó Luz dos que vamos sob a rama*
>   *Das árvores do mundo agreste!*
>
> *Gilthoniel! Ó Elbereth!*
>   *De alento e olhos puros és!*
> *Neve-alva! Neve-alva! O canto vós*
>   *De uma terra do Oceano empós.*
>
> *Ó astros que na Era Obscura*
>   *Ela plantou com mão luzente,*
> *Em campos ao vento, clara e pura,*
>   *Vossa prata-flor vemos nascente!*
>
> *Ó Elbereth! Gilthoniel!*
>   *Lembramos, a vagar ao léu,*
> *Em terra longe de selva agreste*
>   *Tua luz d'estrelas no Mar do Oeste.*[C]

A canção terminou. "Estes são Altos Elfos! Falaram o nome de Elbereth!", disse Frodo admirado. "Poucos desse mais belo povo jamais são vistos no Condado. Agora não restam muitos na Terra-média, a leste do Grande Mar. É de fato um estranho acaso!"

Os hobbits ficaram sentados na sombra junto ao caminho. Logo depois os Elfos vieram descendo a alameda rumo ao vale. Passaram devagar, e os hobbits podiam ver a luz das estrelas rebrilhando em seus cabelos e seus olhos. Não traziam lanternas, porém, ao caminharem, um tremeluzir, como a luz da lua acima da beira das colinas antes que ela nasça, parecia cair em torno de seus pés. Agora estavam em silêncio, e quando o último Elfo passou ele se virou, olhou para os hobbits e riu.

"Salve, Frodo!", exclamou. "Estás fora de casa tarde. Ou quem sabe estás perdido?" Então chamou os demais em voz alta, e toda a companhia parou e se reuniu em volta deles.

"Isto é maravilha deveras!", comentaram. "Três hobbits em uma floresta à noite! Não vimos tal coisa desde que Bilbo partiu. Qual é o significado disto?"

"O significado disto, bela gente," disse Frodo, "é simplesmente que parecemos estar indo na mesma direção que vós. Agrada-me caminhar sob as estrelas. Mas vossa companhia me será bem-vinda."

"Mas não temos necessidade de outra companhia, e os hobbits são tão enfadonhos", riram-se eles. "E como sabes que vamos na mesma direção, já que não sabes aonde vamos?"

"E como sabeis meu nome?", retrucou Frodo.

"Sabemos muitas coisas", afirmaram eles. "Amiúde te vimos antes com Bilbo, por muito que não nos tenhas visto."

"Quem sois vós, e quem é vosso senhor?", perguntou Frodo.

"Eu sou Gildor", respondeu o líder deles, o Elfo que o saudara primeiro. "Gildor Inglorion da Casa de Finrod. Somos Exilados, e a mor parte de nosso clã há muito partiu, e também nós agora apenas nos demoramos aqui por algum tempo, antes que tornemos por sobre o Grande Mar. Mas alguns dos nossos habitam ainda em paz em Valfenda. Vem, Frodo, conta-nos o que fazes. Pois vemos que há alguma sombra de temor sobre ti."

"Ó Povo Sábio!", interrompeu Pippin com avidez. "Contai-nos sobre os Cavaleiros Negros."

"Cavaleiros Negros?!", indagaram eles em voz baixa. "Por que perguntas dos Cavaleiros Negros?"

"Porque dois Cavaleiros Negros nos ultrapassaram hoje, ou um deles o fez duas vezes", disse Pippin; "faz bem pouco tempo que ele escapuliu quando vós vos aproximastes."

Os Elfos não responderam de imediato, mas falaram baixinho entre si na sua própria língua. Por fim, Gildor se virou para os hobbits. "Não falaremos disso aqui", declarou ele. "Pensamos ser melhor que agora venhais conosco. Não é nosso costume, mas por esta vez vos levaremos em nosso caminho, e haveis de permanecer conosco esta noite, se vos apraz."

"Ó Belo Povo! Isto é sorte além de minha esperança", exclamou Pippin. Sam não tinha palavras. "Agradeço-vos deveras, Gildor Inglorion", disse Frodo com uma mesura. "*Elen síla lúmenn' omentielvo*, uma estrela brilha sobre a hora de nosso encontro", acrescentou na fala dos Altos Elfos.

"Acautelai-vos, amigos!", exclamou Gildor, rindo. "Não dizei segredos! Eis um erudito da língua antiga. Bilbo foi um bom mestre. Salve, Amigo-dos-Elfos!", disse ele, inclinando-se diante de Frodo. "Vem agora com teus amigos e une-te à nossa companhia! Melhor será que caminheis no meio para não vos desviardes. Podereis estar exaustos antes que paremos."

"Por quê? Aonde ides?", perguntou Frodo.

"Por esta noite iremos aos bosques nas colinas acima da Vila-do-Bosque. São algumas milhas, mas haveis de ter repouso ao final delas, e isso abreviará vossa jornada de amanhã."

Voltaram a marchar em silêncio e passaram como sombras e luzes débeis: pois os Elfos (ainda mais que os hobbits) conseguem caminhar, quando querem, sem ruído nem som de passos. Logo Pippin começou a se sentir sonolento e tropeçou uma ou duas vezes; mas de cada vez um Elfo alto a seu lado estendeu o braço e o salvou de cair. Sam caminhava ao lado de Frodo, como que num sonho, tendo no rosto uma expressão meio de medo e meio de alegria admirada.

A mata de ambos os lados tornava-se mais densa; agora as árvores eram mais jovens e espessas; e à medida que a alameda descia, entrando em uma dobra das colinas, havia muitas moitas de aveleira nas encostas que se erguiam de ambos os lados. Por fim os Elfos desviaram da trilha. Um caminho verde passava quase invisível pelo matagal à direita; e seguiram-no, fazendo curvas enquanto subia as encostas arborizadas, até o topo de um flanco das colinas que se projetavam sobre a terra mais baixa do vale do rio. De repente saíram da sombra das árvores, e diante deles estendia-se um amplo espaço gramado, cinzento sob a noite. Em três lados a mata se aproximava dele; mas a leste o solo descia íngreme, e os altos das árvores escuras que cresciam no sopé da encosta estavam abaixo dos pés deles. Lá embaixo a baixada era sombria e plana sob as estrelas. Mais perto piscavam algumas luzes na aldeia de Vila-do-Bosque.

Os Elfos sentaram-se na grama e conversaram em voz baixa; pareciam não prestar mais atenção nos hobbits. Frodo e seus companheiros enrolaram-se em capas e cobertores, e a sonolência tomou conta deles. A noite prosseguia, e as luzes no vale se apagaram. Pippin pegou no sono, tendo por travesseiro um montículo verde.

Longe no Leste rodavam Remmirath, as Estrelas Enredadas, e lentamente a rubra Borgil se ergueu sobre as névoas, brilhando como joia de fogo. Então, por alguma mudança de ares, toda a névoa foi afastada como um véu, e levantou-se, subindo acima da borda do mundo, o Espadachim do Céu, Menelvagor com seu cinto luminoso. Todos os Elfos irromperam a cantar. De súbito, sob as árvores, uma fogueira surgiu com luz vermelha.

"Vinde!", os Elfos chamaram os hobbits. "Vinde! É hora de conversação e divertimento!"

Pippin sentou-se e esfregou os olhos. Teve um calafrio. "Há uma fogueira no salão e comida para hóspedes famintos", disse um Elfo que estava de pé diante dele.

Na extremidade sul do gramado havia uma abertura. Ali o solo verde entrava pelo bosque e formava um espaço amplo como um salão, coberto pelos ramos das árvores. Os grandes troncos desciam como pilastras de ambos os lados. No meio ardia uma fogueira, e nas pilastras arbóreas queimavam com constância tochas de luzes douradas e prateadas. Os Elfos sentavam-se ao redor do fogo, na grama ou nos anéis serrados de velhos troncos. Alguns iam e vinham levando taças e servindo bebidas; outros traziam comida acumulada em travessas e pratos.

"É alimento modesto", afirmaram aos hobbits; "pois estamos alojados na floresta verde, longe de nossos paços. Se chegardes a vos hospedar em nossa casa tratar-vos-emos melhor."

"Parece-me bom o bastante para uma festa de aniversário", disse Frodo.

Mais tarde, Pippin recordou pouca coisa da comida ou da bebida, pois sua mente estava repleta da luz nos rostos dos elfos e do som de vozes tão variadas e belas que ele sentia que estava num sonho acordado. Mas lembrava-se de que havia pão, de sabor melhor que um belo pedaço branco para quem está faminto; e frutas doces como bagas selvagens e mais ricas que os frutos cultivados nos pomares; esvaziou uma taça repleta de uma bebida perfumada, fresca como uma fonte límpida, dourada como uma tarde de verão.

Sam nunca conseguiu descrever com palavras nem fazer uma imagem nítida do que sentiu ou pensou naquela noite, por muito que ela permanecesse em sua lembrança como um dos principais acontecimentos de sua vida. O mais próximo que jamais conseguiu foi dizer: "Bem, senhor, se eu conseguisse cultivar maçãs daquele jeito eu diria que sou um jardineiro. Mas foi o canto que entrou em meu coração, se me entende."

Frodo estava sentado, comendo, bebendo e conversando deliciado; mas sua mente atentava principalmente para as palavras que eram ditas. Sabia um pouco da fala-élfica e escutava com avidez. Vez por outra falava com os que o serviam e lhes agradecia na própria língua deles. Sorriam para ele e diziam, rindo: "Eis uma joia entre os hobbits!"

Depois de algum tempo, Pippin caiu em sono profundo e foi erguido e levado a um caramanchão sob as árvores; ali o deitaram num leito macio, e ele dormiu pelo restante da noite. Sam recusou-se a deixar o patrão. Quando Pippin se fora, ele veio aninhar-se aos pés de Frodo, onde acabou cabeceando e fechando os olhos. Frodo ficou acordado muito tempo, conversando com Gildor.

Falaram de muitas coisas, antigas e novas, e Frodo muito interrogou Gildor sobre os acontecimentos no grande mundo fora do Condado. As notícias eram em sua maioria tristes e agourentas: de treva crescente, das guerras dos Homens e da fuga dos Elfos. Por fim Frodo fez a pergunta que ocupava mais de perto seu coração:

"Dize-me, Gildor, alguma vez viste Bilbo depois que ele nos deixou?"

Gildor sorriu. "Sim", respondeu. "Duas vezes. Ele se despediu de nós neste mesmo lugar. Mas eu o vi de novo uma vez, longe daqui." Nada mais falou sobre Bilbo, e Frodo silenciou.

"Não me perguntas nem contas muita coisa acerca de ti próprio, Frodo", disse Gildor. "Mas um pouco já sei, e consigo ler mais em teu rosto e no pensamento por trás de tuas perguntas.

Estás deixando o Condado e ainda assim duvidas que encontrarás o que buscas, ou que realizarás o que pretendes, ou que voltarás algum dia. Não é assim?"

"É", assentiu Frodo; "mas pensei que minha partida era um segredo conhecido apenas de Gandalf e de meu fiel Sam." Baixou os olhos para Sam, que roncava baixinho.

"Por nós o segredo não alcançará o Inimigo", disse Gildor.

"O Inimigo?", questionou Frodo. "Então sabeis por que estou deixando o Condado?"

"Não sei por que razão o Inimigo persegue-te", respondeu Gildor; "contudo percebo que te persegue — por muito que me pareça deveras estranho. E te alerto que agora o perigo está à tua frente e atrás de ti, e de ambos os lados."

"Queres dizer os Cavaleiros? Eu temia que fossem serviçais do Inimigo. O que *são* os Cavaleiros Negros?"

"Gandalf nada te contou?"

"Nada sobre tais criaturas."

"Então creio que não serei eu a te dizer nada mais — para que o terror não te afaste de tua jornada. Pois parece-me que partiste no tempo justo, se é que deveras estás em tempo. Agora precisas apressar-te, e não te demores nem retornes; pois o Condado não é mais proteção para ti."

"Não posso imaginar que informações poderiam ser mais aterrorizantes que tuas alusões e alertas", exclamou Frodo. "Eu sabia que havia perigo à frente, é claro; mas não esperava encontrá-lo em nosso próprio Condado. Um hobbit não pode caminhar do Água ao Rio em paz?"

"Mas não é vosso próprio Condado", disse Gildor. "Outros aqui habitaram antes que hobbits houvesse; e outros aqui habitarão de novo quando os hobbits não mais existirem. O amplo mundo está em todo vosso redor: podeis vos encerrar em uma cerca, mas com cerca jamais podereis repeli-lo."

"Eu sei — e ainda assim ele sempre pareceu tão seguro e familiar. O que posso fazer agora? Meu plano era deixar o Condado em segredo e seguir rumo a Valfenda; mas agora meus passos estão sendo perseguidos antes que eu tenha chegado à Terra-dos-Buques."

"Creio que ainda deves seguir esse plano", afirmou Gildor. "Não creio que a estrada se revele demasiado difícil para tua coragem. Mas, se desejas conselhos mais claros, deves pedi-los a Gandalf. Não conheço a razão de tua fuga e, portanto, não sei por quais meios teus perseguidores te assediarão. Estas coisas é Gandalf quem deve saber. Imagino que o encontrarás antes de deixares o Condado?"

"Assim espero. Mas essa é outra coisa que me deixa ansioso. Estive à espera de Gandalf por vários dias. Ele deveria ter chegado à Vila-dos-Hobbits pelo menos duas noites atrás; mas nunca apareceu. Agora pergunto-me o que pode ter acontecido. Eu deveria esperar por ele?"

Gildor silenciou por um momento. "Não me agrada essa nova", disse ele por fim. "Gandalf atrasar-se não é bom agouro. Mas dizem: 'Não te intrometas nas questões dos Magos, pois são sutis e se encolerizam depressa.' A escolha é tua: ir ou esperar."

"E dizem também", respondeu Frodo: "Não vás buscar conselho aos Elfos, pois dirão que não e sim."

"Dizem deveras?", riu-se Gildor. "Os Elfos raramente dão conselhos descuidados, pois um conselho é uma dádiva perigosa, mesmo dos sábios aos sábios, e todos os caminhos poderão resultar mal. Mas o que queres? Não me contaste tudo acerca de ti; e como então hei de escolher melhor que tu? Mas, se queres um conselho, dar-te-ei por bem da amizade. Creio que agora deves ir de pronto, sem demora; e se Gandalf não chegar antes de partires também te aconselho isto: não vás a sós. Leva amigos que sejam confiáveis e dispostos. Agora deves ser grato, pois não dou este conselho de bom grado. Os Elfos têm suas próprias labutas e seus próprios pesares e pouco se importam com os assuntos dos hobbits ou de quaisquer outras criaturas da terra. Nossas trilhas raro cruzam as deles, por acaso ou propósito. Neste encontro pode haver mais do que acaso; mas o motivo não me é claro, e temo dizer demasiado."

"Estou profundamente grato", disse Frodo; "mas gostaria que me contasses diretamente que são os Cavaleiros Negros. Se eu aceitar teu conselho poderei não ver Gandalf por longo tempo e precisaria saber qual é o perigo que me persegue."

"Não basta saber que são serviçais do Inimigo?", respondeu Gildor. "Foge deles! Não lhes digas palavra! São mortíferos. Não me perguntes mais! Mas meu coração pressagia que, antes que tudo termine, tu, Frodo, filho de Drogo, mais saberás desses seres cruéis que Gildor Inglorion. Que Elbereth te proteja!"

"Mas onde hei de encontrar coragem?", perguntou Frodo. "É do que principalmente preciso."

"A coragem se encontra em lugares inesperados", comentou Gildor. "Tenhas boa esperança! Agora dorme! Pela manhã teremos partido; mas enviaremos nossas mensagens pelas terras. As Companhias Errantes hão de saber de tua jornada, e aqueles que têm poder para o bem hão de estar alertas. Nomeio-te Amigo-dos-Elfos; e que as estrelas brilhem sobre o fim de tua estrada! Raramente tanto nos deleitamos com estranhos, e é belo ouvir palavras da fala antiga dos lábios de outros viandantes do mundo."

Frodo sentiu que o sono o acometia enquanto Gildor terminava sua fala. "Vou dormir agora", encerrou ele; e o Elfo o conduziu para um pavilhão junto a Pippin, e ele se jogou num leito e mergulhou de imediato num sono sem sonhos.

4

Um Atalho para Cogumelos

Pela manhã Frodo acordou revigorado. Estava deitado em um caramanchão feito de uma árvore viva com ramos entrelaçados e inclinados para o chão; seu leito era de samambaia e capim, fundo e macio e estranhamente perfumado. O sol brilhava através das folhas agitadas que ainda estavam verdes na árvore. Pôs-se de pé num salto e saiu.

Sam estava sentado na grama junto à beira da floresta. Pippin estava de pé, estudando o céu e o tempo. Não havia sinal dos Elfos.

"Deixaram frutas e bebida para nós, e pão", disse Pippin. "Venha fazer seu desjejum. O pão está quase tão gostoso quanto ontem à noite. Eu não queria deixar nenhum para você, mas Sam insistiu."

Frodo sentou-se ao lado de Sam e começou a comer. "Qual é o plano para hoje?", perguntou Pippin.

"Caminhar até Buqueburgo o mais depressa possível", respondeu Frodo, e deu atenção à comida.

"Você acha que vamos ver aqueles Cavaleiros?", indagou Pippin de modo jovial. Ao sol matutino a perspectiva de ver toda uma tropa deles não lhe parecia muito alarmante.

"Sim, provavelmente", afirmou Frodo, com aversão ao lembrete. "Mas espero atravessar o rio sem que nos vejam."

"Descobriu alguma coisa sobre eles com Gildor?"

"Não muita coisa — só alusões e enigmas", disse Frodo, evasivo.

"Perguntou sobre o faro?"

"Não discutimos isso", respondeu Frodo de boca cheia.

"Deviam ter discutido. Tenho certeza de que é muito importante."

"Nesse caso tenho certeza de que Gildor se recusaria a explicar", disse Frodo abruptamente. "E agora me deixe em paz um pouco! Não quero responder a uma fiada de perguntas enquanto estou comendo. Quero pensar!"

"Céus!", exclamou Pippin. "No desjejum?" Saiu andando para a beira do gramado.

Da mente de Frodo, a manhã luminosa — traiçoeiramente luminosa, pensou — não expulsara o medo da perseguição; e ele ponderou as palavras de Gildor. A voz alegre de Pippin chegou até ele. Ele corria na grama verde e cantava.

"Não! Eu não poderia!", disse ele consigo. "É uma coisa trazer comigo meus jovens amigos numa caminhada pelo Condado, até ficarmos famintos e exaustos, e a comida e o leito serem agradáveis. Levá-los ao exílio, onde a fome e a exaustão podem não ter cura, é bem outra coisa — mesmo que estejam dispostos a ir. A herança é só minha. Acho que nem deveria levar Sam." Olhou para Sam Gamgi e notou que Sam o observava.

"Bem, Sam!", comentou ele. "Que tal? Vou sair do Condado assim que puder — na verdade, decidi-me a não esperar nem um dia em Cricôncavo, se conseguir."

"Muito bem, senhor!"

"Você ainda pretende vir comigo?"

"Pretendo."

"Vai ser muito perigoso, Sam. Já é perigoso. Muito provavelmente nenhum de nós vai voltar."

"Se o senhor não voltar então eu não volto, isso é certeza", respondeu Sam. "'Não o deixe!', me disseram. 'Deixar ele!', eu respondi. 'Nunca pretendo fazer isso. Eu vou com ele mesmo que ele escale até a Lua; e se algum desses Cavaleiros Negros tentar parar ele, vão ter que se haver com Sam Gamgi', eu disse. Eles riram."

"Quem são *eles*, e do que você está falando?"

"Os Elfos, senhor. Conversamos um pouco ontem à noite; e parecia que eles sabiam que o senhor estava de partida, então não vi razão para negar. Gente maravilhosa, os Elfos, senhor! Maravilhosa!"

"São mesmo", assentiu Frodo. "Ainda gosta deles agora que os viu mais de perto?"

"Parece que estão um pouco acima dos meus gostos e desgostos, por assim dizer", respondeu Sam devagar. "Parece que não importa o que eu penso deles. São bem diferentes do que eu esperava — tão velhos e jovens, e tão alegres e tristes, por assim dizer."

Frodo olhou para Sam bastante admirado, meio esperando ver um sinal exterior da estranha mudança que parecia tê-lo dominado. Não soava como a voz do velho Sam Gamgi que ele cria conhecer. Mas tinha o aspecto do velho Sam Gamgi sentado ali, exceto pelo rosto notavelmente pensativo.

"Você sente que é preciso deixar o Condado agora — quando já se realizou seu desejo de vê-los?", perguntou.

"Sim, senhor. Não sei como dizer, mas depois de ontem à noite eu me sinto diferente. Parece que enxergo à frente, de certo jeito. Sei que vamos pegar uma estada muito comprida, para a escuridão; mas sei que não posso dar a volta. Agora não é ver os Elfos, nem dragões, nem montanhas que eu quero — não sei direito o que eu quero: mas tenho algumas coisas para fazer antes do fim, e ele fica à frente, não no Condado. Preciso resolver isso, senhor, se me entende."

"Nem um pouco. Mas compreendo que Gandalf escolheu um bom companheiro para mim. Estou contente. Iremos juntos."

Frodo terminou seu desjejum em silêncio. Depois, erguendo-se, esquadrinhou a paisagem à frente e chamou Pippin.

"Tudo pronto para partir?", indagou ele quando Pippin veio correndo. "Precisamos ir embora já. Dormimos até tarde; e falta caminharmos muitas milhas."

"*Você* dormiu até tarde, quer dizer", retrucou Pippin. "Acordei muito antes; e só esperamos que você acabe de comer e pensar."

"Agora acabei as duas coisas. E vou rumar para a Balsa de Buqueburgo o mais depressa possível. Não vou me desviar, de volta à estrada que abandonamos ontem à noite: vou cortar caminho direto pelos campos daqui."

"Então você vai voar", disse Pippin. "A pé não vai cortar caminho direto em nenhum lugar deste terreno."

"Seja como for, podemos cortar mais direto que a estrada", respondeu Frodo. "A Balsa fica a leste da Vila-do-Bosque; mas a estrada dura se volta para a esquerda — pode ver uma curva dela ali longe, ao norte. Ela circunda a ponta norte do Pântano para dar no caminho elevado da Ponte acima de Tronco. Mas isso é um desvio de milhas. Podemos poupar um quarto da distância se formos reto para a Balsa de onde estamos."

"Atalhos fazem grandes atrasos", argumentou Pippin. "É uma paisagem irregular por aqui, e há lodaçais e todo tipo de dificuldades lá no Pântano — eu conheço o terreno por lá. E se você está preocupado com os Cavaleiros Negros, não sei se é muito pior encontrá-los na estrada ou num bosque ou campo."

"É menos fácil encontrar pessoas nos bosques e campos", respondeu Frodo. "E, se supõem que você está na estrada, há mais probabilidade de você ser procurado na estrada que fora dela."

"Tudo bem!", disse Pippin. "Vou segui-lo em cada lodaçal e valeta. Mas é difícil! Eu esperava passar pela *Perca Dourada*, em Tronco, antes do pôr do sol. A melhor cerveja da Quarta Leste, pelo menos costumava ser: faz muito tempo que não a provo."

"Isso decide tudo!", exclamou Frodo. "Atalhos fazem atrasos, mas tavernas fazem atrasos maiores. A todo custo precisamos manter você longe da *Perca Dourada*. Queremos chegar a Buqueburgo antes do anoitecer. O que diz, Sam?"

"Vou com o senhor, Sr. Frodo", respondeu Sam (apesar de receios particulares e um profundo pesar pela melhor cerveja da Quarta Leste).

"Então, se vamos mourejar pelo lodaçal e pela urze, vamos agora!", disse Pippin.

Já estava quase tão quente como estivera no dia anterior; mas começavam a vir nuvens do Oeste. Parecia provável que fosse chover. Os hobbits desceram de qualquer jeito uma íngreme encosta verde e mergulharam nas árvores densas lá embaixo. Seu curso fora escolhido para deixarem a Vila-do-Bosque à esquerda e cortarem caminho numa linha oblíqua pelos bosques que se agrupavam do lado oriental das colinas, até alcançarem a planície embaixo. Dali podiam rumar direto para a Balsa por um terreno que era aberto, exceto por algumas valetas e cercas. Frodo calculou que tinham dezoito milhas a percorrer em linha reta.

Logo descobriu que o capão era mais próximo e mais emaranhado do que parecera. Não havia trilhas na vegetação rasteira, e não avançaram muito depressa. Quando haviam chegado, com esforço, ao pé da ladeira, encontraram um riacho que descia das colinas atrás deles em um leito fundamente escavado, com margens íngremes e escorregadias, cobertas de sarças. De modo muito inconveniente, ele atravessava o trajeto que tinham escolhido. Não podiam saltar sobre ele, e nem atravessá-lo de qualquer maneira sem ficarem molhados, arranhados e enlameados. Pararam, pensando o que iriam fazer. "Primeiro obstáculo!", disse Pippin, com um sorriso cruel.

Sam Gamgi olhou para trás. Através de uma abertura nas árvores vislumbrou o topo da encosta verde pela qual tinham descido.

"Olhem!", falou ele, agarrando Frodo pelo braço. Todos olharam, e na beira, acima deles, viram diante do céu um cavalo parado. Ao lado dele estava curvado um vulto negro.

Desistiram imediatamente de qualquer ideia de retornar. Frodo foi à frente e mergulhou depressa nas moitas espessas junto ao riacho. "Ufa!", exclamou a Pippin. "Ambos estávamos certos! O atalho já está estragado; mas nos escondemos no último segundo. Você tem ouvido aguçado, Sam: consegue escutar alguma coisa vindo?"

Ficaram em silêncio, quase sem respirar, enquanto escutavam; mas não havia som de perseguição. "Não imagino que ele tente trazer o cavalo por essa encosta abaixo", disse Sam. "Mas acho que ele sabe que nós descemos por ela. É melhor irmos em frente."

Ir em frente não foi nada fácil. Tinham as mochilas para carregar, e as moitas e sarças relutavam em deixá-los passar. A crista atrás deles cortou o vento, e o ar estava imóvel e abafado. Quando finalmente abriram caminho à força para um terreno mais aberto, estavam encalorados, exaustos e muito arranhados, e também não tinham mais certeza da direção em que estavam indo. As margens do riacho desceram à medida que ele chegava ao terreno plano e ficava mais largo e raso, fluindo em frente rumo ao Pântano e ao Rio.

"Ora, é o Córrego do Tronco!", comentou Pippin. "Se quisermos voltar ao nosso rumo precisamos atravessar imediatamente e virar para a direita."

Passaram o riacho pelo vau e correram sobre um amplo espaço aberto, repleto de juncos e sem árvores, na margem oposta. Além dele, voltaram a entrar num cinturão de árvores: na maioria altos carvalhos, com um olmo ou um freixo aqui e ali. O terreno era bastante plano, e havia pouca vegetação rasteira; mas as árvores eram demasiado próximas para que pudessem ver muito adiante. As folhas eram sopradas para cima em súbitas lufadas de vento, e pingos de chuva começaram a cair do céu encoberto. Então o vento cessou e a chuva caiu a cântaros. Caminhavam com dificuldade, tão depressa quanto podiam, sobre manchas de grama e através de amontoados espessos de folhas mortas; e em toda a volta a chuva tamborilava e gotejava. Não falavam, mas sempre olhavam para trás e de um lado para o outro.

Depois de meia hora Pippin disse: "Espero que não tenhamos virado demais para o sul e não estejamos atravessando esta floresta de comprido! Não é uma faixa muito larga — eu diria que não mais que uma milha na parte mais ampla — e a esta altura já deveríamos ter atravessado."

"Não vale a pena começar a fazer zigue-zagues", apontou Frodo. "Isso não vai consertar as coisas. Vamos prosseguir como estamos indo! Não tenho certeza de que já quero sair a céu aberto."

Foram em frente por mais um par de milhas. Então o sol voltou a brilhar por entre os farrapos de nuvens e a chuva amainou. Já passava do meio-dia, e sentiram que era mais do que hora de almoçar. Pararam embaixo de um olmo: suas folhas, apesar de amarelarem depressa, ainda eram espessas, e o solo a seus pés era bastante seco e protegido. Quando chegaram a fazer a refeição, descobriram que os Elfos haviam enchido seus cantis com uma bebida límpida, de cor dourada pálida: tinha o perfume de um mel feito de muitas flores e era maravilhosamente refrescante. Muito depressa estavam rindo e estalando os dedos para chuva e para os Cavaleiros Negros. Sentiam que as poucas últimas milhas logo seriam percorridas.

Frodo apoiou as costas no tronco da árvore e fechou os olhos. Sam e Pippin estavam sentados por perto e começaram a cantarolar, depois a cantar baixinho:

> *Hô! Hô! Hô! à garrafa eu vou,*
> *O coração curo e adeus ao mal dou.*
> *Chuva caiu, vento soprou,*
> *E muito longe ainda vou,*
> *Mas debaixo da árvore me deito*
> *E as nuvens olho satisfeito.*[A]

Hô! Hô! Hô! recomeçaram eles mais alto. Detiveram-se de repente. Frodo pôs-se de pé num salto. Um longo gemido veio trazido pelo vento, como o grito de alguma criatura maligna e solitária. Ergueu-se e diminuiu, e terminou com uma nota aguda e penetrante. Enquanto se mantinham sentados e de pé, como que congelados de repente, respondeu-lhe outro grito, mais fraco e distante, porém não menos de enregelar o sangue. Então fez-se silêncio, rompido apenas pelo som do vento nas folhas.

"E o que vocês pensam que foi isso?", perguntou Pippin por fim, com voz que tentava soar despreocupada, mas que tremia um pouco. "Se foi uma ave, foi uma que nunca ouvi antes no Condado."

"Não foi ave nem fera", disse Frodo. "Foi um chamado ou sinal — havia palavras nesse grito, apesar de eu não conseguir entendê-las. Mas nenhum hobbit tem uma voz assim."

Nada mais disseram a respeito. Todos pensavam nos Cavaleiros, mas ninguém falou deles. Agora já relutavam em ficar ou prosseguir, porém mais cedo ou mais tarde teriam de atravessar o terreno aberto até a Balsa, e era melhor ir logo e à luz do dia. Em poucos momentos haviam recolocado as mochilas e partido.

Não faltou muito para a floresta terminar de repente. Amplos campos gramados se estendiam diante deles. Viam agora que de fato tinham virado demais para o sul. Do lado oposto da planície podiam entrever o morro baixo de Buqueburgo, na outra margem do Rio, mas ele agora estava à sua esquerda.

Esgueirando-se com cuidado para fora da beira da floresta, partiram através do campo aberto o mais depressa que puderam.

Primeiro sentiram medo, longe do abrigo da mata. Muito atrás deles erguia-se o local alto onde haviam feito o desjejum. Frodo meio que esperava ver o pequeno vulto distante de um cavaleiro na crista, escuro diante do céu; mas não havia sinal disso. O sol, escapando das nuvens que se dissipavam à medida que ele descia rumo às colinas que haviam deixado, agora voltara a brilhar intensamente. O medo os abandonou, apesar de ainda se sentirem inseguros. Mas a paisagem se tornava cada vez mais domesticada e organizada. Logo chegaram a campos e prados bem cuidados: havia sebes e portões e diques de drenagem. Tudo parecia tranquilo e pacífico, apenas um canto comum do Condado. Animavam-se mais a cada passo. A linha do Rio aproximou-se; e os Cavaleiros Negros começaram a parecer fantasmas da floresta que já haviam deixado bem para trás.

Passaram pela borda de um enorme campo de nabos e chegaram a um portão maciço. Do outro lado corria uma travessa cheia de sulcos, por entre sebes baixas e bem cuidadas, rumo a um capão de árvores ao longe. Pippin parou.

"Conheço estes campos e este portão!", disse ele. "Aqui é Glebafava, as terras do velho Magote. É a fazenda dele ali entre as árvores."

"Um problema depois do outro!", respondeu Frodo, parecendo quase tão assustado como se Pippin tivesse declarado que a alameda era a fenda que leva ao covil de um dragão. Os outros olharam-no surpresos.

"O que há de errado com o velho Magote?", perguntou Pippin. "Ele é muito amigo de todos os Brandebuques. É claro que é o terror dos invasores e tem cães ferozes — mas afinal as pessoas daqui estão perto da fronteira e precisam estar mais alertas."

"Eu sei", disse Frodo. "Ainda assim," acrescentou com uma risada constrangida, "fico aterrorizado com ele e seus cães. Evitei a fazenda dele durante anos e anos. Ele me pegou várias vezes invadindo para pegar cogumelos, quando eu era jovem na Mansão do Brandevin. Da última vez ele me bateu, depois me agarrou e me mostrou aos cães. 'Vejam, rapazes,' disse ele, 'da próxima vez que este pestinha puser os pés em minhas terras vocês podem devorá-lo. Agora mandem ele embora!' Perseguiram-me até a Balsa. Nunca me esqueci do susto — mas arrisco dizer que as feras sabiam o que estavam fazendo e não me pegariam de verdade."

Pippin riu. "Bem, está na hora de fazer as pazes. Especialmente se estiver voltando para viver na Terra-dos-Buques. O velho Magote é boa gente, na verdade — se você não mexer nos cogumelos dele. Vamos entrar pela alameda, aí não estaremos invadindo. Se nós o encontrarmos sou eu quem vai falar. Ele é amigo de Merry, e em certa época eu costumava vir frequentemente aqui com ele."

Seguiram pela alameda até verem os telhados de palha de uma grande casa e de construções rurais que espiavam pelas árvores à frente. Os Magotes, e os Poçapés de Tronco, e a maioria dos habitantes do Pântano habitavam em casas; e essa fazenda era solidamente construída de tijolos e tinha um muro alto em toda a volta. Havia um amplo portão de madeira que se abria do muro para a alameda.

De repente, quando se aproximavam, irromperam terríveis ladridos e latidos, e ouviu-se uma voz gritando alto: "Garra! Presa! Lobo! Venham, rapazes!"

Frodo e Sam ficaram imóveis, mas Pippin avançou alguns passos. O portão se abriu e três enormes cães saíram a toda para a alameda e correram na direção dos viajantes com ferozes latidos. Não deram importância para Pippin; mas Sam espremeu-se contra o muro enquanto dois cães de aspecto lupino o farejavam cheios de suspeitas e grunhiam quando ele se mexia. O maior e mais feroz dos três parou diante de Frodo, arrepiando e rosnando.

Pelo portão apareceu então um hobbit largo e troncudo, de rosto redondo e rubicundo. "Alô! Alô! E quem é que são vocês, e o que é que querem?", perguntou ele.

"Boa tarde, Sr. Magote!", falou Pippin.

O fazendeiro fitou-o de perto. "Ora, se não é o Mestre Pippin — Sr. Peregrin Tûk, eu devia dizer!", exclamou ele, mudando a expressão carrancuda em um largo sorriso. "Faz muito tempo que não o vejo por aqui. Sorte sua que eu o conheço. Estava justamente saindo para atiçar os cachorros nos estranhos. Tem umas coisas curiosas acontecendo hoje. É claro que às vezes vaga gente esquisita por aqui. Perto demais do Rio", disse ele, balançando a cabeça. "Mas esse sujeito era o mais bizarro que já vi com estes olhos. Ele não vai atravessar minhas terras de novo sem permissão, se eu puder evitar."

"Que sujeito você quer dizer?", perguntou Pippin.

"Então vocês não o viram?", disse o fazendeiro. "Subiu pela alameda para o caminho elevado não faz muito tempo. Era um freguês estranho que fazia perguntas estranhas. Mas quem sabe vocês venham para dentro, e vamos trocar notícias com mais conforto. Eu tenho um bocado de boa cerveja no barril, se você e seus amigos quiserem, Sr. Tûk."

Parecia evidente que o fazendeiro lhes contaria mais se pudesse fazê-lo no seu próprio tempo e do seu próprio jeito, portanto todos aceitaram o convite. "E os cachorros?", perguntou Frodo, ansioso.

O fazendeiro riu. "Não vão lhe fazer mal — não, a menos que eu os ordene. Aqui, Garra! Presa! Junto!", exclamou. "Junto, Lobo!" Para alívio de Frodo e Sam, os cães saíram andando e os deixaram em liberdade.

Pippin apresentou os outros dois ao fazendeiro. "Sr. Frodo Bolseiro", comentou ele. "Pode não se lembrar dele, mas ele morava na Mansão do Brandevin." Ouvindo o nome Bolseiro o fazendeiro teve um sobressalto, e olhou atentamente para Frodo. Por um momento Frodo pensou que a lembrança dos cogumelos roubados fora despertada e que os cães receberiam ordem de mandá-lo embora. Mas o Fazendeiro Magote o tomou pelo braço.

"Ora, que coisa mais estranha!", exclamou. "Sr. Bolseiro, é isso? Venha para dentro! Precisamos conversar."

Entraram na cozinha do fazendeiro e se sentaram junto à larga lareira. A Sra. Magote trouxe cerveja numa jarra enorme e encheu quatro canecas grandes. Era uma boa bebida, e Pippin viu-se mais do que compensado por perder a *Perca Dourada*.

Sam bebericou a cerveja com suspeição. Tinha desconfiança natural dos habitantes de outros cantos do Condado; e também não estava disposto a fazer amizade rápida com alguém que tinha surrado seu patrão, não importava quanto tempo atrás.

Depois de algumas observações sobre o tempo e as perspectivas agrícolas (que não eram piores que de costume), o Fazendeiro Magote pousou a caneca e olhou para eles, um por vez.

"Bem, Sr. Peregrin," disse ele, "de onde é que estão vindo, e aonde é que vão? Vinham me visitar? Porque, se era assim, já tinham passado pelo meu portão sem eu vê-los."

"Bem, não", respondeu Pippin. "Para falar a verdade, já que você adivinhou, entramos na alameda pela outra ponta: viemos por cima dos seus campos. Mas isso foi um mero acidente. Nos perdemos na floresta lá atrás, perto de Vila-do-Bosque, tentando pegar um atalho até a Balsa."

"Se estavam com pressa, a estrada teria sido mais útil", comentou o fazendeiro. "Mas eu não estava preocupado com isso. Você tem permissão de caminhar por todas as minhas terras se quiser, Sr. Peregrin. E você, Sr. Bolseiro — por muito que goste de cogumelos." Riu-se. "Ah, sim, eu reconheci o nome. Lembro-me daquele tempo quando o jovem Frodo Bolseiro era um dos piores malandrinhos da Terra-dos-Buques. Mas não era nos cogumelos que eu estava pensando. Eu tinha acabado de ouvir o nome Bolseiro quando vocês apareceram. O que vocês acham que esse freguês esquisito me perguntou?"

Esperaram ansiosamente que ele prosseguisse. "Bem," continuou o fazendeiro, chegando ao ponto com lenta satisfação, "ele veio montado num grande cavalo negro, entrando pelo portão que estava aberto e vindo bem até minha porta. Ele mesmo também estava todo de preto, e encapado e encapuzado como se não quisesse ser reconhecido. 'Ora, que coisa no Condado ele pode estar querendo?', eu pensei comigo. Não vemos muitos do Povo Grande deste lado da fronteira; e de qualquer modo eu nunca tinha ouvido falar de ninguém como esse sujeito de preto.

"'Bom dia para você!', disse eu, saindo na direção dele. 'Esta alameda não leva a lugar nenhum, e aonde estiver indo seu caminho mais rápido vai ser de volta à estrada.' Não gostei do aspecto dele; quando Garra saiu, deu uma farejada e soltou um ganido como se tivesse sido picado: pôs o rabo entre as pernas e fugiu chorando. O sujeito de preto não se mexia.

"'Eu venho de acolá', comentou ele, devagar e meio duro, apontando para o oeste atrás de si, por cima dos *meus* campos, veja só. 'Você viu *Bolseiro*?', perguntou ele com voz estranha, e se inclinou sobre mim. Não pude ver nenhum rosto, pois o capuz dele descia bem baixo; e senti uma espécie de calafrio descendo a espinha. Mas não entendia por que ele vinha cavalgando tão atrevido pela minha terra.

"'Vá embora!', exclamei. 'Não tem Bolseiros aqui. Está na parte errada do Condado. Era melhor voltar para o oeste, para a Vila-dos-Hobbits — mas dessa vez pode ir pela estrada.'

"'Bolseiro partiu', respondeu ele com um sussurro. 'Ele está vindo. Não está longe. Quero encontrá-lo. Se ele passar você me conta? Voltarei com ouro.'

"'Não vai não', disse eu. 'Vai voltar ao seu lugar, bem rapidinho. Eu lhe dou um minuto antes de chamar todos os meus cachorros.'

"Ele soltou uma espécie de chiado. Talvez fosse uma risada, e talvez não. Então esporeou o grande cavalo bem em cima de mim, e eu me desviei com um pulo bem a tempo. Chamei os cães, mas ele girou, cavalgou pelo portão e subiu a alameda na direção do caminho elevado, como um raio de tempestade. O que acham disso?"

Frodo ficou um momento olhando para o fogo, mas seu único pensamento era como haveriam de alcançar a Balsa. "Não sei o que pensar", disse ele por fim.

"Então vou lhe dizer o que pensar", comentou Magote. "Nunca devia ter se misturado com a gente da Vila-dos-Hobbits, Sr. Frodo. As pessoas são esquisitas por lá." Sam remexeu-se na cadeira e olhou inamistosamente para o fazendeiro. "Mas você sempre foi um rapaz afoito. Quando ouvi que tinha deixado os Brandebuques e ido morar com esse velho Sr. Bilbo, eu falei que iria ao encontro da encrenca. Ouça o que digo, tudo isso vem desses feitos esquisitos do Sr. Bilbo. Ele conseguiu seu dinheiro de um jeito estranho no estrangeiro, é o que dizem. Quem sabe alguns querem saber o que foi feito do ouro e das joias que ele enterrou na colina da Vila-dos-Hobbits, segundo ouvi dizer?"

Frodo nada disse: as conjecturas astutas do fazendeiro eram um tanto embaraçosas.

"Bem, Sr. Frodo," prosseguiu Magote, "estou contente que tenha tido o bom senso de voltar à Terra-dos-Buques. Meu conselho é: fique por lá! E não se misture com essa gente de fora. Você vai ter amigos por aqui. Se algum desses sujeitos negros vier atrás de você de novo, eu lido com eles. Digo que está morto, ou que abandonou o Condado, ou qualquer coisa que queira. E poderá ser a verdade, pois bem provavelmente é do velho Sr. Bilbo que eles querem notícias."

"Você pode ter razão", disse Frodo, evitando o olhar do fazendeiro e fitando o fogo.

Magote olhou-o, pensativo. "Bem, estou vendo que você tem suas próprias ideias", comentou. "É evidente como meu nariz que não foi o acaso que trouxe aqui você e esse cavaleiro na mesma tarde; e talvez minha notícia não tenha sido grande notícia para você, afinal. Não estou lhe pedindo que me conte nada que pretenda manter em segredo; mas percebo que se meteu em alguma encrenca. Quem sabe está pensando que não será muito fácil chegar à Balsa sem ser apanhado?"

"Era o que eu estava pensando", disse Frodo. "Mas precisamos tentar chegar até lá; e não vamos conseguir isso ficando sentados pensando. Então lamento dizer que precisamos ir embora. Muitíssimo obrigado por sua gentileza! Estive aterrorizado com você e seus cachorros por mais de trinta anos, Fazendeiro Magote, por muito que você ria de ouvir isso. É pena: pois me faltou um bom amigo. E agora sinto partir tão depressa. Mas voltarei, quem sabe, um dia — se tiver oportunidade."

"Será bem-vindo quando vier", afirmou Magote. "Mas agora tive uma ideia. Já é quase o pôr do sol, e vamos jantar; pois normalmente vamos para a cama logo depois do Sol. Se você e o Sr. Peregrin e todos puderem ficar para comer um bocado conosco, isso nos dará prazer!"

"E a nós também!", disse Frodo. "Mas temo que precisamos partir já. Mesmo agora vai escurecer antes que possamos alcançar a Balsa."

"Ah! mas espere um minuto! Eu ia dizer: depois de um jantarzinho vou tirar uma pequena carroça e levar todos até a Balsa. Isso vai lhes poupar uma boa caminhada, e também poderá poupá-los de outro tipo de problema."

Frodo então aceitou o convite de bom grado, para alívio de Pippin e Sam. O sol já estava atrás das colinas no oeste, e a luz minguava. Entraram dois dos filhos de Magote e suas três filhas, e um generoso jantar foi servido na grande mesa. A cozinha estava iluminada com velas e o fogo foi reavivado. A Sra. Magote entrava e saía alvoroçada. Entraram um ou dois outros hobbits pertencentes ao pessoal da fazenda. Em pouco tempo, quatorze estavam sentados para comer. Havia cerveja em quantidade, e uma enorme travessa de cogumelos e toucinho, além de muitos outros pratos substanciosos de fazenda. Os cães, deitados junto ao fogo, roíam crostas e estalavam ossos.

Quando haviam terminado, o fazendeiro e seus filhos saíram com um lampião e aprontaram a carroça. Estava escuro no pátio quando os visitantes saíram. Jogaram as mochilas na carroça e embarcaram. O fazendeiro sentou-se no lugar do condutor e açoitou seus dois pôneis robustos. Sua esposa estava de pé na luz da porta aberta.

"Tome cuidado, Magote!", exclamou ela. "Não fique discutindo com estrangeiros e volte direto para cá!"

"Vou voltar!", disse ele, e conduziu a carroça para fora do portão. Já não havia nenhum sopro de vento; a noite estava silenciosa e quieta, e o ar, um tanto gélido. Seguiram sem luzes e bem devagar. Uma ou duas milhas adiante a alameda acabou, atravessando uma valeta funda e subindo por um breve aclive até o caminho elevado, de altas margens.

Magote apeou e deu uma boa olhada em ambas as direções, para norte e para o sul, mas nada se via na escuridão, e não havia nem som no ar silencioso. Tênues fiapos de névoa do rio estavam suspensos sobre as valetas e rastejavam pelos campos.

"Vai ser espesso," comentou Magote, "mas não vou acender meus lampiões antes de virar para casa. Esta noite ouviremos qualquer coisa que venha pela estrada muito antes de encontrá-la."

Eram cinco milhas ou mais da alameda de Magote até a Balsa. Os hobbits enlearam-se, mas os ouvidos estavam alertas para algum som além do rangido das rodas e do lento *clop* dos cascos dos pôneis. A Frodo parecia que a carroça era mais lenta que uma lesma. Ao lado dele, Pippin cabeceava de sono; mas Sam se esforçava para enxergar à frente, na neblina que subia.

Chegaram finalmente à entrada da alameda da Balsa. Estava assinalada com dois altos postes brancos que subitamente surgiram à sua direita. O fazendeiro Magote puxou as rédeas dos pôneis e a carroça parou rangendo. Tinham começado a desembarcar apressados quando de repente ouviram o que todos estavam temendo: cascos na estrada à frente. O som vinha na direção deles.

Magote desceu com um salto e ficou segurando as cabeças dos pôneis, e espiava na treva. *Clip-clop, clip-clop,* o cavaleiro vinha se aproximando. A batida dos cascos soava alta no ar silencioso e enevoado.

"Melhor se esconder, Sr. Frodo", disse Sam com ansiedade. "Abaixe-se na carroça e cubra-se com mantas, e vamos mandar esse cavaleiro para o lugar dele!" Apeou e foi até o lado do fazendeiro. Os Cavaleiros Negros teriam de atropelá-lo para chegar perto da carroça.

Clop-clop, clop-clop. O cavaleiro estava quase diante deles.

"Quem vem lá?", chamou o fazendeiro Magote. Os cascos que avançavam detiveram-se. Pensavam ser capazes de divisar, indistintamente, um escuro vulto encapuzado na névoa, uma ou duas jardas à frente.

"E aí?", insistiu o fazendeiro, jogando as rédeas para Sam e dando um passo à frente. "Não se aproxime nem mais um passo! O que você quer e aonde vai?"

"Quero o Sr. Bolseiro. Você o viu?", disse uma voz abafada — mas a voz era de Merry Brandebuque. Um lampião tapado foi descoberto e a luz recaiu sobre o rosto espantado do fazendeiro.

"Sr. Merry!", exclamou ele.

"Sim, claro! Quem pensou que era?", indagou Merry, adiantando-se. Quando saiu da neblina e os temores deles amainaram, ele subitamente pareceu diminuir ao tamanho ordinário de um hobbit. Montava um pônei e tinha um cachecol enrolado no pescoço e no queixo para protegê-lo do nevoeiro.

Frodo saltou da carroça para saudá-lo. "Então aí vocês estão, finalmente!", disse Merry. "Estava começando a me perguntar se iriam aparecer hoje e estava prestes a voltar para o jantar. Quando começou a neblina, atravessei e cavalguei na direção de Tronco para ver se tinham caído em alguma valeta. Mas não faço ideia do caminho pelo qual vocês vieram. Onde os encontrou, Sr. Magote? Na sua lagoa dos patos?"

"Não, eu os peguei invadindo", afirmou o fazendeiro, "e quase aticei meus cachorros contra eles; mas eles vão lhe contar a história toda, não tenho dúvida. Agora, se me derem licença, Sr. Merry e Sr. Frodo e todos, é melhor eu voltar para casa. A Sra. Magote vai estar preocupada com essa noite cada vez mais espessa."

Recuou a carroça na alameda e deu a volta. "Bem, boa noite para todos", disse. "Foi um dia esquisito, com certeza. Mas tudo está bem quando acaba bem; mas talvez não deveríamos dizer isso antes de chegarmos na nossa própria porta. Não nego que agora vou ficar contente quando chegar." Acendeu os lampiões e montou. De repente tirou uma grande cesta de baixo do assento. "Quase que me esquecia", comentou. "A Sra. Magote montou esta cesta para o Sr. Bolseiro, com os cumprimentos dela." Entregou-a e se afastou, seguido por um coro de agradecimentos e boas-noites.

Ficaram observando os pálidos anéis de luz em torno dos seus lampiões à medida que sumiam na noite nevoenta. Subitamente Frodo riu: da cesta coberta que estava segurando subia o aroma de cogumelos.

5

Uma Conspiração Desmascarada

"Agora nós é que deveríamos ir para casa", disse Merry. "Há alguma coisa esquisita aqui, já vejo; mas vai ter de esperar até entrarmos."

Entraram pela alameda da Balsa, que era reta e bem cuidada, e ladeada de grandes pedras caiadas. Após cerca de cem jardas ela terminava na margem do rio, onde havia um largo cais de madeira. Uma grande balsa chata estava atracada ao lado dele. Os postes brancos de amarração, junto à beira da água, bruxuleavam à luz de dois lampiões sobre postes altos. Atrás deles, nos campos planos, as névoas já estavam acima das sebes; mas a água diante deles era escura, só com alguns fiapos enrolados, semelhantes a vapor, entre os juncos perto da margem. Parecia haver menos neblina na margem oposta.

Merry conduziu o pônei por um passadiço, subindo na balsa, e os demais o seguiram. Então Merry empurrou a balsa devagar com um bastão comprido. O Brandevin fluía lento e largo diante deles. Do lado oposto, a margem era íngreme, e um caminho tortuoso subia por ela, partindo do desembarcadouro distante. Ali havia lampiões que tremeluziam. Mais atrás erguia-se a Colina Buque; e nesta, através de mantos esparsos de névoa, brilhavam muitas janelas redondas, amarelas e vermelhas. Eram as janelas da Mansão do Brandevin, o antigo lar dos Brandebuques.

Muito tempo atrás, Gorhendad Velhobuque, chefe da família Velhobuque, uma das mais antigas do Pântano, ou de fato do Condado, atravessara o rio, que era a fronteira original das terras a leste. Construiu (e escavou) a Mansão do Brandevin, mudou seu nome para Brandebuque e se estabeleceu como senhor do que era praticamente um pequeno país independente. Sua família cresceu cada vez mais, e após a época dele continuou crescendo, até que a Mansão do Brandevin ocupasse a totalidade da colina baixa, e tinha três grandes portas dianteiras, muitas portas laterais e cerca de cem janelas. Então os Brandebuques e seus numerosos dependentes começaram a escavar, e depois a construir, em todo o arredor. Essa foi a origem da Terra-dos-Buques, uma faixa densamente habitada entre o rio e a Floresta Velha, uma espécie de colônia do Condado. Sua aldeia principal era Buqueburgo, que se agrupava nas margens e encostas atrás da Mansão do Brandevin.

O povo do Pântano era amigo dos habitantes da Terra-dos-Buques, e a autoridade do Senhor da Mansão (como chamavam o chefe da família Brandebuque) ainda era reconhecida pelos fazendeiros entre Tronco e Juncal. Mas a maior parte das pessoas do velho Condado considerava a gente da Terra-dos-Buques peculiar, quase meio estrangeira. De fato eles não eram muito diferentes dos demais hobbits das Quatro Quartas. Exceto por um ponto: gostavam de barcos, e alguns deles sabiam nadar.

Suas terras originalmente não tinham proteção no Leste; mas desse lado haviam cultivado uma sebe: a Sebe Alta. Fora plantada muitas gerações atrás, e agora era espessa e alta, pois era cuidada constantemente. Estendia-se desde a Ponte do Brandevin, em uma grande curva que se afastava do rio, até Fim-da-Sebe (onde o Voltavime, vindo da Floresta, confluía com o Brandevin): bem mais que vinte milhas de uma ponta à outra. Mas é claro que não era uma proteção completa. A Floresta se aproximava da sebe em muitos pontos. Os habitantes da Terra-dos-Buques mantinham as portas trancadas depois do anoitecer, e isso também não era costumeiro no Condado.

A balsa deslocava-se lentamente através da água. A margem da Terra-dos-Buques aproximava-se. Sam era o único membro do grupo que não atravessara o rio antes. Sentia uma sensação estranha enquanto passava por ele a correnteza lenta e gorgolejante: sua vida antiga ficara para trás na névoa, aventuras obscuras estavam à frente. Coçou a cabeça e por um momento teve o efêmero desejo de que o Sr. Frodo tivesse continuado vivendo sossegado em Bolsão.

Os quatro hobbits apearam da balsa. Merry a estava amarrando, e Pippin já conduzia o pônei trilha acima, quando Sam (que estivera olhando para trás, como quem se despede do Condado) disse, num sussurro rouco:

"Olhe para trás, Sr. Frodo! Vê alguma coisa?"

No embarcadouro oposto, sob os lampiões distantes, conseguiam apenas divisar um vulto: parecia um obscuro embrulho negro deixado para trás. Mas enquanto observavam ele pareceu mexer-se e balançar para cá e para lá, como quem esquadrinha o chão. Depois engatinhou, ou voltou agachado para a escuridão além dos lampiões.

"O que em nome do Condado é aquilo?", exclamou Merry.

"Algo que está nos seguindo", disse Frodo. "Mas agora não pergunte mais! Vamos embora imediatamente!" Correram trilha acima até o topo da margem, mas quando olharam para trás a borda oposta estava envolta em névoa, e nada podia ser visto.

"Ainda bem que vocês não mantêm barcos na margem oeste!", disse Frodo. "Cavalos podem atravessar o rio?"

"Podem andar dez milhas para o norte até a Ponte do Brandevin — ou podem nadar", respondeu Merry. "No entanto, nunca ouvi falar de algum cavalo nadando no Brandevin. Mas o que os cavalos têm a ver com isso?"

"Eu lhe conto mais tarde. Vamos entrar e podemos conversar depois."

"Está bem! Você e Pippin sabem o caminho; então vou simplesmente cavalgar em frente e dizer a Fofo Bolger que vocês estão a caminho. Vamos tratar do jantar e tudo o mais."

"Jantamos cedo com o Fazendeiro Magote", comentou Frodo; "mas podemos jantar de novo."

"Hão de jantar! Dê-me essa cesta!", disse Merry, adiantando-se na escuridão.

Havia uma certa distância do Brandevin até a nova casa de Frodo em Criconcavo. Passaram pela Colina Buque e a Mansão do

Brandevin à esquerda, e nos arrabaldes de Buqueburgo deram com a estrada principal da Terra-dos-Buques, que rumava para o sul desde a Ponte. Meia milha para o norte dessa estrada chegaram a uma alameda que saía à direita. Seguiram-na por algumas milhas, subindo e descendo no terreno.

Alcançaram por fim um portão estreito numa sebe espessa. No escuro não se via sinal da casa: ela ficava afastada da alameda, no meio de um amplo círculo de grama cercado por uma fileira de árvores baixas, no interior da sebe externa. Frodo a escolhera porque ela ficava num canto pouco frequentado da região e não havia outras habitações por perto. Podia-se entrar e sair sem ser percebido. Fora construída muito antes pelos Brandebuques, para uso de hóspedes ou de membros da família que quisessem escapar por uns tempos da vida apertada na Mansão do Brandevin. Era uma casa antiquada e rústica, tanto quanto possível parecida com uma toca de hobbit: era comprida e baixa, sem andar de cima; e tinha um telhado de relva, janelas redondas e uma grande porta redonda.

Enquanto subiam pelo caminho verde, vindos do portão, não havia luz visível; as janelas estavam escuras e fechadas por venezianas. Frodo bateu à porta, e Fofo Bolger a abriu. Uma luz amistosa esparramou-se para fora. Esgueiraram-se para dentro depressa e fecharam-se no interior junto com a luz. Estavam num amplo saguão que tinha portas de ambos os lados; diante deles um corredor se estendia para os fundos, pelo meio da casa.

"Bem, o que acha disso?", perguntou Merry, vindo pelo corredor. "Fizemos o melhor possível em pouco tempo para que se parecesse com um lar. Afinal de contas, Fofo e eu só chegamos aqui ontem com a última carroça carregada."

Frodo olhou em volta. Parecia mesmo um lar. Muitos de seus objetos favoritos — ou os de Bilbo (eles faziam com que se lembrasse vivamente dele, em seu novo entorno) — estavam arrumados tanto quanto possível do modo como estiveram em Bolsão. Era um lugar agradável, confortável, acolhedor; e ele se viu desejando que realmente estivesse vindo ali para se estabelecer em tranquila aposentadoria. Parecia injusto ter dado todo aquele trabalho aos amigos; e outra vez perguntou-se como iria lhes dar a notícia de que teria de deixá-los tão breve, de

UMA CONSPIRAÇÃO DESMASCARADA

fato, imediatamente. No entanto, isso teria de ser feito naquela mesma noite, antes que fossem todos para a cama.

"É encantador!", disse ele com esforço. "Mal sinto que me mudei."

Os viajantes penduraram as capas e empilharam as mochilas no chão. Merry os conduziu pelo corredor e abriu de chofre uma porta na outra extremidade. A luz do fogo saíra, e uma lufada de vapor.

"Um banho!", exclamou Pippin. "Ó bendito Meriadoc!"

"Em que ordem vamos entrar?", indagou Frodo. "Primeiro o mais velho ou primeiro o mais veloz? De qualquer jeito você será o último, Mestre Peregrin."

"Confie em mim, eu ajeito as coisas melhor que isso!", disse Merry. "Não podemos começar a vida em Cricôncavo brigando pelo banho. Nesse cômodo há *três* banheiras e uma tina de cobre cheia de água fervente. Também há toalhas, esteiras e sabonete. Entrem, e depressa!"

Merry e Fofo foram à cozinha do outro lado do corredor e se ocuparam com os preparativos finais de um jantar tardio. Do banheiro vinham fragmentos de canções concorrentes, misturados ao som de gente chapinhando e chafurdando. A voz de Pippin elevou-se de repente acima das demais, em uma das canções de banho favoritas de Bilbo.

Ei! cante o banho no fim do dia
que da lama e cansaço nos alivia!
É bobo quem cantar não tente:
Ó! Coisa nobre é Água Quente!

Ó! Doce é o som da chuva caindo,
e o córrego a saltar do morro é lindo;
mas melhor que chuva ou riacho que passa
é Água Quente em vapor e fumaça.

Ó! Água fria, se preciso, desce
pela garganta que a sede esquece;
melhor é Cerveja para beber,
e Água Quente no lombo a correr.

> *Ó! Bela é a água que em salto arranca,*
> *debaixo do céu, da fonte branca;*
> *mas não há fonte que mais contente*
> *que chapinhar na Água Quente!*[A]

Houve um tremendo golpe de água, e um grito de *Ôa!* de Frodo. Parecia que grande parte do banho de Pippin imitara uma fonte e arrancara em salto.

Merry foi até a porta. "Que tal jantar e cerveja na garganta?", chamou. Frodo saiu secando o cabelo.

"Há tanta água no ar que vou para a cozinha para terminar", disse ele.

"Cáspite!", exclamou Merry, olhando para dentro. O chão de pedra estava alagado. "Você devia enxugar tudo isso com um esfregão antes de comer qualquer coisa, Peregrin", determinou ele. "Apresse-se ou não vamos esperar por você."

Jantaram na cozinha, numa mesa junto ao fogo. "Imagino que vocês três não vão querer cogumelos de novo?", perguntou Fredegar sem grandes esperanças.

"Vamos sim!", exclamou Pippin.

"São meus!", disse Frodo. "Dados a *mim* pela Sra. Magote, uma rainha entre as esposas de fazendeiros. Tirem suas mãos gananciosas e eu vou servi-los."

Hobbits são apaixonados por cogumelos, muito além das preferências mais gananciosas do Povo Grande. É um fato que explica em parte as longas expedições do jovem Frodo aos renomados campos do Pântano, e a ira de um injuriado Magote. Naquela ocasião havia bastante para todos, mesmo de acordo com os padrões dos hobbits. Também houve muitas outras coisas em seguida, e quando haviam terminado, o próprio Fofo Bolger soltou um suspiro de contentamento. Empurraram a mesa para longe e dispuseram cadeiras em torno da lareira.

"Mais tarde limparemos", comentou Merry. "Agora me contem tudo a respeito! Imagino que estiveram vivendo aventuras, o que não foi muito justo sem mim. Quero um relato completo; e mais do que tudo quero saber qual foi o problema com o velho Magote e por que ele falou comigo daquele jeito. Soava quase como se estivesse *assustado*, se é que isso é possível."

"Todos estivemos assustados", disse Pippin após uma pausa, em que Frodo ficou fitando o fogo e não falou. "Você também teria ficado, se fosse perseguido por Cavaleiros Negros durante dois dias."

"E o que são eles?"

"Vultos negros montados em cavalos negros", respondeu Pippin. "Se Frodo não vai falar, eu vou lhe contar toda a história desde o princípio." Fez então um relato completo de sua viagem desde o momento em que deixaram a Vila-dos-Hobbits. Sam assentiu com várias inclinações de cabeça e exclamações. Frodo ficou em silêncio.

"Eu pensaria que vocês estão inventando tudo isso," disse Merry, "se não tivesse visto aquele vulto negro no atracadouro — e ouvido o som estranho na voz de Magote. O que você acha de tudo isso, Frodo?"

"O primo Frodo esteve muito fechado", comentou Pippin. "Mas chegou a hora de ele se abrir. Até agora não recebemos nenhuma informação exceto a conjectura do Fazendeiro Magote de que tinha algo a ver com o tesouro do velho Bilbo."

"Isso foi só uma conjectura", disse Frodo depressa. "Magote não *sabe* nada."

"O velho Magote é um sujeito astuto", respondeu Merry. "Por trás do seu rosto redondo acontece muita coisa que não transparece na fala. Ouvi dizer que em certa época ele costumava entrar na Floresta Velha, e tem a reputação de conhecer um monte de coisas estranhas. Mas pelo menos você pode nos contar, Frodo, se pensa que a conjectura dele é boa ou ruim."

"Eu *acho*", respondeu Frodo devagar, "que foi uma boa conjectura, até onde chegou. *Existe* uma conexão com as antigas aventuras de Bilbo, e os Cavaleiros estão procurando, ou talvez devêssemos dizer *esquadrinhando*, por ele ou por mim. Também temo, se é que querem saber, que isso não é nenhuma brincadeira; e que não estou seguro aqui nem em qualquer outro lugar." Olhou em torno, para as janelas e as paredes, como se temesse que elas cedessem de repente. Os demais o espiavam em silêncio e trocavam olhadelas significativas.

"Vai escapar num minuto", Pippin cochichou para Merry. Merry assentiu com a cabeça.

"Bem!", disse Frodo por fim, levantando-se na cadeira e endireitando as costas, como se tivesse tomado uma decisão. "Não posso manter isso no escuro por mais tempo. Tenho algo a contar para todos vocês. Mas não sei bem como começar."

"Acho que consigo ajudar você", afirmou Merry calmamente, "contando-lhe eu mesmo parte da história."

"O que quer dizer?", indagou Frodo, olhando para ele ansiosamente.

"Apenas isto, meu bom e velho Frodo: você está desgostoso porque não sabe como dizer adeus. É claro que pretendia abandonar o Condado. Mas o perigo o acometeu mais cedo do que esperava, e agora está se decidindo a partir de imediato. E não quer. Sentimos muito por você."

Frodo abriu a boca e a fechou de novo. Seu ar de surpresa era tão cômico que riram. "Bom e velho Frodo!", disse Pippin. "Você realmente pensava que tinha jogado poeira nos olhos de todos nós? Para isso você nem de perto foi cuidadoso ou esperto o bastante! Obviamente você está planejando partir e se despedir de todos os seus lugares habituais por todo este ano, desde abril. Constantemente ouvimos você resmungando: 'Me pergunto se voltarei a olhar para esse vale outra vez', e coisas assim. E fingindo que seu dinheiro havia acabado, e chegando a vender seu amado Bolsão àqueles Sacola-Bolseiros! E todas aquelas conversas reservadas com Gandalf."

"Céus!", exclamou Frodo. "Pensei que estava sendo cuidadoso e esperto. Não sei o que Gandalf diria. Então todo o Condado está discutindo minha partida?"

"Ah, não!", disse Merry. "Não se preocupe com isso! É claro que o segredo não vai durar muito; mas, no momento, creio, só é conhecido por nós, os conspiradores. Afinal você precisa recordar que o conhecemos bem e estamos com você com frequência. Normalmente conseguimos adivinhar o que você está pensando. Eu conhecia Bilbo também. Para dizer a verdade estive observando você bem de perto desde que ele partiu. Pensei que você iria segui-lo mais cedo ou mais tarde;

de fato esperava que fosse mais cedo, e ultimamente estivemos muito ansiosos. Tínhamos pavor de que você pudesse nos escapulir e ir embora de repente, sozinho, como ele. Desde esta primavera temos mantido os olhos abertos e fizemos muito planejamento por nossa conta. Você não vai escapar tão facilmente!"

"Mas preciso ir", disse Frodo. "Não dá para evitar, caros amigos. É uma desgraça para todos nós, mas não adianta tentarem me impedir. Já que deduziram tudo isso, por favor ajudem-me e não me impeçam!"

"Você não compreende!", prosseguiu Pippin. "Você precisa ir — e, portanto, precisamos ir também. Merry e eu vamos com você. Sam é um excelente sujeito, e pularia dentro da goela de um dragão para salvá-lo, se não tropeçasse nos próprios pés; mas você vai precisar de mais de um companheiro em sua aventura perigosa."

"Meus caros e muito amados hobbits!", disse Frodo, profundamente comovido. "Mas eu não poderia permitir. Também decidi isso muito tempo atrás. Vocês falam de perigo, mas não compreendem. Isto não é uma caçada ao tesouro, não é uma viagem de lá-e-de-volta. Estou fugindo de perigo mortal em perigo mortal."

"É claro que compreendemos", comentou Merry com firmeza. "Foi por isso que decidimos vir. Sabemos que o Anel não é assunto para brincadeira; mas vamos fazer o melhor para ajudá-lo contra o Inimigo."

"O Anel!", disse Frodo, agora completamente atônito.

"Sim, o Anel", assentiu Merry. "Meu bom e velho hobbit, você não leva em conta a curiosidade dos amigos. Faz anos que sei da existência do Anel — na verdade, desde antes de Bilbo partir; mas, já que ele obviamente o considerava um segredo, mantive o conhecimento em minha cabeça até formarmos nossa conspiração. É claro que não conheci Bilbo tão bem quanto conheço você; eu era jovem demais e também ele era mais cuidadoso — mas não era cuidadoso o bastante. Se quiser saber como acabei descobrindo, eu lhe conto."

"Prossiga!", disse Frodo com voz fraca.

"Os Sacola-Bolseiros foram a desgraça dele, como se poderia esperar. Certo dia, um ano antes da Festa, aconteceu que eu estava caminhando pela estrada e vi Bilbo à frente. De repente os S.-B. apareceram à distância, vindo em nossa direção. Bilbo diminuiu o passo e depois *puf!*, desapareceu. Fiquei tão espantado que mal tive a iniciativa de me esconder de jeito mais convencional; mas atravessei a sebe e caminhei pelo campo do outro lado. Estava espiando a estrada depois que os S.-B. passaram e encarando Bilbo diretamente quando de repente ele reapareceu. Percebi um brilho de ouro quando ele pôs algo de volta no bolso da calça.

"Depois disso mantive os olhos abertos. De fato, confesso que espionei. Mas você precisa admitir que era muito intrigante, e eu só estava na adolescência. Devo ser a única pessoa do Condado além de você, Frodo, que já viu o livro secreto do velhinho."

"Você leu o livro dele!", exclamou Frodo. "Ora, céus! Nada está seguro?"

"Não seguro demais, devo dizer", disse Merry. "Mas só dei uma olhadela rápida, e essa foi difícil de conseguir. Ele jamais deixava o livro por aí. Pergunto-me o que foi feito dele. Gostaria de dar outra olhada. Está com você, Frodo?"

"Não. Não estava em Bolsão. Ele deve tê-lo levado."

"Bem, como eu dizia," prosseguiu Merry, "guardei comigo meu conhecimento, até esta primavera, quando as coisas ficaram sérias. Então formamos nossa conspiração; e como também éramos sérios e sabíamos o que estávamos fazendo, não fomos escrupulosos demais. Você não é muito fácil de decifrar, e Gandalf é pior. Mas, se quiser ser apresentado a nosso principal investigador, posso revelá-lo."

"Onde está ele?", disse Frodo, olhando em volta como se esperasse que um vulto mascarado e sinistro fosse sair de um armário.

"Um passo à frente, Sam!", falou Merry; e Sam se levantou com o rosto escarlate até as orelhas. "Eis nosso coletor de informações! E coletou bastante coisa, posso lhe dizer, antes de acabar sendo apanhado. Depois disso, devo dizer, ele pareceu considerar-se em liberdade condicional e secou."

"Sam!", exclamou Frodo, sentindo que o espanto não podia ser maior, totalmente incapaz de decidir sentir-se raivoso, divertido, aliviado ou meramente tolo.

"Sim, senhor!", disse Sam. "Com sua licença, senhor! Mas não tive má intenção com o senhor, Sr. Frodo, nem com o Sr. Gandalf também. *Ele* tem bom senso, veja; e quando o senhor disse *ir sozinho* ele disse *não! leve alguém em quem possa confiar*."

"Mas parece que não posso confiar em ninguém", disse Frodo.

Sam olhou-o com tristeza. "Tudo depende do que quer", atalhou Merry. "Pode confiar em nós para estarmos com você venha o que vier — até o amargo fim. E pode confiar em nós para mantermos qualquer segredo seu — melhor do que você mesmo mantém. Mas não pode confiar em nós para o deixarmos encarar sozinho os infortúnios e partir sem uma palavra. Somos seus amigos, Frodo. Seja como for: aí está. Sabemos a maior parte do que Gandalf lhe contou. Sabemos muita coisa sobre o Anel. Estamos com um medo horrível — mas vamos com você; ou vamos segui-lo como cães de caça."

"E afinal de contas, senhor," acrescentou Sam, "devia aceitar o conselho dos Elfos. Gildor falou que deveria levar os que estivessem dispostos, e não pode negar isso."

"Não nego", disse Frodo olhando para Sam, que agora dava um largo sorriso. "Não nego, mas nunca mais vou acreditar que você está dormindo, esteja roncando ou não. Hei de chutar você para ter certeza.

"Vocês são um bando de patifes fraudulentos!", comentou ele, virando-se para os demais. "Mas benditos sejam!", ele riu, erguendo-se e agitando os braços. "Eu me dou por vencido. Vou aceitar o conselho de Gildor. Se o perigo não fosse tão tenebroso eu dançaria de alegria. Ainda assim não posso evitar sentir alegria; mais alegria do que senti por longo tempo. Eu estava temendo esta noite."

"Bom! Isso está decidido. Três vivas para o Capitão Frodo e companhia!", gritaram; e dançaram em torno dele. Merry e Pippin começaram uma canção que aparentemente tinham preparado para essa ocasião.

Era feita conforme o modelo da canção dos anãos que impelira Bilbo à sua aventura muito tempo atrás, e seguia a mesma melodia:

Adeus vamos dar ao fogo e ao lar!
Com chuva a cair ou vento a soprar,
Vamos embora antes da aurora,
Além do bosque e do monte a vagar.

A Valfenda então, onde Elfos estão
Em clareiras sob nebuloso grotão,
Percorrendo desertos e campos abertos
Sem sabermos se vamos adiante ou não.

À frente inimigos, atrás os perigos,
Sob o céu dormiremos em nossos abrigos,
Até que consiga ter fim a fadiga,
Acabar a viagem, a missão dos amigos.

Vamos embora! Vamos embora!
Partimos antes que rompa a aurora![B]

"Muito bom!", disse Frodo. "Mas nesse caso há um monte de coisas a fazer antes de nos deitarmos — sob um teto, pelo menos esta noite."

"Oh! Isso foi poesia!", disse Pippin. "Você realmente pretende partir antes que rompa a aurora?"

"Não sei", respondeu Frodo. "Temo esses Cavaleiros Negros e tenho certeza de que não é seguro passar muito tempo no mesmo lugar, especialmente num lugar aonde é sabido que vim. E também Gildor me aconselhou a não esperar. Mas gostaria muito de ver Gandalf. Pude ver que o próprio Gildor ficou perturbado quando ouviu que Gandalf jamais apareceu. Na verdade, tudo depende de duas coisas. Quão logo os Cavaleiros podem chegar a Buqueburgo? E quão logo podemos partir? Isso vai exigir muitos preparativos."

"A resposta à segunda pergunta", comentou Merry, "é que podemos ir embora daqui a uma hora. Preparei praticamente tudo. Há cinco pôneis num estábulo além dos campos; as provisões e os apetrechos estão todos embalados, exceto por algumas roupas adicionais e pela comida perecível."

"Parece que foi uma conspiração muito eficiente", disse Frodo. "Mas e os Cavaleiros Negros? Seria seguro esperar um dia por Gandalf?"

"Tudo depende do que você pensa que os Cavaleiros farão se o encontrarem aqui", respondeu Merry. "É claro que *poderiam* ter chegado até aqui, se não fossem detidos no Portão-norte, onde a Sebe se estende até a margem do rio, logo deste lado da Ponte. Os vigias do portão não os deixariam passar à noite, apesar de poderem arrombá-lo. Mesmo à luz do dia tentariam mantê-los fora, creio, pelo menos até transmitirem uma mensagem ao Senhor da Mansão — pois não lhes agradariam o aspecto dos Cavaleiros e certamente se assustariam com eles. Mas é claro que a Terra-dos-Buques não consegue resistir por muito tempo a um ataque determinado. E é possível que de manhã até um Cavaleiro Negro que chegasse montado, perguntando pelo Sr. Bolseiro, fosse deixado passar. É bem conhecido, em geral, que você está voltando para viver em Cricôncavo."

Frodo passou alguns momentos sentado, pensativo. "Eu me decidi", disse ele por fim. "Parto amanhã assim que houver luz. Mas não vou pela estrada: seria mais seguro esperar aqui do que fazer isso. Se eu sair pelo Portão-norte minha partida da terra dos Buques será conhecida de imediato, em vez de permanecer secreta ao menos por vários dias, como poderia ficar. E mais, a Ponte e a Estrada Leste perto da fronteira certamente serão vigiadas, quer algum Cavaleiro penetre na Terra-dos-Buques ou não. Não sabemos quantos eles são; mas há pelo menos dois, e possivelmente mais. A única coisa a fazer é sair numa direção bem inesperada."

"Mas isso só pode significar entrar na Floresta Velha!", apontou Fredegar, apavorado. "Não pode estar pensando em fazer isso. É tão perigoso quanto os Cavaleiros Negros."

"Não exatamente", disse Merry. "Soa bem desesperado, mas acredito que Frodo está certo. É o único modo de ir embora sem ser seguido imediatamente. Com sorte poderemos nos adiantar bastante."

"Mas não vão ter nenhuma sorte na Floresta Velha", objetou Fredegar. "Ninguém jamais tem sorte lá dentro. Vão se perder. As pessoas não entram lá."

"Ah, entram sim!", corrigiu-o Merry. "Os Brandebuques entram — às vezes, quando lhes dá vontade. Temos uma entrada particular. Frodo entrou certa vez, muito tempo atrás. Entrei diversas vezes: normalmente à luz do dia, é claro, quando as árvores estão sonolentas e bastante quietas."

"Bem, façam o que acharem melhor!", disse Fredegar. "Tenho mais medo da Floresta Velha do que de qualquer coisa que conheço: as histórias sobre ela são um pesadelo; mas meu voto pouco conta, já que não vou na viagem. Ainda assim estou muito feliz que fique alguém para trás que possa contar a Gandalf o que vocês fizeram, quando ele aparecer, como com certeza vai aparecer brevemente."

Por muito que gostasse de Frodo, Fofo Bolger não tinha desejo de deixar o Condado, nem de ver o que havia fora dele. Sua família vinha da Quarta Leste, na verdade, do Vau Budge nos Campos da Ponte, mas ele jamais atravessara a Ponte do Brandevin. Sua tarefa, conforme os planos originais dos conspiradores, era ficar para trás e lidar com gente intrometida, e manter pelo tempo possível a presunção de que o Sr. Bolseiro ainda morava em Cricôncavo. Até trouxera algumas roupas velhas de Frodo para ajudá-lo a desempenhar esse papel. Pouco imaginavam o quanto esse papel se revelaria perigoso.

"Excelente!", exclamou Frodo quando compreendeu o plano. "De outra forma não poderíamos ter deixado recado para Gandalf. Não sei se esses Cavaleiros sabem ler ou não, é claro, mas não me atreveria a arriscar um recado escrito, para o caso de entrarem e darem busca na casa. Mas, já que Fofo está disposto a manter o forte, e eu poderei ter certeza de que Gandalf saberá por qual caminho nós fomos, estou decidido. Vou entrar na Floresta Velha amanhã na primeira hora."

"Bem, é isso", disse Pippin. "No geral, prefiro nossa tarefa à de Fofo — esperar aqui até virem os Cavaleiros Negros."

"Espere até estar bem dentro da Floresta", advertiu Fredegar. "Vai querer estar aqui comigo antes desta hora amanhã."

"Não adianta discutir mais sobre isso", disse Merry. "Ainda precisamos fazer ordem e dar os toques finais na bagagem antes de nos deitarmos. Vou chamar todos vocês antes que rompa a aurora."

Quando finalmente estava na cama, Frodo não conseguiu dormir por algum tempo. Suas pernas doíam. Estava contente que iria cavalgar pela manhã. Acabou caindo num sonho vago em que parecia estar olhando por uma alta janela para um escuro mar de árvores emaranhadas. Lá embaixo, junto às raízes, havia um som de criaturas rastejando e fungando. Ele tinha a certeza de que conseguiriam farejá-lo mais cedo ou mais tarde.

Então ouviu um ruído ao longe. Primeiro pensou que fosse um forte vento vindo sobre as folhas da floresta. Então soube que não eram folhas, e sim o som do Mar muito longe; um som que jamais ouvira na vida desperta, apesar de frequentemente lhe perturbar os sonhos. De repente descobriu que estava a céu aberto. Não havia árvores afinal. Estava numa charneca escura, e havia no ar um estranho cheiro de sal. Erguendo os olhos, viu diante de si uma alta torre branca, posta sozinha numa crista elevada. Acometeu-o um forte desejo de subir à torre e ver o Mar. Começou a subir a crista rumo à torre, com esforço: mas de repente veio uma luz no céu, e houve um ruído de trovão.

6

A Floresta Velha

Frodo despertou de repente. Ainda estava escuro no quarto. Merry estava ali de pé, com uma vela numa mão e socando a porta com a outra. "Muito bem! O que é?", disse Frodo, ainda abalado e desnorteado.

"O que é!", exclamou Merry. "É hora de levantar. São quatro e meia e faz muito nevoeiro. Venha! Sam já está aprontando o desjejum. Até Pippin já levantou. Vou só selar os pôneis e buscar o que vai carregar as bagagens. Acorde esse preguiçoso do Fofo! Pelo menos ele precisa levantar e se despedir de nós."

Logo após as seis horas, os cinco hobbits estavam prontos para partir. Fofo Bolger ainda bocejava. Esgueiraram-se para fora da casa em silêncio. Merry ia à frente, conduzindo um pônei carregado, e pegou uma trilha que atravessava um capão atrás da casa e depois cortava diversos campos. As folhas das árvores rebrilhavam, e cada ramo pingava; o capim estava cinza com o orvalho frio. Tudo estava quieto, e ruídos longínquos pareciam próximos e nítidos: aves tagarelando num quintal, alguém fechando a porta de uma casa distante.

No seu barracão encontraram os pôneis, animaizinhos robustos do tipo que os hobbits adoram, não velozes, mas bons para um longo dia de trabalho. Montaram e logo estavam cavalgando no nevoeiro, que parecia abrir-se relutante à frente e fechar-se ameaçador atrás. Depois de cavalgarem por cerca de uma hora, devagar e sem conversarem, viram a Sebe surgindo repentinamente à frente. Era alta e enredada em teias de aranha prateadas.

"Como vão atravessar isso?", perguntou Fredegar.

"Sigam-me!", exclamou Merry, "e verão." Virou à esquerda ao longo da Sebe, e logo chegaram a um ponto onde ela se curvava para dentro, acompanhando a borda de uma depressão. Havia sido feito um corte, a certa distância da Sebe, que descia suavemente para dentro do solo. Era ladeado por muros de tijolo que se erguiam continuamente até, de repente, se arquearem e formarem um túnel que mergulhava fundo embaixo da Sebe, saindo numa depressão do outro lado.

Ali Fofo Bolger parou. "Adeus, Frodo!", disse ele. "Gostaria que você não estivesse entrando na Floresta. Só espero que não precise de socorro antes que o dia termine. Mas boa sorte para você — hoje e todos os dias!"

"Se não houver nada pior à frente do que a Floresta Velha, estarei com sorte", comentou Frodo. "Diga a Gandalf que se apresse pela Estrada Leste: logo havemos de retornar a ela, andando o mais depressa possível." "Adeus!", exclamaram, e desceram pelo declive, desaparecendo das vistas de Fredegar no interior do túnel.

Era escuro e úmido. Na outra ponta estava fechado com um portão de robustas barras de ferro. Merry apeou e destrancou o portão, e quando todos haviam atravessado ele o empurrou para fechá-lo de novo. Ele fechou-se com um som metálico, e a fechadura estalou. O som era agourento.

"Aí está!", disse Merry. "Vocês deixaram o Condado e agora estão do lado de fora, na beira da Floresta Velha."

"São verdadeiras as histórias sobre ela?", perguntou Pippin.

"Não sei a quais histórias você se refere", respondeu Merry. "Se quer dizer as velhas histórias de bicho-papão que as amas de leite de Fofo costumavam lhe contar, sobre gobelins e lobos e coisas do tipo, eu diria que não. Eu, de qualquer modo, não acredito nelas. Mas a Floresta é esquisita. Tudo nela está muito mais vivo, mais consciente do que acontece, por assim dizer, que as coisas do Condado. E as árvores não gostam de estranhos. Elas observam a gente. Normalmente contentam-se em apenas observar a gente, enquanto durar a luz do dia, e não fazem muita coisa. Às vezes as mais hostis podem largar um galho, ou estender uma raiz, ou agarrar a gente com um cipó comprido. Mas à noite as coisas podem ser bem alarmantes, é o que me dizem. Só estive aqui depois do anoitecer uma ou duas vezes, e sempre perto da sebe. Pensei que todas as árvores estavam sussurrando entre si, repassando notícias e tramas em uma língua ininteligível; e os galhos balançavam e tateavam sem haver vento. Dizem que as árvores chegam a se mexer e podem cercar estranhos e confiná-los. Na verdade, faz tempo que atacaram a Sebe: vieram e se plantaram bem ao lado dela, e se inclinaram por cima. Mas os hobbits vieram, e derrubaram centenas de árvores, e fizeram uma grande fogueira na Floresta, e queimaram todo o solo em uma longa faixa a leste da Sebe. Depois disso as árvores desistiram do ataque, mas se tornaram muito hostis. Ainda há um amplo espaço vazio, não muito para dentro, onde foi feita a fogueira."

"São só as árvores que são perigosas?", perguntou Pippin.

"Há diversos seres esquisitos que vivem na profundeza da Floresta e do lado oposto," disse Merry, "ou pelo menos é o que ouvi dizer; mas nunca vi nenhum deles. Mas alguma coisa faz trilhas. Quando se penetra encontra-se trilhas abertas; mas elas parecem se deslocar e mudar de tempos em tempos de um jeito esquisito. Perto deste túnel existe, ou existiu por muito tempo, o começo de uma trilha bem larga que levava à Clareira da Fogueira, e depois mais ou menos em nossa direção, a leste e um pouco ao norte. Essa é a trilha que vou tentar encontrar."

Os hobbits saíram então pelo portal do túnel e atravessaram a larga depressão. Do lado oposto havia uma trilha apagada que subia para o chão da Floresta, uma centena de jardas e mais além da Sebe; mas ela desapareceu assim que os trouxe para debaixo das árvores. Olhando para trás, conseguiam enxergar a linha escura da Sebe através dos troncos das árvores que já estavam densas em redor deles. Olhando para a frente só conseguiam ver troncos de árvores de inúmeros tamanhos e formas: retos ou curvos, torcidos, inclinados, atarracados ou esbeltos, lisos ou rugosos e ramificados; e todos os troncos eram verdes ou cinzentos com musgo e vegetação viscosa e desgrenhada.

Só Merry parecia bastante animado. "É melhor nos guiar e encontrar essa trilha", disse-lhe Frodo. "Não deixe nos perdermos uns dos outros, nem esquecer de que lado fica a Sebe!"

Abriram caminho entre as árvores, e seus pôneis arrastaram-se avante, evitando com cuidado todas as raízes retorcidas e entrelaçadas. Não havia vegetação rasteira. O solo subia continuamente, e, enquanto avançavam, parecia que as árvores se tornavam mais altas, mais escuras e mais densas. Não havia som, exceto por um eventual pingo de umidade que caía pelas folhas silenciosas. Naquele momento não havia sussurros nem movimento entre os ramos; mas todos tiveram uma sensação desconfortável de que estavam sendo observados com reprovação, que se aprofundava em aversão e até inimizade. A sensação cresceu cada vez mais, até perceberem que estavam erguendo os olhos depressa, ou espiando para trás sobre os ombros, como quem espera um golpe repentino.

Ainda não havia sinal de trilha, e as árvores constantemente pareciam barrar-lhes o caminho. De repente Pippin sentiu que não conseguia aguentar mais e sem aviso soltou um grito. "Ei! Ei!", exclamou. "Não vou fazer nada. Só me deixe passar, por favor!"

Os demais pararam espantados; mas o grito morreu como que abafado por uma pesada cortina. Não houve eco nem resposta, apesar de a mata parecer tornar-se mais apinhada e mais vigilante que antes.

"Eu não gritaria se fosse você", disse Merry. "Faz mais mal que bem."

Frodo começou a se perguntar se seria possível encontrar uma passagem e se fizera bem em fazer os outros entrarem naquela mata abominável. Merry olhava de um lado para o outro e já parecia incerto sobre o caminho a tomar. Pippin notou isso. "Você não levou muito tempo para nos perder", comentou ele. Mas nesse momento Merry assobiou aliviado e apontou para a frente.

"Bem, bem!", disse ele. "Essas árvores se deslocam *mesmo*. Ali está a Clareira da Fogueira à nossa frente (ou assim espero), mas a trilha até lá parece ter ido embora!"

A luz ficou mais clara à medida que avançavam. De repente saíram das árvores e se viram em um amplo espaço circular.

Lá estava o céu acima deles, azul e claro para sua surpresa, pois embaixo do teto da Floresta não haviam conseguido ver como nascia a manhã e se erguia a neblina. No entanto, o sol ainda não estava alto o bastante para iluminar a clareira, apesar de sua luz estar nos topos das árvores. Todas as folhas eram mais espessas e verdes em torno das bordas da clareira, cercando-a com uma parede quase sólida. Ali não crescia nenhuma árvore, somente capim grosso e muitas plantas altas: abioto e cicuta-dos-prados, desbotados e de longos talos, ervas de queimada que soltavam sementes nas cinzas fofas, urtigas e cardos viçosos. Um lugar lúgubre; mas parecia um jardim encantador e alegre depois da Floresta fechada.

Os hobbits sentiram-se encorajados e ergueram os olhos, esperançosos, para a luz do dia que se espalhava no céu. Do lado oposto da clareira havia uma lacuna na parede de árvores e uma trilha limpa mais além. Podiam vê-la entrando pela mata, larga em alguns lugares e aberta no alto, apesar de às vezes as árvores se fecharem e lhe fazerem sombra com os ramos escuros. Cavalgaram subindo por essa trilha. Ainda estavam num leve aclive, mas agora andavam muito mais depressa e mais animados, pois lhes parecia que a Floresta havia abrandado e afinal iria deixá-los passar sem obstáculo.

Mas pouco depois o ar começou a ficar quente e abafado. As árvores se aproximaram de novo de ambos os lados, e não conseguiam mais enxergar muito à frente. Agora sentiam, mais forte que nunca, a má vontade da mata oprimindo-os. Fazia tanto silêncio que a batida dos cascos de seus pôneis, farfalhando nas folhas mortas e às vezes tropeçando em raízes ocultas, parecia reboar em seus ouvidos. Frodo tentou cantar uma canção para encorajá-los, mas sua voz afundou num murmúrio.

> *Ó vós que vagais na terra sombria,*
> *não desespereis! Apesar de erradia*
> *toda floresta chega ao termo*
> *e o sol aberto percorre o ermo:*
> *o sol poente, o sol nascente,*
> *o fim do dia, o dia iminente.*
> *Pois a leste ou oeste todo bosque se acaba...*[A]

Acaba — enquanto dizia essa palavra, sua voz se desfez em silêncio. O ar parecia pesado, e a pronúncia de palavras, cansativa. Logo atrás deles um grande galho de uma velha árvore inclinada caiu na trilha com estrondo. As árvores pareciam se fechar diante deles.

"Elas não gostam de tudo isso, sobre terminar e acabar", disse Merry. "Eu não cantaria mais neste momento. Espere que cheguemos à beira, e daí vamos nos virar e lhes dar um coro entusiasmado!"

Falou com jovialidade, e se sentia grande ansiedade não a demonstrava. Os demais não responderam. Estavam deprimidos. Um grande peso se abatia continuamente sobre o coração de Frodo, e agora com cada passo adiante ele se arrependia de ter pensado em desafiar a ameaça das árvores. Na verdade, estava prestes a parar e a propor que retornassem (se isso ainda fosse possível) quando as coisas tomaram uma nova direção. A trilha parou de subir e, por algum espaço, ficou quase nivelada. As árvores escuras se afastaram, e podiam ver a trilha à frente, avançando quase reta. Diante deles, mas a alguma distância, estava um morro verde, sem árvores, erguendo-se da mata em volta como uma cabeça calva. A trilha parecia ir direto para lá.

Voltaram então a avançar depressa, deleitados com a ideia de subirem por um tempo acima do teto da Floresta. A trilha afundou e depois recomeçou a subir, levando-os por fim ao sopé da íngreme encosta. Ali ela deixou as árvores e sumiu no capim. A mata se erguia em toda a volta do morro como cabelos densos que acabassem de repente num círculo em torno de um cocuruto rapado.

Os hobbits levaram os pôneis para cima, dando voltas e mais voltas até alcançarem o topo. Ali pararam, olhando atentamente ao redor deles. O ar brilhava iluminado pelo sol, mas estava nebuloso; e não conseguiam enxergar muito longe. Perto dali a névoa já quase desaparecera; mas aqui e ali ela permanecia em depressões da mata, e ao sul deles, de uma profunda dobra que atravessava a Floresta, a neblina ainda subia como vapor ou fiapos de fumaça branca.

"Ali," disse Merry, apontando com a mão, "ali está a linha do Voltavime. Ele desce das Colinas e corre para o sudoeste pelo meio da Floresta para confluir com o Brandevin abaixo de Fim-da-Sebe. Não queremos ir *nessa* direção! Dizem que o vale do Voltavime é a parte mais estranha de toda a mata — o centro de onde vem toda a estranheza, por assim dizer."

Os demais olharam na direção que Merry apontara, mas pouco conseguiam ver além de névoas acima do vale úmido e profundo; e além dele a metade meridional da Floresta desaparecia da visão.

Agora o sol no topo do morro estava esquentando. Deviam ser umas onze horas; mas a névoa do outono ainda os impedia de enxergar muita coisa em outras direções. A oeste não podiam divisar nem a linha da Sebe nem o vale do Brandevin atrás dela. Ao norte, onde olhavam com maior esperança, nada podiam enxergar que pudesse ser a linha da grande Estrada Leste, aonde estavam se dirigindo. Estavam numa ilha em um mar de árvores, e o horizonte estava velado.

Do lado sudeste o solo caía muito depressa, como se as encostas do morro continuassem bem abaixo das árvores, como costas de uma ilha que são, na verdade, os flancos de uma montanha que se ergue de águas profundas. Sentaram-se na borda verde e contemplaram a mata abaixo deles enquanto faziam a refeição meridiana. Quando o sol subiu e passou do meio-dia divisaram, longe no leste, as linhas verde-acinzentadas das Colinas que ficavam além da Floresta Velha daquele lado. Isso os animou bastante; pois era bom ter a visão de algo além das bordas da mata, apesar de não pretenderem ir naquela direção se pudessem evitá-la: as Colinas-dos-túmulos tinham, nas lendas dos hobbits, uma reputação tão sinistra quanto a própria Floresta.

Por fim decidiram-se a prosseguir outra vez. A trilha que os trouxera ao morro reapareceu do lado norte; mas, antes de terem percorrido grande distância nela, deram-se conta de que ela virava continuamente para a direita. Logo ela começou a descer depressa, e imaginaram que, na verdade, ela rumava para o vale do Voltavime: não era de jeito nenhum a direção que queriam tomar. Após uma discussão, decidiram abandonar aquela trilha enganosa e rumar para o norte; pois, apesar de não terem conseguido vê-la do cume, a Estrada devia ficar naquela direção e não podia estar a muitas milhas de distância. Também ao norte, e à esquerda da trilha, o terreno parecia mais seco e mais aberto, subindo até encostas onde as árvores eram menos espessas, e pinheiros e abetos tomavam o lugar dos carvalhos e freixos e outras árvores estranhas e sem nome da mata mais densa.

No começo a escolha pareceu boa: avançaram a velocidade razoável, porém sempre que vislumbravam o sol numa clareira aberta pareciam ter-se inexplicavelmente desviado para o leste. Mas algum tempo depois as árvores começaram a se fechar de novo, bem onde de longe tinham parecido menos densas e emaranhadas. Então descobriram inopinadamente fundas dobras no solo, como sulcos de grandes rodas de gigantes, ou largos fossos e estradas afundadas, há muito desusadas e afogadas em sarças. Geralmente cruzavam bem pela sua linha de marcha, e só podiam ser atravessadas descendo e escalando do outro lado, o que era trabalhoso e difícil com os pôneis. A cada vez que desciam encontravam o fundo repleto de arbustos densos e vegetação rasteira entrelaçada, que por algum motivo não cedia à esquerda, mas só se abria quando viravam à direita; e tinham de andar certa distância pelo fundo até encontrarem um lugar para subirem pela margem oposta. A cada vez que se arrastavam para fora as árvores pareciam mais fundas e escuras; e sempre era mais difícil encontrar um caminho à esquerda e para cima, e eram forçados à direita e para baixo.

Após uma ou duas horas haviam perdido todo sentido nítido de direção, apesar de saberem muito bem que há tempos tinham deixado de seguir rumo ao norte. Estavam sendo interceptados e simplesmente seguiam um curso escolhido para eles — ao leste e ao sul, rumo ao coração da Floresta, e não para fora.

A tarde estava acabando quando toparam, aos trancos e barrancos, com uma dobra que era mais larga e funda que qualquer outra que já tivessem encontrado. Era tão íngreme e saliente que demonstrou ser impossível escalar para fora, à frente ou atrás, sem abandonar os pôneis e a bagagem. Só o que podiam fazer era seguir a dobra — para baixo. O solo tornou-se mole e lodoso em alguns pontos; apareceram nascentes nas margens, e logo viram-se seguindo um regato que escorria e sussurrava num leito cheio de ervas. Então o chão começou a decair rapidamente, e o regato ficou forte e ruidoso, fluindo e saltando depressa encosta abaixo. Estavam em uma funda vala, fracamente iluminada, encoberta por árvores muito acima deles.

Depois de tropeçarem ao longo da correnteza por um certo tempo, saíram da escuridão muito de repente. Viram a luz do sol à frente como se fosse através de um portão. Chegando à abertura descobriram que haviam descido por uma fissura numa encosta alta e íngreme, quase um penhasco. No sopé havia um amplo espaço de capim e juncos; e ao longe podiam divisar outra margem, quase igualmente íngreme. Uma tarde dourada, com tardia luz do sol, repousava quente e sonolenta sobre o terreno oculto entre as duas. No meio serpenteava, preguiçoso, um rio escuro de água parda, ladeado com antigos salgueiros, coberto por salgueiros, bloqueado com salgueiros caídos e manchado com milhares de folhas desbotadas de salgueiro. O ar estava denso com elas, esvoaçando amarelas dos galhos; pois uma brisa morna e suave soprava mansamente no vale, e os juncos farfalhavam, e os ramos de salgueiro rangiam.

"Bem, pelo menos agora tenho alguma ideia de onde estamos!", disse Merry. "Viemos quase na direção oposta da que pretendíamos. Este é o Rio Voltavime! Vou em frente para explorar."

Avançou para a luz do sol e desapareceu no capim alto. Algum tempo depois, reapareceu e relatou que havia terreno bastante sólido entre o sopé do penhasco e o rio; em alguns lugares a grama firme descia até a beira da água. "No mais," disse ele, "parece que há algo como um caminho fazendo curvas deste lado do rio. Se virarmos para a esquerda e o seguirmos, certamente acabaremos saindo pelo lado leste da Floresta."

"Imagino que sim!", assentiu Pippin. "Quer dizer, se a trilha chegar até lá, e não nos conduzir apenas a um lodaçal e lá nos deixar. Quem fez a trilha, você acha, e por quê? Tenho certeza de que não foi em nosso benefício. Estou começando a suspeitar muito desta Floresta e de tudo o que há nela e a acreditar em todas as histórias sobre ela. E você faz ideia do quanto teremos de avançar para leste?"

"Não," disse Merry, "não faço. Não sei nem em que ponto do Voltavime estamos, ou quem haveria de vir aqui com frequência o bastante para fazer uma trilha em sua margem. Mas não há outra saída que eu possa ver ou imaginar."

Já que não havia alternativa, saíram enfileirados, e Merry os levou à trilha que tinha descoberto. Em toda a parte os juncos e capins eram exuberantes e altos, às vezes bem acima de suas cabeças; mas a trilha, uma vez encontrada, era fácil de seguir, dando voltas e se torcendo, escolhendo o solo mais seguro entre os lodaçais e as lagoas. Aqui e ali ela passava sobre outros regatos que desciam por valas rumo ao Voltavime, vindos das terras mais altas da floresta, e nesses pontos havia troncos de árvore ou feixes de galharia cuidadosamente dispostos.

Os hobbits começaram a sentir muito calor. Exércitos de moscas de todos os tipos zumbiam em torno de seus ouvidos, e o sol da tarde lhes queimava as costas. Finalmente chegaram, de repente, a uma tênue sombra; grandes galhos cinzentos atravessavam por cima da trilha. Cada passo à frente tornava-se mais relutante que o anterior. Parecia que uma sonolência se insinuava do chão, lhes subia pelas pernas e caía de mansinho do ar sobre suas cabeças e olhos.

Frodo sentiu o queixo cair e a cabeça inclinar-se. Logo diante dele, Pippin caiu para a frente, de joelhos. Frodo parou. "Não adianta", ouviu Merry dizer. "Não posso dar mais um passo sem descansar. Preciso cochilar. É fresco embaixo dos salgueiros. Menos moscas!"

Frodo não gostou de como isso soava. "Vamos lá!", exclamou. "Não podemos cochilar ainda. Precisamos nos livrar da Floresta primeiro." Mas os demais já tinham passado do ponto e não se importavam. Ao lado deles, Sam estava de pé, bocejando e piscando como bobo.

De repente o próprio Frodo sentiu que o sono o dominava. Sua cabeça girava. Já não parecia haver quase nenhum som no ar. As moscas tinham parado de zumbir. Só um ruído suave no limiar da audição, uma palpitação leve, como de uma canção meio sussurrada, parecia mexer-se nos ramos acima. Ele ergueu os olhos pesados e viu, inclinando-se sobre ele, um enorme salgueiro, velho e grisalho. Parecia enorme, com galhos espalhados que subiam como braços estendidos, com muitas mãos de dedos compridos, e seu tronco nodoso e torcido se abria em largas fissuras que rangiam baixinho à medida que os ramos se mexiam. As folhas esvoaçando diante do céu claro ofuscaram-no, e ele desabou, jazendo onde caíra na grama.

Merry e Pippin arrastaram-se para diante e se deitaram com as costas apoiadas no tronco do salgueiro. Atrás deles as grandes rachaduras se escancararam para recebê-los enquanto a árvore oscilava e rangia. Ergueram os olhos para as folhas cinzentas e amarelas, movendo-se devagar diante da luz e cantando. Fecharam os olhos, e então pareceu que quase conseguiam ouvir palavras, palavras serenas, dizendo algo sobre água e sono. Renderam-se ao encanto e adormeceram profundamente ao pé do grande salgueiro cinzento.

Frodo ficou algum tempo deitado, lutando contra o sono que o dominava; então, com um esforço, pôs-se outra vez de pé com dificuldade. Sentia um desejo irresistível por água fresca. "Espere por mim, Sam", balbuciou. "Preciso banhar os pés um minuto."

Meio em sonho, vagou adiante até o lado da árvore junto ao rio, onde grandes raízes recurvas cresciam rumo à correnteza, como dragonetes nodosos que se esforçassem por beber lá embaixo. Pôs-se a cavalo numa delas e balançou os pés quentes na fresca água parda; e ali também ele adormeceu de repente, encostado à árvore.

Sam sentou-se e coçou a cabeça, e arreganhou a boca num bocejo cavernoso. Estava preocupado. A tarde estava avançando, e ele achava incomum sua súbita sonolência. "Tem mais por trás disto que sol e ar morno", murmurou consigo. "Não gosto desta arvorezona grande. Não confio nela. Escute como está cantando sobre sono agora! Isso não vai ficar assim!"

Ergueu-se de pé e saiu cambaleando, para ver o que fora feito dos pôneis. Descobriu que dois haviam perambulado certa distância ao longo da trilha; e acabara de apanhá-los e trazê-los de volta com os outros quando ouviu dois ruídos; um alto e o outro suave, mas muito nítido. Um era como o impacto de algo pesado caindo na água; o outro era um ruído como o estalo de uma fechadura quando uma porta se fecha depressa e em silêncio.

Correu de volta para a margem. Frodo estava na água perto da beira, e uma grande raiz de árvore parecia estar sobre ele, apertando-o para baixo, mas ele não resistia. Sam o agarrou pela jaqueta e o arrancou de debaixo da raiz; depois, com dificuldade, trouxe-o para a margem. Ele acordou quase de imediato, tossiu e cuspiu.

"Sabe, Sam," disse ele por fim, "a árvore desgraçada me *jogou* na água! Senti isso. A raiz grande simplesmente se torceu e me derrubou!"

"Imagino que estava sonhando, Sr. Frodo", respondeu Sam. "Não devia sentar num lugar assim se está sonolento."

"E os outros?", perguntou Frodo. "Pergunto-me que espécie de sonhos eles estão sonhando."

Deram a volta ao outro lado da árvore, e então Sam compreendeu o estalido que ouvira. Pippin sumira. A fenda junto à qual se deitara tinha fechado de forma que não se via nem uma fresta. Merry fora apanhado: outra fenda se fechara em sua cintura; as pernas estavam para fora, mas o restante dele estava dentro de uma abertura sombria cujas bordas agarravam como uma pinça.

Frodo e Sam golpearam primeiro o tronco onde Pippin estivera deitado. Depois esforçaram-se freneticamente para puxar e abrir as mandíbulas da fenda que segurava o pobre Merry. Foi totalmente em vão.

"Que coisa pérfida que aconteceu!", exclamou Frodo, impetuoso. "Por que foi que viemos a esta Floresta pavorosa? Queria que estivéssemos todos de volta em Cricôncavo!" Chutou a árvore com toda a força, sem atentar para seus próprios pés. Um tremor quase imperceptível percorreu o tronco e subiu aos galhos; as folhas farfalharam e sussurraram, mas agora com um som de riso fraco e longínquo.

"Acha que temos um machado na nossa bagagem, Sr. Frodo?", perguntou Sam.

"Eu trouxe uma machadinha para cortar lenha", disse Frodo. "Não iria adiantar muito."

"Espere um minuto!", exclamou Sam, que tivera uma ideia sugerida pela lenha. "Podemos fazer alguma coisa com fogo!"

"Podemos", disse Frodo, duvidoso. "Podemos conseguir assar Pippin vivo lá dentro."

"Podemos tentar machucar ou assustar esta árvore, pra começar", sugeriu Sam ferozmente. "Se ela não os soltar eu a derrubo, mesmo que precise roê-la." Correu até os pôneis e logo voltou com duas pederneiras e uma machadinha.

Rapidamente juntaram capim seco, folhas e fragmentos de casca; e fizeram uma pilha de ramos quebrados e paus cortados. Encostaram-nos no tronco, do lado oposto dos prisioneiros. Assim que Sam fez uma faísca no pavio, este atiçou o capim seco, e ergueu-se um redemoinho de chamas e fumaça. Os ramos estalaram. Pequenos dedos de fogo lamberam a casca seca e retalhada da antiga árvore e a chamuscaram. Um tremor percorreu todo o salgueiro. As folhas pareciam chiar sobre suas cabeças com um som de dor e raiva. Merry deu um berro alto, e do âmago da árvore ouviram Pippin dando um grito abafado.

"Apaguem! Apaguem!", gritou Merry. "Ele vai me espremer em dois se não apagarem. Ele disse!"

"Quem? O quê?", gritou Frodo, dando a volta correndo para o outro lado da árvore.

"Apaguem! Apaguem!", implorou Merry. Os ramos do salgueiro começaram a oscilar violentamente. Houve um som como de vento começando a soprar e se espalhando para fora, aos ramos das outras árvores em volta, como se tivessem soltado uma pedra na tranquila soneca do vale do rio e produzido ondulações de raiva que percorriam toda a Floresta. Sam chutou a pequena fogueira e pisoteou as fagulhas. Mas Frodo, sem ideia clara por que o fazia, ou o que esperava, correu ao longo da trilha gritando "socorro! socorro! socorro!" Parecia-lhe que mal conseguia ouvir o som de sua própria voz esganiçada: ela era soprada para longe dele pelo vento do salgueiro e se afogava num clamor de folhas assim que as palavras saíam de sua boca. Sentia-se desesperado: perdido e insensato.

De repente parou. Havia uma resposta, ou pensou assim; mas ela parecia vir de trás dele, pela trilha, mais de dentro da Floresta. Virou-se e escutou, e logo não teve dúvida: alguém cantava uma canção; uma voz profunda e contente cantava despreocupada e feliz, mas cantava disparates:

> *Bim, bão! balalão! badala, carrilhão!*
> *Badala ali! salta aqui! debaixo do chorão!*
> *Bom Tom, alegre Tom, Bombadil bom!*[B]

Meio esperançosos e meio temendo algum novo perigo, Frodo e Sam estavam ambos imóveis. De súbito, do meio de uma longa fieira de palavras disparatadas (assim pareciam) a voz se ergueu, alta e clara, e irrompeu nesta canção:

> *Ei! Vem, balalão! alazão! Docinho!*
> *Leve é o vento e o emplumado estorninho.*
> *Lá debaixo da Colina, à luz do sol brilhando,*
> *Na soleira a fria luz dos astros esperando,*
> *Lá minha dama está, filha da Mulher do Rio,*
> *Mais clara que a água, como o salgueiro esguio.*
> *Dom Tom Bombadil, trazendo lírios d'água,*
> *Volta a casa a saltar. Seu canto afasta a mágoa.*
> *Ei! Vem, balalão! alazão! Contente!*
> *Fruta d'Ouro, Fruta d'Ouro, bela e florescente!*
> *Velho Salgueiro, recolhe tua raiz!*
> *Tom está com pressa e a noite por um triz.*
> *Tom volta a casa trazendo lírios d'água.*
> *Ei! Vem, alazão! Meu canto afasta a mágoa.*[C]

Frodo e Sam estavam como que encantados. O vento parou numa lufada. As folhas estavam outra vez suspensas em galhos rígidos. Houve outra explosão de cantoria, e então, de repente, saltitando e dançando ao longo da trilha, surgiu acima dos juncos um velho chapéu surrado de copa alta, com uma longa pena azul enfiada na fita. Com mais um pulinho e um salto viu-se um homem, ou assim parecia. Fosse como fosse, era grande e pesado demais para ser um hobbit, porém não alto o bastante para ser do Povo Grande, se bem que fazia barulho suficiente para ser um, pisoteando com grandes botas amarelas nas pernas grossas e irrompendo pelo capim e pelos juncos como uma vaca descendo para beber. Tinha um casaco azul e uma longa barba castanha; os olhos eram azuis e brilhantes, e o rosto era vermelho como uma maçã madura, mas sulcada por uma centena de rugas de riso. Nas mãos ele levava, sobre uma grande folha, como se fosse uma bandeja, um montículo de nenúfares brancos.

"Socorro!", gritaram Frodo e Sam, correndo em sua direção com as mãos estendidas.

"Ôa! Ôa! Calma aí!", exclamou o velho, erguendo uma mão, e eles se detiveram como se tivessem sido imobilizados. "Ora, rapazinhos, aonde vão vocês, soprando como um fole? Que problema vocês têm? Sabem quem sou eu? Sou Tom Bombadil. Digam o que aflige! Tom agora está com pressa. Não esmaguem os nenúfares!"

"Meus amigos estão presos no salgueiro", exclamou Frodo, sem fôlego.

"O Mestre Merry está sendo esmagado numa fenda!", exclamou Sam.

"O quê?", gritou Tom Bombadil, dando um salto no ar. "O Velho Salgueiro! Nada pior que isso, hein? Isso se conserta. Sei uma canção para ele. Velho Salgueiro cinza! Esfriarei seu tutano se não se comportar. Cantarei suas raízes fora. Chamo vento com canção, sopro folha e galho. Velho Salgueiro!"

Pousando os nenúfares com cuidado na grama, ele correu até a árvore. Ali viu os pés de Merry ainda aparecendo — o restante já fora puxado mais para dentro. Tom encostou a boca na fenda e começou a cantar para dentro, em voz baixa. Não conseguiam distinguir as palavras, mas evidentemente Merry reanimou-se. Começou a espernear. Tom se afastou com um salto e, quebrando um ramo pendente, bateu com ele no flanco do salgueiro. "Deixe-os sair agora, Velho Salgueiro!", disse ele. "O que está pensando? Não devia estar desperto. Coma terra! Cave fundo! Beba água! Vá dormir! É Bombadil quem fala!" Então agarrou os pés de Merry e o puxou para fora da fenda, que se alargou subitamente.

Houve um rangido dilacerante, e a outra fenda se abriu e dela saltou Pippin, como se tivesse sido chutado. Então, com um estalo alto, ambas as fendas voltaram a se fechar firmemente. Um tremor percorreu a árvore da raiz à copa, e fez-se silêncio completo.

"Obrigado!", disseram os hobbits, um após o outro.

Tom Bombadil irrompeu em risada. "Bem, meus rapazinhos!", disse ele, curvando-se para lhes olhar no rosto. "Venham comigo à minha casa! A mesa está posta, creme amarelo, favo, pão branco e manteiga. Fruta d'Ouro aguarda. Tem tempo para perguntas à mesa do jantar. Sigam atrás de mim tão depressa quanto puderem!" Com isso apanhou os nenúfares e então, chamando-os com um aceno de mão, saiu saltitando e dançando pela trilha rumo ao leste, ainda cantando alto e disparatado.

Surpresos e aliviados demais para falar, os hobbits o seguiram o mais depressa que puderam. Mas não foi depressa o bastante. Tom logo desapareceu à frente deles, e o ruído de sua canção se tornou mais fraco e longínquo. Subitamente sua voz veio flutuando de volta para eles, num grande alô!

Vão saltando, amiguinhos, pelo Voltavime!
Tom acende velas contra a treva que oprime.
O Sol se põe no oeste: então a tristeza aperta.
Caindo as sombras da noite, a porta será aberta,
Através das vidraças a luz virá amarela.
Não temam amieiro nem salgueiro que apela!
Não temam ramo ou raiz! É Tom que vai à frente.
Ei! vem, balalão! Esperam pela gente![D]

Depois disso os hobbits nada mais ouviram. Quase de imediato o sol pareceu se esconder entre as árvores atrás deles. Pensaram na luz oblíqua da tarde rebrilhando no Rio Brandevin e nas janelas de Buqueburgo começando a lampejar com centenas de luzes. Grandes sombras caíram sobre eles; troncos e ramos de árvores pendiam sobre a trilha, escuros e ameaçadores. Névoas brancas começaram a subir e se enrodilhar na superfície do rio e a vagar em torno das raízes das árvores nas suas margens. Do próprio solo a seus pés elevou-se um vapor sombrio e misturou-se ao crepúsculo, que caía rapidamente.

A trilha tornou-se difícil de seguir, e eles estavam muito cansados. Suas pernas pareciam de chumbo. Estranhos ruídos furtivos corriam entre os arbustos e juncos de ambos os lados; e quando erguiam os olhos para o céu pálido avistavam estranhos rostos, retorcidos e nodosos, que assomavam escuros diante da penumbra e os olhavam maliciosamente da margem alta e das bordas da mata. Começaram a sentir que toda aquela região era irreal e que tropeçavam através de um sonho agourento que não levava a nenhum despertar.

Quando já sentiam os pés reduzindo o passo e chegando à imobilidade, notaram que o terreno se elevava suavemente. A água começou a murmurar. Na escuridão perceberam o brilho branco da espuma onde o rio corria sobre uma breve queda d'água. Então, de súbito, as árvores acabaram, e as névoas ficaram para trás. Saíram da Floresta e deram com uma ampla área gramada que brotava diante deles. O rio, pequeno e veloz àquela altura, descia alegre ao encontro deles, reluzindo aqui e ali à luz das estrelas, que já brilhavam no céu.

A grama sob os seus pés era lisa e curta, como se tivesse sido podada ou rapada rente. As beiradas da Floresta eram recortadas e aparadas como uma sebe. Agora a trilha estava nítida diante deles, bem cuidada e ladeada de pedras. Fazia curvas subindo até o topo de um outeiro gramado, cinzento agora na noite pálida e estrelada; e ali, ainda acima deles em mais uma encosta, viram piscar as luzes de uma casa. A trilha desceu outra vez, depois subiu de novo, subiu por uma longa encosta lisa de relva, rumo à luz. De repente um largo feixe amarelo brotou claro de uma porta que foi aberta. Ali estava a casa de Tom Bombadil diante deles, sobe, desce, sob o morro. Atrás dela um aclive íngreme do terreno se estendia, cinzento e sem vegetação, e, além dele, as formas escuras das Colinas-dos-túmulos entravam pela noite oriental a dentro.

Todos correram adiante, hobbits e pôneis. Metade de sua exaustão e todos os seus temores já os haviam abandonado. *Ei! vem, balalão!* ressoou a canção para saudá-los.

> *Ei! Vem, alazão! Que caras são estas?*
> *Hobbits e pôneis, todos gostam de festas.*
> *Vamos nos divertir! Juntos cantemos!*[E]

Então outra voz clara, jovem e antiga como a Primavera, como a canção de água contente que vem fluindo na noite desde uma manhã luminosa nas colinas, veio caindo como prata ao seu encontro:

> *A canção que comece! Juntos cantemos*
> *Sol, astro, lua e névoa, chuva e vapor que vemos,*
> *Orvalho na pena, luz nos ramos extremos,*
> *Vento na colina, no campo os crisantemos,*[1]
> *Lírios sobre a água, juncos no lago sombrio:*
> *Dom Tom Bombadil e a Filha do Rio!*[F]

E com essa canção os hobbits se viram na soleira da porta, e uma luz dourada brilhava a toda a sua volta.

---

[1] Para manter a sonoridade do poema, optou-se por não acentuar a palavra "crisântemos". [N. T.]

7

Na Casa de
Tom Bombadil

Os quatro hobbits passaram sobre a larga soleira de pedra e se detiveram, piscando. Estavam em um recinto comprido e baixo, repleto da luz de lampiões que balançavam nas vigas do teto, e na mesa de madeira escura polida havia muitas velas, altas e amarelas, que queimavam com luz intensa.

Numa cadeira, do lado oposto da sala diante da porta de entrada, estava sentada uma mulher. Seus longos cabelos amarelos lhe desciam ondulados pelos ombros; seu vestido era verde, verde como juncos jovens, pontilhado de prata como contas de orvalho; e seu cinto era de ouro, em forma de uma corrente de lírios guarnecida de olhos azuis-claros de miosótis. Ao redor de seus pés, em amplos vasos de cerâmica verde e marrom, flutuavam nenúfares brancos, de forma que ela parecia entronizada no meio de uma lagoa.

"Entrem, bons visitantes!", disse ela, e quando falou eles perceberam que era dela a voz clara que tinham ouvido cantando. Com alguns passos tímidos penetraram mais no recinto e começaram a fazer profundas mesuras, sentindo-se estranhamente surpresos e desajeitados, como gente que, batendo à porta de um chalé para pedir um gole d'água, se depara com uma bela e jovem rainha-élfica, trajada de flores vivas. Mas antes que pudessem dizer qualquer coisa ela se levantou com um leve salto, passou por cima das vasilhas de nenúfares e correu na direção deles, rindo; e ao correr, seu vestido farfalhava suavemente, como o vento nas margens floridas de um rio.

"Venham, cara gente!", prosseguiu ela, tomando Frodo pela mão. "Riam e se alegrem! Eu sou Fruta d'Ouro, filha do Rio." Então passou por eles com leveza e, fechando a porta, deu-lhe as costas com os braços alvos estendidos diante dela. "Vamos deixar a noite lá fora!", prosseguiu. "Pois vocês ainda temem, quem sabe, a névoa, e as sombras das árvores, e a água funda, e os seres indóceis. Nada temam! Pois hoje à noite estão sob o teto de Tom Bombadil."

Os hobbits olharam-na admirados; e ela olhou para cada um deles e sorriu. "Bela senhora Fruta d'Ouro!", disse Frodo por fim, sentindo o coração movido por uma alegria que não compreendia. Estava ali de pé, como às vezes estivera, encantado por belas vozes-élficas; mas o feitiço que agora repousava sobre ele era diferente: menos incisivo e exaltado era o deleite, porém mais profundo e mais próximo do coração mortal; maravilhoso, mas não estranho. "Bela senhora Fruta d'Ouro!", disse outra vez. "Agora está clara para mim a alegria que se escondia nas canções que ouvimos.

> *Ó clara como água! Do salgueiro ramo esguio!*
> *Junco no lago vivo! Bela Filha do Rio!*
> *Primavera e verão, de novo primavera!*
> *Vento na cachoeira, folha que a rir me espera!*"[A]

Parou de repente e gaguejou, dominado pela surpresa de se ouvir dizendo tais coisas. Mas Fruta d'Ouro riu.

"Bem-vindo!", comentou ela. "Eu não tinha ouvido que a gente do Condado tinha línguas tão doces. Mas vejo que você é um Amigo-dos-Elfos; a luz em seus olhos e o timbre de sua voz o revelam a mim. Este é um encontro festivo! Sente-se agora e espere pelo Mestre da casa! Não vai demorar. Está cuidando de seus animais cansados."

Os hobbits sentaram-se de bom grado em cadeiras baixas, de assentos de junco, enquanto Fruta d'Ouro se ocupava com a mesa; e seus olhos a seguiam, pois a esbelta graça de seu movimento os enchia de deleite tranquilo. De algum lugar atrás da casa veio o som de alguém cantando. Vez por outra escutaram, entre muitos *vem, alazão* e *vem, balalão* e *badala, carrilhão*, as palavras repetidas:

Dom Tom Bombadil gosta de chacota;
Azul-claro é o paletó, amarela a bota.[B]

"Bela senhora!", disse Frodo outra vez, algum tempo depois. "Conte-me, se minha pergunta não parece tola, quem é Tom Bombadil?"

"Ele é", respondeu Fruta d'Ouro, interrompendo seus movimentos rápidos e sorrindo.

Frodo fitou-a com olhar de interrogação. "Ele é, assim como você o viu", afirmou ela em resposta ao olhar dele. "Ele é o Mestre do bosque, da água e da colina."

"Então toda esta terra estranha lhe pertence?"

"Não de fato!", respondeu ela, e seu sorriso se apagou. "Isso seria um fardo deveras", acrescentou em voz baixa, como que para si mesma. "As árvores e os capins e todas as coisas que crescem ou vivem na terra pertencem cada um a si mesmo. Tom Bombadil é o Mestre. Ninguém jamais apanhou o velho Tom caminhando na floresta, chapinhando na água, saltando no alto dos morros sob luz e sombra. Ele não tem medo. Tom Bombadil é mestre."

Uma porta se abriu, e Tom Bombadil entrou. Agora estava sem chapéu, e seus espessos cabelos castanhos estavam coroados com folhas de outono. Ele riu e, chegando-se a Fruta d'Ouro, tomou-a pela mão.

"Eis minha linda senhora!", disse ele, inclinando-se diante dos hobbits. "Eis minha Fruta d'Ouro, traje todo em prata e verde, flores no seu cinto! A mesa está posta? Eis creme amarelo, favo, pão branco e manteiga; leite, queijo, ervas verdes, frutas bem maduras. Isso nos basta assim? Pronto está o jantar?"

"Está", assentiu Fruta d'Ouro; "mas quem sabe os visitantes não estão?"

Tom bateu palmas e exclamou: "Tom, Tom! Estão cansados, quase você esquece! Venham já, meus bons amigos, Tom vai renová-los! Limpem as sujas mãos, lavem os seus rostos; tirem a capa imunda, arrumem os cabelos!"

Abriu a porta, e eles o seguiram por um curto corredor, passando por um canto abrupto. Chegaram a um recinto baixo de teto inclinado (um alpendre, ao que parecia, agregado à extremidade norte da casa). As paredes eram de pedra limpa, mas em sua maioria estavam cobertas de esteiras verdes suspensas e cortinas amarelas. O piso era de lajes, e juncos verdes frescos estavam espelhados sobre ele. Havia quatro colchões grossos, cada um com cobertores brancos empilhados, postos no chão ao longo de um dos lados. Na parede oposta havia um banco comprido com largas bacias de cerâmica, e, junto a ele, estavam jarros marrons cheios d'água, alguns frios e outros fumegantes. Chinelos verdes macios estavam dispostos ao lado de cada cama.

Logo depois, lavados e refeitos, os hobbits estavam sentados à mesa, dois de cada lado, e nas extremidades sentavam-se Fruta d'Ouro e o Mestre. Foi uma refeição longa e jovial. Apesar de os hobbits comerem do jeito que só hobbits famintos conseguem, nada lhes faltou. A bebida em suas canecas parecia água límpida e fria, porém encheu-lhes o coração como vinho e libertou-lhes as vozes. De súbito, os visitantes se deram conta de que estavam cantando alegremente, como se isso fosse mais fácil e mais natural que falar.

Por fim, Tom e Fruta d'Ouro se levantaram e limparam a mesa depressa. Mandaram os visitantes ficarem sentados, e eles foram instalados em cadeiras, cada um com um banquinho para os pés cansados. Havia fogo na ampla lareira diante deles, e ele queimava com um aroma doce, como se fosse feito com madeira de macieira. Quando estava tudo posto em ordem, foram apagadas todas as luzes da sala, exceto por um lampião e um par de velas nas pontas do consolo da lareira. Então Fruta d'Ouro se postou à frente deles com uma vela nas mãos e desejou a cada um uma boa noite e um sono profundo.

"Agora fiquem em paz," disse ela, "até a manhã! Que o ruído da noite não os perturbe! Pois aqui nada passa pela porta e pela janela, a não ser o luar, a luz das estrelas e o vento do alto da colina. Boa noite!" Saiu do recinto com um lampejo e um farfalhar. O som de suas passadas era como um regato descendo suave pela encosta, por cima de pedras frias, no silêncio da noite.

Tom ficou algum tempo sentado em silêncio ao lado deles, enquanto cada um tentava reunir a coragem de fazer uma das muitas perguntas que pretendia fazer no jantar. O sono se acumulava nas suas pálpebras. Por fim Frodo falou:

"Você me ouviu chamando, Mestre, ou foi só o acaso que o trouxe naquele momento?"

Tom mexeu-se, como alguém que desperta agitado de um sonho agradável. "Eh, o quê?", disse ele. "Eu o ouvi chamando? Não, eu não ouvi: o canto me ocupava. O acaso me levou, se dizem que é acaso. Não foi plano meu, se bem que o esperava. Notícias já ouvimos, soubemos que vagavam. Achamos que vinham logo descendo até a água: toda trilha lá conduz para o Voltavime. Velho Salgueiro cinza é cantor pujante; é difícil pros pequenos fugir de sua armadilha. Mas Tom tinha sua tarefa que ele não impediu." Tom cabeceou como se o sono o estivesse dominando de novo; mas prosseguiu com voz suave e cantante:

Esta era minha tarefa: colher lírios d'água,
folhas verdes, lírios brancos, agrado à bela senhora,
os últimos do fim do ano, a proteger do inverno,
florindo a seus belos pés até sumir a neve.
Todo ano, ao fim do verão, para ela vou buscá-los,
em ampla lagoa, funda e clara, descendo o Voltavime;
lá primeiro abrem no ano, lá mais tempo duram.
Nessa lagoa há muito tempo achei a Filha do Rio,
a bela e jovem Fruta d'Ouro sentada entre os juncos.
Cantava docemente e o coração batia forte![C]

Abriu os olhos e fitou-os com um súbito lampejo azul:

Vocês tiveram sorte — pois agora não vou mais
descer assim tão longe seguindo o rio do bosque,
não enquanto finda o ano. Nem hei de passar
na casa do Salgueiro antes da primavera,
a alegre primavera quando a Filha do Rio
dançando desce a trilha e se banha no baixio.[D]

Calou-se outra vez; mas Frodo não pôde se abster de fazer mais uma pergunta: aquela cuja resposta ele mais desejava.

"Conte-nos, Mestre," disse ele, "sobre o Salgueiro. O que é ele? Nunca ouvi falar dele antes."

"Não, não conte!", exclamaram Merry e Pippin ao mesmo tempo, sentando-se eretos de repente. "Não agora! Não antes que seja manhã!"

"Isso está certo!", assentiu o velho. "Agora é descanso. Há coisas que não se devem ouvir quando o mundo é sombra. Durmam até a manhã, repousem no travesseiro! Ruído à noite não escutem! Salgueiro gris não temam." E com isso arriou o lampião, o apagou com um sopro e, pegando uma vela em cada mão, conduziu-os para fora da sala.

Seus colchões e travesseiros eram macios como plumas, e os cobertores eram de lã branca. Mal se haviam deitado nas camas espessas e puxado as mantas leves e já tinham adormecido.

No meio da noite, Frodo estava deitado, num sonho sem luz. Então viu nascer a lua nova: à sua luz delgada erguia-se diante dele um muro negro de rocha, perfurado por um arco escuro semelhante a um grande portão. A Frodo pareceu que o erguiam, e passando por cima ele viu que o muro era um círculo de colinas, e que no interior havia uma planície, e no meio desta se erguia um pináculo de pedra, como uma enorme torre, porém não feita por mãos. No topo estava o vulto de um homem. A lua, à medida que subia, pareceu por um momento estar suspensa sobre sua cabeça e rebrilhava em seus cabelos brancos, que eram agitados pelo vento. Da planície escura lá embaixo subiam gritos de vozes cruéis e o uivo de muitos lobos. De súbito uma sombra, como a forma de grandes asas, passou diante da lua. O vulto ergueu os braços, e uma luz brilhou no cajado que empunhava. Uma enorme águia desceu em mergulho e o carregou. As vozes se lamentaram, e os lobos choramingaram. Veio um ruído, como o sopro de forte vento, e trouxe o som de cascos, galopando, galopando, galopando desde o Leste. "Cavaleiros Negros!", pensou Frodo ao despertar, com o som dos cascos ainda ecoando em sua mente. Perguntou-se se algum dia voltaria a ter coragem de deixar a segurança daquelas paredes de pedra. Ficou deitado imóvel, ainda escutando; mas tudo já estava em silêncio, e por fim ele se virou e caiu outra vez no sono, ou vagou em algum outro sonho não recordado.

Ao lado dele, Pippin tinha sonhos agradáveis; mas eles sofreram uma mudança, e ele se virou e gemeu. De repente acordou, ou pensou ter acordado, e, no entanto, ainda ouvia no escuro o som que lhe perturbara o sono: *tip-tap, quic* — o ruído era como de galhos trasteando ao vento, dedos de ramos arranhando a parede e a janela: *cric, cric, cric.* Perguntou-se se havia salgueiros perto da casa; e então, de repente, teve a sensação terrível de que nem estava em uma casa comum, e sim dentro do salgueiro, escutando aquela horrível voz seca e rangente, rindo-se dele outra vez. Sentou-se, sentiu os travesseiros macios cedendo às mãos e deitou-se de novo aliviado. Parecia ouvir o eco de palavras em seus ouvidos: "Não temam! Fiquem em paz até a manhã! Ruído à noite não escutem!" Então voltou a dormir.

Foi o som de água que Merry ouviu caindo em seu sono tranquilo: água caindo suavemente e depois espalhando-se, espalhando-se irresistivelmente em volta de toda a casa, em uma escura lagoa sem margens. Ela gorgolejava sob as paredes e subia de modo lento, mas constante. "Vou me afogar!", pensou ele. "Ela vai dar um jeito de entrar, aí vou me afogar." Sentiu-se deitado em um lodaçal mole e viscoso e, levantando-se de um salto, pôs o pé no canto de uma laje fria e dura. Recordou então onde estava e se deitou outra vez. Parecia ouvir, ou lembrar-se de ouvir: "Nada passa pela porta e pela janela, a não ser o luar, a luz das estrelas e o vento do alto da colina". Uma leve lufada de ar puro mexeu a cortina. Ele respirou fundo e caiu no sono de novo.

Até onde pôde se lembrar, Sam dormiu a noite toda em profundo contentamento, se é que uma pedra fica contente.

Despertaram, todos os quatro ao mesmo tempo, à luz da manhã. Tom mexia-se pelo quarto, assobiando como um estorninho. Quando ouviu que se agitavam, bateu palmas e exclamou: "Ei! Vem, balalão! alazão! Meus caros!" Abriu as cortinas amarelas, e os hobbits viram que elas cobriam as janelas em ambas as pontas do quarto, uma dando para o leste e a outra, para o oeste.

Saltaram de pé descansados. Frodo correu até a janela oriental e viu-se olhando para uma horta cinzenta com orvalho. Esperava, de certa forma, ver gramado chegando até as paredes, um gramado todo marcado de marcas de cascos. Na verdade, sua visão estava encoberta por uma alta fileira de favas em postes; mas acima delas, muito além, o cume cinzento da colina se erguia diante do sol nascente. Era uma manhã pálida: no Leste, atrás de nuvens compridas como fiapos de lã suja tingidos de vermelho nas bordas, havia reluzentes profundezas de amarelo. O céu revelava uma chuva que estava por vir; mas a luz se espalhava depressa, e as flores vermelhas das favas começaram a luzir diante das folhas verdes e úmidas.

Pippin olhou pela janela ocidental, para uma lagoa de névoa. A Floresta estava escondida debaixo de neblina. Era como olhar de cima para um telhado inclinado de nuvens. Havia uma dobra ou canal onde a névoa se partia em muitas plumas e vagas: o vale do Voltavime. O riacho descia pela colina à esquerda e desaparecia nas sombras brancas. Ali perto havia um jardim de flores e uma sebe aparada, enredada de prata, e mais além uma grama cortada cinzenta, pálida com gotas de orvalho. Não havia salgueiro à vista.

"Bom dia, alegres amigos!", exclamou Tom, escancarando a janela do leste. Ar fresco fluiu para dentro; tinha cheiro de chuva. "O sol não vai dar as caras muito hoje, creio. Estive andando por aí, saltando pelos altos, desde a madrugada gris, nariz pro vento e pro tempo, grama úmida nos pés, úmido céu por cima. Acordei Fruta d'Ouro cantando à janela; mas nada desperta hobbits de manhã bem cedo. O povo pequeno à noite desperta no escuro, e dorme quando chega a luz! Badala, carrilhão! Despertem, alegres amigos! Ruído à noite já esqueçam! Badala, carrilhão dão! dão badão, meus caros! Se vierem logo atrás encontram desjejum à mesa. Se se atrasarem é capim, água da chuva!"

Nem é preciso dizer — não que a ameaça de Tom parecesse muito séria — que os hobbits logo vieram, e saíram da mesa tarde, só quando ela estava começando a parecer bem vazia. Nem Tom nem Fruta d'Ouro estavam lá. Ouvia-se Tom pela casa, fazendo estardalhaço na cozinha, subindo e descendo as escadas, e cantando aqui e ali do lado de fora. O recinto dava para o oeste, acima do vale envolto em névoa, e a janela estava aberta. Pingava água do beiral de palha lá em cima. Antes que tivessem terminado o desjejum, as nuvens haviam-se unido em um telhado ininterrupto, e começou a descer uma chuva reta e cinzenta, suave e contínua. Por trás de sua profunda cortina, a Floresta estava completamente oculta.

Enquanto olhavam pela janela, veio até eles, caindo docilmente como se descesse do céu fluindo com a chuva, a clara voz de Fruta d'Ouro, que cantava acima deles. Conseguiam ouvir poucas palavras, mas pareceu-lhes evidente que a canção era uma canção de chuva, doce como chuviscos em colinas secas, que contava a história de um rio desde a nascente no planalto até o Mar muito abaixo. Os hobbits escutaram deleitados; e Frodo tinha o coração alegre, e abençoava o tempo clemente, porque ele atrasava sua partida. A ideia de ir embora estivera pesando sobre ele desde o momento em que despertara; mas agora acreditava que não iriam adiante naquele dia.

O vento alto assentou-se no Oeste, e nuvens mais finas e úmidas vieram rolando para derramarem sua carga de chuva nas cabeças nuas das Colinas. Em torno da casa, nada se via senão água caindo. Frodo estava parado junto à porta aberta, vendo a trilha branca de greda se transformar num riacho de leite e descer borbulhando rumo ao vale. Tom Bombadil dobrou trotando uma esquina da casa, agitando os braços como se enxotasse a chuva — e de fato, quando saltou sobre a soleira, estava bem seco, exceto pelas botas. Estas ele tirou e as pôs no canto da lareira. Então sentou-se na cadeira maior e chamou os hobbits a se reunirem em torno dele.

"É o dia de lavagem de Fruta d'Ouro", disse ele, "e de limpeza de outono. Molhado demais pros hobbits — deixe-os descansar enquanto podem! É dia bom pra contos longos, perguntas e respostas, e é Tom quem vai falando."

Contou-lhes então muitas histórias notáveis, às vezes meio que falando sozinho, às vezes fitando-os de repente com um brilhante olho azul debaixo de sobrancelhas fundas. Muitas vezes sua voz se tornava canção, e ele saía da cadeira e dançava por ali. Contou-lhes histórias de abelhas e flores, dos modos das árvores, e das estranhas criaturas da Floresta, dos seres maus e dos seres bons, seres amistosos e seres hostis, seres cruéis e seres bondosos, e segredos ocultos sob as sarças.

À medida que escutavam, começaram a compreender as vidas da Floresta à parte de si próprios, na verdade, a sentir que eles próprios eram os estranhos ali onde todos os demais seres estavam em casa. Movia-se constantemente para dentro e para fora da sua fala o Velho Salgueiro, e Frodo já estava sabendo o bastante para se contentar, na verdade mais que o bastante, pois não era um saber confortável. As palavras de Tom desnudaram os corações das árvores e seus pensamentos, que eram muitas vezes sombrios, estranhos e repletos de ódio pelos seres que andam livres sobre a terra, roendo, mordendo, quebrando, picando, queimando: destruidores e usurpadores. Não era sem motivo que ela se chamava Floresta Velha, pois era antiga de fato, uma sobrevivente de vastas matas esquecidas; e nela viviam ainda, sem envelhecer mais depressa que as colinas, os pais dos pais das árvores, recordando os tempos em que eram os senhores. Os anos incontáveis os haviam enchido de orgulho e sabedoria enraizada, e de malícia. Mas nenhum era mais perigoso que o Grande Salgueiro: seu coração era corrompido, mas sua força era verde; e era astucioso, e mestre dos ventos, e sua canção e seu pensamento percorriam as matas de ambos os lados do rio. Seu espírito cinza e sedento retirava poder da terra e se espalhava no solo, como delgados filamentos de raízes e invisíveis dedos de ramos no ar, até ter sob seu domínio quase todas as árvores da Floresta, desde a Sebe até as Colinas.

De súbito a fala de Tom deixou as matas e saiu aos saltos, subindo pelo jovem regato, sobre cascatas borbulhantes, sobre pedregulhos e rochas desgastadas, e entre florezinhas na grama densa e em recantos úmidos, vagando afinal ao alto das Colinas. Ouviram falar dos Grandes Túmulos, e dos morros verdes, e dos anéis de pedras nas colinas e nas depressões entre as colinas. Os carneiros baliam em rebanhos. Muros verdes e muros brancos se erguiam. Havia fortalezas nas elevações. Reis de pequenos reinos lutavam entre si, e o jovem Sol brilhava, como fogo no metal vermelho de suas espadas novas e ávidas. Havia vitória e derrota; e torres caíam, fortalezas eram queimadas, e chamas subiam ao céu. Ouro era empilhado nos ataúdes de reis e rainhas mortos; e morros os cobriam, e as portas de pedra se fechavam; e a grama crescia por cima de tudo. Os carneiros andavam por algum tempo mordendo a grama, mas logo as colinas estavam outra vez desertas. Uma sombra veio de lugares escuros e longínquos, e os ossos eram agitados nos morros. Cousas-tumulares caminhavam nos lugares ocos com um tinido de anéis em dedos frios, e correntes de ouro ao vento. Anéis de pedra se arreganhavam no solo como dentes quebrados ao luar.

Os hobbits estremeceram. Mesmo no Condado ouvira-se o rumor das Cousas-tumulares das Colinas-dos-túmulos além da Floresta. Mas não era uma história que algum hobbit gostasse de ouvir, mesmo junto a uma confortável lareira lá longe. Agora aqueles quatro se lembraram do que a alegria daquela casa expulsara de suas mentes: a casa de Tom Bombadil se aninhava sob a própria encosta daquelas colinas temidas. Perderam o fio da história dele e se remexeram inquietos, entreolhando-se de lado.

Quando voltaram a acompanhar as palavras dele, descobriram que já se embrenhara em estranhas regiões além da sua lembrança e além dos seus pensamentos despertos, em tempos quando o mundo era mais amplo, e os mares fluíam direto para a Praia no oeste; e Tom seguiu cantando, para lá e para cá, rumo à antiga luz das estrelas, quando somente os antepassados dos Elfos estavam despertos. Então ele parou de repente, e viram que ele cabeceava, como se estivesse adormecendo. Os hobbits estavam sentados imóveis diante dele, encantados; e pareceu que sob o encanto de suas palavras o vento se fora, e as nuvens haviam secado, e o dia fora retirado, e a escuridão tinha chegado do Leste e do Oeste, e todo o céu estava repleto da luz de estrelas brancas.

Frodo não sabia dizer se haviam passado a manhã e a tarde de um dia ou de muitos dias. Não sentia nem fome e nem cansaço, apenas um completo assombro. As estrelas brilhavam pela janela, e o silêncio dos céus parecia estar ao seu redor. Finalmente ele falou, movido por seu assombro e um súbito medo daquele silêncio:

"Quem é você, Mestre?", perguntou.

"Eh, o quê?", disse Tom, erguendo-se na cadeira e com os olhos rebrilhando no escuro. "Não sabe meu nome ainda? Só essa é a resposta. Diga quem é você, só, o mesmo e sem nome? Mas você é jovem, eu sou velho. O mais velho, é o que sou. Ouçam bem, amigos: Tom aqui esteve antes do rio e das árvores; Tom recorda a primeira gota de chuva e a primeira bolota. Fez trilhas antes do Povo Grande, viu o Povo Pequeno chegar. Esteve aqui antes dos Reis, dos túmulos e das Cousas-tumulares. Quando os Elfos foram pro oeste Tom já estava aqui, antes dos mares serem curvados. Viu a treva sob os astros quando não havia temor — antes que o Senhor Sombrio viesse de Fora."

Uma sombra pareceu passar pela janela, e os hobbits espiaram impacientes pelas vidraças. Quando se viraram outra vez, Fruta d'Ouro estava de pé na porta atrás deles, emoldurada de luz. Segurava uma vela, protegendo a chama da corrente de ar com a mão; e a luz fluía através dela como a luz do sol através de uma concha branca.

"A chuva acabou," disse ela; "e novas águas estão correndo morro abaixo, sob as estrelas. Agora vamos rir e nos contentar!"

"E vamos à comida e bebida!", exclamou Tom. "Histórias compridas dão sede. E escutar por muito tempo é tarefa faminta, manhã, tarde e noite!" Com essas palavras saltou da cadeira e, num pulo, pegou uma vela do consolo da lareira, acendendo-a na chama que Fruta d'Ouro segurava; depois dançou em torno da mesa. De súbito pulou pela porta e desapareceu.

Voltou logo trazendo uma bandeja grande e repleta. Então Tom e Fruta d'Ouro puseram a mesa; e os hobbits, sentados, meio se admiravam e meio riam: tão bela era a graça de Fruta d'Ouro e tão alegres e esquisitas as cabriolas de Tom. Porém, de algum modo, eles pareciam executar uma só dança, e nenhum impedia o outro, entrando e saindo da sala, e em volta da mesa; e com grande agilidade a comida e as vasilhas e as luzes foram postas em ordem. As prateleiras ardiam com velas brancas e amarelas. Tom fez uma mesura aos visitantes. "O jantar está pronto", disse Fruta d'Ouro; e então os hobbits viram que ela estava trajada toda de prata, com um cinto branco, e seus sapatos eram como escamas de peixe. Mas Tom estava todo de azul puro, azul como miosótis lavados pela chuva, e suas meias eram verdes.

Foi um jantar ainda melhor que antes. Os hobbits, sob o encanto das palavras de Tom, podiam ter perdido uma refeição ou muitas, mas quando a refeição estava diante deles parecia que não tinham comido há pelo menos uma semana. Por algum tempo não cantaram nem mesmo falaram muito, e ficaram muito atentos aos seus afazeres. Mas, algum tempo depois, seus corações e ânimos se reergueram, e suas vozes soaram com júbilo e riso.

Depois de comerem, Fruta d'Ouro lhes cantou muitas canções, canções que começavam alegres nas colinas e suavemente caíam no silêncio; e nos silêncios eles viam em suas mentes lagoas e águas mais largas do que já tinham conhecido, e olhando nelas viam o céu embaixo e as estrelas como joias nas profundezas. Então, mais uma vez, ela lhes desejou boa noite e os deixou junto à lareira. Mas agora Tom parecia bem desperto e os cumulou de perguntas.

Parecia já conhecer muita coisa sobre eles e todas as suas famílias e, na verdade, conhecer muito sobre toda a história e os acontecimentos do Condado, desde dias mal lembrados entre os próprios hobbits. Isso não os surpreendia mais; mas ele não escondeu que devia seu conhecimento recente em grande parte ao Fazendeiro Magote, que parecia considerar pessoa de maior importância do que eles haviam imaginado. "Há terra sob seus velhos pés, argila nos seus dedos; sabedoria nos seus ossos, e tem dois olhos abertos", disse Tom. Também era evidente que Tom tratava com os Elfos, e parecia que de algum modo recebera notícias de Gildor acerca da fuga de Frodo.

Na verdade, Tom sabia tanta coisa, e questionava de maneira tão astuta, que Frodo se viu contando mais sobre Bilbo e suas próprias esperanças e temores do que contara antes, mesmo a Gandalf. Tom balançava a cabeça para cima e para baixo, e seus olhos brilharam quando ouviu falar dos Cavaleiros.

"Mostre o precioso Anel!", disse ele subitamente, no meio da história: e Frodo, para seu próprio espanto, tirou a corrente do bolso e, desprendendo o Anel, entregou-o a Tom de imediato.

Ele pareceu crescer, jazendo por um momento em sua grande mão de pele morena. Então de repente ele o aproximou do olho e riu. Por um segundo os hobbits tiveram uma visão, ao mesmo tempo cômica e alarmante, do seu claro olho azul brilhando através de um círculo de ouro. Então Tom pôs o Anel em torno da ponta do dedo mínimo e o ergueu à luz das velas. Por um momento os hobbits não notaram nada estranho nisso. Então arquejaram. Não havia sinal de que Tom tivesse desaparecido!

Tom riu outra vez e, então, rodopiou o Anel no ar — e ele sumiu num clarão. Frodo deu um grito — e Tom se inclinou para a frente e o devolveu para ele, com um sorriso.

Frodo examinou-o atentamente e com alguma suspeição (como quem emprestou um berloque a um prestidigitador). Era o mesmo Anel, ou parecia ser o mesmo e pesar o mesmo: pois esse Anel sempre parecera a Frodo estranhamente pesado na mão. Mas algo o incitou a se assegurar. Talvez estivesse um bocado aborrecido por Tom parecer tão despreocupado com algo que o próprio Gandalf considerava tão perigosamente importante. Esperou por uma oportunidade, quando a conversa prosseguiu, e Tom contava uma história absurda sobre texugos e seus modos estranhos — então colocou o Anel.

Merry voltou-se em sua direção para dizer alguma coisa, teve um sobressalto e conteve uma exclamação. Frodo estava contente (de certo modo): era seu próprio anel afinal de contas, pois Merry fitava sua cadeira perplexo e, obviamente, não conseguia vê-lo. Levantou-se e se esgueirou em silêncio de junto da lareira para a porta externa.

"Ei, você!", exclamou Tom, olhando para ele, tendo nos olhos brilhantes uma expressão de quem enxerga muito bem. "Ei! Venha, Frodo, você! Aonde está indo? O velho Tom Bombadil ainda não é cego. Tire o anel de ouro! A mão fica melhor sem ele. Volte! Deixe de chiste e sente ao meu lado! Vamos falar mais um pouco, pensar sobre amanhã. Tom ensina a estrada certa pros seus pés não se perderem."

Frodo riu (tentando sentir-se satisfeito) e, tirando o Anel, voltou e sentou-se de novo. Tom então lhes disse que calculava que o Sol fosse brilhar no dia seguinte, e que seria uma linda manhã, e que a partida seria esperançosa. Mas fariam bem em sair cedo; pois naquela região o tempo era algo de que o próprio Tom não podia ter grande certeza, e às vezes mudava mais depressa do que ele conseguia trocar de jaqueta. "Não sou mestre do clima", disse ele; "nem ninguém que anda em duas pernas é."

A conselho dele, decidiram rumar quase diretamente para o Norte ao saírem de sua casa, sobre as encostas ocidentais e mais baixas das Colinas: desse modo esperavam dar com a Estrada Leste em um dia de viagem e evitar os Túmulos. Ele lhes disse que não tivessem medo — mas que se concentrassem em seus próprios afazeres.

"Fiquem na grama verde. Não se intrometam com pedra velha ou Cousas frias, nem espreitem suas casas, só se fossem gente forte de coração robusto!" Disse isso mais de uma vez; e aconselhou-os a passarem pelos túmulos do lado oeste, se acontecesse de se verem junto a um deles. Depois ensinou-lhes um poema para ser cantado caso por azar caíssem em algum perigo ou dificuldade no dia seguinte.

> *Ó! Tom Bombadil, Tom Bombarqueiro!*
> *Pela água, bosque e morro, caniço e salgueiro,*
> *Pelo fogo, sol e lua, ouçam nosso grito!*
> *Tom Bombadil, nos salve do apuro aflito!*[E]

Quando todos tinham cantado depois dele, ele deu um tapinha nas costas de cada um, rindo, e pegando as velas levou-os de volta ao quarto de dormir.

8

Neblina nas Colinas-dos-Túmulos

Naquela noite não ouviram ruídos. Mas, em seus sonhos ou fora deles, não sabia onde, Frodo escutou uma suave canção percorrendo-lhe a mente: uma canção que parecia vir feito luz pálida detrás de uma cortina de chuva cinzenta, e que crescia para transformar o véu todo em vidro e prata, até que este finalmente se abrisse e se descortinasse diante dele uma longínqua paisagem verde sob um breve nascer do sol.

A visão se desfez ao despertar; e ali estava Tom, assobiando como uma árvore cheia de pássaros; e o sol já se inclinava colina abaixo, através da janela aberta. Lá fora tudo era verde e ouro pálido.

Após o desjejum, que outra vez comeram sozinhos, aprestaram-se para dizer adeus, com os corações tão pesados quanto era possível numa manhã assim: fria, luminosa e limpa debaixo de um céu outonal lavado, de azul tênue. O ar vinha fresco do Noroeste. Seus pôneis tranquilos estavam quase brincalhões, farejando e mexendo-se sem parar. Tom saiu da casa, acenou com o chapéu e dançou na soleira, mandando os hobbits se erguerem, partirem e saírem em boa marcha.

Cavalgaram ao longo de uma trilha que fazia curvas atrás da casa e subiram pela encosta rumo à extremidade norte do topo da colina que a abrigava. Tinham acabado de apear para conduzir os pôneis pelo último aclive íngreme quando Frodo parou de repente.

"Fruta d'Ouro!", exclamou ele. "Minha bela senhora trajada toda de verde-prateado! Não nos despedimos dela, nem a vimos desde a tardinha!" Estava tão aflito que voltou atrás, mas nesse momento um chamado nítido desceu ondulando. Ali estava ela no topo da colina, acenando para eles: os cabelos voavam soltos e luziam e rebrilhavam ao captar o sol. Uma luz, semelhante ao brilho da água na grama orvalhada, cintilou sob seus pés enquanto ela dançava.

Subiram apressados o último aclive e se postaram junto a ela, sem fôlego. Inclinaram-se, mas com um aceno do braço ela os mandou olharem em volta; e vislumbraram do alto da colina as terras sob a manhã. Agora estava tão claro e podia-se enxergar tão distante quanto antes estivera velado e nevoento quando estiveram no morro da Floresta, o qual agora podiam ver erguendo-se pálido e verde através das árvores escuras no Oeste. Naquela direção, o terreno se erguia em cristas de mata, verdes, amarelas, ruivas ao sol, além das quais se escondia o vale do Brandevin. Ao Sul, além da linha do Voltavime, havia um brilho distante como vidro pálido onde o Rio Brandevin fazia uma grande curva na planície e fluía para longe do conhecimento dos hobbits. Ao norte, além das colinas que minguavam, o terreno corria em trechos planos e em elevações cinzentas, verdes e de cores pálidas de terra, até se desfazer na distância indistinta e sombria. A leste erguiam-se as Colinas-dos-túmulos, crista após crista na manhã, e sumiam da vista numa impressão: não eram mais que uma impressão de azul e um remoto rebrilhar branco que se mesclava à bainha do céu, mas que lhes falava, da lembrança e dos contos antigos, sobre as montanhas altas e distantes.

Inspiraram profundamente o ar e sentiram que um salto e alguns passos decididos os levariam aonde quisessem. Parecia tímido caminhar de lado, passando sobre os sopés enrugados das colinas rumo à Estrada, quando deviam estar saltando, saudáveis como Tom, sobre as alpondras das colinas direto para as Montanhas.

Fruta d'Ouro lhes falou e chamou de volta seus olhos e pensamentos. "Vão depressa agora, belos visitantes!", disse ela. "E mantenham-se firmes no propósito! Ao norte com o vento no olho esquerdo e uma bênção em seus passos! Apressem-se enquanto brilha o Sol!" E a Frodo ela falou: "Adeus, Amigo-dos-Elfos, foi um alegre encontro!"

Mas Frodo não encontrou palavras para responder. Fez uma funda mesura, montou em seu pônei e, seguido pelos amigos, desceu devagar o leve declive por trás da colina. A casa de Tom Bombadil, o vale e a Floresta se perderam de vista. O ar tornou-se mais quente entre as paredes verdes das encostas, e o aroma da relva subiu forte e doce ao respirarem. Voltando-se para trás quando alcançaram o fundo da depressão verde, viram Fruta d'Ouro, agora pequena e esbelta como uma flor iluminada pelo sol diante do céu: estava parada, vigiando-os ainda, e suas mãos estavam estendidas na direção deles. Enquanto olhavam, ela deu uma exclamação límpida e, erguendo a mão, virou-se e desapareceu atrás da colina.

O caminho deles serpenteou pelo fundo da depressão, deu a volta no verde sopé de uma colina íngreme, entrando em outro vale mais fundo e mais largo, e passou sobre as encostas de mais outras colinas, descendo por seus longos declives, subindo de novo por seus flancos lisos, ascendendo a novos cumes e baixando a novos vales. Não havia árvore nem água visível: era uma região de capim e relva curta e elástica, silenciosa, exceto pelo sussurro do ar sobre as bordas da paisagem e por gritos altos e solitários de estranhas aves. À medida que viajavam, o sol subiu e esquentou. A cada vez que escalavam uma crista, a brisa parecia ter diminuído. Quando vislumbraram o terreno a oeste, a Floresta distante parecia fumegar, como se a chuva que caíra estivesse se alçando de novo, em forma de vapor, das folhas, das raízes e do húmus. Agora jazia uma sombra na beira da visão, uma névoa escura acima da qual o firmamento superior era como uma tampa azul, quente e pesada.

Por volta do meio-dia chegaram a uma colina cujo cume era largo e achatado, como uma tigela rasa de borda verde amontoada. No interior nenhum ar se movia, e o céu parecia próximo às suas cabeças. Atravessaram por ali e olharam para o norte. Então se animaram; pois parecia evidente que já haviam avançado mais do que esperavam. É verdade que todas as distâncias haviam se tornado nebulosas e ilusórias, mas não podia haver dúvida de que as Colinas estavam terminando. Um longo vale se estendia abaixo deles, encurvando-se rumo ao norte até alcançar uma abertura entre duas encostas íngremes. Não parecia haver outras colinas mais além. Bem ao norte entreviam tenuemente uma longa linha escura. "Essa é uma fileira de árvores," disse Merry, "e ela deve marcar a Estrada. Ao longo de toda ela, por muitas léguas a leste da Ponte, crescem árvores. Alguns dizem que elas foram plantadas nos dias de outrora."

"Esplêndido!", exclamou Frodo. "Se hoje à tarde avançarmos tão bem quanto nesta manhã, teremos saído das Colinas antes que o Sol se ponha e andaremos em busca de um lugar para acamparmos." Mas, ao falar, ele voltou o olhar para o leste e viu que daquele lado as colinas eram mais altas e os olhavam de cima; e todas essas colinas estavam coroadas de montículos verdes, e em algumas havia pedras fincadas apontando para cima, como dentes pontiagudos em gengivas verdes.

A visão era um tanto inquietante; por isso voltaram-se para o outro lado e desceram no círculo côncavo. No meio dele estava uma pedra solitária que muito se erguia sob o sol no alto, e àquela hora não lançava sombra. Era disforme e, ainda assim, significativa: como um marco divisório, ou um dedo vigiando, ou mais como um alerta. Mas já estavam com fome, e o sol ainda estava no topo destemido; portanto, encostaram-se ao lado leste da pedra. Ela estava fresca, como se o sol não tivesse poder para aquecê-la; mas naquele momento isso parecia agradável. Ali comeram, beberam e fizeram a céu aberto um almoço tão bom quanto alguém poderia desejar; pois a comida vinha "lá debaixo da Colina". Tom lhes fornecera o bastante para confortar o dia. Seus pôneis, livres da carga, vagavam na grama.

Cavalgar sobre as colinas e comer a contento, o sol morno e o aroma da relva, ficar deitado um pouco demais, esticar as pernas e olhar o céu acima de seus narizes: talvez essas coisas bastem para explicar o que aconteceu. Seja como for: acordaram de repente, desconfortáveis, de um sono em que jamais tinham pretendido cair. A pedra fincada estava fria e lançava uma longa sombra pálida que se estendia a leste por cima deles. O sol, de um amarelo pálido e aguado, brilhava através da névoa logo acima da borda oeste da depressão em que estavam deitados; ao norte, sul e leste, além da borda, a neblina era espessa, fria e branca. O ar estava silencioso, pesado e gélido. Seus pôneis estavam parados juntos, de cabeças baixas.

Os hobbits, alarmados, puseram-se de pé aos saltos e correram até a borda oeste. Viram-se em uma ilha na neblina. Enquanto olhavam consternados na direção do sol poente, ele caiu ante seus olhos em um mar branco, e uma fria sombra cinzenta surgiu no Leste atrás deles. A neblina rolou até as bordas e se ergueu acima deles e, ao subir, inclinou-se sobre suas cabeças até se transformar em teto: estavam encerrados em um salão de névoa cuja coluna central era a pedra fincada.

Sentiram-se como se uma armadilha estivesse se fechando em torno deles; mas não desanimaram por completo. Ainda recordavam a visão esperançosa que tiveram da linha da Estrada à frente e ainda sabiam em qual direção ela ficava. De qualquer modo, já estavam tão desgostosos daquele lugar oco em torno da pedra que não tinham em mente qualquer intenção de ficar ali. Fizeram as mochilas tão depressa quanto os dedos gélidos funcionavam.

Logo estavam conduzindo seus pôneis, enfileirados, por cima da borda, descendo pela longa encosta norte da colina, afundando em um mar nevoento. À medida que desciam, a névoa se tornava mais fria e úmida, e os cabelos lhes pendiam da testa, frouxos e gotejantes. Quando chegaram ao fundo, estava tão gelado que pararam e buscaram capas e capuzes, que logo se orvalharam com gotas cinzentas. Depois, montando nos pôneis, voltaram a avançar devagar, estimando o caminho pelas subidas e descidas do terreno. Estavam se dirigindo, do melhor modo que sabiam, à abertura semelhante a um portão na extrema ponta norte do longo vale que haviam visto pela manhã. Assim que passassem pela brecha só teriam que prosseguir numa linha mais ou menos reta e, no fim, certamente topariam com a Estrada. Seus pensamentos não iam além disso, exceto por uma vaga esperança de que além das Colinas, quem sabe, talvez não houvesse neblina.

Prosseguiram muito devagar. Para evitar que se separassem e vagassem em direções diferentes, iam em fila com Frodo à frente.

Sam estava atrás dele, e atrás dele, Pippin, e depois, Merry. O vale parecia estender-se sem fim. Subitamente Frodo viu um sinal de esperança. De ambos os lados, à frente, uma escuridão começou a surgir através da névoa; e ele supôs que finalmente estavam se aproximando da abertura nas colinas, o portão-norte das Colinas-dos-túmulos. Se pudessem atravessá-lo estariam livres.

"Venham! Sigam-me!", chamou por cima do ombro e correu à frente. Mas sua esperança logo minguou em confusão e alarme. As manchas escuras ficaram mais escuras, porém reduziram-se; e de repente ele viu, erguendo-se ameaçadoras diante dele e inclinando-se um pouco uma na direção da outra, como as colunas de uma porta sem topo, duas enormes pedras fincadas. Não conseguia recordar que tivesse visto sinal delas no vale quando vigiara da colina pela manhã. Passou entre elas quase antes de se dar conta disso: e, no momento em que passou, a escuridão pareceu cair sobre ele. Seu pônei empinou e bufou, e ele caiu. Quando olhou para trás descobriu que estava sozinho: os outros não o tinham seguido.

"Sam!", chamou. "Pippin! Merry! Sigam-me! Por que não me acompanham?"

Não houve resposta. O medo tomou conta dele, e ele correu de volta, passando pelas pedras, gritando desesperado: "Sam! Sam! Merry! Pippin!" O pônei escapou para o nevoeiro e sumiu. De certa distância, ou assim parecia, pensou ter ouvido um grito: "Ei! Frodo! Ei!" Era para o lado leste, à sua esquerda quando estava postado abaixo das grandes pedras, espiando com esforço na escuridão. Arremeteu na direção do chamado e viu-se subindo um aclive íngreme.

Chamou de novo durante seu esforço e continuou chamando de modo cada vez mais frenético; mas durante algum tempo não ouviu resposta, e depois ela pareceu fraca e muito à frente e bem acima dele. "Frodo! Ei!" vinham as vozes débeis do nevoeiro: e depois um grito que parecia *socorro, socorro!* repetido muitas vezes, terminando num último *socorro!* que acabava com um longo gemido, interrompido de súbito. Avançou aos tropeços com toda a velocidade que podia, rumo aos gritos; mas a luz já se fora e a noite grudenta se fechara sobre ele, de modo que era impossível ter certeza de qualquer direção. O tempo todo ele parecia estar escalando para cima, para cima.

Somente a mudança de nível do solo a seus pés lhe revelou quando finalmente alcançou o topo de uma crista ou colina. Estava exausto, suado e, no entanto, gelado. A escuridão era total.

"Onde vocês estão?", gritou desolado.

Não houve resposta. Ele se deteve, escutando. De repente teve consciência de que estava esfriando muito e de que um vento começava a soprar, um vento gelado. O tempo estava mudando. Agora a névoa fluía ao seu redor aos fiapos e farrapos. Sua respiração fumegava, e a escuridão estava menos próxima e espessa. Olhou para cima e viu surpreso que débeis estrelas estavam surgindo sobre sua cabeça em meio aos filamentos de nuvens e neblina que corriam. O vento começou a chiar acima do capim.

Imaginou de repente que escutara um grito abafado e foi naquela direção; e, enquanto ele avançava, a neblina enrolou-se e se afastou para os lados, e revelou-se o céu estrelado. Um olhar lhe mostrou que estava de frente para o sul, no topo de uma colina redonda que devia ter escalado pelo norte. Do leste soprava um vento cortante. À direita uma forma negra, sombria, se erguia diante das estrelas ocidentais. Ali ficava um grande túmulo.

"Onde vocês estão?", gritou outra vez, ao mesmo tempo raivoso e com medo.

"Aqui!", respondeu uma voz, grave e fria, que parecia vir do chão. "Estou te esperando!"

"Não!", disse Frodo; mas não saiu correndo. Seus joelhos fraquejaram e ele caiu no chão. Nada aconteceu, e não se fez nenhum ruído. Ergueu os olhos tremendo, em tempo de ver um vulto alto e obscuro, como uma sombra diante das estrelas. Este inclinou-se sobre ele. Pensou que havia dois olhos, muito frios, apesar de animados por uma luz pálida que vinha de remota distância. Então um aperto mais forte e frio que o ferro o dominou. O toque gélido congelou-lhe os ossos, e não recordou mais nada.

Quando recobrou os sentidos não conseguiu lembrar-se de nada por um momento, exceto pela sensação de pavor. Então soube de repente que estava aprisionado, apanhado sem esperança; estava num túmulo. Uma Cousa-tumular o apanhara, e ele provavelmente já estava sujeito aos terríveis feitiços das Cousas-tumulares das quais falavam as histórias sussurradas. Não se atreveu a mexer-se, mas ficou sentado como se encontrava: deitado de costas numa pedra fria, com as mãos sobre o peito.

Mas, apesar de seu medo ser tão grande que parecia fazer parte da própria treva que o cercava, viu-se deitado ali, pensando em Bilbo Bolseiro e suas histórias, de suas caminhadas juntos nas alamedas do Condado e de conversas sobre estradas e aventuras. Há uma semente de coragem oculta (amiúde no fundo, é bem verdade) no coração do mais gordo e tímido hobbit, esperando por algum perigo final e desesperado que a faça crescer. Frodo não era nem muito gordo nem muito tímido; na verdade, apesar de não sabê-lo, Bilbo (e Gandalf) consideravam-no o melhor hobbit do Condado. Pensou que havia chegado ao fim de sua aventura, um fim terrível, mas o pensamento o fortaleceu. Descobriu que estava ficando tenso, como quem vai dar um salto final; não se sentia mais flácido como uma presa desamparada.

Ali deitado, pensando e concentrando-se, ele notou de súbito que a treva estava cedendo devagar: uma pálida luz esverdeada acrescia em torno dele. No começo ela não lhe mostrou em que espécie de lugar estava, pois a luz parecia provir dele mesmo e do chão ao seu lado e ainda não alcançara o teto ou as paredes. Virou-se, e ali, no brilho frio, viu Sam, Pippin e Merry jazendo ao seu lado. Estavam deitados de costas, e os rostos pareciam pálidos de morte; e trajavam branco. Em volta deles jaziam muitos tesouros, de ouro talvez, se bem que àquela luz pareciam frios e desgraciosos. Tinham diademas na cabeça, havia correntes de ouro em suas cinturas e nos dedos traziam muitos anéis. Havia espadas estendidas ao lado deles, e escudos, a seus pés. Mas por cima dos três pescoços estava deitada uma longa espada nua.

De repente começou uma canção: um murmúrio frio, erguendo-se e decaindo. A voz parecia muito longínqua e incalculavelmente lúgubre, às vezes alta no ar e aguda, às vezes como um gemido grave vindo do chão. Do fluxo informe de sons tristes, porém horríveis, fieiras de palavras formavam-se vez por outra: palavras cruéis, duras, frias, impiedosas e desgraçadas. A noite se rebelava contra a manhã da qual fora privada, e o frio maldizia o calor pelo qual ansiava. Frodo estava gelado até a medula. Pouco depois a canção tornou-se mais nítida, e com terror no coração ele percebeu que ela se transformara num encantamento:

> *Frios são alma, mão e osso,*
> *frio o sono em pétreo fosso:*
> *não mais despertem na pedra crua*
> *'té gasto o Sol e morta a Lua.*
> *Os astros morrerão ao negro vento,*
> *e no ouro hão de jazer em sono lento,*
> *'té o senhor sombrio a mão levantar*
> *sobre terra murcha e morto mar.*[A]

Ouviu atrás da cabeça um som rangente e raspante. Erguendo-se em um braço, olhou e logo viu, à luz pálida, que estavam em uma espécie de corredor que virava uma esquina atrás deles. Por essa esquina um braço comprido tateava, caminhando nos dedos na direção de Sam, que estava deitado mais próximo, e rumo ao punho da espada que jazia sobre ele.

De início Frodo sentiu-se como quem de fato fora transformado em pedra pelo encantamento. Então veio-lhe um feroz pensamento de escape. Perguntou-se se, caso pusesse o Anel, a Cousa-tumular não o veria, e ele poderia achar o caminho da saída. Pensou em si correndo livre pela grama, lamentando-se por Merry, Sam e Pippin, mas ele próprio livre e vivo. Gandalf admitiria que não havia nada mais que ele pudesse fazer.

Mas a coragem que fora despertada nele era agora demasiado forte: ele não conseguiria abandonar os amigos tão facilmente. Vacilou, tateando no bolso, e então lutou outra vez consigo mesmo; e enquanto isso, o braço esgueirou-se mais para perto. Uma súbita resolução firmou-se dentro dele, e ele agarrou uma espada curta que estava a seu lado e, ajoelhado, agachou-se raso sobre os corpos dos companheiros. Com a força que tinha, golpeou o braço rastejante perto do pulso, e a mão desprendeu-se; mas no mesmo momento a espada se fendeu até o punho. Houve um guincho, e a luz sumiu. No escuro ouviu-se o ruído de um rosnado.

Frodo caiu para a frente em cima de Merry, e o rosto de Merry estava frio. De súbito voltou-lhe à mente, de onde desaparecera com a primeira chegada da neblina, a lembrança da casa junto à Colina e de Tom cantando. Lembrou-se do poema que Tom lhes ensinara. Com voz fraca e desesperada começou: *Ó! Tom Bombadil!* e com aquele nome sua voz pareceu fortalecer-se: tinha um som pleno e vivaz, e o recinto escuro ecoava como se fossem tambores e trombetas.

Ó! Tom Bombadil, Tom Bombarqueiro!
Pela água, bosque e morro, caniço e salgueiro,
Pelo fogo, sol e lua, ouça nosso grito!
Tom Bombadil, nos salve do apuro aflito![B]

Fez-se um silêncio súbito e profundo, em que Frodo conseguia ouvir seu coração batendo. Após um momento, longo e lento, ouviu claramente, mas muito longe, como se ela descesse através do solo ou de paredes espessas, uma voz que cantava em resposta:

Dom Tom Bombadil gosta de chacota;
Azul-claro é o paletó e amarela a bota.
Ninguém jamais o apanha, pois Tom é mestre a sós:
Potentes são suas canções, seu pé é bem veloz.[C]

Houve um intenso som ribombante, como de pedras rolando e caindo, e de repente a luz entrou em jorro, luz de verdade, a singela luz do dia. Uma abertura baixa, semelhante a uma porta, apareceu na extremidade do recinto para além dos pés de Frodo; e ali estava a cabeça de Tom (chapéu, pena e tudo o mais) emoldurada diante da luz do sol que nascia vermelho atrás dele. A luz atingiu o chão e os rostos dos três hobbits deitados ao lado de Frodo. Eles não se mexeram, mas o aspecto doentio os abandonara. Agora pareciam apenas estar dormindo muito profundamente.

Tom agachou-se, tirou o chapéu e entrou no recinto escuro, cantando:

Saia daí, velho Fantasma! Suma à luz do sol!
Murche como a névoa fria, uive como os ventos,
Longe nas terras ermas, bem além dos montes!
Nunca mais volte aqui! Vazia deixe a tumba!
Seja perdido, esquecido, mais sombrio que a treva,
Nos portões trancados sempre, até que o mundo se emende.[D]

A estas palavras ouviu-se um grito, e parte da extremidade interna do recinto desabou com estrépito. Então veio um guincho longo e arrastado que se desfez em distância inimaginável; e depois disso silêncio.

"Venha, amigo Frodo!", disse Tom. "Vamos sair pra grama limpa! Ajude-me a levá-los."

Juntos, carregaram Merry, Pippin e Sam. Quando Frodo deixou o túmulo pela última vez, pensou ver uma mão decepada ainda contorcendo-se, como uma aranha ferida, num montículo de terra caída. Tom voltou para dentro e ouviu-se o som de muitos baques e pisadas. Quando saiu, trazia nos braços uma grande carga de tesouro: objetos de ouro, prata, cobre e bronze; muitas contas, e correntes, e ornamentos cravejados de joias. Subiu no túmulo verde e depositou-os em cima dele, deixando todos à luz do sol.

Ali ficou de pé, de chapéu na mão e cabelos ao vento, olhando os três hobbits que tinham sido deitados de costas na grama, do lado oeste do montículo. Erguendo a mão direita, disse em voz clara e imperiosa:

Despertem, bons rapazes! Despertem sem ter medo!
Aqueçam alma e membro! Caiu o frio rochedo;
Abriu-se a negra entrada; partida está mão morta.
A Noite rumo à Noite foi-se, aberta está a Porta![E]

Para grande alegria de Frodo, os hobbits remexeram-se, estenderam os braços, esfregaram os olhos e depois puseram-se de pé aos saltos. Olharam em torno, admirados, primeiro para Frodo e depois para Tom, parado no topo do túmulo acima deles, em tamanho natural; e depois para si mesmos, trajando finos trapos brancos, coroados e cingidos de ouro pálido e tilintando com quinquilharias.

"O que foi, que prodígio?", começou Merry, sentindo o diadema dourado que escorregara por cima de um olho. Então deteve-se, e uma sombra tomou seu rosto, e fechou os olhos. "É claro, eu me lembro!", exclamou. "Os homens de Carn Dûm nos acometeram de noite, e fomos derrotados. Ah! a lança em meu coração!" Agarrou o peito. "Não! Não!", disse ele, abrindo os olhos. "O que estou dizendo? Estive sonhando. Aonde você foi, Frodo?"

"Pensei que estava perdido", comentou Frodo; "mas não quero falar nisso. Vamos pensar no que faremos agora! Vamos em frente!"

"Vestidos deste jeito, senhor?", indagou Sam. "Onde estão minhas roupas?" Jogou na grama o diadema, o cinto e os anéis e olhou em torno, desamparado, como se esperasse encontrar sua capa, jaqueta, calça e outras roupas de hobbit, jogadas ali à mão.

"Não vai encontrar as roupas de novo", disse Tom, descendo do montículo com um salto e rindo enquanto dançava em volta deles à luz do sol. Dir-se-ia que nada perigoso nem pavoroso tinha acontecido; e de fato o horror se desfez em seus corações enquanto o olhavam e viam o alegre lampejo nos seus olhos.

"O que quer dizer?", perguntou Pippin, olhando-o meio perplexo e meio divertido. "Por que não?"

Mas Tom balançou a cabeça dizendo: "Já se reencontraram, saídos da água funda. Roupas são pouca perda para quem não se afoga. Alegrem-se, amigos, que a morna luz do sol aqueça alma e membro! Arranquem trapos velhos! Corram nus sobre a grama, que Tom vai à caça!"

Desceu a colina aos pulos, assobiando e chamando. Seguindo-o com o olhar, Frodo o viu correndo rumo ao sul, seguindo a depressão verde entre a colina deles e a vizinha, ainda assobiando e exclamando:

Ei! venham! Oi, venham! Aonde vão vagar?
Acima, abaixo, perto ou longe, aqui, ali ou lá?
Orelha-Alerta, Focinhudo, Bronco e Rabinho,
Meia-Branca, meu rapaz, e o velho Parrudinho![F]

Cantava assim, correndo veloz, jogando o chapéu para cima e apanhando-o, até ser ocultado por uma dobra do terreno: mas por certo tempo seu *ei venham! oi venham!* voltava flutuando, trazido pelo vento que mudara de direção para o sul.

O ar tornava-se outra vez muito quente. Os hobbits correram pela grama por algum tempo, como ele os mandara. Então deitaram-se ao sol para se aquecerem, com o deleite de quem foi arrebatado subitamente do inverno cruel para um clima ameno, ou de pessoas que, após longa doença que as acamou, acordam um dia e dão-se conta de que estão inesperadamente curadas e que o dia outra vez está pleno de promessas.

Quando Tom voltou, estavam se sentindo fortes (e famintos). Ele ressurgiu, primeiro o chapéu, por cima da crista da colina, e atrás dele vinham em fila obediente *seis* pôneis: os cinco deles e mais um. Este último era obviamente o velho Parrudinho: era maior, mais forte, mais gordo (e mais velho) que os pôneis deles. Merry, a quem pertenciam os outros, na verdade, não lhes dera nenhum daqueles nomes, mas eles responderam aos nomes novos que Tom lhes dera pelo resto de suas vidas. Tom chamou-os um a um, e eles atravessaram a crista e pararam enfileirados. Então Tom fez uma mesura aos hobbits.

"Aqui estão seus pôneis!", disse ele. "Têm mais juízo (de certo modo) que vocês, hobbits vagantes — mais juízo nos focinhos. Pois farejam risco à frente em que vocês tropeçam; e se correm pra salvar-se é na direção certa. Perdoem-nos a todos; embora tenham coração fiel, encarar Cousas-tumulares não é pro que nasceram. Vejam, lá vêm de novo, com toda a sua carga!"

Merry, Sam e Pippin vestiram-se então com os trajes de reserva das mochilas; e logo sentiram calor demais, pois foram obrigados a vestir algumas das roupas mais grossas e quentes que haviam trazido prevendo a chegada do inverno.

"De onde vem esse outro animal velho, esse Parrudinho?", perguntou Frodo.

"É meu", disse Tom. "Amigo de quatro patas; quase nunca o monto, sai vagando por aí, livre nas colinas. Os seus pôneis em minha casa conheceram Parrudinho; farejaram-no de noite, correram ao seu encontro. Pensei que os buscaria e com palavras sábias lhes tiraria o medo. Mas agora, Parrudinho, Tom vai cavalgar. Ei! ele vem com vocês para pô-los na estrada; para isso usa o pônei. Pois não é fácil falar com hobbits que cavalgam quando se está a pé, trotando ao lado deles."

Os hobbits se deleitaram ao ouvir isso e agradeceram a Tom muitas vezes; mas ele riu e disse que eram tão bons em se perder que ele não se sentiria feliz antes de tê-los posto a salvo além dos limites de sua terra. "Tenho coisas para resolver," comentou ele, "meu fazer e meu canto, minha fala e meu andar, e minha vigia da região. Tom não está sempre perto abrindo portas e fendas de salgueiro. Tom tem casa para cuidar, e Fruta d'Ouro aguarda."

De acordo com o sol, ainda era bastante cedo, algo entre nove e dez horas, e os hobbits começaram a pensar em comida. Sua última refeição fora o almoço junto à pedra fincada no dia anterior. Agora fizeram o desjejum com o restante das provisões de Tom, que deviam ser para o jantar, com acréscimos que Tom trouxera consigo. Não foi uma refeição grande (considerando os hobbits e as circunstâncias), mas sentiram-se muito melhor depois dela. Enquanto comiam, Tom subiu pelo montículo e vasculhou os tesouros. Amontoou a maioria numa pilha que cintilava e faiscava na grama. Mandou que lá ficassem "livres para quem os achar, aves, feras, Elfos ou Homens, e todos os seres bondosos"; pois assim o encanto do montículo seria rompido e disperso, e nenhuma Cousa jamais voltaria ali. Para si, escolheu na pilha um broche engastado com pedras azuis, de muitos tons, como flores de linho ou asas de borboletas azuis. Olhou-o por muito tempo, como se alguma lembrança o movesse, balançando a cabeça e dizendo enfim:

"Eis um belo brinquedo pro Tom e sua senhora! Era bela a que outrora usou este no ombro. Fruta d'Ouro o usará, e não a esqueceremos!"

Escolheu para cada hobbit um punhal, longo, em formato de folha e aguçado, de feitura maravilhosa, damasquinado com formas de serpentes em vermelho e ouro. Eles brilharam quando os tirou das bainhas negras, feitas de algum estranho metal, leve e forte, e engastado com muitas pedras ígneas. Fosse por alguma virtude dessas bainhas, fosse pelo encantamento que residia no montículo, as lâminas pareciam intocadas pelo tempo, sem ferrugem, afiadas, reluzindo ao sol.

"Velhos punhais são compridos como espadas para hobbits", disse ele. "É bom ter lâminas afiadas se os do Condado andam ao leste, ao sul ou muito longe pra sombra e pro perigo." Contou-lhes então que aquelas lâminas tinham sido forjadas muitos longos anos atrás pelos Homens de Ociente: eram inimigos do Senhor Sombrio, mas foram derrotados pelo maligno rei de Carn Dûm na Terra de Angmar.

"Poucos ainda se lembram deles," murmurou Tom, "mas alguns inda vagam, filhos de olvidados reis que andam solitários, protegendo de seres maus gente desatenta."

Os hobbits não compreenderam suas palavras, mas enquanto ele falava tiveram uma visão como de uma grande extensão de anos às suas costas, como uma vasta planície sombria sobre a qual andavam, a largos passos, vultos de Homens, altos e soturnos com espadas reluzentes, e no fim vinha um com uma estrela na testa. Então a visão se desfez, e estavam de volta no mundo iluminado pelo sol. Era hora de partir outra vez. Aprestaram-se arrumando as mochilas e carregando os pôneis. Penduraram suas novas armas nos cintos de couro sob as jaquetas, sentindo que eram bem desajeitadas e pensando se teriam alguma utilidade. Antes nenhum deles havia pensado em combate como uma das aventuras em que sua fuga os colocaria.

Finalmente puseram-se a caminho. Conduziram os pôneis colina abaixo; depois, montando, trotaram velozes ao longo do vale. Olharam para trás e viram o topo do velho montículo na colina, e dali a luz do sol no ouro subia como uma chama amarela. Depois deram a volta em uma encosta das Colinas, e ele ficou oculto de sua visão.

Apesar de Frodo olhar em volta por todos os lados, não via sinal das grandes pedras fincadas que pareciam um portão, e, em pouco tempo, chegaram à lacuna no norte e passaram cavalgando depressa, e o terreno fez um declive à sua frente. Foi uma bela viagem com Tom Bombadil trotando alegre ao lado deles, ou diante deles, montado em Parrudinho, que era capaz de andar muito mais depressa do que seu volume prometia. Tom cantava a maior parte do tempo, mas era quase tudo absurdo, ou então, quem sabe, uma língua estranha desconhecida dos hobbits, uma língua antiga cujas palavras eram mormente de assombro e deleite.

Avançaram continuamente, mas logo viram que a Estrada estava mais longe do que tinham imaginado. Mesmo sem neblina, o sono deles no meio do dia não teria permitido que a alcançassem antes do cair da noite do dia anterior. A linha escura que haviam visto não era de árvores, e sim uma linha de arbustos que cresciam à beira de uma vala funda, com um muro íngreme do lado oposto. Tom disse que fora outrora a fronteira de um reino, porém muito tempo atrás. Parecia recordar algo triste a esse respeito e não falou muito.

Desceram na vala, subiram do outro lado e passaram por uma brecha no muro, e então Tom se virou direto para o norte, pois estavam rumando um tanto para oeste. Agora o terreno era aberto e bastante plano, e apressaram o passo, mas o sol já estava baixo quando finalmente viram uma linha de altas árvores à frente e souberam que tinham voltado à Estrada após muitas aventuras inesperadas. Galoparam nos pôneis, percorrendo os últimos oitavos de milha, e pararam sob as sombras compridas das árvores. Estavam no alto de uma ribanceira inclinada, e a Estrada, agora indistinta com o cair da tarde, fazia curvas abaixo deles. Naquele ponto ela corria quase de Sudoeste a Nordeste e, à direita, descia rapidamente para uma depressão larga. Era sulcada e mostrava muitos sinais da recente chuva forte; havia poças e buracos cheios de água.

Desceram pela ribanceira e olharam para lá e para cá. Não havia nada à vista. "Bem, finalmente estamos aqui de novo!", disse Frodo. "Acho que não perdemos mais de dois dias com meu atalho pela Floresta! Mas quem sabe o atraso acabe sendo útil — pode tê-los desviado de nosso encalço."

Os outros o encararam. A sombra do temor dos Cavaleiros Negros subitamente os assaltou de novo. Desde que tinham entrado na Floresta tinham se preocupado principalmente em voltar à Estrada; só agora, com ela se estendendo diante de seus pés, foi que recordaram o perigo que os perseguia e que mais provavelmente os espreitava na própria Estrada. Voltaram-se ansiosos para o sol poente, mas a Estrada era parda e vazia.

"Você acha," perguntou Pippin, hesitante, "você acha que podemos ser perseguidos hoje à noite?"

"Não, espero que não hoje à noite", respondeu Tom Bombadil; "nem talvez no dia seguinte. Mas não creiam em meu palpite; não tenho certeza. Meu saber falha a leste. Tom não é mestre dos Cavaleiros da Terra Negra longe do seu domínio."

Ainda assim os hobbits desejavam que ele os acompanhasse. Sentiam que, se alguém soubesse lidar com Cavaleiros Negros, seria ele. Agora logo estariam avançando em terras que lhes eram inteiramente estranhas, além de todas as lendas do Condado exceto as mais vagas e distantes, e na penumbra crescente ansiavam pelo lar. Abateu-se sobre eles uma profunda solidão e um sentido de perda. Ficaram parados em silêncio, relutantes na despedida final, e só lentamente se deram conta de que Tom lhes estava dando adeus e dizendo-lhes que se animassem e cavalgassem sem parar até o anoitecer.

"Tom vai dar um bom conselho, té que o dia acabe (depois disso que a sua sorte os acompanhe e guie): a quatro milhas pela Estrada há um vilarejo, Bri sob a Colina-de-Bri, com portas que dão pro oeste. Lá há a velha estalagem O Pônei Empinado. Cevado Carrapicho é o bom taverneiro. Podem passar a noite, e, depois, a manhã os porá a caminho. Coragem, mas alertas! Sejam os corações alegres, cavalguem rumo à sina!"

Imploraram-lhe que pelo menos fosse até a estalagem e bebesse com eles uma vez mais; mas ele riu e recusou dizendo:

Aqui acaba a terra de Tom: não passo a divisa.
Tenho a casa para cuidar, e Fruta d'Ouro aguarda![G]

Então deu a volta, jogou o chapéu para o alto, montou no lombo de Parrudinho e cavalgou ribanceira acima e para longe, cantando no crepúsculo.

Os hobbits subiram pela encosta e o observaram até que se perdesse de vista.

"Sinto muito me despedir do Mestre Bombadil", disse Sam. "Ele é um aviso, não tem dúvida. Calculo que podemos ir bem mais longe e não ver ninguém melhor, nem mais esquisito. Mas não nego que vou ficar contente de ver esse Pônei Empinado que ele falou. Espero que seja como O Dragão Verde lá perto de casa! Que tipo de gente tem em Bri?"

"Há hobbits em Bri," comentou Merry, "e também Povo Grande. Imagino que seja bem acolhedor. Segundo todos os relatos, O Pônei é uma boa estalagem. Vez por outra minha gente cavalga até lá."

"Pode ser tudo o que desejamos," disse Frodo, "mas assim mesmo fica fora do Condado. Não se sintam muito em casa! Por favor, lembrem-se — todos vocês — de que o nome Bolseiro NÃO pode ser mencionado. Eu sou o Sr. Sotomonte, se for preciso dar algum nome."

Então montaram nos pôneis e partiram em silêncio para dentro do entardecer. A escuridão desceu depressa, enquanto lenta e penosamente desciam o declive e subiam do outro lado, até por fim verem luzes piscando um tanto à frente.

Adiante erguia-se a Colina-de-Bri, bloqueando o caminho, uma massa escura diante das estrelas nevoentas; e debaixo de seu flanco ocidental aninhava-se uma aldeia grande. Foi na direção dela que se apressaram então, desejando apenas encontrar uma lareira e uma porta entre eles e a noite.

9

NA ESTALAGEM DO PÔNEI EMPINADO

Bri era a principal aldeia de sua área, uma pequena região habitada como uma ilha em meio às terras vazias ao seu redor. Além da própria Bri, havia Estrado do outro lado da colina, Valão num fundo vale um pouco mais a leste e Archet na beira da Floresta Chet. Em torno da Colina-de-Bri e das aldeias ficava uma pequena região de campos e bosques cultivados com apenas algumas milhas de largura.

Os Homens de Bri tinham cabelos castanhos, eram troncudos e um tanto baixos, joviais e independentes: não pertenciam a ninguém a não ser a eles mesmos; mas eram mais amistosos e familiares com Hobbits, Anãos, Elfos e outros habitantes do mundo em redor do que costumava (ou costuma) acontecer com o Povo Grande. De acordo com seus próprios relatos, eram os habitantes originais e descendiam dos primeiros Homens que vagaram rumo ao Oeste do mundo médio. Poucos haviam sobrevivido aos tumultos dos Dias Antigos; mas, quando os Reis retornaram por sobre o Grande Mar, encontraram os Homens de Bri ainda ali, e ali eles ainda estavam agora, quando a lembrança dos antigos Reis se esvaíra na grama.

Naqueles dias, outros Homens não tinham moradias estabelecidas tão longe para o oeste, nem no raio de cem léguas do Condado. Mas nas terras selvagens além de Bri havia viandantes misteriosos. A gente de Bri os chamava de Caminheiros e nada sabia de sua origem. Eram mais altos e morenos que os Homens de Bri, e acreditava-se que tivessem estranhos poderes de visão e audição e que compreendiam as linguagens das feras e das aves. Vagavam à sua vontade rumo ao sul e a leste até as Montanhas Nevoentas; mas agora viam-se poucos e raros.

Quando apareciam, traziam notícias de longe e contavam histórias estranhas e olvidadas que se escutavam com avidez; mas as pessoas de Bri não se tornavam amigas deles.

Havia também muitas famílias de hobbits na região de Bri; e *essas* afirmavam ser o mais antigo povoamento de Hobbits do mundo, que fora fundado muito antes da própria travessia de Brandevin e da colonização do Condado. Viviam mormente em Estrado, apesar de haver algumas mesmo em Bri, especialmente nas encostas mais altas da colina, acima das casas dos Homens. O Povo Grande e o Povo Pequeno (como se chamavam) viviam amistosamente, cuidando de seus próprios afazeres à sua própria maneira, mas ambos considerando-se, corretamente, como partes necessárias da gente de Bri. Em nenhum outro lugar do mundo encontrava-se esse peculiar (mas excelente) arranjo.

A própria gente de Bri, Grandes e Pequenos, não viajava muito; e os afazeres das quatro aldeias eram sua principal preocupação. Ocasionalmente os Hobbits de Bri chegavam até a Terra-dos-Buques, ou à Quarta Leste; mas, apesar de sua pequena terra não ficar a muito mais de um dia de cavalgada a leste da Ponte do Brandevin, os hobbits do Condado visitavam-na raramente agora. Um eventual morador da Terra-dos-Buques ou um Tûk aventureiro poderia sair até a Estalagem por uma ou duas noites, mas até isso estava se tornando cada vez menos comum. Os hobbits do Condado se referiam aos de Bri, e a qualquer outro que morasse além dos limites, como Forasteiros, e muito pouco se interessavam por eles, considerando-os obtusos e rudes. Provavelmente havia muito mais Forasteiros espalhados pelo Oeste do Mundo nesses dias do que a gente do Condado imaginava. Alguns, sem dúvida, não eram mais que vagabundos, dispostos a cavar uma toca em qualquer encosta e só ficar ali enquanto lhes servisse. Mas, seja como for, na região de Bri os hobbits eram decentes e prósperos, e não eram mais rústicos que a maioria de seus parentes distantes de Dentro. Ainda não tinham esquecido que houvera um tempo em que havia muitas idas e vindas entre o Condado e Bri. Conforme todos os relatos, havia sangue de Bri entre os Brandebuques.

A aldeia de Bri tinha cerca de cem casas de pedra do Povo Grande, a maioria acima da Estrada, aninhando-se na encosta da colina, com janelas que davam para o oeste. Daquele lado, correndo em mais que um semicírculo desde a colina e de volta para ela, havia uma funda vala com uma sebe espessa do lado interno. A Estrada cruzava por cima dela num caminho elevado; mas onde atravessava a sebe estava bloqueada por um grande portão. Havia outro portão no canto sul, onde a Estrada saía da aldeia. Os portões eram fechados ao cair da noite; mas logo em seu interior havia pequenas guaritas para os porteiros.

Junto à Estrada, ali onde ela virava à direita para circundar o sopé da colina, estava uma grande estalagem. Fora construída muito tempo atrás, quando o tráfego das estradas era muito maior. Pois Bri se localizava num velho encontro de caminhos; outra antiga estrada cruzava a Estrada Leste logo além da vala, na extremidade ocidental da aldeia, e em dias passados Homens e outras pessoas de vários tipos haviam viajado muito por ali. "Estranho como Notícias de Bri" ainda era um dito na Quarta Leste, descendendo daqueles dias quando notícias do Norte, Sul e Leste podiam ser ouvidas na estalagem, e quando os hobbits do Condado costumavam ir ouvi-las com maior frequência. Mas as Terras do Norte estavam desoladas há tempos, e a Estrada Norte já mal era usada: estava coberta de capim, e a gente de Bri a chamava de Caminho Verde.

A Estalagem de Bri ainda estava lá, no entanto, e o taverneiro era uma pessoa importante. Sua casa era ponto de encontro dos ociosos, tagarelas e curiosos entre os habitantes, grandes e pequenos, das quatro aldeias; e refúgio de Caminheiros e outros viandantes, e para aqueles viajantes (anãos em sua maioria) que ainda percorriam a Estrada Leste, indo e vindo das Montanhas.

Estava escuro e brilhavam estrelas brancas quando Frodo e seus companheiros chegaram enfim à encruzilhada do Caminho Verde e se aproximaram da aldeia. Chegaram ao Portão-oeste e o encontraram fechado; mas havia um homem sentado à porta da guarita logo além. Ele levantou-se de um salto, buscou um lampião e olhou-os por cima do portão, surpreso.

"O que vocês querem e de onde vêm?", perguntou rispidamente.

"Estamos a caminho da estalagem daqui", respondeu Frodo. "Estamos viajando para o leste e não podemos ir mais longe esta noite."

"Hobbits! Quatro hobbits! E mais, pela fala são do Condado", disse o porteiro, baixinho como quem fala consigo mesmo. Fitou-os de modo sombrio por um momento e depois abriu o portão devagar, deixando-os passar.

"Não é sempre que vemos gente do Condado cavalgando na Estrada de noite", prosseguiu ele, quando pararam por um momento à sua porta. "Vão desculpar meu espanto, que afazeres levam vocês lá longe, a leste de Bri? E quais são os seus nomes, posso perguntar?"

"Nossos nomes e nossos afazeres são só nossos, e este não parece um bom lugar para discuti-los", afirmou Frodo, desgostoso com o aspecto do homem e seu tom de voz.

"Seus afazeres são só seus, não tem dúvida", disse o homem; "mas é afazer meu fazer perguntas depois que anoitece."

"Somos hobbits da Terra-dos-Buques e inventamos de viajar e pernoitar na estalagem daqui", atalhou Merry. "Eu sou o Sr. Brandebuque. Isso basta para você? A gente de Bri costumava ser cortês com os viajantes, ao que ouvi."

"Está bem, está bem!", assentiu o homem. "Não quis ofender. Mas talvez vocês encontrem mais gente do que o velho Harry do portão que vai lhes fazer perguntas. Tem gente esquisita por aí. Se forem até O Pônei vão descobrir que não são os únicos hóspedes."

Desejou-lhes boa noite, e nada mais disseram; mas Frodo pôde ver, à luz do lampião, que o homem ainda os observava com curiosidade. Ficou contente de ouvir o portão se fechar com estrépito atrás deles enquanto avançavam. Perguntou-se por que o homem tinha tantas suspeitas e se alguém teria pedido notícias de um grupo de hobbits. Podia ter sido Gandalf? Ele podia ter chegado enquanto eles se atrasavam na Floresta e nas Colinas. Mas no aspecto e na voz do porteiro havia algo que o inquietou.

O homem ficou fitando os hobbits por um momento e depois voltou à sua casa. Assim que deu as costas, um vulto escuro escalou o portão rapidamente e se dissolveu nas sombras da rua da aldeia.

Os hobbits subiram por um aclive suave, passando por algumas casas isoladas, e pararam diante da estalagem. As casas lhes pareciam grandes e estranhas. Sam ergueu os olhos para a estalagem, com seus três andares e muitas janelas, e sentiu desânimo no coração. Imaginara-se encontrando gigantes mais altos que árvores e outras criaturas ainda mais apavorantes em algum momento do decorrer de sua jornada; mas nesse momento achou bem suficiente sua primeira visão dos Homens e suas casas altas, de fato demais para o fim escuro de um dia cansativo. Imaginou cavalos negros parados, todos selados, nas sombras do pátio da estalagem e Cavaleiros Negros espiando pelas escuras janelas superiores.

"Com certeza não vamos passar a noite aqui, vamos, senhor?", exclamou. "Se tem hobbits nesse lugar, por que não procuramos alguns dispostos a nos abrigar? Seria mais acolhedor."

"O que há de errado com a estalagem?", disse Frodo. "Tom Bombadil a recomendou. Imagino que seja bem acolhedor lá dentro."

Mesmo de fora, a estalagem parecia uma casa agradável a olhos familiares. Dava de frente para a Estrada, e duas alas se estendiam para trás, em um terreno parcialmente recortado nas encostas inferiores da colina, de forma que nos fundos as janelas do segundo andar estavam ao nível do chão. Havia um amplo arco que abria para um pátio entre as duas alas, e à esquerda, sob o arco, havia um grande portal ao qual se subia por alguns degraus largos. A porta estava aberta, e a luz escoava por ela. Acima do arco havia um lampião, e embaixo dele balançava uma grande tabuleta: um gordo pônei branco erguido nas patas traseiras. Por cima da porta estava pintado em letras brancas: O PÔNEI EMPINADO DE CEVADO CARRAPICHO. Muitas das janelas inferiores mostravam luzes por trás de cortinas grossas.

Enquanto hesitavam no escuro do lado de fora, alguém começou a cantar uma alegre canção lá dentro, e muitas vozes joviais uniram-se, altas, no refrão. Passaram um momento ouvindo aquele som animador e depois apearam dos pôneis. A canção terminou, e irromperam risadas e palmas.

Conduziram os pôneis por baixo do arco e, deixando-os parados no pátio, subiram os degraus. Frodo adiantou-se e quase atropelou um homem gordo e baixo, de cabeça calva e rosto rubicundo. Vestia um avental branco e estava alvoroçado, saindo por uma porta e entrando em outra, carregando uma bandeja repleta de canecas cheias.

"Podemos...", começou Frodo.

"Meio minuto, por favor!", gritou o homem por cima do ombro, e sumiu em uma babel de vozes e uma nuvem de fumaça. Um momento depois tinha saído de novo, enxugando as mãos no avental.

"Boa noite, pequeno mestre!", disse ele, inclinando-se. "Do que está precisando?"

"Camas para quatro e cocheiras para cinco pôneis, se isso for possível. É o Sr. Carrapicho?"

"Isso mesmo! Cevado é o meu nome. Cevado Carrapicho, às suas ordens! Vocês são do Condado, hein?", indagou ele, depois subitamente bateu com a mão na testa, como quem tenta recordar alguma coisa. "Hobbits!", exclamou. "Ora, o que isso me lembra? Posso perguntar seus nomes, senhores?"

"Sr. Tûk e Sr. Brandebuque", respondeu Frodo; "e este é Sam Gamgi. Meu nome é Sotomonte."

"Veja só!", exclamou o Sr. Carrapicho, estalando os dedos. "Lá se foi de novo! Mas vai voltar quando eu tiver tempo de pensar. Estou correndo mais que os pés; mas vou ver o que posso fazer pelos senhores. Não é sempre que vem um grupo do Condado por estes dias, e eu sentiria muito se não pudesse recebê-los. Mas hoje à noite já tem tamanha multidão na casa que há tempos não aparece. Nunca chove, mas depois derrama, como dizemos em Bri."

"Ei! Nob!", gritou ele. "Cadê você, sua lesma de pés lanudos? Nob!"

"Chegando, senhor! Chegando!" Um hobbit de aspecto jovial surgiu de repente por uma porta e, ao ver os viajantes, parou e os encarou com grande interesse.

"Cadê o Bob?", perguntou o senhorio. "Não sabe? Bem, encontre-o! À toda! Não tenho seis pernas e nem seis olhos! Diga ao Bob que tem cinco pôneis que precisam de estábulos. Ele precisa achar espaço de algum jeito." Nob saiu trotando com um sorriso e uma piscadela.

"Ora bem, o que eu ia dizer?", disse o Sr. Carrapicho, batendo na testa. "Uma coisa expulsa a outra, por assim dizer. Esta noite estou tão ocupado que minha cabeça está rodando. Tem um grupo que veio subindo o Caminho Verde, lá do Sul, ontem à noite — e isso já foi bem estranho para começar. Depois tem uma companhia viajante de anãos rumando para o Oeste que chegou esta tardinha. E agora são vocês. Se não fossem hobbits, duvido que pudéssemos alojá-los. Mas temos um ou dois quartos na ala norte que foram feitos especialmente para hobbits quando este lugar foi construído. No térreo, como eles costumam preferir; janelas redondas e tudo o que eles gostam. Espero que fiquem confortáveis. Vão querer jantar, sem dúvida. Assim que for possível. Agora, por aqui!"

Conduziu-os por curto espaço ao longo de um corredor e abriu uma porta. "Aqui tem uma bela salinha de estar!", disse ele. "Espero que sirva. Agora deem licença. Estou tão ocupado. Sem tempo para falar. Preciso ir trotando. É trabalho duro para duas pernas, mas não emagreço. Mais tarde passo aqui. Se quiserem alguma coisa toquem a sineta e Nob virá. Se ele não vir, toquem e gritem!"

Finalmente partiu, deixando-os sentindo-se sem fôlego. Parecia capaz de falar num fluxo infindável, não importa o quanto estivesse ocupado. Viram-se num recinto pequeno e acolhedor. Havia um bom fogo aceso na lareira e, diante dela, algumas cadeiras baixas e confortáveis. Havia uma mesa redonda, já coberta com uma toalha branca, e sobre ela uma grande sineta. Mas Nob, o criado hobbit, entrou apressado muito antes que pensassem em tocar. Trouxe velas e uma bandeja repleta de pratos.

"Vão querer algo para beber, mestres?", perguntou. "E posso lhes mostrar os quartos enquanto aprontam seu jantar?"

Estavam lavados e ocupados com boas e fundas canecas de cerveja quando o Sr. Carrapicho e Nob entraram outra vez.

Num piscar de olhos a mesa estava posta. Havia sopa quente, frios, uma torta de amoras-pretas, pães frescos, pedaços de manteiga e meio queijo maduro: comida boa e simples, boa como teriam no Condado e bastante acolhedor para desfazer a última desconfiança de Sam (já bem aliviada pela excelência da cerveja).

O senhorio rodou um pouco por ali e depois preparou-se para deixá-los. "Não sei se gostariam de se juntar ao grupo quando tiverem jantado", comentou ele, de pé junto à porta. "Quem sabe vão preferir ir para a cama. Ainda assim, a companhia teria muito prazer em recebê-los, se estiverem dispostos. Não temos Forasteiros — viajantes do Condado, eu devia dizer, com seu perdão — com frequência; e gostamos de ouvir algumas notícias, ou qualquer história ou canção em que estejam pensando. Mas como quiserem! Toquem a sineta se precisarem de alguma coisa!"

Sentiram-se tão refeitos e reanimados ao final do jantar (cerca de três quartos de hora de contínua atividade, sem interrupções para conversa desnecessária) que Frodo, Pippin e Sam decidiram juntar-se à companhia. Merry disse que seria abafado demais. "Vou ficar sentado quieto aqui junto ao fogo por algum tempo e quem sabe saia mais tarde para tomar ar. Cuidado com o que fazem e dizem, e não se esqueçam de que deveriam estar escapando em segredo, mas ainda estão em plena estrada e não muito longe do Condado!"

"Muito bem!", disse Pippin. "Cuide-se você! Não se perca e não esqueça que é mais seguro dentro de casa!"

A companhia estava no grande salão comum da estalagem. O grupo era grande e misturado, como Frodo percebeu quando seus olhos se acostumaram à iluminação. Esta vinha principalmente de um intenso fogo de troncos, pois os três lampiões suspensos nas vigas eram fracos e estavam meio envoltos em fumaça. Cevado Carrapicho estava de pé junto ao fogo, conversando com alguns anões e um ou dois homens de aspecto estranho. Nos bancos havia gente variada: homens de Bri, uma coleção de hobbits locais (sentados juntos, tagarelando), mais alguns anões, e outros vultos vagos difíceis de distinguir lá nas sombras e nos cantos.

Assim que os hobbits do Condado entraram, houve um coro de boas-vindas da gente de Bri. Os estranhos, especialmente os que tinham subido do Caminho Verde, encararam-nos curiosos. O senhorio apresentou os recém-chegados ao povo de Bri tão depressa que, apesar de terem entendido muitos nomes, raramente tiveram certeza de quem eram os donos. Os Homens de Bri pareciam todos ter nomes um tanto botânicos (e bem esquisitos para a gente do Condado), como Vela-de-Junco, Barba-de-Bode, Urzal, Macieira, Lã-de-Cardo e Samambaia (sem falar em Carrapicho). Alguns dos hobbits tinham nomes semelhantes. Os Artemísias, por exemplo, pareciam numerosos. Mas a maior parte tinha nomes naturais como Ladeira, Texugo, Buraqueiro, Areias e Tuneloso, muitos dos quais se usavam no Condado. Havia vários Sotomontes de Estrado, e, como não podiam imaginar que alguém tivesse o mesmo nome sem ser parente, acolheram Frodo cordialmente como um primo há muito perdido.

Na verdade, os hobbits de Bri eram amistosos e curiosos, e Frodo logo descobriu que teria que fornecer alguma explicação sobre o que estava fazendo. Afirmou que se interessava por história e geografia (o que provocou grande balançar de cabeças, apesar de nenhuma dessas palavras ser muito usada no dialeto de Bri). Disse que pensava em escrever um livro (o que provocou silencioso espanto), e que ele e os amigos queriam coletar informações sobre hobbits que viviam fora do Condado, especialmente nas terras orientais.

Diante disso, irrompeu um coro de vozes. Se Frodo realmente quisesse escrever um livro e tivesse muitos ouvidos, em poucos minutos teria aprendido o suficiente para vários capítulos. E como se não bastasse, deram-lhe toda uma lista de nomes, começando com "o Velho Cevado aqui", que ele poderia consultar para informações adicionais. Mas, algum tempo depois, visto que Frodo não dava sinal de escrever um livro ali mesmo, os hobbits voltaram às suas perguntas sobre os fatos do Condado. Frodo não se mostrou muito comunicativo e logo se viu sentado sozinho num canto, escutando e olhando em volta.

Os Homens e Anãos falavam mormente de eventos distantes e contavam notícias de um tipo que estava se tornando demasiado comum. Havia distúrbios lá no Sul e parecia que os

Homens que tinham subido pelo Caminho Verde estavam se mudando, procurando terras onde pudessem encontrar alguma paz. A gente de Bri era solidária, mas claramente não estava disposta a admitir grande número de estrangeiros em sua terrinha. Um dos viajantes, um sujeito estrábico e repulsivo, previa que cada vez mais pessoas viriam para o norte no futuro próximo. "Se não lhes derem espaço, eles mesmos vão fazê-lo. Têm direito de viver como todo mundo", disse em voz alta. Os habitantes locais não pareceram contentes com a perspectiva.

Os hobbits não deram muita atenção a tudo aquilo, pois no momento não parecia dizer respeito a hobbits. O Povo Grande dificilmente pediria alojamento em tocas de hobbits. Estavam mais interessados em Sam e Pippin, que já se sentiam bem em casa e conversavam alegres sobre os eventos do Condado. Pippin provocou muitos risos com um relato do desabamento do teto da Toca Municipal de Grã-Cava: Will Pealvo, Prefeito e o hobbit mais gordo da Quarta Oeste, fora enterrado em greda e saiu como um bolinho enfarinhado. Mas houve várias perguntas que deixaram Frodo um pouco inseguro. Um dos moradores de Bri, que parecia ter estado no Condado várias vezes, queria saber onde viviam os Sotomontes e de quem eram parentes.

De repente Frodo percebeu que um homem curtido pelo tempo, de estranho aspecto, sentado nas sombras junto à parede, também escutava atento a conversa dos hobbits. Tinha à sua frente um caneco alto e fumava um cachimbo de tubo comprido com entalhes curiosos. Tinha as pernas estendidas à frente, mostrando botas altas de couro maleável que lhe serviam bem, mas tinham passado por muitas agruras e agora estavam empastadas de barro. Uma capa de pano grosso, verde-escura e manchada pelas viagens, estava fechada em torno dele, e, apesar do calor do recinto, ele usava um capuz que fazia sombra em seu rosto; mas o brilho de seus olhos podia ser visto enquanto observava os hobbits.

"Quem é esse?", perguntou Frodo quando teve oportunidade de sussurrar ao Sr. Carrapicho. "Acho que não o apresentou."

"Ele?", disse o senhorio sussurrando em resposta, olhando de esguelha sem virar a cabeça. "Não sei ao certo. É dessa gente vagante — nós os chamamos de Caminheiros. Ele raramente fala:

não que não possa contar uma bela história quando está disposto. Some por um mês, ou um ano, e daí aparece de novo. Na primavera passada ficou entrando e saindo bastante; mas não o vi por aí ultimamente. O nome de verdade dele eu nunca ouvi: mas por aqui o conhecem como Passolargo. Anda bem veloz nas pernas compridas; mas não conta a ninguém o seu motivo para pressa. Mas não há como explicar o Leste e o Oeste, como dizemos em Bri, significando os Caminheiros e a gente do Condado, com sua licença. Engraçado você perguntar dele." Mas, nesse momento, o Sr. Carrapicho foi chamado por um pedido de mais cerveja, e sua última observação permaneceu sem explicação.

Frodo percebeu que Passolargo agora olhava para ele, como se tivesse ouvido ou adivinhado tudo o que fora dito. Pouco depois, acenando com a mão e inclinando a cabeça, ele convidou Frodo a vir sentar-se junto dele. Quando Frodo se aproximou, ele puxou o capuz para trás, mostrando uma cabeça desgrenhada, de cabelos escuros salpicados de cinza, e um par de olhos cinzentos e alertas em um rosto pálido e severo.

"Chamam-me de Passolargo", disse ele em voz baixa. "Tenho muito prazer em conhecê-lo, Mestre… Sotomonte, se é que o velho Carrapicho acertou seu nome."

"Acertou", assentiu Frodo com rigidez. Estava longe de se sentir confortável à vista daqueles olhos alertas.

"Bem, Mestre Sotomonte," disse Passolargo, "se eu fosse você, impediria seus jovens amigos de falarem demais. Bebida, fogo e encontros fortuitos são bem agradáveis, mas, bem… aqui não é o Condado. Há gente esquisita por aí. Mas não devia ser eu dizendo isso, você pode estar pensando", acrescentou com um sorriso retorcido, vendo a olhadela de Frodo. "E houve viajantes ainda mais estranhos passando por Bri ultimamente", prosseguiu, observando o rosto de Frodo.

Frodo retornou-lhe o olhar, mas nada disse; e Passolargo não deu mais sinal. Sua atenção pareceu fixar-se repentinamente em Pippin. Alarmado, Frodo deu-se conta de que o ridículo jovem Tûk, encorajado pelo sucesso com o gordo Prefeito de Grá-Cava, estava, na verdade, fazendo um relato cômico da festa de despedida de Bilbo. Já estava fazendo uma imitação do Discurso e se aproximava do espantoso Desaparecimento.

Frodo aborreceu-se. Era uma história bem inofensiva para a maioria dos hobbits locais, sem dúvida: apenas uma história engraçada sobre aquela gente engraçada do outro lado do Rio; mas alguns (por exemplo, o velho Carrapicho) sabiam de algumas coisas e provavelmente já tinham ouvido boatos do sumiço de Bilbo muito tempo atrás. Isso lhes recordaria o nome Bolseiro, especialmente se tivesse havido investigações sobre esse nome em Bri.

Frodo ficou irrequieto, pensando no que deveria fazer. Pippin evidentemente estava apreciando a atenção que conquistara, esquecendo-se por completo do seu perigo. Frodo temeu de repente que, no humor do momento, ele pudesse chegar a mencionar o Anel; e isso poderia ser um desastre.

"É melhor fazer alguma coisa depressa!", Passolargo cochichou em seu ouvido.

Frodo levantou-se de um salto, pôs-se de pé numa mesa e começou a falar. A atenção da plateia de Pippin foi perturbada. Alguns dos hobbits olharam para Frodo, riram e bateram palmas, pensando que o Sr. Sotomonte tinha tomado toda a cerveja que aguentava.

Frodo sentiu-se repentinamente muito tolo e viu-se (como costumava fazer quando discursava) manuseando os objetos em seu bolso. Sentiu o Anel em sua corrente e, muito inexplicavelmente, foi tomado pelo desejo de colocá-lo e sumir daquela situação tola. De algum modo pareceu-lhe que a sugestão lhe vinha de fora, de alguém ou algo naquela sala. Resistiu firmemente à tentação e agarrou o Anel na mão, como se quisesse dominá-lo e evitar que escapasse ou causasse algum dano. De qualquer modo, isso não lhe deu nenhuma inspiração. Falou "algumas palavras adequadas", como diriam no Condado: "Estamos todos muito gratos pela gentileza de sua recepção, e arrisco-me a esperar que minha breve visita ajude a renovar os velhos laços de amizade entre o Condado e Bri"; depois hesitou e tossiu.

Todos na sala estavam agora olhando para ele. "Uma canção!", gritou um dos hobbits. "Uma canção! Uma canção!", gritaram todos os demais. "Vamos, mestre, cante-nos alguma coisa que não ouvimos antes!"

Por um momento, Frodo ficou boquiaberto. Depois, desesperado, começou uma canção ridícula de que Bilbo gostava bastante (e, na verdade, se orgulhava bastante, pois ele mesmo inventara a letra). Era sobre uma estalagem; e provavelmente foi por isso que Frodo a recordou justo naquele momento. Aqui está toda ela. Hoje em dia, em regra, só se recordam algumas palavras.

Numa estalagem, velha estalagem
  ao pé do morro antigo,
A cerveja que fazem é tão castanha
Que o Homem da Lua com sede tamanha
  desceu que nem pôde consigo.

O gato ébrio do estribeiro
  na rabeca é mestre cheio;
O arco empunha o gato borracho,
Guinchando alto, roncando baixo
  ou serrando pelo meio.

O dono tem um cachorrinho
  que é louco por um chiste;
Se fazem graça os fregueses,
Escuta e ri todas as vezes,
  engasga, mas não desiste.

Também têm lá uma vaca chifruda,
  altiva qual rainha;
A música a anima e faz com que aplauda,
E como que ébria balança a cauda,
  na grama dança sozinha.

Ó! quanta baixela feita de prata
  e de prata colheres a rodo!
Pro domingo[1] *existe um par especial,*
Polido e lustrado, nada banal,
  durante o sábado todo.

---

[1]Ver nota 6, III, p. 1582. [N. A.]

O Homem da Lua bebeu quanto pôde
  e o gato pôs-se a lamentar;
Colher e prato dançavam na mesa,
No jardim a vaca saltava bem tesa,
  e o cachorro a cauda a caçar.

O Homem da Lua tomou mais um trago
  e sob a cadeira rolou;
E lá cochilou e sonhou com cerveja,
As estrelas do céu a sumir, ora veja,
  e por pouco o Sol não raiou.

O estribeiro então falou ao seu gato:
  "Os brancos corcéis da Lua
Relincham e mordem os freios de prata;
Mas o Homem ressona, e nada o resgata,
  e logo o Sol sai à rua!"

O gato ao violino tocou grosso e fino
  uma dança de erguer o freguês:
Guinchando, serrando, dá tudo que pode,
E o dono o Homem da Lua sacode
  Dizendo: "Já passa das três!"

Rolaram o Homem colina acima,
  na Lua o puseram no ato,
Os corcéis a galope atrás da ressaca,
Saltando qual corça vinha a vaca,
  e a colher fugiu com um prato.
À toda o violino tocou grosso e fino,
  rugia bem alto o cão,
A vaca e os cavalos de ponta-cabeça;
Convivas pulavam da cama depressa
  dançando sobre o chão.

Pim, pum, da rabeca as cordas romperam!
  a vaca saltou sobre a Lua,
O cãozinho já não parava de rir,
E o prato de sábado pôs-se a fugir
  co'a colher que aos domingos atua.

*A Lua escondeu-se por trás da colina
quando a Sol[2] foi erguendo a cabeça.
E mal conseguia crer no que via,
Pois, incrível que fosse, apesar de já dia,
foram todos pra cama depressa!*[A]

Houve aplausos altos e longos. Frodo tinha boa voz, e a canção lhes estimulou a imaginação. "Onde está o velho Cevada?", exclamaram. "Ele devia ouvir isso. Bob devia ensinar o gato a tocar rabeca, e daí poderíamos dançar." Pediram mais cerveja e começaram a gritar: "Vamos ouvir de novo, mestre! Vamos lá! Mais uma vez!"

Fizeram Frodo beber mais uma e depois recomeçar a canção, enquanto muitos deles cantavam junto; pois a melodia era bem conhecida, e eles eram rápidos em pegar a letra. Agora foi a vez de Frodo sentir-se contente. Deu pulinhos na mesa; e, quando chegou pela segunda vez em *a vaca saltou sobre a Lua*, deu um pulo no ar. Com demasiado vigor; pois desceu, bum, em cima de uma bandeja cheia de canecas, e escorregou, e rolou da mesa com estrondo, tinido e choque! Toda a plateia escancarou a boca de rir e parou em silêncio pasmado; pois o cantor desapareceu. Simplesmente sumiu, como se tivesse passado pelo chão, zás, sem deixar buraco!

Os hobbits locais olharam fixamente, estupefatos, e depois se ergueram aos saltos e chamaram Cevado aos gritos. Toda a companhia se afastou de Pippin e Sam, que se viram abandonados num canto e observados de longe, sombria e duvidosamente. Era evidente que muitas pessoas já os consideravam companheiros de um mágico viajante com poderes e propósitos desconhecidos. Mas havia um morador moreno de Bri que ficou fitando-os com uma expressão astuciosa e meio zombeteira que os deixou muito desconfortáveis. Logo ele se esgueirou porta afora, seguido pelo sulista estrábico: os dois tinham cochichado juntos durante boa parte da noite.

---

[2]Os Elfos (e os Hobbits) sempre se referem ao Sol como Ela. [N. A.]

Frodo sentiu-se um tolo. Sem saber o que mais fazer, engatinhou por baixo das mesas até o canto escuro junto a Passolargo, que permanecia sentado imóvel, sem dar sinal de seus pensamentos. Frodo reclinou-se na parede e tirou o Anel. Não sabia dizer como este acabara em seu dedo. Só podia supor que estivera manuseando-o no bolso enquanto cantava e que, de algum modo, o pusera no dedo quando estendeu a mão, num solavanco, para amortecer a queda. Por um momento perguntou-se se o próprio Anel não lhe pregara uma peça; talvez tivesse tentado revelar-se como reação a algum desejo ou comando sentido na sala. Não lhe agradava o aspecto dos homens que haviam saído.

"Bem?", comentou Passolargo quando ele ressurgiu. "Por que fez aquilo? Pior do que qualquer coisa que seus amigos poderiam dizer! Meteu os pés pelas mãos! Ou devo dizer o dedo?"

"Não sei o que quer dizer", disse Frodo, irritado e alarmado.

"Oh, sabe sim", respondeu Passolargo; "mas é melhor esperarmos que o alvoroço diminua. Depois, por favor, Sr. *Bolseiro*, gostaria de uma conversinha tranquila."

"Sobre o quê?", perguntou Frodo, ignorando o súbito uso de seu nome correto.

"Um assunto de certa importância — para nós dois", respondeu Passolargo, olhando nos olhos de Frodo. "Você poderá ouvir algo do seu interesse."

"Muito bem", comentou Frodo, tentando parecer indiferente. "Falo com você mais tarde."

Enquanto isso, uma discussão acontecia junto à lareira. O Sr. Carrapicho entrara trotando e agora estava tentando escutar ao mesmo tempo vários relatos conflitantes do acontecido.

"Eu vi ele, Sr. Carrapicho", disse um hobbit; "ou melhor, não vi ele, se me entende. Ele sumiu no ar, por assim dizer."

"Não me diga, Sr. Artemísia!", respondeu o senhorio, com expressão perplexa.

"Digo sim!", retrucou Artemísia. "E quero dizer isso mesmo, ainda por cima."

"Tem algum engano em algum lugar", disse Carrapicho, balançando a cabeça. "O Sr. Sotomonte era meio grande para sumir no ar, ou na névoa, o que é mais provável nesta sala."

"Bem, onde está ele agora?" exclamaram diversas vozes.

"Como é que vou saber? Ele é livre para ir aonde quiser, contanto que pague pela manhã. Ali está o Sr. Tûk: esse não sumiu."

"Bem, eu vi o que vi e vi o que não vi", disse Artemísia obstinado.

"E eu digo que tem algum engano", repetiu Carrapicho, apanhando a bandeja e recolhendo a louça quebrada.

"É claro que há um engano!", disse Frodo. "Eu não desapareci. Aqui estou! Só estava trocando algumas palavras com Passolargo no canto."

Avançou à luz do fogo; mas a maior parte da companhia se afastou, ainda mais perturbada que antes. Não estavam nem um pouco satisfeitos com sua explicação de que engatinhara depressa por baixo das mesas depois de cair. A maioria dos Hobbits e os Homens de Bri saíram na mesma hora, ofendidos, sem gosto para mais entretenimento naquela noite. Um ou dois olharam para Frodo de modo sombrio e partiram resmungando entre si. Os Anãos e os dois ou três Homens estranhos que ainda restavam levantaram-se e deram boa noite ao senhorio, mas não a Frodo e seus amigos. Pouco tardou para não sobrar ninguém, exceto Passolargo, que continuava sentado, sem ser notado, junto à parede.

O Sr. Carrapicho não parecia muito aborrecido. Calculava, com boa probabilidade, que em muitas noites futuras sua casa estaria lotada outra vez até o presente mistério estar exaustivamente discutido. "Ora, o que andou fazendo, Sr. Sotomonte?", perguntou. "Assustando meus fregueses e quebrando minha louça com suas acrobacias!"

"Sinto muito se lhe causei algum inconveniente", disse Frodo. "Foi totalmente sem querer, eu asseguro. Um acidente muito infeliz."

"Está certo, Sr. Sotomonte! Mas se vai dar mais cambalhotas, fazer prestidigitação ou o que for, seria melhor avisar as pessoas antes — e avisar a *mim*. Por aqui temos algumas suspeitas de tudo o que é fora do normal — inquietante, se me entende; e não passamos a gostar disso de repente."

"Não hei de fazer mais nada parecido, Sr. Carrapicho, eu lhe prometo. E agora acho que vou indo para a cama. Vamos partir cedo. Pode mandar aprontar nossos pôneis para as oito horas?"

"Muito bem! Mas antes que vá gostaria de uma palavrinha em particular, Sr. Sotomonte. Acabo de recordar uma coisa que devia lhe contar. Espero que não me leve a mal. Quando eu tiver ajeitado uma ou duas coisas, vou até seu quarto, se me permitir."

"Certamente!", disse Frodo; mas sentia desânimo. Pensou em quantas conversas privadas precisaria ter antes de ir dormir e o que elas revelariam. Toda essa gente estava aliada contra ele? Começou a suspeitar que até o rosto gordo do velho Carrapicho ocultava intenções sombrias.

10

Passolargo

Frodo, Pippin e Sam retornaram à sala de estar. Não havia luz. Merry não estava lá, e o fogo estava quase apagado. Foi só depois de soprarem as brasas para produzir fogo e de lhe jogarem em cima alguns feixes de lenha que descobriram que Passolargo viera com eles. Ali estava ele, sentado calmamente numa cadeira junto à porta!

"Alô!", disse Pippin. "Quem é você e o que quer?"

"Sou chamado de Passolargo", respondeu ele; "e, apesar de ele poder ter esquecido, seu amigo prometeu ter uma conversa tranquila comigo."

"Creio que você disse que eu ouviria algo do meu interesse", disse Frodo. "O que tem a dizer?"

"Várias coisas", respondeu Passolargo. "Mas é claro que tenho meu preço."

"O que quer dizer?", perguntou Frodo abruptamente.

"Não se assuste! Só quero dizer isto: eu lhe contarei o que sei e lhe darei alguns bons conselhos — mas vou querer uma recompensa."

"E qual seria ela, se me faz favor?", indagou Frodo. Suspeitava agora que tinha caído nas mãos de um tratante e pensou incomodado que só trouxera pouco dinheiro. Ele todo mal satisfaria um trapaceiro, e Frodo não podia abrir mão de nem um pouco.

"Nada mais do que você pode gastar", respondeu Passolargo com um lento sorriso, como se adivinhasse os pensamentos de Frodo. "Apenas isto: você precisa levar-me consigo até que eu queira deixá-lo."

"Oh, realmente!", retrucou Frodo, surpreso, mas não muito aliviado. "Mesmo que eu quisesse mais um companheiro, não concordaria com uma coisa dessas antes de saber muito mais sobre você e seus afazeres."

"Excelente!", exclamou Passolargo, cruzando as pernas e reclinando-se confortavelmente. "Você parece estar recuperando o bom-senso, e isso é muito bom. Foi muito descuidado até aqui. Muito bem! Vou lhe contar o que sei e deixar a recompensa por sua conta. Você poderá dá-la de bom grado depois de me ouvir."

"Então prossiga!", disse Frodo. "O que sabe?"

"Demais; coisas sombrias demais", comentou Passolargo, soturno. "Mas quanto aos seus afazeres..." Levantou-se e foi até a porta, abriu-a depressa e olhou para fora. Depois fechou-a silenciosamente e sentou-se outra vez. "Tenho ouvidos aguçados", prosseguiu, abaixando a voz, "e apesar de não conseguir desaparecer, cacei muitas criaturas selvagens e desconfiadas, e normalmente consigo evitar que me vejam, se assim quiser. Ora, esta tarde eu estava atrás da sebe na Estrada a oeste de Bri quando vieram quatro hobbits da região das Colinas. Não preciso repetir tudo que eles disseram ao velho Bombadil ou uns aos outros; mas uma coisa me interessou. 'Por favor lembrem-se', disse um deles, 'de que o nome Bolseiro não pode ser mencionado. Eu sou o Sr. Sotomonte, se for preciso dar algum nome.' Isso me interessou tanto que eu os segui até aqui. Esgueirei-me por cima do portão bem atrás deles. Quem sabe o Sr. Bolseiro tenha um motivo honesto para deixar o nome para trás; mas, se for assim, eu o aconselharia, e a seus amigos, a terem mais cuidado."

"Não sei que interesse meu nome tem para qualquer pessoa de Bri", disse Frodo com raiva, "e ainda preciso saber por que ele interessa a você. O Sr. Passolargo pode ter um motivo honesto para espionar e ouvir conversas alheias; mas, se for assim, eu o aconselharia a explicá-lo."

"Boa resposta!", exclamou Passolargo, rindo. "Mas a explicação é simples: eu estava buscando um hobbit chamado Frodo Bolseiro. Queria encontrá-lo depressa. Fiquei sabendo que ele levava para fora do Condado, bem, um segredo que diz respeito a mim e a meus amigos.

"Ora, não me entenda mal!", exclamou Passolargo quando Frodo se ergueu da cadeira e Sam pulou de cenho franzido.

"Vou cuidar do segredo melhor que você. E é preciso cuidado!" Inclinou-se para diante e olhou para eles. "Vigiem cada sombra!", disse em voz baixa. "Cavaleiros negros passaram por Bri. Na segunda-feira veio um descendo pelo Caminho Verde, dizem; e outro apareceu depois, subindo pelo Caminho Verde, vindo do sul."

Fez-se silêncio. Finalmente Frodo falou a Pippin e Sam: "Eu devia ter adivinhado, pela forma como o porteiro nos recebeu", disse ele. "E o senhorio parece ter ouvido alguma coisa. Por que nos pressionou a irmos ter com a companhia? E por que cargas d'água nos comportamos de modo tão tolo: devíamos ter ficado quietos aqui dentro."

"Teria sido melhor", comentou Passolargo. "Eu os teria impedido de ir ao salão comum, se pudesse; mas o taverneiro não me deixou entrar para falar-lhe, nem levou recado."

"Acha que ele...", começou Frodo.

"Não, não penso mal do velho Carrapicho. Só que ele não gosta nada de vagabundos misteriosos do meu tipo." Frodo olhou-o confuso. "Bem, eu tenho um aspecto bem de tratante, não tenho?", disse Passolargo com o lábio torcido e um brilho esquisito nos olhos. "Mas espero que possamos nos conhecer melhor. Quando isso acontecer, espero que você explique o que aconteceu no fim de sua canção. Pois essa pequena travessura..."

"Foi puro acidente!", interrompeu Frodo.

"Fico pensando", prosseguiu Passolargo. "Acidente então. Esse acidente pôs em perigo sua posição."

"Quase nada além do que já estava", retrucou Frodo. "Eu sabia que esses cavaleiros estavam me perseguindo; mas, de qualquer modo, agora eles parecem ter me perdido e foram embora."

"Não pode contar com isso!", disse Passolargo abruptamente. "Eles vão voltar. E mais estão chegando. Há outros. Sei quantos são. Conheço esses Cavaleiros." Fez uma pausa, e seus olhos estavam frios e severos. "E há algumas pessoas em Bri que não merecem confiança", prosseguiu. "Bill Samambaia, por exemplo. Tem um mau nome na região de Bri, e gente esquisita visita sua casa. Deve tê-lo visto na companhia: um sujeito moreno com expressão de escárnio. Estava bem perto de um dos estrangeiros Sulistas, e saíram de fininho juntos, logo após o seu 'acidente'. Nem todos esses Sulistas têm boas intenções; e quanto a Samambaia, ele venderia qualquer coisa a qualquer pessoa; ou causaria prejuízos para se divertir."

"O que Samambaia vai vender e o que meu acidente tem a ver com ele?", disse Frodo, ainda decidido a não entender as insinuações de Passolargo.

"Notícias suas, é claro", respondeu Passolargo. "Um relato de seu número seria muito interessante para certas pessoas. Depois disso dificilmente teriam que ficar sabendo seu nome verdadeiro. Parece-me extremamente provável que vão sabê-lo antes que esta noite termine. Isso basta? Pode fazer o que quiser com minha recompensa: leve-me como guia ou não. Mas posso dizer que conheço todas as terras entre o Condado e as Montanhas Nevoentas, pois perambulei por elas durante muitos anos. Sou mais velho do que pareço. Posso ser de alguma valia. Depois desta noite você terá que abandonar a estrada aberta, pois os cavaleiros vão vigiá-la noite e dia. Poderá escapar de Bri, e lhe permitirão avançar enquanto brilhar o Sol, mas não irá longe. Vão atacá-lo no ermo, em algum lugar escuro onde não há auxílio. Quer que o encontrem? Eles são terríveis!"

Os hobbits olharam-no e viram, surpresos, que seu rosto estava distorcido como se fosse de dor, e suas mãos agarravam os braços da cadeira. O quarto estava muito quieto e silencioso, e a luz parecia ter enfraquecido. Por um instante ele ficou sentado com olhos que nada viam, como se caminhasse numa lembrança distante ou escutasse sons longínquos na Noite.

"Aí está!", exclamou um momento depois, passando a mão pela testa. "Talvez eu saiba mais do que vocês sobre esses perseguidores. Vocês os temem, mas ainda não os temem o bastante. Amanhã terão que escapar, se puderem. Passolargo pode conduzi-los por trilhas que raramente são pisadas. Querem a companhia dele?"

Fez-se um pesado silêncio. Frodo não deu resposta, sua mente estava confusa com dúvida e temor. Sam franziu o cenho e os olhos para o patrão e finalmente irrompeu:

"Com sua licença, Sr. Frodo, eu diria que *não*! Este Passolargo, ele alerta e ele diz 'tomem cuidado'; e eu digo *sim* para isso, e vamos começar por ele. Ele vem lá do Ermo, e nunca ouvi falar bem de gente assim. Ele sabe alguma coisa, isso está claro, e mais do que eu gosto; mas não é motivo pra nós deixarmos que ele nos conduza a algum lugar escuro e longe de auxílio, como ele diz."

Pippin estava irrequieto e parecia desconfortável. Passolargo não respondeu a Sam, mas voltou os olhos aguçados para Frodo. Frodo viu que ele o espiava e desviou os olhos. "Não", disse devagar. "Não concordo. Eu penso, penso que você não é realmente como decidiu parecer. Começou falando comigo como o povo de Bri, mas sua voz mudou. Ainda assim, parece que Sam tem razão nisto: não vejo por que você nos alerta para termos cuidado, porém pede que confiemos em você. Por que o disfarce? Quem é você? O que você realmente sabe sobre... sobre meus afazeres? E como sabe?"

"A lição de cautela foi bem aprendida", disse Passolargo com um sorriso inflexível. "Mas cautela é uma coisa e titubear é outra. Agora jamais chegará a Valfenda por seus próprios meios, e confiar em mim é sua única chance. Você precisa decidir-se. Responderei a algumas de suas perguntas, se isso o ajudar na decisão. Mas por que haveria de acreditar na minha história se já não confia em mim? Seja como for, aqui está..."

Nesse momento alguém bateu à porta. O Sr. Carrapicho chegara com velas e, atrás dele, estava Nob com jarras de água quente. Passolargo encolheu-se num canto escuro.

"Vim lhes dar boa noite", disse o senhorio pondo as velas na mesa. "Nob! Leve a água aos quartos!" Entrou e fechou a porta.

"É assim", começou ele, hesitando e parecendo aflito. "Se fiz algum mal, estou sinceramente arrependido. Mas uma coisa expulsa a outra, como se deve admitir; e sou um homem ocupado. Mas nesta semana uma coisa e depois outra atiçaram minha memória, como diz o ditado, e espero que não seja tarde demais. Veja, me pediram para esperar hobbits do Condado, em especial um com o nome de Bolseiro."

"E o que isso tem a ver comigo?", perguntou Frodo.

"Ah! você é quem sabe", respondeu o senhorio, com astúcia. "Não vou denunciá-lo, mas me disseram que esse Bolseiro estaria viajando com o nome de Sotomonte, e recebi uma descrição que se ajusta bem em você, eu é que digo."

"De fato! Como é então?", indagou Frodo, interrompendo imprudentemente.

"'Um sujeitinho robusto de bochechas vermelhas', comentou o Sr. Carrapicho solenemente. Pippin deu uma risadinha, mas Sam pareceu indignado. 'Isso não vai ajudá-lo muito; vale para a maioria dos hobbits, Cevada', ele me disse", prosseguiu o Sr. Carrapicho com uma olhadela para Pippin. 'Mas este é mais alto que alguns e mais bonito que a maioria, e tem um corte no queixo: rapaz animado de olhos brilhantes'. Perdão, mas foi ele quem disse, não eu."

"*Ele* disse? E quem era ele?", perguntou Frodo com avidez.

"Ah! Foi Gandalf, se sabe a quem me refiro. Um mago, dizem que ele é, mas é bom amigo meu, seja mago ou não. Mas agora não sei o que ele há de me dizer se eu o vir de novo: vai azedar toda a minha cerveja ou me transformar num bloco de madeira, não me espantaria. Ele é meio apressado. Seja como for, o que está feito não pode ser desfeito."

"Bem, o que você fez?", indagou Frodo, perdendo a paciência com o lento desenrolar dos pensamentos de Carrapicho.

"Onde eu estava?", disse o senhorio, fazendo uma pausa e estalando os dedos. "Ah, sim! O velho Gandalf. Três meses atrás ele entrou direto em minha sala sem bater. 'Cevada,' diz ele, 'vou partir pela manhã. Pode fazer algo por mim?' 'Basta dizer', eu respondi. 'Estou com pressa', disse ele, 'e eu próprio não tenho tempo, mas quero mandar um recado ao Condado. Você tem alguém que possa mandar, em quem você confie?' 'Posso achar alguém,' eu falei, 'quem sabe amanhã ou depois de amanhã.' 'Que seja amanhã', disse ele, e me deu uma carta.

"Está endereçada bem claramente", afirmou o Sr. Carrapicho, tirando uma carta do bolso e lendo o endereço lenta e altivamente (dava valor à sua reputação de homem letrado):

Sr. FRODO BOLSEIRO, BOLSÃO,
VILA-DOS-HOBBITS no CONDADO.

"Uma carta de Gandalf para mim!", exclamou Frodo.

"Ah!", disse o Sr. Carrapicho. "Então seu nome verdadeiro é Bolseiro?"

"É," assentiu Frodo, "e é melhor me dar essa carta imediatamente e explicar por que jamais a mandou. Imagino que isso é o que veio me contar, apesar de ter levado muito tempo para chegar ao ponto."

O pobre Sr. Carrapicho parecia incomodado. "Tem razão, mestre," disse ele, "e peço seu perdão. E tenho medo mortal do que Gandalf vai dizer, se tiver causado algum mal. Mas não a segurei de propósito. Guardei-a em segurança. Daí não consegui encontrar ninguém disposto a ir ao Condado no dia seguinte, nem no dia depois desse, e não podia abrir mão de ninguém do meu pessoal; e daí uma coisa e depois outra expulsou isso da minha cabeça. Sou um homem ocupado. Vou fazer o que puder para ajeitar as coisas e, se houver alguma ajuda que eu possa dar, basta dizer.

"Deixando de lado a carta, eu não prometi menos a Gandalf. 'Cevada', disse ele para mim, 'esse meu amigo do Condado, pode ser que apareça por aqui brevemente, ele e outro. Virá com o nome de Sotomonte. Atente para isso! Mas não precisa fazer perguntas. E, se eu não estiver com ele, poderá estar em apuros e poderá precisar de ajuda. Faça por ele tudo o que puder e serei grato', ele disse. E aqui está você, e parece que os apuros não estão longe."

"O que quer dizer?", perguntou Frodo.

"Esses homens de preto", disse o senhorio, baixando a voz. "Estão buscando por *Bolseiro* e se eles têm boas intenções, eu sou um hobbit. Foi na segunda-feira, e todos os cachorros estavam choramingando, e os gansos gritavam. Sinistro, disse eu. Nob, ele veio e me contou que dois homens de preto estavam à porta perguntando por um hobbit chamado Bolseiro. O cabelo de Nob estava todo em pé. Mandei embora os sujeitos de preto e bati a porta na cara deles; mas ouvi dizer que estão fazendo a mesma pergunta daqui até Archet. E aquele Caminheiro, Passolargo, ele também esteve fazendo perguntas. Tentou entrar aqui para encontrá-lo antes de você comer um bocado ou jantar, foi isso."

"Foi isso!", disse Passolargo de repente, adiantando-se para a luz. "E muitos apuros poderiam ter sido evitados se você o tivesse deixado entrar, Cevado."

O senhorio deu um salto, surpreso. "Você!", exclamou. "Está sempre surgindo de repente. O que quer agora?"

"Ele está aqui com minha permissão", disse Frodo. "Veio oferecer-me sua ajuda."

"Bem, quem sabe de seus afazeres é você, talvez", comentou o Sr. Carrapicho, olhando para Passolargo com suspeita. "Mas se eu estivesse na sua dificuldade não me associaria com um Caminheiro."

"Então se associaria com quem?", perguntou Passolargo. "Com um taverneiro gordo que só se lembra do próprio nome porque as pessoas o gritam para ele o dia inteiro? Eles não podem ficar no Pônei para sempre e não podem ir para casa. Têm uma longa estrada diante de si. Você vai com eles para afastar os homens de preto?"

"Eu? Deixar Bri! Eu não faria isso por dinheiro nenhum", disse o Sr. Carrapicho, parecendo assustado de verdade. "Mas por que não pode passar um tempo quieto aqui, Sr. Sotomonte? O que são todos esses acontecimentos esquisitos? O que esses homens de preto estão perseguindo e de onde vêm, é o que eu queria saber."

"Lamento não poder explicar tudo", respondeu Frodo. "Estou cansado e muito preocupado, e é uma longa história. Mas, se quer me ajudar, eu o aviso de que estará em perigo enquanto eu estiver em sua casa. Esses Cavaleiros Negros: não tenho certeza, mas penso, temo que venham de…"

"Eles vêm de Mordor", disse Passolargo em voz baixa. "De Mordor, Cevado, se isso significa algo para você."

"Salve-nos!", exclamou o Sr. Carrapicho, empalidecendo; evidentemente o nome lhe era conhecido. "Essa é a pior notícia que chegou em Bri no meu tempo."

"É sim", disse Frodo. "Ainda está disposto a me ajudar?"

"Estou", assentiu o Sr. Carrapicho. "Mais do que nunca. Porém não sei o que alguém como eu pode fazer contra, contra…", hesitou.

"Contra a Sombra no Leste", completou Passolargo, baixinho. "Não é muito, Cevado, mas todo pouquinho ajuda. Pode deixar o Sr. Sotomonte dormir aqui esta noite, como Sr. Sotomonte, e pode esquecer o nome Bolseiro até que ele esteja bem longe."

"Vou fazer isso", disse Carrapicho. "Mas vão descobrir que ele está aqui sem ajuda minha, eu temo. É pena o Sr. Bolseiro ter chamado atenção para si esta noite, para não dizer mais. A história da partida desse Sr. Bilbo foi ouvida em Bri antes de hoje à noite. Até nosso Nob adivinhou algumas coisas no seu cocuruto lerdo; e tem outros em Bri que raciocinam mais depressa que ele."

"Bem, só podemos esperar que os Cavaleiros não voltem logo", disse Frodo.

"Espero mesmo que não", concordou Carrapicho. "Mas sejam assombrações ou não, não vão entrar tão facilmente no Pônei. Não se preocupem até a manhã. Nob não vai dizer palavra alguma. Nenhum homem de preto vai passar por minhas portas enquanto eu puder ficar de pé. Eu e meu pessoal vamos vigiar hoje à noite; mas é melhor que durmam um pouco, se puderem."

"Seja como for, precisamos ser chamados ao amanhecer", avisou Frodo. "Precisamos partir o mais cedo possível. Desjejum às seis e meia, por favor."

"Certo! Vou dar as ordens", disse o senhorio. "Boa noite, Sr. Bolseiro — Sotomonte, eu deveria dizer! Boa noite — ora, veja só! Onde está o seu Sr. Brandebuque?"

"Não sei", respondeu Frodo com súbita ansiedade. Tinham-se esquecido de Merry por completo, e estava ficando tarde. "Temo que esteja lá fora. Ele falou alguma coisa sobre sair para tomar ar."

"Bem, vocês precisam ser vigiados com certeza: seu grupo parece que está de férias!", exclamou Carrapicho. "Preciso ir depressa aferrolhar as portas, mas vou garantir que deixem seu amigo entrar quando ele chegar. É melhor mandar Nob procurá-lo. Boa noite a todos!" Finalmente o Sr. Carrapicho saiu, com outro olhar duvidoso para Passolargo e um balanço de cabeça. Seus passos recuaram pelo corredor.

"Bem?", disse Passolargo. "Quando vai abrir a carta?" Frodo examinou o lacre com cuidado antes de rompê-lo. Certamente parecia ser de Gandalf. No interior, escrita na letra vigorosa, mas graciosa, do mago, havia a seguinte mensagem:

O PÔNEI EMPINADO, BRI.
Dia do Meio-do-verão, Ano 1418 do Condado.

Caro, Frodo,

Más notícias me chegaram aqui. Preciso partir imediatamente. É melhor que você deixe Bolsão logo e saia do Condado o mais tardar antes do final de julho. Vou retornar assim que puder e vou segui-lo, se descobrir que foi embora. Deixe um recado para mim aqui, se passar por Bri. Pode confiar no senhorio (Carrapicho). Poderá encontrar um amigo meu na Estrada: um Homem magro, moreno e alto, que alguns chamam de Passolargo. Ele conhece nosso assunto e vai ajudá-lo. Rume para Valfenda. Ali espero que possamos nos reencontrar. Se eu não chegar, Elrond vai aconselhá-lo.

Seu, com pressa,

GANDALF.

OBS: NÃO O use de novo, não importa por qual motivo! Não viaje de noite!

OBS2: Assegure-se de que é o Passolargo de verdade. Há muitos homens estranhos nas estradas. Seu nome verdadeiro é Aragorn.

Não rebrilha tudo que é ouro,
    Nem perdidos estão os que vagam;
Não fenece o antigo tesouro,
    Nem geadas raízes apagam.
Das cinzas um fogo renasce,
    Uma luz das sombras virá;
A espada partida refaz-se,
    O sem-coroa outra vez reinará.[A]

OBS3: Espero que Carrapicho mande esta mensagem imediatamente. É um homem valoroso, mas sua memória é como um depósito de trastes: o que buscamos está sempre enterrado. Se ele esquecer, hei de assá-lo.

Boa Viagem!

Frodo leu a carta para si e depois a passou a Pippin e Sam. "Realmente o velho Carrapicho confundiu as coisas!", disse ele. "Merece ser assado. Se eu tivesse recebido esta carta imediatamente, agora poderíamos todos estar a salvo em Valfenda. Mas o que terá acontecido com Gandalf? Ele escreve como se estivesse rumando para um grande perigo."

"Faz muitos anos que ele vem fazendo isso", comentou Passolargo.

Frodo virou-se e olhou-o, pensativo, admirado com a segunda OBS de Gandalf. "Por que não me contou logo que era amigo de Gandalf?", perguntou ele. "Isso teria poupado tempo."

"Teria? Algum de vocês teria acreditado em mim até agora?", disse Passolargo. "Eu nada sabia dessa carta. O que sabia é que teria de persuadi-lo a confiar em mim sem prova, se fosse ajudá-lo. Seja como for, eu não pretendia contar-lhe tudo sobre mim de imediato. Eu precisava estudar *você* primeiro e ter certeza de você. O Inimigo já me armou ciladas antes de hoje. Assim que eu estivesse decidido, estava disposto a lhe contar qualquer coisa que perguntasse. Mas preciso confessar", acrescentou ele com uma risada estranha, "que esperava que me aceitasse por mim mesmo. Às vezes um homem caçado se cansa da desconfiança e anseia por amizade. Mas nesse ponto eu creio que minha aparência está contra mim."

"Está — pelo menos à primeira vista", riu Pippin com súbito alívio após ter lido a carta de Gandalf. "Mas bonito é quem bonito faz, como dizemos no Condado; e ouso dizer que todos nós vamos ter a mesma aparência depois de passarmos dias deitados em sebes e valas."

"Levaria mais que alguns dias, ou semanas, ou anos de andanças no ermo para você se parecer com Passolargo", respondeu ele. "E você morreria primeiro, a não ser que seja feito de material mais duro do que parece."

Pippin deu-se por vencido; mas Sam não se assustou, e ainda olhava duvidoso para Passolargo. "Como vamos saber que você é o Passolargo que Gandalf fala?", exigiu. "Você nunca mencionou Gandalf até esta carta aparecer. Você poderia ser um espião representando um papel, ao que posso ver, tentando nos fazer ir consigo. Você pode ter apagado o Passolargo de verdade e pegado as roupas dele. O que tem a dizer sobre isso?"

"Que você é um sujeito decidido", respondeu Passolargo; "mas temo que minha única resposta a você, Sam Gamgi, é esta. Se eu tivesse matado o Passolargo de verdade, eu poderia matar vocês. E já os teria matado sem tanta conversa. Se eu estivesse buscando o Anel, eu poderia tê-lo — AGORA!"

Levantou-se e pareceu tornar-se subitamente mais alto. Em seus olhos brilhava uma luz incisiva e imperiosa. Jogando a capa para trás, pôs a mão no punho de uma espada que trazia escondida no flanco. Eles não ousaram mover-se. Sam ficou sentado, boquiaberto, fitando-o emudecido.

"Mas eu *sou* o Passolargo de verdade, felizmente", disse ele, baixando os olhos para eles com um rosto suavizado por um sorriso repentino. "Eu sou Aragorn, filho de Arathorn; e se puder salvá-los por vida ou morte, eu o farei."

Fez-se um longo silêncio. Por fim Frodo falou, hesitante: "Eu acreditava que você fosse amigo antes que a carta chegasse," disse ele, "ou pelo menos desejava. Você me assustou diversas vezes esta noite, mas nunca do modo como os serviçais do Inimigo me assustariam, assim imagino. Acho que um de seus espiões iria… bem, parecer mais belo e dar impressão mais imunda, se me entende."

"Entendo", riu-se Passolargo. "Eu pareço imundo e dou uma bela impressão. É isso? 'Não rebrilha tudo que é ouro, nem perdidos estão os que vagam.'"

"Então os versos se referiam a você?", perguntou Frodo. "Não consegui distinguir sobre o que eles eram. Mas como sabia que estavam na carta de Gandalf, se jamais a viu?"

"Eu não sabia", respondeu ele. "Mas eu sou Aragorn, e esses versos vêm com esse nome." Sacou a espada, e viram que a lâmina de fato estava partida um pé[1] abaixo do punho. "Não serve para grande coisa, não é, Sam?", disse Passolargo. "Mas está próxima a hora em que há de ser reforjada."

---

[1] Cerca de 30 centímetros. [N. T.]

Sam nada disse.

"Bem," continuou Passolargo, "com a permissão de Sam vamos considerar isso resolvido. Passolargo há de ser seu guia. E agora acho que é hora de irem dormir e descansar o quanto puderem. Amanhã teremos uma estrada difícil. Mesmo que nos permitam deixar Bri sem impedimento, agora dificilmente podemos esperar partir sem sermos notados. Mas tentarei perder-nos assim que possível. Sei de um ou dois caminhos para sair da região de Bri que não são pela estrada principal. Assim que nos desfizermos da perseguição, vou rumar para o Topo-do-Vento."

"Topo-do-Vento?", indagou Sam. "O que é isso?"

"É uma colina logo ao norte da Estrada, perto da metade do caminho daqui até Valfenda. Ela domina uma ampla vista de todo o entorno; e ali teremos a oportunidade de olharmos em nossa volta. Gandalf vai rumar para esse ponto, se nos seguir. Depois do Topo-do-Vento nossa viagem ficará mais difícil, e vamos ter de escolher entre diferentes perigos."

"Qual foi a última vez que viu Gandalf?", perguntou Frodo. "Sabe onde está ou o que está fazendo?"

Passolargo assumiu uma expressão grave. "Não sei", disse. "Vim para o oeste com ele na primavera. Muitas vezes vigiei as fronteiras do Condado nos últimos anos, quando ele estava ocupado em outros lugares. Ele raramente o deixou desprotegido. Encontramo-nos pela última vez em primeiro de maio: no Vau Sarn, rio abaixo no Brandevin. Ele me contou que seu assunto com você havia progredido bem e que você partiria para Valfenda na última semana de setembro. Como eu sabia que ele estava ao seu lado, fui embora em minha própria viagem. E isso demonstrou ser ruim; pois é óbvio que alguma notícia chegou até ele, e eu não estava disponível para ajudar.

"Estou preocupado pela primeira vez desde que o conheço. Devíamos ter tido mensagens, mesmo que ele próprio não pudesse vir. Quando voltei, muitos dias atrás, ouvi as más novas. Espalhara-se por toda a parte a notícia de que Gandalf desaparecera e de que os cavaleiros tinham sido vistos. Foi a gente-élfica de Gildor que me contou; e mais tarde contaram-me que você havia saído de casa; mas não havia notícia de sua partida da Terra-dos-Buques. Estive observando a Estrada Leste com ansiedade."

"Você acha que os Cavaleiros Negros têm alguma coisa a ver com isso — quero dizer, com a ausência de Gandalf?", perguntou Frodo.

"Não sei de nada mais que pudesse tê-lo impedido, exceto pelo próprio Inimigo", disse Passolargo. "Mas não perca a esperança! Gandalf é maior do que sua gente do Condado pensa — em regra vocês só conseguem ver seus gracejos e seus brinquedos. Mas esse nosso assunto será a maior tarefa dele."

Pippin bocejou. "Lamento," disse ele, "mas estou exausto. Apesar de todo o perigo e preocupação, preciso ir para a cama ou dormir onde estou sentado. Onde está aquele sujeito tolo, o Merry? Seria a gota d'água se tivéssemos de sair no escuro para procurá-lo."

Nesse momento ouviram uma porta batendo; depois vieram pés apressando-se pelo corredor. Merry entrou à toda, seguido por Nob. Fechou a porta com pressa e se encostou nela. Estava sem fôlego. Fitaram-no alarmados por um momento, antes de ele dizer com voz entrecortada: "Eu os vi, Frodo! Eu os vi! Cavaleiros Negros!"

"Cavaleiros Negros!", exclamou Frodo. "Onde?"

"Aqui. Na aldeia. Fiquei dentro por uma hora. Depois, como vocês não voltavam, saí para um passeio. Eu já tinha voltado e estava parado um pouco fora da luz do lampião, olhando as estrelas. De repente tive um arrepio e senti que alguma coisa horrível estava rastejando para perto: havia uma espécie de sombra mais profunda entre as sombras do outro lado da estrada, logo além da beira da luz do lampião. Ela imediatamente se esgueirou para a treva, sem fazer ruído. Não havia cavalo."

"Para que lado foi?", perguntou Passolargo, súbita e bruscamente.

Merry teve um sobressalto, percebendo o estranho pela primeira vez. "Prossiga", disse Frodo. "Ele é amigo de Gandalf. Explico mais tarde."

"Pareceu que saiu Estrada acima, para o leste", continuou Merry. "Tentei seguir. É claro que sumiu quase num instante; mas dobrei a esquina e avancei até a última casa da Estrada."

Passolargo olhou para Merry, admirado. "Você tem coração resoluto", comentou ele; "mas isso foi tolice."

"Não sei", disse Merry. "Nem coragem nem tolice, eu acho. Mal consegui me segurar. Eu parecia estar sendo puxado de alguma forma. De qualquer modo, eu fui e de repente ouvi vozes junto à sebe. Uma estava murmurando, e a outra cochichava, ou chiava. Não consegui ouvir uma só palavra do que diziam. Não me arrastei mais para perto, porque comecei a tremer inteiro. Então fiquei aterrorizado, e dei a volta, e estava justamente a ponto de correr para casa quando alguma coisa chegou por trás de mim, e eu... eu despenquei."

"Eu encontrei ele, senhor", atalhou Nob. "O Sr. Carrapicho me mandou sair com um lampião. Desci até o Portão-oeste, depois voltei subindo no rumo do Portão-sul. Bem ao lado da casa de Bill Samambaia, pensei que podia ver alguma coisa na Estrada. Não posso jurar, mas me pareceu que dois homens estavam se abaixando para alguma coisa, levantando ela. Dei um grito, mas quando cheguei ao ponto não tinha sinal deles, só o Sr. Brandebuque deitado à beira da estrada. Ele parecia que estava dormindo. 'Pensei que caí em água profunda', ele disse para mim, quando sacudi ele. Estava muito esquisito, e assim que o despertei ele se levantou e correu para cá como uma lebre."

"Temo que isso seja verdade," afirmou Merry, "mas não sei o que eu disse. Tive um sonho feio que não consigo recordar. Eu me desfiz em pedaços. Não sei o que me deu."

"Eu sei", afirmou Passolargo. "O Hálito Negro. Os Cavaleiros devem ter deixado seus cavalos do lado de fora e voltaram secretamente pelo Portão-sul. Agora devem estar sabendo de todas as notícias, pois visitaram Bill Samambaia; e provavelmente aquele sulista era espião também. Alguma coisa poderá acontecer durante a noite, antes que deixemos Bri."

"O que vai acontecer?", indagou Merry. "Vão atacar a estalagem?"

"Não, acho que não", respondeu Passolargo. "Ainda não estão todos aqui. E, de qualquer modo, não é esse o costume deles.

São mais fortes na sombra e solidão; não atacam abertamente uma casa onde haja luzes e muita gente — não se não estiverem desesperados, não enquanto todas as longas léguas de Eriador ainda estiverem diante de nós. Mas o poder deles está no terror, e alguns de Bri já estão em suas garras. Vão obrigar esses coitados a algum trabalho maligno: Samambaia e alguns dos estrangeiros, e quem sabe o porteiro também. Trocaram palavras com Harry no Portão-oeste na segunda-feira. Eu os estava observando. Ele estava pálido e trêmulo quando eles o deixaram."

"Parece que temos inimigos à volta toda", disse Frodo. "O que havemos de fazer?"

"Fiquem aqui e não vão aos seus quartos! Eles certamente descobriram quais são. Os quartos dos hobbits têm janelas dando para o norte e próximas do chão. Vamos todos ficar juntos e aferrolhar esta janela e a porta. Mas primeiro Nob e eu vamos buscar sua bagagem."

Enquanto Passolargo estava fora, Frodo fez a Merry um rápido relato de tudo o que ocorrera desde o jantar. Merry ainda estava lendo e ponderando a carta de Gandalf quando Passolargo e Nob voltaram.

"Bem, mestres," disse Nob, "alvorocei os lençóis e pus um almofadão no meio de cada cama. E fiz uma bela imitação de sua cabeça com um capacho de lã marrom, Sr. Bol... Sotomonte, senhor", acrescentou arreganhando os dentes.

Pippin riu. "Muito natural!", comentou ele. "Mas o que vai acontecer quando desmascararem o disfarce?"

"Havemos de ver", respondeu Passolargo. "Esperemos que possamos defender o forte até a manhã."

"Boa noite para vocês", disse Nob e saiu para assumir sua parte da vigia nas portas.

Empilharam as mochilas e o equipamento no chão da sala de estar. Empurraram uma cadeira baixa de encontro à porta e fecharam a janela. Espiando para fora, Frodo viu que a noite ainda estava limpa. A Foice[2] girava luminosa sobre as encostas

---

[2] O nome que os hobbits dão à Ursa Maior. [N. A.]

da Colina-de-Bri. Depois fechou e aferrolhou as pesadas venezianas internas e juntou as cortinas. Passolargo reforçou o fogo e soprou todas as velas.

Os hobbits deitaram-se em seus cobertores, com os pés voltados para a lareira; mas Passolargo estabeleceu-se na cadeira junto à porta. Conversaram um pouco, pois Merry ainda tinha várias perguntas a fazer.

"Saltou sobre o Lua!", riu Merry à socapa, enrolando-se no cobertor. "Muito ridículo da sua parte, Frodo! Mas queria ter estado lá para ver. A nobre gente de Bri estará comentando isso daqui a cem anos."

"Assim espero", disse Passolargo. Depois todos fizeram silêncio, e, um após o outro, os hobbits caíram no sono.

11

UM PUNHAL NO ESCURO

Enquanto se preparavam para dormir na estalagem em Bri, a escuridão jazia sobre a Terra-dos-Buques; uma névoa errou pelos vales e ao longo da margem do rio. A casa em Cricôncavo estava silenciosa. Fofo Bolger abriu a porta com cuidado e espiou para fora. Um sentimento de temor estivera crescendo dentro dele o dia todo, e era incapaz de descansar ou ir para a cama: havia uma ameaça pairando no imóvel ar noturno. Enquanto ele fitava a treva lá fora, uma sombra negra se mexeu sob as árvores; o portão pareceu abrir-se por vontade própria e fechar-se de novo sem ruído. O terror tomou conta dele. Encolheu-se e por um momento ficou parado no saguão, tremendo. Depois fechou e trancou a porta.

A noite avançou. Ouviu-se o som baixo de cavalos sendo conduzidos furtivamente pela alameda. Pararam diante do portão, e três vultos negros entraram, como sombras da noite rastejando pelo chão. Um foi até a porta, os outros, um para cada canto da casa de ambos os lados; e ali ficaram em pé, imóveis como sombras de pedras, enquanto a noite prosseguia devagar. A casa e as árvores, imóveis, pareciam esperar sem fôlego.

Houve um leve remexer de folhas, e um galo cantou ao longe. A hora fria antes do amanhecer estava passando. O vulto junto à porta moveu-se. No escuro sem luar nem estrelas rebrilhou uma lâmina sacada, como se uma luz gélida tivesse sido desembainhada. Ouviu-se uma pancada baixa, mas pesada, e a porta estremeceu.

"Abra em nome de Mordor!", disse uma voz tênue e ameaçadora.

No segundo golpe, a porta cedeu e caiu para dentro, com o madeirame estourado e a fechadura rompida. Os vultos negros entraram rapidamente.

Nesse momento, entre as árvores próximas, soou uma trompa. Ela rasgou a noite como fogo no topo de uma colina.

DESPERTEM! MEDO! FOGO! INIMIGOS! DESPERTEM!

Fofo Bolger não estivera ocioso. Assim que vira os vultos sombrios rastejando do jardim, soubera que precisava correr ou pereceria. E correu, saindo pela porta dos fundos, através do jardim e por sobre os campos. Quando alcançou a casa mais próxima, a mais de uma milha de distância, desabou na soleira da porta. "Não, não, não!", gritava ele. "Não, eu não! Não está comigo!" Levou algum tempo até alguém conseguir entender sobre o que ele estava balbuciando. Por fim captaram a ideia de que havia inimigos na Terra-dos-Buques, alguma estranha invasão da Floresta Velha. Então não perderam mais tempo.

MEDO! FOGO! INIMIGOS!

Os Brandebuques estavam dando o Toque-de-Trompa da Terra-dos-Buques que não fora dado por cem anos, não desde que os lobos brancos haviam vindo no Fero Inverno, quando o Brandevin congelou todo.

DESPERTEM! DESPERTEM!

Ao longe, ouviram-se trompas em resposta. O alarme se espalhava.

Os vultos negros fugiram da casa. Um deles, ao correr, deixou cair uma capa de hobbit na soleira. Na alameda irrompeu um barulho de cascos que se intensificou em galope e fugiu martelando na escuridão. Em toda a volta de Cricôncavo ouvia-se o ruído de trompas tocando, vozes gritando e pés correndo. Mas os Cavaleiros Negros cavalgaram como um vendaval para o Portão-norte. Os pequenos que toquem! Sauron lidaria com eles mais tarde. Enquanto isso, tinham outra missão: agora sabiam que a casa estava vazia e o Anel se fora. Atropelaram os guardas do portão e desapareceram do Condado.

No início da noite, Frodo despertou de um sono profundo, de repente, como se algum som ou presença o tivesse incomodado. Viu que Passolargo estava sentado, alerta, em sua cadeira: seus olhos rebrilhavam à luz do fogo, que fora cuidado e ardia forte; mas não fez sinal nem movimento.

Frodo logo caiu no sono outra vez; mas seus sonhos outra vez foram perturbados pelo barulho do vento e de cascos galopando. O vento parecia enrodilhar-se na casa e sacudi-la; e ao longe ouviu o toque impetuoso de uma trompa. Abriu os olhos e ouviu um galo cantando com vontade no pátio da estalagem. Passolargo abrira as cortinas e empurrara as venezianas com um estalo. A primeira luz cinzenta do dia entrava pelo recinto, e vinha um ar frio pela janela aberta.

Assim que Passolargo acordou a todos, foi diante deles até os quartos. Quando os viram ficaram contentes de terem seguido seu conselho: as janelas tinham sido arrombadas e balançavam; e as cortinas esvoaçavam; as camas estavam remexidas, e os almofadões, retalhados e jogados no chão; o capacho marrom fora feito em pedaços.

Passolargo foi imediatamente buscar o taverneiro. O pobre Sr. Carrapicho parecia sonolento e assustado. Mal fechara os olhos a noite toda (dizia ele), mas não ouvira ruído nenhum.

"Jamais aconteceu coisa assim na minha época!", exclamou, erguendo as mãos horrorizado. "Hóspedes que não conseguem dormir em suas camas, bons almofadões arruinados e tudo o mais! A que ponto chegamos?"

"A tempos sombrios", disse Passolargo. "Mas por ora você poderá ser deixado em paz quando tiver se livrado de nós. Vamos partir imediatamente. Não se preocupe com o desjejum: um gole e um bocado em pé vão ter de bastar. Vamos empacotar tudo em alguns minutos."

O Sr. Carrapicho saiu às pressas para mandar aprontar os pôneis e para lhes buscar um "bocado". Porém, bem logo voltou, consternado. Os pôneis haviam sumido! Todas as portas dos estábulos tinham sido abertas durante a noite, e eles haviam sumido: não só os pôneis de Merry, mas todos os outros cavalos e animais da casa.

Frodo ficou devastado com a notícia. Como podiam esperar chegar a Valfenda a pé, perseguidos por inimigos montados? Seria mais fácil partir rumo à Lua. Passolargo ficou um instante sentado em silêncio, olhando para os hobbits como se pesasse sua força e coragem.

"Pôneis não nos ajudariam a escapar de cavaleiros", disse ele por fim, pensativo, como se adivinhasse o que Frodo tinha em mente. "A pé não iríamos muito mais devagar, não nas estradas que pretendo trilhar. Eu ia caminhar, em todo caso. São a comida e as provisões que me preocupam. Não podemos confiar em que consigamos algo para comer entre aqui e Valfenda, a não ser o que levarmos conosco; e deveríamos levar mais que o necessário; pois poderemos nos atrasar ou sermos obrigados a fazer desvios, bem longe do caminho direto. Quanto estão dispostos a carregar nas costas?"

"O quanto for necessário", respondeu Pippin com desânimo, mas tentando mostrar que era mais resistente do que parecia (ou se sentia).

"Eu consigo carregar por dois", afirmou Sam, desafiador.

"Não se pode fazer nada, Sr. Carrapicho?", perguntou Frodo. "Não podemos conseguir uns pôneis na aldeia, ou quem sabe apenas um para a bagagem? Não acho que possamos alugá-los, mas poderíamos ser capazes de comprá-los", acrescentou, duvidoso, perguntando-se se poderia arcar com essa despesa.

"Duvido", disse o senhorio, infeliz. "Os dois ou três pôneis de montar que havia em Bri estavam alojados no meu pátio, e esses se foram. Quanto a outros animais, cavalos ou pôneis de tração ou coisa assim, existem muito poucos em Bri, e não estarão à venda. Mas vou fazer o que puder. Vou desencavar o Bob e mandá-lo fazer uma ronda assim que possível."

"Sim," assentiu Passolargo, relutante, "é melhor fazer isso. Temo que precisemos tentar conseguir um pônei pelo menos. Mas assim termina qualquer esperança de partirmos cedo e nos esgueirarmos em silêncio! Bem poderíamos ter tocado uma trombeta para anunciar nossa partida. Isso fazia parte do plano deles, sem dúvida."

"Existe uma migalha de consolo," comentou Merry, "e mais que uma migalha, espero: podemos comer o desjejum enquanto esperamos — e sentados. Vamos achar o Nob!"

O atraso acabou sendo de mais de três horas. Bob voltou com o relato de que não se podia obter cavalo nem pônei nas redondezas, nem por boa vontade nem por dinheiro — exceto um: Bill Samambaia tinha um que poderia vender. "É uma coitada duma criatura velha, meio morta de fome", disse Bob; "mas ele não se separa dela por menos que o triplo do valor, sabendo que vocês têm posses, não se eu conheço Bill Samambaia."

"Bill Samambaia?", indagou Frodo. "Não há algum truque? O animal não vai voltar correndo para ele com todo o nosso equipamento, ou ajudar a seguir nossa trilha, ou coisa assim?"

"Fico me perguntando", disse Passolargo. "Mas não consigo imaginar que algum animal corra de volta para ele uma vez que tenha escapado. Imagino que seja só uma ideia adicional do bondoso Mestre Samambaia: simplesmente um modo de aumentar seus lucros com este caso. O principal perigo é que o pobre animal está provavelmente às portas da morte. Mas não parece haver nenhuma opção. Quanto ele está cobrando?"

O preço de Bill Samambaia eram doze tostões de prata; e de fato isso era pelo menos o triplo do valor do pônei naquelas paragens. Revelou-se um animal ossudo, mal alimentado e desanimado; mas não parecia que fosse morrer tão logo. O próprio Sr. Carrapicho pagou por ele e ofereceu a Merry mais dezoito tostões como alguma compensação pelos animais perdidos. Era um homem honesto e bem de vida, conforme se calculava em Bri; mas trinta tostões de prata eram um duro golpe para ele, e ser enganado por Bill Samambaia tornava isso mais duro de suportar.

Na verdade, ele acabou se dando bem no final. Ficou evidente mais tarde que apenas um cavalo fora realmente roubado. Os demais tinham sido enxotados, ou tinham fugido aterrorizados, e foram encontrados vagando em diferentes cantos da região de Bri. Os pôneis de Merry tinham fugido de fato, e eventualmente (já que tinham bastante bom senso) acabaram achando o caminho das Colinas em busca de Parrudinho. Assim passaram algum tempo aos cuidados de Tom Bombadil e ficaram bem. Mas, quando a notícia dos eventos de Bri chegou aos ouvidos de Tom, ele os mandou ao Sr. Carrapicho, que assim conseguiu cinco bons animais a um preço bem razoável. Tiveram que trabalhar mais em Bri, mas Bob os tratou bem; de forma que, no fim das contas, tiveram sorte: perderam uma viagem sombria e perigosa. Mas nunca chegaram a Valfenda.

Enquanto isso, porém, o Sr. Carrapicho achava que seu dinheiro se fora, por bem ou por mal. E tinha outros problemas. Pois houve grande agitação assim que os demais hóspedes se levantaram e ouviram as notícias do ataque à estalagem. Os viajantes sulistas tinham perdido vários cavalos e culparam o taverneiro em alta voz, até que ficaram sabendo que um dentre eles também sumira durante a noite, que não era outro que o companheiro estrábico de Bill Samambaia. A suspeita imediatamente recaiu nele.

"Se vocês se juntam com um ladrão de cavalos e o trazem à minha casa," disse Carrapicho, furioso, "deveriam vocês pagar todo o prejuízo e não vir gritando comigo. Vão perguntar ao Samambaia onde está seu lindo amigo!" Mas revelou-se que ele não era amigo de ninguém, e ninguém conseguia recordar quando ele se juntara ao grupo.

Após o desjejum, os hobbits tiveram que refazer as bagagens e reunir suprimentos adicionais para a viagem mais longa que agora esperavam. Eram quase dez horas quando finalmente partiram. A essa altura, toda Bri estava zumbindo de animação. O truque de desaparecimento de Frodo; o surgimento dos cavaleiros negros; o roubo dos estábulos; e não menos a notícia de que Passolargo, o Caminheiro, se havia juntado aos misteriosos hobbits, compunham uma história que duraria por muitos anos vazios de acontecimentos. A maior parte dos moradores de Bri e Estrado, e muitos até de Valão e Archet, estava apinhada na estrada para ver a partida dos viajantes. Os outros hóspedes da estalagem estavam às portas ou dependurados nas janelas.

Passolargo mudara de ideia e decidira sair de Bri pela estrada principal. Qualquer tentativa de sair imediatamente por cima dos campos só pioraria as coisas: a metade dos habitantes os seguiria para ver o que estavam tramando e para evitar que invadissem algum terreno.

Disseram adeus a Nob e Bob e despediram-se do Sr. Carrapicho com muitos agradecimentos. "Espero que voltemos a nos encontrar algum dia, quando tudo voltar a ser alegre", disse Frodo. "Nada me agradaria mais do que me hospedar em sua casa em paz por uns tempos."

Saíram caminhando, ansiosos e desanimados, debaixo dos olhos da multidão. Nem todos os rostos eram amistosos, bem como as palavras que foram gritadas. Mas Passolargo parecia ter a reverência da maioria dos moradores de Bri, e aqueles que ele encarou fecharam a boca e se afastaram. Caminhava na frente com Frodo; em seguida vinham Merry e Pippin, e no fim andava Sam, conduzindo o pônei, que estava carregado com tanta bagagem quanto tinham coragem de lhe dar; mas ele já parecia menos desalentado, como se aprovasse sua mudança de sorte. Sam mastigava uma maçã, pensativo. Tinha um bolso cheio: um presente de despedida de Nob e Bob. "Maçãs para andar e um cachimbo para sentar", disse ele. "Mas calculo que bem logo vou sentir falta dos dois."

Os hobbits não deram atenção às cabeças curiosas que espiavam pelas portas, ou se erguiam acima dos muros e das cercas, enquanto passavam. Mas, quando se aproximavam do portão posterior, Frodo viu uma casa escura, malcuidada, por trás de uma sebe densa: a última casa da aldeia. Em uma das janelas vislumbrou um rosto lívido com olhos matreiros e oblíquos; mas este sumiu de imediato.

"Então é aí que esse sulista se esconde!", pensou Frodo. "Parece mais do que metade gobelim."

Por cima da sebe outro homem o encarava com atrevimento. Tinha espessas sobrancelhas pretas e olhos escuros e desdenhosos; sua boca grande se contorcia num sorriso de escárnio. Fumava um cachimbo negro curto. Quando chegaram perto, ele o tirou da boca e cuspiu.

"Dia, Canela-Comprida!", disse ele. "Saindo cedo? Finalmente encontrou uns amigos?" Passolargo assentiu com a cabeça, mas não respondeu.

"Dia, meus amiguinhos!", prosseguiu ele, dirigindo-se aos demais. "Imagino que sabem com quem se meteram? É o Passolargo Pandilheiro, é ele! Mas ouvi outros nomes menos bonitos. Cuidem-se hoje à noite! E você, Sammie, não vá maltratar meu pobre pônei velho! Bah!" Cuspiu outra vez.

Sam virou-se depressa. "E você, Samambaia," comentou ele, "tire sua cara feia das minhas vistas, senão ela vai se machucar." Com um rápido tranco, veloz como um raio, uma maçã voou de sua mão e atingiu Bill bem no nariz. Ele se esquivou tarde demais, e pragas vieram de trás da sebe. "Desperdício de maçã boa", disse Sam, arrependido, e continuou andando.

Por fim deixaram a aldeia para trás. A escolta de crianças e acompanhantes dispersos que os seguira cansou-se e fez a volta no Portão-sul. Passando por ele, mantiveram-se na Estrada por algumas milhas. Ela se virou para a esquerda, curvando-se de volta para sua linha rumo ao leste ao contornar a Colina-de-Bri, e depois começou a descer rapidamente para um terreno arborizado. À esquerda podiam ver algumas das casas e tocas de hobbits de Estrado, nas encostas sudeste da colina, menos íngremes; numa funda depressão ao norte da Estrada havia fiapos de fumaça subindo, mostrando a localização de Valão; Archet estava oculta nas árvores mais além.

Depois de a Estrada ter prosseguido por alguma distância, deixando para trás a Colina-de-Bri, erguendo-se alta e parda atrás deles, deram com uma trilha estreita que levava na direção norte. "É aqui que deixamos o terreno aberto e buscamos cobertura", disse Passolargo.

"Não é um 'atalho', espero", disse Pippin. "Nosso último atalho pela mata quase terminou em desastre."

"Ah, mas aí eu não estava com vocês", riu-se Passolargo. "Meus atalhos, curtos ou compridos, não dão errado." Olhou a Estrada nas duas direções. Não havia ninguém à vista; e ele os guiou depressa para baixo, na direção do vale arborizado.

Seu plano, até onde podiam compreendê-lo sem conhecer a região, era rumar inicialmente para Archet, mas virar para a direita e passar a leste dela; e depois seguir o mais diretamente que pudessem, por cima das terras ermas, até a Colina do Topo-do-Vento. Desse modo, se tudo corresse bem, cortariam uma grande curva da Estrada, que mais adiante se virava para o sul para evitar os Pântanos dos Mosquitos. Mas é claro que teriam que passar pelos próprios pântanos, e a descrição que Passolargo fez deles não era animadora.

Enquanto isso, porém, não era incômoda a caminhada. Na verdade, não fosse pelos eventos perturbadores da noite anterior, teriam apreciado aquela parte da viagem mais do que qualquer outra até então. O sol brilhava, claro, mas não quente demais. As matas do vale ainda tinham muitas folhas, estavam repletas de cores e pareciam pacíficas e sadias. Passolargo guiou-os, confiante, por muitas trilhas entrecruzadas, mas se estivessem sozinhos logo teriam se perdido. Ele fazia um trajeto serpeante, com muitas curvas e voltas atrás, para despistar qualquer perseguição.

"Bill Samambaia certamente observou onde deixamos a Estrada", disse ele; "mas não creio que ele mesmo vá nos seguir. Conhece bastante bem as terras em volta, mas sabe que não é páreo para mim na mata. O que me preocupa é o que ele poderá dizer a outros. Não acho que estejam muito longe. Se pensarem que estamos rumando para Archet, tanto melhor."

Fosse pela habilidade de Passolargo ou por algum outro motivo, em todo aquele dia não viram sinal nem ouviram som de outro ser vivo: nem de duas patas, exceto pássaros; nem de quatro patas, exceto uma raposa e alguns esquilos. No dia seguinte, começaram a rumar diretamente para o leste; e tudo ainda estava silencioso e em paz. No terceiro dia depois da partida de Bri, saíram da Floresta Chet. O terreno estivera baixando constantemente, desde que haviam se desviado da Estrada, e agora entraram numa ampla extensão de solo plano, muito mais difícil de transpor. Estavam muito além dos limites da região de Bri, bem longe no ermo sem trilhas, e se aproximavam dos Pântanos dos Mosquitos.

O solo já se tornava úmido, lodoso em alguns lugares, e aqui e ali topavam com lagoas e com amplos trechos de caniços e juncos, repletos dos trinados de passarinhos ocultos. Precisavam escolher o caminho com cuidado para manterem os pés secos e no curso certo. No começo avançaram bem, mas, à medida que prosseguiam, sua passagem ficava mais lenta e mais perigosa. Os pântanos eram confusos e traiçoeiros, e não havia trilha permanente que mesmo um Caminheiro pudesse encontrar em meio aos seus atoleiros cambiantes. As moscas começaram a atormentá-los, e o ar estava cheio de nuvens de mosquitos minúsculos que se insinuavam por suas mangas e calças e em seus cabelos.

"Estou sendo devorado vivo!", exclamou Pippin. "Pântanos dos Mosquitos! Há mais mosquitos que pântanos!"

"Do que eles se alimentam quando não conseguem hobbits?", perguntou Sam, coçando o pescoço.

Passaram um dia infeliz naquela região solitária e desagradável. O local do seu acampamento era úmido, frio e desconfortável; e os insetos que mordiam não os deixavam dormir. Também havia criaturas abomináveis assombrando os caniços e as moitas, que pelo ruído eram parentes malignos dos grilos. Havia milhares deles, e guinchavam em toda a volta, *nic-bric, bric-nic*, sem cessar a noite toda, até os hobbits ficarem quase enlouquecidos.

O dia seguinte, o quarto, não foi muito melhor, e a noite foi quase igualmente desconfortável. Apesar de terem deixado para trás os Niquebriques (como Sam os chamou), os mosquitos ainda os perseguiam.

Frodo estava deitado, cansado, porém incapaz de fechar os olhos, e lhe pareceu que muito longe havia uma luz no céu oriental: ela lampejava e enfraquecia muitas vezes. Não era a aurora, pois ainda faltavam algumas horas para ela.

"O que é essa luz?", disse ele a Passolargo, que se erguera e estava de pé, fitando a noite à frente.

"Não sei", respondeu Passolargo. "Está distante demais para distinguir. É como um relâmpago que salta do topo das colinas."

Frodo deitou-se de novo, mas por longo tempo ainda conseguiu ver os lampejos brancos, e diante deles o vulto alto e sombrio de Passolargo, em pé, silencioso e vigilante. Finalmente caiu num sono inquieto.

No quinto dia, não tinham avançado muito quando deixaram para trás as últimas lagoas esparsas e os tufos de caniços dos pântanos. Diante deles, o terreno recomeçou a subir continuamente. Bem longe para o leste, podiam agora ver uma linha de colinas. A mais alta ficava na extremidade direita da linha, um pouco separada das demais. Tinha um topo cônico, levemente achatado no cume.

"Esse é o Topo-do-Vento", disse Passolargo. "A Estrada Velha, que deixamos bem longe à nossa direita, corre ao sul dele e não se afasta muito do seu sopé. Poderemos chegar lá amanhã ao meio-dia, se formos direto em sua direção. Imagino que isso seria o melhor a fazer."

"O que quer dizer?", perguntou Frodo.

"Quero dizer: quando chegarmos lá não tenho certeza do que havemos de encontrar. Fica perto da Estrada."

"Mas certamente estávamos esperando encontrar Gandalf lá?"

"Sim, mas é uma esperança tênue. Se é que ele vem para este lado, poderá não passar por Bri, e assim não saberá o que estamos fazendo. E seja como for, a não ser que por sorte cheguemos quase juntos, nós vamos nos desencontrar; não será seguro para ele nem para nós passarmos muito tempo lá esperando. Se os Cavaleiros não nos encontrarem no ermo, é provável que eles mesmos rumem para o Topo-do-Vento. Ele domina uma visão ampla em toda a volta. Na verdade, há muitas aves e animais nesta região que poderiam nos ver, aqui onde estamos, do topo daquela colina. Nem todas as aves merecem confiança, e existem outros espiões mais malignos que elas."

Os hobbits olhavam ansiosos para as colinas distantes. Sam ergueu os olhos para o céu pálido, temendo ver falcões ou águias pairando sobre eles com olhos vivos e inamistosos. "Você de fato faz eu me sentir desconfortável e solitário, Passolargo!", disse ele.

"O que recomenda que façamos?", perguntou Frodo.

"Acho," respondeu Passolargo devagar, como se não tivesse muita certeza, "acho que o melhor será ir daqui para o leste, o mais reto que pudermos, a fim de rumarmos para a linha de colinas e não para o Topo-do-Vento. Ali poderemos tomar uma trilha que conheço, que corre ao pé delas; ela nos levará ao Topo-do-Vento pelo norte, num caminho menos despojado. Aí veremos o que veremos."

Caminharam com dificuldade todo aquele dia até que descesse a noitinha, fria e precoce. O terreno tornou-se mais seco e árido; mas, atrás deles, névoas e vapores se estendiam sobre os pântanos. Algumas aves melancólicas piavam e gemiam, até o sol redondo e rubro se esconder devagar nas sombras do oeste; aí caiu um silêncio vazio. Os hobbits pensavam na suave luz do ocaso, espiando pelas alegres janelas de Bolsão, bem longe.

No fim do dia, chegaram a um riacho que descia serpenteando das colinas para se perder nos charcos estagnados e subiram pelas suas margens enquanto havia luz. Já era noite quando finalmente pararam e montaram o acampamento embaixo de alguns amieiros mirrados à beira do riacho. À frente erguiam-se agora, diante da penumbra do céu, os dorsos das colinas, áridos e sem árvores. Naquela noite puseram sentinela, e pareceu que Passolargo não dormiu nem um pouco. A lua estava crescendo, e nas primeiras horas da noite havia uma luz fria e cinzenta sobre a terra.

Na manhã seguinte, voltaram a partir logo após o nascer do sol. O ar estava gelado, e o céu era de um azul limpo e pálido. Os hobbits sentiam-se revigorados, como se tivessem tido uma noite de sono ininterrupto. Já estavam se acostumando a caminhar longe, com provisões escassas — sem dúvida mais escassas do que, no Condado, julgariam mal bastar para mantê-los de pé. Pippin declarou que Frodo parecia o dobro do hobbit que tinha sido.

"Muito esquisito," disse Frodo, apertando o cinto, "considerando que, na verdade, há bem menos de mim. Espero que o processo de emagrecimento não continue indefinidamente, pois do contrário vou me transformar em um espectro."

"Não fale nessas coisas!", exclamou Passolargo depressa e com sinceridade surpreendente.

As colinas se aproximaram. Faziam uma crista ondulante que amiúde se erguia quase a mil pés de altura e que, aqui e ali, voltava a cair em fendas baixas ou passagens que levavam à terra a leste, mais além. Ao longo do topo da crista os hobbits podiam ver algo que parecia restos de muros e diques cobertos de verde, e nas fendas ainda se erguiam as ruínas de antigas obras de pedra. À noite, alcançaram os sopés das encostas ocidentais e ali acamparam. Era a noite de cinco de outubro, e fazia seis dias que haviam saído de Bri.

De manhã, encontraram, pela primeira vez desde que saíram da Floresta Chet, uma trilha claramente visível. Viraram para a direita e seguiram-na rumo ao sul. Tinha um traçado astucioso, tomando um trajeto que parecia escolhido para manter-se o mais possível escondido das vistas, tanto dos cumes das colinas acima quanto da planície a oeste. Mergulhava em vales e se encostava em margens íngremes; e, quando passava sobre um terreno mais plano e aberto, havia de ambos os lados fileiras de grandes rochedos e pedras talhadas que escondiam os viajantes, quase como uma sebe.

"Pergunto-me quem fez esta trilha e para quê", disse Merry, enquanto andavam por uma daquelas avenidas onde as pedras eram incomumente grandes e postas bem juntas. "Não tenho certeza de que gosto disso: tem um aspecto... bem, meio de cousa-tumular. Existe algum túmulo no Topo-do-Vento?"

"Não. Não há túmulo no Topo-do-Vento, nem em qualquer destas colinas", respondeu Passolargo. "Os Homens do Oeste não viviam aqui; porém em seus últimos dias defenderam as colinas por certo tempo do mal que veio de Angmar. Esta trilha foi feita para servir aos fortes ao longo das muralhas. Mas muito antes, nos primeiros dias do Reino do Norte, construíram uma grande torre de vigia no Topo-do-Vento. Amon Sûl era chamada. Ela foi queimada e demolida, e agora nada resta dela senão um anel desabado, como uma coroa rude na cabeça da colina velha. Mas foi outrora alta e bela. Contam que Elendil lá esteve, observando a vinda de Gil-galad do Oeste nos dias da Última Aliança."

Os hobbits encararam Passolargo. Parecia que ele era versado no saber antigo, tanto quanto nos modos do ermo. "Quem foi Gil-galad?", perguntou Merry; mas Passolargo não respondeu e parecia perdido em pensamentos. De repente uma voz baixa murmurou:

Gil-galad foi um Elfo-rei.
Seus tristes feitos cantarei:
foi belo e livre seu lugar,
o último entre Monte e Mar.

Longa a espada, aguda a lança,
do elmo o brilho longe alcança;
os astros mil do firmamento
se espelham no escudo argento.

Mas muito faz que nos deixou,
e ninguém sabe onde ficou;
tombou seu astro na escuridão
em Mordor, onde as sombras são.[A]

Os outros viraram-se admirados, pois a voz era de Sam.

"Não pare!", exclamou Merry.

"É só isso que sei", gaguejou Sam, enrubescendo. "Aprendi com o Sr. Bilbo quando era menino. Ele costumava me contar histórias como essa, sabendo que eu sempre gostava de ouvir sobre os Elfos. Foi o Sr. Bilbo que me ensinou a ler. Era muito letrado em livros, o velho e querido Sr. Bilbo. E escrevia *poemas*. Ele escreveu o que eu acabei de dizer."

"Ele não inventou isso", corrigiu Passolargo. "É parte da balada chamada "A Queda de Gil-galad", que se encontra em idioma antigo. Bilbo deve tê-la traduzido. Eu nunca soube disso."

"Tinha muito mais," disse Sam, "tudo sobre Mordor. Não aprendi essa parte, ela me dava calafrios. Nunca pensei que eu mesmo iria por esse caminho!"

"Ir a Mordor!", exclamou Pippin. "Espero que não chegue a esse ponto!"

"Não fale esse nome tão alto!", disse Passolargo.

Já era o meio do dia quando se aproximaram da extremidade sul da trilha e viram diante deles, à luz pálida e limpa do sol de outubro, uma encosta verde acinzentada, conduzindo para cima como uma ponte para a face norte da colina. Decidiram subir ao topo de imediato, enquanto havia clara luz do dia.

Não era mais possível ficarem escondidos, e só podiam esperar que nenhum inimigo ou espião os estivesse observando. Nada se via mexendo-se na colina. Se Gandalf estava nas redondezas, não havia sinal dele.

No flanco oeste do Topo-do-Vento encontraram uma depressão abrigada, em cujo fundo havia um pequeno vale com beiras gramadas. Ali deixaram Sam e Pippin com o pônei, as mochilas e a bagagem. Os outros três prosseguiram. Depois de meia hora de difícil escalada, Passolargo alcançou o alto da colina; Frodo e Merry vieram atrás, cansados e sem fôlego. A última encosta fora íngreme e rochosa.

No topo encontraram, como Passolargo dissera, um largo anel de antiga cantaria, agora desmoronando ou coberto com o capim dos séculos. Mas no centro havia sido empilhado um montículo de pedras quebradas. Estavam enegrecidas como que pelo fogo. À sua volta, a relva estava queimada até as raízes, e, em todo o interior do anel, a grama estava chamuscada e murcha, como se chamas tivessem varrido o cume da colina; mas não havia sinal de ser vivo.

Parados na borda do círculo em ruínas, enxergaram um amplo panorama abaixo deles, em toda a volta, mormente de terras vazias e desinteressantes, exceto por capões de mata ao sul, além dos quais entreviam aqui e ali o brilho da água distante. Abaixo deles, daquele lado sul, corria como uma fita a Estrada Velha, vinda do Oeste e curvando-se para lá e para cá, até sumir por trás de uma crista de terras sombrias a leste. Nada se mexia nela. Seguindo seu traçado com os olhos, para o leste, viram as Montanhas: os contrafortes mais próximos eram pardos e sombrios; atrás deles erguiam-se formas mais elevadas de cinza, e atrás destas, por sua vez, estavam picos altos e brancos que reluziam entre as nuvens.

"Bem, aqui estamos nós!", disse Merry. "E parece bem tristonho e pouco acolhedor! Não há água nem abrigo. Nem sinal de Gandalf. Mas não o culpo por não esperar — se é que ele veio até aqui."

"Eu me pergunto", comentou Passolargo, olhando em torno pensativo. "Mesmo que ele estivesse um ou dois dias atrás de nós em Bri, poderia ter chegado aqui antes. Ele sabe cavalgar muito velozmente quando a necessidade o impele." De repente parou e olhou para a pedra no topo do montículo; era mais chata que as outras e mais branca, como se tivesse escapado ao fogo. Apanhou-a e a examinou, virando-a entre os dedos. "Ela foi manuseada recentemente", disse ele. "O que acham destas marcas?"

Na face plana inferior Frodo viu alguns rabiscos: ᚷ·ᛁᛁᛁ. "Parece que há um risco, um ponto e mais três riscos", disse ele.

"O risco da esquerda poderia ser uma runa G com ramos finos", afirmou Passolargo. "Poderia ser um sinal deixado por Gandalf, mas não se pode ter certeza. Os rabiscos são finos e certamente parecem recentes. Mas as marcas podem significar algo bem diferente e nada terem a ver conosco. Os Caminheiros usam runas, e eles vêm aqui às vezes."

"O que poderiam significar, mesmo que Gandalf as tenha feito?", perguntou Merry.

"Eu diria", respondeu Passolargo, "que querem dizer G3, e são um sinal de que Gandalf esteve aqui em três de outubro: isso já faz três dias. Também mostrariam que ele estava com pressa e havia perigo por perto, de modo que não teve tempo e não ousou escrever nada mais comprido ou evidente. Se é assim, precisamos ter cautela."

"Gostaria que pudéssemos ter certeza de que ele fez as marcas, seja lá o que signifiquem", disse Frodo. "Seria um grande consolo saber que ele estava a caminho, à nossa frente ou atrás de nós."

"Quem sabe", continuou Passolargo. "Quanto a mim, acredito que ele esteve aqui e que estava em perigo. Passaram chamas escaldantes por aqui; e agora me volta à mente a luz que vimos três noites atrás no céu oriental. Acho que ele foi atacado no topo desta colina, mas não sei dizer com qual resultado. Não está mais aqui, e agora precisamos nos ajeitar sozinhos e achar nosso próprio caminho para Valfenda, o melhor que pudermos."

"A que distância fica Valfenda?", perguntou Merry, olhando em volta cansado. O mundo parecia selvagem e extenso do Topo-do-Vento.

"Não sei se a Estrada alguma vez foi medida em milhas além da Estalagem Abandonada, um dia de viagem a leste de Bri", respondeu Passolargo. "Alguns dizem que é tal distância, e outros dizem diferente. É uma estrada estranha, e as pessoas ficam contentes em chegarem ao fim de sua viagem, seja o tempo longo ou breve. Mas eu sei quanto tempo levaria por meus próprios pés, com bom clima e sem má sorte: doze dias daqui até o Vau do Bruinen, onde a Estrada atravessa o Ruidoságua que flui de Valfenda. Temos pelo menos uma quinzena de viagem diante de nós, pois não creio que consigamos usar a Estrada."

"Uma quinzena!", disse Frodo. "Muita coisa pode acontecer nesse tempo."

"Pode", assentiu Passolargo.

Por alguns momentos ficaram em silêncio no cume da colina, perto da beira sul. Naquele lugar solitário, Frodo percebeu pela primeira vez o quanto estava privado do lar e em perigo. Tinha o amargo desejo de que sua sorte o tivesse deixado no tranquilo e amado Condado. Baixou os olhos para a odiosa Estrada que conduzia de volta rumo ao oeste — à sua casa. De repente deu-se conta de que duas manchas negras se moviam devagar ao longo dela, indo para oeste, e olhando de novo viu que outras três se arrastavam rumo ao leste, ao encontro delas. Soltou uma exclamação e agarrou o braço de Passolargo.

"Olhe", indicou ele, apontando para baixo.

Imediatamente Passolargo se jogou no chão ao lado do círculo arruinado, puxando Frodo para junto de si. Merry lançou-se ao lado deles.

"O que é?", sussurrou.

"Não sei, mas temo o pior", respondeu Passolargo.

Lentamente engatinharam outra vez até a borda do anel e espiaram por uma fresta entre duas pedras pontiagudas. A luz não estava mais intensa, pois a manhã clara se esvaíra, e nuvens que se arrastavam do Leste já haviam alcançado o sol, que começava a se pôr. Todos podiam ver as manchas negras, mas nem Frodo nem Merry conseguiam distinguir suas formas com certeza; porém algo lhes dizia que ali, lá embaixo, havia Cavaleiros Negros reunindo-se na Estrada para além do sopé da colina.

"Sim", disse Passolargo, cuja visão mais aguçada não lhe deixava dúvida. "O inimigo está aqui!"

Afastaram-se engatinhando às pressas e esgueiraram-se, descendo a face norte da colina, para encontrarem os companheiros.

Sam e Peregrin não tinham ficado ociosos. Haviam explorado o pequeno vale e as encostas em volta. Não muito longe encontraram uma nascente de água límpida no flanco da colina, e, perto dela, pegadas que não tinham mais que um dia ou dois. No próprio vale encontraram vestígios recentes de fogo e outros sinais de um acampamento apressado. Havia algumas rochas caídas na beirada do vale que ficava junto à colina. Atrás delas Sam topou com um pequeno depósito de lenha, empilhada com capricho.

"Pergunto-me se o velho Gandalf esteve aqui", comentou ele com Pippin. "Quem pôs tudo isso aqui parece que pretendia voltar."

Passolargo interessou-se muito por essas descobertas. "Eu devia ter esperado e explorado eu mesmo o terreno aqui embaixo", disse ele, correndo até a nascente para examinar as pegadas.

"É bem como eu temia", falou ele ao voltar. "Sam e Pippin pisotearam o chão mole, e as marcas estão destruídas ou confusas. Caminheiros estiveram aqui ultimamente. Foram eles que deixaram a lenha. Mas também há diversas pegadas mais recentes que não foram feitas por Caminheiros. Pelo menos um conjunto foi deixado por botas pesadas, só um ou dois dias atrás. Pelo menos um. Agora não posso ter certeza, mas acho que havia muitos pés calçando botas." Fez uma pausa e ficou parado, pensando aflito.

Cada hobbit enxergou em sua mente uma visão dos Cavaleiros encapuzados calçando botas. Se eles já haviam achado o pequeno vale, quanto antes Passolargo os levasse a outro lugar, melhor. Sam via a depressão com grande desgosto, agora que ouvira notícias de seus inimigos na Estrada, a apenas algumas milhas dali.

"Não seria melhor ir embora depressa, Sr. Passolargo?", perguntou ele, impaciente. "Está ficando tarde e não gosto deste buraco: de certa forma ele me desanima."

"Sim, com certeza precisamos decidir imediatamente o que fazer", respondeu Passolargo, olhando para cima e ponderando a hora e o clima. "Bem, Sam," disse ele por fim, "também não gosto deste lugar; mas não consigo pensar em nenhum lugar melhor aonde possamos chegar antes do cair da noite. Pelo menos estamos fora das vistas por ora e, se nos mexermos, seria muito mais provável que os espiões nos enxergassem. Só o que poderíamos fazer seria nos afastarmos do caminho rumo ao norte, deste lado da linha de colinas, onde o terreno é bem parecido com o daqui. A Estrada é vigiada, mas teríamos de atravessá-la se tentássemos nos esconder nos matagais para o sul. Do lado norte da Estrada, além das colinas, a região é árida e plana por milhas."

"Os Cavaleiros conseguem *ver*?", perguntou Merry. "Quero dizer, normalmente parece que eles usam o nariz em vez dos olhos, farejando-nos, se é que farejar é a palavra certa, pelo menos à luz do dia. Mas você nos fez deitar no chão quando os viu lá embaixo; e agora está falando sobre sermos vistos se nos mexermos."

"Fui descuidado demais no topo da colina", respondeu Passolargo. "Estava muito ansioso por encontrar sinal de Gandalf; mas foi um erro três de nós subirmos e ficarmos tanto tempo em pé ali. Pois os cavalos negros podem enxergar, e os Cavaleiros podem usar homens e outras criaturas como espiões, como descobrimos em Bri. Eles próprios não veem o mundo da luz como nós vemos, mas nossas formas lançam sombras em suas mentes, que só o sol do meio-dia destrói; e na treva eles percebem muitos sinais e formas que estão ocultas de nós: é aí que devem ser mais temidos. E a qualquer tempo farejam o sangue de seres vivos, desejando-o e odiando-o. Também existem outros sentidos além da visão ou do olfato. Nós podemos sentir sua presença — ela nos perturbou o coração assim que aqui chegamos e antes de os vermos; eles sentem a nossa mais intensamente. Além disso," acrescentou, e sua voz desceu a um sussurro, "o Anel os atrai."

"Então não há como escapar?", disse Frodo, olhando em volta inquieto. "Se eu me mexer, serei visto e caçado! Se eu ficar, vou atraí-los a mim!"

Passolargo pôs a mão em seu ombro. "Ainda há esperança", disse ele. "Você não está sozinho. Vamos tomar por sinal esta lenha pronta para queimar. Aqui há pouco abrigo e defesa, mas o fogo servirá para ambas as coisas. Sauron pode fazer uso maligno do fogo, como de todas as coisas, mas estes Cavaleiros não gostam dele e temem os que o manejam. O fogo é nosso amigo no ermo."

"Talvez", murmurou Sam. "Também é o melhor jeito de dizer 'estamos aqui' que consigo imaginar, fora gritar."

Bem no canto mais baixo e abrigado do pequeno vale, fizeram uma fogueira e prepararam uma refeição. As sombras da tarde começaram a cair, e chegou o frio. Subitamente deram-se conta de grande fome, pois não haviam comido nada desde o desjejum; mas não se atreviam a comer mais do que um jantar frugal. As terras à frente eram vazias de tudo, exceto aves e feras, lugares inóspitos abandonados por todas as raças do mundo. Às vezes passavam Caminheiros além das colinas, mas eram poucos e não se detinham. Outros caminhantes eram raros e de espécie maligna: trols poderiam vagar, às vezes, vindos dos vales setentrionais das Montanhas Nevoentas. Só na Estrada encontravam-se viajantes, mais frequentemente anãos, apressando-se em seus próprios afazeres, sem prestar auxílio e com poucas palavras para trocar com estranhos.

"Não vejo como podemos fazer nossa comida durar", disse Frodo. "Fomos bem cuidadosos nos últimos dias, e este jantar não é banquete; mas usamos mais do que deveríamos, se ainda temos duas semanas à frente, e quem sabe mais."

"Há alimento no ermo", afirmou Passolargo; "frutas, raízes e ervas; e se for preciso, tenho habilidade como caçador. Não precisam ter medo de morrer de fome antes que chegue o inverno. Mas coletar e apanhar alimento é um trabalho longo e árduo, e precisamos de pressa. Portanto apertem os cintos e pensem esperançosos nas mesas da casa de Elrond!"

O frio aumentava à medida que a escuridão crescia. Espiando pela beira do vale, nada conseguiam ver senão uma terra cinzenta, que agora desaparecia depressa nas sombras. O céu acima estava limpo outra vez e enchia-se devagar de estrelas piscantes. Frodo e seus companheiros ajuntaram-se em redor da fogueira, envoltos em todas as roupas e cobertores que possuíam; mas Passolargo contentava-se com uma simples capa, e sentou-se à pequena distância, dando baforadas pensativas no cachimbo.

À medida que a noite caía e a luz da fogueira principiava a se projetar intensamente, ele começou a lhes contar histórias para desviar suas mentes do medo. Conhecia muitas histórias e lendas de outrora, dos Elfos, dos Homens e dos feitos bons e maus dos Dias Antigos. Perguntavam-se que idade ele teria e onde aprendera todo aquele saber.

"Fale-nos de Gil-galad", disse Merry de repente, quando ele fez uma pausa no final de uma história dos reinos-élficos. "Você conhece mais daquela antiga balada de que falou?"

"Conheço, de fato", respondeu Passolargo. "E Frodo também, pois ela nos toca de perto." Merry e Pippin olharam para Frodo, que fitava a fogueira.

"Só sei o pouco que Gandalf me contou", disse Frodo devagar. "Gil-galad foi o último dos grandes reis-élficos da Terra-média. Gil-galad é *Luz das Estrelas* na língua deles. Com Elendil, o Amigo-dos-Elfos, ele foi à terra de…"

"Não!", exclamou Passolargo, interrompendo-o. "Não creio que essa história deva ser contada agora, com os serviçais do Inimigo por perto. Se conseguirmos atravessar até a casa de Elrond, lá vocês poderão ouvi-la, contada por inteiro."

"Então conte-nos alguma outra história dos dias antigos", implorou Sam; "uma história sobre os Elfos antes do tempo do desvanecimento. Eu gostaria imensamente de ouvir mais sobre os Elfos; o escuro parece que nos cerca tão de perto."

"Vou contar-lhes a história de Tinúviel", começou Passolargo, "brevemente — pois é uma história longa cujo fim não se conhece; e agora não há mais ninguém, exceto Elrond, que a recorde com a mesma certeza tal como foi contada outrora. É uma bela história, apesar de triste, como são todas as histórias da Terra-média, e mesmo assim pode lhes dar ânimo." Ficou em silêncio por algum tempo, e depois começou não a falar, e sim a recitar baixinho:

Longas as folhas, verde a grama,
 Flor de cicuta alta e bela,
Luz na clareira sob a rama
 Na sombra estelar brilhando.
Tinúviel dança; em volta dela
 Um som de flauta se derrama,
A luz astral cabelos vela,
 Em suas vestes tremulando.

Beren chegou da fria colina,
 Sob folhas caminhou um tanto,
E onde o rio dos Elfos mina
 Andou sozinho lamentando.
Logo avistou, com grande espanto,
 De ouro tanta flor mais fina
Nas mangas dela e no seu manto,
 Qual sombra as tranças contemplando.

Seus pés exaustos curou o encanto,
 De morro em morro a vagar;
Correndo sempre, forte entanto,
 Raios da lua alcançando.
Em mata trançada no élfico lar
 Ela a dançar fugia enquanto
Ele ficava só a vagar,
 No bosque silente escutando.

O som em voo ele ouvia,
 Pés leves tal folhas de tília,
Acorde que do solo saía,
 Nos vales ocultos ressoando.
Murcha a cicuta, em ramo e forquilha,
 E uma a uma em lamento caía
A folha da faia que se desvencilha
 No bosque invernal bruxuleando.

Buscou-a sempre, vagando com lastros
 Nas folhas dos anos na terra crua,
Através do luar e dos raios dos astros
 Brilhando em todo o frio firmamento.

O manto dela luzia à lua,
  Enquanto dançava e deixava seus rastros
Num cume longínquo, e na relva nua
  Uma névoa de prata em movimento.

Passado o inverno outra vez ela veio,
  E seu canto anunciou a fugaz primavera,
A chuva a cair, cotovia em gorjeio,
  A água da neve que se derrama.
As flores dos elfos surgiram à espera
  Dos seus leves pés, e ele já sem receio
Quis com ela dançar e cantar, como era
  Seu canto e dança sobre a grama.

Outra vez foi-se ela, ele logo a seguiu.
  Tinúviel! Tinúviel!
Chamando o nome da Elfa insistiu;
  E ela o escutou e deteve seu passo.
Parou um instante, e como um dossel
  A voz de Beren chegando a cobriu;
O destino tomou Tinúviel
  Deitada luzindo sobre seu braço.

E Beren, pondo os olhos nos dela,
  Nas sombras que seu cabelo lançava,
Do céu a vibrante luz da estrela
  Lá viu retratada em brilhante reflexo.
Tinúviel, que linda o fitava,
  Dos elfos imortal donzela,
Em volta dele os braços passava,
  Qual prata luzindo no doce amplexo.

O destino os levou por muitos apuros,
  Por frias, cinzentas montanhas afora,
Por salas de ferro e portais escuros,
  E bosques sem aurora. Os Mares
Divisores se estendiam, de fora a fora,
  Voltaram porém a juntar-se sozinhos,
E faz muito tempo que foram embora
  Na floresta cantando sem pesares.[B]

Passolargo suspirou e fez uma pausa antes de voltar a falar. "Essa é uma canção", disse ele, "do tipo chamado *ann-thennath* entre os Elfos, mas é difícil de reproduzir em nossa fala comum, de modo que este é somente um eco grosseiro. Ela fala do encontro de Beren, filho de Barahir, e Lúthien Tinúviel. Beren era um homem mortal, mas Lúthien era filha de Thingol, Rei dos Elfos na Terra-média quando o mundo era jovem; e ela era a mais linda donzela que já houve entre os filhos deste mundo. Como as estrelas acima das névoas das terras setentrionais era seu encanto, e em seu rosto havia uma luz brilhante. Naqueles dias, o Grande Inimigo, do qual Sauron de Mordor era mero serviçal, habitava em Angband, no Norte, e os Elfos do Oeste, retornando à Terra-média, o combateram para recuperar as Silmarils que ele roubara; e os pais de Homens auxiliaram os Elfos. Mas o Inimigo foi vitorioso, e Barahir foi morto, e Beren, escapando através de grande perigo, passou sobre as Montanhas de Terror e chegou ao oculto Reino de Thingol, na floresta de Neldoreth. Ali contemplou Lúthien cantando e dançando numa clareira junto ao encantado rio Esgalduin; e deu-lhe o nome de Tinúviel, que é Rouxinol na língua de outrora. Muitos pesares os acometeram depois, e por muito tempo estiveram separados. Tinúviel resgatou Beren dos calabouços de Sauron, e juntos passaram por grandes perigos, e derrubaram do trono o próprio Grande Inimigo, e tomaram de sua coroa de ferro uma das três Silmarils, mais luzentes de todas as joias, como preço do compromisso de Lúthien para seu pai, Thingol. Mas no fim, Beren foi morto pelo Lobo que veio dos portões de Angband e morreu nos braços de Tinúviel. Mas ela escolheu a mortalidade, e morrer no mundo, para poder segui-lo; e canta-se que eles se reencontraram além dos Mares Divisores, e após breve tempo outra vez caminhando vivos nas verdes matas, passaram juntos, muito tempo atrás, para além dos confins deste mundo. Assim é que só Lúthien Tinúviel, da gente dos Elfos, morreu de fato e deixou o mundo, e perderam aquela que mais amavam. Mas dela descendeu entre os Homens a linhagem dos senhores-élficos de outrora. Ainda vivem aqueles de quem Lúthien foi ancestral, e dizem que sua linha jamais há de se interromper. Elrond de Valfenda é dessa Família. Pois de Beren e Lúthien nasceu Dior, herdeiro de Thingol; e dele Elwing, a Branca, que desposou Eärendil, o que pilotou sua nau desde as névoas do mundo até os mares do firmamento com a Silmaril na fronte. E de Eärendil vieram os Reis de Númenor, que é Ocidente."

Enquanto Passolargo falava, eles observavam seu rosto estranho e ávido, fracamente iluminado pelo fulgor vermelho da fogueira. Seus olhos brilhavam, e sua voz era cheia e profunda. Acima dele estava um céu negro e estrelado. Subitamente uma luz pálida surgiu por cima do cume do Topo-do-Vento atrás dele. A lua crescente subia devagar sobre a colina que lhes fazia sombra, e as estrelas acima do topo desbotaram.

A história terminou. Os hobbits remexeram-se e se espreguiçaram. "Olhem!", disse Merry. "O Lua está nascendo: deve estar ficando tarde."

Os demais ergueram os olhos. Enquanto faziam isso, viram no topo da colina algo pequeno e escuro em face do luzente nascer da lua. Talvez fosse apenas uma pedra grande ou uma rocha saliente destacada pela luz pálida.

Sam e Merry levantaram-se e afastaram-se do fogo. Frodo e Pippin permaneceram sentados em silêncio. Passolargo vigiava atentamente o luar na colina. Tudo parecia quieto e silencioso, mas Frodo sentiu um pavor frio insinuando-se em seu coração, agora que Passolargo não estava mais falando. Aninhou-se mais perto do fogo. Nesse momento Sam voltou correndo da beira do pequeno vale.

"Não sei o que é," disse ele, "mas de repente senti medo. Não me atrevo a sair deste valezinho por dinheiro nenhum; senti que alguma coisa estava rastejando encosta acima."

"Você *viu* alguma coisa?", perguntou Frodo, pondo-se de pé com um salto.

"Não, senhor. Não vi nada, mas não parei para olhar."

"Eu vi algo", disse Merry; "ou pensei ter visto — lá para o oeste, onde o luar caía no solo plano além da sombra dos topos das colinas, *pensei* que havia duas ou três formas negras. Pareciam estar vindo para cá."

"Fiquem perto do fogo, de rostos para fora!", exclamou Passolargo. "Fiquem com alguns galhos mais compridos prontos nas mãos!"

Durante um certo tempo, sem fôlego, ficaram ali sentados, silenciosos e alertas, dando as costas para a fogueira, cada um fitando as sombras que os cercavam. Nada aconteceu. Não havia ruído nem movimento na noite. Frodo mexeu-se, sentindo que precisava romper o silêncio: desejava gritar alto.

"Quietos!", sussurrou Passolargo. "O que é aquilo?", disse Pippin com voz entrecortada, no mesmo momento.

Por cima da beirada do pequeno vale, do lado oposto à colina, sentiram mais do que viram erguer-se uma sombra, uma sombra ou mais que uma. Esforçaram a visão, e as sombras pareceram crescer. Logo não restava dúvida: três ou quatro vultos, altos e negros, estavam de pé ali na encosta, olhando para eles mais embaixo. Eram tão negros que pareciam buracos negros na profunda sombra atrás deles. Frodo pensou ouvir um chiado fraco, como de um hálito peçonhento, e sentiu o ar gélido, fino e penetrante. Então as sombras avançaram devagar.

O terror dominou Pippin e Merry, e prostraram-se no chão. Sam encolheu-se ao lado de Frodo. Frodo estava pouco menos aterrorizado que seus companheiros; tremia como se sentisse um frio imenso, mas seu terror foi engolido por uma súbita tentação de pôr o Anel no dedo. O desejo de fazê-lo tomou conta dele, e não conseguia pensar em mais nada. Não se esquecera do Túmulo nem da mensagem de Gandalf; mas algo parecia compeli-lo a descartar todos os alertas, e ele ansiava por ceder. Não esperando escapar, nem fazer alguma coisa, fosse boa ou má: simplesmente sentia que precisava pegar o Anel e pô-lo no dedo. Não conseguia falar. Sentiu que Sam o olhava como se soubesse que o patrão estava em grande dificuldade, mas não conseguia virar-se para ele. Fechou os olhos e lutou por um tempo; mas a resistência tornou-se insuportável, e, finalmente, ele puxou a corrente para fora, devagar, e deslizou o Anel no indicador da mão esquerda.

Imediatamente, apesar de tudo o mais continuar como antes, obscuro e sombrio, as formas tornaram-se terrivelmente nítidas. Ele conseguia enxergar por baixo de suas roupas negras. Havia cinco vultos altos: dois em pé na beira do pequeno vale, três avançando. Nos seus rostos brancos ardiam olhos penetrantes e implacáveis; sob seus mantos havia longas vestes cinzentas; sobre seus cabelos grisalhos havia elmos de prata; em suas mãos magras havia espadas de aço. Seus olhos recaíram sobre ele e o penetraram, enquanto se precipitavam em sua direção. Desesperado, sacou a própria espada, e lhe pareceu que ela tremeluzia vermelha, como se fosse um tição. Dois vultos pararam. O terceiro era mais alto que os outros: seus cabelos eram longos e lustrosos, e no seu elmo havia uma coroa. Em uma mão tinha uma espada comprida, e na outra, um punhal; tanto o punhal quanto a mão que o segurava brilhavam com luz pálida. Saltou para a frente e assaltou Frodo.

Nesse momento, Frodo jogou-se de frente no chão e ouviu-se gritando em alta voz: "Ó *Elbereth! Gilthoniel!*" Ao mesmo tempo, golpeou os pés do inimigo. Um grito estridente soou na noite; e ele sentiu uma dor, como se um dardo de gelo envenenado atravessasse seu ombro esquerdo. Já desmaiando entreviu, como que através de uma névoa rodopiante, um vislumbre de Passolargo saltando da escuridão com um tição de madeira chamejante em cada mão. Com um esforço derradeiro Frodo, largando a espada, tirou o Anel do dedo e fechou a mão direita apertada sobre ele.

12

Fuga para o Vau

Quando Frodo recobrou os sentidos, ainda estava agarrando o Anel em desespero. Estava deitado junto à fogueira, que agora estava empilhada alta e queimava forte. Seus três companheiros curvavam-se sobre ele.

"O que aconteceu? Onde está o rei pálido?", perguntou precipitado.

Estavam demasiado exultantes de ouvi-lo falar para responderem logo; e nem compreenderam sua pergunta. Finalmente ele ficou sabendo por Sam que nada tinham visto exceto as vagas formas sombrias que vinham ao seu encontro. De repente, horrorizado, Sam descobrira que o patrão havia desaparecido; e naquele momento uma sombra negra passara por ele correndo, e ele caíra. Ouvira a voz de Frodo, mas ela parecia vir de grande distância, ou de baixo da terra, gritando palavras estranhas. Nada mais tinham visto até tropeçarem no corpo de Frodo, que jazia como morto, de bruços na grama, com a espada debaixo dele. Passolargo mandara que o apanhassem e o pusessem deitado junto ao fogo, e então desapareceu. Isso já fazia um bom tempo.

Sam estava claramente recomeçando a ter dúvidas sobre Passolargo; mas enquanto falavam ele voltou, aparecendo de súbito das sombras. Tiveram um sobressalto, e Sam sacou a espada e se pôs de pé acima de Frodo; mas Passolargo ajoelhou-se depressa ao lado dele.

"Não sou um Cavaleiro Negro, Sam", disse ele com suavidade; "nem estou aliado com eles. Estive tentando descobrir algo sobre os movimentos deles; mas nada encontrei. Não posso imaginar por que eles se foram e não atacaram de novo. Mas não há sensação da presença deles em qualquer lugar próximo."

Quando ouviu o que Frodo tinha para contar, ficou muito preocupado, balançou a cabeça e suspirou. Depois mandou que Pippin e Merry esquentassem nas suas pequenas chaleiras toda a água que conseguissem e que banhassem o ferimento com ela. "Mantenham o fogo bem aceso e mantenham Frodo aquecido!", orientou ele. Então levantou-se e se afastou andando, e chamou Sam para perto de si. "Acho que agora entendo melhor as coisas", disse ele em voz baixa. "Parece que só havia cinco inimigos. Por que não estavam todos aqui eu não sei; mas não acho que esperavam encontrar resistência. Afastaram-se por enquanto. Mas não para longe, eu temo. Eles vão voltar noutra noite, se não pudermos escapar. Estão apenas esperando, porque pensam que seu propósito está quase cumprido e que o Anel não pode fugir para muito mais longe. Eu temo, Sam, que acreditam que seu patrão tem um ferimento mortal que o subjugará à vontade deles. Veremos!"

Sam engasgou com as lágrimas. "Não se desespere!", disse Passolargo. "Precisa confiar em mim agora. Seu Frodo é feito de material mais resistente do que eu acreditava, apesar de Gandalf dar indicações de que isso haveria de ser demonstrado. Ele não foi morto, e creio que resistirá ao poder maligno da ferida por mais tempo do que seus inimigos esperam. Farei tudo que puder para ajudá-lo e curá-lo. Guarde-o bem enquanto eu estiver longe!" Partiu às pressas e voltou a desaparecer na escuridão.

Frodo cochilava, apesar de a dor do seu ferimento aumentar lentamente, e uma gelidez mortal se espalhava do ombro para o braço e o flanco. Seus amigos o vigiavam, aquecendo-o e banhando sua ferida. A noite passou, lenta e cansativa. A aurora crescia no céu, e o pequeno vale se enchia de luz cinzenta quando Passolargo enfim voltou.

"Vejam!", exclamou; e, abaixando-se, ergueu do chão uma capa negra que lá estivera jazendo, oculta pela escuridão. Um pé acima da bainha inferior havia um rasgo. "Isto foi o golpe da espada de Frodo", disse ele. "O único mal que ela causou ao inimigo, temo dizer; pois ela não sofreu dano, mas perecem todas as lâminas que transpassam aquele Rei terrível. Foi mais mortal para ele o nome de Elbereth."

"E mais mortal para Frodo foi isto!" Abaixou-se outra vez e ergueu um punhal, longo e fino. Tinha um brilho frio. Quando Passolargo o levantou, viram que perto da extremidade o gume estava entalhado e que a ponta se quebrara. Mas, enquanto ele o mantinha erguido na luz crescente, eles fitaram com espanto, pois a lâmina pareceu derreter, e sumiu como fumaça no ar, deixando apenas o punho na mão de Passolargo. "Lamentável!", exclamou ele. "Foi este punhal maldito que causou a ferida. Poucos ainda possuem a habilidade de cura para enfrentar armas tão malignas. Mas farei o que puder."

Sentou-se no chão e, tomando o punho da arma, depositou-o nos joelhos e cantou sobre ele uma lenta canção em idioma estranho. Depois, pondo-o de lado, virou-se para Frodo e falou em tom suave palavras que os demais não puderam entender. Da bolsa que trazia no cinto tirou as folhas compridas de uma planta.

"Estas folhas," disse, "andei longe para encontrá-las; pois esta planta não cresce nas colinas áridas, mas nos matagais ao sul da Estrada. Encontrei-a no escuro pelo aroma de suas folhas." Esmagou uma folha entre os dedos, e ela emitiu uma fragrância doce e pungente. "Foi sorte eu conseguir encontrá-la, pois é uma planta curativa que os Homens do Oeste trouxeram à Terra-média. *Athelas* eles a chamaram, e agora ela cresce esparsa, e somente perto de lugares onde eles habitavam ou acampavam antigamente; e não é conhecida no Norte, exceto por alguns dentre os que vagam no Ermo. Tem grandes virtudes, mas em um ferimento como este seus poderes curativos poderão ser pequenos."

Jogou as folhas em água fervente e banhou o ombro de Frodo. A fragrância do vapor era refrescante, e aqueles que não estavam feridos sentiram as mentes calmas e limpas. A erva também teve algum poder sobre a ferida, pois Frodo sentiu que a dor e também a sensação de frio gélido diminuíram em seu flanco; mas não retornou a vida ao seu braço, e não conseguia erguer nem usar a mão. Arrependia-se amargamente de sua tolice e repreendia-se pela fraqueza de vontade; pois percebia agora que ao pôr o Anel obedecera não só ao seu próprio desejo, mas também à intenção imperiosa de seus inimigos. Perguntava-se se continuaria mutilado pelo resto da vida e como haveriam agora de prosseguir na jornada. Sentia-se fraco demais para ficar em pé.

Os demais discutiam essa mesma questão. Rapidamente decidiram abandonar o Topo-do-Vento o quanto antes. "Penso agora", disse Passolargo, "que o inimigo estava vigiando este lugar durante alguns dias. Se Gandalf alguma vez chegou aqui, deve ter sido obrigado a ir embora e não vai retornar. Em todo caso, corremos grande perigo aqui após o anoitecer, desde o ataque de ontem à noite, e dificilmente encontraremos perigo maior em qualquer lugar aonde formos."

Assim que a luz do dia estava plena, comeram alguma coisa às pressas e arrumaram as mochilas. Para Frodo era impossível caminhar, e assim dividiram entre os quatro a maior parte da bagagem deles e puseram Frodo no pônei. Nos últimos dias, o pobre animal havia melhorado de forma maravilhosa; já parecia mais gordo e forte e começara a demonstrar afeto pelos novos donos, especialmente por Sam. O tratamento de Bill Samambaia devia ter sido muito rigoroso para a viagem no ermo parecer tão melhor que sua vida anterior.

Partiram em direção ao sul. Isso significava atravessar a Estrada, mas era o caminho mais rápido para uma área mais arborizada. E precisavam de lenha; pois Passolargo dizia que Frodo tinha de ser mantido aquecido, em especial durante a noite, e, ademais, o fogo seria proteção para todos eles. Também tinha o plano de abreviar a viagem cortando outra grande curva da Estrada: a leste, além do Topo-do-Vento, ela mudava de percurso e fazia uma larga volta para o norte.

Avançaram devagar e com cautela em redor das encostas sudoeste da colina e em pouco tempo alcançaram a beira da Estrada. Não havia sinal dos Cavaleiros. Mas, bem quando atravessavam apressados, ouviram ao longe dois gritos: uma voz fria chamando e uma voz fria respondendo. Trêmulos, avançaram num salto e rumaram para os matagais à frente. O terreno diante deles fazia um declive para o sul, mas era ermo e sem trilhas; arbustos e árvores mirradas cresciam em densos capões entremeados de amplos espaços áridos. O capim era escasso, grosseiro e cinzento; e as folhas dos matagais eram desbotadas e decíduas. Era uma região triste, e a viagem foi lenta e desanimada. Falavam pouco na penosa caminhada. O coração de Frodo afligia-se ao vê-los andando ao lado dele, de cabeças baixas e costas arqueadas com os fardos. O próprio Passolargo parecia cansado e pesaroso.

Antes que terminasse a caminhada do primeiro dia, a dor de Frodo recomeçou a aumentar, mas ele ficou muito tempo sem falar nela. Passaram-se quatro dias sem que o terreno ou o cenário se alterassem muito, exceto que atrás deles o Topo-do-Vento submergia devagar, e à frente as montanhas distantes assomavam um pouco mais próximas. Porém, desde aquele grito longínquo, não haviam visto nem ouvido sinal de que o inimigo notara sua fuga ou os estivesse seguindo. Temiam as horas escuras e faziam vigias aos pares à noite, esperando ver, a qualquer hora, formas negras espreitando na noite cinzenta, fracamente iluminada pela lua velada por nuvens; mas nada viram, e não ouviram ruído senão o suspiro de folhas murchas e capim. Nem uma vez tiveram a sensação da presença do mal que os assaltara antes do ataque no vale. Parecia demais esperar que os Cavaleiros já tivessem perdido sua trilha outra vez. Quem sabe estavam esperando para realizar alguma emboscada em lugar confinado?

Ao fim do quinto dia o terreno recomeçou a subir lentamente, saindo do vale largo e raso aonde tinham descido. Passolargo então retornou o percurso para o nordeste, e, no sexto dia, alcançaram o alto de uma longa encosta pouco inclinada e viram muito à frente um agrupamento de colinas arborizadas. Muito abaixo de si viam a Estrada circundando os sopés das colinas; e à direita um rio cinzento reluzia pálido à débil luz do sol. Ao longe entreviam mais outro rio, num vale pedregoso meio envolto em névoa.

"Temo que aqui precisemos voltar à Estrada por um tempo", disse Passolargo. "Chegamos agora ao Rio Fontegris, que os Elfos chamam de Mitheithel. Ele desce correndo da Charneca Etten, os morros dos trols ao norte de Valfenda, e conflui com o Ruidoságua lá longe no Sul. Alguns o chamam de Griságua depois disso. É um grande curso d'água antes de encontrar o

Mar. Não há como cruzá-lo abaixo de suas nascentes na Charneca Etten, a não ser pela Última Ponte onde a Estrada atravessa."

"Qual é o outro rio que podemos ver lá longe?", perguntou Merry.

"Aquele é o Ruidoságua, o Bruinen de Valfenda", respondeu Passolargo. "A Estrada corre ao longo da borda das colinas por muitas milhas, da Ponte até o Vau do Bruinen. Mas ainda não imaginei como havemos de atravessar essa água. Um rio de cada vez! Certamente teremos sorte se não encontrarmos a Última Ponte ocupada por adversários."

No dia seguinte, cedo de manhã, chegaram novamente à beira da Estrada. Sam e Passolargo foram em frente, mas não encontraram sinal de quaisquer viajantes ou cavaleiros. Ali, sob a sombra das colinas, caíra um pouco de chuva. Passolargo julgou que isso fora dois dias antes, e ela lavara todas as pegadas. Desde então não passara nenhum cavaleiro, até onde ele conseguia ver.

Apressaram-se com toda a velocidade possível e, depois de uma ou duas milhas, viram a Última Ponte à frente, ao pé de um declive curto e íngreme. Temiam ver vultos negros esperando ali, mas não viram nenhum. Passolargo fez com que se escondessem num matagal à beira da Estrada enquanto ele avançava para explorar.

Pouco depois, voltou correndo. "Não consigo ver sinal do inimigo", disse, "e muito desconfio do que isso significa. Mas encontrei algo muito estranho."

Estendeu a mão e mostrou uma única joia de verde-pálido. "Encontrei-a na lama no meio da Ponte", afirmou ele. "É um berilo, uma pedra-élfica. Não sei dizer se foi posta lá ou se caiu por acaso; mas ela me traz esperança. Vou tomá-la como sinal de que podemos atravessar a Ponte; mas além daí não me atrevo a percorrer a Estrada sem algum sinal mais claro."

Seguiram em frente de imediato. Atravessaram a Ponte em segurança, sem ouvir ruído senão a água em redemoinho nos seus três grandes arcos. Uma milha avante chegaram a uma ravina estreita que levava para o norte através das terras acidentadas à esquerda da Estrada. Ali Passolargo se desviou, e logo estavam perdidos numa região sombria de árvores escuras, fazendo curvas entre os sopés de colinas soturnas.

Os hobbits ficaram contentes de deixarem para trás as terras tristonhas e a Estrada perigosa; mas aquela nova região parecia ameaçadora e inóspita. À medida que avançavam, as colinas ao redor cresciam cada vez mais. Aqui e ali, nas alturas e cristas, viam vislumbres de antigas muralhas de pedra e de ruínas de torres: tinham aspecto agourento. Frodo, que não estava caminhando, tinha tempo de olhar à frente e pensar. Recordou o relato que Bilbo fizera de sua jornada, e as torres ameaçadoras nas colinas ao norte da Estrada, na área próxima da mata dos Trols, onde ocorrera sua primeira aventura séria. Frodo imaginou que agora estivessem na mesma região, e perguntou-se se acaso passariam perto daquele ponto.

"Quem vive nesta terra?", perguntou. "E quem construiu essas torres? É região de trols?"

"Não!", disse Passolargo. "Trols não constroem. Ninguém vive nesta terra. Os Homens moraram aqui outrora, eras atrás; mas agora não resta nenhum. Tornaram-se um povo mau, como dizem as lendas, pois caíram sob a sombra de Angmar. Porém foram todos destruídos na guerra que trouxe o fim do Reino do Norte. Mas agora isso faz tanto tempo que as colinas os esqueceram, apesar de ainda jazer uma sombra sobre a terra."

"Onde aprendeu essas histórias, se a terra toda é vazia e esquecida?", perguntou Peregrin. "As aves e as feras não contam histórias desse tipo."

"Os herdeiros de Elendil não se esquecem de todas as coisas do passado," disse Passolargo, "e muito mais do que posso contar é recordado em Valfenda."

"Você esteve muitas vezes em Valfenda?", indagou Frodo.

"Estive", disse Passolargo. "Morei lá certa vez e ainda retorno quando posso. Lá está meu coração; mas não é minha sina sentar-me em paz, mesmo na bela casa de Elrond."

Agora as colinas começavam a rodeá-los. A Estrada atrás continuava a caminho do Rio Bruinen, mas ambos já estavam escondidos de suas vistas. Os viajantes chegaram a um vale comprido;

estreito, profundamente fendido, escuro e silencioso. Árvores com raízes velhas e retorcidas estavam suspensas sobre os penhascos e se aglomeravam mais atrás em encostas ascendentes de pinheiros.

Os hobbits estavam exaustos. Avançavam devagar, pois tinham que achar o caminho numa região sem trilhas, impedidos por árvores caídas e rochas despencadas. Enquanto podiam evitavam escaladas, pelo bem de Frodo e porque, de fato, era difícil encontrar algum caminho que os tirasse de dentro dos estreitos vales. Haviam passado dois dias naquela região quando o tempo se tornou úmido. O vento começou a soprar continuamente do Oeste, derramando a água dos mares distantes nas escuras cabeças das colinas, em chuva fina e encharcadiça. Ao cair da noite estavam todos empapados, e o acampamento foi tristonho, pois não conseguiam fazer o fogo pegar. No dia seguinte as colinas se ergueram ainda mais altas e íngremes diante deles, e foram forçados a se voltar para o norte, saindo do curso. Passolargo parecia ficar ansioso: fazia quase dez dias que haviam partido do Topo-do-Vento, e o estoque de víveres estava começando a rarear. Continuava chovendo.

Naquela noite acamparam numa plataforma de pedra com uma muralha de rocha por trás, onde havia uma caverna rasa, um mero recorte no penhasco. Frodo estava inquieto. O ar gélido e a umidade haviam tornado sua ferida mais dolorosa que antes, e a dor e a sensação de friagem mortal lhe roubaram o sono. Estava deitado, agitando-se e virando-se, escutando temeroso os furtivos barulhos noturnos: o vento em frestas da rocha, a água pingando, um estalo, a súbita queda estrepitosa de uma pedra solta. Sentia que formas negras avançavam para sufocá-lo; mas quando se ergueu nada viu senão as costas de Passolargo, sentado com a coluna arqueada, fumando seu cachimbo e vigiando. Deitou-se outra vez e caiu num sonho inquieto em que caminhava na grama em seu jardim no Condado, mas isso lhe pareceu fraco e obscuro, menos nítido que as altas sombras negras que espiavam por cima da sebe.

Pela manhã despertou e viu que a chuva cessara. As nuvens ainda eram espessas, mas estavam se desfazendo, e pálidas faixas azuis apareciam entre elas. O vento mudava outra vez de direção. Não partiram cedo. Imediatamente após o desjejum, frio e desconfortável, Passolargo saiu sozinho, mandando os demais ficarem sob o abrigo do penhasco até que ele voltasse. Iria escalar, se pudesse, e observar a forma do terreno.

Quando voltou, não os tranquilizou. "Viemos longe demais para o norte", disse ele, "e precisamos encontrar algum modo de rumar outra vez para o sul. Se continuarmos nesta direção vamos chegar aos Vales Etten bem ao norte de Valfenda. É uma região de trols, e pouco a conheço. Talvez possamos encontrar um caminho de passagem e alcançar Valfenda pelo norte; mas levaria demasiado tempo, pois não conheço o caminho, e nossa comida não iria durar. Portanto, de um jeito ou de outro, temos de achar o Vau do Bruinen."

Passaram o resto do dia escalando um terreno rochoso. Encontraram uma passagem entre duas colinas que os levou a um vale correndo para o sudeste, a direção que queriam tomar; mas ao fim do dia descobriram que outra vez o caminho estava bloqueado por uma crista de terreno alto; sua borda escura diante do céu estava quebrada em muitas pontas nuas, como os dentes de uma serra rombuda. Podiam escolher entre voltar ou escalá-la.

Decidiram tentar a escalada, mas ela demonstrou ser muito difícil. Não demorou para Frodo ser obrigado a apear e se esforçar a pé. Mesmo assim várias vezes quase desistiram de subir com o pônei, ou, na verdade, de encontrar uma trilha para si, carregados que estavam. A luz quase desaparecera, e estavam todos exaustos, quando finalmente alcançaram o topo. Haviam subido a uma estreita sela entre dois pontos mais elevados, e pouco adiante o terreno descia outra vez, íngreme. Frodo jogou-se ao chão e lá ficou deitado, com calafrios. Seu braço esquerdo estava inerte, e o flanco e o ombro davam a sensação de terem garras geladas sobre eles. As árvores e as rochas em redor lhe pareciam sombrias e apagadas.

"Não podemos ir mais longe", disse Merry a Passolargo. "Temo que tenha sido demais para Frodo. Estou terrivelmente aflito por ele. O que havemos de fazer? Você crê que serão capazes de curá-lo em Valfenda, se é que vamos chegar lá?"

"Havemos de ver", respondeu Passolargo. "Não há mais nada que eu possa fazer no ermo; e é principalmente por causa do seu ferimento que estou tão ansioso por avançar. Mas concordo que não podemos prosseguir esta noite."

"O que há com meu patrão?", perguntou Sam em voz baixa, olhando suplicante para Passolargo. "Sua ferida era pequena e já fechou. Não se vê nada a não ser um sinal frio e branco no ombro."

"Frodo foi tocado pelas armas do Inimigo," disse Passolargo, "e há algum veneno ou mal em ação que está além de minha habilidade de expulsar. Mas não perca a esperança, Sam!"

A noite foi fria no alto da crista. Fizeram uma pequena fogueira embaixo das raízes retorcidas de um velho pinheiro que se inclinava sobre um buraco raso: parecia que ali tinha sido uma pedreira antigamente. Sentaram-se encolhidos uns junto aos outros. O vento soprava gélido pela passagem, e ouviam as copas das árvores mais embaixo, gemendo e suspirando. Frodo jazia meio em sonho, imaginando que infindas asas escuras voavam acima dele, e que nas asas estavam montados perseguidores que o buscavam em todas as covas das colinas.

A manhã raiou luminosa e bonita; o ar estava limpo e a luz era pálida e clara no céu lavado pela chuva. Seus corações se encorajaram, mas ansiavam pelo sol que lhes aquecesse os membros frios e enrijecidos. Assim que clareou, Passolargo levou Merry consigo, e foram examinar a região desde a elevação a leste da passagem. O sol nascera e brilhava intensamente quando ele voltou com novas mais confortantes. Já estavam indo mais ou menos na direção certa. Se fossem em frente, descendo o lado oposto da crista, teriam as Montanhas à sua esquerda. Um pouco avante Passolargo tinha vislumbrado o Ruidoságua outra vez, e sabia que, apesar de estar escondida da visão, a Estrada para o Vau não estava longe do Rio e ficava do lado mais próximo.

"Precisamos rumar para a Estrada outra vez", disse ele. "Não podemos ter esperança de achar uma trilha nestas colinas. Seja qual for o perigo que a assola, a Estrada é nosso único caminho para o Vau."

Logo depois de comerem partiram outra vez. Desceram lentamente pelo lado meridional da crista; mas o caminho era muito mais fácil do que esperavam, pois daquele lado a encosta era muito menos íngreme, e logo Frodo conseguiu montar de novo. O pobre pônei velho de Bill Samambaia estava desenvolvendo um talento inesperado para achar a trilha e para poupar o cavaleiro de quantos solavancos pudesse. O grupo animou-se de novo. O próprio Frodo sentia-se melhor à luz matutina, mas vez por outra uma névoa parecia obscurecer-lhe a visão, e passava as mãos por cima dos olhos.

Pippin estava um pouco à frente dos demais. Subitamente virou-se para trás e os chamou. "Há uma trilha aqui!", exclamou.

Quando o alcançaram viram que não se enganara: havia nitidamente o começo de uma trilha, que subia com muitas voltas da mata lá embaixo e desaparecia no cume mais atrás. Em alguns lugares estava apagada e coberta de vegetação, ou sufocada por pedras e árvores caídas; mas parecia que em alguma época fora muito usada. Era uma trilha feita por braços fortes e pés pesados. Aqui e ali, árvores velhas tinham sido cortadas ou quebradas, e grandes rochas, fendidas ou jogadas de lado para abrir caminho.

Seguiram a trilha por certo tempo, pois ela representava o caminho mais fácil para descerem, mas andaram com cautela, e sua ansiedade cresceu quando entraram na mata escura e a trilha ficou mais evidente e larga. Saindo repentinamente de um cinturão de abetos, ela descia íngreme por uma ladeira e fazia uma curva fechada à esquerda, virando o canto de uma encosta rochosa da colina. Quando chegaram ao canto, olharam em volta e viram que a trilha corria sobre uma faixa plana abaixo da face de um penhasco baixo, com árvores suspensas. Na muralha de pedra havia uma porta, pendendo torta e entreaberta de uma grande dobradiça.

Todos pararam diante da porta. Havia uma caverna ou câmara rochosa atrás dela, mas nada se via na escuridão lá dentro. Passolargo, Sam e Merry empurraram com toda força e conseguiram abrir a porta um pouco mais, e então Passolargo e Merry entraram. Não foram longe, pois no chão havia muitos ossos velhos, e nada mais se via perto da entrada senão alguns grandes jarros vazios e potes quebrados.

"Com certeza é uma toca de trol, se é que já houve uma!", afirmou Pippin. "Saiam, vocês dois, e vamos embora. Agora sabemos quem fez a trilha — e é melhor sair dela depressa."

"Acho que não é preciso", disse Passolargo, saindo. "Certamente é uma toca de trol, mas parece estar abandonada faz tempo. Não acho que precisemos ter medo. Mas vamos continuar a descer com cautela e havemos de ver."

A trilha prosseguiu depois da porta, e virando outra vez à direita, após o trecho plano, mergulhou por uma encosta de árvores densas. Pippin, não querendo mostrar a Passolargo que ainda estava com medo, foi na frente com Merry. Sam e Passolargo vinham atrás, um de cada lado do pônei de Frodo, pois a trilha já era bastante larga para quatro ou cinco hobbits andarem lado a lado. Mas não haviam ido muito longe quando Pippin voltou correndo, seguido por Merry. Ambos pareciam aterrorizados.

"Lá *tem* trols!", exclamou Pippin, ofegante. "Lá embaixo numa clareira da mata, não muito longe. Nós os vimos através dos troncos das árvores. São muito grandes!"

"Vamos até lá para olhá-los", indicou Passolargo, apanhando um bastão. Frodo nada disse, mas Sam parecia assustado.

O sol já estava alto e brilhava através dos galhos meio desfolhados das árvores, iluminando a clareira com brilhantes manchas de luz. Detiveram-se de súbito na beira e espiaram através dos troncos, prendendo a respiração. Ali estavam parados os trols: três trols grandes. Um estava curvado, e os outros dois de pé, olhando para ele.

Passolargo avançou despreocupado. "Levante-se, pedra velha!", ordenou ele, e quebrou o bastão no trol curvado.

Nada aconteceu. Ouviu-se um grito de espanto sufocado dos hobbits, e então o próprio Frodo riu. "Bem!", comentou ele. "Estamos esquecendo nossa história familiar! Estes devem ser os mesmos três que foram apanhados por Gandalf, brigando pelo jeito certo de cozinhar treze anões e um hobbit."

"Eu não fazia ideia de que estávamos perto desse lugar!", disse Pippin. Conhecia bem a história. Bilbo e Frodo a haviam contado com frequência; mas de fato ele jamais acreditara em mais da metade. Mesmo agora olhava para os trols de pedra com suspeita, perguntando-se se alguma magia não poderia de repente trazê-los de volta à vida.

"Vocês não apenas estão esquecendo sua história familiar, mas também tudo o que já sabiam sobre trols", comentou Passolargo. "É plena luz do dia, com sol forte, e ainda assim vocês voltam tentando me assustar com um relato de trols vivos esperando por nós nesta clareira! Seja como for, devem ter notado que um deles tem um velho ninho de pássaro atrás da orelha. Seria um enfeite bem incomum para um trol vivo!"

Todos riram. Frodo sentiu seu ânimo revivendo: a lembrança da primeira aventura bem-sucedida de Bilbo era encorajadora. O sol também estava morno e reconfortante, e a névoa diante dos seus olhos parecia dissipar-se um pouco. Descansaram por algum tempo na clareira e fizeram a refeição do meio-dia bem embaixo da sombra das grandes pernas dos trols.

"Alguém não pode nos cantar uma canção enquanto o sol está alto?", perguntou Merry depois de terminarem. "Faz dias que não ouvimos uma canção nem uma história."

"Não desde o Topo-do-Vento", disse Frodo. Os demais olharam-no. "Não se preocupem comigo!", acrescentou. "Sinto-me muito melhor, mas não acho que poderia cantar. Quem sabe Sam possa desenterrar alguma coisa da memória."

"Vamos lá, Sam!", comentou Merry. "Há mais coisa armazenada em sua cabeça do que você revela."

"Isso eu não sei", respondeu Sam. "Mas será que isto serve? Não é o que eu chamo de poesia de verdade, se me entende: só uma coisinha tola. Mas estas velhas imagens aqui me fizeram lembrar." De pé, com as mãos atrás das costas como se estivesse na escola, começou a cantar uma antiga melodia.

Trol senta sozinho na pedra do caminho,
Resmungando e roendo um osso magrinho;
  Já faz mais de ano, nem tem mais tutano,
    Pois carne já não se acha.
      Racha! Taxa!
  Na caverna do morro vive sozinho,
    E carne já não se acha.

Lá vem o Tom com calçado do bom
E diz ao Trol em alto e bom som:
   "É a canela, é sim, do meu velho tio Tim,
   Que devia estar lá no túmulo.
      Húmulo! Cúmulo!
   O Tim já se foi faz anos, sei não,
      Pensei que jazia no túmulo."

Diz o Trol: "Meu rapaz, já peguei, tanto faz.
Um osso da cova sem remorso se traz.
   Era morto o tio como pedra de rio
      Quando eu encontrei a canela.
         Aquela! Balela!
   Para oferecê-la a um trol voraz
      Não vai fazer falta a canela."

Diz Tom: "Não se vê por que é que você
Vai pegando assim, sem qualquer mercê,
   A canela subtrai do irmão do meu pai;
      Entregue o velho osso!
         Grosso! Insosso!
   Está morto, sim, mas não tem o quê:
      Entregue o velho osso!"

"Na minha caverna", diz Trol com baderna,
"Eu devoro você, e roo sua perna.
   Refeição principesca é carne bem fresca!
      Você vai é sentir o meu dente.
         Quente! De repente!
   Roer pele e osso já me consterna;
      Vou jantar coisa bem diferente."

Mas antes que creia ter pegado a ceia,
Das mãos lhe escapa, nem inteira nem meia.
   Nem bem se refaz, já Tom vem por trás,
      Dá-lhe um chute a servir de lição.
         Missão! Remissão!
   Tom pensou que um pé lá atrás, bota cheia,
      Pro trol ia servir de lição.

*Mais cruel que cimento é o assento
De um trol da montanha, velho e odiento.
    Menos mal se esmigalha seu pé na muralha,
    Que o fundilho do trol nada sente.
        Saliente! Valente!
    O velho Trol ri ao ouvir o lamento,
    Pois sabe o dedão como sente.*

*Após esse tranco Tom de dor está branco,
E sem botas nos pés pra valer ficou manco;
    Mas Trol nem se importa, e o que o conforta
    É o osso roubado do dono.
        Patrono! Abono!
    O fundilho do trol nada sente, sou franco,
    Nem o osso roubado do dono!*[A]

"Bem, isso é um alerta para todos nós!", riu-se Merry. "Ainda bem que usou um bastão e não a mão, Passolargo!"

"Onde encontrou isso, Sam?", perguntou Pippin. "Nunca ouvi essa letra antes."

Sam murmurou algo inaudível. "É da cabeça dele, é claro", disse Frodo. "Estou aprendendo muita coisa sobre Sam Gamgi nesta viagem. Primeiro era conspirador, agora é bufão. Vai acabar se tornando um mago — ou um guerreiro!"

"Espero que não", comentou Sam. "Não quero ser nada disso!"

À tarde prosseguiram pela mata. Provavelmente estavam seguindo a mesma trilha que Gandalf, Bilbo e os anãos tinham usado muitos anos antes. Algumas milhas adiante saíram no topo de uma alta ribanceira acima da Estrada. Naquele ponto a Estrada deixara o Fontegris muito para trás em seu vale estreito, e agora ela se apegava aos sopés das colinas, rolando e serpenteando para o leste, entre bosques e encostas cobertas de urze, rumo ao Vau e às Montanhas. Não muito além, na margem, Passolargo apontou para uma pedra no capim. Nela, entalhadas grosseiramente e agora muito desgastadas, ainda se viam runas--anânicas e marcas secretas.

"Aí está!", disse Merry. "Essa deve ser a pedra que marcava o lugar onde foi escondido o ouro dos trols. Quanto resta da porção de Bilbo, é o que me pergunto, Frodo?"

Frodo olhou para a pedra e desejou que Bilbo não tivesse levado para casa nenhum tesouro mais perigoso, nem menos fácil de se desfazer. "Nada", respondeu ele. "Bilbo doou tudo. Ele me disse que não sentia que fosse seu de verdade, já que vinha de ladrões."

A Estrada se estendia quieta sob as longas sombras da tardinha. Não se via sinal de quaisquer outros viajantes. Já que agora não havia outro percurso possível, desceram da ribanceira e, virando-se para a esquerda, partiram o mais depressa que conseguiram. Logo uma encosta das colinas bloqueou a luz do sol, que descia depressa. Um vento frio soprou ao seu encontro, descendo das montanhas à frente.

Estavam começando a buscar um lugar fora da Estrada onde pudessem acampar à noite, quando ouviram um som que trouxe o medo súbito de volta a seus corações: o ruído de cascos atrás deles. Olharam para trás, mas não conseguiam enxergar longe por causa das muitas curvas e reviravoltas da Estrada. O mais depressa possível, subiram com mãos e pés para longe do caminho batido, até a urze alta e o matagal de arandos nas encostas acima, até chegarem a um pequeno capão de aveleiras densas. Espiando por entre os arbustos, podiam ver a Estrada, apagada e cinzenta à luz minguante, uns trinta pés abaixo deles. O som dos cascos aproximou-se. Andavam depressa, com um leve *clípeti-clípeti-clip*. Então lhes pareceu que ouviam fracamente, como se a brisa o soprasse para longe, um tênue tinido, como de sinetas tocando.

"Isso não soa como o cavalo de um Cavaleiro Negro!", disse Frodo, escutando atentamente. Os outros hobbits concordaram, esperançosos que assim era, mas ficaram todos cheios de suspeita. Fazia tanto tempo que temiam uma perseguição que qualquer som detrás deles parecia agourento e ameaçador. Mas Passolargo já se inclinava para a frente, agachado no chão, com uma mão na orelha e uma expressão de alegria no rosto.

A luz se apagava e as folhas dos arbustos farfalhavam baixinho. Os sinos já tiniam mais nítidos e mais próximos, e *clipeti-clip* vinham os rápidos pés trotando. Subitamente avistaram lá embaixo um cavalo branco, reluzindo nas sombras, correndo veloz. Na penumbra, seu cabresto rebrilhava e piscava, como se estivesse engastado com gemas semelhantes a estrelas vivas. A capa do cavaleiro esvoaçava atrás dele, e seu capuz estava abaixado; seus cabelos dourados fluíam reluzentes ao vento de sua corrida. A Frodo parecia que uma luz branca atravessava a forma e a veste do cavaleiro, como por um fino véu.

Passolargo saiu do esconderijo com um salto e correu para baixo, rumo à Estrada, pulando através da urze com um grito; mas, mesmo antes que ele tivesse se movido ou chamado, o cavaleiro refreara o cavalo e parara, erguendo os olhos para o matagal onde eles estavam. Quando viu Passolargo, apeou e correu ao seu encontro exclamando: "*Ai na vedui Dúnadan! Mae govannen!*" Sua fala e sua clara voz ressoante não deixaram dúvida nos corações deles: o cavaleiro pertencia ao povo dos Elfos. Ninguém mais que morasse no vasto mundo tinha vozes tão belas de se ouvir. Mas parecia haver uma nota de pressa ou medo em seu chamado, e viram que agora ele falava rápida e urgentemente com Passolargo.

Logo Passolargo lhes acenou, e os hobbits saíram dos arbustos e se apressaram a descer para a Estrada. "Este é Glorfindel, que habita na casa de Elrond", apresentou-o Passolargo.

"Salve e bom encontro afinal!", disse o senhor-élfico a Frodo. "Fui enviado de Valfenda para vos procurar. Temíamos que estivésseis correndo perigo na estrada."

"Então Gandalf chegou a Valfenda?", exclamou Frodo, alegre.

"Não. Não chegara quando parti; mas isso faz nove dias", respondeu Glorfindel. "Elrond recebeu notícias que o perturbaram. Alguns da minha gente, viajando em vossa terra além do Baranduin,[1] souberam que havia algo errado e enviaram mensagens o mais depressa que podiam. Disseram que os Nove esta-

---

[1] O Rio Brandevin. [N. A.]

vam à larga e que vós estáveis perdidos, portando um grande fardo sem orientação, pois Gandalf não retornara. Mesmo em Valfenda poucos há que possam sair abertamente contra os Nove; mas os que havia Elrond enviou rumo ao norte, oeste e sul. Pensava-se que pudésseis vos desviar muito para evitar a perseguição, e vos perdêsseis no Ermo.

"Coube a mim tomar a Estrada, e cheguei à Ponte de Mitheithel, e ali deixei um sinal, cerca de sete dias atrás. Três dos serviçais de Sauron estavam sobre a Ponte, mas recuaram e eu os persegui rumo ao oeste. Topei também com dois outros, mas eles se desviaram para o sul. Desde então tenho buscado vossa trilha. Encontrei-a dois dias atrás e a segui por sobre a Ponte; e hoje percebi onde havíeis descido das colinas outra vez. Mas vamos lá! Não há tempo para mais notícias. Já que estais aqui precisamos arriscar o perigo da Estrada e partir. Há cinco em nosso encalço, e quando encontrarem vossa trilha na Estrada eles nos perseguirão como o vento. E não são todos. Onde hão de estar os outros quatro, eu não sei. Receio que possamos descobrir que o Vau já está dominado por nossos inimigos."

Enquanto Glorfindel falava, as sombras da tarde se aprofundavam. Frodo sentiu que um grande cansaço o dominava. Desde que o sol começara a se pôr, a névoa diante de seus olhos havia ficado mais escura, e ele sentia que uma sombra se interpunha diante dos rostos de seus amigos. Agora a dor o acometeu, e ele sentiu frio. Titubeou, agarrando o braço de Sam.

"Meu patrão está doente e ferido", disse Sam com raiva. "Ele não pode continuar cavalgando depois do pôr do sol. Precisa de descanso."

Glorfindel apanhou Frodo, que desabava no chão, e, tomando-o gentilmente nos braços, olhou seu rosto com grave ansiedade.

Passolargo falou brevemente do ataque ao acampamento sob o Topo-do-Vento e do punhal mortífero. Pegou o punho que guardara e o entregou ao Elfo. Glorfindel estremeceu ao tomá-lo, mas olhou-o atentamente.

"Há coisas malévolas escritas neste punho", afirmou ele; "apesar de vossos olhos talvez não as poderem ver. Guarda-o, Aragorn, até que cheguemos à casa de Elrond! Mas cuida-te e manuseia-o o quanto menos! Ai! Os ferimentos desta arma ultrapassam minha habilidade de cura. Farei o que puder — porém ainda mais peço-te agora que avances sem descanso."

Examinou com os dedos a ferida do ombro de Frodo, e seu rosto se tornou mais sério, como se estivesse perturbado pelo que descobrira. Mas Frodo sentiu que o gelo no flanco e no braço diminuiu; um pouco de calor insinuou-se do ombro para a mão, e a dor amainou. A penumbra da tarde parecia tornar-se mais clara em seu redor, como se uma nuvem tivesse sido removida. Voltou a ver mais claramente os rostos dos amigos, e retornou-lhe um tanto de nova esperança e força.

"Tu hás de montar meu cavalo", disse Glorfindel. "Encurtarei os estribos até a beira da sela, e precisas sentar-te o mais firme possível. Mas não precisas temer: meu cavalo não deixará cair um cavaleiro que eu o mande levar. Seu passo é leve e macio; e se o perigo se aproximar demais, ele te carregará com uma presteza com que nem as negras montarias do inimigo podem competir."

"Não, não me carregará!", exclamou Frodo. "Não o montarei se for carregado para Valfenda ou qualquer outro lugar abandonando meus amigos ao perigo."

Glorfindel sorriu. "Duvido muito", disse ele, "que teus amigos estarão em perigo se não estiveres com eles! Creio que a perseguição seguiria a ti e nos deixaria em paz. És tu, Frodo, e aquilo que levas que nos põe a todos em perigo."

Para isso Frodo não tinha resposta, e foi convencido a montar no cavalo branco de Glorfindel. O pônei, por sua vez, foi carregado com boa parte do fardo dos demais, de forma que estes agora marchavam mais leves e por certo tempo fizeram boa velocidade; mas os hobbits começaram a achar difícil acompanhar os pés do Elfo, velozes e incansáveis. Ele os conduziu avante, para a boca da escuridão, e ainda avante sob a profunda noite nebulosa. Não havia estrela nem lua. Só no cinzento do amanhecer ele permitiu que parassem. Àquela altura, Pippin, Merry e Sam estavam quase dormindo em suas pernas trôpegas; e o próprio Passolargo, a julgar pela curvatura de seus ombros, parecia exausto. Frodo estava sentado no cavalo, em sonho sombrio.

Lançaram-se urze abaixo, a algumas jardas da beira da estrada, e caíram no sono de imediato. Mal pareciam ter fechado os olhos quando Glorfindel, que se pusera de guarda enquanto dormiam, voltou a acordá-los. O sol já subira bastante na manhã, e as nuvens e névoas da noite haviam desaparecido.

"Bebei isto!", disse Glorfindel, servindo a cada um, por sua vez, um pouco da bebida que tinha em seu cantil de couro guarnecido de prata. Era límpida como água da fonte e não tinha gosto, e não dava na boca sensação de frescor nem de calor; mas a força e o vigor pareciam fluir para todos os seus membros quando a beberam. Comidos após aquela beberagem, o pão amanhecido e as frutas secas (que agora era tudo o que lhes restava) pareciam satisfazer melhor a sua fome do que muitos bons desjejuns do Condado.

Haviam descansado um tanto menos que cinco horas quando tomaram a Estrada outra vez. Glorfindel ainda os apressava e só permitiu duas breves paradas durante a marcha do dia. Deste modo, percorreram quase vinte milhas antes do pôr do sol e chegaram a um ponto onde a Estrada se curvava à direita e descia em direção ao fundo do vale, já rumando direto para o Bruinen. Até então não houvera sinal nem som de perseguição que os hobbits pudessem ver ou ouvir; mas muitas vezes Glorfindel parava e escutava por um momento quando se atrasavam, e um ar de ansiedade lhe toldava o rosto. Uma ou duas vezes falou com Passolargo em língua-élfica.

Mas, por ansiosos que estivessem seus guias, estava claro que os hobbits não poderiam ir mais longe naquela noite. Estavam dando passos em falso, tontos de exaustão, incapazes de pensar em outra coisa senão seus pés e suas pernas. A dor de Frodo tinha redobrado, e durante o dia as coisas em seu redor se esvaíam em sombras de um cinza fantasmagórico. Quase recebeu de bom grado a chegada da noite, pois aí o mundo parecia menos pálido e vazio.

Os hobbits ainda estavam exaustos quando partiram de novo na manhã seguinte. Ainda havia muitas milhas a percorrer entre o lugar onde estavam e o Vau, e andavam cambaleando no melhor passo que lhes era possível.

"Nosso perigo será maior logo antes de alcançarmos o rio", disse Glorfindel; "pois meu coração me alerta de que agora a perseguição é rápida em nosso encalço, e outro perigo pode estar aguardando junto ao Vau."

A Estrada ainda descia continuamente, e agora em alguns lugares havia muito capim de ambos os lados, onde os hobbits caminhavam quando podiam, para aliviar os pés cansados. No final da tarde chegaram a um lugar onde a Estrada passava subitamente embaixo da obscura sombra de altos pinheiros e depois mergulhava em um profundo corte com paredes íngremes e úmidas de pedra vermelha. Corriam ecos à medida que eles avançavam às pressas; e parecia haver o som de muitas passadas seguindo as deles. De repente, como se passasse por um portão de luz, a Estrada voltou a sair pela extremidade do túnel para o ar livre. Ali, no sopé de um declive escarpado, viram diante de si uma milha longa e plana e, além dela, o Vau de Valfenda. Do outro lado havia uma ribanceira parda íngreme, por onde subia uma trilha serpenteante; e atrás dela as altas montanhas, encosta sobre encosta e pico após pico, se erguiam para o céu desbotado.

Ainda havia um eco como de pés que os perseguissem no corte atrás deles; um ruído sussurrante, como se um vento se erguesse e fluísse pelos ramos dos pinheiros. Num momento Glorfindel virou-se e escutou, e então saltou para diante com um grito intenso.

"Fugi!", exclamou. "Fugi! O inimigo está atrás de nós!"

O cavalo branco deu um pulo adiante. Os hobbits desceram o declive correndo. Glorfindel e Passolargo seguiram na retaguarda. Tinham somente atravessado metade do trecho plano quando veio, de repente, o ruído de cavalos galopando. Pelo portão nas árvores que tinham acabado de deixar saiu um Cavaleiro Negro. Refreou o cavalo e parou, oscilando na sela. Outro o seguiu, e depois outro; e depois mais dois.

"Cavalga em frente! Cavalga!", gritou Glorfindel para Frodo.

Este não obedeceu de imediato, pois foi tomado por uma estranha relutância. Reduzindo o passo do cavalo, virou-se e olhou para trás. Os Cavaleiros pareciam estar sentados em suas grandes montarias como estátuas ameaçadoras em uma colina, escuras e sólidas, enquanto todas as matas e terras em seu redor recuavam como que numa névoa. De repente soube em seu coração que, em silêncio, lhe estavam ordenando que esperasse. Então o medo e o ódio despertaram nele de súbito. Sua mão deixou a rédea e agarrou o punho da espada, e sacou-a com um lampejo rubro.

"Cavalga! Cavalga!", exclamou Glorfindel, e depois, em alto e bom som, gritou para o cavalo em língua-élfica: *"noro lim, noro lim, Asfaloth!"*

Imediatamente o cavalo branco partiu de um salto e correu como o vento pelo último trecho da Estrada. No mesmo momento, os cavalos negros pularam colina abaixo em perseguição, e dos Cavaleiros veio um grito terrível, tal como Frodo o ouvira enchendo as matas de horror muito longe, na Quarta Leste. Ele teve resposta; e, para consternação de Frodo e seus amigos, saíram voando das árvores e rochas à esquerda mais quatro Cavaleiros. Dois tomaram a direção de Frodo; dois galoparam loucamente para o Vau, para interceptarem sua fuga. Parecia-lhe que corriam como o vento e que rapidamente se tornavam maiores e mais escuros à medida que suas trajetórias convergiam com a dele.

Frodo olhou para trás, por cima do ombro, por um momento. Não conseguia mais ver os amigos. Os Cavaleiros atrás dele estavam perdendo terreno: mesmo suas grandes montarias não eram páreo para a velocidade do branco cavalo-élfico de Glorfindel. Olhou para a frente outra vez, e a esperança se desfez. Não parecia haver chance de alcançar o Vau antes de ser interceptado pelos outros que o tinham emboscado. Agora podia vê-los com clareza: pareciam ter tirado os capuzes e as capas negras, e estavam trajados de branco e cinza. Tinham espadas nuas nas mãos pálidas; tinham elmos na cabeça. Seus olhos frios rebrilhavam, e chamavam-no com vozes cruéis.

O medo já preenchia toda a mente de Frodo. Não pensava mais na espada. Nenhum grito saiu dele. Fechou os olhos e se agarrou à crina do cavalo. O vento assobiava em seus ouvidos, e as sinetas do arreio tilintavam, turbulentas e estridentes. Um hálito de frio mortal perpassou-o como uma lança enquanto o cavalo-élfico, com um último arranco, como um lampejo de fogo branco, veloz como se tivesse asas, passava bem diante do rosto do Cavaleiro mais adiantado.

Frodo ouviu o borrifo da água. Ela espumava em torno de seus pés. Sentiu o rápido arquejo e a ondulação quando o cavalo saiu do rio e subiu, com esforço, pela trilha pedregosa. Estava escalando a íngreme ribanceira. Tinha atravessado o Vau.

Mas os perseguidores estavam logo atrás. No alto da ribanceira o cavalo parou e se virou, relinchando feroz. Havia Nove Cavaleiros na beira da água lá embaixo, e o espírito de Frodo acovardou-se diante da ameaça de seus rostos erguidos. Ele nada conhecia que os impedisse de atravessar com a mesma facilidade que ele; e sentiu que era inútil tentar fugir pela longa e incerta trilha do Vau até o limite de Valfenda, uma vez que os Cavaleiros tivessem atravessado. De qualquer modo, sentia que lhe ordenavam urgentemente que parasse. Outra vez o ódio se agitou dentro dele, mas não tinha mais força para recusar.

De repente o primeiro Cavaleiro esporeou o cavalo para que avançasse. Ele se deteve diante da água e empinou. Com grande esforço Frodo sentou-se ereto e brandiu a espada.

"Voltem!", gritou ele. "Voltem à Terra de Mordor e não me sigam mais!" Sua voz soava fina e estridente a seus próprios ouvidos. Os Cavaleiros pararam, mas Frodo não tinha o poder de Bombadil. Seus inimigos riram-se dele com um riso áspero e gélido. "Volte! Volte!", chamaram. "A Mordor o levaremos!"

"Voltem!", sussurrou ele.

"O Anel! O Anel!", gritaram com vozes mortíferas; e de imediato o líder incitou o cavalo para dentro da água, seguido de perto por dois outros.

"Por Elbereth e por Lúthien, a Bela," disse Frodo com um último esforço, erguendo a espada, "não hão de ter nem o Anel e nem a mim!"

Então o líder, que já tinha atravessado metade do Vau, pôs-se de pé nos estribos, ameaçador, e ergueu a mão. Frodo ficou emudecido. Sentia a língua colar-se à boca e o coração batendo com dificuldade. Sua espada se partiu e caiu-lhe da mão trêmula. O cavalo-élfico empinou e bufou. O primeiro cavalo negro quase pisara na margem.

Nesse momento ouviu-se um rugido e um chiado: um som de águas ruidosas rolando muitas pedras. Vagamente, Frodo viu que o rio diante dele se erguia, e por seu leito descia uma cavalaria emplumada de ondas. Pareceu a Frodo que chamas brancas tremeluziam em suas cristas e quase imaginou ver, em meio à água, brancos ginetes em brancos cavalos de crinas espumantes. Os três Cavaleiros que ainda estavam no meio do Vau foram dominados: desapareceram, subitamente cobertos pela espuma furiosa. Os que estavam atrás recuaram aterrados.

Com seus últimos sentidos que desfaleciam, Frodo ouviu gritos e lhe pareceu ver, além dos Cavaleiros que hesitavam na margem, um vulto brilhante de luz branca; e atrás dele corriam pequenas formas sombrias agitando chamas que fulguravam rubras na névoa cinzenta que caía sobre o mundo.

Os cavalos negros foram tomados de loucura e, saltando à frente aterrados, levaram seus cavaleiros para dentro da torrente impetuosa. Seus gritos penetrantes afogaram-se no rugido do rio, que os carregou para longe. Então Frodo sentiu que caía, e o rugido e a confusão pareceram erguer-se e englobá-lo junto com seus inimigos. Não ouviu nem viu mais nada.

LIVRO II

1

Muitos Encontros

Frodo despertou e viu que estava deitado em uma cama. Primeiro pensou que tinha dormido até tarde, depois de um sono longo e desagradável que ainda pairava na beira da memória. Ou quem sabe tivesse estado doente? Mas o teto parecia estranho; era plano e tinha vigas escuras com ricos entalhes. Ficou mais um pouco deitado, olhando as manchas de luz do sol na parede e escutando o som de uma cachoeira.

"Onde estou e que horas são?", disse ele para o teto, em voz alta.

"Na casa de Elrond e são dez horas da manhã", respondeu uma voz. "É a manhã de vinte e quatro de outubro, se quer saber."

"Gandalf!", exclamou Frodo, sentando-se. Lá estava o velho mago, sentado numa cadeira junto à janela aberta.

"Sim", disse ele. "Estou aqui. E você tem sorte de também estar aqui, depois de todas as coisas absurdas que fez desde que saiu de casa."

Frodo deitou-se outra vez. Sentia-se demasiado confortável e pacífico para discutir e, em todo caso, não achava que fosse levar a melhor numa discussão. Agora estava totalmente desperto, e a lembrança de sua viagem estava voltando: o desastroso "atalho" pela Floresta Velha; o "acidente" no Pônei Empinado; e sua loucura em pôr o Anel no dedo no valezinho junto ao Topo-do-Vento. Enquanto pensava em tudo isso e tentava em vão trazer as lembranças até sua chegada a Valfenda, fez-se um longo silêncio, só interrompido pelas leves baforadas do cachimbo de Gandalf, que soprava anéis de fumaça brancos pela janela.

"Onde está Sam?", perguntou Frodo por fim. "E os outros estão bem?"

"Sim, estão todos a salvo", respondeu Gandalf. "Sam estava aqui até eu mandá-lo embora para descansar um pouco, uma meia hora atrás."

"O que aconteceu no Vau?", indagou Frodo. "Tudo parecia tão confuso, de algum modo; e ainda parece."

"Sim, devia parecer. Você estava começando a minguar", respondeu Gandalf. "O ferimento finalmente estava dominando você. Em mais algumas horas você estaria além de nossa ajuda. Mas você tem força em si, meu caro hobbit! Como demonstrou no Túmulo. Aquilo foi por um fio: talvez o momento mais perigoso de todos. Queria que você tivesse resistido no Topo-do-Vento."

"Você já parece saber de muita coisa", disse Frodo. "Não falei com os outros sobre o Túmulo. No começo foi horrível demais, e depois havia outras coisas em que pensar. Como você sabe disso?"

"Você passou muito tempo falando no sono, Frodo," comentou Gandalf gentilmente, "e não foi difícil ler sua mente e sua memória. Não se preocupe! Apesar de eu ter acabado de dizer 'coisas absurdas', não foi o que quis dizer. Penso bem de você — e dos outros. Não é feito desprezível chegar até aqui, e através de tais perigos, ainda trazendo o Anel."

"Nunca teríamos conseguido sem Passolargo", disse Frodo. "Mas precisávamos de você. Eu não sabia o que fazer sem você."

"Fui detido," disse Gandalf, "e isso quase demonstrou ser nossa ruína. E assim mesmo não tenho certeza: pode ter sido melhor assim."

"Gostaria que me contasse o que aconteceu!"

"No seu devido tempo! Você não deve falar nem se preocupar com nada hoje, por ordem de Elrond."

"Mas se eu falar não vou ficar pensando e me perguntando, que são coisas igualmente cansativas", disse Frodo. "Agora estou bem desperto e me lembro de tantas coisas que precisam de explicação. Por que você foi detido? Devia me contar isso pelo menos."

"Logo você ouvirá tudo o que deseja ouvir", disse Gandalf. "Vamos ter um Conselho assim que você estiver bem o bastante. No momento só vou dizer que fui mantido prisioneiro."

"Você?!", exclamou Frodo.

"Sim, eu, Gandalf, o Cinzento", disse o mago solenemente. "Há muitos poderes no mundo, para o bem ou para o mal. Alguns são maiores que eu. Contra alguns ainda não me medi. Mas meu tempo está chegando. O Senhor de Morgul e seus Cavaleiros Negros se revelaram. A guerra está em preparação!"

"Então você já sabia dos Cavaleiros — antes que eu os encontrasse?"

"Sim, eu sabia deles. Na verdade, certa vez lhe falei deles; pois os Cavaleiros Negros são os Espectros-do-Anel, os Nove Serviçais do Senhor dos Anéis. Mas ainda não sabia que haviam surgido de novo, do contrário teria fugido com você imediatamente. Só ouvi notícias deles depois que o deixei em junho; mas essa história precisa esperar. Por ora fomos salvos do desastre por Aragorn."

"Sim," disse Frodo, "foi Passolargo quem nos salvou. No entanto, eu tinha medo dele no começo. Sam nunca confiou totalmente nele, creio, não antes de encontrarmos Glorfindel."

Gandalf sorriu. "Ouvi tudo sobre Sam", comentou ele. "Agora ele não tem mais dúvida."

"Fico contente", respondeu Frodo. "Pois fiquei muito amigo de Passolargo. Bem, *amigo* não é a palavra certa. Quero dizer que ele me é caro; apesar de ser estranho e, às vezes, implacável. Na verdade, muitas vezes ele me lembra você. Eu não sabia que alguns do Povo Grande eram assim. Eu pensava, bem, que eram só grandes e, bem, estúpidos: bondosos e estúpidos como Carrapicho; ou estúpidos e malvados como Bill Samambaia. Mas é verdade que não sabemos muito sobre os Homens no Condado, exceto talvez sobre os moradores de Bri."

"Nem sobre eles você sabe muita coisa, se pensa que o velho Cevado é estúpido", disse Gandalf. "Ele é bem sábio no seu próprio ambiente. Pensa menos do que fala, e mais devagar; porém com o tempo consegue enxergar através de uma parede de tijolos (como dizem em Bri). Mas restam poucos na Terra-média como Aragorn, filho de Arathorn. A raça dos Reis de além do Mar está quase extinta. Pode ser que esta Guerra do Anel seja a última aventura deles."

"Você realmente quer dizer que Passolargo é do povo dos antigos Reis?", indagou Frodo admirado. "Pensei que todos tinham desaparecido muito tempo atrás. Pensei que ele era só um Caminheiro."

"Só um Caminheiro!", exclamou Gandalf. "Meu caro Frodo, é exatamente isso que são os Caminheiros: o último remanescente no Norte do grande povo, os Homens do Oeste. Eles me ajudaram antes; e hei de precisar de sua ajuda nos dias que virão; pois alcançamos Valfenda, mas o Anel ainda não está em repouso."

"Imagino que não", disse Frodo. "Mas até agora meu único pensamento foi chegar aqui; e espero que não tenha de ir mais longe. É muito agradável simplesmente descansar. Tive um mês de exílio e aventura e acho que foi mais do que eu queria."

Silenciou e fechou os olhos. Algum tempo depois falou de novo. "Estive calculando", disse ele, "e não consigo chegar com o total de dias até vinte e quatro de outubro. Devia ser vinte e um. Devemos ter alcançado o Vau no dia vinte."

"Você falou e calculou mais do que lhe convém", disse Gandalf. "Como se sentem o flanco e o ombro agora?"

"Não sei", respondeu Frodo. "Nem os sinto: o que é uma melhora, mas" — fez um esforço — "consigo mexer o braço um pouco de novo. Sim, está voltando à vida. Não está frio", acrescentou, tocando a mão esquerda com a direita.

"Bom!", disse Gandalf. "Está sarando depressa. Logo você estará bom de novo. Elrond o curou: ele cuidou de você por dias, desde que você foi trazido."

"Dias?", disse Frodo.

"Bem, quatro noites e três dias, para ser exato. Os Elfos o trouxeram do Vau na noite do dia vinte, e foi aí que você perdeu as contas. Estivemos terrivelmente ansiosos, e Sam mal saiu do seu lado, dia e noite, exceto para levar recados. Elrond é um mestre da cura, mas as armas de nosso Inimigo são mortais. Para lhe contar a verdade, eu tinha bem pouca esperança; pois suspeitava que ainda havia um fragmento da lâmina no ferimento fechado. Mas até ontem à noite não foi possível encontrá-lo. Aí Elrond removeu um estilhaço. Estava entranhado fundo e se movendo para dentro."

Frodo estremeceu, lembrando-se do punhal cruel de lâmina entalhada que sumira das mãos de Passolargo. "Não se assuste!", disse Gandalf. "Já se foi. Derreteu-se. E parece que os hobbits mínguam com grande relutância. Conheci guerreiros fortes do Povo Grande que seriam rapidamente vencidos por esse estilhaço, que você carregou por dezessete dias."

"O que teriam feito comigo?", perguntou Frodo. "O que os Cavaleiros estavam tentando fazer?"

"Tentaram perfurar seu coração com um punhal de Morgul que permanece na ferida. Se tivessem conseguido, você se tornaria como eles, só mais fraco e sob o comando deles. Ter-se-ia tornado um espectro sob o domínio do Senhor Sombrio; e ele o teria torturado por ter tentado manter o seu Anel, se fosse possível tortura maior que vê-lo roubado e o enxergar na mão dele."

"Ainda bem que não me dei conta do horrível perigo!", disse Frodo fracamente. "Estava mortalmente assustado, é claro; mas se soubesse mais nem teria ousado me mexer. É uma maravilha eu ter escapado!"

"Sim, a sorte ou a sina o ajudaram," afirmou Gandalf, "sem mencionar a coragem. Pois seu coração não foi tocado, e só o seu ombro foi perfurado; e isso foi porque você resistiu até o fim. Mas passou terrivelmente perto, por assim dizer. Você esteve no perigo mais grave quando usou o Anel, pois aí você próprio estava metade no mundo dos espectros, e poderiam tê-lo agarrado. Você podia vê-los, e eles o podiam ver."

"Eu sei", disse Frodo. "Eram terríveis de se contemplar! Mas por que nós todos podíamos ver seus cavalos?"

"Porque são cavalos de verdade; assim como as vestes negras são vestes de verdade que eles usam para darem forma ao seu nada, quando lidam com os viventes."

"Então por que esses cavalos negros suportam tais cavaleiros? Todos os outros animais ficam aterrados quando eles se aproximam, até o cavalo-élfico de Glorfindel. Os cães uivam e os gansos gritam com eles."

"Porque esses cavalos nasceram e foram criados no serviço do Senhor Sombrio em Mordor. Nem todos os seus serviçais e escravos são espectros! Há orques e trols, há wargs e lobisomens;

e houve, e ainda há, muitos Homens, guerreiros e reis, que caminham vivos sob o Sol, e mesmo assim estão sob seu domínio. E seu número cresce a cada dia."

"E quanto a Valfenda e os Elfos? Valfenda está a salvo?"

"Sim, por enquanto, até que tudo o mais seja conquistado. Os Elfos podem temer o Senhor Sombrio e podem fugir dele, porém nunca mais o escutarão ou servirão. E aqui em Valfenda vivem ainda alguns de seus principais inimigos: os Sábios-élficos, senhores dos Eldar de além dos mares mais longínquos. Eles não temem os Espectros-do-Anel, pois os que habitaram no Reino Abençoado vivem ao mesmo tempo em ambos os mundos e têm grande poder contra o Visível e o Invisível."

"Pensei ver um vulto branco que luzia e não se apagava como os outros. Esse era Glorfindel, então?"

"Sim, por um momento você o viu como ele é do outro lado: um dentre os poderosos dos Primogênitos. É um Senhor élfico de uma casa de príncipes. De fato, existe em Valfenda um poder que resiste ao poderio de Mordor, por algum tempo: e em outras partes outros poderes ainda habitam. Há, também, poder de outra espécie no Condado. Mas todos esses lugares logo se tornarão ilhas sitiadas, se as coisas continuarem como vão. O Senhor Sombrio está empregando toda a sua força.

"Ainda assim," disse ele, pondo-se subitamente de pé e estendendo o queixo, e sua barba ficou rija e reta como arame eriçado, "precisamos manter nossa coragem. Logo você estará bem, se eu não o matar de tanto falar. Está em Valfenda, e por enquanto não precisa se preocupar com coisa alguma."

"Não tenho coragem para manter," disse Frodo, "mas não estou preocupado no momento. Só me dê notícias de meus amigos e conte-me o fim do incidente no Vau, como fico pedindo, e me contentarei por enquanto. Depois disso vou tirar outra soneca, eu acho; mas não vou conseguir fechar os olhos antes que você me conte o final da história."

Gandalf deslocou sua cadeira para junto da cama e deu uma boa olhada em Frodo. A cor voltara ao seu rosto, e seus olhos estavam límpidos e totalmente despertos e alertas. Ele sorria, e não parecia haver grande coisa de errado com ele. Mas aos olhos do mago havia uma tênue mudança, apenas uma insinuação de transparência, por assim dizer, e especialmente na mão esquerda, que estava pousada fora da coberta.

"Mas isso é de se esperar", disse Gandalf para si mesmo. "Ele ainda não passou nem pela metade, e o que será dele no fim nem Elrond pode prever. Nada de mau, creio. Poderá tornar-se como um vidro repleto de luz límpida para que a vejam os olhos que puderem."

"Você está com esplêndido aspecto", disse em voz alta. "Vou arriscar uma história breve sem consultar Elrond. Mas bem breve, veja lá, e depois você precisa dormir outra vez. Foi isto que aconteceu, até onde consigo compreender. Os Cavaleiros foram direto em sua direção assim que você fugiu. Não precisavam mais da orientação de seus cavalos: você se tornara visível a eles, pois já estava no limiar de seu mundo. E o Anel também os atraía. Seus amigos saltaram de lado, para fora da estrada, do contrário teriam sido atropelados. Sabiam que nada poderia salvá-lo que não fosse o cavalo branco. Os Cavaleiros eram demasiado velozes para serem alcançados, e em número grande demais para serem enfrentados. A pé, nem Glorfindel e Aragorn juntos poderiam resistir a todos os Nove ao mesmo tempo.

"Quando os Espectros-do-Anel passaram a toda, seus amigos correram atrás. Perto do Vau há uma pequena depressão junto à estrada, disfarçada por algumas árvores mirradas. Ali acenderam depressa uma fogueira; pois Glorfindel sabia que desceria uma inundação se os Cavaleiros tentassem atravessar, e então ele teria que lidar com os que permanecessem do seu lado do rio. No momento em que surgiu a inundação, ele correu para eles, seguido por Aragorn e pelos outros, com tições inflamados. Apanhados entre o fogo e a água, e vendo um Senhor-élfico revelado em sua ira, eles ficaram aterrados, e seus cavalos foram tomados de loucura. Três foram arrastados pela primeira investida da inundação; os outros foram lançados na água pelos cavalos e derrotados."

"E esse foi o fim dos Cavaleiros Negros?", perguntou Frodo.

"Não", disse Gandalf. "Seus cavalos devem ter perecido, e sem eles os Cavaleiros ficaram aleijados. Mas os próprios

Espectros-do-Anel não podem ser destruídos tão facilmente. Porém, não há nada mais a temer deles por enquanto. Seus amigos, Frodo, atravessaram depois que a inundação passou e encontraram-no deitado de bruços no alto da ribanceira com uma espada quebrada sob o corpo. O cavalo montava guarda ao seu lado. Você estava pálido e frio, e temiam que você estivesse morto, ou pior. A gente de Elrond os encontrou carregando-o lentamente rumo a Valfenda."

"Quem fez a inundação?", indagou Frodo.

"Elrond a ordenou", respondeu Gandalf. "O rio deste vale está sob seu poder e se ergue em ira quando ele tem grande necessidade de bloquear o Vau. Assim que o capitão dos Espectros-do-Anel cavalgou para dentro da água, a inundação foi desencadeada. Se posso dizer, acrescentei alguns toques próprios: você pode não ter notado, mas algumas das ondas assumiram a forma de grandes cavalos brancos com ginetes brancos reluzentes; e havia muitos rochedos rolando e rangendo. Por um momento temi que tivéssemos desencadeado uma ira demasiado feroz, e que a inundação saísse de controle e os arrastasse a todos. Há grande vigor nas águas que descem das neves das Montanhas Nevoentas."

"Sim, agora me recordo de tudo", disse Frodo; "o tremendo rugido. Pensei que estava me afogando com meus amigos, meus inimigos e tudo o mais. Mas agora estamos a salvo!"

Gandalf olhou rapidamente para Frodo, mas este tinha fechado os olhos. "Sim, todos vocês estão a salvo por ora. Logo haverá um banquete e diversão para comemorar a vitória no Vau do Bruinen, e todos vocês estarão lá em lugares de honra."

"Esplêndido!", exclamou Frodo. "É maravilhoso que Elrond, e Glorfindel e outros grandes senhores, sem mencionar Passolargo, se deem a tanto trabalho e me demonstrem tanta bondade."

"Bem, há muitos motivos para fazerem isso", disse Gandalf, sorrindo. "Eu sou um bom motivo. O Anel é outro: você é o Portador-do-Anel. E você é herdeiro de Bilbo, o Descobridor-do-Anel."

"Querido Bilbo!", disse Frodo, sonolento. "Pergunto-me onde ele está. Gostaria que estivesse aqui e pudesse ouvir tudo.

Isso o faria rir. A vaca saltou sobre o Lua! E coitado do velho trol!" Com essas palavras caiu em sono profundo.

Agora Frodo estava a salvo na Última Casa Hospitaleira a leste do Mar. Essa casa era, como Bilbo relatara há muito tempo, "perfeita, não importava se você gostasse de comer, de dormir, de trabalhar, de contar histórias, de cantar, ou de apenas se sentar e pensar melhor no que fazer, ou de uma mistura agradável de tudo isso". Meramente estar ali era cura para cansaço, medo e tristeza.

À medida que a tarde avançava, Frodo despertou de novo e achou que não sentia mais necessidade de descanso ou sono, mas estava inclinado a comida e bebida e depois provavelmente a canções e histórias contadas. Saiu da cama e descobriu que seu braço já estava outra vez quase tão usável quanto já fora antes. Encontrou, dispostas e prontas, roupas limpas de pano verde que lhe serviam de modo excelente. Olhando no espelho, espantou-se ao ver um reflexo muito mais magro de si mesmo do que recordava: parecia-se notavelmente com o jovem sobrinho de Bilbo que costumava sair perambulando com o tio no Condado; mas os olhos o fitavam pensativos.

"Sim, você viu uma ou duas coisas desde a última vez em que espiou por um espelho", disse ele ao seu reflexo. "Mas agora vamos a um alegre encontro!" Estendeu os braços e assobiou uma melodia.

Nesse momento ouviu-se uma batida na porta, e Sam entrou. Correu em direção a Frodo e pegou-lhe a mão esquerda, desajeitado e constrangido. Afagou-a docilmente, depois enrubesceu e se virou apressado.

"Alô, Sam!", disse Frodo.

"Está quente!", comentou Sam. "Quer dizer, sua mão, Sr. Frodo. Ela esteve tão fria durante as longas noites. Mas glória e trombetas!", exclamou, virando-se de novo com os olhos brilhando, dançando no chão. "É ótimo vê-lo de pé e dono de si outra vez, senhor! Gandalf me pediu para vir ver se já estava pronto para descer, e pensei que ele estava brincando."

"Estou pronto", disse Frodo. "Vamos procurar o resto do grupo!"

"Eu posso levá-lo até eles, senhor", respondeu Sam. "É uma casa grande, esta, e muito peculiar. Sempre tem um pouco mais para descobrir, e não se sabe o que vai encontrar virando um canto. E Elfos, senhor! Elfos aqui, e Elfos ali! Alguns como reis, terríveis e esplêndidos; e alguns alegres como crianças. E a música e as canções — não que eu tenha tido tempo ou ânimo para escutar muita coisa depois que chegamos aqui. Mas estou começando a descobrir alguns caminhos do lugar."

"Sei o que você andou fazendo, Sam", disse Frodo, pegando-o pelo braço. "Mas hoje à noite vai se alegrar e vai escutar tudo o que o coração desejar. Vamos, guie-me pelos cantos!"

Sam o conduziu ao longo de vários corredores, descendo muitos degraus e saindo para um alto jardim acima da ribanceira íngreme do rio. Encontrou seus amigos sentados em uma varanda no lado da casa que dava para o leste. Haviam caído sombras sobre o vale lá embaixo, mas ainda havia luz nas faces das montanhas muito acima deles. O ar estava morno. Ouvia-se alto o som de água correndo e caindo, e a tardinha estava repleta de um leve aroma de árvores e flores, como se o verão ainda se demorasse nos jardins de Elrond.

"Viva!", exclamou Pippin, dando um salto. "Eis o nosso nobre primo! Abram alas para Frodo, Senhor do Anel!"

"Quieto!", disse Gandalf das sombras no fundo da varanda. "Seres malignos não vêm até este vale; mas assim mesmo não deveríamos nomeá-los. O Senhor do Anel não é Frodo, e sim o mestre da Torre Sombria de Mordor, cujo poderio outra vez se estende sobre o mundo. Estamos sentados em uma fortaleza. Lá fora está escurecendo."

"Gandalf esteve dizendo muitas coisas animadoras como essa", disse Pippin. "Ele acha que eu preciso ser mantido em ordem. Mas de algum modo parece impossível sentir-se tristonho ou deprimido neste lugar. Eu sinto que poderia cantar se soubesse a canção certa para a ocasião."

"Eu mesmo sinto vontade de cantar", riu Frodo. "Porém no momento sinto mais vontade de comer e beber."

"Isso será curado logo", disse Pippin. "Você demonstrou sua astúcia habitual ao se levantar bem na hora da refeição."

"Mais que uma refeição! Um banquete!", disse Merry. "Assim que Gandalf relatou que você tinha se recuperado começaram os preparativos." Mal terminara de falar quando foram convocados ao salão pelo toque de muitos sinos.

O salão da casa de Elrond estava repleto de gente: Elfos na maioria, apesar de haver alguns convivas de outras espécies. Elrond, como costumava, estava sentado numa grande cadeira na extremidade da longa mesa sobre o tablado; e junto a ele estavam Glorfindel de um lado e Gandalf do outro.

Frodo olhou-os com espanto; pois nunca antes vira Elrond, de quem tantas histórias falavam; e, sentados à mão direita e esquerda dele, Glorfindel, e mesmo Gandalf, que ele cria conhecer tão bem, revelaram-se como senhores de dignidade e poder.

Gandalf era de estatura mais baixa que os outros dois; mas seus longos cabelos brancos, sua vasta barba prateada e seus ombros largos faziam com que se parecesse com algum rei sábio das antigas lendas. Em seu rosto idoso, por baixo de grandes sobrancelhas nevadas, os olhos escuros estavam engastados como carvões que podiam subitamente irromper em fogo.

Glorfindel era alto e ereto; seus cabelos eram de ouro reluzente, o rosto era belo, e jovem, e destemido, e cheio de regozijo; os olhos eram claros e incisivos, e a voz era como música; em sua fronte assentava-se sabedoria, e em sua mão havia força.

O rosto de Elrond não tinha idade, não era velho nem jovem, apesar de estar escrita nele a lembrança de muitas coisas, tanto alegres como pesarosas. Os cabelos eram escuros como as sombras do crepúsculo, e assentava-se nele um diadema de prata; seus olhos eram cinzentos como uma tarde límpida, e havia neles uma luz como a luz das estrelas. Parecia venerável como um rei coroado de muitos invernos e, no entanto, robusto como um guerreiro experiente na plenitude de sua força. Era Senhor de Valfenda, e poderoso tanto entre os Elfos como entre os Homens.

No meio da mesa, diante dos panos tecidos na parede, havia uma cadeira sob um dossel, e ali estava sentada uma senhora bela de se contemplar, e era tão semelhante a Elrond, em forma feminina, que Frodo adivinhou que era parenta próxima dele. Era jovem e ao mesmo tempo não era. As tranças de seus cabelos escuros não estavam tocadas pela geada; os braços alvos e o rosto límpido eram sem defeito e lisos, e a luz das estrelas estava em seus olhos luzentes, cinzentos como uma noite sem nuvens; mas tinha o aspecto de rainha, e havia pensamento e saber em seu olhar, como de quem conheceu muitas coisas que os anos trazem. Acima da testa, sua cabeça estava coberta com um barrete de renda de prata enredado de pequenas gemas, rebrilhando em branco; porém as macias vestes cinzentas não tinham ornamento senão um cinto de folhas lavradas em prata.

Foi assim que Frodo viu aquela que poucos mortais já haviam visto: Arwen, filha de Elrond, em quem se dizia que a imagem de Lúthien havia voltado à terra; e era chamada Undómiel, pois era a Vespestrela de seu povo. Por muito tempo estivera na terra da gente de sua mãe, em Lórien além das montanhas, e só recentemente retornara a Valfenda, a casa de seu pai. Mas seus irmãos, Elladan e Elrohir, estavam fora em vida errante; pois muitas vezes cavalgavam ao longe com os Caminheiros do Norte, sem jamais esquecerem o tormento de sua mãe nos covis dos orques.

Tal encanto em um ser vivo Frodo jamais vira antes, nem imaginara na mente; e ficou ao mesmo tempo surpreso e embaraçado ao saber que tinha um assento à mesa de Elrond entre todas aquelas pessoas tão nobres e belas. Apesar de ter uma cadeira adequada, e estar erguido sobre várias almofadas, sentia-se muito pequeno e bastante deslocado; mas essa sensação passou depressa. O banquete foi alegre, e a comida era tudo o que sua fome poderia desejar. Passou algum tempo para ele olhar em volta outra vez, ou mesmo se virar para os vizinhos.

Primeiro procurou os amigos. Sam pedira que lhe permitissem servir o patrão, mas tinham-lhe dito que daquela vez ele era convidado de honra. Frodo podia vê-lo agora, sentado com Pippin e Merry na extremidade superior de uma das mesas laterais, perto do tablado. Não conseguia ver sinal de Passolargo.

Ao lado de Frodo, à direita, estava sentado um anão de aparência importante, com ricas vestes. Sua barba, muito comprida e bifurcada, era branca, quase tão branca quando o tecido branco-neve de suas vestes. Usava um cinto de prata e tinha em torno do pescoço uma corrente de prata e diamantes. Frodo parou de comer para olhá-lo.

"Bem-vindo e bom encontro!", disse o anão, virando-se para ele. Depois chegou a levantar-se do assento e fazer uma mesura. "Glóin, a teu serviço", disse ele, e inclinou-se ainda mais baixo.

"Frodo Bolseiro, ao teu e da tua família", apresentou-se Frodo corretamente, levantando-se surpreso e espalhando as almofadas. "Estou correto em supor que és *aquele* Glóin, um dos doze companheiros do grande Thorin Escudo-de-carvalho?"

"Corretíssimo", respondeu o anão, recolhendo as almofadas e cortesmente ajudando Frodo a voltar para o assento. "E não pergunto, porque já me disseram que és o parente e herdeiro adotado de nosso amigo Bilbo, o renomado. Permite-me cumprimentar-te por tua recuperação."

"Muito obrigado", disse Frodo.

"Tiveste algumas aventuras muito estranhas, ouvi dizer", comentou Glóin. "Muito me espanta o que possa trazer *quatro* hobbits em tão longa jornada. Nada semelhante aconteceu desde que Bilbo veio conosco. Mas quem sabe eu não deva inquirir por demasiados detalhes, visto que Elrond e Gandalf não parecem dispostos a falar a respeito?"

"Creio que não vamos falar sobre isso, pelo menos por enquanto", disse Frodo polidamente. Imaginava que até na casa de Elrond o assunto do Anel não era para conversa informal; e, em todo caso, queria esquecer suas dificuldades por algum tempo. "Mas estou igualmente curioso", acrescentou, "por saber o que traz um anão tão importante tão longe da Montanha Solitária."

Glóin encarou-o. "Se não tiveres ouvido, creio que tampouco falaremos disso ainda. Mestre Elrond nos convocará a todos em breve, eu creio, e aí havemos de ouvir muitas coisas. Mas há muitas outras que podem ser contadas."

Durante o resto da refeição conversaram entre si, mas Frodo mais ouvia que falava; pois as notícias do Condado, exceto pelo Anel, pareciam pequenas e longínquas, enquanto que Glóin tinha muito que falar de acontecimentos nas regiões setentrionais das Terras-selváticas. Frodo ficou sabendo que Grimbeorn, o Velho, filho de Beorn, era agora senhor de muitos homens resolutos, e nem orque nem lobo se atreviam a ir às suas terras entre as Montanhas e Trevamata.

"De fato," disse Glóin, "não fosse pelos Beornings, a passagem entre Valle e Valfenda ter-se-ia tornado impossível muito tempo atrás. São homens valentes, que mantém aberto o Passo Alto e o Vau da Carrocha. Mas suas tarifas são altas" acrescentou balançando a cabeça; "e assim como o velho Beorn eles não gostam muito dos anãos. Porém são confiáveis, e isso é muita coisa nestes dias. Em nenhum lugar há homens tão amistosos conosco quanto os Homens de Valle. São boa gente, os Bardings. O neto de Bard, o Arqueiro, os governa, Brand, filho de Bain, filho de Bard. É um rei vigoroso, e agora seu reino se estende bem ao sul e a leste de Esgaroth."

"E quanto à tua própria gente?", perguntou Frodo.

"Há muito que contar, bom e ruim", disse Glóin; "porém há mais coisas boas: até agora fomos afortunados, apesar de não escaparmos à sombra destes tempos. Se realmente queres saber de nós, contar-te-ei as notícias de bom grado. Mas cala-me quando estiveres cansado! As línguas dos anãos correm soltas quando eles falam de suas obras manuais, dizem."

E com essas palavras Glóin embarcou em um longo relato dos feitos do reino dos Anãos. Deleitava-se por ter encontrado um ouvinte tão polido; pois Frodo não dava sinal de cansaço nem tentava mudar de assunto, apesar de logo ficar totalmente perdido entre os nomes estranhos de pessoas e lugares de que jamais ouvira falar antes. Interessou-se, porém, em ouvir que Dáin ainda era Rei sob a Montanha, e já era velho (tendo ultrapassado os duzentos e cinquenta anos), venerável e fabulosamente rico. Dos dez companheiros que haviam sobrevivido à Batalha dos Cinco Exércitos, sete ainda estavam com ele: Dwalin, Glóin, Dori, Nori, Bifur, Bofur e Bombur. Bombur estava agora tão gordo que não conseguia se mexer da cama para a cadeira à mesa, e eram precisos seis jovens anãos para erguê-lo.

"E o que foi feito de Balin e Ori e Óin?", perguntou Frodo.

Uma sombra perpassou o rosto de Glóin. "Não sabemos", respondeu ele. "É principalmente por causa de Balin que vim pedir conselhos dos que habitam em Valfenda. Mas falemos de coisas mais alegres hoje à noite!"

Então Glóin começou a falar das obras de seu povo, contando a Frodo sobre suas grandes labutas em Valle e sob a Montanha. "Saímo-nos bem", disse ele. "Mas em trabalhos de metal não podemos rivalizar com nossos pais, muitos de cujos segredos se perderam. Fazemos boas armaduras e espadas afiadas, mas não podemos voltar a fazer malhas ou lâminas que se igualem àquelas que eram produzidas antes que chegasse o dragão. Só na mineração e construção ultrapassamos os dias antigos. Deverias ver os canais de Valle, Frodo, e as fontes, e as lagoas! Deverias ver as avenidas pavimentadas com pedras de muitas cores! E os salões e as ruas cavernosas sob a terra, com arcos esculpidos como árvores; e os terraços e as torres nos flancos da Montanha! Verias então que não estivemos ociosos."

"Irei vê-los, se puder algum dia", disse Frodo. "Como Bilbo ficaria surpreso de ver todas as mudanças na Desolação de Smaug!"

Glóin olhou para Frodo e sorriu. "Tu gostavas muito de Bilbo, não é?", perguntou.

"Sim", respondeu Frodo. "Preferiria vê-lo a ver todas as torres e palácios do mundo."

Por fim terminou o banquete. Elrond e Arwen se ergueram e desceram pelo salão, e a companhia os seguiu na devida ordem. As portas foram abertas, e eles atravessaram um amplo corredor, passaram por outras portas e chegaram a um salão mais adiante. Ali não havia mesas, mas um fogo intenso ardia em uma grande lareira entre as colunas esculpidas de ambos os lados.

Frodo viu-se caminhando com Gandalf. "Este é o Salão do Fogo", disse o mago. "Aqui você ouvirá muitas canções e histórias — se conseguir manter-se acordado. Mas nos dias que não são de festa ele costuma ficar vazio e silencioso, e aqui vêm aqueles que desejam paz e reflexão. Há sempre fogo aceso aqui, durante o ano todo, mas há poucas outras luzes."

Quando Elrond entrou e se dirigiu ao assento que lhe tinham preparado, menestréis-élficos começaram a tocar uma música encantadora. Lentamente o salão se encheu, e Frodo contemplou deleitado os muitos belos rostos que se haviam reunido; a dourada luz do fogo refletia-se neles e reluzia em seus cabelos. De repente percebeu, não longe da extremidade oposta do fogo, um pequeno vulto escuro sentado num banquinho, com as costas apoiadas numa coluna. Ao seu lado, no chão, havia uma taça e um pouco de pão. Frodo perguntou-se se ele estaria doente (se é que alguém jamais ficava doente em Valfenda) e não tinha podido ir ao banquete. Sua cabeça parecia afundada no peito, dormindo, e uma dobra de seu manto escuro cobria-lhe o rosto.

Elrond adiantou-se e ficou de pé junto ao vulto silencioso. "Desperta, pequeno mestre!", disse ele com um sorriso. Depois, voltando-se para Frodo, acenou-lhe que viesse. "Agora, afinal, chegou a hora que desejavas, Frodo", disse ele. "Eis aqui um amigo que há muito te fez falta."

O vulto escuro ergueu a cabeça e descobriu o rosto.

"Bilbo!", exclamou Frodo, reconhecendo-o de súbito, e deu um salto para a frente.

"Alô, Frodo, meu rapaz!", disse Bilbo. "Então finalmente você chegou aqui. Eu esperava que você conseguisse. Bem, bem! Então todo esse banquete é em sua honra, ao que ouço. Espero que tenha se divertido."

"Por que você não estava lá?", exclamou Frodo. "E por que não me permitiram vê-lo antes?"

"Porque você estava dormindo. Eu vi *você* bastante. Sentei-me ao seu lado com Sam todos os dias. Mas quanto ao banquete, já não gosto muito dessas coisas. E eu tinha outra coisa para fazer."

"O que estava fazendo?"

"Ora, estava sentado pensando. Faço muito isso hoje em dia, e este é o melhor lugar para fazê-lo, em regra. Acordar, ora essa!", disse ele, piscando para Elrond. Havia um brilho luminoso em seus olhos, sem sinal de sonolência que Frodo conseguisse ver. "Acordar! Eu não estava adormecido, Mestre Elrond. Se queres saber, todos saístes cedo demais de vosso banquete, e me perturbastes — no meio da feitura de uma canção. Eu estava encalhado em um ou dois versos e pensava sobre eles; mas agora acho que jamais vou endireitá-los. Vai haver tanta cantoria que as ideias vão ser expulsas de minha cabeça por completo. Vou ter de pedir ao meu amigo Dúnadan que me ajude. Onde está ele?"

Elrond riu. "Ele há de ser encontrado", disse ele. "Então os dois haveis de ir para um canto e terminar vossa tarefa, e nós a ouviremos e julgaremos antes de terminarmos nossa festividade." Foram enviados mensageiros em busca do amigo de Bilbo, apesar de ninguém saber onde ele estava nem por que não estivera presente ao banquete.

Enquanto isso, Bilbo e Frodo sentaram-se lado a lado, e Sam veio depressa para se pôr junto a eles. Conversaram em voz baixa, sem dar atenção ao júbilo e à música no salão em sua volta. Bilbo não tinha muito que contar sobre si. Quando deixara a Vila-dos-Hobbits vagara sem destino, ao longo da Estrada ou nas regiões de ambos os lados; mas de algum modo rumara sempre para Valfenda.

"Cheguei aqui sem muitas aventuras", disse ele, "e, depois de descansar, segui com os anãos para Valle: minha última viagem. Não hei de viajar outra vez. O velho Balin havia partido. Depois voltei aqui e aqui fiquei. Fiz isto e aquilo. Escrevi mais um pouco do meu livro. E, é claro, faço algumas canções. Eles as cantam ocasionalmente: só para me agradar, eu acho; pois é claro que na verdade não são bastante boas para Valfenda. E escuto e penso. Aqui o tempo parece que não passa: ele simplesmente é. Um lugar notável, sem dúvida.

"Ouço todo tipo de notícia, do outro lado das Montanhas, e do Sul, mas quase nada do Condado. Ouvi sobre o Anel, é claro. Gandalf esteve aqui com frequência. Não que me tenha contado grande coisa, nestes últimos anos tem estado mais calado que nunca. O Dúnadan me contou mais. Imagine esse meu anel causar tanto distúrbio! É pena que Gandalf não tenha descoberto mais e antes. Eu mesmo poderia ter trazido essa coisa para cá, muito tempo atrás, sem tanta dificuldade. Muitas vezes pensei em voltar à Vila-dos-Hobbits para buscá-lo; mas estou ficando velho, e não me deixariam: Gandalf e Elrond, quero dizer. Pareciam pensar que o Inimigo estava me procurando em toda parte e que faria picadinho de mim se me pegasse vacilando no Ermo.

"E Gandalf disse: 'O Anel foi em frente, Bilbo. Não seria bom para você nem para os outros se você tentasse se intrometer com ele de novo.' Tipo de observação esquisita, bem coisa de Gandalf. Mas ele disse que estava cuidando de você, então deixei as coisas como estavam. Estou imensamente contente em vê-lo são e salvo." Fez uma pausa e olhou para Frodo, em dúvida.

"Ele está aqui com você?", perguntou num cochicho. "Não posso evitar sentir curiosidade, você sabe, depois de tudo o que ouvi. Gostaria muito de só espiá-lo outra vez."

"Sim, está comigo", respondeu Frodo, sentindo uma estranha relutância. "Está com o mesmo aspecto que sempre teve."

"Bem, eu gostaria de vê-lo só por um momento", disse Bilbo.

Quando se vestira, Frodo percebera que durante o sono o Anel fora dependurado em seu pescoço numa nova corrente, leve, porém resistente. Trouxe-o para fora devagar. Bilbo estendeu a mão. Mas Frodo puxou o Anel de volta depressa. Consternado e admirado, percebeu que não estava mais olhando para Bilbo; uma sombra parecia ter caído entre eles, e, através dela, viu-se encarando uma criaturinha enrugada de rosto faminto e mãos ossudas e tateantes. Sentiu um desejo de bater nele.

A música e a canção em redor deles pareceram fraquejar, e fez-se silêncio. Bilbo olhou rapidamente para o rosto de Frodo e passou a mão pelos olhos. "Agora compreendo", disse ele. "Guarde-o! Eu lamento: lamento que você tenha assumido esse fardo; lamento por tudo. As aventuras não acabam nunca? Acho que não. Alguém sempre precisa continuar a história. Bem, não há como evitar. Pergunto-me se adianta eu tentar terminar meu livro. Mas não vamos nos preocupar com isso agora — vamos a Notícias de verdade! Conte-me tudo sobre o Condado!"

Frodo escondeu o Anel, e a sombra se foi, mal deixando um fragmento de lembrança. A luz e a música de Valfenda estavam em redor dele outra vez. Bilbo sorriu e riu contente. Cada notícia do Condado que Frodo soube contar — auxiliado e corrigido por Sam, vez por outra — era extremamente interessante para ele, desde a derrubada da menor árvore até as travessuras da menor criança da Vila-dos-Hobbits. Estavam tão imersos nos fatos das Quatro Quartas que não perceberam a chegada de um homem trajando tecido verde-escuro. Durante muitos minutos ele ficou parado, olhando-os abaixo de si e sorrindo.

De repente Bilbo ergueu os olhos. "Ah, aí está você finalmente, Dúnadan!", exclamou ele.

"Passolargo!", disse Frodo. "Você parece ter um monte de nomes."

"Bem, seja como for, *Passolargo* é um que não ouvi antes", disse Bilbo. "Por que você o chama assim?"

"Chamam-me assim em Bri," disse Passolargo, rindo, "e assim fui apresentado a ele."

"E por que você o chama de Dúnadan?", perguntou Frodo.

"*O* Dúnadan", disse Bilbo. "Aqui frequentemente o chamam assim. Mas pensei que você soubesse bastante élfico para conhecer *dún-adan* pelo menos: Homem do Oeste, Númenóreano. Mas não é hora de lições!" Voltou-se para Passolargo. "Onde esteve, meu amigo? Por que não estava no banquete? A Senhora Arwen estava lá."

Passolargo olhou para Bilbo com gravidade. "Eu sei", respondeu ele. "Mas muitas vezes preciso pôr o júbilo de lado. Elladan e Elrohir voltaram do Ermo inesperadamente e tinham novas que eu desejava ouvir de pronto."

"Bem, meu caro," disse Bilbo, "agora que ouviu as notícias, não pode me ceder um momento? Quero sua ajuda em algo urgente. Elrond diz que esta minha canção tem de estar acabada antes do fim da tarde, e estou encalhado. Vamos a um canto para poli-la!"

Passolargo sorriu. "Vamos então!", disse ele. "Deixe-me ouvi-la!"

Frodo foi deixado a sós por algum tempo, pois Sam adormecera. Estava sozinho e se sentia um tanto desamparado, apesar de toda a gente de Valfenda estar reunida em seu redor. Mas os que estavam a seu lado faziam silêncio, atentos à música das vozes e dos instrumentos, e não davam atenção a outra coisa. Frodo começou a escutar.

De início a beleza das melodias e das palavras entrelaçadas em línguas-élficas, por pouco que ele as entendesse, o mantiveram encantado assim que se pôs a lhes dar atenção. Parecia quase que as palavras assumiam forma, e visões de terras distantes e de objetos reluzentes que ele até então jamais imaginara abriram-se diante dele; e o salão iluminado pelo fogo tornou-se como uma névoa dourada acima de mares de espuma que suspiravam nas margens do mundo. Então o encantamento ficou cada vez mais semelhante a um sonho, até ele sentir que um rio infindo de ouro e prata dilatados fluía sobre ele, demasiado numeroso para seu desenho ser compreendido; fez-se parte do ar que pulsava ao seu redor, e o alagou e afogou. Rapidamente ele afundou, debaixo do seu peso luzidio, em um profundo reino de sono.

Vagou ali por muito tempo em um sonho de música que se transformou em água corrente, e depois subitamente em uma voz. Parecia ser a voz de Bilbo recitando versos. Primeiro débeis, e depois mais nítidas, soaram as palavras.

*Eärendil foi um navegante
errante desde Arvernien;
buscou madeira pro navio
em Nimbrethil e foi além;
velas de prata ele teceu,
o farol seu de prata fez,
qual cisne a proa foi formada,
e embandeirada a nau de vez.*

*Em trajes de antigos reis,
cota de anéis, ele se armou;
no claro escudo gravou runas,
o infortúnio afastou;
no arco corno de dragão,
as flechas são de negro lenho,
e prata a cota d'armas tinha
e a bainha bom desenho;
a espada de aço triunfante,
no elmo diamante se desfralda,
pluma de águia no brasão
e no gibão verde-esmeralda.*

*Sob as estrelas e a Lua
a trilha sua sai do norte,
confuso em encantadas vias
além dos dias de vida e morte.
Do Gelo Estreito a ranger,
trevas a ver em morros frios,
de grãos calores e deserto
fugiu esperto, por desvios,
remotas águas sem estrelas,
chegou a vê-la: Noite-Nada,
passou sem nunca ver a cara
da praia clara tão buscada.
Um vento de ira o impeliu,
cego fugiu pela espuma
de oeste a leste, sem destino,
em desatino a casa ruma.*

*A encontrá-lo Elwing voava,
e cintilava na treva cegante;
mais claro que diamante a brilhar
é em seu colar o fogo faiscante.
A Silmaril na sua fronte ela atou
e o coroou co'a luz vivente;
sem medo, com clara coroa,
virou a proa, na noite em frente,
do Outro-Mundo além do Mar
viu levantar grande caudal,
vento possante em Tarmenel;
em trilha cruel pr'um mortal
sua nau levou co'alento forte,
furor de morte mar afora,
perdido em solitário teste:
de leste a oeste foi-se embora.*

*Por Semprenoite fez a ronda
em negra onda a rugir,
obscuras léguas, praias distantes
submersas antes de o Dia surgir;
em praia de nácar ouviu então
longa canção no fim do mundo,*

*onde há no vagalhão mais belo
ouro amarelo, joias do fundo.
Viu silencioso erguer-se o Monte
que está defronte dos limiares
de Valinor e Eldamar
longe a brilhar além dos mares.
Viajante, já da noite salvo,
ao porto alvo enfim chegou,
a Casadelfos verde e linda
cujo ar ainda não se turvou,
torres luzentes de Tirion
brilhando estão em vale fundo,
no Lago-sombra reflexo tinham,
Em Ilmarin no fim do mundo.*

*Lá descansou do seu vagar,
e a cantar o ensinaram,
de antigos sábios ouviu agouro,
e harpas d'ouro lhe buscaram.
Lhe deram élficos costumes,
e sete lumes à sua frente;
passou por Calacirian,
chegou então à oculta gente.
Pisou depois perpétuos paços
pelos compassos de anos sem fim,
domínio eterno do Rei Antigo
no Monte e abrigo de Ilmarin;
o que se disse não ouviu ninguém,
nem Elfo nem Mortal de fora;
de além do mundo viu signo novo
oculto ao povo que nele mora.*

*Fizeram-lhe novo navio
de mithril e elfa pedra bela,
de proa clara, sem remo feito,
no mastro direito não tinha vela:
a Silmaril qual estandarte,
por toda parte luzindo clara,
por Elbereth foi nele posta,
a que disposta lá chegara,*

*e fez-lhe asas imortais,
deu-lhe ademais a sina sua,
singrar os céus como farol
atrás do Sol e à luz da Lua.*

*De Semprenoite dos altos montes
onde as fontes jorram prata,
em voo foi-se, luz errante,
que além da possante Muralha remata.
Do Fim do Mundo se afastou
e almejou largar seu lastro
no lar, viajando pela treva,
e fogo leva qual ilha-astro,
chegando alto sobre a bruma,
ao Sol como uma chama errante,
ao arrebol mistério forte
n'água do Norte vai adiante.*

*Passando sobre a Terra-média
ouviu tragédia e gemidos
de damas-élficas e humanas
de Dias de Antanho, tempos idos.
Mas foi-lhe imposto grave fado:
ser transformado em astro errante,
passar, sem descansar jamais
onde os mortais têm lar constante;
e ser pra sempre mensageiro
o tempo inteiro indo em frente,
longe levando a luz que inflama,
o Porta-Chama de Ociente.*[A]

A recitação terminou. Frodo abriu os olhos e viu que Bilbo estava sentado em seu banquinho, num círculo de ouvintes que sorriam e aplaudiam.

"Agora seria melhor ouvirmos de novo", disse um Elfo.

Bilbo levantou-se e fez uma mesura. "Estou lisonjeado, Lindir", disse ele. "Mas seria demasiado cansativo repetir tudo."

"Não demasiado cansativo para ti", responderam os Elfos rindo. "Sabes que jamais te cansas de recitar teus próprios versos. Mas na verdade não podemos responder tua pergunta numa só audição!"

"O quê!", exclamou Bilbo. "Não conseguis dizer quais partes foram minhas e quais foram do Dúnadan?"

"Não nos é fácil distinguir a diferença entre dois mortais", disse o Elfo.

"Tolice, Lindir", bufou Bilbo. "Se não consegues distinguir um Homem de um Hobbit, teu julgamento é pior do que imaginei. São tão diferentes quanto ervilhas e maçãs."

"Talvez. Aos carneiros sem dúvida os outros carneiros parecem diferentes", riu-se Lindir. "Ou aos pastores. Mas os Mortais não foram nosso estudo. Temos outros afazeres."

"Não discutirei contigo", retrucou Bilbo. "Estou sonolento depois de tanta música e cantoria. Vou deixar-te entregue às tuas conjecturas, se quiseres."

Ergueu-se e aproximou-se de Frodo. "Bem, isso está acabado", disse ele em voz baixa. "Saiu melhor do que eu esperava. Não é sempre que me pedem uma segunda audição. O que você achou?"

"Não vou tentar adivinhar", respondeu Frodo, sorrindo.

"Não precisa", disse Bilbo. "Na verdade, era tudo meu. Exceto que Aragorn insistiu em que eu incluísse uma pedra verde. Parecia achar isso importante. Não sei por quê. No mais, ele obviamente achou que tudo isso estava bem acima de minha capacidade e disse que, se eu tinha o atrevimento de fazer versos sobre Eärendil na casa de Elrond, era problema meu. Acho que ele tinha razão."

"Não sei", comentou Frodo. "De algum modo pareceu-me adequado, mas não sei explicar. Eu estava meio adormecido quando você começou, e parecia ser a sequência de algo com que eu estava sonhando. Foi só no final que entendi que na verdade era você falando."

"É difícil manter-se acordado aqui até que nos acostumemos", disse Bilbo. "Não que os hobbits jamais adquiram o apetite dos elfos por música, poesia e histórias. Eles parecem gostar disso tanto quanto de comida, ou mais. Ainda vão continuar por muito tempo. Que tal escaparmos para um pouco mais de conversa tranquila?"

"Podemos?", disse Frodo.

"É claro. Isto é festejo, não negócios. Vá e venha como quiser, contanto que não faça barulho."

Levantaram-se e se retiraram silenciosamente para as sombras, rumando para as portas. Sam foi deixado para trás, em sono profundo, ainda com um sorriso no rosto. Apesar de seu deleite pela companhia de Bilbo, Frodo sentiu uma pontada de arrependimento quando saíram do Salão do Fogo. Enquanto passavam pela soleira, uma única voz límpida se ergueu a cantar.

> *A Elbereth Gilthoniel,*
> *silivren penna míriel*
> *o menel aglar elenath!*
> *Na-chaered palan-díriel*
> *o galadhremmin ennorath,*
> *Fanuilos, le linnathon*
> *nef aear, sí nef aearon!*[B]

Frodo deteve-se por um momento, olhando para trás. Elrond estava em sua cadeira, e o fogo lhe iluminava o rosto como a luz do verão nas árvores. Junto dele estava sentada a Senhora Arwen. Surpreso, Frodo viu que Aragorn estava de pé ao lado dela; sua capa escura estava jogada para trás, e ele parecia vestir uma cota de malha-élfica, e uma estrela brilhava em seu peito. Falavam um com o outro, e então, de repente, pareceu a Frodo que Arwen se virava em sua direção, e a luz de seus olhos recaiu nele de longe e lhe transpassou o coração.

Ficou imóvel, encantado, enquanto as doces sílabas da canção-élfica caíam como claras joias de palavras e melodia misturadas. "É uma canção a Elbereth", disse Bilbo. "Vão cantar esta e outras canções do Reino Abençoado muitas vezes esta noite. Venha!"

Conduziu Frodo de volta ao seu próprio quartinho. Ele dava para os jardins e olhava para o sul por sobre a ravina do Bruinen. Ali ficaram sentados por algum tempo, olhando pela janela as estrelas brilhantes acima das matas que subiam íngremes e conversando baixinho. Não falavam mais das pequenas notícias do Condado distante, nem das sombras escuras e dos perigos que os cercavam, e sim das coisas belas que haviam visto juntos pelo mundo, dos Elfos, das estrelas, das árvores e do suave declínio do ano luzidio nas matas.

Por fim ouviu-se uma batida à porta. "Com sua licença," disse Sam, pondo a cabeça para dentro, "mas eu estava pensando se estavam precisando de alguma coisa."

"E com a sua, Sam Gamgi," respondeu Bilbo, "acho que você quer dizer que é hora de seu patrão ir para a cama."

"Bem, senhor, tem um Conselho amanhã cedo, ouvi dizer, e hoje foi a primeira vez que ele se levantou."

"Muito certo, Sam", riu-se Bilbo. "Pode ir trotando e dizer a Gandalf que ele foi para a cama. Boa noite, Frodo! Ora, mas como foi bom ver você de novo! Afinal não há ninguém como os hobbits para uma conversa boa de verdade. Estou ficando muito velho, e começava a me perguntar se iria viver para ver os seus capítulos de nossa história. Boa noite! Acho que vou dar uma caminhada e olhar as estrelas de Elbereth no jardim. Durma bem!"

2

O Conselho
de Elrond

No dia seguinte Frodo acordou cedo, sentindo-se refeito e bem-disposto. Caminhou pelos terraços acima do Bruinen, que corria ruidoso, e observou o sol pálido e frio que se erguia sobre as montanhas longínquas e brilhava oblíquo através da fina névoa de prata; o orvalho nas folhas amarelas rebrilhava, e as redes tecidas de filandras piscavam em todos os arbustos. Sam caminhava ao seu lado, sem nada dizer, mas farejando o ar, e de quando em quando olhava com pasmo nos olhos para as grandes altitudes no Leste. A neve era branca sobre seus picos.

Num assento recortado em pedra, junto a uma curva da trilha, toparam com Gandalf e Bilbo em profunda conversa. "Alô! Bom dia!", disse Bilbo. "Sente-se preparado para o grande conselho?"

"Sinto-me preparado para qualquer coisa", respondeu Frodo. "Mas mais que tudo eu gostaria de caminhar hoje e explorar o vale. Gostaria de entrar naquelas matas de pinheiros lá em cima." Apontou para longe, para a margem norte de Valfenda.

"Poderá ter a oportunidade mais tarde", disse Gandalf. "Mas ainda não podemos fazer nenhum plano. Há muito que ouvir e decidir hoje."

De súbito, enquanto falavam, ouviu-se o som nítido de um único sino. "É o sino de alerta para o Conselho de Elrond", exclamou Gandalf. "Venham comigo agora! Você e Bilbo estão convocados."

Frodo e Bilbo seguiram o mago rapidamente ao longo da trilha sinuosa, voltando à casa; atrás deles, sem convite e esquecido por ora, trotava Sam.

Gandalf levou-os à varanda onde Frodo encontrara os amigos na tarde anterior. A luz da clara manhã de outono já fulgurava no vale. O som de águas borbulhantes subia do leito espumante do rio. Pássaros cantavam, e havia uma paz salutar sobre a terra. A Frodo, sua fuga perigosa e os rumores da treva que crescia no mundo exterior já pareciam ser apenas as lembranças de um sonho agitado; mas eram sérios os rostos que se voltaram em sua direção quando eles entraram.

Elrond ali estava, e vários outros estavam sentados em silêncio ao seu redor. Frodo viu Glorfindel e Glóin; e num canto, sozinho, estava sentado Passolargo, outra vez trajando suas velhas roupas gastas de viagem. Elrond puxou Frodo até um assento junto dele e o apresentou à companhia, dizendo:

"Aqui, meus amigos, está o hobbit, Frodo, filho de Drogo. Poucos já chegaram aqui passando por maior perigo ou em missão mais urgente."

Então indicou e nomeou aqueles que Frodo não encontrara antes. Havia um anão mais jovem ao lado de Glóin: seu filho Gimli. Junto a Glorfindel estavam diversos outros conselheiros da casa de Elrond, o principal dos quais era Erestor; e com ele estava Galdor, um elfo dos Portos Cinzentos que viera em missão de Círdan, o Armador. Também ali estava um estranho elfo trajando verde e marrom, Legolas, mensageiro de seu pai Thranduil, Rei dos Elfos do Norte de Trevamata. E sentado um pouco separado estava um homem alto de rosto belo e nobre, de cabelos escuros e olhos cinzentos, altivo e de olhar severo.

Usava capa e botas como quem viaja a cavalo; e, na verdade, apesar de suas vestes serem ricas e de sua capa ser forrada de pele, estavam manchadas pela longa jornada. Tinha um colar de prata onde estava engastada uma solitária pedra branca; os cachos de seu cabelo estavam cortados à altura dos ombros. Num boldrié trazia uma grande trompa de ponta de prata, agora jazendo sobre seus joelhos. Encarou Frodo e Bilbo com súbita admiração.

"Aqui", disse Elrond, virando-se para Gandalf, "está Boromir, um homem do Sul. Ele chegou na manhã cinzenta e busca conselho. Pedi-lhe para estar presente, pois aqui suas perguntas serão respondidas."

Nem tudo o que foi falado e debatido no Conselho precisa ser contado agora. Muito se disse dos acontecimentos no mundo exterior, em especial no Sul e nas amplas terras a leste das Montanhas. De tudo isso Frodo já ouvira muitos rumores; mas a história de Glóin era nova para ele e, quando o anão falou, ele escutou atentamente. Parecia que, em meio ao esplendor das obras de suas mãos, os corações dos Anãos da Montanha Solitária estavam perturbados.

"Já faz muitos anos", disse Glóin, "que uma sombra de inquietação recaiu sobre nosso povo. De onde vinha, não percebemos no início. Palavras começavam a ser sussurradas em segredo: diziam que estávamos restritos em um lugar estreito, e que riqueza e esplendor maiores seriam encontrados em um mundo mais amplo. Alguns falavam de Moria: a imensa obra de nossos pais que em nossa própria língua se chama Khazad-dûm; e declaravam que agora tínhamos enfim o poder e o número de pessoas para retornarmos."

Glóin suspirou. "Moria! Moria! Maravilha do mundo setentrional! Demasiado fundo escavamos ali e despertamos o medo sem nome. Por longo tempo suas vastas mansões estiveram vazias desde que fugiram os filhos de Durin. Mas agora outra vez falávamos dela com anseio, porém com temor; pois nenhum anão ousou passar pelas portas de Khazad-dûm durante muitas vidas de reis, exceto por Thrór, e ele pereceu. Finalmente, no entanto, Balin deu ouvido aos sussurros e resolveu ir; e apesar de Dáin não lho permitir de bom grado, ele levou consigo Ori e Óin e muitos de nosso povo, e partiram rumo ao sul.

"Isso faz quase trinta anos. Durante algum tempo tivemos notícias, e pareciam boas: mensagens relatavam que Moria havia sido penetrada, e lá iniciaram grande obra. Depois fez-se silêncio, e desde então não vieram mais novas de Moria.

"Então, cerca de um ano atrás, veio um mensageiro a Dáin, porém não de Moria — de Mordor: um cavaleiro na noite, que chamou Dáin ao seu portão. O Senhor Sauron, o Grande, assim disse ele, desejava nossa amizade. Dar-nos-ia anéis por ela, assim como fizera outrora. E perguntou com urgência acerca de *hobbits*, de que espécie eram e onde habitavam. 'Pois

Sauron sabe', disse ele, 'que um deles foi conhecido por vós em certa época.'

"Diante disso ficamos extremamente preocupados e não demos resposta. E então sua voz cruel falou mais baixo, e ele a teria adoçado se pudesse. 'Como pequeno sinal de vossa amizade, apenas, Sauron pede isto,' disse ele, 'que encontreis esse ladrão', foi essa sua palavra, 'e obtenhais dele, queira ele ou não, um pequeno anel, o menor dos anéis, que ele roubou certa vez. Nada mais é que uma miudeza do capricho de Sauron e penhor de vossa boa vontade. Encontrai-o, e três anéis que os antepassados dos Anãos outrora possuíam vos serão devolvidos, e o reino de Moria há de ser vosso para sempre. Encontrai apenas notícias do ladrão, se ele vive ainda e onde, e havereis de ter grande recompensa e amizade duradoura do Senhor. Recusai e as coisas parecerão estar menos bem. Vós recusais?'

"Com essas palavras seu hálito saía como o silvo de serpentes, e todos os que estavam em volta estremeceram, porém Dáin disse: 'Não digo sim nem não. Preciso considerar esta mensagem e o que ela quer dizer sob seu belo manto.'

"'Considerai bem, mas não leveis tempo demais', disse ele.

"'O tempo de meus pensamentos é meu para usar', respondeu Dáin.

"'Por ora', afirmou ele, e cavalgou para a treva.

"Pesarosos estiveram os corações de nossos chefes desde aquela noite. Não necessitávamos da cruel voz do mensageiro para nos alertar de que suas palavras continham a um tempo ameaça e engano; pois já sabíamos que o poder que retornou a Mordor não mudou e sempre nos traiu outrora. Duas vezes o mensageiro voltou e se foi sem resposta. A terceira e última vez, diz ele, logo virá, antes do fim do ano.

"E assim, portanto, fui finalmente enviado por Dáin para avisar Bilbo de que o Inimigo está à sua busca e para saber, se possível, por que ele deseja esse anel, esse menor dos anéis. Também ansiamos pelo aconselhamento de Elrond. Pois a Sombra cresce e se aproxima. Ficamos sabendo que também ao Rei Brand, em Valle, chegaram mensageiros e que ele está temeroso. Tememos que ele possa ceder. A guerra já se avizinha de suas fronteiras orientais.

Se não dermos resposta, o Inimigo poderá mover Homens do seu domínio em assalto ao Rei Brand e também a Dáin."

"Fizestes bem em vir", disse Elrond. "Hoje ouvireis tudo do que necessitais para compreender os propósitos do Inimigo. Nada há que possais fazer exceto resistir, com esperança ou sem ela. Mas não estais a sós. Sabereis que vossa aflição é tão somente parte da aflição de todo o mundo ocidental. O Anel! O que havemos de fazer com o Anel, o menor dos anéis, a miudeza do capricho de Sauron? Eis a sentença que devemos sentenciar.

"É esse o propósito pelo qual aqui fostes chamados. Chamados, digo, apesar de eu não vos ter chamado a mim, estranhos de terras distantes. Viestes e aqui vos encontrastes, nesta mesma hora crítica, ao que parece por acaso. Porém não é assim. Crede, isso sim, que foi ordenado que nós, que aqui nos sentamos, e ninguém mais, temos agora de encontrar conselhos para o perigo do mundo.

"Ora, portanto hão de ser ditas abertamente coisas que até este dia estiveram ocultas de todos, a não ser de alguns poucos. E primeiro, para que compreendam todos qual é o perigo, a História do Anel há de ser contada desde o princípio até este presente. E começarei eu essa história, por muito que outros hajam de terminá-la."

Então todos escutaram enquanto Elrond, com clara voz, falava de Sauron e dos Anéis de Poder, e de como foram forjados na Segunda Era do mundo, muito tempo antes. Parte de sua história era conhecida de alguns ali, mas de ninguém a história completa, e muitos olhos se voltaram para Elrond, com temor e assombro, quando falou dos Ferreiros-élficos de Eregion, de sua amizade com Moria e de sua avidez por conhecimento, pela qual Sauron os engodou. Pois naquele tempo ele ainda não era maligno de se contemplar, e receberam sua ajuda e se tornaram poderosos em seu ofício, enquanto que ele aprendeu todos os seus segredos, e os traiu, e forjou secretamente na Montanha de Fogo o Um Anel para ser mestre deles. Mas Celebrimbor estava atento a ele e ocultou os Três que fizera; e houve guerra, e a terra foi arrasada, e o portão de Moria fechou-se.

O CONSELHO DE ELROND

Então, durante todos os anos seguintes ele seguiu o rastro do Anel; mas, visto que essa história é contada alhures, como o próprio Elrond a registrou em seus livros de saber, ela não será recordada aqui. Pois é uma história longa, repleta de feitos grandes e terríveis, e, apesar de Elrond falar com brevidade, o sol se alçou no céu, e a manhã terminava quando ele cessou.

De Númenor falou ele, de sua glória e sua queda, e do retorno dos Reis dos Homens à Terra-média desde as profundas do Mar, trazidos nas asas da tempestade. Então Elendil, o Alto, e seus poderosos filhos, Isildur e Anárion, tornaram-se grandes senhores; e estabeleceram o reino do Norte em Arnor, e o do Sul em Gondor, acima das fozes do Anduin. Mas Sauron de Mordor os assaltou, e fizeram a Última Aliança de Elfos e Homens, e as hostes de Gil-galad e Elendil estavam reunidas em Arnor.

Nesse ponto Elrond fez uma pequena pausa e suspirou. "Lembro-me bem do esplendor de seus estandartes", disse ele. "Ele me recordou a glória dos Dias Antigos e as hostes de Beleriand, tantos eram os grandes príncipes e capitães ali reunidos. Porém não tantos, nem tão belos, quanto no rompimento das Thangorodrim, quando os Elfos julgaram que o mal estava terminado para sempre, e não estava."

"Vós vos lembrais?", indagou Frodo, dizendo seu pensamento em voz alta de tão admirado. "Mas pensei," gaguejou quando Elrond se voltou para ele, "pensei que a queda de Gil-galad aconteceu em era muito longínqua."

"Assim foi de fato", respondeu Elrond com gravidade. "Mas minha memória remonta até aos Dias Antigos. Eärendil foi meu pai, nascido em Gondolin antes que esta caísse; e minha mãe foi Elwing, filha de Dior, filho de Lúthien de Doriath. Vi três eras no Oeste do mundo, e muitas derrotas, e muitas vitórias infrutíferas.

"Fui arauto de Gil-galad e marchei com sua hoste. Estive na Batalha de Dagorlad diante do Portão Negro de Mordor, onde fomos vitoriosos: pois à Lança de Gil-galad e à Espada de Elendil, Aeglos e Narsil, ninguém podia resistir. Contemplei o último combate nas encostas de Orodruin, onde Gil-galad morreu e Elendil tombou, e Narsil se rompeu embaixo dele; mas o próprio Sauron foi derrotado, e Isildur cortou o Anel de sua mão com o fragmento da empunhadura da espada de seu pai e o tomou para si."

A essas palavras o estranho, Boromir, interrompeu. "Então isso é o que foi feito do Anel!", exclamou. "Se tal história alguma vez foi contada no Sul, há tempos está esquecida. Ouvi dizer do Grande Anel daquele que não nomeamos; mas críamos que tinha perecido do mundo na ruína de seu primeiro reino. Isildur o tomou! Isso são novas deveras."

"Sim, ai de nós!", disse Elrond. "Isildur o tomou, o que não deveria ter feito. Ele deveria ter sido lançado, então, no fogo de Orodruin ali perto, onde foi feito. Mas poucos perceberam o que Isildur fez. Só ele esteve junto ao pai naquele último embate mortal; e junto a Gil-galad só estivemos Círdan e eu. Mas Isildur não quis ouvir nosso conselho.

"'Guardarei isto como veregildo[1] por meu pai e meu irmão', disse ele; e assim, quiséssemos ou não, ele o tomou para guardá-lo como tesouro. Mas logo foi à morte, traído por ele; e assim o chamam no Norte de Ruína de Isildur. Porém talvez a morte tenha sido melhor do que outro fim que poderia tê-lo acometido.

"Somente ao Norte chegaram essas notícias, e somente a alguns. Pouco admira que não as tenhas ouvido, Boromir. Da ruína dos Campos de Lis, onde pereceu Isildur, apenas três homens voltaram por sobre as montanhas, após longo vagar. Um deles foi Ohtar, escudeiro de Isildur, que carregava os fragmentos da espada de Elendil; e ele os trouxe a Valandil, herdeiro de Isildur, que por não ser mais que uma criança havia ficado aqui em Valfenda. Mas Narsil estava partida, e sua luz se extinguira, e ela ainda não foi reforjada.

"Chamei de infrutífera a vitória da Última Aliança? Não o foi totalmente, porém não alcançou seu objetivo. Sauron foi diminuído, mas não destruído. Seu Anel foi perdido, mas não

---

[1] O veregildo (em inglês *weregild*) era, na lei teutônica e anglo-saxã, o preço atribuído a uma pessoa, de acordo com sua condição, a ser pago pelo culpado como compensação, em caso de homicídio, à família que, de outra forma, teria direito à vingança. [N. T.]

desfeito. A Torre Sombria foi rompida, mas seus fundamentos não foram removidos; pois foram construídos com o poder do Anel e perdurarão enquanto ele permanecer. Muitos Elfos e muitos Homens poderosos, e muitos de seus amigos, pereceram na guerra. Anárion foi morto, e Isildur foi morto; e Gil-galad e Elendil não mais viviam. Nunca mais haverá tal liga de Elfos e Homens; pois os Homens se multiplicam, e os Primogênitos decrescem, e as duas gentes estão apartadas. E desde aquele dia, a raça de Númenor tem decaído, e a extensão de seus anos encurtou.

"No Norte, após a guerra e a matança dos Campos de Lis, os Homens de Ociente minguaram, e sua cidade de Annúminas junto ao Lago Vesperturvo decaiu em ruínas; e os herdeiros de Valandil mudaram-se para habitar em Fornost, nas altas Colinas do Norte, e esta agora também está desolada. Os Homens a chamam de Fosso dos Mortos e temem lá pisar. Pois o povo de Arnor definhou, e seus inimigos os devoraram, e seu senhorio se foi, deixando apenas morros verdes nas colinas gramadas.

"No Sul o reino de Gondor muito durou; e por algum tempo seu esplendor cresceu, relembrando um pouco o poderio de Númenor antes da queda. Altas torres construiu esse povo, e lugares fortificados, e portos de muitos navios; e a coroa alada dos Reis dos Homens foi reverenciada por gente de muitas línguas. Sua cidade principal era Osgiliath, a Cidadela das Estrelas, por cujo meio fluía o Rio. E construíram Minas Ithil, a Torre da Lua Nascente, para o leste, numa encosta das Montanhas de Sombra; e a oeste, no sopé das Montanhas Brancas, construíram Minas Anor, a Torre do Sol Poente. Ali, na corte do Rei, crescia uma árvore branca, da semente daquela que Isildur trouxe por sobre as águas profundas, e a semente dessa árvore veio antes de Eressëa, e antes disso do Extremo Oeste, no Dia antes dos dias, quando o mundo era jovem.

"Mas no desgaste dos velozes anos da Terra-média, a linhagem de Meneldil, filho de Anárion, interrompeu-se, e a Árvore murchou, e o sangue dos Númenóreanos misturou-se ao de homens menores. Então adormeceu a vigia das muralhas de Mordor, e seres obscuros arrastaram-se de volta para Gorgoroth.

E certa feita surgiram seres malignos, e tomaram Minas Ithil e ali habitaram, e tornaram-na em um lugar de pavor; e é chamada Minas Morgul, a Torre de Feitiçaria. Então Minas Anor foi renomeada Minas Tirith, a Torre de Guarda; e essas duas cidades estiveram sempre em guerra, mas Osgiliath, situada entre elas, ficou deserta, e sombras caminhavam em suas ruínas.

"Assim tem sido por muitas vidas dos homens. Mas os Senhores de Minas Tirith continuam lutando, desafiando nossos inimigos, mantendo a passagem do Rio desde as Argonath até o Mar. E agora terminou a parte da história que eu haveria de contar. Pois nos dias de Isildur o Anel Regente desapareceu do conhecimento de todos, e os Três foram libertados de seu domínio. Porém agora, nestes dias tardios, eles estão em perigo outra vez, pois para nosso pesar o Um foi encontrado. Outros hão de falar do seu descobrimento, pois aí meu papel foi reduzido."

Deteve-se, mas de imediato levantou-se Boromir diante deles, alto e orgulhoso. "Dai-me licença, Mestre Elrond," disse ele, "para primeiro dizer mais sobre Gondor, pois deveras da terra de Gondor eu vim. E seria bom que todos soubessem o que lá ocorre. Pois poucos, julgo eu, conhecem nossos feitos e, portanto, pouco conhecem do seu perigo, caso cheguemos a falhar.

"Não crede que na terra de Gondor o sangue de Númenor findou, nem que esteja esquecida toda a sua altivez e dignidade. Graças à nossa proeza o povo selvagem do Leste é contido ainda, e o terror de Morgul, rechaçado; e somente assim a paz e a liberdade são mantidas nas terras atrás de nós, o baluarte do Oeste. Mas se as passagens do Rio forem conquistadas, o que será então?

"Porém essa hora, quem sabe, não está longe. O Inimigo Inominável ergueu-se novamente. Mais uma vez a fumaça sobe de Orodruin, que chamamos de Monte da Perdição. O poder da Terra Negra cresce, e estamos cruelmente assediados. Quando o Inimigo retornou, nossa gente foi expulsa de Ithilien, nosso belo domínio a leste do Rio, apesar de mantermos ali uma cabeça de ponte e força d'armas. Mas neste mesmo ano, nos dias de junho, a guerra súbita nos acometeu desde Mordor, e fomos arrebatados. Estávamos em minoria, pois Mordor aliou-se aos Lestenses e aos cruéis Haradrim; mas não foi pelos números que fomos derrotados. Havia ali um poder que não havíamos sentido antes.

"Alguns diziam que ele podia ser visto como um grande cavaleiro negro, uma sombra obscura sob a lua. Por onde vinha, uma loucura tomava conta de nossos inimigos; mas o medo se abatia nos mais audaciosos dentre nós, de forma que cavalos e homens cediam e fugiam. Só voltou um remanescente de nossa força do leste, destruindo a última ponte que ainda estava de pé em meio às ruínas de Osgiliath.

"Eu estava na companhia que defendia a ponte, até que ela foi derrubada atrás de nós. Apenas quatro se salvaram nadando: meu irmão, eu e dois outros. Mas prosseguimos lutando ainda, ocupando toda a margem oeste do Anduin; e os que se abrigam atrás de nós nos dão louvor quando ouvem nosso nome: muito louvor, mas pouco auxílio. Só de Rohan agora nos vêm os homens quando os chamamos.

"Nesta má hora vim em missão, atravessando muitas léguas perigosas, até Elrond: por cento e dez dias viajei a sós. Mas não busco aliados na guerra. O poder de Elrond está na sabedoria, não nas armas, ao que dizem. Venho pedir conselho e que desenredem palavras difíceis. Pois na véspera do assalto súbito veio ao meu irmão um sonho em sono perturbador; e depois um sonho semelhante lhe retornou diversas vezes, e uma vez a mim.

"Nesse sonho pensei que o céu escurecia a leste e ouvi um trovão crescente, mas no Oeste subsistia uma luz pálida, e dali ouvi uma voz, remota, mas nítida, exclamando:

> *Busca a Espada partida:*
>   *Em Imladris está por enquanto;*
> *Lá vai tomar-se medida*
>   *Maior que de Morgul o encanto.*
> *Lá vai mostrar-se um alerta*
>   *Da Sina que próxima está,*
> *A Ruína de Isildur desperta*
>   *E o Pequeno se revelará.*[A]

Pouco pudemos entender dessas palavras e falamos com nosso pai, Denethor, Senhor de Minas Tirith, sábio no saber de Gondor. Só nos disse que Imladris foi outrora, entre os Elfos, o nome de um vale muito ao norte onde habitava Elrond Meio-Elfo, maior dentre os mestres do saber. Portanto meu irmão, vendo como era desesperadora nossa necessidade, ficou ávido por obedecer ao sonho e buscar Imladris; mas, visto que o caminho era pleno de dúvida e perigo, assumi eu mesmo a viagem. De mau grado meu pai mo permitiu, e longamente vaguei por estradas esquecidas, buscando a casa de Elrond, de que muitos haviam ouvido falar, mas que poucos sabiam onde ficava."

"E aqui na casa de Elrond mais coisas te serão esclarecidas", disse Aragorn, pondo-se de pé. Lançou a espada na mesa que estava diante de Elrond, e a lâmina estava partida em duas. "Eis a Espada que foi Partida!", disse ele.

"E quem és tu, e o que tens a ver com Minas Tirith?", perguntou Boromir, olhando com pasmo o rosto magro do Caminheiro e sua capa manchada pela intempérie.

"Ele é Aragorn, filho de Arathorn," disse Elrond; "e descende, através de muitos pais, de Isildur, filho de Elendil, de Minas Ithil. É Chefe dos Dúnedain do Norte, e agora já restam poucos desse povo."

"Então ele pertence a você, e não a mim!", exclamou Frodo admirado, levantando-se de um salto, como se esperasse que o Anel fosse exigido de imediato.

"Não pertence a nenhum de nós", disse Aragorn; "mas foi ordenado que você o mantivesse por algum tempo."

"Mostre o Anel, Frodo!", disse Gandalf solenemente. "Chegou a hora. Erga-o, e então Boromir compreenderá o restante de seu enigma."

Fez-se silêncio, e todos voltaram os olhos para Frodo. Este foi sacudido por súbito constrangimento e medo; e sentiu grande relutância em revelar o Anel e aversão por tocá-lo. Desejava estar bem longe dali. O Anel luzia e rebrilhava quando ele o ergueu diante deles na mão trêmula.

"Contemplai a Ruína de Isildur!", disse Elrond.

Os olhos de Boromir lampejaram quando fitou o objeto dourado. "O Pequeno!", murmurou. "Então a sina de Minas Tirith chegou enfim? Mas por que então devemos buscar uma espada partida?"

"As palavras não eram *a sina de Minas Tirith*", disse Aragorn. "Mas a sina e grandes feitos estão próximos deveras. Pois a Espada que foi Partida é a Espada de Elendil, que se partiu embaixo dele quando tombou. Foi guardada como tesouro por seus herdeiros quando todas as outras heranças se perderam; pois desde outrora dizia-se entre nós que ela haveria de ser refeita quando o Anel, a Ruína de Isildur, fosse encontrado. Agora que viste a espada que buscavas, o que pedes? Desejas que a Casa de Elendil retorne à Terra de Gondor?"

"Não fui enviado para implorar obséquio, e sim somente para buscar o significado do enigma", respondeu Boromir, altivo. "Porém somos acossados cruelmente, e a Espada de Elendil seria um auxílio além de nossa esperança — se deveras tal objeto pode retornar das sombras do passado." Olhou outra vez para Aragorn, e havia dúvida em seus olhos.

Frodo sentiu que Bilbo se remexia impaciente ao seu lado. Estava evidentemente incomodado a favor do amigo. Pondo-se subitamente de pé, irrompeu:

Não rebrilha tudo que é ouro,
  Nem perdidos estão os que vagam;
Não fenece o antigo tesouro,
  Nem geadas raízes apagam.
Das cinzas um fogo renasce,
  Uma luz das sombras virá;
A espada partida refaz-se,
  O sem-coroa outra vez reinará.[B]

"Talvez não seja muito bom, mas é a propósito — se for preciso algo além da palavra de Elrond. Se isso valeu uma viagem de cento e dez dias para ser ouvido, é melhor escutar." Sentou-se bufando.

"Eu mesmo compus isso", cochichou para Frodo, "para o Dúnadan, muito tempo atrás, da primeira vez em que ele me contou sobre si. Quase queria que minhas aventuras não tivessem terminado e que eu pudesse ir com ele quando seu dia chegar."

Aragorn sorriu para ele; depois voltou-se de novo para Boromir. "De minha parte, perdoo tua dúvida", disse ele. "Pouco me pareço com os vultos de Elendil e Isildur que estão majestosamente esculpidos no paço de Denethor. Sou tão somente herdeiro de Isildur, não o próprio Isildur. Tive vida dura e longa; e as léguas que medeiam daqui a Gondor são pequena parte da extensão de minhas jornadas. Atravessei muitas montanhas e muitos rios e pisei muitas planícies, mesmo nos longínquos países de Rhûn e Harad, onde as estrelas são estranhas.

"Mas meu lar, se é que o tenho, é no Norte. Pois ali os herdeiros de Valandil sempre moraram em longa linhagem ininterrupta de pai para filho por muitas gerações. Nossos dias se obscureceram, e nós minguamos; mas a Espada sempre passou a um novo possuidor. E isto eu te digo, Boromir, antes de terminar. Homens solitários somos nós, Caminheiros do ermo, caçadores — mas sempre caçadores dos serviçais do Inimigo; pois esses se encontram em muitos lugares, não apenas em Mordor.

"Se Gondor, Boromir, tem sido uma torre vigorosa, nós desempenhamos outro papel. Existem muitos seres malignos que vossas fortes muralhas e espadas reluzentes não detêm. Pouco sabeis das terras além de vossas fronteiras. Paz e liberdade, tu dizes? O Norte pouco as conheceria se não fosse por nós. O medo os teria destruído. Mas quando seres sombrios vêm das colinas desabitadas ou se esgueiram das matas sem sol, eles fogem de nós. Que estradas alguém ousaria trilhar, que segurança haveria nas terras silenciosas ou nos lares de homens simples durante a noite, se os Dúnedain estivessem adormecidos ou jazessem todos no túmulo?

"E, no entanto, recebemos menos gratidão que vós. Os viajantes nos franzem o cenho, e os camponeses nos dão nomes desdenhosos. Eu sou 'Passolargo' para um homem gordo que mora a um dia de marcha de inimigos que lhe congelariam o coração, ou arruinariam seu pequeno vilarejo, se ele não fosse guardado sem cessar. Porém não faríamos de modo diverso. Se a gente simplória estiver livre de preocupação e medo ela será simplória, e temos de ser secretos para mantê-los assim. Essa tem sido a tarefa de minha gente enquanto os anos se alongaram e o capim cresceu.

"Mas agora o mundo está mudando outra vez. Chega uma nova hora. A Ruína de Isildur foi encontrada. A batalha está próxima. A Espada será reforjada. Irei a Minas Tirith."

"A Ruína de Isildur foi encontrada, dizes", comentou Boromir. "Vi um anel brilhante na mão do Pequeno; mas Isildur pereceu antes que começasse esta era do mundo, ao que dizem. Como sabem os Sábios que este anel é o dele? E como ele passou pelos anos até ser trazido para cá por tão estranho mensageiro?"

"Isso há de ser contado", respondeu Elrond.

"Mas ainda não, eu imploro, Mestre!", exclamou Bilbo. "A Sol já sobe para o meio-dia, e sinto necessidade de algo que me fortifique."

"Eu não tinha dito teu nome", disse Elrond, sorrindo. "Mas digo-o agora. Vem! Conta-nos tua história. E se ainda não compuseste tua história em versos podes contá-la em simples palavras. Quanto mais breve, mais cedo serás revigorado."

"Muito bem", assentiu Bilbo. "Farei o que me pedes. Mas agora vou contar a história verdadeira, e se alguém aqui me ouviu contá-la de outra forma," — olhou de lado para Glóin — "peço que a esqueçam e me perdoem. Naqueles dias eu só queria reivindicar o tesouro para mim e me livrar do nome de ladrão que me impuseram. Mas quem sabe agora eu compreenda as coisas um pouco melhor. Seja lá como for, foi isto que aconteceu."

Para alguns, a história de Bilbo era completamente nova, e escutaram com espanto enquanto o velho hobbit, que na verdade não estava nem um pouco contrariado, relatou sua aventura com Gollum do começo ao fim. Não omitiu um só enigma. Teria feito também um relato de sua festa e de seu desaparecimento do Condado, se fosse permitido, mas Elrond ergueu a mão.

"Bem contado, meu amigo," disse ele, "mas isso basta por ora. No momento basta saber que o Anel passou a Frodo, teu herdeiro. Que ele fale agora!"

Então, menos disposto que Bilbo, Frodo contou sobre todos os seus feitos com o Anel desde o dia em que este passara à sua posse. Cada passo de sua viagem da Vila-dos-Hobbits até o Vau do Bruinen foi questionado e considerado, e tudo o que conseguiu recordar acerca dos Cavaleiros Negros foi examinado. Por fim sentou-se outra vez.

"Nada mau", disse-lhe Bilbo. "Você teria contado uma boa história se eles não tivessem ficado interrompendo. Tentei tomar algumas notas, mas vamos ter que repassar tudo de novo alguma outra vez, se eu for redigir isso. Há capítulos inteiros de material, mesmo antes de você chegar aqui!"

"Sim, acabou sendo um relato bem longo", respondeu Frodo. "Mas a história ainda não me parece completa. Ainda quero saber muita coisa, especialmente sobre Gandalf."

Galdor dos Portos, sentado ali perto, ouviu suas palavras. "Falas por mim também", exclamou, e disse, virando-se para Elrond: "Os Sábios podem ter boas razões para crer que o achado do Pequeno é de fato o Grande Anel de longos debates, por muito improvável que isso possa parecer aos que menos sabem. Mas não podemos ouvir as provas? E também pergunto isto. E quanto a Saruman? Ele é versado no saber dos Anéis, porém não está entre nós. Qual é seu conselho — se ele sabe daquilo que ouvimos?"

"As perguntas que fazes, Galdor, estão interligadas", disse Elrond. "Eu não as negligenciei, e hão de ser respondidas. Mas é tarefa de Gandalf esclarecer estas coisas; e eu o convoco por último, pois é o lugar de honra, e em todo este assunto ele teve o papel principal."

"Alguns, Galdor," disse Gandalf, "pensariam que as notícias de Glóin e a perseguição de Frodo são prova bastante de que o achado do Pequeno é um objeto de grande valor para o Inimigo. No entanto é um anel. E então? Os Nove estão em posse dos Nazgûl. Os Sete foram tomados ou destruídos." Diante disso, Glóin se mexeu, mas não falou. "Dos Três nós sabemos. O que é então esse que ele tanto deseja?

"Há de fato uma ampla extensão de tempo entre o Rio e a Montanha, entre a perda e a descoberta. Mas a lacuna do conhecimento dos Sábios foi finalmente preenchida. Mas lentamente demais. Pois o Inimigo veio logo atrás, ainda mais perto do que eu receava. E é bom que só este ano, ao que parece neste mesmo verão, ele tenha sabido de toda a verdade.

"Alguns aqui recordarão que muitos anos atrás eu próprio ousei passar pelas portas do Necromante, em Dol Guldur, e explorei em segredo seus caminhos, e assim descobri que nossos temores eram verdadeiros: ele não era outro senão Sauron, nosso Inimigo de antigamente, finalmente reassumindo forma e poder. Alguns também recordarão que Saruman nos dissuadiu de ações abertas contra ele, e por muito tempo apenas o observamos. Mas por fim, à medida que sua sombra crescia, Saruman cedeu, e o Conselho empregou sua força e expulsou o mal de Trevamata — e isso foi no mesmo ano em que o Anel foi encontrado: um estranho acaso, se é que foi acaso.

"Mas estávamos atrasados, como Elrond previa. Sauron também nos tinha observado e por muito tempo preparara-se contra nosso golpe, governando Mordor de longe, através de Minas Morgul, onde habitavam seus Nove serviçais, até que estivesse tudo pronto. Então cedeu diante de nós, mas só fingiu fugir, e logo depois chegou à Torre Sombria e se declarou abertamente. Então o Conselho se reuniu pela última vez; pois então ficamos sabendo que ele buscava cada vez mais avidamente pelo Um. Temíamos então que tivesse dele alguma notícia de que nada soubéssemos. Mas Saruman negou isso, e repetiu o que nos dissera antes: que o Um nunca mais seria encontrado na Terra-média.

"'No pior caso,' disse ele, 'nosso Inimigo sabe que não o temos e que ainda está perdido. Mas o que foi perdido ainda poderá ser achado, pensa ele. Não temais! Sua esperança o logrará. Pois não estudei esse assunto com seriedade? Ele caiu em Anduin, o Grande; e muito tempo faz, enquanto Sauron dormia, ele rolou Rio abaixo até o Mar. Que jaza lá até o Fim.'"

Gandalf silenciou, olhando para o leste da varanda até os longínquos picos das Montanhas Nevoentas, em cujas grandes raízes o perigo do mundo estivera oculto por tanto tempo. Suspirou.

"Aí cometi um erro", continuou ele. "Fui embalado pelas palavras de Saruman, o Sábio; mas devia ter buscado antes a verdade, e agora nosso perigo seria menor."

"Todos cometemos um erro," disse Elrond, "e não fosse por tua vigilância, a Escuridão, quem sabe, já estaria sobre nós. Mas continua!"

"Desde o começo tive dúvidas, contra todas as razões que conhecia," disse Gandalf, "e eu desejava saber como esse objeto chegara até Gollum e por quanto tempo ele o possuíra. Por isso fiz com que fosse vigiado, supondo que não levaria muito tempo para ele emergir da sua treva e procurar seu tesouro. Ele veio, mas escapou e não foi encontrado. E então, ai de mim! deixei estar o assunto, apenas observando e esperando, como fizemos demasiadas vezes.

"O tempo passou com muitas preocupações, até que minhas dúvidas outra vez foram despertadas para um súbito temor. De onde vinha o anel do hobbit? O que, se fosse justificado meu temor, deveria ser feito dele? Essas coisas precisei decidir. Mas ainda não falei a ninguém do meu medo, conhecendo o perigo de um sussurro intempestivo, caso ele se extravie. Em todas as longas guerras com a Torre Sombria, a traição sempre foi nosso maior adversário.

"Isso foi dezessete anos atrás. Logo dei-me conta de que espiões de muitas formas, até feras e aves, estavam reunidos ao redor do Condado, e meu medo cresceu. Solicitei ajuda dos Dúnedain, e sua vigia foi redobrada; e abri o coração para Aragorn, herdeiro de Isildur."

"E eu", disse Aragorn, "aconselhei que caçássemos Gollum, por muito que parecesse ser tarde demais. E, já que parecia adequado o herdeiro de Isildur trabalhar para desfazer o erro de Isildur, parti com Gandalf na busca longa e desesperançada."

Então Gandalf contou como haviam explorado toda a extensão das Terras-selváticas, descendo até as Montanhas de Sombra e as divisas de Mordor. "Ali ouvimos rumor dele e supomos que tenha lá ficado por muito tempo nas colinas escuras; mas jamais o encontramos, e desesperei-me por fim. E então, em meu desespero, pensei outra vez em uma prova que poderia tornar desnecessário encontrar Gollum. O próprio anel podia revelar se era o Um. Voltou-me a lembrança de palavras ditas no Conselho: palavras de Saruman, mal consideradas à época. Agora eu as ouvia claramente no coração.

"'Os Nove, os Sete e os Três', disse ele, 'tinham cada um sua própria gema. Mas não o Um. Era redondo e sem adorno, como se fosse um dos anéis menores; mas seu artífice lhe colocou marcas que os hábeis talvez ainda possam ver e ler.'

"Ele não dissera que marcas eram essas. Quem saberia agora? O artífice. E Saruman? Mas, por grande que fosse seu saber, ele devia ter uma fonte. Que mão, exceto a de Sauron, jamais tinha segurado esse objeto antes que se perdesse? Só a mão de Isildur.

"Com esse pensamento abandonei a caçada e dirigi-me depressa para Gondor. Em dias antigos os membros de minha ordem haviam sido bem recebidos ali, e Saruman mais que todos. Frequentemente, e por longo tempo, fora hóspede dos Senhores da Cidade. O Senhor Denethor demonstrou-me então menos hospitalidade do que outrora e relutantemente me permitiu buscar entre seus rolos e livros depositados.

"'Se deveras buscas somente, como dizes, registros dos dias antigos e dos começos da Cidade, vai e lê!', disse ele. 'Pois para mim aquilo que foi é menos obscuro do que o que está por vir, e é essa minha preocupação. Mas a não ser que tenhas mais habilidade que o próprio Saruman, que muito aqui estudou, nada encontrarás que não seja bem conhecido por mim, que sou mestre do saber desta Cidade.'

"Assim falou Denethor. E, no entanto, existem em seus depósitos muitos registros que mesmo dentre os mestres do saber poucos ainda podem ler, pois suas escritas e línguas tornaram-se obscuras aos homens recentes. E, Boromir, em Minas Tirith ainda está, creio que sem ter sido lido por ninguém, senão por Saruman e por mim, desde que os reis deixaram de existir, um rolo que o próprio Isildur escreveu. Pois Isildur não marchou direto da guerra em Mordor, como alguns contaram."

"Alguns do Norte, talvez", interrompeu Boromir. "Em Gondor todos sabem que ele foi primeiro a Minas Anor e morou por algum tempo com seu sobrinho Meneldil, instruindo-o antes de lhe confiar o governo do Reino do Sul. Nessa época plantou ali o último broto da Árvore Branca em memória de seu irmão."

"Mas nessa época também escreveu esse rolo", disse Gandalf; "e ao que parece isso não é lembrado em Gondor. Pois esse rolo diz respeito ao Anel, e assim Isildur escreveu ali:

> *Agora o Grande Anel há de se tornar herança do Reino do Norte; mas registros dele hão de ser deixados em Gondor, onde habitam também os herdeiros de Elendil, para que não venha um tempo em que a lembrança destes grandes feitos se desvaneça.*

"E após essas palavras, Isildur descreveu o Anel, tal como o encontrou.

> *Estava quente quando o tomei pela primeira vez, quente como brasa, e minha mão foi chamuscada, de tal maneira que duvido que algum dia me livre dessa dor. Mas enquanto escrevo, ele arrefeceu, e parece encolher, porém não perde sua beleza nem sua forma. Já a escrita que traz, que de início era nítida como chama rubra, míngua e agora mal pode ser lida. Está redigida em escrita-élfica de Eregion, pois não há letras em Mordor para obra tão sutil; mas o idioma me é desconhecido. Julgo que seja uma língua da Terra Sombria, visto que é imunda e rude. Não sei que mal ela expressa; mas traço aqui uma cópia, temendo que desvaneça de modo irremediável. Ao Anel falta, quem sabe, o calor da mão de Sauron, que era negra e, ainda assim, ardia como fogo, e assim foi destruído Gil-galad; e talvez, se o ouro fosse reaquecido, a escrita seria renovada. Porém de minha parte não arriscarei danificar esse objeto: a única bela dentre todas as obras de Sauron. É preciso para mim, apesar de eu o comprar com grande dor.*

"Quando li estas palavras minha demanda estava terminada. Pois a escrita traçada era de fato, como Isildur supunha, na língua de Mordor e dos serviçais da Torre. E o que dizia já era conhecido. Pois no dia em que Sauron primeiro usou o Um, Celebrimbor, artífice dos Três, tomou consciência dele e de longe ouviu-o dizer essas palavras, e assim foram revelados seus propósitos malignos.

"Despedi-me imediatamente de Denethor, mas enquanto seguia rumo ao norte chegaram-me mensagens de Lórien, de que Aragorn passara por ali e que encontrara a criatura chamada Gollum. Por isso fui primeiro ao encontro dele para ouvir seu relato. Não me atrevia a imaginar com que perigos mortais se deparara sozinho."

"Há pouco que contar deles", disse Aragorn. "Se um homem precisar caminhar à vista do Portão Negro, ou pisar as flores mortíferas do Vale Morgul, então correrá perigo. Também eu acabei perdendo a esperança e comecei a viagem de volta. E então, por sorte, topei de repente com o que buscava: as pegadas de pés macios junto a uma lagoa barrenta. Mas então a trilha ainda era fresca e recente, e não levava a Mordor e sim na direção oposta. Segui-a ao longo das bordas dos Pântanos Mortos e então o apanhei. Emboscado junto a uma lagoa estagnada, espiando a água enquanto descia o escuro anoitecer, eu o peguei, Gollum. Estava coberto de limo verde. Jamais gostará de mim, temo; pois mordeu-me, e eu não fui bondoso. Nada mais consegui da sua boca senão as marcas de seus dentes. Julguei que era a pior parte de toda a minha jornada, o caminho de volta, vigiando-o dia e noite, fazendo-o caminhar à minha frente com um cabresto no pescoço, amordaçado, até ser domado pela falta de bebida e comida, empurrando-o sempre rumo a Trevamata. Finalmente levei-o até lá e o entreguei aos Elfos, pois havíamos combinado que assim devia ser; e fiquei contente de me livrar de sua companhia, pois ele fedia. De minha parte, espero nunca mais pôr os olhos nele; mas Gandalf veio e suportou uma longa conversa com ele."

"Sim, longa e cansativa," disse Gandalf, "mas não sem lucro. Por exemplo, a história que contou sobre sua perda concordava com a que Bilbo agora contou abertamente pela primeira vez; mas pouco importava, visto que eu já a adivinhara. Mas então fiquei sabendo, pela primeira vez, que o anel de Gollum vinha do Grande Rio perto dos Campos de Lis. E também soube que ele o possuíra por muito tempo. Muitas vidas da sua pequena espécie. O poder do anel multiplicara seus anos muito além do normal; mas só os Grandes Anéis contêm esse poder.

"E se isso não fosse evidência bastante, Galdor, há a outra prova de que falei. Neste mesmo anel que aqui viste erguido para o alto, redondo e sem adorno, as letras que Isildur relatou ainda podem ser lidas, se tivermos a força de vontade de deixar o anel no fogo por certo tempo. Eu fiz isso, e foi isto que li:

> *Ash nazg durbatulûk, ash nazg gimbatul, ash nazg*
> *thrakatulûk agh burzum-ishi krimpatul.*"

A mudança da voz do mago foi aterradora. De repente ela se tornou ameaçadora, poderosa, rude como pedra. Uma sombra pareceu passar sobre o sol no alto, e por um momento a varanda escureceu. Todos estremeceram, e os Elfos taparam os ouvidos.

"Nunca antes alguma voz ousou pronunciar palavras dessa língua em Imladris, Gandalf, o Cinzento", disse Elrond, quando a sombra passou e a companhia voltou a respirar.

"E esperemos que ninguém a fale aqui de novo", respondeu Gandalf. "Ainda assim não vos peço perdão, Mestre Elrond. Pois, se essa língua não deve ser logo ouvida em cada canto do Oeste, que ninguém mais tenha dúvida de que este objeto é deveras o que os Sábios declararam: o tesouro do Inimigo, carregado de toda a sua malícia; e nele reside grande parte de sua força de outrora. Provêm dos Anos de Trevas as palavras que os Joalheiros de Eregion ouviram e souberam que tinham sido traídos:

> *Um Anel que a todos rege, Um Anel para achá-los,*
> *Um Anel que a todos traz para na Escuridão atá-los.*[C]

"Sabei também, meus amigos, que soube ainda mais coisas de Gollum. Ele relutava em falar, e sua história não era clara, mas está fora de qualquer dúvida que ele foi a Mordor, e que ali tudo o que sabia lhe foi arrancado à força. Portanto o Inimigo já sabe que o Um foi encontrado, que passou longo tempo no Condado; e, já que seus serviçais o perseguiram quase até nossa porta, logo ele saberá, pode já saber, enquanto falo, que o temos aqui."

Todos se quedaram silenciosos por alguns momentos, até que Boromir falou por fim: "É um ser pequeno, esse Gollum, tu dizes? Pequeno, mas grande em maldade. O que foi feito dele? A que fim o condenastes?"

"Está preso, nada pior", disse Aragorn. "Tinha sofrido muito. Não há dúvida de que foi torturado, e o temor de Sauron reside sombrio em seu coração. Eu, por mim, estou contente de que está sendo mantido em segurança pelos vigilantes Elfos de Trevamata. Sua malícia é grande e lhe confere uma força quase incrível em alguém tão magro e murcho. Ainda poderia causar muito mal se estivesse livre. E não duvido de que lhe permitiram deixar Mordor com alguma missão maligna."

"Ai de nós! ai de nós!", exclamou Legolas, e havia grande aflição em seu belo rosto élfico. "As novas que me mandaram trazer precisam ser contadas agora. Não são boas, mas só aqui descobri quão más elas podem parecer a esta companhia. Sméagol, que agora se chama Gollum, escapou."

"Escapou?", exclamou Aragorn. "Isso é de fato uma má notícia. Temo que todos nos arrependamos disso. Como foi que o povo de Thranduil falhou em sua responsabilidade?"

"Não por falta de vigilância", disse Legolas; "mas talvez por excesso de bondade. E tememos que o prisioneiro tenha tido ajuda de outros, e que se saiba mais de nossos atos do que gostaríamos. Vigiamos essa criatura dia e noite, a pedido de Gandalf, por muito que nos cansássemos da tarefa. Mas Gandalf nos pediu que ainda tivéssemos esperança de sua cura, e não tivemos coragem de mantê-lo sempre em calabouços embaixo da terra, onde recairia em seus velhos pensamentos sombrios."

"Fostes menos gentis comigo", disse Glóin com um lampejo nos olhos, quando foram evocadas antigas lembranças de sua prisão nos lugares profundos do paço do Rei-élfico.

"Ora, vamos!", disse Gandalf. "Por favor, não interrompas, meu bom Glóin. Isso foi um lamentável mal-entendido, acertado muito tempo atrás. Se forem levantadas aqui todas as queixas que existem entre os Elfos e os Anãos, podemos muito bem abandonar o Conselho."

Glóin ergueu-se e fez uma mesura, e Legolas prosseguiu. "Em dias de bom tempo levávamos Gollum através dos bosques;

e havia uma árvore alta, postada a sós longe das demais, que ele gostava de escalar. Muitas vezes o deixamos subir até os ramos mais altos para que sentisse o vento livre; mas pusemos guarda ao pé da árvore. Certo dia ele se recusou a descer, e os guardas não pretendiam escalar atrás dele: aprendera o truque de se prender aos galhos com os pés assim como com as mãos; por isso ficaram sentados junto à árvore até tarde da noite.

"Foi nessa mesma noite de verão, porém sem luar e sem estrelas, que Orques nos atacaram de surpresa. Rechaçamo-los após algum tempo; eram muitos e ferozes, mas vinham do outro lado das montanhas e não tinham o costume da mata. Quando a batalha terminou, descobrimos que Gollum se fora e que seus guardas foram mortos ou aprisionados. Então pareceu-nos evidente que o ataque fora feito para resgatá-lo, e que ele sabia disso de antemão. Não podemos imaginar como isso foi planejado; mas Gollum é astucioso, e os espiões do Inimigo são muitos. Os seres sombrios que foram expulsos no ano da queda do Dragão retornaram em grandes quantidades, e Trevamata voltou a ser um lugar maligno, exceto onde mantemos nosso reino.

"Não conseguimos recapturar Gollum. Demos com seu rastro entre os de muitos Orques, e ele se aprofundava longe na Floresta, rumando para o sul. Mas logo escapou à nossa habilidade, e não ousamos prosseguir na caçada; pois estávamos nos aproximando de Dol Guldur, e esse é ainda um lugar muito maligno; não vamos naquela direção."

"Bem, bem, ele se foi", disse Gandalf. "Não temos tempo de procurá-lo outra vez. Ele deve fazer o que quiser. Mas poderá ainda desempenhar um papel que nem ele nem Sauron previram.

"E agora responderei às outras perguntas de Galdor. E quanto a Saruman? Quais são seus conselhos para nós nesta dificuldade? Esta história preciso contar por completo, pois somente Elrond já a ouviu, e brevemente; mas ela influenciará tudo que temos de resolver. É o último capítulo do Conto do Anel, até onde ele alcançou.

"No final de junho eu estava no Condado, mas havia uma nuvem de ansiedade em minha mente, e cavalguei até os limites meridionais da pequena terra; pois tinha presságio de algum perigo que ainda me estava oculto, mas se aproximava. Ali me chegaram mensagens falando de guerra e derrota em Gondor, e quando ouvi falar da Sombra Negra, um calafrio me atingiu o coração. Mas nada encontrei senão alguns fugitivos do Sul; porém pareceu-me que neles residia um medo de que não queriam falar. Voltei-me então para o leste e o norte e viajei ao longo do Caminho Verde; e não longe de Bri topei com um viajante sentado numa encosta junto à estrada, com o cavalo pastando a seu lado. Era Radagast, o Castanho, que em certa época morou em Rhosgobel perto dos limites de Trevamata. É membro de minha ordem, mas eu não o vira por muitos anos.

"'Gandalf!', exclamou ele. 'Eu te buscava. Mas sou estranho nesta região. Só o que sabia é que podias ser encontrado em uma região selvagem com o rude nome de Condado.'

"'Tua informação foi correta', disse eu. 'Mas não digas desse modo se encontrares algum dos habitantes. Estás perto da fronteira do Condado agora. E o que queres de mim? Deve ser urgente. Nunca foste viajante, a não ser que uma grande necessidade te impelisse.'

"'Tenho uma missão urgente', disse ele. 'Minhas notícias são más.' Então olhou em volta como se as sebes tivessem ouvidos. 'Nazgûl', sussurrou ele. 'Os Nove estão à solta outra vez. Atravessaram o Rio em segredo e movem-se para o oeste. Assumiram o aspecto de cavaleiros trajados de preto.'

"Então eu soube o que temera sem sabê-lo.

"'O Inimigo deve ter alguma grande necessidade ou propósito', prosseguiu Radagast; 'mas não consigo imaginar o que o faz observar estas regiões distantes e desoladas.'

"'O que queres dizer?', indaguei.

"'Disseram-me que, aonde quer que vão, os Cavaleiros exigem notícias de uma terra chamada Condado.'

"'*O Condado*', disse eu; mas afligi-me. Pois os próprios Sábios temem enfrentar os Nove quando estes estão reunidos sob seu chefe cruel. Foi outrora um grande rei e feiticeiro e agora domina um temor mortal. 'Quem te disse e quem te mandou?', perguntei.

"'Saruman, o Branco', respondeu Radagast. 'E mandou-me dizer que, se achares necessário, ele ajudará; mas precisas buscar seu auxílio de imediato, do contrário será tarde demais.'

"E essa mensagem me trouxe esperança. Pois Saruman, o Branco, é o maior de minha ordem. É claro que Radagast é um Mago de valor, mestre das formas e mudanças de cor; e tem grande saber sobre ervas e animais, e as aves em especial são suas amigas. Mas Saruman estudou por longo tempo as artes do próprio Inimigo, e assim muitas vezes fomos capazes de interceptá-lo. Foi graças aos expedientes de Saruman que o expulsamos de Dol Guldur. Podia ser que ele tivesse encontrado armas que repelissem os Nove.

"'Irei ter com Saruman', disse eu.

"'Então tens de ir *agora*', afirmou Radagast; 'pois desperdicei tempo procurando por ti, e os dias passam depressa. Foi me dito para encontrar-te antes do Meio-do-Verão, e ele chegou. Mesmo que partas deste ponto, dificilmente chegarás até ele antes que os Nove descubram a terra que estão buscando. Eu mesmo hei de retornar de pronto.' E com essas palavras ele montou, e teria partido de imediato.

"'Espera um momento!', exclamei. 'Precisaremos de tua ajuda, e da ajuda de todos os seres que a derem. Envia mensagens a todos os animais e aves que são teus amigos. Pede que tragam notícias a Saruman e a Gandalf de qualquer coisa que tenha a ver com esse assunto. Que as mensagens sejam enviadas a Orthanc.'

"'Farei isso', disse ele, e saiu a cavalo como se os Nove estivessem no seu encalço.

"Não pude segui-lo ali e então. Naquele dia eu já cavalgara longe e estava tão cansado quanto meu cavalo; e precisava sopesar as coisas. Passei a noite em Bri e decidi que não tinha tempo de voltar ao Condado. Jamais cometi erro maior!

"No entanto, escrevi uma mensagem para Frodo e confiei em que meu amigo taverneiro a mandasse para ele. Parti a cavalo ao amanhecer; e por fim cheguei à morada de Saruman. Ela fica muito ao sul, em Isengard, no final das Montanhas Nevoentas, não longe do Desfiladeiro de Rohan. E Boromir vos contará que é um grande vale aberto que se situa entre as Montanhas Nevoentas e os sopés setentrionais das Ered Nimrais, as Montanhas Brancas de seu lar. Mas Isengard é um círculo de rochas íngremes que circundam um vale, como se fossem uma muralha, e no meio desse vale fica uma torre de pedra chamada Orthanc. Não foi feita por Saruman, e sim pelos Homens de Númenor muito tempo atrás; e é muito alta e tem muitos segredos; no entanto não parece ser obra de engenho. Só pode ser alcançada ultrapassando o círculo de Isengard; e nesse círculo há apenas um portão.

"Certa tardinha cheguei ao portão, semelhante a um grande arco na muralha de pedra; e era fortemente vigiado. Mas os guardiões do portão estavam à minha espera, e disseram-me que Saruman me aguardava. Passei por baixo do arco, e o portão se fechou silenciosamente atrás de mim, e subitamente tive medo, apesar de não saber por qual motivo.

"Mas cavalguei até o sopé de Orthanc e cheguei à escadaria de Saruman; e ali ele me recebeu e me levou para sua alta câmara. Usava um anel no dedo.

"'Então vieste, Gandalf', disse-me com gravidade; mas em seus olhos parecia haver uma luz branca, como se tivesse um riso frio no coração.

"'Sim, eu vim', respondi. 'Vim buscando teu auxílio, Saruman, o Branco.' E esse título pareceu enfurecê-lo.

"'Vieste deveras, Gandalf, o *Cinzento*!', retrucou ele com desprezo. 'Pelo auxílio? Poucas vezes se ouviu que Gandalf, o Cinzento, buscasse auxílio, alguém tão astucioso e tão sábio, vagando pelas terras e envolvendo-se em todos os assuntos, quer lhe pertençam quer não.'

"Olhei para ele e fiquei perplexo. 'Mas, se não me engano,' disse eu, 'agora ocorrem fatos que exigirão a união de toda a nossa força.'

"'Pode ser que sim,' disse ele, 'mas pensas nisso tarde demais. Por quanto tempo, pergunto-me, ocultaste de mim, chefe do Conselho, um assunto da maior importância? O que te traz agora de teu esconderijo no Condado?'

"'Os Nove voltaram a se revelar', respondi. 'Atravessaram o Rio. Foi o que Radagast me contou.'

"'Radagast, o Castanho!', riu-se Saruman, e não escondia mais seu desprezo. 'Radagast, o Domador de Aves! Radagast, o Simplório! Radagast, o Tolo! Mas teve esperteza bastante para desempenhar o papel que lhe impus. Pois tu vieste, e foi só esse o propósito de minha mensagem. E aqui ficarás, Gandalf, o Cinzento, e descansarás das viagens. Pois eu sou Saruman, o Sábio, Saruman, Artífice-do-Anel, Saruman de Muitas Cores!'

"Então olhei e vi que suas vestes, que pareceram brancas, não o eram, e sim tecidas de todas as cores, e quando ele se movia elas tremeluziam e mudavam de tom de forma a confundir a visão.

"'Eu gostava mais do branco', disse eu.

"'Branco!', zombou ele. 'Serve como começo. O pano branco pode ser tingido. A página branca pode ser coberta de escrita; e a luz branca pode ser fragmentada.'

"'E nesse caso ela não é mais branca', disse eu. 'E aquele que quebra uma coisa para descobrir o que é abandonou a trilha da sabedoria.'

"'Não precisas falar comigo como a um dos tolos que consideras amigos', disse ele. 'Não te trouxe aqui para ser instruído por ti, e sim para te dar uma escolha.'

"Então empertigou-se e começou a declamar, como se fizesse um discurso há muito ensaiado. 'Os Dias Antigos acabaram. Os Dias Médios estão passando. Os Dias Recentes estão começando. O tempo dos Elfos passou, mas o nosso tempo é iminente: o mundo dos Homens, que nós devemos governar. Mas precisamos ter poder, poder para ordenar todas as coisas como quisermos, para aquele bem que somente os Sábios podem enxergar.

"'E escuta, Gandalf, meu velho amigo e ajudante!', disse ele, aproximando-se e já falando em voz mais baixa. 'Eu disse *nós*, pois *nós* é o que poderá ser se te aliares a mim. Um novo Poder se ergue. Contra ele os antigos aliados e políticas de nada nos servirão. Não resta esperança nos Elfos ou na agonizante Númenor. Esta, então, é uma escolha diante de ti, diante de nós. Podemos unir-nos a esse Poder. Seria sábio, Gandalf. Existe esperança por aí. Sua vitória é iminente; e haverá rica recompensa para aqueles que o ajudaram. À medida que o Poder cresce, seus amigos provados crescerão também; e os Sábios, como tu e eu, com paciência poderão afinal chegar a dirigir seus cursos, a controlá-los.

Podemos esperar a hora propícia, podemos guardar nossos pensamentos nos corações, quem sabe lamentando os males feitos no caminho, mas aprovando o propósito elevado e definitivo: Saber, Domínio, Ordem; tudo que até agora porfiamos em vão para realizar, mais impedidos que auxiliados por nossos amigos fracos ou ociosos. Não precisa haver, não deve haver nenhuma mudança de fato em nossos desígnios, somente em nossos meios.'

"'Saruman,' comentei, 'ouvi discursos dessa espécie antes, mas somente das bocas de emissários enviados de Mordor para iludir os ignorantes. Não consigo imaginar que me trouxeste tão longe apenas para me fatigares os ouvidos.'

"Ele me olhou de lado e fez uma pequena pausa enquanto pensava. 'Bem, vejo que esse sábio procedimento não te agrada', disse ele. 'Ainda não? Não se for possível arquitetar uma maneira melhor?'

"Chegou perto e pôs a mão comprida em meu braço. 'E por que não, Gandalf?', sussurrou. 'Por que não? O Anel Regente? Se pudermos comandá-lo, o Poder passará para *nós*. Foi deveras por isso que te trouxe aqui. Pois tenho muitos olhos a meu serviço e creio que sabes onde se encontra agora esse objeto precioso. Não é assim? Ou por que os Nove perguntam pelo Condado e qual é teu interesse ali?' Ao dizer isso, uma avidez que não conseguia ocultar brilhou de repente em seus olhos.

"'Saruman,' disse eu, afastando-me dele, 'só uma mão de cada vez pode usar o Um, e bem o sabes, então não te esforces em dizer *nós*! Mas eu não o daria, não, nem mesmo notícias dele eu te daria, agora que conheço teu pensamento. Tu foste chefe do Conselho, mas estás desmascarado afinal. Bem, parece que as opções são submeter-me a Sauron ou a ti. Não escolho nenhuma delas. Tens outras a oferecer?'

"Agora ele estava frio e perigoso. 'Sim', respondeu. 'Não esperava que demonstrasses sabedoria, mesmo em teu próprio benefício; mas dei-te a oportunidade de me ajudares voluntariamente e de assim poupares muito distúrbio e dor. A terceira opção é ficar aqui, até o fim.'

"'Até que fim?'

"'Até que me reveles onde o Um pode ser encontrado. Posso achar modos de te persuadir. Ou até que ele seja encontrado a despeito de ti, e o Governante tenha tempo de se voltar a assuntos menores: digamos, a criar uma recompensa adequada ao impedimento e à insolência de Gandalf, o Cinzento.'

"'Pode ser que esse acabe não sendo um dos assuntos menores', disse eu. Ele riu de mim, pois minhas palavras eram vazias, e ele o sabia.

"Levaram-me e me puseram a sós no pináculo de Orthanc, no lugar de onde Saruman costumava observar as estrelas. Não há descida senão por uma estreita escada de muitos milhares de degraus, e o vale lá embaixo parece distante. Contemplei-o e vi que, apesar de outrora ter sido verde e belo, agora estava repleto de poços e forjas. Lobos e orques estavam alojados em Isengard, pois Saruman reunia um grande exército por sua própria conta, em rivalidade contra Sauron e não a seu serviço, ainda. Sobre todas as suas obras, uma fumaça escura pairava e se envolvia nos flancos de Orthanc. Eu estava de pé, sozinho, numa ilha entre as nuvens; e não tinha chance de escapar, e meus dias foram amargos. Fiquei transido de frio e só tinha pouco espaço para andar para lá e para cá, ruminando a vinda dos Cavaleiros ao Norte.

"Estava certo de que os Nove de fato tinham surgido, à parte as palavras de Saruman que poderiam ser mentiras. Muito antes de chegar a Isengard eu ouvira notícias a caminho que não podiam ser equivocadas. Todo o tempo tive temor no coração pelos amigos no Condado; mas ainda tinha alguma esperança. Esperava que Frodo tivesse partido de imediato, como minha carta recomendara, e que tivesse chegado a Valfenda antes que começasse a perseguição mortal. E tanto meu temor quanto minha esperança acabaram sendo infundados. Pois minha esperança se baseava em um homem gordo em Bri; e meu temor se baseava na astúcia de Sauron. Mas homens gordos que vendem cerveja têm muitos chamados a atender; e o poder de Sauron ainda é menor do que o temor o torna. Mas no círculo de Isengard, aprisionado e sozinho, não era fácil pensar que os caçadores, diante de quem todos fugiram ou caíram, iriam vacilar no longínquo Condado."

"Eu vi você!", exclamou Frodo. "Você andava para trás e para a frente. O luar brilhava em seus cabelos."

Gandalf fez uma pausa, admirado, e olhou para ele. "Foi só um sonho," disse Frodo, "mas de repente ele voltou para mim. Eu o tinha esquecido por completo. Veio algum tempo atrás; depois que deixei o Condado, eu acho."

"Então ele veio tarde," disse Gandalf, "como você verá. Eu estava em graves apuros. E quem me conhece concordará que raramente estive em tal dificuldade, e não suporto bem tal infortúnio. Gandalf, o Cinzento, apanhado como uma mosca na teia traiçoeira de uma aranha! Porém até as aranhas mais sutis podem deixar um fio fraco.

"De início eu temia, como sem dúvida Saruman pretendia, que Radagast também tivesse caído. Mas eu não percebera indício de qualquer coisa errada em sua voz ou em seu olho quando nos encontramos. Se tivesse, jamais teria ido a Isengard, ou teria ido com mais cautela. Foi o que Saruman imaginou, e ocultara sua mente e enganara seu mensageiro. De qualquer modo teria sido em vão tentar converter à traição o honesto Radagast. Ele me procurou de boa-fé, e assim me persuadiu.

"Foi essa a ruína da trama de Saruman. Pois Radagast não tinha motivo para deixar de fazer o que eu pedira; e cavalgou rumo a Trevamata, onde tinha muitos amigos de antigamente. E as Águias das Montanhas foram a toda parte, e viram muitas coisas: a reunião dos lobos e a convocação dos Orques; e os Nove Cavaleiros indo e vindo pelas terras; e ouviram a notícia da fuga de Gollum. E enviaram um mensageiro para trazer essas novas até mim.

"Assim foi que, minguando o verão, veio uma noite de luar, e Gwaihir, Senhor-dos-Ventos, mais veloz das Grandes Águias, chegou a Orthanc inesperado; e me encontrou de pé no pináculo. Então falei-lhe e ele me levou embora antes que Saruman se desse conta. Eu estava longe de Isengard antes que os lobos e orques saíssem pelo portão em meu encalço.

"'Até onde podes me carregar?', disse eu a Gwaihir. 'Muitas léguas,' respondeu ele, 'mas não aos confins da terra. Fui enviado para levar notícias, não cargas.'

"'Então preciso ter montaria em terra,' afirmei, 'e uma montaria extremamente veloz, pois nunca antes tive tal necessidade de pressa.'

"'Então levar-te-ei a Edoras, onde o Senhor de Rohan reside em seu paço', disse ele; 'pois isso não fica muito longe.' E fiquei contente, pois na Marca-dos-Cavaleiros de Rohan habitam os Rohirrim, os Senhores-de-cavalos, e não há cavalos como os criados naquele grande vale entre as Montanhas Nevoentas e as Brancas.

"'Ainda se pode confiar nos Homens de Rohan, tu crês?', perguntei a Gwaihir, pois a traição de Saruman abalara minha fé.

"'Pagam tributo em cavalos', respondeu ele, 'e anualmente enviam muitos a Mordor, é o que se diz; mas ainda não estão subjugados. Mas se, como dizes, Saruman se tornou mau, então a sina deles não pode tardar muito.'

"Depositou-me na terra de Rohan antes do amanhecer; e agora alonguei demais minha história. O restante tem de ser mais breve. Em Rohan encontrei o mal já em ação: as mentiras de Saruman; e o rei da terra não escutava meus alertas. Mandou-me pegar um cavalo e ir embora; e escolhi um muito do meu agrado, mas pouco do dele. Tomei o melhor cavalo de sua terra, e jamais vi outro semelhante."

"Então deve ser um nobre animal deveras," disse Aragorn, "e saber que Sauron exige tal tributo me contrista mais do que muitas notícias que podem parecer piores. Não era assim da última vez que estive naquela terra."

"Nem é agora, eu juro", disse Boromir. "É uma mentira que vem do Inimigo. Conheço os Homens de Rohan, fiéis e valorosos, nossos aliados, ainda habitando nas terras que lhes demos muito tempo atrás."

"A sombra de Mordor se estende sobre terras distantes", respondeu Aragorn. "Saruman sucumbiu a ela. Rohan está assediada. Quem sabe o que encontrarás lá, se alguma vez voltares?"

"Isso não, pelo menos," disse Boromir, "que compram suas vidas com cavalos. Amam seus cavalos quase tanto quanto as famílias. E não sem motivo, pois os cavalos da Marca-dos-Cavaleiros vêm dos campos do Norte, longe da Sombra, e sua raça, assim como a de seus senhores, descende dos dias livres de outrora."

"Deveras é verdade!", assentiu Gandalf. "E há um dentre eles que poderia ter nascido na manhã do mundo. Os cavalos dos Nove não conseguem competir com ele; incansável, veloz como o vento que voa. Scadufax o chamaram. De dia seu pelo reluz como prata; e à noite é como uma sombra, e ele passa sem ser visto. Leve é sua pisada! Nunca antes homem nenhum o montara, mas eu o levei e domei, e tão depressa ele me carregou que alcancei o Condado quando Frodo estava nas Colinas-dos-túmulos, apesar de ter partido de Rohan só quando ele partiu da Vila-dos-Hobbits.

"Mas o temor crescia em mim à medida que eu cavalgava. Quanto mais ia para o norte mais ouvia novas dos Cavaleiros, e, apesar de me aproximar deles dia após dia, estavam sempre à minha frente. Fiquei sabendo que dividiram suas forças: alguns ficaram nas divisas do leste, não longe do Caminho Verde, e alguns invadiram o Condado pelo sul. Cheguei à Vila-dos-Hobbits, e Frodo se fora; mas troquei palavras com o velho Gamgi. Muitas palavras, e poucas objetivas. Ele tinha muito a dizer sobre os defeitos dos novos proprietários de Bolsão.

"'Não suporto mudanças,' disse Gamgi, 'não na minha idade, e menos que tudo mudanças para pior.' 'Mudanças para pior', repetiu ele muitas vezes.

"'Pior é uma palavra ruim,' disse-lhe eu, 'e espero que você não viva para ver isso.' Mas do meio de sua fala finalmente concluí que Frodo deixara a Vila-dos-Hobbits fazia menos de uma semana e que um cavaleiro negro viera à Colina na mesma tarde. Então prossegui temeroso. Cheguei à Terra-dos-Buques e a encontrei em polvorosa, agitada como um formigueiro que foi remexido com uma vareta. Cheguei à casa de Cricôncavo, e estava arrombada e vazia; mas na soleira estava uma capa que pertencera a Frodo. Então a esperança me abandonou por algum tempo, e não esperei para reunir notícias, do contrário teria me consolado; mas fui no encalço dos Cavaleiros. Foi difícil segui-los, pois iam em muitas direções, e fiquei perdido. Mas parecia-me que um ou dois haviam cavalgado rumo a Bri;

e para ali fui, pois pensava em palavras que poderiam ser ditas ao taverneiro.

"'Carrapicho é como o chamam', pensei. 'Se esse atraso foi culpa dele, vou torrar todos os carrapichos que há nele. Vou tostar o velho tolo em fogo baixo.' Ele já esperava por isso e quando viu meu rosto caiu no chão e começou a derreter ali mesmo."

"O que fez com ele?", exclamou Frodo, alarmado. "Ele foi mesmo muito bondoso conosco e fez tudo o que podia."

Gandalf riu. "Não tenha medo!", disse ele. "Não mordi e ladrei bem pouco. Fiquei tão entusiasmado com a notícia que arranquei dele, quando parou de tremer, que abracei o velho camarada. Não consegui adivinhar como ocorrera, mas fiquei sabendo que você estivera em Bri na noite anterior e partira naquela manhã com Passolargo.

"'Passolargo!', exclamei, gritando de alegria.

"'Sim, senhor, receio que sim, senhor', disse Carrapicho, compreendendo-me mal. 'Ele os pegou, apesar de tudo que pude fazer, e eles se foram com ele. Eles se comportaram de um jeito muito esquisito todo o tempo que estiveram aqui: voluntariosos, poderíamos dizer.'

"'Asno! Tolo! Cevado três vezes valoroso e querido!', disse eu. 'É a melhor notícia que tive desde o Meio-do-Verão; vale pelo menos uma moeda de ouro. Que sua cerveja receba um encantamento de suprema excelência por sete anos!', disse eu. 'Agora posso ter uma noite de descanso, a primeira nem me lembro desde quando.'

"Portanto passei ali aquela noite, muito me perguntando o que fora feito dos Cavaleiros; pois só de dois havia relatos em Bri, ao que parecia. Mas à noite ouvimos mais. Pelo menos cinco vieram do oeste, e derrubaram os portões e passaram por Bri como um vento uivante; e a gente de Bri ainda está tiritando e esperando o fim do mundo. Levantei-me antes do amanhecer e fui atrás deles.

"Não sei, mas parece-me claro que foi isto que aconteceu. O Capitão deles ficou em segredo ao sul de Bri, enquanto dois seguiram à frente, atravessando a aldeia, e mais quatro invadiram o Condado. Mas estes, quando foram frustrados em Bri e em Cricôncavo, voltaram ao seu Capitão trazendo notícias, e assim deixaram a Estrada por um tempo sem estar vigiada, exceto pelos seus espiões. Então o Capitão mandou alguns para o leste, direto por cima do terreno, e ele mesmo, com os demais, cavalgou ao longo da Estrada em grande fúria.

"Galopei para o Topo-do-Vento como um vendaval e cheguei ali antes do pôr do sol em meu segundo dia depois de Bri — e eles estavam lá antes de mim. Afastaram-se de mim porque sentiram a vinda de minha ira e não ousavam enfrentá-la enquanto o Sol estava no céu. Mas cercaram-me à noite, e fui assediado no topo na colina, no antigo anel de Amon Sûl. Fiquei de fato em apuros: tal luz e chama não devem ter sido vistas no Topo-do-Vento desde os faróis de guerra de antigamente.

"Ao nascer do sol escapei e fugi rumo ao norte. Não podia esperar fazer mais. Era impossível encontrá-lo, Frodo, no ermo, e seria loucura tentar com todos os Nove em meus calcanhares. Portanto tive de confiar em Aragorn. Mas eu esperava desviar alguns deles e, ainda assim, alcançar Valfenda antes de vocês e enviar socorros. Quatro Cavaleiros de fato me seguiram, mas deram a volta algum tempo depois e rumaram para o Vau, ao que parece. Isso ajudou um pouco, pois eram somente cinco, não nove, quando seu acampamento foi atacado.

"Finalmente cheguei aqui por uma via longa e difícil, subindo pelo Fontegris, atravessando a Charneca Etten e descendo pelo norte. Levei quase quinze dias desde o Topo-do-Vento, pois não conseguia cavalgar entre as rochas dos morros dos trols, e Scadufax partiu. Mandei-o de volta ao dono, mas cresceu grande amizade entre nós, e se eu precisar ele virá ao meu chamado. Mas foi assim que vim a Valfenda somente dois dias antes do Anel, e as novas do seu perigo já haviam sido trazidas aqui — o que acabou sendo muito bom.

"E esse, Frodo, é o fim do meu relato. Que Elrond e os demais perdoem o seu comprimento. Mas tal coisa não aconteceu antes, que Gandalf faltou a um encontro e não veio quando prometeu. Penso que era necessário um relato de tão estranho evento ao Portador-do-Anel.

"Bem, agora o Conto está contado, do começo ao fim. Aqui estamos todos, e aqui está o Anel. Mas ainda não chegamos mais perto de nosso propósito. O que havemos de fazer com ele?"

Fez-se silêncio. Por fim Elrond voltou a falar.

"Essas são novas aflitivas acerca de Saruman", disse ele; "pois confiávamos nele e ele conhece profundamente todas as nossas deliberações. É perigoso estudar com demasiado detalhe as artes do Inimigo, pelo bem ou pelo mal. Mas tais quedas e traições, ai de nós, ocorreram antes. Das histórias que ouvimos neste dia a de Frodo foi para mim a mais estranha. Conheci poucos hobbits, exceto por Bilbo aqui; e parece-me que talvez ele não seja tão único e singular quanto eu o considerava. O mundo mudou muito desde a última vez em que estive nas estradas rumo ao oeste.

"Conhecemos as Cousas-tumulares por muitos nomes; e da Floresta Velha muitas histórias se contaram: agora tudo o que resta é apenas uma extensão de sua parte setentrional. Houve época em que um esquilo podia ir de árvore em árvore de onde hoje é o Condado até a Terra Parda a oeste de Isengard. Nessas terras viajei certa vez, e conheci muitos seres selvagens e estranhos. Mas esquecera-me de Bombadil, se é que de fato ainda é o mesmo que caminhava nas matas e colinas muito tempo atrás, e que mesmo então era mais antigo que os antigos. Não era esse então o seu nome. Iarwain Ben-adar nós o chamávamos, mais velho e sem pai. Mas desde então recebeu muitos outros nomes de outros povos: Forn dos Anãos, Orald dos Homens do Norte, e outros nomes além desses. É uma estranha criatura, mas quem sabe eu o devesse ter convocado a nosso Conselho."

"Não teria vindo", disse Gandalf.

"Não podemos ainda mandar-lhe mensagens para obter sua ajuda?", perguntou Erestor. "Parece que tem poder até sobre o Anel."

"Não, eu não diria isso", comentou Gandalf. "Digamos antes que o Anel não tem poder sobre ele. É mestre de si mesmo. Mas ele não pode alterar o próprio Anel, nem quebrar seu poder sobre os demais. E agora recolheu-se a uma terra pequena, entre limites que ele estabeleceu, apesar de ninguém conseguir vê-los, quem sabe esperando por uma mudança dos dias, e não porá os pés fora deles."

"Mas dentro desses limites nada parece afligi-lo", disse Erestor. "Ele não tomaria o Anel e o manteria lá, inofensivo para sempre?"

"Não," respondeu Gandalf, "não voluntariamente. Poderia fazê-lo se todos os povos livres do mundo lhe implorassem, mas não compreenderia a necessidade. E se lhe dessem o Anel ele logo o esqueceria, ou mais provavelmente o jogaria fora. Tais objetos não têm domínio sobre sua mente. Ele seria um guardião extremamente inseguro; e apenas isso é resposta o bastante."

"Mas, em todo caso," disse Glorfindel, "mandar o Anel a ele só adiaria o dia maligno. Ele está longe. Agora não poderíamos levá-lo de volta para ele, insuspeito, despercebido por qualquer espião. E mesmo que conseguíssemos, cedo ou tarde o Senhor dos Anéis saberia do esconderijo e empenharia todo o seu poder na direção dele. Esse poder poderia ser desafiado por Bombadil sozinho? Creio que não. Creio que no fim, se tudo o mais for conquistado, Bombadil cairá, Último como foi Primeiro; e então virá a Noite."

"Pouco sei de Iarwain exceto o nome", afirmou Galdor; "mas Glorfindel está certo, creio. Não há nele poder para desafiar nosso Inimigo, salvo se tal poder estiver na própria terra. Porém vemos que Sauron pode torturar e destruir mesmo as colinas. O poder que ainda resta reside conosco, aqui em Imladris, ou com Círdan nos Portos, ou em Lórien. Mas têm eles a força, temos nós aqui a força para resistir ao Inimigo, a vinda de Sauron no final, quando tudo o mais estiver derrotado?"

"Não tenho a força", disse Elrond; "nem eles."

"Então, se o Anel não pode ser sempre mantido longe dele pela força," retomou Glorfindel, "só restam duas coisas para tentarmos: enviá-lo por sobre o Mar, ou destruí-lo."

"Mas Gandalf nos revelou que não podemos destruí-lo com qualquer perícia que aqui possuamos", respondeu Elrond. "E os que habitam além do Mar não o receberiam: pelo bem ou pelo mal ele pertence à Terra-média; cabe a nós que ainda habitamos aqui lidarmos com ele."

"Então," disse Glorfindel, "lancemo-lo nas profundas, e assim tornemos verdadeiras as mentiras de Saruman. Pois agora está claro que mesmo no Conselho seus pés já estavam numa trilha distorcida. Ele sabia que o Anel não estava perdido para sempre, mas desejava que assim pensássemos; pois ele próprio começou a cobiçá-lo. Porém muitas vezes nas mentiras a verdade se oculta: no Mar ele estaria a salvo."

"Não a salvo para sempre", ressaltou Gandalf. "Há muitas coisas nas águas profundas; e os mares e as terras podem mudar. E aqui não é nosso papel pensar apenas em uma estação, ou em algumas poucas vidas de Homens, ou em uma passageira era do mundo. Devemos buscar um fim definitivo dessa ameaça, mesmo que não tenhamos esperança de obtê-lo."

"E não havemos de encontrá-lo nas estradas rumo ao Mar", disse Galdor. "Se o retorno a Iarwain é considerado perigoso demais, a fuga para o Mar já é marcada pelo mais grave perigo. Meu coração me diz que Sauron esperará que tomemos o caminho do oeste, quando souber o que aconteceu. Logo saberá. Os Nove foram deveras desmontados, mas isso é apenas um adiamento antes que encontrem novas e mais velozes montarias. Agora só o poderio minguante de Gondor se interpõe entre ele e uma marcha poderosa ao longo das costas rumo ao Norte; e se ele vier, assaltando as Torres Brancas e os Portos, daqui em diante os Elfos não terão como escapar das sombras crescentes da Terra-média."

"Ainda demorará muito para essa marcha ocorrer", afirmou Boromir. "Gondor míngua, tu dizes. Mas Gondor está de pé, e mesmo o fim de seu vigor ainda é muito forte."

"Porém sua vigilância não pode mais reter os Nove", disse Galdor. "E ele poderá encontrar outras estradas que Gondor não vigia."

"Então," pontuou Erestor, "há apenas dois caminhos, como Glorfindel já declarou: ocultar o Anel para sempre; ou destruí-lo. Mas ambos estão além de nossas forças. Quem resolverá esse enigma para nós?"

"Ninguém aqui pode fazê-lo", disse Elrond com gravidade. "Ninguém, pelo menos, pode prever o que ocorrerá se tomarmos esta ou aquela estrada. Mas agora parece-me claro qual é a estrada que devemos tomar. A estrada para o oeste parece a mais fácil. Portanto precisa ser evitada. Ela estará vigiada. Com demasiada frequência os Elfos fugiram nessa direção. Agora, por fim, precisamos tomar uma estrada difícil, uma estrada imprevista. Aí reside nossa esperança, se esperança for. Caminhar para o perigo — para Mordor. Precisamos enviar o Anel para o Fogo."

Fez-se silêncio outra vez. Frodo, mesmo naquela bela casa, com vista para um vale ensolarado repleto do ruído de águas claras, sentiu no coração uma treva morta. Boromir agitou-se, e Frodo olhou para ele. Ele manuseava sua grande trompa e franzia o cenho. Por fim Boromir falou.

"Não compreendo tudo isso", iniciou ele. "Saruman é um traidor, mas ele não teve um vislumbre de sabedoria? Por que falais sempre de ocultar e destruir? Por que não deveríamos pensar que o Grande Anel veio a nossas mãos para nos servir na própria hora da necessidade? Usando-o, os Senhores Livres dos Livres podem certamente derrotar o Inimigo. Isso, julgo eu, é o que ele mais teme.

"Os Homens de Gondor são valorosos e jamais se submeterão; mas podem ser abatidos. O valor precisa primeiro de força, depois de uma arma. Que o Anel seja vossa arma, se tem o poder que dizeis. Tomai-o e parti para a vitória!"

"Ai de nós, não", disse Elrond. "Não podemos usar o Anel Regente. Isso já sabemos bem demais. Ele pertence a Sauron, foi feito por ele só e é mau por completo. Sua força, Boromir, é demasiado grande para que alguém o use como quiser, exceto aqueles que já possuem grande poder por si. Mas para esses ele contém um perigo ainda mais mortal. O próprio desejo de tê-lo corrompe o coração. Considera Saruman. Se algum dos Sábios derrotasse o Senhor de Mordor com esse Anel, usando suas próprias artes, estabelecer-se-ia então no trono de Sauron, e surgiria mais um Senhor Sombrio. E essa é outra razão pela qual o Anel deve ser destruído: enquanto estiver no mundo, será um perigo até mesmo para os Sábios. Pois nada é mau no começo. O próprio Sauron não o era. Receio tomar o Anel para escondê-lo. Não tomarei o Anel para usá-lo."

"Nem eu", assentiu Gandalf.

Boromir olhou-os em dúvida, mas inclinou a cabeça. "Assim seja", disse ele. "Então em Gondor precisamos confiar nas armas que temos. E pelo menos, enquanto os Sábios guardam esse Anel, continuaremos combatendo. Quem sabe a Espada-que-foi-Partida ainda possa deter a maré — se a mão que a empunha herdou não somente um legado, mas os nervos dos Reis de Homens."

"Quem pode dizer?", indagou Aragorn. "Mas iremos pô-la à prova algum dia."

"Que o dia não tarde muito", disse Boromir. "Pois, apesar de eu não pedir ajuda, precisamos dela. Consolar-nos-ia saber que outros também lutam com todos os meios que possuem."

"Então consola-te", disse Elrond. "Pois há outros poderes e reinos que não conheces, e eles estão ocultos de ti. Anduin, o Grande, flui por muitas margens antes de chegar às Argonath e aos Portões de Gondor."

"Ainda assim poderia ser bom para todos," comentou Glóin, o Anão, "se todas essas forças fossem unidas, e os poderes de cada uma fossem usados em aliança. Outros anéis pode haver, menos traiçoeiros, que poderiam ser usados em nossa necessidade. Os Sete estão perdidos para nós — se Balin não encontrou o anel de Thrór, que era o último; nada se ouviu dele desde que Thrór pereceu em Moria. De fato, posso revelar agora que foi em parte na esperança de encontrar esse anel que Balin partiu."

"Balin não encontrará anel em Moria", disse Gandalf. "Thrór o deu a seu filho Thráin, mas Thráin não o deu a Thorin. Ele foi tirado de Thráin, com tormento, nos calabouços de Dol Guldur. Cheguei tarde demais."

"Ah, ai de nós!", exclamou Glóin. "Quando chegará o dia de nossa vingança? Mas existem ainda os Três. E quanto aos Três Anéis dos Elfos? Anéis muito poderosos, dizem. Os Senhores-élficos não os guardam? Porém também eles foram feitos pelo Senhor Sombrio muito tempo atrás. Estão ociosos? Vejo Senhores-élficos aqui. Eles não dirão?"

Os Elfos não deram resposta. "Não me ouviste, Glóin?", indagou Elrond. "Os Três não foram feitos por Sauron, nem ele jamais os tocou. Mas deles não é permitido falar. Apenas isto posso dizer agora, nesta hora de dúvida. Não estão ociosos. Mas não foram feitos como armas de guerra ou conquista: não é esse seu poder. Aqueles que os fizeram não desejam força, nem dominação, nem riqueza entesourada, e sim compreensão, feitura e cura para preservar imaculadas todas as coisas. Isso os Elfos da Terra-média obtiveram em certa medida, porém com pesar. Mas tudo o que foi produzido por aqueles que usam os Três voltar--se-á para seu próprio desfazimento, e suas mentes e corações serão revelados a Sauron, se ele recuperar o Um. Seria melhor que os Três nunca tivessem existido. Esse é o propósito dele."

"Mas o que aconteceria então, se o Anel Regente fosse destruído, como aconselhas?", perguntou Glóin.

"Não sabemos com certeza", respondeu Elrond com tristeza. "Alguns esperam que os Três Anéis, que Sauron jamais tocou, tornar-se-iam livres então, e seus possuidores poderiam curar as chagas do mundo que ele produziu. Mas talvez, quando o Um se for, os Três fracassem, e muitas coisas belas desvaneçam e sejam esquecidas. Essa é minha crença."

"No entanto, todos os Elfos estão dispostos a suportar esse acaso," disse Glorfindel, "se por ele puder ser rompido o poder de Sauron e afastado para sempre o temor de seu domínio."

"Assim voltamos mais uma vez à destruição do Anel", disse Erestor, "e mesmo assim não nos aproximamos dela. Que força temos nós para encontrarmos o Fogo em que ele foi feito? Essa é a trilha do desespero. Da loucura, diria eu, se a longa sabedoria de Elrond não mo proibisse."

"Desespero, ou loucura?", disse Gandalf. "Desespero não é, pois o desespero é somente para aqueles que veem o fim além de qualquer dúvida. Não o vemos. É sabedoria reconhecer a necessidade quando todas as outras rotas foram sopesadas, por muito que pareça loucura àqueles que se apegam à falsa esperança. Bem, que a loucura seja nossa capa, um véu diante dos olhos do Inimigo! Pois ele é muito sábio e pesa todas as coisas com grande precisão na balança de sua malícia. Mas a única medida que conhece é o desejo, o desejo de poder; e assim julga todos os corações. Não penetra em seu coração o pensamento de que alguém o recuse, de que possuindo o Anel nós busquemos destruí-lo. Se buscarmos isso havemos de frustrar seus cálculos."

"Pelo menos durante algum tempo", complementou Elrond. "A estrada tem de ser trilhada, mas será muito difícil. E nem a força nem a sabedoria nos levarão longe nela. Esta demanda pode ser tentada pelos fracos com a mesma esperança dos fortes. Porém assim costuma ser o curso dos feitos que movem as rodas do mundo: as mãos pequenas os fazem porque precisam, enquanto os olhos dos grandes estão alhures."

"Muito bem, muito bem, Mestre Elrond!", disse Bilbo de repente. "Não digas mais! Está bem claro o que estás indicando. Bilbo, o hobbit tolo, começou esse assunto, e é melhor que Bilbo o acabe, ou se acabe. Eu estava muito confortável aqui, e continuando meu livro. Se queres saber, estou justamente escrevendo um desfecho para ele. Pensei em colocar: *e viveu feliz para sempre até o fim de seus dias*. É um bom desfecho, e não importa que tenha sido usado antes. Agora vou ter de mudar isso: não parece que vá se realizar; e, seja como for, evidentemente terá de haver mais vários capítulos, se eu viver para escrevê-los. É um terrível inconveniente. Quando devo partir?"

Boromir olhou surpreso para Bilbo, mas o riso morreu em seus lábios quando viu que todos os demais olhavam o velho hobbit com grave respeito. Só Glóin sorriu, mas seu sorriso vinha de antigas lembranças.

"É claro, meu caro Bilbo", comentou Gandalf. "Se você realmente tivesse começado esse assunto, seria de se esperar que você o acabasse. Mas agora você sabe muito bem que *começar* é uma reivindicação demasiado grande para qualquer pessoa, e que só um pequeno papel é desempenhado por qualquer herói nos grandes feitos. Não precisa fazer mesura! Mas a palavra foi sincera, e não duvidamos de que, por baixo da brincadeira, você está fazendo uma valente oferta. Mas ela está além de suas forças, Bilbo. Você não pode retomar esse objeto. Ele passou adiante. Se ainda precisa de meu conselho, eu diria que seu papel terminou, exceto como registrador. Termine seu livro e deixe o desfecho inalterado! Ainda há esperança para ele. Mas prepare-se para escrever uma continuação quando eles voltarem."

Bilbo riu. "Não me lembro de você me dar um conselho agradável antes", disse ele. "Como todos os seus conselhos desagradáveis foram bons, fico pensando se este conselho não é ruim. Ainda assim, acho que não me resta força nem sorte para lidar com o Anel. Ele cresceu e eu não. Mas diga-me: o que quer dizer com *eles*?"

"Os mensageiros que são enviados com o Anel."

"Exatamente! E quem serão eles? Parece-me que é isso que este Conselho deve decidir, e é só o que deve decidir. Os Elfos podem prosperar com falas apenas, e os Anãos suportam grande cansaço; mas eu sou apenas um velho hobbit e sinto falta da minha refeição ao meio-dia. Não podemos pensar em alguns nomes agora? Ou adiar isso para depois do almoço?"

Ninguém respondeu. O sino do meio-dia soou. Ainda ninguém falava. Frodo olhou de relance todos os rostos, mas não estavam voltados para ele. Todo o Conselho estava sentado de olhos abaixados, como que em profundos pensamentos. Um grande pavor o dominou, como se ele esperasse o pronunciamento de algum julgamento que previra há muito tempo e esperasse em vão que afinal nunca fosse dito. Um esmagador anseio de descansar e ficar em paz ao lado de Bilbo em Valfenda preenchia seu coração. Finalmente, com esforço, ele falou, e admirou-se de ouvir as próprias palavras, como se alguma outra vontade usasse sua pequena voz.

"Eu levarei o Anel," disse ele, "apesar de não conhecer o caminho."

Elrond ergueu os olhos e o encarou, e Frodo sentiu o coração transpassado pela súbita agudeza do olhar. "Se entendo bem tudo o que ouvi," disse ele, "creio que essa tarefa está destinada a ti, Frodo; e que se não achares um caminho, ninguém o achará. Esta é a hora do povo do Condado, quando se erguem de seus campos tranquilos para abalar as torres e os conselhos dos Grandes. Quem, dentre todos os Sábios, poderia tê-lo previsto? Ou, se sábios são, por que haveriam de esperar sabê-lo antes que soasse a hora?

"Mas é um fardo pesado. Tão pesado que ninguém poderia impô-lo a outrem. Não o imponho a ti. Mas, se o tomares livremente, direi que tua escolha é certa; e mesmo que todos os poderosos Amigos-dos-Elfos de outrora, Hador, e Húrin, e Túrin, e o próprio Beren, estivessem reunidos, teu assento haveria de ser entre eles."

"Mas certamente não vai mandá-lo partir sozinho, Mestre?", exclamou Sam, incapaz de se conter por mais tempo, saltando do canto onde estivera sentado no chão em silêncio.

"Não deveras!", disse Elrond, voltando-se para ele de repente com um sorriso. "Ao menos tu hás de ir com ele. É quase impossível separar-te dele, mesmo quando ele é convocado a um conselho secreto, e tu não."

Sam sentou-se, corando e murmurando. "Em que bela enrascada nos metemos, Sr. Frodo!", disse ele, balançando a cabeça.

3

O Anel vai para o Sul

Mais tarde, no mesmo dia, os hobbits fizeram sua própria reunião no quarto de Bilbo. Merry e Pippin ficaram indignados quando ouviram que Sam se esgueirara para dentro do Conselho e fora escolhido como companheiro de Frodo.

"É muito injusto", disse Pippin. "Em vez de jogá-lo fora e metê-lo em correntes, Elrond vai e o *recompensa* pelo atrevimento!"

"Recompensa!", exclamou Frodo. "Não consigo imaginar punição mais severa. Você não pensa no que está dizendo: condenado a ir nessa viagem desesperada, isso é recompensa? Ontem sonhei que minha tarefa estava cumprida e que eu poderia ficar aqui por longo tempo, quem sabe para sempre."

"Não me espanta," disse Merry, "e gostaria que você pudesse. Mas estamos com inveja de Sam, não de você. Se precisar ir, será castigo para qualquer um de nós ficar para trás, mesmo em Valfenda. Viemos longe com você e passamos algumas horas difíceis. Queremos ir em frente."

"Foi isso que eu quis dizer", comentou Pippin. "Nós hobbits precisamos ficar unidos e vamos ficar. Eu hei de ir a não ser que me acorrentem. Precisa haver alguém com inteligência no grupo."

"Então você certamente não será escolhido, Peregrin Tûk!", disse Gandalf, espiando de fora pela janela, que era próxima ao solo. "Mas todos vocês estão preocupados sem necessidade. Nada foi decidido ainda."

"Nada decidido!", exclamou Pippin. "Então o que todos vocês estavam fazendo? Passaram horas trancados."

"Falando", disse Bilbo. "Houve muito falatório, e cada um teve com o que arregalar os olhos. Até o velho Gandalf. Acho que a notícia de Legolas sobre Gollum espantou até a ele, mas ele passou por cima."

"Você se enganou", afirmou Gandalf. "Estava desatento. Eu já ouvira falar disso por Gwaihir. Se quer saber, os únicos motivos reais para arregalar os olhos, como você se expressou, foram você e Frodo; e eu fui o único que não se surpreendeu."

"Bem, seja como for," disse Bilbo, "nada foi decidido a não ser a escolha dos pobres Frodo e Sam. O tempo todo eu temia que fosse chegar a esse ponto se me dispensassem. Mas se me perguntarem, Elrond vai enviar um bom número quando os relatos chegarem. Já partiram, Gandalf?"

"Sim", confirmou o mago. "Alguns dos batedores já foram enviados. Mais irão amanhã. Elrond está mandando Elfos, e eles vão entrar em contato com os Caminheiros, e quem sabe com o povo de Thranduil em Trevamata. E Aragorn partiu com os filhos de Elrond. Vamos ter que esquadrinhar todas as terras em volta, por muitas longas léguas, antes de fazermos qualquer movimento. Portanto alegre-se, Frodo! Provavelmente sua estadia aqui será bem comprida."

"Ah!", disse Sam, sombrio. "Só vamos esperar que chegue o inverno."

"Não há como evitar isso", comentou Bilbo. "Em parte é culpa sua, Frodo, meu rapaz: insistir em esperar pelo meu aniversário. Não posso deixar de pensar que é um jeito engraçado de honrá-lo. *Não* é o dia que eu escolheria para deixar os S.-B.s entrarem em Bolsão. Mas é isso: agora você não pode esperar até a primavera; e não pode partir antes que voltem os relatos.

> *Quando o inverno vibra o açoite*
> *e racha a pedra na fria noite,*
> *entre árvores nuas, negros lagos,*
> *no Ermo os passos são aziagos.*[A]

Mas receio que sua sorte será bem essa."

"Receio que sim", disse Gandalf. "Não podemos partir antes de descobrirmos o que houve com os Cavaleiros."

"Pensei que foram todos destruídos na inundação", disse Merry.

"Não se pode destruir Espectros-do-Anel desse modo", disse Gandalf. "O poder de seu mestre está neles, e por ele mantêm-se de pé ou caem. Esperamos que todos tenham sido desmontados e desmascarados e que, portanto, estejam menos perigosos por algum tempo; mas precisamos descobrir com certeza. Enquanto isso você deveria tentar esquecer suas aflições, Frodo. Não sei se posso fazer algo para ajudá-lo; mas vou sussurrar isto em seu ouvido. Alguém disse que seria necessária inteligência no grupo. Ele tinha razão. Creio que irei com vocês."

O deleite de Frodo diante dessa revelação foi tão grande que Gandalf saiu do peitoril da janela onde estivera sentado, tirou o chapéu e fez uma mesura. "Eu só disse *creio que irei*. Não conte com nada ainda. Nesse assunto Elrond terá muito a dizer, e seu amigo Passolargo. O que me lembra de que quero encontrar Elrond. Preciso ir."

"Quanto tempo você acha que terei aqui?", perguntou Frodo a Bilbo quando Gandalf se fora.

"Oh, não sei. Não consigo contar os dias em Valfenda", disse Bilbo. "Mas um bom tempo, eu acho. Poderemos ter muitas boas conversas. Que tal ajudar-me com meu livro e começar o próximo? Pensou em um desfecho?"

"Sim, vários, e todos são sombrios e desagradáveis", disse Frodo.

"Oh, assim não dá!", disse Bilbo. "Os livros precisam ter bons desfechos. Que tal isto: *e todos se acomodaram e viveram juntos felizes para sempre?*"

"Vai servir bem, se chegar a esse ponto", disse Frodo.

"Ah!", exclamou Sam. "E onde eles vão viver? É nisso que muitas vezes fico pensando."

Por algum tempo os hobbits continuaram conversando, pensando na jornada passada e nos perigos que tinham à frente; mas era tal a virtude da terra de Valfenda que logo todo o medo e ansiedade foram apagados de suas mentes. O futuro, bom ou mau, não foi esquecido, mas deixou de ter qualquer poder sobre o presente. A saúde e a esperança se fortaleceram neles, e contentavam-se com cada dia bom da forma em que ele vinha, com prazer em cada refeição, e em cada palavra e canção.

Assim fugiram os dias, cada manhã alvorecendo luminosa e bela, e cada tarde seguindo-se fresca e clara. Mas o outono minguava depressa; lentamente a luz dourada se desfez em prata pálida, e as folhas restantes caíram das árvores nuas. Um vento gélido começou a soprar das Montanhas Nevoentas a leste. A Lua do Caçador arredondou-se no céu noturno e pôs em fuga todos os astros menores. Mas baixo, no Sul, um astro brilhava vermelho. A cada noite, à medida que a Lua voltava a minguar, ele brilhava cada vez mais intenso. Frodo podia vê-lo de sua janela, na profundidade do firmamento, ardendo como um olho vigilante que espiava fixo por cima das árvores na beira do vale.

Fazia quase dois meses que os hobbits estavam na casa de Elrond, e novembro se fora com os últimos farrapos do outono, e dezembro passava, quando os batedores começaram a voltar. Alguns haviam rumado ao norte, além das nascentes do Fontegris, até a Charneca Etten; e outros haviam rumado para o oeste, e com a ajuda de Aragorn e dos Caminheiros tinham buscado longe nas terras Griságua abaixo, até Tharbad, onde a antiga Estrada do Norte atravessava o rio junto a uma cidade em ruínas. Muitos haviam ido ao leste e sul; e alguns destes tinham cruzado as Montanhas e penetrado em Trevamata, enquanto que outros escalaram o passo nas nascentes do Rio de Lis, descendo às Terras-selváticas e atravessando os Campos de Lis, alcançando por fim o antigo lar de Radagast em Rhosgobel. Radagast não estava ali; e retornaram por cima da alta passagem que se chamava Portão do Chifre-vermelho. Os filhos de Elrond, Elladan e Elrohir, foram os últimos a voltar; haviam feito uma grande jornada, descendo o Veio-de-Prata até uma região estranha, mas a ninguém falaram de sua missão senão a Elrond.

Em nenhuma região os mensageiros haviam descoberto sinais nem notícias dos Cavaleiros ou de outros serviçais do Inimigo. Nem das Águias das Montanhas Nevoentas haviam sabido de novas recentes. Nada fora visto nem ouvido de Gollum; mas os lobos selvagens ainda se reúnem, e outra vez caçavam nas terras altas do Grande Rio. Três dos cavalos negros foram achados ao mesmo tempo, afogados no Vau inundado.

Nas rochas das corredeiras mais abaixo, os buscadores descobriram os corpos de mais cinco, e também uma longa capa negra, retalhada e esfarrapada. Nenhuma outra pista dos Cavaleiros Negros pôde ser vista, e em nenhum lugar se sentia sua presença. Parecia que tinham desaparecido do Norte.

"Oito dos Nove, pelo menos, estão considerados", disse Gandalf. "É arriscado ter certeza demais, porém penso que agora podemos esperar que os Espectros-do-Anel foram dispersos e obrigados a retornar, da melhor maneira possível, a seu Mestre em Mordor, vazios e sem forma.

"Se assim é, levará algum tempo para poderem recomeçar a caçada. É claro que o Inimigo tem outros serviçais, mas esses terão de viajar até os limites de Valfenda antes de conseguirem detectar nossa trilha. E ela será difícil de achar se formos cautelosos. Mas não podemos nos demorar mais."

Elrond convocou a si os hobbits. Olhou gravemente para Frodo. "A hora chegou", disse ele. "Se o Anel deve partir, precisa ir logo. Mas os que forem com ele não podem confiar em que sua missão seja auxiliada por guerra ou força. Devem penetrar no domínio do Inimigo longe da ajuda. Ainda manténs tua palavra, Frodo, de seres o Portador-do-Anel?"

"Mantenho-a", assentiu Frodo. "Irei com Sam."

"Então não posso ajudar-te muito, nem com conselhos", disse Elrond. "Bem pouco posso prever de tua estrada; e não sei como tua tarefa será cumprida. A Sombra já se esgueirou até os sopés das Montanhas e se aproxima das próprias bordas do Griságua; e embaixo da Sombra tudo me é obscuro. Encontrarás muitos inimigos, alguns evidentes e outros disfarçados; e poderás encontrar amigos no caminho quando menos os esperares. Enviarei mensagens, do modo que possa tramar, aos que conheço no vasto mundo; mas as terras já se tornaram tão perigosas que algumas poderão se extraviar, ou não chegar antes de ti.

"E escolherei companheiros que irão contigo, até onde quiserem ou a sorte permitir. O número deve ser reduzido, visto que tua esperança está na velocidade e no segredo. Tivera eu uma hoste de Elfos com armaduras dos Dias Antigos, de pouco serviria, exceto para atiçar o poder de Mordor.

"A Comitiva do Anel será de Nove; e os Nove Caminhantes hão de ser opostos aos Nove Cavaleiros que são malignos. Contigo e com teu fiel servidor, Gandalf irá; pois esta será sua grande tarefa, e talvez o fim de sua labuta.

"Quanto aos demais, hão de representar os outros Povos Livres do Mundo: Elfos, Anãos e Homens. Legolas há de ir pelos Elfos; e Gimli, filho de Glóin, pelos Anãos. Estão dispostos a irem pelo menos até os passos das Montanhas, e quem sabe além. Pelos homens hás de ter Aragorn, filho de Arathorn, pois o Anel de Isildur lhe diz respeito intimamente."

"Passolargo!", exclamou Frodo.

"Sim", disse ele com um sorriso. "Mais uma vez peço permissão para ser seu companheiro, Frodo."

"Eu lhe teria implorado para vir," disse Frodo, "só que pensei que você iria a Minas Tirith com Boromir."

"E vou", disse Aragorn. "E a Espada-que-foi-Partida há de ser reforjada antes que eu parta à guerra. Mas sua estrada e a nossa correm juntas por muitas centenas de milhas. Portanto Boromir também estará na Comitiva. É um homem valoroso."

"Restam mais dois a encontrar", disse Elrond. "Vou considerá-los. Em minha casa poderei encontrar alguém que me pareça bom mandar."

"Mas isso não vai deixar lugar para nós!", exclamou Pippin, consternado. "Não queremos ser deixados para trás. Queremos ir com Frodo."

"Isso é porque não compreendeis e não podeis imaginar o que está à frente", disse Elrond.

"Nem Frodo pode", disse Gandalf, inesperadamente apoiando Pippin. "Nem qualquer um de nós enxerga com clareza. É verdade que, se estes hobbits entendessem o perigo, não se atreveriam a ir. Mas ainda assim desejariam ir, ou desejariam atrever-se, e ficariam envergonhados e infelizes. Creio, Elrond, que neste assunto seria bom fiar-se mais em sua amizade que em grande sabedoria. Mesmo que escolhesses para nós um Senhor-élfico, como Glorfindel, ele não seria capaz de tomar de assalto a Torre Sombria, nem de abrir a estrada rumo ao Fogo pelo poder que nele reside."

"Falas com gravidade," disse Elrond, "mas tenho dúvidas. O Condado, pressagio, já não está livre de perigo; e eu pensara em mandar estes dois de volta para lá como mensageiros, para fazerem o que pudessem, de acordo com os modos de seu país, para alertarem o povo do perigo. Seja como for, julgo que o mais jovem dos dois, Peregrin Tûk, deveria ficar. Meu coração se opõe à sua ida."

"Então, Mestre Elrond, vai ter que me trancar na prisão ou mandar-me de volta para casa amarrado em um saco", disse Pippin. "Pois do contrário hei de seguir a Comitiva."

"Então assim seja. Haveis de ir", disse Elrond, e suspirou. "Agora a contagem dos Nove está plena. Em sete dias a Comitiva deve partir."

A Espada de Elendil foi reforjada por ferreiros élficos, e em sua lâmina traçou-se um emblema de sete estrelas postas entre a Lua crescente e o Sol raiado, e em volta havia muitas runas escritas; pois Aragorn, filho de Arathorn, partia à guerra nos confins de Mordor. Era muito luzidia a espada quando se tornou inteira outra vez; a luz do sol brilhava rubra nela, e a luz da lua brilhava fria, e seu gume era duro e afiado. E Aragorn lhe deu um novo nome e a chamou Andúril, Chama do Oeste.

Aragorn e Gandalf caminhavam juntos ou sentavam-se falando da estrada e dos perigos que enfrentariam; e ponderavam os mapas descritos e ilustrados e os livros de saber que havia na casa de Elrond. Às vezes Frodo estava com eles; mas contentava-se em se apoiar na sua liderança e passava quanto tempo podia com Bilbo.

Naqueles últimos dias, os hobbits sentavam-se juntos, à tardinha, no Salão do Fogo, e ali, entre muitas histórias, ouviram contada por completo a balada de Beren e Lúthien e a conquista da Grande Joia; mas de dia, enquanto Merry e Pippin passeavam, Frodo e Sam podiam ser encontrados com Bilbo no quartinho deste. Então Bilbo lia trechos de seu livro (que ainda parecia bem incompleto), ou fragmentos de seus versos, ou tomava nota das aventuras de Frodo.

Na manhã do último dia, Frodo estava a sós com Bilbo, e o velho hobbit tirou debaixo da cama uma caixa de madeira. Ergueu a tampa e remexeu dentro dela.

"Aqui está sua espada", disse ele. "Mas ela se partiu, você sabe. Eu a peguei para mantê-la a salvo, mas esqueci de perguntar se os ferreiros podiam consertá-la. Agora não há tempo. Então pensei, talvez você gostasse de ter isto, sabe?"

Tirou da caixa uma pequena espada numa velha bainha surrada de couro. Então sacou-a, e a lâmina polida e bem cuidada reluziu subitamente, fria e brilhante. "Esta é Ferroada", comentou ele, e enfiou-a fundo, com pouco esforço, numa viga de madeira. "Pegue-a, se quiser. Não vou precisar dela de novo, espero."

Frodo aceitou-a com gratidão.

"E tem isto!", disse Bilbo, tirando um pacote que parecia ser um tanto pesado para o tamanho. Desenrolou várias dobras de panos velhos e ergueu uma pequena cota de malha. Tinha uma trama fechada de muitos anéis, quase tão flexível quanto o linho, fria como gelo e mais dura que aço. Brilhava como prata ao luar, e estava engastada com gemas brancas. Junto a ela havia um cinto de pérolas e cristais.

"É uma coisa linda, não é?", disse Bilbo, remexendo-a na luz. "E útil. É minha malha-anânica que Thorin me deu. Eu a resgatei em Grã-Cava antes de partir e a embalei com minha bagagem. Trouxe comigo todas as lembranças de minha Jornada, exceto o Anel. Mas eu não esperava usar esta, e agora não preciso dela, exceto para olhá-la de vez em quando. Mal se sente o peso quando se veste."

"Eu iria parecer… olha, não acho que eu iria parecer bem nela", disse Frodo.

"Foi bem o que eu mesmo falei", disse Bilbo. "Mas não se importe com a aparência. Pode usá-la por baixo das roupas externas. Vamos lá! Você precisa compartilhar este segredo comigo. Não conte a ninguém mais! Mas eu me sentirei mais feliz sabendo que você a usa. Imagino que resistiria até aos punhais dos Cavaleiros Negros", terminou em voz baixa.

"Muito bem, vou pegá-la", disse Frodo. Bilbo a vestiu nele, e prendeu Ferroada ao cinto reluzente; e depois Frodo vestiu por cima suas velhas calças, túnica e jaqueta, manchadas pelo tempo.

"Você parece apenas um simples hobbit", disse Bilbo. "Mas agora você contém mais do que aparece na superfície. Boa sorte para você!" Deu-lhe as costas e olhou pela janela, tentando cantarolar uma melodia.

"Não consigo lhe agradecer como deveria, Bilbo, por isto e por todas as suas bondades do passado", disse Frodo.

"Não tente!", disse o velho hobbit, virando-se e dando-lhe um tapa nas costas. "Ai!", gritou ele. "Agora você está duro demais para dar tapas! Mas é isso: os Hobbits precisam se unir, em especial os Bolseiros. Só o que peço em troca é: cuide-se o máximo que puder, e traga de volta todas as notícias que puder, e quaisquer canções ou contos antigos que conseguir. Vou fazer o melhor para terminar meu livro antes que você volte. Gostaria de escrever o segundo livro, se eu for poupado." Interrompeu-se e voltou-se outra vez para a janela, cantando baixinho.

Sentado junto ao fogo eu penso
　em tudo que já vi,
　em cores e em flores
　　do verão que já vivi;

Em folhas amarelas
　do outono, já sem vê-lo,
com brumas e de prata um sol
　e vento em meu cabelo.

Sentado junto ao fogo eu penso
　no mundo, se vier
o inverno sem a primavera
　que eu haja de viver.

Pois tanta coisa que existe
　eu nunca tive à frente:
em cada bosque, em cada fonte
　o verde é diferente.

Sentado junto ao fogo eu penso
　em gente que passei,
e gente que verá um mundo
　que nunca eu verei.

> *Mas lá, sentado a pensar*
> *na era que está morta,*
> *escuto passos que retornam*
> *e vozes junto à porta.*^B

Era um dia frio e cinzento perto do fim de dezembro. O Vento Leste voava através dos ramos nus das árvores e fervilhava nos pinheiros escuros das colinas. Nuvens esfarrapadas corriam no alto, escuras e baixas. Quando as sombras tristonhas do início do entardecer começavam a cair, a Comitiva se aprestava para a partida. Deviam partir quando anoitecesse, pois Elrond lhes aconselhara a viajarem ocultos pela noite tanto quanto pudessem até estarem longe de Valfenda.

"Deveis temer os muitos olhos dos serviçais de Sauron", disse ele. "Não duvido de que a notícia do desbaratamento dos Cavaleiros já o alcançou, e deve estar repleto de ira. Já logo seus espiões, a pé e alados, estarão à larga nas terras setentrionais. Mesmo do céu acima deveis vos cuidar quando fizerdes vosso percurso."

A Comitiva levou pouco equipamento de combate, pois sua esperança estava no segredo, não na batalha. Aragorn tinha Andúril e nenhuma outra arma, e partiu trajando apenas verde e pardo de ferrugem, como Caminheiro do ermo. Boromir tinha uma espada comprida, de feitio semelhante a Andúril, porém de menor linhagem, e trazia também um escudo e sua trompa-de-guerra.

"Alta e nítida ela soa nos vales das colinas," disse, "e que fujam então todos os adversários de Gondor!" Levando-a aos lábios deu um sopro, e os ecos saltaram de rocha em rocha, e todos os que ouviram aquela voz em Valfenda puseram-se de pé com um salto.

"Cuida-te de não soprares essa trompa de novo, Boromir," disse Elrond, "enquanto não estiveres outra vez nas fronteiras de tua terra e grave necessidade te afligir."

"Talvez", disse Boromir. "Mas sempre fiz minha trompa gritar à partida, e por muito que depois caminhemos nas sombras, eu não irei como um ladrão na noite."

Somente o anão Gimli usava abertamente uma camisa curta de anéis de aço, pois os anões carregam as cargas com facilidade; e em seu cinto havia um machado de lâmina larga. Legolas tinha arco e aljava e um longo punhal branco à cinta. Os hobbits mais jovens usavam as espadas que tinham tirado do túmulo; mas Frodo só levou Ferroada; e sua cota de malha, por desejo de Bilbo, permanecia oculta. Gandalf trazia seu cajado, mas tinha no cinto a seu lado a espada-élfica Glamdring, companheira de Orcrist, que agora jazia sobre o peito de Thorin sob a Montanha Solitária.

Todos foram bem equipados por Elrond com roupas espessas e quentes e tinham jaquetas e capas forradas de pele. Alimentos de reserva, roupas, cobertores e outros apetrechos foram carregados em um pônei, que não era outro senão o pobre animal que haviam trazido de Bri.

A estada em Valfenda lhe operara uma mudança maravilhosa: estava lustroso e parecia ter o vigor da juventude. Fora Sam quem insistira em escolhê-lo, declarando que Bill (como o chamava) definharia se não viesse.

"Esse animal quase sabe falar," disse ele, "e falaria se ficasse aqui mais tempo. Ele me deu um olhar tão claro quanto o Sr. Pippin falando: se não me deixar ir com você, Sam, eu sigo você sozinho." Portanto Bill ia como besta de carga, mas era o único membro da Companhia que não parecia deprimido.

As despedidas tinham acontecido no grande salão junto ao fogo, e agora só esperavam por Gandalf, que ainda não saíra da casa. Um clarão de fogo saía pelas portas abertas, e luzes suaves brilhavam em muitas janelas. Bilbo, envolto numa capa, estava silencioso na soleira da porta, ao lado de Frodo. Aragorn estava sentado de cabeça inclinada até os joelhos; só Elrond sabia plenamente o que aquela hora significava para ele. Os demais podiam ser vistos como formas cinzentas no escuro.

Sam estava de pé ao lado do pônei, sugando os dentes e fitando melancolicamente a escuridão onde o rio rugia nas pedras lá embaixo; seu desejo de aventura estava na mais baixa maré.

"Bill, meu rapaz," disse ele, "você não devia ter se juntado conosco. Podia ter ficado aqui, comendo o melhor feno até chegar o capim novo." Bill balançou a cauda e nada disse.

Sam tirou a mochila dos ombros e repassou mentalmente, com ansiedade, todas as coisas que tinha alojado ali, perguntando-se se esquecera de algo: seu principal tesouro, o equipamento de cozinha; e a caixinha de sal que sempre levava e completava quando podia; um bom suprimento de erva-de-fumo (mas não o bastante, garanto); pederneiras e iscas para fazer fogo; meias de lã; roupa branca; vários pequenos pertences do patrão que Frodo esquecera e Sam guardara para tirá-los em triunfo quando fossem necessários. Repassou-os todos.

"Corda!" resmungou. "Sem corda! E foi só na noite passada que você disse para si mesmo: 'Sam, que tal um pedaço de corda? Você vai precisar se não tiver.' Bem, vou precisar. Não posso arranjar agora."

Nesse momento Elrond saiu com Gandalf e chamou a si a Comitiva. "Estas são minhas últimas palavras", disse ele em voz baixa. "O Portador-do-Anel está partindo na Demanda do Monte da Perdição. Só sobre ele pesa uma obrigação: de nem lançar fora o Anel, nem entregá-lo a qualquer serviçal do Inimigo, nem deverás deixar qualquer pessoa manuseá-lo, exceto os membros da Comitiva e do Conselho, e mesmo assim apenas na mais grave necessidade. Os demais vão com ele como companheiros livres, para auxiliá-lo no caminho. Podeis demorar-vos, ou voltar, ou desviar-vos para outras trilhas, conforme o acaso permitir. Quanto mais longe fordes menos fácil será retirar-se; porém nenhum juramento nem vínculo vos é imposto para irdes mais longe do que quiserdes. Pois não conheceis ainda a força de vossos corações e não conseguis prever o que cada um poderá encontrar na estrada."

"Infiel é aquele que diz adeus quando a estrada escurece", disse Gimli.

"Pode ser," respondeu Elrond, "mas que não jure que caminhará no escuro aquele que não viu o anoitecer."

"Porém a palavra jurada pode fortalecer o coração trêmulo", retrucou Gimli.

"Ou parti-lo", disse Elrond. "Não olheis muito longe à frente! Mas ide agora de bom grado! Adeus, e que a bênção dos Elfos e Homens e todos os Povos Livres vá convosco. Que as estrelas brilhem sobre vossos rostos!"

"Boa... boa sorte!", exclamou Bilbo, gaguejando de frio. "Não acho que você consiga escrever um diário, Frodo, meu rapaz, mas vou esperar um relato completo quando você voltar. E não demore muito! Boa viagem!"

Muitos outros da casa de Elrond estavam nas sombras, observando sua partida, desejando-lhes boa viagem com vozes suaves. Não havia risos, nem canção, nem música. Finalmente deram-lhes as costas e se desvaneceram em silêncio na penumbra.

Atravessaram a ponte e, fazendo curvas, subiram devagar pelas trilhas longas e íngremes que levavam para fora do vale partido de Valfenda; e chegaram por fim à alta charneca onde o vento sibilava através da urze. Então, com uma olhada para a Última Casa Hospitaleira que cintilava abaixo deles, foram-se caminhando fundo dentro da noite.

No Vau do Bruinen deixaram a Estrada e, virando para o sul, seguiram por trilhas estreitas em meio às terras acidentadas. Seu propósito era manter esse curso a oeste das Montanhas por muitas milhas e dias. O terreno era muito mais rude e mais árido que no verde vale do Grande Rio, nas Terras-selváticas do lado oposto da cordilheira, e seu avanço seria lento; mas daquele modo esperavam escapar à atenção de olhos inamistosos. Os espiões de Sauron pouco tinham sido vistos naquela região vazia até então, e as trilhas eram pouco conhecidas, a não ser da gente de Valfenda.

Gandalf andava na frente, e com ele ia Aragorn, que conhecia a região até no escuro. Os demais faziam fila atrás, e Legolas, cujos olhos eram aguçados, estava na retaguarda. A primeira parte da viagem foi dura e enfadonha, e Frodo pouco recordou dela exceto pelo vento. Durante muitos dias sem sol vinha um sopro gelado das Montanhas a leste, e nenhuma roupa parecia capaz de repelir seus dedos esquadrinhadores. Apesar de a

Comitiva estar bem vestida, raramente se sentiam aquecidos, quer andando, quer parados. Dormiam inquietos durante o meio do dia, em alguma depressão do terreno, ou ocultos sob os espinheiros emaranhados que em muitos lugares cresciam em capões. No fim da tarde eram acordados pela sentinela e comiam a refeição principal: normalmente fria e sem graça, pois raramente podiam se arriscar a acender fogo. À tardinha prosseguiam de novo, sempre tanto ao sul quanto conseguiam abrir caminho.

No começo parecia aos hobbits que, apesar de caminharem e tropeçarem até a exaustão, estavam se arrastando adiante como lesmas e não chegavam a lugar nenhum. A cada dia o terreno parecia praticamente igual ao dia anterior. Porém as montanhas se aproximavam continuamente. Ao sul de Valfenda elas se elevavam cada vez mais e curvavam-se para o oeste; e em torno do sopé da cadeia principal revolvia-se uma terra cada vez mais ampla de colinas áridas e fundos vales repletos de águas turbulentas. As trilhas eram poucas e tortuosas, e muitas vezes só os levavam à beira de algum precipício escarpado ou para dentro de pântanos traiçoeiros.

Haviam viajado durante uma quinzena quando o tempo mudou. O vento amainou de repente e depois virou para o sul. As nuvens que fluíam depressa levantaram-se e derreteram, e o sol saiu, pálido e luminoso. Veio um amanhecer frio e límpido ao final de uma longa e cambaleante marcha noturna. Os viajantes alcançaram uma crista baixa coroada de antigos pés de azevinho, cujos troncos cinza-esverdeados pareciam ter sido esculpidos na própria pedra das colinas. Suas folhas escuras brilhavam, e as frutinhas reluziam vermelhas à luz do sol nascente.

Longe no sul, Frodo podia ver as formas indistintas de montanhas altivas que agora pareciam se interpor no caminho que a Comitiva estava trilhando. À esquerda daquela alta cordilheira erguiam-se três picos; o mais alto e mais próximo subia como um dente encimado de neve; seu grande e descoberto precipício norte ainda estava quase todo na sombra, mas reluzia vermelho onde a luz do sol o atingia obliquamente.

Gandalf, parado ao lado de Frodo, espiou por baixo da mão. "Viemos bem", disse ele. "Chegamos às bordas da região que os Homens chamam Azevim; aqui viviam muitos Elfos em dias mais felizes, quando seu nome era Eregion. Percorremos cinco e quarenta léguas a voo de corvo, apesar de nossos pés terem caminhado muitas longas milhas a mais. Agora o terreno e o tempo serão mais amenos, mas quem sabe também mais perigosos."

"Perigosos ou não, um nascer do sol de verdade é muito bem-vindo", comentou Frodo, jogando o capuz para trás e deixando a luz da manhã atingir seu rosto.

"Mas as montanhas estão à nossa frente", disse Pippin. "Devemos ter virado para o leste durante a noite."

"Não", afirmou Gandalf. "Mas enxerga-se mais longe à luz límpida. Além desses picos a cordilheira se vira para o sudoeste. Há muitos mapas na casa de Elrond, mas, imagino, você nunca pensou em olhá-los?"

"Olhei, sim, algumas vezes," respondeu Pippin, "mas não me lembro deles. Frodo tem melhor cabeça para esse tipo de coisa."

"Não preciso de mapa", disse Gimli, que chegara com Legolas e olhava diante de si atentamente, com uma estranha luz nos olhos profundos. "Ali está a terra onde nossos pais labutavam outrora, e lavramos a imagem dessas montanhas em muitas obras de metal e de pedra, e em muitas canções e histórias. Elevam-se alto em nossos sonhos: Baraz, Zirak, Shathûr.

"Só uma vez antes de hoje eu os vi de longe, desperto, mas eu os conheço e os seus nomes, pois embaixo deles fica Khazad-dûm, a Covanana, que agora se chama o Abismo Negro, Moria na língua élfica. Ali está Barazinbar, o Chifre-vermelho, o cruel Caradhras; e além dele ficam o Pico-de-Prata e a Cabeça-de-Nuvem: Celebdil, o Branco, e Fanuidhol, o Cinzento, a que chamamos Zirakzigil e Bundushathûr.

"Ali as Montanhas Nevoentas se dividem, e entre seus braços está o vale de sombras profundas que não podemos esquecer: Azanulbizar, o Vale do Riacho-escuro, que os Elfos chamam de Nanduhirion."

"É para o Vale do Riacho-escuro que estamos rumando", comentou Gandalf. "Se escalarmos o passo que se chama Portão do Chifre-vermelho, embaixo do lado oposto de Caradhras, havemos de descer pela Escada do Riacho-escuro para o fundo vale dos Anãos. Ali está o Espelhágua, e ali o Rio Veio-de-Prata nasce em suas fontes geladas."

"Escura é a água de Kheled-zâram," disse Gimli, "e escuras são as nascentes de Kibil-nâla. Meu coração estremece ao pensar que logo poderei vê-las."

"Que tenhas a alegria da visão, meu bom anão!", exclamou Gandalf. "Mas, não importa o que faças, pelo menos nós não podemos nos demorar nesse vale. Precisamos descer o Veio-de-Prata até os bosques secretos, e depois ao Grande Rio, e depois…"

Fez uma pausa.

"Sim, e depois aonde?", perguntou Merry.

"Ao final da jornada — no fim", respondeu Gandalf. "Não podemos olhar muito à frente. Contentemo-nos de que a primeira etapa foi cumprida em segurança. Creio que vamos descansar aqui, não só hoje, mas também esta noite. Há um ar sadio em Azevim. Muito mal precisa acontecer em uma região para que ela se esqueça dos Elfos por completo, se alguma vez eles lá habitaram."

"Isso é verdade", assentiu Legolas. "Mas os Elfos desta terra eram de uma raça estranha a nós, que somos do povo silvestre, e as árvores e o capim já não, se recordam deles. Só ouço as pedras lamentando-os: *fundo nos escavaram, belas nos edificaram; mas eles se foram.* Eles se foram. Em busca dos Portos há muito tempo."

Naquela manhã fizeram fogo em uma baixada funda oculta por grandes arbustos de azevinho, e seu jantar-desjejum foi mais alegre do que fora desde que haviam partido. Não se apressaram a ir para a cama depois, já que esperavam ter a noite toda para dormir e não pretendiam prosseguir antes da tarde do dia seguinte. Somente Aragorn estava silencioso e inquieto. Depois de certo tempo ele deixou a Comitiva e perambulou até a crista; ali ficou parado na sombra de uma árvore, espiando para o sul e o oeste, com a cabeça inclinada como se estivesse escutando.

Depois voltou à beira da baixada e olhou os demais, rindo e conversando.

"Qual é o problema, Passolargo?", Merry o chamou lá em cima. "O que está procurando? Sente falta do Vento Leste?"

"Não mesmo", respondeu ele. "Mas sinto falta de algo. Estive na região de Azevim em muitas estações. Agora não mora gente aqui, mas muitas outras criaturas vivem aqui o tempo todo, especialmente aves. Porém agora todos estão silenciosos a não ser vocês. Posso senti-lo. Não há ruído por milhas em nossa volta, e as vozes de vocês parecem fazer o chão ecoar. Não compreendo."

Gandalf ergueu os olhos com súbito interesse. "Mas qual é o motivo, você acha?", perguntou. "Ele representa mais do que a surpresa de ver quatro hobbits, sem falar no resto de nós, onde tão raramente se veem ou ouvem pessoas?"

"Espero que seja isso", respondeu Aragorn. "Mas tenho uma sensação de vigilância e de medo que nunca tive aqui antes."

"Então precisamos ser mais cautelosos", disse Gandalf. "Se trouxemos um Caminheiro conosco é bom prestar atenção nele, especialmente se o Caminheiro for Aragorn. Precisamos parar de falar em voz alta, descansar em silêncio e pôr uma sentinela."

Naquele dia foi a vez de Sam montar a primeira guarda, mas Aragorn juntou-se a ele. Os demais pegaram no sono. Então o silêncio aumentou até o próprio Sam conseguir senti-lo. A respiração dos que dormiam podia ser ouvida claramente. O balanço da cauda do pônei e os movimentos ocasionais de seus pés tornaram-se ruídos altos. Sam podia ouvir suas próprias juntas rangendo quando se mexia. Um silêncio profundo estava em toda a sua volta, e por cima de tudo pendia um límpido céu azul, com o Sol subindo do Leste. Lá longe, no Sul, apareceu uma mancha escura, e cresceu, e voou rumo ao norte como fumaça levada pelo vento.

"O que é isso, Passolargo? Não parece uma nuvem", disse Sam a Aragorn, sussurrando. Este não deu resposta, pois fitava o céu atentamente; mas não passou muito tempo para o próprio Sam conseguir ver por si só o que estava se aproximando. Revoadas de aves, voando a grande velocidade, giravam e rodavam, e atravessavam toda a região como se estivessem em busca de alguma coisa; e estavam chegando cada vez mais perto.

"Deite no chão, imóvel!" chiou Aragorn, puxando Sam para a sombra de um pé de azevinho; pois todo um regimento de aves havia-se separado de repente da hoste principal e veio voando baixo, direto para a crista. Sam pensou que eram uma espécie de corvo de grande tamanho. Quando passaram por cima deles, numa aglomeração tão densa que sua sombra os seguia, escura, no chão cá embaixo, ouviu-se um só grasnido rouco.

Foi só depois que sumiram à distância, no norte e no oeste, e o céu estava limpo outra vez, que Aragorn resolveu levantar-se. Então ergueu-se com um salto e foi acordar Gandalf.

"Regimentos de corvos negros estão voando por cima de toda a região entre as Montanhas e o Griságua", disse ele, "e passaram sobre Azevim. Não são nativos daqui; são *crebain* de Fangorn e da Terra Parda. Não sei a que vieram: possivelmente há algum distúrbio no sul do qual estão fugindo; mas acredito que estão espionando a região. Também vislumbrei muitos falcões voando bem alto no céu. Acho que deveríamos andar de novo à noitinha. Azevim não é mais salutar para nós: está sendo vigiada."

"E nesse caso o Passo do Chifre-vermelho também está", afirmou Gandalf; "e não consigo imaginar como podemos passar sobre ele sem sermos vistos. Mas vamos pensar nisso quando precisarmos. Quanto a andar assim que escurecer, receio que você tenha razão."

"Por sorte nossa fogueira fez pouca fumaça e já estava baixa antes de os *crebain* chegarem", comentou Aragorn. "Devemos apagá-la e não acendê-la de novo."

"Bem, se isso não é uma praga e um incômodo!", disse Pippin. Assim que ele acordara no final da tarde, tinham-lhe dado a notícia: sem fogo e andar outra vez à noite. "Tudo por causa de um bando de corvos! Eu estava esperando uma boa refeição de verdade esta noite: alguma coisa quente."

"Bem, pode continuar esperando", disse Gandalf. "Para você poderá haver muitos banquetes inesperados à frente. Quanto a mim, gostaria de um cachimbo para fumar em conforto e de pés mais quentes. No entanto, pelo menos de uma coisa temos certeza: ficará mais quente à medida que rumarmos para o sul."

"Quente demais não ia me espantar", murmurou Sam para Frodo. "Mas estou começando a pensar que é hora de enxergar essa Montanha de Fogo e de ver o fim da Estrada, por assim dizer. Primeiro pensei que podia ser este Chifre-vermelho aqui, ou seja qual for o nome dele, antes de Gimli fazer sua fala. Que belo quebra-queixo que deve ser a língua dos Anãos!" Os mapas nada diziam à mente de Sam, e todas as distâncias naquelas terras estranhas pareciam tão vastas que ele estava totalmente desorientado.

Por todo aquele dia a Comitiva permaneceu escondida. As aves escuras passaram por cima, vez por outra; mas à medida que o Sol poente se tornava vermelho elas desapareceram para o sul. Na penumbra a Comitiva partiu, e agora, virando meio para o leste, dirigiu-se rumo a Caradhras, que lá longe ainda brilhava num vermelho apagado à última luz do Sol desaparecido. Uma a uma, estrelas brancas surgiram à medida que o céu desbotava.

Guiados por Aragorn, encontraram uma boa trilha. Parecia a Frodo ser o resto de uma antiga estrada, que outrora fora larga e bem planejada, de Azevim ao passo da montanha. A Lua, agora cheia, nasceu sobre as montanhas e lançou uma luz pálida em que as sombras das pedras eram negras. Muitas pareciam ter sido lavradas à mão, apesar de estarem agora tombadas e arruinadas em uma terra árida e estéril.

Era a hora gélida e inamistosa antes do primeiro raiar da aurora, e a lua estava baixa. Frodo ergueu os olhos para o céu. Repentinamente viu ou sentiu uma sombra passando diante das altas estrelas, como se por um momento elas se apagassem e depois voltassem a brilhar. Teve um calafrio.

"Viu alguma coisa passar por cima?", sussurrou ele a Gandalf, que estava logo à frente.

"Não, mas senti, o que quer que fosse", respondeu ele. "Pode não ser nada, só um fiapo de nuvem fina."

"Então estava se movendo depressa," murmurou Aragorn, "e não era com o vento."

Nada mais aconteceu naquela noite. A manhã seguinte raiou ainda mais luminosa que antes. Mas o ar estava gélido outra vez; o vento já se voltava para o leste. Durante mais duas noites eles marcharam, subindo sempre, porém cada vez mais devagar, à medida que sua estrada serpenteava colina acima, e as montanhas se elevavam, cada vez mais próximas. Na terceira manhã, Caradhras se ergueu diante deles, um pico imenso, encimado de neve como prata, mas com flancos íngremes e nus, de um vermelho mortiço como se estivessem manchados de sangue.

Havia um quê de escuro no céu, e o sol estava lívido. Agora o vento virara para nordeste. Gandalf farejou o ar e olhou para trás.

"O inverno se aprofunda atrás de nós", disse ele baixinho para Aragorn. "Os altos ao norte estão mais brancos do que estavam; a neve se estende baixa em suas encostas. Esta noite havemos de estar a caminho, bem alto rumo ao Portão do Chifre-vermelho. Poderemos ser vistos por vigias naquela trilha estreita e atocaiados por algum mal; mas o tempo poderá demonstrar ser o inimigo mais mortal de todos. O que acha de nosso trajeto agora, Aragorn?"

Frodo ouviu essas palavras por acaso e compreendeu que Gandalf e Aragorn estavam continuando algum debate que começara muito tempo antes. Escutou ansioso.

"Não gosto de nosso trajeto do começo ao fim, como você bem sabe, Gandalf", respondeu Aragorn. "E os perigos conhecidos e desconhecidos crescerão à medida que avançarmos. Mas precisamos avançar; e não é bom retardar a passagem das montanhas. Mais ao sul não há passos, até que se chegue ao Desfiladeiro de Rohan. Não confio nesse caminho desde suas notícias sobre Saruman. Agora quem sabe a que lado servem os marechais dos Senhores-de-cavalos?"

"Quem sabe deveras!", disse Gandalf. "Mas existe outro caminho, e não é pelo passo de Caradhras: o caminho escuro e secreto de que falamos."

"Mas não falemos dele outra vez! Ainda não. Não diga nada aos outros, eu peço, enquanto não for evidente que não há outro caminho."

"Temos de decidir antes de avançarmos mais", respondeu Gandalf.

"Então vamos pesar o assunto em nossa mente enquanto os outros descansam e dormem", concluiu Aragorn.

No final da tarde, enquanto os demais terminavam o desjejum, Gandalf e Aragorn se afastaram juntos e ficaram olhando para Caradhras. Agora seus flancos estavam escuros e tristonhos, e sua cabeça, envolta em nuvens cinzentas. Frodo observava-os, perguntando-se qual rumo o debate tomaria. Quando voltaram à Comitiva, Gandalf falou, e então ele soube que fora decidido enfrentar o tempo e o passo alto. Ficou aliviado. Não conseguia imaginar o que seria o outro caminho, escuro e secreto, mas a simples menção dele parecera encher Aragorn de apreensão, e Frodo ficou contente de que fora abandonado.

"Pelos sinais que vimos ultimamente," disse Gandalf, "receio que o Portão do Chifre-vermelho possa estar sendo vigiado; e também tenho dúvidas sobre o tempo que nos persegue. Poderá vir neve. Precisamos ir com toda a pressa que pudermos. Mesmo assim levaremos mais de duas marchas para alcançarmos o topo do passo. Esta tarde o escuro chegará cedo. Precisamos partir assim que puderem se aprontar."

"Vou acrescentar um pequeno conselho, se puder", disse Boromir. "Nasci sob a sombra das Montanhas Brancas e sei alguma coisa sobre viagens em lugares elevados. Havemos de encontrar um frio intenso, se não coisa pior, antes de descermos do outro lado. Não nos ajudará sermos tão furtivos se isso nos fizer morrer congelados. Quando sairmos daqui, onde ainda há algumas árvores e touceiras, cada um de nós deveria levar um feixe de lenha, o maior que puder carregar."

"E o Bill pode levar mais um pouco, não pode, rapaz?", indagou Sam. O pônei encarou-o pesaroso.

"Muito bem", disse Gandalf. "Mas não devemos usar a lenha — a não ser que tenhamos que escolher entre o fogo e a morte."

A Comitiva partiu novamente, de início a boa velocidade; mas logo o caminho se tornou íngreme e difícil. A estrada, que dava voltas e subia, em muitos lugares quase desaparecera e estava bloqueada por muitas pedras caídas. A noite tornou-se mortalmente escura sob grandes nuvens. Um vento doloroso fazia redemoinhos entre as rochas. À meia-noite já haviam escalado até os joelhos das grandes montanhas. Agora a trilha estreita se curvava por uma parede escarpada de penhascos à esquerda, acima da qual os cruéis flancos de Caradhras se erguiam invisíveis na treva; à direita havia um abismo de escuridão onde o terreno despencava repentinamente numa funda ravina.

A muito custo escalaram uma encosta pronunciada e pararam por um momento no topo. Frodo sentiu um toque macio no rosto. Estendeu o braço e viu os flocos de neve, indistintos e brancos, pousando em sua manga.

Foram em frente. Mas não demorou muito para a neve começar a cair depressa, preenchendo todo o ar e rodopiando nos olhos de Frodo. Mal se podiam ver as formas escuras e encurvadas de Gandalf e Aragorn apenas um ou dois passos à frente.

"Não gosto disto nem um pouco", disse Sam, ofegante, logo atrás. "Neve é muito bom numa bela manhã, mas eu gosto de estar na cama enquanto ela cai. Gostaria que este quinhão fosse dar na Vila-dos-Hobbits! Lá as pessoas iriam apreciar." Exceto pelas altas charnecas da Quarta Norte, as nevascas intensas eram raras no Condado e eram consideradas ocasiões agradáveis, oportunidades para diversão. Nenhum hobbit vivo (exceto Bilbo) lembrava-se do Fero Inverno de 1311, quando lobos brancos invadiram o Condado, vindos por sobre o Brandevin congelado.

Gandalf parou. Tinha neve espessa em seu capuz e ombros; ela já estava na altura dos tornozelos de suas botas.

"Era isto que eu temia", disse ele. "O que diz agora, Aragorn?"

"Que eu também temia isto," respondeu Aragorn, "porém menos que outras coisas. Eu sabia do risco da neve, apesar de ser raro ela cair assim intensamente tão ao sul, exceto no alto das montanhas. Mas ainda não estamos alto; ainda estamos bem embaixo, onde normalmente as trilhas ficam abertas o inverno todo."

"Pergunto-me se isto é maquinação do Inimigo", comentou Boromir. "Em minha terra dizem que ele consegue governar as tempestades das Montanhas de Sombra que se erguem nos limites de Mordor. Ele tem estranhos poderes e muitos aliados."

"Seu braço alongou-se deveras," disse Gimli, "se ele consegue trazer neve do Norte para nos afligir aqui, a trezentas léguas de distância."

"Seu braço alongou-se", afirmou Gandalf.

Enquanto estavam parados o vento amainou, e a neve diminuiu quase até cessar. Voltaram a avançar com dificuldade. Mas não haviam percorrido mais que um oitavo de milha[1] quando a tempestade voltou com fúria renovada. O vento assobiava, e a neve se transformou em nevasca cegante. Logo o próprio Boromir encontrou dificuldade em avançar. Os hobbits, curvados quase até os pés, mourejavam atrás das pessoas mais altas, mas era evidente que não conseguiriam ir muito adiante se a neve continuasse. Os pés de Frodo pareciam chumbo. Pippin arrastava-se mais atrás. O próprio Gimli, robusto como qualquer anão, resmungava ao caminhar penosamente.

A Comitiva se deteve repentinamente, como se tivessem chegado a um acordo sem falar uma só palavra. Ouviam ruídos sinistros na escuridão ao redor. Podia ser apenas um ardil do vento nas frestas e nos sulcos da parede rochosa, mas os sons eram de gritos agudos e selvagens uivos de riso. Pedras começaram a cair do flanco da montanha, assobiando por cima de suas cabeças ou se espatifando na trilha ao lado deles. Vez por outra ouviam um ribombo abafado, quando um grande rochedo descia rolando das alturas ocultas acima deles.

"Não podemos ir mais longe esta noite", disse Boromir. "Quem quiser que chame de vento; há vozes cruéis no ar; e estas pedras nos têm por alvo."

"Eu chamo de vento", comentou Aragorn. "Mas isso não torna falso o que dizes. Há muitos seres malignos e inamistosos no mundo que têm pouco apreço pelos que caminham em duas pernas, e ainda assim não estão aliados a Sauron, e sim têm seus próprios propósitos. Alguns têm estado neste mundo por mais tempo que ele."

"Caradhras era chamado o Cruel e tinha mau nome," disse Gimli, "longos anos atrás, quando o rumor de Sauron ainda não fora ouvido nestas terras."

"Pouco importa quem é o inimigo se não pudermos rechaçar seu ataque", afirmou Gandalf.

---

[1] No original *furlong*, equivalente a 201 metros. [N. T.]

"Mas o que podemos fazer?", exclamou Pippin, infeliz. Apoiava-se em Merry e Frodo e tiritava.

"Ou paramos onde estamos, ou damos a volta", respondeu Gandalf. "Não adianta prosseguir. Só um pouco acima, se bem me lembro, esta trilha deixa o penhasco e corre para uma grota larga e rasa ao pé de um declive comprido e difícil. Ali não teríamos abrigo da neve, nem das pedras — nem de nada mais."

"E não adianta voltar enquanto a tempestade prossegue", disse Aragorn. "Na subida não passamos por nenhum lugar que desse mais abrigo que esta parede do penhasco sob a qual estamos agora."

"Abrigo!", murmurou Sam. "Se isto é abrigo, então uma parede e nenhum teto fazem uma casa."

A Comitiva agora se agrupou o mais possível junto ao penhasco. Este dava para o sul e perto do sopé inclinava-se um pouco para fora, de modo que esperavam que ele lhes desse alguma proteção do vento norte e das pedras que caíam. Mas lufadas em redemoinho rodopiavam ao redor deles por todos os lados, e a neve descia fluindo em nuvens cada vez mais densas.

Ajuntaram-se com as costas contra a parede. O pônei Bill parou, paciente, porém desalentado, diante dos hobbits, e os protegia um pouco; mas logo a neve à deriva estava acima de seus jarretes e continuava subindo. Se não tivessem companheiros maiores, os hobbits logo estariam inteiramente sepultados.

Uma grande sonolência se apossou de Frodo; ele se sentia afundando depressa em um sonho morno e nebuloso. Pensava que um fogo lhe aquecia os dedos dos pés, e das sombras do outro lado da lareira ouvia a voz de Bilbo falando. "Não achei grande coisa o seu diário", ele dizia. "Tempestades de neve em doze de janeiro: não havia necessidade de voltar para relatar isso!"

"Mas eu queria descansar e dormir, Bilbo", respondeu Frodo com esforço, quando se sentiu sacudido, e voltou dolorosamente ao estado desperto. Boromir o erguera do chão, tirando-o de um ninho de neve.

"Isto significará a morte dos pequenos, Gandalf", disse Boromir. "É inútil nos sentarmos aqui até que a neve suba acima de nossas cabeças. Precisamos fazer algo para nos salvarmos."

"Dá-lhes isto", disse Gandalf, dando uma busca em sua mochila e tirando um frasco de couro. "Só um gole para cada um — para nós todos. É muito precioso. É *miruvor*, o licor de Imladris. Elrond mo deu quando nos despedimos. Passa-o adiante!"

Assim que Frodo engoliu um pouco do licor morno e perfumado ele sentiu nova força em seu coração, e o pesado entorpecimento deixou seus membros. Os demais também se refizeram e encontraram esperança e vigor renovados. Mas a neve não amainou. Rodopiava ao redor deles mais espessa que nunca, e o vento soprava mais ruidoso.

"O que achais de uma fogueira?", perguntou Boromir de repente. "Agora parece próxima a escolha entre o fogo e a morte, Gandalf. Sem dúvida estaremos ocultos de todos os olhos inamistosos quando a neve nos tiver coberto, mas isso não nos ajudará."

"Podes fazer uma fogueira se quiseres", respondeu Gandalf. "Se houver algum observador que possa suportar esta tempestade, ele poderá nos ver, com ou sem fogo."

Mas, apesar de terem trazido lenha e iscas a conselho de Boromir, estava além da habilidade de Elfo, ou mesmo de Anão, produzir uma chama que aguentasse em meio ao vento em turbilhão ou pegasse no combustível molhado. Por fim o próprio Gandalf, relutante, pôs mãos à obra. Apanhando um feixe, ele o ergueu por um momento, e então, com a palavra de comando, *naur an edraith ammen!*, enfiou a extremidade do cajado no meio dele. Imediatamente irrompeu um grande jorro de chamas verdes e azuis, e a lenha flamejou e crepitou.

"Se houver alguém para ver, eu pelo menos me revelei a ele", disse. "Escrevi *Gandalf está aqui* em sinais que todos podem ler, de Valfenda até as fozes do Anduin."

Mas a Comitiva não se importava mais com observadores nem com olhos inamistosos. Alegrou-lhes o coração ver a luz do fogo. A lenha queimava alegremente; e, apesar de a neve chiar em toda a sua volta, e de poças de lama se insinuarem sob os seus pés, eles de bom grado aqueceram as mãos nas chamas. Ali ficaram em pé, curvados em círculo ao redor das pequenas chamas que dançavam e arfavam. Havia uma luz vermelha em seus rostos exaustos e ansiosos; atrás deles a noite era como um muro negro.

Mas a lenha queimava depressa, e a neve ainda caía.

O fogo enfraqueceu e o último feixe foi jogado sobre ele.

"A noite está envelhecendo", disse Aragorn. "O amanhecer não está longe."

"Se é que um amanhecer consegue penetrar nestas nuvens", disse Gimli.

Boromir saiu do círculo e encarou o negror acima deles. "A neve está diminuindo," disse ele, "e o vento está mais quieto."

Frodo, cansado, olhava para os flocos que ainda caíam da escuridão para se revelarem brancos por um momento à luz do fogo agonizante; mas por muito tempo não conseguiu ver sinal de que estavam minguando. Então, de repente, quando o sono recomeçava a se insinuar sobre ele, deu-se conta de que realmente o vento amainara e de que os flocos se tornavam maiores e menos numerosos. Muito devagar, uma luz tênue começou a crescer. Finalmente a neve cessou por completo.

À medida que a luz aumentava, ela revelava um mundo silencioso e amortalhado. Abaixo do refúgio deles havia montículos e cúpulas brancas, e profundezas informes sob as quais a trilha que haviam percorrido estava perdida por completo; mas os altos, lá em cima, estavam ocultos por grandes nuvens ainda pesadas com a ameaça de neve.

Gimli ergueu os olhos e balançou a cabeça. "Caradhras não nos perdoou", disse ele. "Ele ainda tem mais neve para lançar sobre nós, se prosseguirmos. Quanto antes voltarmos e descermos melhor."

Todos concordaram com isso, mas agora era difícil recuar. Poderia até demonstrar ser impossível. A uns poucos passos das cinzas da sua fogueira, a neve tinha muitos pés de altura, acima das cabeças dos hobbits; em alguns lugares ela fora varrida e amontoada pelo vento em grandes montes junto ao penhasco.

"Se Gandalf fosse à nossa frente com uma chama luminosa, poderia derreter uma trilha para vós", disse Legolas. A tempestade pouco o perturbara, e da Comitiva só ele ainda estava animado.

"Se os Elfos pudessem voar acima das montanhas, poderiam buscar o Sol para nos salvar", respondeu Gandalf. "Mas eu preciso de alguma coisa sobre a qual possa agir. Não consigo queimar neve."

"Bem," disse Boromir, "quando as cabeças estão perplexas os corpos precisam trabalhar, como dizemos em meu país. Os mais fortes dentre nós precisam buscar um caminho. Vede! Apesar de agora estar tudo envolto em neve, nossa trilha da subida dava uma volta naquela encosta rochosa ali embaixo. Foi ali que a neve começou a nos assolar. Se pudermos alcançar esse ponto, quem sabe adiante demonstre ser mais fácil. Não está a mais de um oitavo de milha, calculo."

"Então vamos abrir uma trilha à força até lá, tu e eu!", disse Aragorn.

Aragorn era o mais alto da Comitiva, mas Boromir, pouca coisa mais baixo, era mais encorpado e de compleição mais maciça. Saiu na frente, e Aragorn o seguiu. Afastaram-se devagar e logo estavam em pesada labuta. Em alguns lugares a neve era da altura do peito, e muitas vezes Boromir parecia não estar caminhando, e sim nadando ou escavando com os grandes braços.

Legolas observou-os por algum tempo com um sorriso nos lábios e depois voltou-se para os demais. "Os mais fortes precisam buscar um caminho, vós dizeis? Mas eu digo: que o arador are, mas escolhamos uma lontra para nadar e para correr leve sobre a grama e a folha, ou sobre a neve — um Elfo."

Com essas palavras partiu em salto lépido, e então Frodo notou como se fosse a primeira vez, apesar de sabê-lo há tempo, que o Elfo não usava botas, e sim, como sempre, apenas sapatos leves e que seus pés pouco marcavam a neve.

"Adeus!", disse ele a Gandalf. "Vou em busca da Sol!" Então, veloz como um corredor em areia firme, partiu a toda e, ultrapassando depressa os homens que mourejavam, passou por eles com um aceno de mão e correu para longe, desaparecendo atrás da curva rochosa.

Os demais esperaram aninhados uns contra os outros, vendo Boromir e Aragorn se reduzirem a pontos negros na brancura.

Finalmente também eles não podiam mais ser vistos. O tempo arrastou-se. As nuvens baixaram e logo alguns flocos de neve voltaram a descer em espirais.

Passou-se talvez uma hora, apesar de parecer muito mais tempo, e então finalmente viram que Legolas voltava. Ao mesmo tempo Boromir e Aragorn ressurgiram de trás da curva, bem atrás dele, e vieram subindo o aclive com esforço.

"Bem," exclamou Legolas, aproximando-se a correr, "eu não trouxe a Sol. Ela caminha nos campos azuis do Sul e uma pequena grinalda de neve neste morrinho do Chifre-vermelho não a incomoda nem um pouco. Mas trouxe de volta um lampejo de boa esperança para aqueles que estão condenados a andar a pé. O maior monte de neve de todos está logo atrás da curva, e ali nossos Homens Fortes quase foram sepultados. Perderam a esperança até eu retornar e lhes dizer que o monte era pouco mais espesso que uma parede. E do outro lado a neve subitamente diminui, enquanto que mais embaixo ela nada mais é que um cobertor branco para esfriar os dedos dos pés de um hobbit."

"Ah, é como eu disse", grunhiu Gimli. "Não era uma tempestade comum. É a má vontade de Caradhras. Ele não gosta de Elfos nem de Anãos, e esse monte foi depositado para interromper nossa fuga."

"Mas felizmente teu Caradhras esqueceu que há Homens contigo", disse Boromir, chegando nesse momento. "E são Homens robustos, se assim posso dizer; porém homens menores com pás poderiam ter sido de mais valia. Ainda assim, abrimos uma passagem através do monte; e por isso todos aqui que não conseguem correr leves como os Elfos devem ser gratos."

"Mas como vamos descer ali, mesmo vocês tendo perfurado o monte?", disse Pippin, expressando o pensamento de todos os hobbits.

"Tem esperança!", disse Boromir. "Estou exausto, mas ainda me resta alguma força e a Aragorn também. Vamos carregar a gente pequena. Os demais, sem dúvida, conseguirão caminhar na trilha atrás de nós. Vem, Mestre Peregrin! Começarei por ti."

Ergueu o hobbit. "Agarra-te às minhas costas! Precisarei de meus braços", disse ele, caminhando avante. Aragorn foi atrás com Merry. Pippin admirou-se com sua força, vendo a passagem que já abrira sem outro instrumento que não seus grandes membros. Mesmo agora, carregado como estava, alargava a trilha para os que vinham atrás, jogando a neve para os lados à medida que avançava.

Finalmente chegaram ao grande monte de neve. Ele se estendia por cima da trilha da montanha como um muro escarpado e súbito, e sua crista, afiada como se tivesse sido escavada à faca, erguia-se a mais do dobro da altura de Boromir; mas uma passagem fora aberta pelo meio, subindo e descendo como uma ponte. Do lado oposto Merry e Pippin forram arriados, e ali esperaram com Legolas a chegada do restante da Comitiva.

Algum tempo depois, Boromir voltou carregando Sam. Atrás dele, na trilha estreita, mas àquela altura bem pisada, vinha Gandalf conduzindo Bill, com Gimli empoleirado no meio da bagagem. Por último veio Aragorn, carregando Frodo. Passaram através da abertura; mas Frodo mal tocara o chão quando uma avalanche de pedras e neve deslizante desceu rolando com um ribombo grave. O borrifo que produziu quase cegou a Comitiva, agachando-se junto ao penhasco, e quando o ar voltou a ficar limpo viram que a trilha estava bloqueada atrás deles.

"Basta, basta!", exclamou Gimli. "Estamos partindo o mais depressa possível!" E de fato, com esse último golpe parecia estar gasta a malícia da montanha, como se Caradhras se certificasse de que os invasores haviam sido rechaçados e não ousariam voltar. A ameaça de neve ergueu-se; as nuvens começaram a se dissipar e a luz espalhou-se.

Como Legolas relatara, descobriram que a neve ficava cada vez mais rasa à medida que desciam, de forma que os próprios hobbits conseguiam avançar com alguma dificuldade. Logo estavam todos parados outra vez na projeção plana, no topo da encosta íngreme onde haviam sentido os primeiros flocos de neve na noite anterior.

A manhã já avançara bastante. Daquele lugar alto, contemplaram outra vez as terras mais baixas a oeste. Bem longe, no terreno acidentado que se estendia ao pé da montanha, ficava o pequeno vale de onde haviam começado a escalar o passo.

As pernas de Frodo doíam. Estava gelado até os ossos e faminto; e sua cabeça girava ao pensar na longa e dolorosa marcha para baixo. Manchas negras lhe nadavam diante dos olhos. Ele os esfregou, mas as manchas negras ficaram. Lá longe, abaixo dele, mas ainda bem acima dos contrafortes inferiores, pontos escuros giravam no ar.

"As aves de novo!", disse Aragorn, apontando para baixo.

"Agora não há como evitá-las", disse Gandalf. "Quer sejam boas ou más, ou nada tenham a ver conosco, temos de descer imediatamente. Nem nos joelhos de Caradhras esperaremos por outro anoitecer!"

Um vento frio soprava atrás deles enquanto davam as costas para o Portão do Chifre-vermelho e tropeçavam, exaustos, descendo a encosta. Caradhras os derrotara.

4

Uma Jornada no Escuro

Era o entardecer, e a luz cinzenta outra vez minguava depressa, quando se detiveram para passar a noite. Estavam muito cansados. As montanhas estavam veladas no crepúsculo crescente, e o vento era frio. Gandalf distribuiu a cada um, com parcimônia, mais um gole do *miruvor* de Valfenda. Depois de terem comido algum alimento, ele convocou um conselho.

"É claro que esta noite não podemos prosseguir", disse ele. "O ataque no Portão do Chifre-vermelho nos exauriu, e precisamos descansar um pouco aqui."

"E aonde devemos ir depois?", perguntou Frodo.

"Ainda temos diante de nós nossa jornada e nossa missão", respondeu Gandalf. "Não temos opção senão irmos em frente, ou voltarmos a Valfenda."

O rosto de Pippin iluminou-se visivelmente diante da simples menção da volta a Valfenda; Merry e Sam ergueram os olhos, esperançosos. Mas Aragorn e Boromir não deram sinal. Frodo parecia aflito.

"Gostaria de estar lá outra vez", comentou ele. "Mas como posso voltar sem vergonha — a não ser que de fato não haja outra maneira, e já estejamos derrotados?"

"Tem razão, Frodo," disse Gandalf, "voltar é admitir a derrota e enfrentar uma derrota pior que virá. Se voltarmos agora, então o Anel terá de ficar lá: não conseguiremos partir de novo. Então, mais cedo ou mais tarde, Valfenda será sitiada, e após um tempo breve e amargo será destruída. Os Espectros-do-Anel são inimigos mortais, mas ainda são apenas sombras do poder e do terror que possuiriam se o Anel Regente tivesse voltado à mão de seu mestre."

"Então precisamos prosseguir, se houver caminho", disse Frodo, suspirando. Sam afundou no abatimento outra vez.

"Há um caminho que podemos tentar", disse Gandalf. "Pensei desde o começo, quando primeiro considerei esta jornada, que deveríamos tentá-lo. Mas não é um caminho agradável, e não falei dele antes à Comitiva. Aragorn era contrário até que tivéssemos pelo menos tentado o passo sobre as montanhas."

"Se for uma estrada pior que o Portão do Chifre-vermelho, então deve ser maligno de verdade", disse Merry. "Mas é melhor você nos contar sobre ele e deixar que saibamos logo do pior."

"A estrada de que falo conduz às Minas de Moria", disse Gandalf. Só Gimli ergueu a cabeça; tinha nos olhos um fogo latente. Todos os demais sentiram pavor à menção daquele nome. Mesmo para os hobbits era uma lenda de vago temor.

"A estrada pode conduzir a Moria, mas como podemos esperar que ela conduza através de Moria?", disse Aragorn, sombrio.

"É um nome de mau agouro", afirmou Boromir. "E tampouco vejo necessidade de irmos para lá. Se não pudermos atravessar as montanhas, vamos viajar rumo ao sul até chegarmos ao Desfiladeiro de Rohan, onde os homens são amigos de meu povo, tomando a estrada que segui vindo para cá. Ou poderíamos passar adiante e atravessar o Isen para Praia-comprida e Lebennin, assim chegando a Gondor pelas regiões próximas do mar."

"As coisas mudaram desde que vieste para o norte, Boromir", respondeu Gandalf. "Não ouviste o que vos contei sobre Saruman? Com ele poderei resolver meus próprios assuntos antes que tudo termine. Mas o Anel não pode chegar perto de Isengard, se isso puder ser evitado por algum meio. O Desfiladeiro de Rohan está fechado para nós enquanto acompanharmos o Portador.

"Quanto à estrada mais longa: não temos esse tempo para gastar. Poderíamos passar um ano em tal jornada, e passaríamos por muitas terras que estão ermas e sem abrigo. Porém não seriam seguras. Os olhos vigilantes, tanto de Saruman quanto do Inimigo, estão sobre elas. Quando vieste para o norte, Boromir, eras aos olhos do Inimigo somente um vagante extraviado do Sul, e pouco lhe importavas: a mente dele estava ocupada com a perseguição do Anel. Mas agora retornas como membro da Comitiva do Anel e estás em perigo enquanto permaneceres conosco. O perigo aumentará a cada légua que andarmos para o sul sob o céu descoberto.

"Receio que desde nossa tentativa declarada no passo da montanha nosso apuro tenha se tornado mais desesperado. Agora vejo pouca esperança se não desaparecermos logo de vista durante algum tempo e dissimularmos nossa trilha. Portanto aconselho que nem passemos sobre as montanhas nem ao redor delas, e sim por baixo delas. Essa, seja como for, é uma estrada que o Inimigo pouco esperará que tomemos."

"Não sabemos o que ele espera", comentou Boromir. "Ele poderá vigiar todas as estradas, as prováveis e as improváveis. Nesse caso, entrar em Moria seria penetrar em uma armadilha, pouco melhor que bater aos portões da própria Torre Sombria. O nome de Moria é negro."

"Falas do que não conheces, quando comparas Moria ao baluarte de Sauron", respondeu Gandalf. "Dentre vós só eu já estive nos calabouços do Senhor Sombrio, e apenas em sua moradia mais antiga e menor, em Dol Guldur. Os que passam pelos portões de Barad-dûr não retornam. Mas eu não vos conduziria para dentro de Moria se não houvesse esperança de sair outra vez. Se há Orques ali, é verdade que isso nos causará problemas. Porém a maioria dos Orques das Montanhas Nevoentas foi dispersa ou destruída na Batalha dos Cinco Exércitos. As Águias relatam que os Orques se reúnem outra vez, vindos de longe; mas há esperança de que Moria ainda esteja livre.

"Há até uma chance de que haja Anãos ali, e de que Balin, filho de Fundin, possa ser encontrado em algum profundo salão de seus pais. Seja como for, deve-se trilhar o caminho que a necessidade escolhe!"

"Trilharei o caminho contigo, Gandalf!", disse Gimli. "Irei contemplar os salões de Durin, não importa o que nos espere ali — se conseguires encontrar as portas que estão fechadas."

"Bom, Gimli!", respondeu Gandalf. "Tu me encorajas. Buscaremos juntos as portas ocultas. E atravessaremos. Nas ruínas dos Anãos uma cabeça de anão será mais difícil de confundir que Elfos ou Homens ou Hobbits. Porém não será a primeira vez que estive em Moria. Por longo tempo lá busquei Thráin, filho de Thrór, depois que ele se perdeu. Atravessei e saí vivo!"

"Também eu certa vez passei pelo Portão do Riacho-escuro", disse Aragorn em voz baixa; "mas, apesar de eu também ter saído, a lembrança é muito má. Não desejo entrar em Moria pela segunda vez."

"E eu não desejo entrar lá nem uma vez", retrucou Pippin.

"Nem eu", murmurou Sam.

"É claro que não!", disse Gandalf. "Quem desejaria? Mas a questão é: quem irá me seguir se eu vos conduzir para lá?"

"Eu irei", disse Gimli avidamente.

"Eu irei", disse Aragorn, pesaroso. "Tu seguiste minha liderança até o quase desastre na neve e não disseste palavra de acusação. Agora seguirei tua liderança — se este último alerta não te demover. Não penso agora no Anel, nem em nós outros, e sim em ti, Gandalf. E te digo: se passares pelas portas de Moria, toma cuidado!"

"Eu *não* irei", disse Boromir; "a não ser que o voto de toda a Comitiva me seja contrário. O que dizem Legolas e o povo pequeno? Certamente precisa ser ouvida a voz do Portador-do-Anel?"

"Eu não desejo ir a Moria", respondeu Legolas.

Os hobbits nada disseram. Sam olhou para Frodo. Por fim, Frodo falou. "Eu não desejo ir", disse ele; "mas tampouco desejo recusar o conselho de Gandalf. Peço que não haja voto antes que tenhamos dormido. Gandalf obterá votos mais facilmente à luz da manhã do que nesta escuridão fria. Como uiva o vento!"

A estas palavras todos caíram em pensamentos silenciosos. Ouviam o vento chiando entre as rochas e as árvores, e ao redor deles havia uivos e lamentos nos espaços vazios da noite.

De repente Aragorn se ergueu com um salto. "Como uiva o vento!", exclamou. "Está uivando com vozes de lobos. Os wargs vieram a oeste das Montanhas!"

"Então precisamos esperar pela manhã?", disse Gandalf. "É como eu disse. A caçada está em andamento! Mesmo que vivamos para ver o amanhecer, quem agora quererá viajar de noite rumo ao sul, com os lobos selvagens em seu encalço?"

"Qual a distância até Moria?", perguntou Boromir.

"Havia uma porta a sudoeste de Caradhras, a umas quinze milhas a voo de corvo, e quem sabe vinte a passo de lobo", respondeu Gandalf, sisudo.

"Então partamos assim que houver luz amanhã, se pudermos", disse Boromir. "O lobo que se ouve é pior que o orque que se teme."

"Verdade!", assentiu Aragorn, desprendendo a espada na bainha. "Mas onde o warg uiva, o orque também vagueia."

"Queria ter ouvido o conselho de Elrond", murmurou Pippin para Sam. "Afinal de contas, não sirvo para nada. Não há em mim o suficiente da estirpe de Bandobras, o Berratouro: esses uivos me gelam o sangue. Não me recordo de jamais ter-me sentido tão infeliz."

"Meu coração desceu até os dedos dos pés, Sr. Pippin", disse Sam. "Mas ainda não fomos devorados e temos indivíduos valentes aqui conosco. Não sei o que está reservado pro velho Gandalf, mas aposto que não é uma barriga de lobo."

Para se defender durante a noite, a Comitiva escalou o topo da pequena colina sob a qual estiveram se abrigando. Era encimada por um capão de árvores velhas e retorcidas, em torno das quais havia um círculo rompido de matacães. Fizeram uma fogueira no meio delas, pois não havia esperança de a escuridão e o silêncio evitarem que sua trilha fosse descoberta pelas matilhas de caçadores.

Ficaram sentados ao redor do fogo, e os que não estavam de sentinela cochilavam inquietos. O pobre pônei Bill, de pé, tremia e suava. Agora os uivos dos lobos estavam em toda a sua volta, às vezes mais perto e às vezes mais longe. Na madrugada viam-se muitos olhos luminosos espiando por cima da crista da colina. Alguns avançaram quase até o anel de pedras. Numa brecha do círculo via-se um grande vulto escuro de lobo parado, espiando-os. Soltou um uivo estremecido, como se fosse um capitão convocando a matilha ao ataque.

Gandalf levantou-se e caminhou em frente, erguendo o cajado. "Ouve, Cão de Sauron!", gritou. "Gandalf está aqui. Foge se dás valor à tua pele imunda! Eu te farei murchar da cauda ao focinho se entrares neste anel."

O lobo rosnou e pulou sobre eles em grande salto. Nesse momento ouviu-se um zunido agudo. Legolas disparara seu arco. Ouviu-se um berro hediondo, e o vulto que saltava caiu pesadamente no chão; a flecha élfica lhe perfurara a garganta. Os olhos que vigiavam apagaram-se de súbito. Gandalf e Aragorn deram alguns passos para a frente, mas a colina estava deserta; as matilhas de caça tinham fugido. Em toda a volta deles a escuridão se fez silenciosa, e não veio nenhum grito no vento que suspirava.

A noite estava avançada, e no oeste a lua minguante se punha, brilhando caprichosa através das nuvens que se desfaziam. De repente, Frodo acordou num sobressalto. Sem aviso, uma tempestade de uivos irrompeu feroz e selvagem em torno do acampamento. Uma grande hoste de wargs se reunira em silêncio e agora os atacava de todos os lados ao mesmo tempo.

"Joguem lenha na fogueira!", gritou Gandalf para os hobbits. "Saquem as armas e postem-se de costas uns para os outros!"

À luz súbita da lenha nova que se inflamava, Frodo viu muitas formas cinzentas que saltavam por cima do anel de pedras. Outras e outras mais se seguiram. Num ímpeto, Aragorn perpassou a garganta de um enorme líder com a espada; Boromir, em movimento amplo, decepou a cabeça de outro. Ao lado deles Gimli estava de pé, com as pernas robustas afastadas, empunhando seu machado-anânico. O arco de Legolas cantava.

À luz bruxuleante da fogueira, Gandalf pareceu crescer de repente: ergueu-se em grande forma ameaçadora, como o monumento de um antigo rei de pedra posto sobre uma colina. Inclinando-se como uma nuvem, apanhou um galho em chamas e caminhou ao encontro dos lobos. Recuaram diante dele. Ele lançou a tocha ardente alto no ar. Ela rebentou em chamas, com súbita radiância branca como de um raio; e a voz dele rolou como um trovão.

"*Naur an edraith ammen! Naur dan i ngaurhoth!*", exclamou.
Ouviu-se um rugido e uma crepitação, e a árvore acima dele irrompeu numa folha e flor de chamas cegantes. O fogo saltou de copa em copa. Toda a colina estava coroada de luz ofuscante. As espadas e adagas dos defensores reluziam e fulguravam. A última flecha de Legolas incendiou-se no ar ao voar, e em chamas enterrou-se no coração de um grande chefe dos lobos. Todos os demais fugiram.

O fogo apagou-se devagar, até nada restar senão cinzas e fagulhas a cair; uma fumaça amarga enrolou-se sobre os tocos de árvore queimados e soprou da colina, escura, à medida que a primeira luz do amanhecer surgiu débil no céu. Seus inimigos estavam desbaratados e não voltaram.

"O que foi que eu lhe disse, Sr. Pippin?", disse Sam, embainhando a espada. "Os lobos não o derrotam. Foi de encher os olhos, sem dúvida! Quase chamuscou os cabelos da minha cabeça!"

Quando chegou a luz plena da manhã, não se via sinal dos lobos, e em vão eles procuraram os corpos dos mortos. Não restava vestígio da luta senão as árvores carbonizadas e as flechas de Legolas no chão do cume. Estavam todas intactas, exceto uma da qual só sobrara a ponta.

"É como eu temia", disse Gandalf. "Não eram lobos comuns caçando alimento no ermo. Vamos comer depressa e partir!"

Naquele dia o tempo mudou outra vez, quase como se fosse por ordem de algum poder que não tinha mais serventia para a neve, já que haviam recuado do passo, um poder que agora desejava ter luz clara para ver de longe os seres que se movessem no ermo. O vento estivera virando pelo norte para o noroeste durante a noite e agora parara. As nuvens se retiraram para o sul e o céu se abriu, alto e azul. Quando estavam de pé na encosta da colina, prontos para partir, a pálida luz do sol brilhava sobre os cimos das montanhas.

"Precisamos alcançar as portas antes do pôr do sol," disse Gandalf, "ou receio que nunca as alcancemos. Não é longe, mas nossa trilha poderá ser tortuosa, pois aqui Aragorn não pode nos guiar; poucas vezes ele caminhou nesta terra, e eu só uma vez estive embaixo da muralha ocidental de Moria, e isso foi muito tempo atrás.

"Ali está ela", informou ele, apontando para o sudeste, onde os flancos das montanhas caíam íngremes para as sombras em seus sopés. Ao longe podia-se ver, indistintamente, uma linha de penhascos nus, e no meio deles, mais alta que o restante, uma grande muralha cinzenta. "Quando deixamos o passo eu vos conduzi rumo ao sul, e não de volta ao nosso ponto de partida, como alguns de vós podem ter notado. Foi bom fazer assim, pois agora temos várias milhas a menos para transpor, e a pressa é necessária. Vamos embora!"

"Não sei o que esperar", disse Boromir, sisudo; "que Gandalf encontre o que busca ou que, chegando ao penhasco, descubramos que os portões se perderam para sempre. Todas as opções parecem ruins, e a maior probabilidade é sermos apanhados entre os lobos e a muralha. Conduze-nos!"

Agora Gimli caminhava à frente, ao lado do mago, de tão ávido para chegar a Moria. Juntos conduziram a Comitiva de volta rumo às montanhas. A única estrada antiga que conduzia a Moria pelo oeste corria ao longo do curso de um riacho, o Sirannon, que saía do sopé dos penhascos perto de onde haviam estado as portas. Mas ou Gandalf se enganava, ou então o terreno mudara em anos recentes; pois ele não topou com o riacho onde pretendia encontrá-lo, algumas poucas milhas ao sul do seu ponto de partida.

A manhã estava se tornando em meio-dia, e a Comitiva ainda vagava e escalava em um terreno árido de pedras vermelhas. Em nenhum lugar conseguiam ver o brilho da água nem escutar o seu ruído. Estava tudo deserto e seco. Eles desanimaram. Não viam ser vivo e não havia nenhuma ave no céu; mas o que a noite traria, se os apanhasse naquela terra perdida, nenhum deles se atrevia a pensar.

De repente Gimli, que havia avançado às pressas, os chamou. Estava de pé num outeiro e apontava para a direita. Apressando-se, viram abaixo deles um sulco profundo e estreito.

Estava vazio e silencioso, e mal escorria um fio de água entre as pedras do seu leito, pardas e manchadas de vermelho; mas na margem próxima havia uma trilha, muito estragada e decaída, que serpenteava entre as muralhas arruinadas e as pedras do pavimento de uma antiga estrada.

"Ah! Aqui está afinal!", exclamou Gandalf. "Era aqui que corria o riacho: Sirannon, o Riacho-do-portão, assim costumavam chamá-lo. Mas não consigo imaginar o que aconteceu com a água; ela costumava ser veloz e ruidosa. Vinde! Precisamos nos apressar. Estamos atrasados."

A Comitiva tinha os pés doloridos e estava exausta; mas caminharam penosa e obstinadamente por muitas milhas ao longo da trilha grosseira que fazia curvas. O sol desceu do meio-dia e começou a rumar para o oeste. Após uma breve parada e uma refeição feita às pressas, seguiram em frente. Diante deles as montanhas tinham a cara fechada, mas a trilha corria por uma funda cova do terreno, e só conseguiam ver as encostas mais altas e os picos mais orientais.

Finalmente chegaram a uma curva fechada. Ali a estrada, que viera tendendo para o sul entre a beira do sulco e um declive íngreme à esquerda, fazia uma volta e voltava a seguir direto para o leste. Virando a curva, viram diante de si um penhasco baixo, de umas cinco braças[1] de altura, com um topo rompido e recortado. Por cima dele pingava um fio d'água, através de uma fenda larga que parecia ter sido escavada por uma cascata que fora outrora vigorosa e abundante.

"Deveras as coisas mudaram!", disse Gandalf. "Mas não há como se confundir o lugar. Ali está tudo o que resta da Cachoeira da Escada. Se bem me lembro, havia um lanço de degraus escavados na rocha ao lado dela, mas a estrada principal se curvava para a esquerda e subia, em várias voltas, até o terreno plano do topo. Havia um vale raso além da cachoeira, dali até as Muralhas de Moria, e o Sirannon corria por ele tendo a estrada ao lado. Vamos ver como as coisas estão agora!"

---

[1] A braça equivale a 2 jardas, ou aproximadamente 1,8 metro. [N. T.]

Encontraram sem dificuldade os degraus de pedra, e Gimli os subiu em saltos rápidos, seguido por Gandalf e Frodo. Quando chegaram ao topo viram que não podiam prosseguir por ali, e a razão pela qual o Riacho-do-portão secara foi revelada. Atrás deles a Sol poente preenchia o frio céu ocidental com ouro rebrilhante. Diante deles estendia-se um lago escuro e imóvel. Nem o céu nem o ocaso se refletiam em sua superfície tristonha. O Sirannon fora represado e preenchera todo o vale. Além da água agourenta erguiam-se vastos penhascos, com faces severas e pálidas à luz minguante: finais e impassáveis. Frodo não podia ver sinal de portão nem de entrada, nenhuma fissura nem rachadura na pedra carrancuda.

"Ali estão as Muralhas de Moria", disse Gandalf, apontando para o outro lado da água. "E ali ficava antigamente o Portão, a Porta Élfica no fim da estrada vinda de Azevim, pela qual chegamos. Mas este caminho está bloqueado. Nenhum membro da Comitiva, imagino, quererá nadar nesta água sombria ao final do dia. Ela tem um aspecto doentio."

"Precisamos encontrar um meio de contornar a margem norte", disse Gimli. "A primeira coisa que a Comitiva deve fazer é escalar pela trilha principal e ver aonde isso nos levará. Mesmo que não houvesse lago não poderíamos fazer nosso pônei de carga subir por esta escada."

"Mas em todo caso não podemos levar o pobre animal para dentro das Minas", disse Gandalf. "A estrada por baixo das montanhas é uma estrada obscura, e há lugares estreitos e íngremes onde ele não pode pisar, mesmo que nós possamos."

"Coitado do velho Bill!", disse Frodo. "Eu não tinha pensado nisso. E coitado do Sam! Pergunto-me o que ele dirá."

"Lamento", disse Gandalf. "O coitado do Bill foi um companheiro útil, e me dói o coração deixá-lo à deriva agora. Eu poderia ter viajado com menos carga, sem trazer animal, menos que todos este, de que Sam gosta, se fosse à minha maneira. O tempo todo receei que haveríamos de ser obrigados a tomar esta estrada."

O dia estava se aproximando do fim, e estrelas frias reluziam no céu muito acima do pôr do sol, quando a Comitiva subiu pelas encostas com toda a pressa que podia e chegou à beira do lago. Não parecia não ter mais do que dois ou três oitavos de milha de largura no ponto mais amplo. À luz minguante não conseguiam ver o quanto se estendia para o sul; mas a extremidade norte não ficava a mais de meia milha de onde se encontravam, e entre as cristas de pedra que cercavam o vale e a beira da água havia uma borda de terreno livre. Avançaram às pressas, pois ainda tinham que percorrer uma ou duas milhas até chegarem ao ponto da margem oposta aonde Gandalf estava rumando; e depois disso ele ainda precisaria encontrar as portas.

Quando chegaram à ponta norte do lago, encontraram um arroio estreito que lhes bloqueava o caminho. Era verde e estagnado, estendido como um braço viscoso para as colinas que os cercavam. Gimli foi em frente sem impedimento e descobriu que a água era rasa, não chegando acima dos tornozelos na borda. Caminharam enfileirados atrás dele, traçando seu caminho com cuidado, pois embaixo das poças cheias de algas havia pedras escorregadias e limosas, e o piso era traiçoeiro. Frodo estremeceu de repugnância diante do toque da água escura e imunda em seus pés.

Quando Sam, último da Comitiva, conduzia Bill para a terra seca do lado oposto, ouviu-se um ruído baixo: um silvo, seguido de um estalo, como se um peixe tivesse mexido a superfície imóvel da água. Virando-se depressa, eles viram ondulações, delineadas em negro pela sombra à luz que minguava: grandes anéis se alargavam a partir de um ponto bem longe no meio do lago. Fez-se um som borbulhante, e depois silêncio. O crepúsculo aprofundou-se, e os últimos raios do ocaso ficaram envoltos em nuvens.

Agora Gandalf os impelia à grande pressa, e os demais seguiam o mais rapidamente que podiam. Alcançaram a faixa de terra seca entre o lago e os penhascos: era estreita, muitas vezes medindo pouco mais de uma dúzia de jardas de largura, e estava impedida por rochedos e pedras caídas; mas encontraram passagem, encostados ao penhasco e mantendo-se o mais longe que conseguiam da água escura. Uma milha mais ao sul, ao longo da beira, toparam com pés de azevinho. Tocos e ramos mortos apodreciam na água rasa, parecendo restos de antigas moitas ou de uma sebe que outrora ladeara a estrada através do vale submerso. Mas bem abaixo do penhasco, ainda fortes e vivos, havia dois pés altos, maiores que qualquer azevinheiro que Frodo jamais vira ou imaginara. Suas grandes raízes se espalhavam da muralha até a água. Sob os penhascos que assomavam, haviam parecido simples arbustos, vistos de longe desde o topo da Escada; mas agora erguiam-se acima de suas cabeças, rijos, escuros e silenciosos, projetando em torno de suas bases fundas sombras noturnas, eretos como colunas sentinelas no fim da estrada.

"Bem, eis-nos aqui finalmente!", disse Gandalf. "Aqui terminava o Caminho-élfico desde Azevim. O azevinho era o símbolo do povo daquela terra, e plantaram-no aqui para marcar o fim de seu domínio; pois a Porta Oeste foi feita mormente para uso deles em seus negócios com os Senhores de Moria. Aqueles eram dias mais felizes, quando às vezes ainda havia amizade intensa entre povos de diferentes raças, até entre os Anãos e os Elfos."

"Não foi por culpa dos Anãos que a amizade se extinguiu", disse Gimli.

"Não ouvi que tenha sido culpa dos Elfos", respondeu Legolas.

"Ouvi ambas as coisas", continuou Gandalf; "e agora não farei julgamento. Mas peço aos dois, Legolas e Gimli, que sejais amigos ao menos e que me ajudeis. Preciso de ambos. As portas estão fechadas e ocultas, e quanto antes as encontrarmos melhor. A noite se avizinha!"

Voltando-se para os outros, disse: "Enquanto procuro, aprontai-vos cada um para entrar nas Minas. Pois aqui, receio, precisamos nos despedir de nosso bom animal de carga. Deveis descartar grande parte do material que trouxemos para o mau tempo: não precisareis dele lá dentro, nem, assim espero, quando tivermos atravessado e prosseguirmos a jornada rumo ao Sul. Ao invés disso, cada um de nós terá de carregar uma parcela do que o pônei levava, especialmente a comida e os odres de água."

"Mas não pode deixar o pobre velho Bill para trás neste lugar abandonado, Sr. Gandalf!", exclamou Sam, irado e perturbado. "Não vou admitir isso e está falado. Depois de ele chegar até aqui e tudo o mais!"

"Lamento, Sam", disse o mago. "Mas quando a Porta se abrir não acho que você será capaz de arrastar seu Bill para dentro, para a longa escuridão de Moria. Vai ter de escolher entre Bill e seu patrão."

"Ele seguiria o Sr. Frodo para dentro do covil de um dragão, se eu o conduzisse", protestou Sam. "Seria um verdadeiro assassinato soltá-lo com todos esses lobos por aí."

"Será menos que um assassinato, espero", disse Gandalf. Pôs a mão na cabeça do pônei e falou em voz baixa. "Vá levando palavras de proteção e guia", disse ele. "Você é um animal sábio e aprendeu muita coisa em Valfenda. Ache o caminho para lugares onde possa encontrar capim e chegue por fim à casa de Elrond, ou aonde quer que deseje ir.

"Aí está, Sam! Ele terá a mesma chance de escapar dos lobos e chegar em casa do que nós."

Sam ficou parado junto ao pônei, tristonho, e não deu resposta. Bill, que parecia entender bem o que estava acontecendo, afocinhou-o, pondo o nariz na orelha de Sam. Sam irrompeu em lágrimas e remexeu nas correias, descarregando todos os fardos do pônei e jogando-os no chão. Os demais distribuíram os pacotes, fazendo uma pilha de tudo o que podia ser deixado para trás e dividindo o restante entre si.

Quando isto estava feito, voltaram-se para observar Gandalf. Ele parecia não ter feito nada. Estava em pé entre as duas árvores, fitando a parede nua do penhasco como se quisesse perfurá-la com os olhos. Gimli andava por perto, dando pancadinhas de machado na pedra aqui e ali. Legolas estava encostado ao rochedo, como quem escuta.

"Bem, aqui estamos nós, todos prontos", disse Merry; "mas onde estão as Portas? Não consigo ver nenhum sinal delas."

"As portas-anânicas são feitas para não serem vistas quando estão fechadas", disse Gimli. "São invisíveis, e seus próprios construtores não conseguem encontrá-las nem abri-las se o seu segredo for esquecido."

"Mas esta Porta não foi feita para ser um segredo conhecido apenas pelos Anãos", disse Gandalf, adquirindo vida de repente e virando-se. "A não ser que esteja tudo inteiramente mudado, os olhos que sabem o que buscar podem descobrir os sinais."

Andou em frente até a muralha. Bem entre as sombras das árvores havia um espaço liso, e sobre este ele passou as mãos, para lá e para cá, murmurando palavras a meia-voz. Depois deu um passo para trás.

"Vede!", disse ele. "Podeis ver algo agora?"

A Lua já brilhava sobre a face cinzenta da rocha; porém nada mais puderam ver por algum tempo. Então lentamente, na superfície onde haviam passado as mãos do mago, apareceram linhas débeis como finos veios de prata correndo pela pedra. No início nada mais eram que pálidos filamentos de teia, tão delgados que só rebrilhavam intermitentemente onde a Lua os iluminava, mas foram continuamente ficando mais largos e nítidos até que se pudesse adivinhar seu desenho.

No topo, tão alto quanto Gandalf podia alcançar, havia um arco de letras entrelaçadas em caracteres élficos. Mais abaixo, apesar de em alguns lugares os filamentos estarem borrados ou rompidos, podia-se ver o contorno de uma bigorna e um martelo encimados por uma coroa com sete estrelas. Abaixo destes, por sua vez, estavam duas árvores, cada uma carregada de luas crescentes. Mais claramente que tudo o mais brilhava, no meio da porta, uma única estrela de muitos raios.

"Eis os emblemas de Durin!", exclamou Gimli.

"E eis a Árvore dos Altos Elfos!", disse Legolas.

"E a Estrela da Casa de Fëanor", disse Gandalf. "São lavrados em *ithildin*, que só reflete a luz das estrelas e o luar e dorme até ser tocado por quem fale palavras já há muito esquecidas na Terra-média. Faz muito tempo que as ouvi e pensei intensamente até conseguir recordá-las em minha mente."

"O que diz a escrita?", perguntou Frodo, que tentava decifrar a inscrição do arco. "Pensei que conhecia as letras-élficas, mas não consigo ler estas."

"As palavras são na língua-élfica do Oeste da Terra-média nos Dias Antigos", respondeu Gandalf. "Mas não dizem nada que tenha importância para nós. Dizem somente: *As Portas de Durin, Senhor de Moria. Fala, amigo, e entra.* E embaixo, em letras pequenas e apagadas, está escrito: *Eu, Narvi, as fiz. Celebrimbor de Azevim desenhou estes sinais.*"

Aqui está escrito nos caracteres feanorianos de acordo com o modo de Beleriand: Ennyn Durin Aran Moria: pedo mellon a minno. Im Narvi hain echant: Celebrimbor o Eregion teithant i thiw hin.

"O que quer dizer com 'fala, amigo, e entra'?", indagou Merry.

"Isso é bem claro", disse Gimli. "Se fores amigo, fala a senha, e as portas se abrirão, e poderás entrar."

"Sim," assentiu Gandalf, "estas portas provavelmente são controladas por palavras. Alguns portões-anânicos só se abrem em tempos especiais ou para pessoas determinadas; e alguns têm fechaduras e chaves que ainda são precisas quando são conhecidos todos os tempos e palavras necessários. Estas portas não têm chave. Nos dias de Durin elas não eram secretas. Normalmente ficavam abertas e guarda-portões sentavam-se aqui. Mas quando eram fechadas, qualquer um que soubesse a palavra de abertura poderia falá-la e ingressar. Pelo menos é assim que está registrado, não está, Gimli?"

"Está", respondeu o anão. "Mas não é lembrado qual era a palavra. Narvi e seu ofício e toda a sua gente desapareceram da terra."

"Mas *tu* não conheces a palavra, Gandalf?", perguntou Boromir, surpreso.

"Não!", disse o mago.

Os demais pareceram consternados; somente Aragorn, que conhecia Gandalf bem, permaneceu em silêncio e impassível.

"Então de que adiantou nos trazer a este lugar maldito?", exclamou Boromir, olhando com um estremecimento para a água escura atrás de si. "Tu nos disseste que certa vez havias passado pelas Minas. Como podia ser isso se não sabias como entrar?"

"A resposta à tua primeira pergunta, Boromir," disse o mago, "é que não sei a palavra — ainda. Mas logo haveremos de ver. E", acrescentou, com um brilho nos olhos debaixo das sobrancelhas eriçadas, "podes perguntar de que servem meus feitos quando demonstram ser inúteis. Quanto à tua outra pergunta: duvidas de meu relato? Ou não te sobra esperteza? Não entrei por aqui. Vim do Leste.

"Se queres saber, eu te direi que estas portas se abrem para fora. De dentro podes empurrá-las com as mãos. De fora nada as move senão o encantamento de comando. Não podem ser forçadas para dentro."

"O que vai fazer então?", perguntou Pippin, pouco intimidado pelas sobrancelhas eriçadas do mago.

"Bater nas portas com tua cabeça, Peregrin Tûk", disse Gandalf. "Mas se isso não as despedaçar, e me permitirem um pouco de paz ante perguntas tolas, vou buscar as palavras de abertura.

"Já conheci todos os encantamentos, em todas as línguas, dos Elfos ou Homens ou Orques, que foram usados para tal finalidade. Ainda consigo recordar dez vintenas deles sem dar busca em minha mente. Mas algumas poucas tentativas, eu penso, serão necessárias; e não hei de pedir a Gimli as palavras da língua secreta dos Anãos que não ensinam a ninguém. As palavras de abertura eram élficas, como a escrita no arco: isso parece certo."

Aproximou-se da rocha mais uma vez e tocou de leve com o cajado a estrela de prata no meio, abaixo do sinal da bigorna.

"Annon edhellen, edro hi ammen!
Fennas nogothrim, lasto beth lammen!",

disse ele em voz imperiosa. As linhas de prata esmaeceram, mas a pedra lisa e cinzenta não se moveu.

Muitas vezes ele repetiu essas palavras em ordem diferente, ou as variou. Depois tentou outros encantos, um após o outro, falando ora mais depressa e alto, ora baixo e devagar. Depois falou muitas palavras isoladas da fala élfica. Nada aconteceu. O penhasco se erguia na noite, as incontáveis estrelas se acenderam, o vento soprava frio, e as portas permaneceram firmes.

Outra vez Gandalf se aproximou da muralha e, erguendo os braços, falou em tons imperiosos e ira crescente. "*Edro, edro!*", exclamou ele, e golpeou a rocha com o cajado. "Abre, abre!", gritou, e em seguida disse o mesmo comando em todos os idiomas que já foram falados no Oeste da Terra-média. Depois jogou o cajado no chão e sentou-se em silêncio.

Naquele momento o vento trouxe de longe, aos ouvidos atentos deles, o uivo dos lobos. O pônei Bill teve um sobressalto de medo, e Sam saltou para junto dele e lhe sussurrou baixinho.

"Não o deixes fugir!", disse Boromir. "Parece que ainda precisaremos dele, se os lobos não nos encontrarem. Como odeio esta lagoa imunda!" Abaixou-se e, pegando uma grande pedra, lançou-a longe na água escura.

A pedra sumiu com um impacto mole; mas no mesmo instante houve um silvo e um borbulhamento. Grandes anéis ondulantes formaram-se na superfície distante onde caíra a pedra, e moveram-se devagar na direção do sopé do penhasco.

"Por que fizeste isso, Boromir?", indagou Frodo. "Também odeio este lugar e tenho medo. Não sei do quê: não dos lobos, nem da escuridão atrás das portas, mas de outra coisa. Tenho medo da lagoa. Não a agites!"

"Queria que pudéssemos ir embora", disse Merry.

"Por que Gandalf não faz alguma coisa depressa?", perguntou Pippin.

Gandalf não lhes deu atenção. Estava sentado de cabeça baixa, fosse por desespero ou pensamento ansioso. Ouviram-se outra vez os uivos lamentosos dos lobos. As ondulações da água cresceram e chegaram mais perto; algumas já marulhavam na margem.

Com um repente que sobressaltou a todos, o mago se levantou de um salto. Estava rindo! "Achei!", exclamou ele. "É claro, é claro! Absurdamente simples, como a maioria dos enigmas quando se vê a resposta."

Apanhando o cajado, postou-se diante da rocha e disse em voz clara: "*Mellon!*"

A estrela brilhou brevemente e apagou-se outra vez. Então, silenciosamente, um grande portal se delineou, apesar de nem uma fenda ou junção estar visível antes. Devagar ele se dividiu ao meio e girou para fora, polegada após polegada, até ambas as portas estarem encostadas à parede. Através da abertura podia-se ver uma escada sombria que subia íngreme; mas além dos degraus inferiores a treva era mais profunda que a noite. A Comitiva fitava, assombrada.

"Eu estava errado afinal," disse Gandalf, "e Gimli também. Merry, imaginai só, estava na pista certa. A palavra de abertura estava inscrita no arco o tempo todo! A tradução deveria ser: *Dize 'Amigo' e entra*. Só precisei dizer a palavra élfica para *amigo* e as portas se abriram. Bem simples. Simples demais para um erudito mestre do saber nestes dias suspeitos. Aqueles eram tempos mais felizes. Agora vamos!"

Deu um passo para a frente e pôs o pé no degrau inferior. Mas nesse momento várias coisas aconteceram. Frodo sentiu que algo o agarrava pelo tornozelo e caiu com um grito. O pônei Bill soltou um relincho selvagem de pavor, deu as costas e fugiu a toda pela beira do lago para a escuridão. Sam saltou em seu encalço e depois, ouvindo o grito de Frodo, voltou correndo, chorando e praguejando. Os demais viraram-se e viram as águas do lago fervilhando, como se uma hoste de serpentes estivesse nadando vinda do extremo sul.

Um tentáculo longo e sinuoso havia se arrastado para fora da água; tinha cor verde pálida, era luminoso e úmido. A extremidade semelhante a um dedo agarrou o pé de Frodo e o estava arrastando para dentro da água. Sam, de joelhos, já a estava golpeando com uma faca.

O braço soltou Frodo, e Sam o puxou para longe, gritando por socorro. Vinte outros braços surgiram ondulando. A água escura fervia, e o mau cheiro era hediondo.

"Para o portal! Escada acima! Depressa!", gritou Gandalf, saltando para trás. Despertando-os do horror que parecia ter enraizado a todos, exceto Sam, no chão onde estavam parados, ele os impeliu para a frente.

Foi bem a tempo. Sam e Frodo só haviam galgado alguns degraus, e Gandalf mal começara a subir, quando os tentáculos tateantes, contorcendo-se, atravessaram a beira estreita e sondaram a parede do penhasco e as portas. Um deles retorceu-se e transpôs a soleira, reluzindo à luz das estrelas. Gandalf virou-se e parou. Se estava imaginando qual palavra voltaria a fechar o portão por dentro, isso não foi necessário. Muitos braços enroscados agarraram as portas de ambos os lados e as giraram com força horrível. Elas bateram com um eco dilacerante, e toda a luz se perdeu. Um ruído de algo despedaçando-se e caindo com estrondo passou surdamente através da pesada pedra.

Sam, agarrado ao braço de Frodo, despencou no degrau na treva negra. "Coitado do velho Bill!", disse ele com voz embargada. "Coitado do velho Bill! Lobos e cobras! Mas as cobras foram demais para ele. Eu tive de escolher, Sr. Frodo. Eu tive de vir com o senhor."

Ouviram Gandalf descendo os degraus e golpeando as portas com o cajado. Houve um tremor na pedra e a escada estremeceu, mas as portas não se abriram.

"Bem, bem!", disse o mago. "Agora a passagem está bloqueada atrás de nós, e só há um caminho de saída — do outro lado das montanhas. Pelos ruídos, receio que os rochedos tenham sido amontoados, e as árvores arrancadas e lançadas, fechando o portão. Lamento; pois as árvores eram belas e estiveram de pé por muito tempo."

"Senti que havia algo horrível por perto desde o momento em que meu pé tocou a água", disse Frodo. "O que era a coisa, ou havia muitas delas?"

"Não sei", respondeu Gandalf; "mas todos os braços eram dirigidos por um propósito. Alguma coisa se arrastou ou foi expulsa das águas escuras sob as montanhas. Há seres mais antigos e mais imundos que os Orques nas profundas do mundo." Não falou em voz alta seu pensamento de que o habitante do lago, fosse o que fosse, havia agarrado Frodo primeiro dentre toda a Comitiva.

Boromir resmungou em voz baixa, mas a pedra ecoante ampliou o som a um sussurro rouco que todos conseguiram ouvir: "Nas profundas do mundo! E é para lá que estamos indo contra minha vontade. Quem nos conduzirá agora nesta treva mortal?"

"Eu," respondeu Gandalf, "e Gimli há de caminhar comigo. Segui meu cajado!"

Ao passar à frente, subindo os grandes degraus, o mago ergueu o cajado, e uma radiância débil luziu em sua extremidade. A ampla escadaria estava ilesa e incólume. Duzentos degraus eles contaram, largos e rasos; e no topo encontraram uma passagem em arco com um piso horizontal que conduzia para a escuridão.

"Vamos sentar e descansar e comer alguma coisa, aqui no patamar, já que não podemos encontrar um refeitório!", disse

Frodo. Tinha começado a se livrar do terror do braço que o agarrara e sentiu-se de repente extremamente faminto.

A proposta foi bem recebida por todos; e sentaram-se nos degraus superiores, vultos sombrios no escuro. Depois de comerem, Gandalf deu a cada um o terceiro gole do *miruvor* de Valfenda.

"Receio que não dure muito mais", disse ele; "mas creio que precisamos dele depois daquele horror no portão. E, a não ser que tenhamos muita sorte, vamos precisar de tudo o que resta antes de vermos o outro lado! Tomai cuidado com a água também! Há muitos riachos e poços nas Minas, mas eles não devem ser tocados. Poderemos não ter oportunidade de encher nossos odres e frascos até descermos ao Vale do Riacho-escuro."

"Quanto tempo vamos levar para isso?", perguntou Frodo.

"Não sei dizer", respondeu Gandalf. "Isso depende de muitos acasos. Mas andando direto, sem termos contratempos nem nos perdermos, espero que levemos três ou quatro marchas. Não pode haver menos de quarenta milhas da Porta-oeste ao Portão-leste em linha reta, e o caminho poderá fazer muitas curvas."

Depois de um breve descanso, voltaram a se pôr a caminho. Todos estavam ansiosos por terminar a jornada o mais depressa possível e, mesmo estando exaustos, dispunham-se a seguir marchando por mais algumas horas. Gandalf caminhava na frente como antes. Na mão esquerda erguia seu cajado reluzente, cuja luz só mostrava o chão diante dos seus pés; na direita segurava a espada Glamdring. Atrás dele vinha Gimli, com os olhos brilhando na luz fraca enquanto virava a cabeça para um e outro lado. Atrás do anão caminhava Frodo e havia sacado a espada curta, Ferroada. Nenhum brilho vinha das lâminas de Ferroada nem Glamdring; e isso era um alívio, pois, visto que essas espadas eram obra de ferreiros élficos dos Dias Antigos, elas luziam com luz fria se houvesse Orques nas redondezas. Atrás de Frodo vinha Sam, e depois dele Legolas, e os hobbits jovens, e Boromir. Na escuridão da retaguarda, carrancudo e silencioso, caminhava Aragorn.

A passagem contornou algumas curvas e depois começou a descer. Fez um declive constante por longo tempo antes de nivelar-se outra vez. O ar ficou quente e sufocante, mas não era fétido, e às vezes eles sentiam correntes de ar mais fresco em seus rostos, saídas de aberturas meio adivinhadas nas paredes. Havia muitas. Ao pálido raio do cajado do mago, Frodo vislumbrou escadas e arcos e outras passagens e túneis, que subiam, ou desciam íngremes, ou se abriam em escuro vazio de ambos os lados. Era desnorteante para além da possibilidade de se recordar.

Gimli ajudou Gandalf muito pouco, exceto por sua robusta coragem. Pelo menos não estava, como a maioria dos outros, perturbado pela mera escuridão. Muitas vezes o mago o consultou em pontos onde a escolha do caminho era duvidosa; mas era sempre Gandalf quem tinha a última palavra. As Minas de Moria eram vastas e intrincadas além da imaginação de Gimli, filho de Glóin, por muito que ele fosse anão da raça montanhesa. A Gandalf as lembranças remotas de uma jornada muito anterior já não eram de grande ajuda, mas, mesmo na treva e apesar de todas as voltas do caminho, ele sabia aonde queria ir e não titubeava enquanto houvesse uma trilha que conduzisse rumo à sua meta.

"Não temais!", disse Aragorn. Houve uma pausa mais longa que o usual, e Gandalf e Gimli estavam cochichando entre si; os demais aglomeravam-se atrás deles, esperando ansiosos. "Não temais! Estive com ele em muitas jornadas, se bem que nunca em uma tão escura; e há histórias em Valfenda sobre feitos seus, maiores que os que eu tenha visto. Ele não se extraviará — se houver uma trilha para encontrar. Ele nos trouxe aqui contra nossos temores, mas vai nos levar para fora não importa o custo para si mesmo. Ele tem mais segurança ao achar o caminho de casa numa noite cega que os gatos da Rainha Berúthiel."

A Comitiva tinha sorte de ter tal guia. Não tinham combustíveis nem quaisquer meios de fazerem tochas; na correria desesperada diante das portas muitas coisas tinham sido deixadas para trás. Mas sem luz, logo teriam malogrado. Não somente havia muitos caminhos para escolher, também havia em muitos lugares buracos e alçapões, e poços escuros junto à trilha, onde seus pés ecoavam ao passar. Havia fissuras e abismos nas paredes e no piso, e de vez em quando uma fenda se abria bem diante dos seus pés. A mais larga tinha mais de sete pés, e passou muito tempo antes que Pippin juntasse coragem bastante para saltar sobre a brecha pavorosa. O ruído de água em agitação vinha de grande profundidade, como se uma grande roda de moinho estivesse girando nas profundezas.

"Corda!", murmurou Sam. "Eu sabia que ia precisar se não tivesse!"

À medida que esses perigos aumentavam em frequência, a marcha se tornava mais lenta. Já parecia que tinham perambulado avante, avante, incessantemente, até as raízes das montanhas. Estavam mais do que exaustos, e no entanto não parecia haver alívio na ideia de parar em algum lugar. O ânimo de Frodo havia melhorado por algum tempo depois de seu escape, e depois da comida e do gole do licor; mas agora um profundo desconforto, crescendo até se tornar pavor, insinuou-se de novo sobre ele. Apesar de ter sido curado do golpe de punhal em Valfenda, aquela ferida cruel não ficara sem efeito. Seus sentidos estavam mais aguçados e mais conscientes de coisas que não se podia ver. Um sinal de mudança que ele logo percebeu foi que conseguia enxergar no escuro melhor que seus companheiros, exceto talvez por Gandalf. E de qualquer maneira ele era o portador do Anel: este pendia em sua corrente junto ao peito dele, e parecia às vezes um peso enorme. Sentia a certeza do mal à frente e do mal a segui-los; mas nada dizia. Aferrou-se mais ao punho da espada e seguiu em frente, obstinado.

Atrás dele a Comitiva pouco falava, e só em sussurros apressados. Não havia ruído senão o dos seus próprios pés: a pisada surda das botas-anânicas de Gimli; os passos pesados de Boromir; a passada leve de Legolas; o tropear suave, mal audível, dos pés dos hobbits; e na retaguarda, o ruído lento e firme de Aragorn caminhando a passos largos. Quando se detinham por um momento nada ouviam, a não ser, ocasionalmente, um débil gotejar e pingar de água invisível. Porém Frodo começou a ouvir, ou a imaginar que ouvia, algo diferente: como os tênues passos de pés descalços e macios. Nunca eram altos o bastante, nem próximos o bastante, para lhe dar certeza de que os ouvira; mas, uma vez iniciados, eles não pararam nunca enquanto a Comitiva se movia. Mas não era um eco, pois quando eles paravam, o ruído continuava um pouco por si só e depois se calava.

Haviam entrado nas Minas depois do cair da noite. Tinham avançado por várias horas, apenas com breves paradas, quando Gandalf chegou ao seu primeiro impasse sério. Diante dele estava um amplo arco escuro que se abria em três passagens: todas levavam na mesma direção geral, para o leste; mas a passagem da esquerda mergulhava para baixo, enquanto que a da direita subia, e o caminho do meio parecia seguir em frente, liso e horizontal, mas muito estreito.

"Não tenho nenhuma lembrança deste lugar!", afirmou Gandalf, parado hesitante embaixo do arco. Ergueu o cajado esperando encontrar alguma marca ou inscrição que o pudesse auxiliar na escolha; mas não se via nada parecido. "Estou exausto demais para decidir", disse ele, balançando a cabeça. "E imagino que todos estais tão exaustos quanto eu, ou mais. Seria melhor pararmos aqui pelo que resta da noite. Sabeis o que quero dizer! Aqui dentro está sempre escuro, mas lá fora a Lua tardia ruma para o oeste e a meia-noite passou."

"Coitado do velho Bill!", disse Sam. "Eu me pergunto onde ele está. Espero que aqueles lobos ainda não o tenham pegado."

À esquerda do grande arco encontraram uma porta de pedra; estava meio fechada, mas rodou facilmente para dentro com um leve empurrão. Além dela parecia haver um recinto amplo escavado na rocha.

"Devagar! Devagar!", exclamou Gandalf quando Merry e Pippin correram à frente, contentes por acharem um lugar onde podiam descansar pelo menos com a sensação de mais abrigo que na passagem aberta. "Devagar! Vocês ainda não sabem o que há lá dentro. Eu vou primeiro."

Entrou com cautela, e os demais fizeram fila atrás. "Aí está!", disse ele, apontando com o cajado o meio do piso. Diante dos seus pés viram um grande buraco redondo, como a boca de um poço. Correntes rompidas e enferrujadas jaziam na borda e se estendiam para dentro da cova negra. Havia fragmentos de pedra ao redor.

"Um de vocês poderia ter caído aí dentro e ainda estaria pensando quando é que iria atingir o fundo", disse Aragorn a Merry. "Deixem o guia ir à frente enquanto vocês têm um."

"Parece que esta era uma sala de guarda feita para vigiar as três passagens", disse Gimli. "Esse buraco claramente era um poço para uso dos vigias, coberto com uma tampa de pedra. Mas a tampa está quebrada, e todos precisamos tomar cuidado no escuro."

Pippin sentia-se curiosamente atraído pelo poço. Enquanto os demais desenrolavam cobertores e montavam leitos junto às paredes do recinto, o mais longe possível do buraco no chão, ele engatinhou até a beira e espiou para dentro. Um ar gélido pareceu atingir seu rosto, ascendendo de profundidades invisíveis. Movido por um impulso súbito, tateou para achar uma pedra solta e a deixou cair. Sentiu o coração bater muitas vezes antes de ouvir algum som. Então, muito embaixo, como se a pedra tivesse caído em água profunda em algum lugar cavernoso, veio um *plunc*, muito distante, mas ampliado e repetido no poço oco.

"O que é isso?", exclamou Gandalf. Ficou aliviado quando Pippin confessou o que fizera; mas estava furioso, e Pippin podia ver seu olho rebrilhando. "Tolo de um Tûk!" rosnou ele. "Esta é uma jornada séria, não uma caminhada festiva de hobbits. Jogue-se lá dentro da próxima vez e não será mais incômodo. Agora fique quieto!"

Nada mais se ouviu por vários minutos; mas depois disso vieram pancadas fracas das profundezas: *tom-tap, tap-tom*. Elas pararam, e quando os ecos silenciaram, repetiram-se: *tap-tom, tom-tap, tap-tap, tom*. Soavam inquietantemente como algum tipo de sinal; mas pouco tempo depois as pancadas silenciaram e não foram mais ouvidas.

"Isso foi o som de um martelo, se é que já ouvi um", disse Gimli.

"Sim," assentiu Gandalf, "e não gosto dele. Pode não ter nada a ver com a tola pedra de Peregrin; mas provavelmente foi perturbado algo que seria melhor deixar quieto. Por favor, não faça mais nada parecido! Esperemos descansar um pouco sem mais problemas. Você, Pippin, pode fazer a primeira guarda, como recompensa", rosnou ele, enrolando-se num cobertor.

Pippin, infeliz, ficou sentado junto à porta na escuridão profunda; mas virava-se de tempos em tempos, temendo que algum ser desconhecido se arrastasse para fora do poço. Desejava poder tapar o buraco, nem que fosse só com um cobertor, mas não se atrevia a se mexer nem aproximar-se dele, mesmo com Gandalf parecendo adormecido.

Na verdade, Gandalf estava acordado, apesar de jazer imóvel e em silêncio. Estava em profundos pensamentos, tentando relembrar cada memória de sua jornada anterior nas Minas e meditando ansiosamente sobre o próximo rumo que deveria tomar; uma direção errada agora poderia ser desastrosa. Uma hora depois ergueu-se e chegou até Pippin.

"Vá para um canto e tire uma soneca, meu rapaz", disse ele em tom bondoso. "Imagino que você queira dormir. Eu não consigo fechar o olho, por isso bem que posso ser a sentinela.

"Eu sei qual é meu problema", murmurou ele, sentando-se junto à porta. "Preciso de fumaça! Não a provei desde a manhã antes da nevasca."

A última coisa que Pippin viu, sendo tomado pelo sono, foi um vislumbre obscuro do velho mago acocorado no chão, protegendo um cavaco em brasa com as mãos enrugadas entre os joelhos. Por um momento o lampejo mostrou seu nariz adunco e a baforada de fumaça.

Foi Gandalf quem os acordou a todos. Havia ficado sentado, vigiando sozinho, por cerca de seis horas, e deixara os demais descansarem. "E na vigia eu me decidi", disse ele. "Não gosto da sensação do caminho do meio; e não gosto do cheiro do caminho da esquerda: há ar fétido lá embaixo, ou então não sou um guia. Hei de tomar a passagem da direita. É hora de começarmos a subir de novo."

Durante oito horas escuras, sem contar duas breves paradas, seguiram em marcha; e não encontraram nenhum perigo, e nada ouviram, e nada viram senão o débil brilho da luz do mago, balouçando como um fogo-fátuo diante deles. A passagem que haviam escolhido serpenteava subindo sempre. Até onde podiam julgar, ela avançava em grandes curvas de aclive, e ao subir tornava-se mais alta e mais larga. Já não havia aberturas para outras galerias ou túneis de ambos os lados, e o piso era nivelado e íntegro, sem buracos nem fendas. Evidentemente haviam topado com um caminho outrora importante; e prosseguiram mais depressa do que em sua primeira marcha.

Desta forma avançaram umas quinze milhas, medidas rumo ao leste em linha direta, apesar de na verdade deverem ter caminhado vinte milhas ou mais. À medida que o caminho ascendia, o ânimo de Frodo melhorou um pouco; mas ainda se sentia oprimido, e às vezes ainda ouvia, ou pensava ouvir, longe atrás da Comitiva e além das pisadas e passadas de seus pés, um passo que os seguia e que não era eco.

Haviam marchado o mais longe que os hobbits podiam suportar sem descanso, e todos pensavam em um lugar onde pudessem dormir, quando de repente as paredes à direita e à esquerda sumiram. Pareciam ter passado através de algum portal em arco para um espaço escuro e vazio. Havia uma grande corrente de ar mais morno atrás deles, e, diante deles, a escuridão era fria em seus rostos. Pararam e se agruparam ansiosos.

Gandalf parecia contente. "Escolhi o caminho certo", disse ele. "Pelo menos estamos chegando às partes habitáveis, e creio que já não estamos longe do lado leste. Mas estamos muito alto, bem mais que o Portão do Riacho-escuro, a não ser que me engane. Pela sensação do ar, devemos estar em um salão amplo. Agora vou arriscar um pouco de luz de verdade."

Ergueu o cajado, e por um breve instante houve um resplendor semelhante a um relâmpago. Grandes sombras saltaram e fugiram, e por um segundo viram um vasto teto, muito acima de suas cabeças, sustentado por muitas enormes colunas talhadas em pedra. Diante deles e de ambos os lados estendia-se um imenso salão vazio; suas paredes negras, polidas e lisas como vidro, cintilavam e rebrilhavam. Viram três outras entradas, obscuros arcos negros: um bem diante deles a leste, e um de cada lado. Então a luz se apagou.

"Isso é tudo a que me arriscarei no momento", comentou Gandalf. "Costumava haver grandes janelas no flanco da montanha, e poços que conduziam à luz nos confins superiores das Minas. Creio que agora chegamos até eles, mas lá fora é noite outra vez, e não podemos saber antes que amanheça. Se eu estiver certo, amanhã poderemos mesmo ver a manhã espiando para dentro. Mas enquanto isso é melhor não avançarmos mais. Vamos descansar se pudermos. Até aqui tudo correu bem, e a maior parte do caminho escuro já passou. Mas ainda não atravessamos, e é longa a descida até os Portões que se abrem para o mundo."

A Comitiva passou aquela noite no grande salão cavernoso, aninhada junta em um canto para fugir da corrente de ar: parecia haver uma entrada constante de ar gelado através do arco oriental. Em toda a volta deles, deitados, pendia a escuridão, oca e imensa, e oprimia-os a solidão e vastidão dos salões escavados e das escadas e passagens infinitamente ramificadas. A mais arrebatada imaginação que os obscuros rumores já haviam sugerido aos hobbits reduzia-se a bem pouco diante do verdadeiro pavor e assombro de Moria.

"Aqui deve ter havido uma enorme multidão de anãos em alguma época", disse Sam; "e cada um deles mais ocupado que texugos durante quinhentos anos para fazer tudo isto, e na maioria ainda em rocha dura! Por que fizeram isso tudo? Com certeza não moravam nesses buracos escuros?"

"Não são buracos", disse Gimli. "Este é o grande reino e cidade de Covanana. E antigamente não era escura, e sim cheia de luz e esplendor, como ainda é recordada em nossas canções."

Ergueu-se e, de pé no escuro, começou a recitar com voz grave, enquanto os ecos se perdiam no teto.

O mundo era jovem, verde a montanha,
Sem mancha a Lua cuja luz nos banha,
Nem de rio nem de pedra o nome soou,
Ergueu-se Durin e a sós andou.
Denominou os vales e os montes;
Bebeu de ainda incógnitas fontes;

No Espelhágua esteve a vê-las,
Diante dele coroa de estrelas,
De gemas num fio de prata a miragem
Da sua cabeça sobre a imagem.

O mundo era belo, a montanha era alta
Nos Dias Antigos antes da falta
Em Nargothrond dos reis e também
Em Gondolin, que agora além
Passaram do Mar do Oeste profundo:
Nos Dias de Durin belo era o mundo.

Foi rei entronado de longa data
Em salões de pedra com colunata,
Com telhado de ouro, de prata o chão,
E mágicas runas no seu portão.
A luz solar, lunar, astral,
Em lâmpadas feitas de cristal,
Sem sombra noturna ou nuvem que vela
Brilhava sempre clara e bela.

Lá estava o martelo a soar na bigorna,
Lá se entalhava a letra que orna;
Forjavam espadas, atavam bainhas;
Abriam túneis por retas linhas.
Berilo, pérola, opala em chama,
Metal trabalhado como escama,
Broquel e couraça, machado e espada,
E lança no arsenal guardada.

A gente de Durin não se cansava
E sob as montanhas canções entoava;
As harpas tocando, a cantar menestréis,
Soando ao portão as trombetas fiéis.

Cinzento é o mundo, as montanhas são velhas,
As forjas têm cinzas sobre as grelhas,
Calaram martelos, da harpa as canções:
Reside a treva em seus amplos salões;
Seu túmulo jaz sem brilho nenhum

Em Moria, em Khazad-dûm.
Inda estrelas submersas se veem um momento
No Espelhágua, atro, sem vento;
Nas águas profundas jaz a coroa
Até que de Durin o sono se escoa.[A]

"Eu gosto disso!", disse Sam. "Gostaria de aprender. 'Em Moria, em Khazad-dûm!' Mas faz o escuro parecer mais pesado, pensar em todas essas lâmpadas. Ainda tem montes de joias e ouros jogados por aqui?"

Gimli silenciou. Depois de cantar sua canção não queria dizer mais nada.

"Montes de joias?", indagou Gandalf. "Não. Os Orques frequentemente saquearam Moria; nada resta nos salões superiores. E, desde que os anãos fugiram, ninguém se atreve a fazer buscas nos poços e tesouros dos lugares profundos: estão submersos na água — ou em uma sombra de pavor."

"Então por que os anãos querem voltar?", perguntou Sam.

"Por *mithril*", respondeu Gandalf. "A fortuna de Moria não estava em ouro e joias, os brinquedos dos Anãos; nem em ferro, seu serviçal. É verdade que encontraram essas coisas aqui, especialmente ferro; mas não precisavam escavar para obtê-las: tudo o que desejavam podiam obter pelo comércio. Pois só aqui em todo o mundo encontrava-se a prata-de-Moria, ou prata-vera, como alguns a chamaram: *mithril* é o nome élfico. Os Anãos têm um nome que não contam. Seu valor era dez vezes o do ouro, e agora não tem preço; pois resta pouco na superfície do solo, e os próprios Orques não ousam escavá-lo aqui. Os veios rumam para o norte, na direção de Caradhras, e descem à treva. Os Anãos não contam nenhuma história; mas, assim como o *mithril* foi o fundamento de sua riqueza, foi também sua destruição: escavaram com demasiada ganância e demasiado fundo, e perturbaram aquilo de que fugiram, a Ruína de Durin. De quanto trouxeram à luz do dia os Orques recolheram quase tudo e o deram em tributo a Sauron, que o ambiciona.

"*Mithril*! Todos o desejavam. Podia ser batido como o cobre e polido como o vidro; e os Anãos sabiam fazer dele um metal, leve, porém mais duro que aço temperado. Sua beleza era semelhante à da prata comum, mas a beleza do *mithril* não se embaçava nem se toldava. Os Elfos gostavam muito dele e entre muitos usos faziam dele *ithildin*, lua-estrela, que vistes nas portas. Bilbo tinha um colete de anéis-de-mithril que Thorin lhe deu. Pergunto-me o que foi feito dele. Ainda pegando pó na Casa-mathom de Grã-Cava, imagino."

"O quê?", exclamou Gimli, arrancado do silêncio pelo espanto. "Um colete de prata-de-Moria? Esse foi um presente de rei!"

"Sim", assentiu Gandalf. "Eu nunca disse a ele, mas seu valor era maior que o do Condado inteiro e de tudo o que ele contém."

Frodo nada disse, mas pôs a mão por baixo da túnica e tocou os anéis de sua cota de malha. Sentia-se atordoado em pensar que estivera caminhando com o preço do Condado sob a jaqueta. Bilbo sabia? Não tinha dúvida de que Bilbo sabia muito bem. Fora de fato um presente de rei. Mas agora seus pensamentos haviam sido levados das escuras Minas para Valfenda, para Bilbo e para Bolsão, nos dias em que Bilbo ainda estava ali. Desejava de todo o coração estar outra vez lá, e naqueles dias, cortando a grama ou passando o tempo entre as flores, e jamais ter ouvido falar de Moria, ou de *mithril* — ou do Anel.

Fez-se um silêncio profundo. Um a um, os demais caíram no sono. Frodo estava de vigia. Como se fosse um sopro entrando por portas invisíveis, vindo de lugares profundos, o pavor o acometeu. Tinha as mãos frias e a testa úmida. Apurou o ouvido. Toda a sua mente foi entregue a escutar, e nada mais, por duas lentas horas; mas não ouviu ruído, nem mesmo o eco imaginado de uma passada.

Sua guarda estava quase terminada quando, lá longe, onde cria que se erguesse o arco ocidental, imaginou que podia ver dois pálidos pontos de luz, quase como se fossem olhos luminosos. Teve um sobressalto. Tinha cabeceado. "Devo ter quase adormecido durante a vigia", pensou. "Estava à beira de um sonho." Pôs-se de pé, esfregou os olhos e ficou parado, espiando no escuro, até ser rendido por Legolas.

Quando se deitou, adormeceu depressa, mas lhe parecia que o sonho continuava: ouvia sussurros e via os dois pálidos pontos de luz aproximando-se lentamente. Despertou e percebeu que os demais falavam baixinho junto dele, e que uma luz fraca lhe caía no rosto. Muito do alto, acima do arco oriental, vinha um longo e pálido raio de luz através de um poço próximo ao teto; e do outro lado do salão também brilhava uma luz, fraca e distante, pelo arco do norte.

Frodo sentou-se. "Bom dia!", disse Gandalf. "Pois finalmente já é manhã de novo. Eu tinha razão, como vê. Estamos bem alto do lado leste de Moria. Antes que o dia de hoje termine, deveremos encontrar os Grandes Portões e ver as águas do Espelhágua estendendo-se no Vale do Riacho-escuro à nossa frente."

"Estarei contente", comentou Gimli. "Contemplei Moria, e é muito grande, mas tornou-se escura e pavorosa; e não encontramos sinal de minha gente. Agora duvido de que Balin alguma vez tenha vindo aqui."

Depois do desjejum, Gandalf decidiu prosseguir de imediato. "Estamos cansados, mas descansaremos melhor quando estivermos fora", disse ele. "Creio que nenhum de nós desejará passar mais uma noite em Moria."

"Não deveras!", exclamou Boromir. "Que caminho havemos de tomar? Aquele arco a leste?"

"Quem sabe", disse Gandalf. "Mas ainda não sei exatamente onde estamos. A não ser que eu esteja totalmente perdido, estimo que estamos acima e ao norte dos Grandes Portões; e poderá não ser fácil encontrar o caminho certo para descer até eles. O arco do leste provavelmente demonstrará ser o caminho que devemos tomar; mas antes de nos decidirmos deveríamos olhar em redor. Vamos na direção daquela luz na porta do norte. Se conseguirmos achar uma janela isso será útil, mas receio que a luz está apenas descendo por profundos poços."

Seguindo sua orientação, a Comitiva passou sob o arco do norte. Viram-se em um largo corredor. À medida que o seguiam, o brilho se intensificou, e viram que ele vinha através de um portal à direita. Era alto e de topo chato, e a porta de pedra ainda pendia dos gonzos, meio aberta. Além dela havia uma grande sala quadrada. Era fracamente iluminada, mas aos olhos deles, depois de tanto tempo no escuro, parecia de um fulgor cegante, e piscavam ao entrar.

Seus pés remexeram uma poeira funda no chão e tropeçaram em objetos deitados no portal, cujas formas de início não conseguiam distinguir. A sala era iluminada por um largo poço nas alturas da parede oposta, a do leste; ele se inclinava para cima e, bem no alto, podia-se ver uma pequena mancha quadrada de céu azul. A luz do poço caía diretamente numa mesa no meio da sala: um único bloco oblongo, com cerca de dois pés de altura, sobre o qual estava posta uma grande laje de pedra branca.

"Parece um túmulo", murmurou Frodo, e inclinou-se para frente, com uma curiosa sensação de pressentimento, para olhá-la mais de perto. Gandalf veio depressa para seu lado. Na laje havia runas profundamente entalhadas:

"Estas são Runas de Daeron, como se usavam antigamente em Moria", disse Gandalf. "Aqui está escrito nas línguas dos Homens e dos Anãos:

BALIN, FILHO DE FUNDIN
SENHOR DE MORIA."

"Então ele está morto", disse Frodo. "Eu temia isso." Gimli puxou o capuz sobre o rosto.

5

A Ponte de Khazad-Dûm

A Comitiva do Anel postou-se em silêncio junto ao túmulo de Balin. Frodo pensava em Bilbo e sua longa amizade com o anão, e na visita de Balin ao Condado, muito tempo atrás. Naquela sala poeirenta nas montanhas, parecia que fora há mil anos e do outro lado do mundo.

Por fim mexeram-se e ergueram os olhos, e começaram a procurar qualquer coisa que lhes desse notícias do destino de Balin, ou que mostrasse o que fora feito do seu povo. Havia outra porta menor do lado oposto da sala, embaixo do poço. Agora podiam ver que muitos ossos jaziam junto a ambas as portas, e no meio deles havia espadas e lâminas de machado quebradas, e escudos e elmos partidos. Algumas das espadas eram recurvas: cimitarras-órquicas com lâminas enegrecidas.

Havia muitas reentrâncias talhadas na rocha das paredes, e nelas estavam grandes arcas de madeira com amarras de ferro. Todas tinham sido quebradas e saqueadas; mas ao lado da tampa despedaçada de uma delas jaziam os restos de um livro. Fora talhado e perfurado e parcialmente queimado, e estava tão manchado de negro, e com outras marcas escuras como sangue seco, que pouco se podia ler nele. Gandalf ergueu-o com cuidado, mas as folhas racharam e quebraram quando ele o depositou na laje. Estudou-o por algum tempo sem falar. Frodo e Gimli, parados ao seu lado, podiam ver, à medida que ele virava cautelosamente as folhas, que estas eram escritas por muitas mãos diferentes, em runas, de Moria e de Valle, e aqui e ali em escrita-élfica.

Finalmente Gandalf ergueu os olhos. "Parece ser um registro da sina do povo de Balin", disse ele. "Creio que começou com sua vinda ao Vale do Riacho-escuro, cerca de trinta anos atrás:

as páginas parecem ter números que se referem aos anos após a sua chegada. A página superior está marcada *um — três*, de modo que faltam pelo menos duas do início. Escutai isto!

"*Expulsamos orques do grande portão e sala da* — eu creio; a palavra seguinte está borrada e queimada: provavelmente *guarda — matamos muitos ao claro* — creio — *sol no vale. Flói foi morto por uma flecha. Ele matou o grande*. Depois há um borrão seguido de *Flói sob a grama junto ao Espelho d'água*. Não consigo ler a linha seguinte, ou duas. Depois vem *Tomamos o vigésimo primeiro salão da extremidade Norte para habitar. Há* não consigo ler o quê. Mencionam um *poço*. Depois *Balin estabeleceu seu assento na Câmara de Mazarbul*."

"A Câmara dos Registros", disse Gimli. "Creio que é onde estamos agora."

"Bem, por um longo trecho não consigo ler mais nada," disse Gandalf, "exceto pela palavra *ouro*, e *Machado de Durin* e *elmo* alguma coisa. Depois *Balin é agora senhor de Moria*. Aí parece terminar um capítulo. Depois de algumas estrelas começa outra caligrafia, e posso ver *encontramos pratavera*, e mais tarde a palavra *bem-forjado*, e depois alguma coisa, descobri! *mithril*; e as últimas duas linhas *Óin para buscar os arsenais superiores da Terceira Profunda*, alguma coisa *ir para o oeste*, um borrão, *ao portão de Azevim*."

Gandalf fez uma pausa e pôs algumas folhas de lado. "Há várias páginas do mesmo tipo, escritas com alguma pressa e muito danificadas", disse ele; "mas com esta luz consigo ver pouca coisa nelas. Agora deve haver algumas folhas faltantes, porque começam a estar numeradas *cinco*, o quinto ano da colônia, imagino. Deixai-me ver! Não, estão cortadas e manchadas demais; não consigo lê-las. Poderíamos fazer melhor à luz do sol. Esperai! Eis algo: uma caligrafia grande e confiante, usando uma escrita élfica."

"Seria a caligrafia de Ori", disse Gimli, olhando por cima do braço do mago. "Ele sabia escrever bem e depressa, e frequentemente usava os caracteres élficos."

"Receio que ele tivesse más notícias para registrar com bela letra", comentou Gandalf. "A primeira palavra clara é *pesar*, mas o resto da linha se perdeu, a não ser que termine em *tem*. Sim, deve ser *ontem* seguido de *foi dez de novembro Balin senhor de Moria tombou no Vale do Riacho-escuro. Foi a sós olhar no Espelho d'água. um orque o alvejou de trás de uma pedra. matamos o orque, porém muitos mais... do leste subindo o Veio-de-Prata*. O restante da página está tão borrado que mal consigo distinguir qualquer coisa, mas acho que posso ler *trancamos os portões*, e depois *segurá-los muito tempo se*, e depois talvez *horrível* e *sofrer*. Pobre Balin! Parece ter mantido por menos de cinco anos o título que assumiu. Pergunto-me o que aconteceu depois; mas não há tempo para decifrar as últimas páginas. Eis a última de todas." Fez uma pausa e suspirou.

"É uma leitura impiedosa", disse ele. "Receio que o fim deles tenha sido cruel. Escutai! *Não podemos sair. Não podemos sair. Tomaram a Ponte e segundo salão. Frár e Lóni e Náli tombaram ali*. Depois há quatro linhas esfregadas, de modo que só posso ler *foram 5 dias atrás*. As últimas linhas dizem *a lagoa chegou até a muralha no Portão Oeste. O Vigia na Água apanhou Óin. Não podemos sair. O fim chega*, e depois *tambores, tambores na profundeza*. Pergunto-me o que isso significa. A última coisa escrita é num rabisco arrastado de letras-élficas: *eles estão chegando*. Não há mais nada." Gandalf deteve-se e ficou parado, pensando em silêncio.

Um súbito pavor e um horror da sala abateram-se sobre a Comitiva. "*Não podemos sair*", murmurou Gimli. "Tivemos sorte de a lagoa ter baixado um pouco, e de o Vigia estar dormindo lá na extremidade sul."

Gandalf ergueu a cabeça e olhou em volta. "Parece que fizeram a última defesa junto às duas portas", disse ele; "mas não haviam restado muitos àquela hora. Assim acabou a tentativa de retomar Moria! Foi valorosa, mas tola. A hora ainda não chegou. Agora, receio, precisamos nos despedir de Balin, filho de Fundin. Aqui ele tem de jazer nos salões de seus pais. Vamos levar este livro, o Livro de Mazarbul, e depois consultá-lo mais detidamente. É melhor tu o guardares, Gimli, e o levares de volta a Dáin, se tiveres oportunidade. Ele lhe interessará, porém o entristecerá profundamente. Vinde, vamos embora! A manhã está passando."

Página do Livro de Mazarbul.

Página do Livro de Mazarbul.

Página do Livro de Mazarbul.

"Que caminho havemos de tomar?", perguntou Boromir.
"De volta ao salão", respondeu Gandalf. "Mas nossa visita a esta sala não foi em vão. Agora sei onde estamos. Esta deve ser, como diz Gimli, a Câmara de Mazarbul; e o salão deve ser o vigésimo primeiro da extremidade Norte. Portanto deveríamos partir pelo arco leste do salão e rumar para a direita e para o sul e descer. O Vigésimo Primeiro Salão deve estar no Sétimo Nível, ou seja, seis níveis acima daquele dos Portões. Vinde agora! De volta ao salão!"

Gandalf mal dissera estas palavras quando houve um grande ruído: um *Bum* ribombante que parecia vir das profundezas lá embaixo e estremecer na pedra aos pés deles. Saltaram na direção da porta, alarmados. *Dum, dum* reboou outra vez, como se enormes mãos estivessem transformando as próprias cavernas de Moria em um vasto tambor. Depois veio um clangor ecoante: uma grande trompa soou no salão, e em resposta ouviram-se ao longe trompas e gritos estridentes. Ouviu-se o som da correria de muitos pés.

"Eles estão chegando!", exclamou Legolas.
"Não podemos sair", disse Gimli.
"Apanhados!", exclamou Gandalf. "Por que me demorei? Aqui estamos nós, pegos exatamente como eles foram antes. Mas daquela vez eu não estava aqui. Vamos ver o que…"

Dum, dum veio o toque de tambor, e as paredes estremeceram.

"Batei as portas e entalai-as", gritou Aragorn. "E ficai com as mochilas enquanto puderdes: ainda poderemos ter oportunidade de forçar a saída."

"Não!", disse Gandalf. "Não podemos ser presos. Deixai a porta leste entreaberta! Vamos para lá se tivermos chance."

Ouviram-se outro toque de trompa estridente e gritos esganiçados. Desciam pés pelo corredor. Houve um tinido e um fragor quando a Comitiva sacou as espadas. Glamdring brilhou com luz pálida, e Ferroada reluziu nos gumes. Boromir pôs o ombro de encontro à porta oeste.

"Espera um momento! Não a feches ainda!", disse Gandalf. Saltou em frente, para o lado de Boromir, e ergueu-se à plena altura.

"Quem vem aqui para perturbar o repouso de Balin, Senhor de Moria?", exclamou em alta voz.

Houve um repente de risadas roucas, como a queda de pedras deslizando para dentro de um abismo; em meio ao clamor ergueu-se uma voz grave de comando. *Dum, bum, dum* soavam os tambores na profundeza.

Com um movimento rápido, Gandalf postou-se diante da estreita abertura da porta e empurrou o cajado para a frente. Produziu-se um lampejo cegante que iluminou a sala e a passagem do lado de fora. Por um instante o mago se pôs a vigiar. Flechas zuniram e assobiaram, vindas pelo corredor, enquanto ele saltava para trás.

"Há Orques, muitíssimos", afirmou ele. "E alguns são grandes e malignos: Uruks negros de Mordor. No momento estão contidos, mas há algo mais ali. Penso que é um grande trol-das--cavernas, ou mais de um. Não há esperança de escapar por ali."

"E não há esperança nenhuma se entrarem pela outra porta também", disse Boromir.

"Aqui ainda não há ruído do lado de fora", disse Aragorn, que estava parado junto à porta oriental, escutando. "A passagem deste lado desce direto por uma escada: claramente ela não leva de volta ao salão. Mas não adianta fugir cegamente por aqui com os perseguidores logo atrás. Não podemos bloquear a porta. Sua chave se perdeu e a fechadura está quebrada, e ela abre para dentro. Precisamos primeiro fazer alguma coisa para atrasar o inimigo. Vamos fazer com que temam a Câmara de Mazarbul!", disse ele, inflexível, apalpando o gume de sua espada Andúril.

Ouviram-se pés pesados no corredor. Boromir jogou-se contra a porta e empurrou para fechá-la; depois entalou-a com lâminas de espada quebradas e lascas de madeira. A Comitiva recuou para o outro lado da sala. Mas ainda não tinham chance de fugir. Veio um golpe na porta que a fez estremecer; e então ela começou a se abrir devagar, com atrito, empurrando as cunhas para trás. Um enorme braço e ombro, com pele escura de escamas esverdeadas, insinuou-se pela abertura crescente.

Depois um grande pé, chato e sem dedos, forçou passagem embaixo. Lá fora havia um silêncio de morte.

Boromir saltou para a frente e golpeou o braço com toda a força; mas sua espada retiniu, resvalou e lhe caiu da mão abalada. A lâmina tinha um entalhe.

Subitamente, e para sua própria surpresa, Frodo sentiu que uma ira ardente se acendia em seu coração. "O Condado!", exclamou ele, e, saltando para o lado de Boromir, abaixou-se e golpeou o pé hediondo com Ferroada. Ouviu-se um berro e o pé recuou com um solavanco, quase arrancando Ferroada do braço de Frodo. Gotas negras pingavam da lâmina e fumegavam no chão. Boromir lançou-se contra a porta e a bateu de novo.

"Um para o Condado!", exclamou Aragorn. "A mordida do hobbit é funda! Você tem uma boa lâmina, Frodo, filho de Drogo!"

Houve um estrondo na porta, seguido por mais um estrondo e mais outro. Aríetes e martelos batiam contra ela. Ela rachou e cedeu, trêmula, e de repente a abertura se alargou. Flechas entraram assobiando, mas atingiram a parede norte e caíram no chão, inofensivas. Ouviu-se um toque de trompa e um correr de pés, e orques saltaram para dentro da sala um após o outro.

A Comitiva não conseguia contar quantos eram. O embate foi violento, mas os orques ficaram consternados com a ferocidade da defesa. Legolas atingiu dois na garganta. Gimli golpeou as pernas de outro que saltara sobre o túmulo de Balin. Boromir e Aragorn mataram muitos. Quando treze haviam tombado, o restante fugiu guinchando, deixando ilesos os defensores, exceto por Sam, que tinha um arranhão no couro cabeludo. Uma esquivada rápida o havia salvo; e derrubara o seu orque: um vigoroso impulso com sua lâmina do Túmulo. Em seus olhos castanhos ardia um fogo que faria Ted Ruivão dar um passo para trás se o tivesse visto.

"Agora é a hora!", exclamou Gandalf. "Vamos embora antes que o trol volte!"

Porém, bem quando estavam recuando, e antes que Pippin e Merry tivessem chegado à escada do lado de fora, um enorme chefe-órquico, quase da altura de um homem, trajando cota de malha negra da cabeça aos pés, pulou para dentro da sala; atrás dele seus seguidores se apinhavam no portal. Sua cara larga e chata era escura, tinha olhos como brasas e a língua vermelha; empunhava uma grande lança. Com um empurrão do enorme escudo de couro, desviou a espada de Boromir e o arrojou para trás, lançando-o ao chão. Mergulhando por baixo do golpe de Aragorn com a velocidade de uma cobra no bote, investiu contra a Comitiva e arremeteu com a lança direto contra Frodo. O golpe atingiu-o do lado direito, e Frodo foi jogado contra a parede e imobilizado. Sam, com um grito, golpeou a haste da lança, e ela se partiu. Mas, no momento em que o orque lançou fora o bastão e sacou a cimitarra, Andúril desceu sobre seu elmo. Houve um lampejo como uma chama, e o elmo se partiu em dois. O orque tombou com a cabeça partida. Seus seguidores fugiram uivando, enquanto Boromir e Aragorn saltavam sobre eles.

Dum, dum soavam os tambores na profundeza. A grande voz voltou a ribombar.

"Agora!", gritou Gandalf. "Agora é a última chance. Correi por vossas vidas!"

Aragorn apanhou Frodo, que estava deitado junto à parede, e rumou para a escada, empurrando Merry e Pippin à sua frente. Os demais o seguiram; mas Gimli teve de ser arrastado por Legolas: apesar do perigo, ele se demorava de cabeça baixa junto ao túmulo de Balin. Boromir empurrou a porta leste, fechando-a com rangido de gonzos: ela tinha grandes anéis de ferro de ambos os lados, mas não podia ser trancada.

"Estou bem", arfou Frodo. "Consigo andar. Ponha-me no chão!"

Aragorn quase o derrubou de tão admirado. "Pensei que você estivesse morto!", exclamou.

"Ainda não!", disse Gandalf. "Mas não há tempo para espanto. Ide embora, todos vós, escada abaixo! Esperai por mim alguns minutos ao pé dela, mas se eu não vier logo, segui em frente! Ide depressa e escolhei trilhas que vão para a direita e para baixo."

"Não podemos deixá-lo defendendo a porta sozinho!", disse Aragorn.

"Fazei o que digo!", disse Gandalf com ferocidade. "As espadas nada mais adiantam aqui. Ide!"

A passagem não era iluminada por nenhum poço e estava totalmente no escuro. Desceram um longo lanço de escadas, apalpando o caminho, e depois olharam para trás; mas nada podiam ver exceto o débil brilho do cajado do mago, longe acima deles. Ele parecia ainda estar de vigia junto à porta fechada. Frodo respirou com dificuldade e se apoiou em Sam, que o amparou com os braços. Estavam parados espiando escada acima, para a escuridão. Frodo imaginou que ouvia a voz de Gandalf lá em cima, murmurando palavras que desciam pelo teto inclinado com um eco suspirante. Não conseguia entender o que estava sendo dito. As paredes pareciam estremecer. De quando em vez os toques de tambor vibravam e rolavam: *dum, dum*.

Subitamente, no topo da escada, viu-se um relâmpago de luz branca. Depois vieram um ribombar abafado e um pesado baque. Os toques de tambor irromperam selvagens: *dum-bum, dum-bum*, e então pararam. Gandalf desceu as escadas a toda e caiu ao chão no meio da Comitiva.

"Bem, bem! Isso está acabado!", disse o mago, erguendo-se com esforço. "Fiz tudo o que podia. Mas encontrei um adversário à altura, e quase fui destruído. Mas não fiqueis parados aqui! Avante! Tereis de aguentar sem luz por algum tempo: estou bastante abalado. Avante! Avante! Onde estás, Gimli? Vem comigo à frente! Ficai logo atrás, todos vós!"

Seguiram-no aos tropeços, perguntando-se o que acontecera. *Dum, dum* recomeçaram os toques de tambor: agora soavam abafados e distantes, mas seguiam-nos. Não havia outro ruído de perseguição, nem impacto de passadas, nem qualquer voz. Gandalf não se desviou para a direita ou esquerda, pois a passagem parecia seguir na direção que ele queria. De tempos em tempos ela descia por um lanço de degraus, cinquenta ou mais, até um nível inferior. No momento era esse o principal perigo; pois no escuro não conseguiam ver a descida até darem com ela e porem os pés no vazio. Gandalf apalpava o chão com o cajado como um cego.

Ao cabo de uma hora, haviam percorrido uma milha, ou talvez pouco mais, e tinham descido muitos lanços de escada. Ainda não havia ruído de perseguição. Quase começavam a crer que conseguiriam escapar. Ao pé do sétimo lanço Gandalf parou.

"Está esquentando!", disse ofegante. "Agora devemos ter descido pelo menos até o nível dos Portões. Creio que logo precisaremos procurar uma curva à esquerda que nos leve para o leste. Espero que não esteja longe. Estou muito cansado. Preciso descansar aqui por um momento, mesmo que todos os orques que já foram gerados estejam em nosso encalço."

Gimli o tomou pelo braço e o ajudou a sentar-se no degrau. "O que aconteceu lá em cima junto à porta?", perguntou. "Encontraste o tocador de tambor?"

"Não sei", respondeu Gandalf. "Mas de repente vi-me encarando algo que não encontrei antes. Não consegui pensar em mais nada senão tentar lançar um encanto de fechamento na porta. Conheço muitos; mas fazer certo esse tipo de coisa exige tempo, e mesmo assim a porta poderá ser rompida à força.

"Ali parado eu podia ouvir vozes-órquicas do outro lado: pensei que a qualquer momento eles a arrombariam. Não consegui ouvir o que diziam; pareciam falar em sua própria língua hedionda. Tudo o que percebi foi *ghâsh*: isso é 'fogo'. Então algo entrou na sala — eu o senti através da porta, e os próprios orques tiveram medo e silenciaram. O ser agarrou o anel de ferro e aí percebeu a mim e ao meu encantamento.

"Não posso imaginar o que fosse, mas jamais senti tal desafio. O contraencanto era terrível. Ele quase me destruiu. Por um instante a porta escapou ao meu controle e começou a se abrir! Tive de proferir uma palavra de Comando. Isso acabou sendo um esforço excessivo. A porta se partiu em pedaços. Algo escuro como uma nuvem bloqueava toda a luz do lado de dentro, e fui jogado de costas escada abaixo. Toda a parede cedeu, e o teto da sala também, eu creio.

"Receio que Balin esteja sepultado muito fundo, e quem sabe algo mais também esteja sepultado ali. Não sei dizer. Mas ao menos a passagem atrás de nós foi completamente bloqueada. Ah! Nunca me senti tão exaurido, mas está passando. E agora, quanto a você, Frodo? Não houve tempo de dizer isso, mas nunca estive tão deleitado em minha vida quanto no momento em que você falou. Temia que Aragorn estivesse carregando um hobbit valente, mas morto."

"Quanto a mim?", comentou Frodo. "Estou vivo e acho que inteiro. Estou contundido e dolorido, mas não é muito grave."

"Bem," disse Aragorn, "só posso dizer que os hobbits são feitos de um material tão duro que jamais vi coisa parecida. Se eu soubesse, teria falado mais macio na estalagem em Bri! Aquele golpe de lança teria transpassado um javali selvagem!"

"Bem, não me transpassou, folgo em dizer", disse Frodo; "apesar de eu me sentir como quem foi apanhado entre um martelo e uma bigorna." Não disse nada mais. Respirar era dolorido.

"Você saiu a Bilbo", disse Gandalf. "Sempre há mais a seu respeito do que qualquer um espera, como eu disse sobre ele muito tempo atrás." Frodo perguntou-se se a observação queria dizer mais do que parecia.

Logo seguiram em frente. Não passou muito tempo para Gimli falar. Tinha olhos aguçados no escuro. "Penso", disse ele, "que há uma luz à frente. Mas não é a luz do dia. É vermelha. O que pode ser?"

"*Ghâsh*!", murmurou Gandalf. "Pergunto-me se é isso que eles queriam dizer: que os níveis inferiores estão incendiados? Ainda assim, só podemos ir em frente."

Logo a luz se tornou evidente e podia ser vista por todos. Tremeluzia e ardia nas paredes, lá longe na passagem diante deles. Agora conseguiam enxergar aonde iam: à frente o caminho descia depressa, e um tanto adiante erguia-se um arco baixo; através dele vinha a luz crescente. O ar estava ficando muito quente.

Quando chegaram ao arco, Gandalf o atravessou, fazendo sinal para que esperassem. Viram seu rosto, parado logo além da abertura, iluminado por um fulgor vermelho. Deu um passo para trás depressa.

"Aqui existe alguma nova crueldade", disse ele, "criada para nos receber, sem dúvida. Mas agora sei onde estamos: alcançamos a Primeira Profunda, o nível imediatamente abaixo dos Portões. Este é o Segundo Salão da Antiga Moria; e os Portões estão próximos: para além da extremidade leste, à esquerda, a não mais de um quarto de milha. Atravessando a Ponte, subindo por uma escada larga, seguindo um caminho amplo, atravessando o Primeiro Salão e para fora! Mas vinde ver!"

Espiaram à frente. Diante deles havia outro salão cavernoso. Era mais alto e muito mais comprido que aquele onde haviam dormido. Estavam próximos da extremidade oriental; a oeste ele se estendia para a escuridão. Pelo centro alinhava-se uma fileira dupla de colunas altíssimas. Eram talhadas como troncos de árvores enormes cujos ramos sustentavam o teto com uma renda ramificada de pedra. Tinham hastes lisas e negras, mas um brilho rubro se espelhava obscuramente em seus flancos. Bem do lado oposto do piso, junto aos pés de duas colunas imensas, abrira-se uma grande fissura. Dela vinha uma feroz luz vermelha, e vez por outra chamas lambiam a beira e se enrolavam nas bases das colunas. Fiapos de fumaça escura oscilavam no ar quente.

"Se tivéssemos vindo pelo caminho principal, descendo dos salões superiores, estaríamos aprisionados aqui", disse Gandalf. "Esperemos que agora o fogo esteja entre nós e os perseguidores. Vinde! Não há tempo a perder."

No momento em que ele falava ouviram novamente o toque de tambor que os seguia: *Dum, dum, dum*. De longe, além das sombras na extremidade oeste do salão, vieram gritos e toques de trompa. *Dum, dum*: as colunas pareciam tremer, e as chamas, palpitar.

"Agora é a última corrida!", disse Gandalf. "Se o sol estiver brilhando lá fora ainda poderemos escapar. Segui-me!"

Virou para a esquerda e correu pelo chão liso do salão. A distância era maior do que parecera. Ao correr, ouviram a batida e o eco de muitos pés que os seguiam às pressas. Ergueu-se um berro estridente: tinham sido vistos. Houve um retinir e estrépito de aço. Uma flecha assobiou por cima da cabeça de Frodo.

Boromir riu. "Eles não esperavam por isto", disse ele. "O fogo os encurralou. Estamos do lado errado!"

"Olhe em frente!", exclamou Gandalf. "A Ponte está próxima. É perigosa e estreita."

De repente Frodo viu à sua frente um abismo negro. No final do salão o piso desaparecia e caía a uma profundidade desconhecida. A porta exterior só podia ser alcançada por uma delgada ponte de pedra, sem parapeito nem corrimão, que transpunha o abismo em um salto curvo de cinquenta pés. Era uma antiga defesa dos Anãos contra algum inimigo que capturasse o Primeiro Salão e as passagens exteriores. Só podiam atravessá-la em fila única. Na beira Gandalf se deteve, e os demais o alcançaram agrupados.

"Lidera a fila, Gimli!", disse ele. "Pippin e Merry em seguida. Direto em frente, e subindo a escada além da porta!"

Flechas caíram entre eles. Uma atingiu Frodo e resvalou. Outra perfurou o chapéu de Gandalf e ali ficou, espetada como uma pena negra. Frodo olhou para trás. Além do fogo, viu vultos negros enxameando: parecia haver centenas de orques. Brandiam lanças e cimitarras que brilhavam rubras como sangue à luz do fogo. *Dum, dum* rolavam os toques de tambor, cada vez mais alto, *dum, dum*.

Legolas virou-se e pôs uma flecha na corda, apesar de ser um tiro longo para seu pequeno arco. Puxou a corda, mas sua mão caiu e a flecha tombou ao chão. Deu um grito de aflição e medo. Surgiram dois grandes trols; carregavam grandes lajes de pedra, e as jogaram ao chão para servirem de passadiços por cima do fogo. Mas não foram os trols que encheram o Elfo de terror. As fileiras dos orques se abriram, e espremiam-se para os lados como se eles próprios estivessem aterrorizados. Algo estava chegando por trás deles. Não era possível ver o que era: parecia uma grande sombra, em cujo meio estava um vulto escuro, talvez em forma de homem, porém maior; e um poder e terror pareciam estar nele e vir diante dele.

Chegou até a borda do fogo, e a luz minguou como se uma nuvem a tivesse toldado. Então, num ímpeto, saltou por cima da fissura. As chamas subiram rugindo para saudá-lo e se enroscaram nele; e uma fumaça negra rodopiou no ar. Sua crina ondulante incendiou-se e ardeu às suas costas. Tinha na mão direita uma lâmina semelhante a uma língua trespassante de fogo; na esquerda segurava um açoite de muitas correias.

"Ai! ai!" lamentou-se Legolas. "Um Balrog! Um Balrog chegou!"

Gimli fitava de olhos arregalados. "A Ruína de Durin!", exclamou e, deixando cair o machado, cobriu o rosto.

"Um Balrog", murmurou Gandalf. "Agora compreendo." Titubeou e apoiou-se pesadamente no cajado. "Que má sorte! E já estou exausto."

O vulto escuro, num caudal de fogo, correu na direção deles. Os orques berraram e se espalharam pelos passadiços de pedra. Então Boromir ergueu a trompa e soprou. O desafio ressoou alto e bramiu como o grito de muitas gargantas sob o teto cavernoso. Por um momento os orques se acovardaram, e a sombra ígnea se deteve. Então os ecos morreram repentinamente, como uma chama apagada por um vento obscuro, e o inimigo avançou outra vez.

"Por cima da ponte!", gritou Gandalf, recuperando a força. "Correi! Este é um adversário maior que qualquer um de vós. Preciso sustentar o caminho estreito. Correi!" Aragorn e Boromir não obedeceram ao comando, mas ainda mantiveram suas posições, lado a lado, atrás de Gandalf na extremidade distante da ponte. Os demais pararam bem dentro do portal na ponta do salão e se viraram, incapazes de deixar seu líder encarando o inimigo a sós.

O Balrog alcançou a ponte. Gandalf estava de pé no meio da ponte, apoiado no cajado na mão esquerda, mas na outra mão Glamdring reluzia, fria e branca. Seu inimigo parou outra vez, encarando-o, e a sombra ao seu redor estendeu-se como duas vastas asas. Ergueu o açoite, e as correias gemeram e estalaram. Saía-lhe fogo pelas ventas. Mas Gandalf manteve-se firme.

"Não podes passar", disse ele. Os orques estavam imóveis, e fez-se um grande silêncio. "Sou servidor do Fogo Secreto, brandindo a chama de Anor. Não podes passar. O fogo escuro não te valerá, chama de Udûn. Volta para a Sombra! Não podes passar."

O Balrog não deu resposta. O fogo em seu interior pareceu morrer, mas a treva cresceu. Avançou devagar para cima da ponte e, de súbito, ergueu-se a grande altura, e suas asas se expandiram de parede a parede; mas Gandalf ainda podia ser visto, tremeluzindo na escuridão; parecia pequeno e totalmente só: cinzento e encurvado, como uma árvore mirrada antes da investida de uma tempestade.

De dentro da sombra uma espada rubra saltou chamejante.

Glamdring reluziu branca em resposta.

Houve um estrondo ressoante e um lampejo de fogo branco. O Balrog recuou, e sua espada voou em fragmentos derretidos. O mago oscilou na ponte, deu um passo para trás, e depois se deteve outra vez.

"Não podes passar!", disse ele.

De um salto, o Balrog pulou na ponte com o corpo todo. Seu açoite girou e chiou.

"Ele não pode resistir sozinho!", exclamou Aragorn de repente, e correu de volta pela ponte. "*Elendil!*", gritou. "Estou contigo, Gandalf!"

"Gondor!", exclamou Boromir e saltou atrás dele.

Nesse momento Gandalf ergueu o cajado e gritando em alta voz golpeou a ponte à sua frente. O cajado se rompeu e lhe caiu da mão. Brotou uma parede cegante de chama branca. A ponte estalou. Quebrou-se bem aos pés do Balrog, e a pedra onde ele estava despencou no abismo, enquanto o restante permaneceu equilibrado, estremecendo como uma língua de rocha estendida para o vazio.

Com um grito terrível o Balrog caiu para a frente, e sua sombra mergulhou na profundeza e desapareceu. Mas enquanto caía vibrou o açoite, e as correias chicotearam e se enrolaram nos joelhos do mago, arrastando-o para a beira. Ele cambaleou e caiu, em vão agarrando-se à pedra, e deslizou para o abismo.

"Correi, tolos!", gritou ele, e sumiu.

Os fogos se apagaram, e caiu uma escuridão absoluta. A Comitiva estava enraizada de horror, fitando o despenhadeiro. Enquanto Aragorn e Boromir vinham correndo de volta, o restante da ponte partiu-se e caiu. Aragorn reanimou-os com um grito.

"Vinde! Eu vos guiarei agora!", chamou ele. "Precisamos obedecer ao seu último comando. Segui-me!"

Desordenadamente, subiram às pressas pela grande escadaria além da porta, com Aragorn à frente e Boromir na retaguarda. No alto havia uma ampla passagem ecoante. Fugiram por ela. Frodo ouviu Sam chorando ao seu lado, e então descobriu que ele próprio chorava enquanto corria. *Dum, dum, dum* rolavam os toques de tambor atrás deles, agora lamentosos e lentos; *dum!*

Seguiram correndo. A luz surgia diante deles; grandes poços perfuravam o teto. Correram mais depressa. Entraram em um salão iluminado pela luz do dia que vinha das altas janelas no leste. Fugiram através dele. Passaram por suas enormes portas quebradas, e de súbito abriram-se diante deles os Grandes Portões, um arco de luz resplandecente.

Havia uma guarda de orques acocorada nas sombras atrás dos grandes batentes que se erguiam de ambos os lados, mas os portões estavam despedaçados e derrubados. Aragorn derrubou ao chão o capitão que se pôs no seu caminho, e os demais fugiram aterrados por sua ira. A Comitiva passou por eles precipitada e não lhes deu atenção. Correram para fora dos Portões e saltaram descendo os degraus enormes e gastos pelas eras, o limiar de Moria.

Assim finalmente, além da esperança, chegaram sob o céu e sentiram o vento no rosto.

Não pararam antes de se afastarem das muralhas além da distância de uma flechada. O Vale do Riacho-escuro estava em torno deles. A sombra das Montanhas Nevoentas jazia sobre ele, mas a leste havia uma luz dourada sobre a terra. Passava apenas uma hora do meio-dia. O sol brilhava; as nuvens eram brancas e altas.

Olharam para trás. O arco dos Portões escancarava-se escuro sob a sombra das montanhas. Fracos e distantes, embaixo da terra, rolavam os lentos toques de tambor: *dum*. Uma tênue fumaça negra arrastava-se para fora. Nada mais podia ser visto; o vale em todo o redor estava vazio. *Dum*. Finalmente o pesar os dominou por completo, e choraram por muito tempo: alguns em pé e silenciosos, outros lançados ao solo. *Dum, dum*. Os toques de tambor minguavam.

6

Lothlórien

"Ai de nós! Receio que não podemos ficar mais tempo por aqui", comentou Aragorn. Olhou para as montanhas e ergueu a espada. "Adeus, Gandalf!", exclamou. "Eu não te disse: 'se passares pelas portas de Moria, toma cuidado?' Ai de mim que falei a verdade! Que esperança temos sem ti?"

Voltou-se para a Comitiva. "Precisamos nos arranjar sem esperança", disse ele. "Pelo menos ainda poderemos nos vingar. Aprestemo-nos e não choremos mais! Vinde! Temos uma longa estrada e muito que fazer."

Levantaram-se e olharam em torno. Ao norte o vale subia para uma ravina de sombras entre dois grandes braços das montanhas, acima da qual reluziam três picos brancos: Celebdil, Fanuidhol e Caradhras, as Montanhas de Moria. Na ponta da ravina corria uma torrente como renda branca sobre uma escada infinda de breves cascatas, e uma névoa de espuma pendia no ar em torno dos sopés das montanhas.

"Ali está a Escada do Riacho-escuro", disse Aragorn, apontando a cachoeira. "Deveríamos ter descido pelo caminho profundamente entalhado que vem pelo flanco da torrente, se tivesse sido mais clemente a sorte."

"Ou menos cruel Caradhras", comentou Gimli. "Ali se ergue ele, sorrindo ao sol!" Sacudiu o punho para o mais longínquo dos picos encimados de neve e lhe deu as costas.

A leste, o braço estendido das montanhas atingia um fim súbito, e além delas era possível divisar terras distantes, amplas e vagas. Ao sul, as Montanhas Nevoentas afastavam-se infindas até onde a vista alcançava. A menos de uma milha de distância, e um pouco abaixo delas, visto que ainda estavam bem alto na borda ocidental do vale, estendia-se um lago. Era longo e oval, em forma de uma grande ponta de lança que penetrava fundo na ravina ao norte; mas a extremidade sul estava além das sombras, sob o céu ensolarado. Porém suas águas eram escuras: de um azul profundo como o límpido céu do anoitecer visto de um recinto iluminado por lâmpadas. Sua superfície era imóvel e imperturbada. Um relvado liso o circundava, descendo em camadas por todos os lados até a beira nua e ininterrupta.

"Ali jaz o Espelhágua, o profundo Kheled-zâram!", disse Gimli tristemente. "Lembro-me de que ele disse: 'Que tenhas a alegria da visão! Mas não podemos nos demorar ali.' Agora hei de viajar longe antes de ter alegria outra vez. Sou eu quem preciso partir às pressas, e é ele quem precisa ficar."

Então a Comitiva desceu pela estrada dos Portões. Era áspera e destruída, reduzindo-se a uma trilha serpenteante entre urze e tojo que se espremia em meio às pedras rachadas. Mas ainda era possível ver que outrora uma grande estrada calçada subira, fazendo curvas, das terras baixas rumo ao reino dos Anãos. Em alguns lugares havia obras de pedra arruinadas junto à trilha, e montículos verdes encimados por bétulas esguias, ou abetos suspirando ao vento. Uma curva para o leste levou-os mesmo à borda do gramado do Espelhágua, e ali, não longe da beira da estrada, erguia-se uma coluna isolada de topo quebrado.

"Essa é a Pedra de Durin!", exclamou Gimli. "Não posso passar sem me desviar por um momento para contemplar a maravilha do vale!"

"Então sê breve!", disse Aragorn, olhando para os Portões atrás dele. "O Sol se põe cedo. Quem sabe os Orques não saiam antes do entardecer, mas temos de estar bem longe antes do cair da noite. A Lua está quase sumida, e hoje a noite será escura."

"Vem comigo, Frodo!", exclamou o anão, saltando da estrada. "Não gostaria que te fosses sem veres Kheled-zâram." Desceu correndo a longa encosta verde. Frodo o seguiu devagar, atraído pela água ainda azul, a despeito da dor e da exaustão; Sam veio atrás.

Ao lado da pedra fincada Gimli parou e ergueu os olhos. Ela estava rachada e gasta pela intempérie, e as runas apagadas em seu flanco não podiam ser lidas. "Este pilar marca o local onde Durin olhou pela primeira vez no Espelhágua", disse o anão. "Olhemos nós uma vez, antes de partirmos!"

Inclinaram-se sobre a água escura. De início nada puderam ver. Depois, lentamente, viram as formas das montanhas circundantes espelhadas em um azul profundo, e os picos eram como penachos de chama branca acima deles; além delas havia um espaço de céu. Ali, como joias submersas no abismo, resplandeciam estrelas reluzentes, apesar de o sol brilhar lá em cima no céu. De seus próprios vultos curvados não se via nem sombra.

"Ó Kheled-zâram, belo e maravilhoso!", disse Gimli. "Ali jaz a Coroa de Durin até que ele desperte. Adeus!" Fez uma mesura, virou-se e subiu às pressas pelo gramado até a estrada.

"O que você viu?", indagou Pippin a Sam, mas este estava demasiado imerso em pensamentos para responder.

Agora a estrada se voltava para o sul e descia rapidamente, saindo do meio dos braços do vale. Pouco abaixo do lago toparam com um fundo poço d'água, límpida como cristal, do qual uma torrente caía sobre uma borda de pedra e descia, rebrilhando e balbuciando, por um íngreme canal rochoso.

"Eis a nascente de onde provém o Veio-de-Prata", disse Gimli. "Não bebei dela! É fria como gelo."

"Logo ela se transforma em um rio veloz, e recolhe água de muitas outras correntezas das montanhas", disse Aragorn. "Nossa estrada o ladeia por muitas milhas. Pois hei de vos levar pela estrada que Gandalf escolheu, e primeiro espero chegar às florestas onde o Veio-de-Prata conflui com o Grande Rio — lá além." Olharam para onde ele apontava e puderam ver diante deles a correnteza que descia saltando para o fundo do vale e depois seguia adiante para as terras mais baixas até se perder em uma névoa dourada.

"Ali ficam as florestas de Lothlórien!", disse Legolas. "É a mais bela dentre todas as moradas de meu povo. Não há árvores como as árvores dessa terra. Pois no outono suas folhas não caem, mas se transformam em ouro. Só caem quando vem a primavera e o verde novo se abre, e então os ramos ficam carregados de flores amarelas; e o chão da floresta é dourado, e dourado é o teto, e suas colunas são de prata, pois a casca das árvores é lisa e cinzenta. Assim dizem ainda nossas canções em Trevamata. Meu coração se alegraria se eu estivesse sob o beiral dessa floresta e fosse primavera!"

"Meu coração se alegrará mesmo no inverno", disse Aragorn. "Mas está a muitas milhas de distância. Apressemo-nos!"

Durante algum tempo Frodo e Sam conseguiram acompanhar os demais; mas Aragorn os liderava a grande velocidade, e pouco depois eles ficaram para trás. Não haviam comido nada desde o começo da manhã. O corte de Sam queimava como fogo, e sua cabeça girava. Apesar do sol que brilhava, o vento parecia gelado depois da morna escuridão de Moria. Tinha calafrios. Frodo sentia que cada passo era mais dolorido e respirava ofegante.

Por fim Legolas virou-se e, vendo que eles estavam muito atrás, falou com Aragorn. Os demais pararam, e Aragorn voltou correndo, chamando Boromir para vir com ele.

"Lamento, Frodo!", exclamou ele, pleno de preocupação. "Tanta coisa aconteceu hoje, e temos tanta necessidade de pressa, que esqueci que você estava ferido; e Sam também. Deviam ter falado. Nada fizemos para aliviá-los como devíamos, apesar de todos os orques de Moria nos perseguirem. Agora venham! Um pouco adiante há um lugar onde podemos ter algum descanso. Ali farei o que puder por vocês. Vem, Boromir! Vamos carregá-los."

Logo depois deram com outro riacho que descia do oeste e juntava suas águas borbulhantes com o apressado Veio-de-Prata. Juntos, mergulhavam por uma cascata de pedra esverdeada e caíam espumando em um pequeno vale. Em torno havia abetos baixos e encurvados, e suas bordas eram íngremes e recobertas de fetos e moitas de arandos. No fundo havia um espaço plano atravessado pelo riacho, que corria ruidoso sobre pedregulhos brilhantes. Ali descansaram. Já passavam quase três horas do meio-dia e só haviam percorrido algumas poucas milhas desde os Portões. O sol já começava a se pôr.

Enquanto Gimli e os dois hobbits mais jovens acendiam uma fogueira com lenha de moitas e abetos e buscavam água, Aragorn cuidou de Sam e Frodo. O ferimento de Sam não era profundo, mas tinha aspecto feio, e o rosto de Aragorn era grave enquanto o examinava. Um momento depois ergueu os olhos aliviado.

"Teve sorte, Sam!", afirmou ele. "Muitos receberam coisa pior em paga por matarem seu primeiro orque. O corte não é venenoso como demasiadas vezes são as feridas das lâminas de Orques. Deverá sarar bem quando eu o tiver tratado. Banhe-o quando Gimli tiver aquecido água."

Abriu a bolsa e tirou algumas folhas murchas. "Estão secas, e parte de sua virtude se foi," disse ele, "mas aqui ainda tenho algumas das folhas de *athelas* que colhi perto do Topo-do-Vento. Esmague uma na água e lave a ferida, e eu vou enfaixá-la. Agora é sua vez, Frodo!"

"Estou bem", disse Frodo, relutando em deixar que mexessem em suas roupas. "Só precisava de um pouco de comida e de algum descanso."

"Não!", disse Aragorn. "Precisamos olhar para ver o que o martelo e a bigorna fizeram com você. Ainda me admiro de que esteja vivo." Com cuidado, tirou a velha jaqueta de Frodo e a túnica surrada e ofegou de espanto. Depois riu. O colete de prata rebrilhava diante de seus olhos como a luz num mar encrespado. Tirou-o com cuidado e o ergueu, e suas gemas piscavam como estrelas, e o som dos anéis agitados era como o tinir da chuva numa lagoa.

"Olhai, meus amigos!" chamou ele. "Eis uma bela pele de hobbit para envolver um principezinho élfico! Se soubessem que os hobbits têm um couro assim, todos os caçadores da Terra-média estariam cavalgando rumo ao Condado."

"E todas as flechas de todos os caçadores do mundo seriam em vão", disse Gimli, contemplando a malha admirado. "É um colete de mithril. Mithril! Nunca vi nem ouvi falar de um tão belo. É este o colete de que Gandalf falou? Então ele o subestimou. Mas foi bem dado!"

"Muitas vezes me perguntei o que você e Bilbo estavam fazendo, tão fechados em seu quartinho", disse Merry. "Bendito velho hobbit! Eu o amo mais do que nunca. Espero que tenhamos a oportunidade de lhe contar sobre isso!"

O flanco e peito direito de Frodo tinham uma contusão escura e enegrecida. Por baixo da cota de malha havia uma camisa de couro macio, mas em certo ponto os anéis haviam sido forçados através dela, chegando à carne. O flanco esquerdo de Frodo também fora marcado e contundido quando ele tinha sido arremessado contra a parede. Enquanto os demais aprontavam a comida, Aragorn banhou as feridas com água em que fora embebida *athelas*. A fragrância pungente preencheu o pequeno vale, e todos os que se inclinavam sobre a água fumegante sentiam-se refeitos e fortalecidos. Logo Frodo sentiu que a dor o abandonava, e a respiração estava mais fácil: porém ficou rígido e sensível ao toque por muitos dias. Aragorn lhe atou aos flancos algumas almofadas de pano macio.

"A malha é maravilhosamente leve", disse ele. "Vista-a de novo se puder suportar. Meu coração se alegra em saber que você tem um colete assim. Não o deixe de lado, mesmo dormindo, a não ser que a sorte o leve aonde estiver seguro por algum tempo; e isso raramente acontecerá enquanto durar sua demanda."

Depois de comerem, a Comitiva se aprontou para prosseguir. Apagaram a fogueira e esconderam todos os vestígios dela. Depois, saindo do valezinho, tomaram a estrada outra vez. Não haviam ido longe quando o sol se escondeu atrás dos altos a oeste e grandes sombras se insinuaram descendo os flancos das montanhas. A penumbra lhes ocultou os pés e a névoa subiu nas baixadas. Lá longe, a leste, a luz da tardinha se estendia pálida sobre as terras obscuras de planícies e matas distantes. Agora Sam e Frodo, sentindo-se aliviados e bem refeitos, conseguiam avançar a bom passo e com apenas uma breve parada Aragorn conduziu a Comitiva por quase três horas mais.

Estava escuro. Caíra uma noite profunda. Havia muitas estrelas nítidas, mas a lua, que minguava depressa, só apareceria mais tarde. Gimli e Frodo estavam na retaguarda, caminhando com cuidado e sem falar, escutando qualquer ruído na estrada atrás deles. Por fim Gimli quebrou o silêncio.

"Não há som senão o do vento", comentou ele. "Não há gobelins por perto, ou então meus ouvidos são feitos de madeira. Esperemos que os Orques se contentem em nos expulsar de Moria. E quem sabe fosse esse todo o seu propósito e não tivessem nada mais a ver conosco — com o Anel. Porém os Orques muitas vezes perseguem os inimigos por muitas milhas na planície, se tiverem um capitão morto para vingar."

Frodo não respondeu. Olhou para Ferroada, e a lâmina estava apagada. Porém ouvira alguma coisa, ou pensava ter ouvido. Assim que as sombras haviam caído em torno, e a estrada atrás estava indistinta, ouvira outra vez as passadas de pés rápidos. Ouvia-as mesmo agora. Virou-se depressa. Havia dois minúsculos lampejos de luz atrás dele, ou pensou vê-los por um momento, mas de imediato eles se afastaram para um lado e sumiram.

"O que foi?", disse o anão.

"Não sei", respondeu Frodo. "Pensei ter ouvido pés, e pensei ver uma luz — como olhos. Muitas vezes pensei desde que entramos em Moria."

Gimli parou e se agachou no chão. "Não ouço nada senão a fala noturna das plantas e pedras", disse ele. "Vem! Vamos apressar-nos! Os outros estão fora de vista."

O vento noturno soprava gelado do vale ao encontro deles. À frente erguia-se uma larga sombra cinzenta, e ouviram um interminável farfalhar de folhas, como álamos na brisa.

"Lothlórien!", exclamou Legolas. "Lothlórien! Chegamos ao beiral da Floresta Dourada. É pena que seja inverno!"

Sob a noite, as árvores se erguiam altas diante deles, formando arcos sobre a estrada e o córrego que fluía repentinamente embaixo dos seus ramos espalhados. À débil luz das estrelas, seus troncos eram cinzentos, e as folhas trêmulas tinham um quê de ouro não cultivado.

"Lothlórien!", disse Aragorn. "Alegro-me de ouvir outra vez o vento nas árvores! Ainda estamos a pouco mais de cinco léguas dos Portões, mas não podemos ir mais longe. Esperemos que a virtude dos Elfos nos proteja esta noite do perigo que nos segue."

"Se deveras ainda habitam Elfos aqui, no mundo que se obscurece", disse Gimli.

"Muito tempo faz que alguém de meu próprio povo viajou para cá, de volta à terra de onde nos afastamos em eras passadas," comentou Legolas, "mas ouvimos que Lórien ainda não está deserta, pois aqui há um poder secreto que afasta o mal da terra. Ainda assim seu povo raramente se vê, e quem sabe habitem agora na profundeza das matas, longe da borda setentrional."

"Deveras habitam na profundeza da mata", disse Aragorn, e suspirou como se uma lembrança se tivesse atiçado dentro dele. "Esta noite temos de nos defender sozinhos. Vamos avançar um pouco, até que as árvores estejam em toda a nossa volta, e então nos desviaremos da trilha e buscaremos um lugar para descansar."

Deu um passo à frente; mas Boromir ficou parado, indeciso, e não o seguiu. "Não há outro caminho?", disse ele.

"Que outro caminho mais belo desejarias?", disse Aragorn.

"Uma estrada direta, por muito que levasse através de uma moita de espadas", disse Boromir. "Por estranhas trilhas esta Comitiva foi conduzida, e à má sorte até agora. Contra minha vontade passamos sob as sombras de Moria e sofremos perda. E agora precisamos entrar na Floresta Dourada, tu dizes. Mas dessa terra perigosa ouvimos falar em Gondor, e dizem que dentre os que entram poucos saem; e desses poucos nenhum escapou ileso."

"Não digas *ileso*, mas se disseres *inalterado* talvez fales a verdade", disse Aragorn. "Mas o saber míngua em Gondor, Boromir, se na cidade dos que outrora foram sábios agora se fala mal de Lothlórien. Acredita no que quiseres, não há outro caminho para nós — a não ser que queiras voltar ao portão de Moria, ou escalar as montanhas sem trilha, ou nadar a sós no Grande Rio."

"Então guia-nos!", disse Boromir. "Mas é perigosa."

"Perigosa deveras," disse Aragorn, "bela e perigosa; mas só o mal deve temê-la, ou aqueles que trazem algum mal consigo. Segui-me!"

Haviam avançado pouco mais de uma milha na floresta quando toparam com outro riacho, que descia depressa das encostas cobertas de árvores que se estendiam a oeste na direção das montanhas. Ouviam-no borrifando por cima de uma cascata entre as sombras do lado direito. Suas velozes águas escuras cruzavam a trilha à frente deles e juntavam-se ao Veio-de-Prata em um redemoinho de lagoas obscuras entre as raízes das árvores.

"Eis o Nimrodel!", disse Legolas. "Sobre este riacho os Elfos Silvestres fizeram muitas canções tempos atrás, e ainda as cantamos no Norte, recordando o arco-íris em suas cascatas e as flores douradas que flutuavam em sua espuma. Agora está tudo escuro, e a Ponte do Nimrodel está derrubada. Vou banhar meus pés, pois dizem que a água cura os exaustos." Avançou, desceu pela margem escarpada e pôs os pés no riacho.

"Segui-me!", exclamou. "A água não é funda. Vamos passar a vau! Na margem oposta podemos repousar, e o som da água caindo poderá nos trazer o sono e o esquecimento do pesar."

Um a um, desceram e seguiram Legolas. Por um momento Frodo parou na margem e deixou a água correr sobre os pés cansados. Era fria, mas seu toque era limpo e, à medida que prosseguiu e ela lhe subiu até os joelhos, sentiu que a nódoa da viagem e toda a exaustão eram lavadas dos seus membros.

Quando toda a Comitiva tinha atravessado, sentaram-se e descansaram, e comeram algum alimento; e Legolas lhes contou histórias de Lothlórien que os Elfos de Trevamata ainda mantinham no coração, da luz do sol e das estrelas nos prados junto ao Grande Rio, antes que o mundo ficasse cinzento.

Por fim fez-se silêncio, e ouviram a música da cascata fluindo docemente nas sombras. Frodo quase imaginava poder ouvir uma voz a cantar, mesclada ao som da água.

"Ouves a voz de Nimrodel?", perguntou Legolas. "Cantar-vos-ei uma canção da donzela Nimrodel, que levava o mesmo nome do riacho junto do qual vivia muito tempo atrás. É uma bela canção em nossa língua da floresta; mas é assim que soa na fala westron, como alguns a cantam agora em Valfenda." Em voz suave, que mal se ouvia em meio ao farfalhar das folhas acima deles, ele começou:

Donzela élfica houve outrora
  Qual astro de dia armado:
Ouro seu alvo manto decora
  E prata o seu calçado.

Estrela leva à fronte atada,
  Luz nos cabelos tem,
Qual sol na áurea ramada
  Na bela Lórien.

Tem longos cachos, mãos de neve,
  Livres caminhos trilha;
No vento a passear tão leve
  Qual folha de uma tília.

Na cachoeira de Nimrodel,
  De clara água corrente,
Qual prata caía o canto seu
  No belo lago luzente.

Ignora-se onde anda agora,
  Se à sombra ou sol desceu;
Pois Nimrodel se foi embora,
  Nos montes se perdeu.

A nau dos Elfos em porto gris
  Na costa abrigada
Por muitos dias notícias quis
  Esperando sua chegada.

À noite um vento das terras do Norte
  Rugindo se levantou,
A nau tomando de tal sorte
  Que da praia a afastou.

A terra sumira ao romper da aurora,
  E cinzentas as montanhas
Por trás das ondas iam-se embora
  Para além de espumas tamanhas.

Amroth contempla a costa ao léu
  E a vaga longe o arrasta,
Amaldiçoando a nau infiel
  Que de Nimrodel o afasta.

Rei-élfico de outrora era,
  Senhor de vale e mata,
Sob ramos d'ouro que a primavera
  Em Lothlórien desata.

Do leme o viram saltando ao mar,
  Qual flecha deixando o arco,
Na água profunda a mergulhar,
  Gaivota voando do barco.

Cabelo ao vento, triste sorte,
  Em torno clara espuma;
Já longe o viam, belo e forte,
  Qual cisne a terra ruma.

Do Oeste não veio voz propícia;
  Na Costa de Cá, nos cais,
Os Elfos não ouviram notícia
  De Amroth nunca mais.[A]

A voz de Legolas vacilou, e a canção cessou. "Não posso cantar mais", afirmou ele. "Esta é somente uma parte, pois esqueci muita coisa. É longa e triste, pois conta como o pesar acometeu Lothlórien, Lórien da Flor, quando os Anãos despertaram o mal nas montanhas."

"Mas os Anãos não fizeram o mal", disse Gimli.

"Eu não disse isso; porém o mal veio", respondeu Legolas com tristeza. "Então muitos dos Elfos da gente de Nimrodel deixaram suas moradas e partiram, e ela se perdeu longe no Sul, nos passos das Montanhas Brancas; e não chegou ao navio onde Amroth, seu amante, a aguardava. Mas na primavera, quando o vento sopra nas folhas novas, o eco de sua voz ainda pode ser ouvido junto às cascatas que têm o seu nome. E quando o vento está no Sul, a voz de Amroth vem subindo do mar; pois o Nimrodel conflui com o Veio-de-Prata, que os Elfos chamam Celebrant, e o Celebrant com Anduin, o Grande, e o Anduin flui para a Baía de Belfalas de onde os Elfos de Lórien zarparam. Mas nem Nimrodel nem Amroth jamais voltaram.

"Contam que ela tinha uma casa construída nos ramos de uma árvore que crescia junto às cascatas; pois era esse o costume dos Elfos de Lórien, habitar nas árvores, e quem sabe ainda seja assim. Por isso eram chamados de Galadhrim, o Povo-das-árvores. Na profundeza de sua floresta as árvores são muito grandes. O povo das matas não escavava o solo como os Anãos nem construía fortificações de pedra antes que viesse a Sombra."

"E mesmo nestes dias recentes pode-se pensar que habitar nas árvores é mais seguro que sentar-se no chão", disse Gimli. Olhou o outro lado da correnteza, para a estrada que levava de volta ao Vale do Riacho-escuro, e depois ergueu os olhos para o teto de ramos escuros lá em cima.

"Tuas palavras trazem bom conselho, Gimli", disse Aragorn. "Não podemos construir uma casa, mas esta noite faremos como os Galadhrim e buscaremos refúgio nas copas das árvores, se pudermos. Já ficamos sentados aqui à beira da estrada por mais tempo que o recomendável."

Então a Comitiva abandonou a trilha, e penetrou na sombra das matas mais profundas, para oeste ao longo do riacho da montanha, afastando-se do Veio-de-Prata. Não longe das cascatas do Nimrodel encontraram um grupo de árvores, algumas das quais se inclinavam sobre o riacho. Seus grandes troncos cinzentos tinham circunferência enorme, mas a altura não podia ser estimada.

"Vou escalar", disse Legolas. "Entre as árvores estou em casa, por raiz ou ramo, apesar de estas serem de uma espécie que me é estranha, exceto como nome nas canções. *Mellyrn* elas se chamam, e são as que dão a flor amarela, mas jamais escalei uma. Agora verei qual é sua forma e modo de crescer."

"Qualquer que seja," disse Pippin, "serão árvores maravilhosas de fato se puderem oferecer repouso à noite, exceto aos pássaros. Não posso dormir num poleiro!"

"Então cava um buraco no chão," disse Legolas, "se isso for mais à moda de tua espécie. Mas deves cavar depressa e fundo se quiseres esconder-te dos Orques." Saltou leve, deixando o solo e apanhando um galho que saía do tronco muito acima de sua cabeça. Mas, enquanto pendia ali por um momento, uma voz falou de repente nas sombras da árvore acima dele.

"*Daro!*", disse ela em tom de comando, e Legolas deixou-se cair de volta ao solo, surpreso e temeroso. Encostou-se ao tronco da árvore.

"Ficai imóveis!" cochichou para os demais. "Não vos mexei nem falai!"

Ouviu-se o som de risos suaves sobre suas cabeças, e então outra voz falou em língua-élfica. Frodo pouco conseguiu entender do que foi dito, pois a fala que o povo silvestre a leste das montanhas usava entre si era diverso daquele do Oeste. Legolas ergueu os olhos e respondeu na mesma língua.[1]

"Quem são eles e o que dizem?", perguntou Merry.

"São Elfos", disse Sam. "Não está ouvindo as vozes deles?"

"Sim, são Elfos", disse Legolas; "e dizem que respiras tão alto que poderiam te alvejar no escuro." Sam, apressado, pôs a mão sobre a boca. "Mas também dizem que não precisas temer. Faz tempo que estão a par de nós. Ouviram minha voz do outro lado do Nimrodel e souberam que eu era de sua gente do Norte, e por isso não impediram que atravessássemos; e depois ouviram minha canção. Agora pedem-me que eu suba com Frodo; pois parecem ter tido alguma notícia dele e de nossa jornada. Pedem que os outros esperem um pouco, e que vigiem ao pé da árvore até que decidam o que deve ser feito."

Uma escada foi baixada das sombras; era feita de corda, cinza-prata e rebrilhando no escuro e, apesar de parecer delgada, demonstrou ser bastante forte para suportar muitos homens. Legolas subiu veloz e leve, e Frodo o seguiu devagar; atrás dele foi Sam, tentando não respirar alto. Os galhos do

---

[1] Ver nota no Apêndice F: "Dos Elfos". [N. A.]

mallorn cresciam quase retos a partir do tronco, e depois se viravam para cima; mas junto ao topo o caule principal se dividia numa copa de muitos ramos, e entre esses eles descobriram que fora construída uma plataforma de madeira, ou *eirado*, como tais coisas eram chamadas naqueles dias: os Elfos chamavam aquilo de *talan*. O acesso era por um buraco redondo no centro, através do qual passava a escada.

Quando Frodo finalmente chegou em cima do eirado, encontrou Legolas sentado com três outros Elfos. Trajavam cinza sombrio, e não podiam ser vistos entre os caules da árvore a não ser que se mexessem de repente. Levantaram-se, e um deles destapou uma pequena lâmpada que emitiu um estreito facho prateado. Ergueu-a, olhando o rosto de Frodo e o de Sam. Depois voltou a fechar a luz e falou palavras de boas-vindas em sua língua-élfica. Frodo respondeu hesitante.

"Bem-vindo!", repetiu então o Elfo na língua comum, falando devagar. "Raramente usamos outra língua que não a nossa; pois agora habitamos no coração da floresta, e não lidamos de bom grado com qualquer outro povo. Mesmo nossa própria gente no Norte está apartada de nós. Mas há alguns dentre nós que ainda deixam nossa terra para saber de notícias e vigiar nossos inimigos, e eles falam os idiomas de outras terras. Eu sou um deles. Haldir é meu nome. Meus irmãos, Rúmil e Orophin, pouco falam de vossa língua.

"Mas ouvimos rumores de vossa vinda, pois os mensageiros de Elrond passaram por Lórien a caminho de casa, subindo pela Escada do Riacho-escuro. Não tínhamos ouvido falar dos... hobbits, dos pequenos, por muitos longos anos, e não sabíamos que ainda habitavam na Terra-média. Não pareceis malvados! E, já que vindes com um Elfo de nossa gente, estamos dispostos a vos amparar, como Elrond pediu; porém não é nosso costume conduzir estranhos por nossa terra. Mas deveis ficar aqui esta noite. Quantos sois?"

"Oito", disse Legolas. "Eu, quatro hobbits; e dois homens, um dos quais, Aragorn, é um Amigo-dos-Elfos do povo de Ociente."

"O nome de Aragorn, filho de Arathorn, é conhecido em Lórien," comentou Haldir, "e ele tem o favor da Senhora. Então tudo está bem. Mas até agora só falaste de sete."

"O oitavo é um anão", respondeu Legolas.

"Um anão!", disse Haldir. "Isso não está bem. Não lidamos com os Anãos desde os Dias Sombrios. Não lhes permitimos entrar em nossa terra. Não posso consentir que ele passe."

"Mas ele vem da Montanha Solitária, é do confiável povo de Dáin e amigo de Elrond", disse Frodo. "O próprio Elrond o escolheu para ser um de nossos companheiros, e tem sido bravo e fiel."

Os Elfos confabularam em voz baixa e questionaram Legolas em sua própria língua. "Muito bem", respondeu Haldir finalmente. "Faremos isso, apesar de ser a contragosto. Se Aragorn e Legolas o vigiarem e responderem por ele, há de passar; mas deve andar vendado por Lothlórien.

"Mas agora não devemos debater mais. Vossa gente não pode permanecer no solo. Estivemos vigiando os rios desde que vimos uma grande tropa de Orques rumando ao norte, na direção de Moria, ao longo dos sopés das montanhas, muitos dias atrás. Os lobos uivam nos limites da floresta. Se deveras viestes de Moria, o perigo não pode estar muito atrás. Amanhã cedo deveis prosseguir.

"Os quatro hobbits hão de subir aqui e ficar conosco — não os temamos! Há outro *talan* na árvore ao lado. Ali devem refugiar-se os demais. Tu, Legolas, precisas responder-nos por eles. Chama-nos se houver algo errado! E mantém os olhos nesse anão!"

Legolas desceu a escada de imediato para levar a mensagem de Haldir; e logo depois Merry e Pippin subiram com dificuldade para o eirado alto. Estavam ofegantes e pareciam um tanto assustados.

"Aí está!", disse Merry, arfando. "Alçamos os cobertores de vocês junto com os nossos. Passolargo escondeu todo o resto de nossa bagagem em um monte alto de folhas."

"Não tínheis necessidade de vossos fardos", disse Haldir. "Nos topos das árvores faz frio no inverno, apesar de hoje o vento estar no Sul; mas temos comida e bebida para vos dar que afastarão a gelidez noturna, e temos peles e mantos de sobra."

Os hobbits aceitaram este segundo (e bem melhor) jantar de muito bom grado. Depois envolveram-se para se aquecerem, não apenas nas mantas de peles dos Elfos, mas também em seus próprios cobertores, e tentaram pegar no sono. Mas, por muito que estivessem exaustos, só Sam teve facilidade em fazê-lo. Os hobbits não gostam de alturas e não dormem no andar de cima, mesmo que haja andar de cima. O eirado não lhes agradava nem um pouco como dormitório. Não tinha paredes, nem mesmo corrimão; só de um lado havia uma leve tela trançada, que podia ser movida e fixada em diferentes lugares conforme o vento.

Pippin ficou conversando um pouco. "Espero que, se eu realmente adormecer neste poleiro de aves, não role para fora", disse ele.

"Uma vez que eu adormecer," disse Sam, "vou continuar dormindo, quer role para fora ou não. E quanto menos falar, mais cedo vou dormir, se me entende."

Frodo ficou algum tempo deitado desperto e olhou as estrelas lá em cima, brilhando através do pálido teto de folhas trêmulas. Sam roncava ao seu lado muito antes de ele próprio fechar os olhos. Podia ver, indistintamente, os vultos cinzentos de dois elfos sentados imóveis, com os braços em torno dos joelhos, falando em sussurros. O outro descera para vigiar em um dos ramos inferiores. Por fim, embalado pelo vento nos galhos lá em cima e pelo doce murmúrio das cascatas do Nimrodel lá embaixo, Frodo adormeceu com a canção de Legolas rodando em sua mente.

Acordou tarde da noite. Os outros hobbits dormiam. Os Elfos haviam ido embora. A Lua de foice reluzia fraca entre as folhas. O vento parara. A pouca distância ouviu um riso áspero e as pisadas de muitos pés no chão lá embaixo. Houve um retinir de metal. Os sons desapareceram pouco a pouco e pareceram rumar para o sul, entrando na floresta.

De repente surgiu uma cabeça pelo buraco do eirado. Frodo sentou-se alarmado e viu que era um Elfo de capuz cinzento. Ele olhou para os hobbits.

"O que é?", disse Frodo.

"*Yrch!*", disse o Elfo num sussurro chiado, e jogou no eirado a escada de corda enrolada.

"Orques!", exclamou Frodo. "O que estão fazendo?" Mas o Elfo se fora.

Não houve mais ruídos. Até as folhas estavam em silêncio, e as próprias cascatas pareciam ter calado. Frodo sentou-se e sentiu calafrios em suas cobertas. Estava grato por não terem sido apanhados no chão; mas sentia que as árvores proporcionavam pouca proteção, exceto como esconderijo. Os Orques eram alertas como cães de caça farejando, dizia-se, mas também sabiam escalar. Sacou Ferroada: ela reluziu e brilhou como uma chama azul; e depois voltou a se apagar lentamente e perdeu o brilho. Apesar de sua espada ter-se apagado, a sensação de perigo imediato não abandonou Frodo, na verdade ficou mais forte. Levantou-se, engatinhou até a abertura e espiou para baixo. Tinha quase certeza de que podia ouvir movimentos furtivos ao pé da árvore, bem abaixo.

Não eram Elfos; pois o povo da floresta era bem silencioso em seus movimentos. Depois ouviu fracamente um som como de fungada; e algo parecia estar subindo pela casca do tronco. Fitou o escuro lá embaixo, segurando a respiração.

Agora algo escalava devagar, e sua respiração parecia um chiado baixinho através de dentes apertados. Então, subindo perto do caule, Frodo viu dois olhos pálidos. Eles pararam e olharam para cima, sem piscar. De repente viraram-se, e um vulto sombrio deslizou em torno do tronco da árvore e desapareceu.

Imediatamente depois Haldir chegou, escalando depressa através dos ramos. "Havia algo nesta árvore que nunca vi antes", disse ele. "Não era um orque. Fugiu assim que toquei o caule da árvore. Parecia ser cauteloso e ter alguma habilidade com árvores, do contrário eu pensaria que era um de vós, hobbits."

"Não atirei porque não ousava provocar gritos: não podemos nos arriscar ao combate. Passou uma forte companhia de Orques. Atravessaram o Nimrodel — malditos pés imundos na água limpa! — e seguiram descendo pela velha estrada ao lado do rio. Parecia que seguiam algum faro, e esquadrinharam o chão por algum tempo junto ao lugar onde tínheis parado. Nós três não podíamos desafiar uma centena, por isso fomos em frente e falamos com vozes fingidas, conduzindo-os para dentro da floresta.

"Agora Orophin voltou às pressas para nossas moradas para alertar nosso povo. Nenhum dos Orques jamais voltará a sair de Lórien. E haverá muitos Elfos ocultos na fronteira norte antes que caia outra noite. Mas deveis tomar a estrada do sul assim que amanhecer por completo."

O dia chegou pálido do Leste. A luz, à medida que aumentava, era filtrada pelas folhas amarelas do mallorn, e aos hobbits parecia que brilhava o sol precoce de uma fresca manhã de verão. O céu azul-claro espiava por entre os galhos em movimento. Olhando por uma abertura do lado sul do eirado, Frodo viu todo o vale do Veio-de-Prata estendendo-se como um mar de ouro não cultivado ondulando de leve na brisa.

A manhã ainda era jovem e fria quando a Comitiva partiu outra vez, agora guiada por Haldir e seu irmão Rúmil. "Adeus, doce Nimrodel!", exclamou Legolas. Frodo olhou para trás e vislumbrou um lampejo de espuma branca entre os caules cinzentos das árvores. "Adeus", disse ele. Parecia-lhe que nunca mais ouviria uma água corrente tão bela, sempre mesclando suas incontáveis notas numa música infinda e variegada.

Voltaram à trilha que ainda prosseguia ao longo da margem oeste do Veio-de-Prata e por alguma distância seguiram-na rumo ao sul. Havia pegadas de pés de orques na terra. Mas logo Haldir se desviou entre as árvores e parou na margem do rio, sob as sombras delas.

"Ali está um do meu povo na outra margem do rio," disse ele, "apesar de não poderdes vê-lo." Emitiu um chamado como o assobio baixo de uma ave, e um Elfo saiu de um matagal de árvores jovens, trajando cinza, mas com o capuz jogado para trás; seus cabelos brilhavam como ouro ao sol da manhã. Haldir habilmente lançou por cima do rio um rolo de corda cinzenta, e ele a apanhou e amarrou a extremidade ao redor de uma árvore perto da margem.

"O Celebrant já é um rio vigoroso aqui, como vedes," comentou Haldir, "e corre ao mesmo tempo veloz e fundo, e é muito frio. Não pomos os pés nele tanto ao norte, a não ser que precisemos. Mas nestes dias de vigilância não fazemos pontes. É assim que atravessamos! Segui-me!" Prendeu sua ponta da corda em torno de outra árvore, e depois correu leve sobre ela, por cima do rio e de volta, como se estivesse numa estrada.

"Eu consigo andar nessa trilha", disse Legolas; "mas os outros não têm tal habilidade. Precisarão nadar?"

"Não!" disse Haldir. "Temos mais duas cordas. Vamos prendê-las acima da outra, uma na altura dos ombros e a outra a meia altura, e segurando-as os estrangeiros deverão ser capazes de atravessar com cuidado."

Quando estava pronta aquela ponte delgada, a Comitiva atravessou, alguns com cautela e lentamente, outros com maior facilidade. Dentre os hobbits, Pippin demonstrou ser o melhor, pois tinha pés firmes, e passou andando depressa, segurando-se com uma mão apenas; mas manteve a vista na margem oposta e não olhou para baixo. Sam passou arrastando os pés, agarrando-se com força e olhando a água pálida em redemoinhos lá embaixo como se fosse um precipício nas montanhas.

Respirou aliviado quando passara a salvo. "Vivendo e aprendendo! como costumava dizer o feitor. Mas ele estava pensando em jardinagem, não em se empoleirar como pássaro ou tentar andar como aranha. Nem meu tio Andy jamais fez um truque assim!"

Quando finalmente toda a Comitiva estava reunida na margem leste do Veio-de-Prata, os Elfos desamarraram as cordas e enrolaram duas delas. Rúmil, que ficara do outro lado, puxou a última de volta, colocou-a a tiracolo e partiu com um aceno de mão, voltando ao Nimrodel para vigiar.

"Agora, amigos," disse Haldir, "entrastes no Naith de Lórien, ou no Gomo, como poderíeis dizer, pois é a terra que fica como uma ponta de lança entre os braços do Veio-de-Prata e de Anduin, o Grande. Não permitimos que estrangeiros espionem os segredos do Naith. A poucos deveras é mesmo permitido pôr os pés ali.

"Como combinamos, aqui hei de vendar os olhos de Gimli, o Anão. Os demais podem andar livres por algum tempo, até que nos aproximemos mais de nossas moradas lá embaixo em Egladil, no Ângulo entre as águas."

Isso não agradou a Gimli nem um pouco. "A combinação foi feita sem meu consentimento", disse ele. "Não caminharei vendado como um mendigo ou prisioneiro. E não sou espião. Meu povo jamais tratou com qualquer dos serviçais do Inimigo. Nem causamos mal aos Elfos. Não é mais provável que eu vos traia do que Legolas, ou qualquer outro de meus companheiros."

"Não duvido de ti", disse Haldir. "No entanto é esta nossa lei. Não sou mestre da lei e não posso pô-la de lado. Fiz muito ao deixá-lo pôr os pés na outra margem do Celebrant."

Gimli estava obstinado. Plantou os pés no chão, firmes e afastados, e pôs a mão no cabo do machado. "Irei em frente livre," retrucou ele, "ou voltarei em busca de minha própria terra, onde é sabido que sou fiel à minha palavra, por muito que pereça sozinho no ermo."

"Não podes voltar", disse Haldir com severidade. "Agora que vieste até este ponto terás de ser levado diante do Senhor e da Senhora. Eles hão de te julgar, para segurar-te ou deixar-te ir, conforme queiram. Não podes atravessar os rios outra vez, e agora há sentinelas secretas atrás de ti pelas quais não podes passar. Serias morto antes que as visses."

Gimli sacou o machado do cinto. Haldir e seus companheiros armaram os arcos. "Uma praga sobre os Anãos e sua obstinação!", disse Legolas.

"Ora!", exclamou Aragorn. "Se eu for ainda liderar esta Comitiva, deveis fazer o que vos peço. Para o Anão é duro ser isolado desse modo. Seremos vendados todos, até Legolas. Isso será o melhor, por muito que torne a jornada lenta e monótona."

Gimli riu-se de repente. "Vamos parecer uma bela tropa de tolos! Haldir nos conduzirá a todos numa corda, como muitos mendigos cegos com um cão? Mas estarei contente se apenas Legolas aqui compartilhar minha cegueira."

"Sou um Elfo, e aqui sou membro da gente", disse Legolas, zangando-se por sua vez.

"Agora vamos exclamar: 'uma praga sobre a obstinação dos Elfos!'", disse Aragorn. "Mas toda a Comitiva há de ter o mesmo tratamento. Vamos, venda nossos olhos, Haldir!"

"Hei de reivindicar plena restituição por cada queda e topada, se não nos conduzires bem", disse Gimli quando lhe amarraram um pano nos olhos.

"Não terás o que reivindicar", disse Haldir. "Hei de vos conduzir bem, e as trilhas são lisas e retas."

"Ai de nós pela loucura destes dias!", disse Legolas. "Todos aqui são inimigos do único Inimigo, e mesmo assim tenho de caminhar cego enquanto o sol brilha alegre na mata sob as folhas de ouro!"

"Pode parecer loucura", disse Haldir. "Deveras o poder do Senhor Sombrio em nada se mostra mais claramente que na desavença que divide a todos que ainda se lhe opõem. Porém agora encontramos tão pouca fé e confiança no mundo além de Lothlórien, exceto talvez em Valfenda, que não ousamos pôr nossa terra em perigo por nossa própria confiança. Vivemos agora em uma ilha em meio a muitos perigos, e nossas mãos mais frequentemente pegam a corda do arco que a harpa.

"Os rios nos defenderam por muito tempo, porém não são mais proteção segura; pois a Sombra se esgueirou rumo ao norte em toda a nossa volta. Alguns falam em partir, mas já parece demasiado tarde para isso. As montanhas a oeste tornam-se malignas; a leste as terras são ermas e repletas das criaturas de Sauron; e há boatos de que agora não podemos passar a salvo rumo ao sul através de Rohan, e que as fozes do Grande Rio são vigiadas pelo Inimigo. Mesmo que conseguíssemos chegar às praias do Mar, não encontraríamos mais abrigo ali. Diz-se que ainda existem portos dos Altos Elfos, mas ficam muito ao norte e oeste, além da terra dos Pequenos. Mas onde pode ser isso, por muito que o saibam o Senhor e a Senhora, eu não o sei."

"Deverias pelo menos adivinhar, já que nos viste", disse Merry. "Há portos-élficos a oeste de minha terra, o Condado, onde vivem os Hobbits."

"Um povo feliz são os Hobbits por viverem perto das costas do mar!", disse Haldir. "Deveras faz muito tempo que alguém do meu povo o contemplou, porém ainda o recordamos em canções. Conta-me desses portos enquanto caminhamos."

"Não posso", respondeu Merry. "Eu nunca os vi. Nunca antes estive fora de minha própria terra. E se eu soubesse como era o mundo aqui fora não acho que teria tido coragem de deixá-la."

"Nem mesmo para ver a bela Lothlórien?", disse Haldir. "O mundo está deveras repleto de perigos e há nele muitos lugares escuros; mas ainda existe muita coisa que é bela, e, por muito que em todas as terras o amor já esteja mesclado ao pesar, talvez ele se torne maior.

"Há alguns dentre nós que cantam que a Sombra recuará, e a paz há de vir de novo. Porém não creio que o mundo ao nosso redor volte outra vez a ser como foi outrora, ou a luz do Sol como era antigamente. Para os Elfos, receio, acabará sendo no melhor caso uma trégua, na qual poderão chegar ao Mar sem impedimento e abandonar a Terra-média para sempre. Ai de Lothlórien que amo! Seria uma vida miserável em uma terra onde não crescesse o mallorn. Mas, se há árvores mallorn além do Grande Mar, ninguém o relatou."

Enquanto falavam assim, a Comitiva andava devagar, enfileirada ao longo das trilhas da floresta, conduzida por Haldir, enquanto o outro Elfo caminhava atrás. Sentiam que o solo sob seus pés era liso e macio e, algum tempo depois, caminhavam mais livremente, sem temer ferimento nem queda. Como estava privado da visão, Frodo descobriu que sua audição e os demais sentidos estavam aguçados. Podia sentir o cheiro das árvores e da grama pisada. Podia ouvir muitas notas diferentes no farfalhar das folhas sobre sua cabeça, o rio passando a murmurar à sua direita, e as vozes agudas e nítidas dos pássaros alto no céu. Sentia o sol no rosto e nas mãos quando atravessavam uma clareira aberta.

Assim que pusera os pés na outra margem do Veio-de-Prata, assaltara-o uma sensação estranha, que se intensificava à medida que avançava para dentro do Naith: parecia-lhe ter transposto uma ponte de tempo, chegando a um canto dos Dias Antigos, e que agora caminhava em um mundo que não mais existia. Em Valfenda havia a lembrança de coisas antigas; em Lórien as coisas antigas ainda sobreviviam no mundo desperto. O mal fora visto e ouvido ali, o pesar fora conhecido; os Elfos temiam o mundo lá fora e desconfiavam dele: lobos uivavam nas bordas da mata, mas na terra de Lórien não residia nenhuma sombra.

Por todo aquele dia a Comitiva seguiu marchando, até sentirem chegar a tardinha fresca e ouvirem o vento noturno precoce sussurrando entre muitas folhas. Então repousaram e dormiram sem medo no chão; pois seus guias não permitiam que desvendassem os olhos, e não eram capazes de escalar. De manhã prosseguiram outra vez, andando sem pressa. Ao meio-dia pararam, e Frodo se deu conta de que haviam saído para o sol brilhante. De repente ouviu o som de muitas vozes em toda a sua volta.

Uma hoste de Elfos em marcha se aproximara em silêncio: rumavam às pressas para as divisas do norte para se proteger contra algum ataque de Moria; e traziam notícias, algumas das quais foram relatadas por Haldir. Os orques saqueadores tinham sido emboscados e quase todos destruídos; os remanescentes fugiram para o oeste, rumo às montanhas, e estavam sendo perseguidos. Também fora vista uma criatura estranha, correndo encurvada e com as mãos junto ao solo, como uma fera, porém não em forma de fera. Escapara à captura, e não tinham atirado nela, pois não sabiam se era boa ou má, e ela desaparecera para o sul, descendo o Veio-de-Prata.

"Também", comentou Haldir, "trazem-me uma mensagem do Senhor e da Senhora dos Galadhrim. Todos devem caminhar livres, mesmo o anão Gimli. Parece que a Senhora sabe quem e o que é cada membro de vossa Comitiva. Quem sabe tenham vindo novas mensagens de Valfenda."

Primeiro removeu a bandagem dos olhos de Gimli. "Seu perdão!", disse ele, inclinando-se muito. "Olha-nos agora com olhos amigáveis! Olha e sê contente, pois és o primeiro anão a contemplar as árvores do Naith de Lórien desde o Dia de Durin!"

Quando, por sua vez, teve os olhos descobertos, Frodo olhou para cima e tomou fôlego. Estavam de pé em um espaço aberto. À esquerda erguia-se um grande morro, coberto por um gramado verde como a Primavera dos Dias Antigos. Sobre ele, como dupla coroa, cresciam dois círculos de árvores: as exteriores tinham casca branca como a neve e estavam sem folhas, mas belas em sua formosa nudez; as interiores eram mellyrn de grande altura, ainda enfeitados de ouro pálido. Bem no alto, em meio aos ramos de uma árvore altaneira posta no centro de tudo, reluzia um eirado branco. Aos pés das árvores, e por todos os verdes flancos do morro, a grama estava semeada de florezinhas douradas em forma de estrela. Entre elas, balançando em caules delgados, havia outras flores, brancas e de verde muito pálido: lampejavam como névoa em meio ao tom intenso da grama. Por cima de tudo o céu era azul, e o sol da tarde brilhava no morro e lançava longas sombras verdes sob as árvores.

"Contemplai! Chegastes a Cerin Amroth", disse Haldir. "Pois é este o coração do antigo reino, tal como foi há muito tempo, e aqui está o morro de Amroth, onde em dias mais felizes foi construída sua alta casa. Aqui florescem sempre as flores do inverno na grama imarcescível: a *elanor* amarela e a pálida *niphredil*. Aqui ficaremos por um tempo, e chegaremos à cidade dos Galadhrim ao anoitecer."

Os demais se deixaram cair na grama perfumada, mas Frodo ficou mais um tempo em pé, ainda perdido em pasmo. Parecia-lhe ter transposto uma alta janela que dava para um mundo desaparecido. Havia sobre ele uma luz para a qual sua língua não possuía nome. Tudo o que via era formoso, mas as formas pareciam ao mesmo tempo bem delineadas, como se acabassem de ser concebidas e desenhadas quando desvendara os olhos, e antigas, como se tivessem durado para sempre. Não via cores além das que conhecia, ouro e branco e azul e verde, mas eram frescas e pungentes, como se naquele momento ele as tivesse percebido pela primeira vez e feito para elas nomes novos e maravilhosos. Aqui, no inverno, nenhum coração poderia lamentar-se pelo verão ou pela primavera. Nenhum defeito, nem doença, nem deformidade era visível em qualquer coisa que crescesse na terra. Na terra de Lórien não havia nódoa.

Virou-se e viu que agora Sam estava parado ao seu lado, olhando em volta com expressão perplexa e esfregando os olhos como quem não tem certeza de que está desperto. "Tem luz do sol e é dia claro, sem dúvida", comentou ele. "Eu pensava que os Elfos eram mais chegados à lua e às estrelas: mas isto é mais élfico que qualquer coisa de que já ouvi falar. Eu me sinto como se estivesse *dentro* de uma canção, se me entende."

Haldir olhou para eles, e de fato parecia compreendê-los em pensamento e palavra. Sorriu. "Sentis o poder da Senhora dos Galadhrim", disse ele. "Agradar-vos-ia subir comigo a Cerin Amroth?"

Seguiram-no quando ele pisou de leve as encostas gramadas. Apesar de estar caminhando e respirando, e as folhas vivas e as flores em seu redor serem agitadas pelo mesmo vento fresco que lhe soprava no rosto, Frodo sentiu que estava em uma terra fora do tempo, que não se apagava, nem mudava, nem caía no esquecimento. Quando tivesse partido e passado outra vez ao mundo exterior, o errante Frodo do Condado ainda iria caminhar ali, na grama entre *elanor* e *niphredil,* na bela Lothlórien.

Entraram no círculo de árvores brancas. Nesse momento o Vento Sul soprou em Cerin Amroth e suspirou entre os ramos. Frodo ficou imóvel, ouvindo muito ao longe os grandes mares, em praias que há tempos haviam sido arrastadas pelas águas, e o grito de aves marinhas, cuja raça perecera na terra.

Haldir fora em frente e agora estava subindo ao alto eirado. Quando Frodo se preparava para segui-lo, pôs a mão na árvore ao lado da escada: nunca antes estivera cônscio, tão súbita e nitidamente, da sensação e da textura de uma casca de árvore e da vida que ela continha. Sentiu o deleite da madeira e de seu toque nem como silvicultor nem como marceneiro; era o deleite da própria árvore vivente.

Quando finalmente pôs os pés na plataforma elevada, Haldir o tomou pela mão e o virou para o Sul. "Olha primeiro para este lado!", disse ele.

Frodo olhou e viu, ainda a alguma distância, uma colina com muitas árvores enormes, ou uma cidade de torres verdes: não sabia dizer qual dos dois. Pareceu-lhe que era dali que provinha todo o poder e a luz que mantinha toda aquela região sob controle. Subitamente almejou voar como uma ave para pousar na cidade verde. Depois olhou para o leste e viu toda a terra de Lórien descendo rumo ao brilho pálido do Anduin, o Grande Rio. Ergueu os olhos para o outro lado do rio, e toda a luz se apagou, e ele estava de volta no mundo que conhecia. Além do rio o terreno parecia plano e vazio, informe e vago, até muito longe voltar a se erguer como uma muralha, escura e lúgubre. O sol que brilhava sobre Lothlórien não tinha o poder de iluminar a sombra daquela altura distante.

"Ali está a fortaleza de Trevamata Meridional", disse Haldir. "Está envolta em uma floresta de escuros abetos, onde as árvores porfiam umas contra as outras e seus ramos apodrecem e murcham. No meio, em uma elevação rochosa, ergue-se Dol Guldur, onde por muito tempo o Inimigo oculto teve sua morada. Receamos que agora esteja habitado de novo e com poder septuplicado. Ultimamente costuma jazer uma nuvem negra sobre ele. Neste lugar elevado podes ver os dois poderes que se opõem um ao outro; e agora porfiam sempre em pensamento, mas, enquanto a luz percebe o coração mesmo da treva, seu próprio segredo não foi descoberto. Ainda não." Virou-se e desceu a escada depressa, e eles o seguiram.

No sopé do morro Frodo encontrou Aragorn, parado imóvel e silencioso como uma árvore; mas tinha na mão uma florzinha dourada de *elanor* e luz em seus olhos. Estava envolto em alguma bela lembrança: e Frodo, ao olhá-lo, soube que ele contemplava as coisas como haviam sido outrora naquele mesmo lugar. Pois os anos cruéis tinham sido removidos do rosto de Aragorn, e ele parecia trajado de branco, um jovem senhor alto e belo; e falou palavras em língua élfica a alguém que Frodo não podia ver. "*Arwen vanimelda, namárië!*", disse ele, e então deu um suspiro e, ao retornar de seus pensamentos, olhou para Frodo e sorriu.

"Aqui é o coração da Gente Élfica na terra," disse ele, "e aqui meu coração habita sempre, a não ser que haja uma luz além das estradas escuras que ainda temos de trilhar, você e eu. Venha comigo!" E, tomando a mão de Frodo, deixou o morro de Cerin Amroth e nunca mais retornou ali enquanto viveu.

7

O Espelho de Galadriel

O sol se punha atrás das montanhas, e as sombras se aprofundavam na floresta, quando seguiram em frente outra vez. Agora suas trilhas entravam em matagais onde a penumbra já se avolumara. A noite chegou sob as árvores à medida que caminhavam, e os Elfos destaparam suas lamparinas de prata.

De repente voltaram a sair para um lugar aberto e viram-se embaixo de um pálido céu vespertino perfurado por algumas estrelas precoces. Diante deles havia um amplo espaço sem árvores, fazendo um grande círculo e curvando-se de ambos os lados. Além dele estava um grande fosso perdido em sombra suave, mas a grama em sua borda era verde, como se ainda fulgurasse com a lembrança do sol que se fora. Do outro lado erguia-se a grande altura um muro verde, cercando uma colina verde apinhada de mellyrn, mais altos que quaisquer outros que já houvessem visto em toda aquela terra. Sua altura não podia ser estimada, mas erguiam-se na penumbra como torres vivas. Em seus galhos de muitos níveis, e entre suas folhas sempre em movimento reluziam incontáveis luzes, em verde e ouro e prata. Haldir voltou-se para a Comitiva.

"Bem-vindos a Caras Galadhon!", disse ele. "Esta é a cidade dos Galadhrim, onde habitam o Senhor Celeborn e Galadriel, Senhora de Lórien. Mas aqui não podemos entrar, pois os portões não dão para o norte. Devemos dar a volta para o lado sul, e o caminho não é curto, pois a cidade é grande."

Havia uma estrada calçada de pedras brancas que circundava a borda externa do fosso. Seguiram-na rumo ao oeste, com a cidade erguendo-se sempre à esquerda como uma nuvem verde;

e à medida que a noite avançava, outras luzes se acenderam, até que toda a colina parecesse arder com estrelas. Por fim chegaram a uma ponte branca e ao atravessar encontraram os grandes portões da cidade: davam para o sudoeste, postos entre as extremidades da muralha circundante que ali se sobrepunham, e eram altos e fortes e guarnecidos de muitas lâmpadas.

Haldir bateu e falou, e os portões se abriram silenciosamente; mas Frodo não conseguia ver sinal de guardas. Os viajantes passaram para dentro, e os portões se fecharam atrás deles. Estavam em uma alameda funda entre as extremidades da muralha, e atravessando-a depressa entraram na Cidade das Árvores. Não podiam ver gente nem ouvir pés nas trilhas; mas havia muitas vozes em sua volta e no ar acima. Bem longe, na colina, podiam ouvir o som de cantos que desciam do alto como chuva suave sobre as folhas.

Percorreram muitas trilhas e subiram por muitas escadarias até chegarem aos lugares elevados e verem à sua frente, em meio a um amplo gramado, uma fonte que rebrilhava. Era iluminada por lâmpadas de prata que oscilavam nos ramos das árvores, e a água caía em uma bacia de prata da qual se derramava uma torrente branca. Do lado sul do gramado erguia-se a mais imensa de todas as árvores; seu grande caule liso brilhava como seda cinzenta, e ela subia até que os primeiros galhos, bem no alto, abrissem seus enormes membros embaixo de sombrias nuvens de folhas. Junto a ela estava apoiada uma larga escada branca, e ao pé desta estavam sentados três Elfos. Levantaram-se de um salto quando os viajantes se aproximaram, e Frodo viu que eram altos, e trajavam cotas de malha cinzentas, e de seus ombros pendiam longos mantos brancos.

"Aqui habitam Celeborn e Galadriel", disse Haldir. "É desejo deles que subais e faleis com eles."

Então um dos guardiões-élficos soprou uma nota límpida numa pequena trompa, e ela foi respondida três vezes muito do alto. "Eu irei primeiro", disse Haldir. "Que Frodo seja o próximo, e Legolas com ele. Os demais podem seguir como desejarem. É uma longa escalada para os que não estão acostumados com tais escadas, mas podeis descansar a caminho."

À medida que subia lentamente, Frodo passou por muitos eirados: alguns de um lado, outros do outro, e alguns postos junto ao tronco da árvore, de modo que a escada passava através deles. A grande altura acima do solo ele chegou a um amplo *talan*, como o convés de um grande navio. Sobre ele estava construída uma casa, tão grande que quase teria servido de paço aos Homens sobre a terra. Entrou atrás de Haldir e viu-se em um salão de forma oval, no meio do qual crescia o tronco do grande mallorn, que já se afunilava na direção da copa e ainda assim formava um pilar de grande circunferência.

O salão estava repleto de uma luz suave; suas paredes eram verdes e prateadas, e seu teto, de ouro. Muitos Elfos estavam assentados ali. Em duas cadeiras abaixo do caule da árvore, tendo um ramo vivente por dossel, estavam sentados lado a lado Celeborn e Galadriel. Levantaram-se para saudar os visitantes, à maneira dos Elfos, mesmo os que eram tidos por reis poderosos. Eram muito altos, e a Senhora não era menor que o Senhor; e eram graves e belos. Estavam trajados todos de branco; e os cabelos da Senhora eram de dourado profundo, e os cabelos do Senhor Celeborn eram de prata, longos e luzidios; mas não portavam sinal de idade, a não ser no fundo de seus olhos; pois estes eram aguçados como lanças à luz das estrelas e, no entanto, profundos, poços de intensa memória.

Haldir conduziu Frodo diante deles, e o Senhor lhe deu boas-vindas em sua própria língua. A Senhora Galadriel não disse palavra, mas fitou-lhe o rosto por muito tempo.

"Senta-te agora ao lado de minha cadeira, Frodo do Condado!", disse Celeborn. "Quando todos tiverem vindo, falaremos entre nós."

Saudou cortesmente, pelo nome, cada um dos companheiros à medida que entravam. "Bem-vindo, Aragorn, filho de Arathorn!", disse ele. "Faz oito e trinta anos do mundo exterior que vieste a esta terra; e esses anos jazem pesados sobre ti. Mas o fim está próximo, por bem ou por mal. Depõe tua carga aqui por algum tempo!"

"Bem-vindo, filho de Thranduil! Mui raramente minha gente viaja para cá vindo do Norte."

"Bem-vindo, Gimli, filho de Glóin! Muito tempo faz deveras que vimos alguém do povo de Durin em Caras Galadhon. Mas hoje quebramos nossa longa lei. Que seja um sinal de que, apesar de agora o mundo estar escuro, dias melhores se avizinham e de que a amizade haja de se renovar entre nossos povos." Gimli fez uma mesura profunda.

Quando todos os visitantes estavam sentados diante de sua cadeira, o Senhor os olhou de novo. "Aqui estão oito", disse ele. "Nove deviam ter partido; assim diziam as mensagens. Mas talvez tenha ocorrido alguma mudança de conselho que não ouvimos. Elrond está longe, e a treva se acumula entre nós, e por todo este ano as sombras se tornaram mais compridas."

"Não, não houve mudança de conselho", disse a Senhora Galadriel, falando pela primeira vez. Sua voz era límpida e musical, porém mais grave que o costumeiro nas mulheres. "Gandalf, o Cinzento, partiu com a Comitiva, mas não atravessou as fronteiras desta terra. Agora contai-nos onde ele está; pois eu muito desejava falar outra vez com ele. Mas não consigo vê-lo de longe, a não ser que venha ter entre as barreiras de Lothlórien: há uma névoa cinzenta em seu redor, e os caminhos de seus pés e de sua mente me são ocultos."

"Ai de nós!", exclamou Aragorn. "Gandalf, o Cinzento, tombou na sombra. Ele ficou em Moria e não escapou."

Diante dessas palavras todos os Elfos do salão clamaram em alta voz, de pesar e espanto. "Estas são notícias malignas," disse Celeborn, "as mais malignas que foram ditas aqui em longos anos repletos de feitos aflitivos." Voltou-se para Haldir. "Por que nada disto me foi contado antes?", perguntou na língua-élfica.

"Não falamos a Haldir sobre nossos feitos ou propósitos", disse Legolas. "De início estávamos exaustos, e o perigo estava muito perto atrás de nós; e depois quase nos esquecemos de nosso pesar por um tempo, caminhando contentes nas belas trilhas de Lórien."

"Porém nossa aflição é grande e nossa perda não pode ser reparada", comentou Frodo. "Gandalf foi nosso guia e nos conduziu através de Moria; e quando nossa fuga parecia estar além da esperança ele nos salvou e tombou."

"Contai-nos agora toda a história!", disse Celeborn.

Então Aragorn relatou tudo o que ocorrera no passo de Caradhras e nos dias que se seguiram; e falou de Balin e seu livro, e do combate na Câmara de Mazarbul, e do fogo, e da ponte estreita, e da vinda do Terror. "Parecia um mal do Mundo Antigo, tal como jamais vi antes", disse Aragorn. "Era ao mesmo tempo sombra e chama, forte e terrível."

"Era um Balrog de Morgoth", disse Legolas; "dentre todas as ruínas dos Elfos a mais mortífera, exceto pelo Um que se assenta na Torre Sombria."

"Deveras vi sobre a ponte aquilo que assombra nossos mais sombrios sonhos, vi a Ruína de Durin", disse Gimli em voz baixa, e tinha pavor nos olhos.

"Ai de nós!", disse Celeborn. "Por muito tempo temermos que um terror dormisse sob Caradhras. Mas soubesse eu que os Anãos voltaram a instigar esse mal em Moria, ter-te-ia proibido ultrapassar as fronteiras do norte, a ti e a todos os que vinham contigo. E, se fosse possível, dir-se-ia que no fim Gandalf caiu da sabedoria para a loucura, entrando sem necessidade na rede de Moria."

"Seria deveras temerário quem dissesse tal coisa", disse Galadriel com gravidade. "Não foi inútil nenhum dos feitos de Gandalf em sua vida. Os que o seguiam não lhe conheciam a mente e não podem relatar seu pleno propósito. Mas, não importa o guia, os seguidores são inocentes. Não te arrependas de tuas boas-vindas ao Anão. Se nosso povo tivesse sido exilado de Lothlórien por muito tempo e muito longe, quem dentre os Galadhrim, mesmo Celeborn, o Sábio, passaria por perto e não desejaria contemplar seu antigo lar, por muito que tivesse se tornado morada de dragões?

"Escura é a água de Kheled-zâram, e frias são as nascentes de Kibil-nâla, e belos foram os salões de muitas colunas de Khazad-dûm nos Dias Antigos, antes da queda de reis poderosos sob a pedra." Fitou Gimli, que estava sentado carrancudo e triste, e sorriu. E o Anão, ouvindo os nomes ditos em sua própria língua antiga, ergueu os olhos e encontrou os dela; e lhe pareceu que olhava de súbito para dentro do coração de um inimigo e via ali amor e compreensão. O pasmo lhe veio ao rosto, e então ele sorriu em resposta.

Levantou-se desajeitado e fez uma mesura à maneira dos Anãos, dizendo: "Porém ainda mais bela é a terra vivente de Lórien, e a Senhora Galadriel está acima de todas as joias que jazem sob a terra!"

Fez-se silêncio. Por fim Celeborn falou de novo. "Não sabia que vosso apuro era tão maligno", disse ele. "Que Gimli esqueça minhas palavras rudes: falei pela inquietação de meu coração. Farei o que puder para auxiliar-vos, a cada um conforme seu desejo e necessidade, mas especialmente àquele do povo pequeno que leva o fardo."

"Tua demanda nos é conhecida", comentou Galadriel, olhando para Frodo. "Mas aqui não falaremos mais abertamente dela. Porém, não se provará em vão, quem sabe, que viestes a esta terra em busca de auxílio, como o próprio Gandalf obviamente pretendia. Pois o Senhor dos Galadhrim é considerado o mais sábio dos Elfos da Terra-média e doador de dádivas além do poder dos reis. Ele habitou no Oeste desde os dias do amanhecer, e eu habitei com ele por anos incontados; pois antes da queda de Nargothrond ou Gondolin passei por cima das montanhas, e juntos, através das eras do mundo, combatemos a longa derrota.

"Fui eu quem primeiro convocou o Conselho Branco. E se meus desígnios não tivessem malogrado, ele teria sido governado por Gandalf, o Cinzento, e então talvez as coisas tivessem se passado de outro modo. Mas mesmo agora resta esperança. Não vos darei conselhos, dizendo fazei isto, ou fazei aquilo. Pois não na feitura e na trama, nem na escolha entre este caminho e outro, posso valer; mas apenas em saber o que foi e o que é, e em parte também o que há de ser. Mas isto vos direi: vossa Demanda repousa sobre o gume de uma faca. Desviai-vos apenas um pouco e ela fracassará, para a ruína de todos. No entanto, a esperança permanece enquanto toda a Comitiva for fiel."

E com essa palavra ela os deteve com os olhos, e em silêncio os olhou um a um, esquadrinhando-os. Nenhum exceto

Legolas e Aragorn pôde suportar seu olhar por muito tempo. Sam enrubesceu depressa e deixou a cabeça pender.

Por fim a Senhora Galadriel os liberou do seu olhar e sorriu. "Não deixai vossos corações se afligirem", disse ela. "Esta noite haveis de dormir em paz." Então eles suspiraram e sentiram-se subitamente exaustos, como quem foi interrogado longa e profundamente, apesar de nenhuma palavra ter sido falada em público.

"Ide agora!", disse Celeborn. "Estais esgotados de pesar e grande labuta. Mesmo que vossa Demanda não nos dissesse respeito intimamente, deveríeis ter refúgio nesta Cidade até estardes curados e refeitos. Agora haveis de descansar, e por algum tempo não falaremos da continuação de vossa estrada."

Naquela noite, a Comitiva dormiu no chão, para grande satisfação dos hobbits. Os Elfos abriram para eles um pavilhão entre as árvores, junto à fonte, e puseram nele almofadões macios; então, dizendo palavras de paz em belas vozes-élficas, deixaram-nos. Por breve tempo os viajantes falaram da noite anterior nas copas das árvores, e da jornada daquele dia, e do Senhor e da Senhora; pois ainda não tinham coragem de se voltar mais para o passado.

"Por que ficou vermelho, Sam?", indagou Pippin. "Você logo se abateu. Qualquer um pensaria que você tinha um peso na consciência. Espero que não fosse nada mais que um complô malvado para roubar um dos meus cobertores."

"Nunca pensei em nada disso", respondeu Sam, sem humor para brincadeiras. "Se quer saber, eu me senti como se não estivesse usando nenhuma roupa e não gostei disso. Ela parecia que estava olhando dentro de mim e me perguntando o que eu faria se ela me desse a oportunidade de voar de volta para casa, para o Condado, para uma bela tocazinha com... com um jardinzinho só para mim."

"Isso é esquisito", disse Merry. "Quase exatamente o que eu senti; só que, só que, bem, acho que não vou dizer mais nada", terminou sem grande convicção.

Todos eles, ao que parecia, tinham tido experiências parecidas: cada um sentira que lhe davam a opção entre uma sombra repleta de pavor que estava à frente e algo que desejava intensamente: isto estava nítido diante de sua mente e, para obtê-lo, bastava que se desviasse da estrada e deixasse para outros a Demanda e a guerra contra Sauron.

"E também me pareceu", disse Gimli, "que minha escolha permaneceria secreta e que só eu saberia dela."

"A mim pareceu deveras estranho", comentou Boromir. "Quem sabe fosse apenas um teste, e ela buscava ler nossos pensamentos para seus próprios bons propósitos; mas eu quase diria que ela nos tentava e nos oferecia o que fingia ter o poder de dar. Nem é preciso dizer que me recusei a escutar. Os Homens de Minas Tirith são fiéis à sua palavra." Mas Boromir não contou o que pensava que a Senhora lhe oferecera.

E quanto a Frodo, este não falou, apesar de Boromir pressioná-lo com perguntas. "Por muito tempo ela te manteve preso ao seu olhar, Portador-do-Anel", disse ele.

"Sim", assentiu Frodo; "mas aquilo que então me veio à mente eu vou manter lá."

"Bem, toma cuidado!", recomendou Boromir. "Não me sinto muito seguro com essa Senhora élfica e seus propósitos."

"Não fales mal da Senhora Galadriel!", disse Aragorn com severidade. "Não sabes o que dizes. Nela e nesta terra não existe mal, a não ser que um homem o traga para cá ele mesmo. Nesse caso ele que se cuide! Mas esta noite hei de dormir sem medo pela primeira vez desde que deixei Valfenda. E que durma profundamente e esqueça meu pesar por alguns momentos! Estou exausto de corpo e de coração." Lançou-se no almofadão e caiu de imediato num sono profundo.

Os demais logo fizeram o mesmo, e nenhum som nem sonho lhes perturbou o sono. Quando despertaram viram que a luz do dia se espalhava pelo gramado diante do pavilhão e que a fonte subia e caía rebrilhando ao sol.

Ficaram alguns dias em Lothlórien, na medida em que conseguiam saber ou recordar. Durante todo o tempo que lá passaram o sol era claro, exceto por uma chuva suave que caía às vezes e passava deixando tudo novo e limpo. O ar era fresco e suave como se fosse o começo da primavera, no entanto sentiam em torno a quietude profunda e pensativa do inverno. Parecia-lhes que pouca coisa faziam senão comer, e beber, e repousar, e caminhar entre as árvores; e era o bastante.

Não haviam revisto o Senhor e a Senhora, e pouco conversavam com o povo-élfico; pois poucos dentre estes conheciam ou usavam a língua westron. Haldir despedira-se deles e voltara às divisas do Norte, onde havia agora grande vigilância desde as novas de Moria que a Comitiva trouxera. Legolas passava muito tempo fora entre os Galadhrim, e após a primeira noite não dormiu com os demais companheiros, apesar de voltar para comer e conversar com eles. Muitas vezes levava Gimli consigo quando saía pelas terras, e os outros se admiravam com essa mudança.

Agora, quando os companheiros se sentavam ou caminhavam juntos, falavam de Gandalf, e tudo o que cada um dele conhecera e vira tornou-se claro diante das suas mentes. À medida que se curavam da dor e do cansaço do corpo, o pesar da sua perda tornava-se mais penetrante. Muitas vezes ouviam vozes-élficas cantando por perto e sabiam que faziam canções de lamento pela queda dele, pois percebiam seu nome entre as palavras doces e tristes que não podiam compreender.

"Mithrandir, Mithrandir", cantavam os Elfos, "Ó Peregrino Cinzento!" Pois assim apreciavam chamá-lo. Mas quando Legolas estava com a Comitiva ele não lhes interpretava as canções, dizendo não ter essa habilidade e que, para ele, o desgosto ainda estava demasiado próximo, assunto para lágrimas e não ainda para canção.

Foi Frodo quem primeiro pôs parte do seu pesar em palavras hesitantes. Raramente tinha a compulsão de compor canções ou versos; mesmo em Valfenda ele escutara e não cantara ele próprio, apesar de sua memória estar repleta de muitas coisas que outros haviam feito antes dele. Mas agora, sentado junto à fonte em Lórien e ouvindo em redor as vozes dos Elfos, seu pensamento se moldou numa canção que lhe pareceu bela; porém ao tentar repeti-la para Sam só restavam fragmentos, desbotados como um punhado de folhas murchas.

*Em tardes cinzentas no Condado
na Colina se ouvia andar sem demora;
antes da aurora, sem mais ter falado,
em longa jornada foi-se embora.*

*Das Terras-selváticas ao mar do Ocidente,
dos desertos do norte às colinas do sul,
pela porta oculta e a toca ardente
caminhou como quis em mata e paul.*

*Com Elfo e Homem, Hobbit e Anão,
com todo mortal ou imortal,
com ave no ramo e bicho no chão
falou a língua de cada qual.*

*A mão que cura, a espada mortal,
as costas com fardo sempre curvadas;
a voz de trombeta, na treva um fanal,
andante exausto nas longas estradas.*

*Senhor da sapiência num trono assentado,
veloz na ira, a rir sem demora;
um velho usando um chapéu bem surrado
e que num rude cajado se escora.*

*Sozinho esteve na ponte aprumado
e o Fogo e a Sombra desafiou;
na pedra dura rompeu o cajado,
em Khazad-dûm sua sapiência tombou.*[A]

"Ora, logo vai derrotar o Sr. Bilbo!", disse Sam.

"Não, receio que não", respondeu Frodo. "Mas isso é o melhor que posso fazer por enquanto."

"Bem, Sr. Frodo, se tentar de novo espero que diga umas palavras sobre os fogos de artifício dele", disse Sam. "Alguma coisa assim:

*Os mais belos fogos de artifício:
astros verdes e azuis desde o início,
ou borrifos dourados depois do trovão
como chuva de flores caindo no chão.*[B]

Mas isso não lhes faz justiça, nem de longe."

"Não, deixo isso para você, Sam. Ou quem sabe para Bilbo. Mas — bem, não posso mais falar nisso. Não suporto pensar em levar a notícia a ele."

Certa tardinha, Frodo e Sam andavam juntos na penumbra fresca. Ambos sentiam-se inquietos outra vez. Sobre Frodo caíra de repente a sombra da partida: de algum modo sabia estar muito próxima a hora em que teria de deixar Lothlórien.

"O que você acha dos Elfos agora, Sam?", indagou ele. "Eu já lhe fiz a mesma pergunta antes — parece que faz muito tempo; mas desde então você viu mais deles."

"Vi mesmo!", assentiu Sam. "E acho que tem Elfos e Elfos. São todos bastante élficos, mas não são todos iguais. Este povo daqui não é vagante nem sem lar, e parece um pouco mais próximo de gente como nós: parece que pertencem a este lugar, ainda mais do que os Hobbits pertencem ao Condado. Se foram eles que fizeram a terra ou a terra que os fez, é difícil dizer, se me entende. Aqui é maravilhosamente tranquilo. Nada parece que está acontecendo, e ninguém parece querer que aconteça. Se tem magia por aí, ela está bem no fundo, onde não consigo pôr a mão, por assim dizer."

"Pode-se vê-la e senti-la em toda parte", disse Frodo.

"Bem," respondeu Sam, "não dá para ver ninguém fazendo ela. Não tem fogos de artifício como o pobre velho Gandalf costumava exibir. Me admira que não vimos sinal do Senhor e da Senhora esses dias todos. Mas imagino que *ela* poderia fazer algumas coisas maravilhosas se quisesse. Gostaria imensamente de ver alguma magia-élfica, Sr. Frodo!"

"Eu não", comentou Frodo. "Estou contente. E não sinto falta dos fogos de artifício de Gandalf, e sim das suas sobrancelhas cerradas, do seu gênio impaciente e da sua voz."

"Tem razão", disse Sam. "E não pense que estou me queixando. Muitas vezes eu quis ver uma magia, como dizem nos velhos contos, mas nunca ouvi falar de uma terra melhor que esta. É como estar em casa e de férias ao mesmo tempo, se me entende. Não quero ir embora. Ainda assim estou começando a sentir que, se precisamos ir em frente, seria melhor começar logo.

'É o serviço que nunca começa que leva mais tempo para acabar', como costumava dizer meu velho feitor. E não acho que esta gente pode fazer muito mais para nos ajudar, com ou sem magia. É quando sairmos desta terra que vamos sentir mais falta de Gandalf, é o que penso."

"Receio que isso seja bem verdade, Sam", disse Frodo. "Mas tenho grande esperança de que antes de partir havemos de ver a Senhora dos Elfos outra vez."

Enquanto ele falava eles viram, como se viesse em resposta às suas palavras, a Senhora Galadriel que se aproximava. Alta e alva e bela, caminhava sob as árvores. Não disse palavra, mas lhes acenou que viessem.

Desviando-se, levou-os rumo às encostas meridionais da colina de Caras Galadhon, e atravessando uma alta sebe verde eles chegaram a um jardim cercado. Ali não crescia nenhuma árvore, e ele estava aberto para o céu. O astro vespertino nascera e brilhava com fogo branco sobre as matas a oeste. Descendo por um longo lanço de escadas, a Senhora entrou no profundo côncavo verde, atravessado pelo murmurante riacho de prata que saía da nascente na colina. No fundo, sobre um pedestal baixo entalhado como árvore ramificada, havia uma bacia de prata, larga e rasa, e um jarro de prata ao lado dela.

Com a água do riacho, Galadriel encheu a bacia até a borda, e soprou nela, e quando a água voltou a se aquietar ela falou. "Eis o Espelho de Galadriel", disse ela. "Trouxe-vos aqui para que possais olhar nele se quiserdes."

O ar estava muito tranquilo, e o valezinho, escuro, e a Senhora--élfica ao seu lado era alta e pálida. "O que havemos de buscar e o que havemos de ver?", perguntou Frodo, repleto de pasmo.

"Muitas coisas posso mandar que o Espelho revele," respondeu ela, "e a alguns posso mostrar o que desejam ver. Mas o Espelho também mostra coisas inesperadas, e essas muitas vezes são mais estranhas e mais vantajosas que aquelas que desejamos contemplar. O que verás, se deixares o Espelho livre para agir, não sei dizer. Pois ele mostra coisas que foram, e coisas que são, e coisas que ainda poderão ser. Mas qual delas ele vê mesmo o mais sábio não pode sempre saber. Desejas olhar?"

Frodo não respondeu.

"E tu?", disse ela, voltando-se para Sam. "Pois isto é o que teu povo chamaria de magia, creio eu; porém não compreendo claramente o que querem dizer; e parecem usar a mesma palavra sobre os engodos do Inimigo. Mas esta, se assim quiseres, é a magia de Galadriel. Não falaste que querias ver magia-élfica?"

"Falei", comentou Sam, um pouco trêmulo entre o medo e a curiosidade. "Vou dar uma espiada, Senhora, se for do seu agrado.

"E não me importaria com uma olhadela no que está acontecendo em casa", disse ele à parte para Frodo. "Parece que estou longe há um tempo terrivelmente longo. Mas é bem provável que eu só vá ver as estrelas, ou alguma coisa que não vou entender."

"Bem provável", disse a Senhora com um riso suave. "Mas vamos lá, hás de olhar e verás o que puderes. Não toques a água!"

Sam subiu na base do pedestal e se inclinou sobre a bacia. A água parecia dura e escura. As estrelas se refletiam nela.

"Só tem estrelas, como eu pensei", disse ele. Então sua voz foi entrecortada, pois as estrelas se apagaram. Como se tivesse sido retirado um véu escuro, o Espelho se tornou cinzento e depois límpido. O sol brilhava, e os galhos das árvores balançavam e se agitavam ao vento. Mas, antes que Sam pudesse decidir o que estava vendo, a luz se desfez; e agora cria ver Frodo, de rosto pálido, jazendo profundamente adormecido sob um grande penhasco escuro. Então pareceu ver-se a si próprio caminhando por uma passagem sombria e escalando uma escadaria infindável e serpenteante. Deu-se conta de repente de que procurava algo com urgência, mas não sabia o que era. Como um sonho, a visão se alterou e retornou, e ele viu as árvores outra vez. Mas dessa vez não estavam tão próximas, e ele conseguia ver o que estava ocorrendo: não estavam balançando ao vento, estavam caindo, despencando no chão.

"Ei!", exclamou Sam com voz ultrajada. "É aquele Ted Ruivão cortando árvores, o que não devia fazer. Elas não podiam ser derrubadas: é aquela avenida além do Moinho que faz sombra na estrada de Beirágua. Queria pegar o Ted e derrubar *ele*!"

Mas então Sam notou que o Velho Moinho tinha desaparecido, e que estavam erguendo uma grande construção de tijolos vermelhos onde ele estivera. Muita gente estava trabalhando com afinco. Havia uma alta chaminé vermelha ali perto. Fumaça negra parecia toldar a superfície do Espelho.

"Tem alguma crueldade acontecendo no Condado", disse ele. "Elrond sabia o que estava fazendo quando quis mandar o Sr. Merry de volta." Então, de repente, Sam soltou um grito e se afastou com um salto. "Não posso ficar aqui", disse ele, agitado. "Preciso ir para casa. Escavaram a Rua do Bolsinho, e ali está o pobre velho Feitor descendo a Colina com suas tralhas num carrinho de mão. Preciso ir para casa!"

"Não podes ir para casa a sós", disse a Senhora. "Não querias ir para casa sem teu patrão antes de olhares no Espelho e ainda assim sabias que coisas más podiam muito bem estar ocorrendo no Condado. Lembra-te de que o Espelho mostra muitas coisas, e nem todas já chegaram a acontecer. Algumas não acontecem jamais, a não ser que os que contemplam as visões se desviem de sua trilha para evitá-las. O Espelho é perigoso como guia dos feitos."

Sam sentou-se no chão e pôs a cabeça entre as mãos. "Queria nunca ter vindo aqui, e não quero mais ver nenhuma magia", disse ele e silenciou. Um momento depois voltou a falar, com dificuldade, como se lutasse com as lágrimas. "Não, vou para casa pela estrada comprida com o Sr. Frodo, ou nem vou", continuou ele. "Mas espero voltar algum dia. Se virar verdade o que vi, alguém vai pagar por isso!"

"Agora desejas olhar, Frodo?", disse a Senhora Galadriel. "Não querias ver magia-élfica e estavas contente."

"Me aconselhais a olhar?", perguntou Frodo.

"Não", disse ela. "Não te aconselho nem uma coisa nem outra. Não sou conselheira. Podes aprender algo, e se for belo ou maligno o que vires, isso poderá ser proveitoso, ou pode ser que não. Ver é ao mesmo tempo bom e perigoso. No entanto penso, Frodo, que tens coragem e sabedoria bastantes para te arriscares, do contrário eu não te teria trazido aqui. Faze como quiseres!"

"Vou olhar", disse Frodo, e subiu no pedestal e se curvou por cima da água escura. De imediato o Espelho se tornou límpido, e ele viu uma terra crepuscular. Montanhas erguiam-se escuras ao longe diante de um céu pálido. Uma longa estrada cinzenta fazia curvas até se perder de vista. À distância, um vulto vinha devagar pela estrada, de início indistinto e pequeno, porém tornando-se maior e mais nítido à medida que se aproximava. De repente Frodo se deu conta de que ele lhe lembrava Gandalf. Quase chamou o nome do mago em voz alta, e depois viu que o vulto estava vestido não de cinza e sim de branco, um branco que luzia fracamente na penumbra; e tinha na mão um cajado branco. A cabeça estava tão inclinada que ele não podia ver o rosto, e por fim o vulto se desviou em torno de uma curva da estrada e saiu da visão do Espelho. A dúvida tomou conta da mente de Frodo: seria uma visão de Gandalf em uma de suas muitas viagens solitárias de outrora, ou seria Saruman?

Logo a visão mudou. Breve e pequena, mas muito vívida, ela lhe mostrou um vislumbre de Bilbo caminhando inquieto pelo quarto. A mesa estava atulhada de papéis em desordem; a chuva batia nas janelas.

Então houve uma pausa, e depois seguiram-se muitas cenas rápidas que, de alguma forma, Frodo sabia fazerem parte de uma grande história em que ele se envolvera. A névoa sumiu e ele viu uma visão que jamais vira antes, mas reconheceu de imediato: o Mar. A escuridão caiu. O mar se ergueu e se agitou em grande tempestade. Então viu diante do Sol, piscando num vermelho de sangue em nuvens esparsas, o contorno negro de uma alta nau, com velas rotas, navegando vinda do Oeste. Depois um largo rio correndo através de uma cidade populosa. Depois uma fortaleza branca com sete torres. E depois, ainda, uma nau de velas negras, mas já era manhã de novo, e a água ondulava de luz, e um estandarte adornado do emblema de uma árvore branca brilhou ao sol. Levantou-se uma fumaça como de fogo e batalha, e outra vez o sol desceu num vermelho abrasado que se desfez em névoa cinzenta; e na névoa zarpou uma pequena nau, rebrilhando com luzes. Ela desapareceu, e Frodo suspirou e se preparou para afastar-se.

Mas de súbito o Espelho escureceu por completo, tão escuro como se um buraco se abrisse no mundo da visão, e Frodo contemplou o vazio. No abismo negro surgiu um Olho isolado que cresceu lentamente até preencher quase todo o Espelho. Era tão terrível que Frodo ficou enraizado, incapaz de gritar ou afastar o olhar. O Olho tinha bordas de fogo, mas ele próprio era embaçado, amarelo como se fosse de gato, vigilante e atento, e a fenda negra de sua pupila dava para um poço, uma janela para o nada.

Então o Olho começou a vaguear, buscando para cá e para lá; e Frodo soube com certeza e horror que, entre as muitas coisas que eram buscadas, estava ele próprio. Mas soube também que ele não o podia ver — ainda não, a não ser que quisesses. O Anel que pendia na corrente ao redor de seu pescoço tornou-se pesado, mais pesado que uma grande pedra, e sua cabeça estava sendo arrastada para baixo. O Espelho parecia aquecer-se, e anéis de vapor subiam da água. Ele deslizava para a frente.

"Não toques a água!", disse suavemente a Senhora Galadriel. A visão se apagou, e Frodo percebeu-se olhando para as frias estrelas que piscavam na bacia de prata. Deu um passo para trás, todo trêmulo, e olhou para a Senhora.

"Sei o que foi que viste por último", comentou ela; "pois isso está também em minha mente. Não temas! Mas não creias que é só pelas canções em meio às árvores, nem mesmo pelas esguias setas dos arcos-élficos, que esta terra de Lothlórien mantém-se e defende-se contra seu Inimigo. Eu te digo, Frodo, que neste momento em que te falo percebo o Senhor Sombrio e conheço sua mente, ou toda a sua mente que concerne aos Elfos. E ele sempre tateia para ver a mim e ao meu pensamento. Mas ainda a porta está fechada!"

Ergueu os alvos braços, e estendeu as mãos rumo ao Leste num gesto de rejeição e negação. Eärendil, a Estrela Vespertina, mais adorada dos Elfos, brilhava intensamente acima dela. Era tão clara que o vulto da Senhora-élfica lançava uma fraca sombra no solo. Seus raios roçavam um anel em seu dedo; ele rebrilhava como ouro polido recoberto de luz prateada, e nele uma pedra branca piscava como se a Estrela-vésper tivesse descido para repousar em sua mão. Frodo contemplou o anel, pasmado; pois de súbito lhe pareceu que compreendia.

"Sim," disse ela, adivinhando seu pensamento, "não é permitido falar nele, e Elrond não podia fazê-lo. Mas ele não pode ser ocultado do Portador-do-Anel e de alguém que viu o Olho. Deveras é na terra de Lórien, no dedo de Galadriel, que permanece um dos Três. Este é Nenya, o Anel de Diamante, e sou eu quem o guarda.

"Ele suspeita, mas não sabe — ainda não. Não vês agora por que tua vinda é para nós como as passadas da Condenação? Pois se fracassares estaremos revelados ao Inimigo. Porém se tiveres sucesso, nosso poder diminuirá, e Lothlórien minguará, e as marés do Tempo a varrerão. Teremos de partir para o Oeste, ou definhar em um povo rústico de vale e caverna para lentamente esquecermos e sermos esquecidos."

Frodo curvou a cabeça. "E o que desejas?", disse ele por fim.

"Que seja aquilo que deva ser", respondeu ela. "O amor dos Elfos por sua terra e suas obras é mais profundo que as profundas do Mar, e seu remorso é imorredouro e jamais pode ser aliviado por completo. No entanto lançarão tudo ao longe antes de se submeterem a Sauron: pois agora o conhecem. Pela sina de Lothlórien tu não respondes, e sim apenas pela realização de tua própria tarefa. No entanto eu desejaria, se de alguma coisa servisse, que o Um Anel jamais tivesse sido feito, ou que tivesse ficado perdido para sempre."

"Vós sois sábia e destemida e bela, Senhora Galadriel", disse Frodo. "Dar-vos-ei o Um Anel, se mo pedirdes. É algo demasiado grande para mim."

Galadriel riu um riso repentino e nítido. "Sábia pode ser a Senhora Galadriel," disse ela, "porém aqui ela encontrou seu igual em cortesia. Gentilmente te vingas por meu escrutínio de teu coração quando primeiro nos encontramos. Começas a ver com olho penetrante. Não nego que meu coração muito desejou pedir o que ofereces. Por muitos longos anos ponderei o que haveria de fazer caso o Grande Anel me caísse nas mãos, e eis que ele foi trazido a meu alcance. O mal que outrora foi tramado continua agindo de muitas formas, quer o próprio

Sauron perdure ou caia. Não teria sido um nobre feito para ser creditado ao seu Anel, se eu o tivesse tirado de meu hóspede à força ou pelo medo?

"E agora ele vem afinal. Tu me darás o Anel de livre vontade! No lugar do Senhor Sombrio colocarás uma Rainha. E não hei de ser sombria, e sim linda e terrível como a Manhã e a Noite! Bela como o Mar e o Sol e a Neve na Montanha! Terrível como a Tempestade e o Relâmpago! Mais forte que os fundamentos da terra. Todos hão de me amar e se desesperar!"

Ergueu a mão, e do anel que usava brotou uma grande luz que iluminava só a ela, deixando tudo o mais no escuro. Agora estava de pé diante de Frodo, parecendo alta além de qualquer medida, e linda além do que podia ser suportado, terrível e venerável. Então deixou cair a mão, e a luz se extinguiu, e de repente ela riu outra vez, e eis que havia minguado: uma elfa esbelta, trajada de branco singelo, cuja voz gentil era suave e triste.

"Passo pelo teste", disse ela. "Diminuirei e partirei para o Oeste, e continuarei sendo Galadriel."

Ficaram muito tempo parados em silêncio. Por fim a Senhora voltou a falar. "Vamos retornar!", comentou ela. "Pela manhã deveis partir, pois agora decidimos, e as marés do destino estão fluindo."

"Eu perguntaria uma coisa antes de partirmos," disse Frodo, "uma coisa que muitas vezes quis perguntar a Gandalf em Valfenda. É permitido a mim usar o Um Anel: por que *eu* não posso ver todos os demais e conhecer os pensamentos dos que os usam?"

"Não tentaste", disse ela. "Só três vezes puseste o Anel no dedo desde que soubeste o que possuías. Não tentes! Ele te destruiria. Gandalf não te disse que os anéis conferem poder de acordo com a medida de cada possuidor? Antes que pudesses usar esse poder precisarias tornar-te muito mais forte e treinar tua vontade para o domínio dos demais. Mas mesmo assim, como Portador-do-Anel e alguém que o teve no dedo e viu o que está oculto, tua visão se aguçou. Percebeste meu pensamento mais claramente do que muitos que são tidos por sábios.

Viste o Olho daquele que detém os Sete e os Nove. E não viste e reconheceste o anel em meu dedo? Tu viste meu anel?", perguntou ela, voltando-se outra vez para Sam.

"Não, Senhora", respondeu ele. "Para dizer a verdade, estava me perguntando do que estavam falando. Vi uma estrela através dos vossos dedos. Mas, se perdoardes minha fala, acho que meu patrão estava certo. Gostaria que pegásseis o Anel dele. Iríeis consertar as coisas. Iríeis evitar a escavação do Feitor e o abandono dele. Iríeis fazer com que algumas pessoas pagassem pelo trabalho sujo."

"Eu iria", disse ela. "Assim é que começaria. Mas não pararia por aí, ai de vós! Não falaremos mais disso. Vamos embora!"

8

Adeus a Lórien

Naquela noite, a Comitiva foi outra vez convocada à sala de Celeborn, e ali o Senhor e a Senhora os saudaram com belas palavras. Por fim Celeborn falou de sua partida.

"Esta é a hora", disse ele, "em que os que desejam prosseguir na Demanda devem endurecer os corações para deixarem esta terra. Os que não desejam mais avançar podem ficar aqui, por algum tempo. Mas, quer fique quer parta, ninguém poderá ter certeza de paz. Pois agora chegamos à beira da sina. Aqui os que desejarem poderão aguardar a chegada da hora, até que os caminhos do mundo se abram outra vez ou os convoquemos para a última necessidade de Lórien. Então poderão voltar às próprias terras, ou então ir ao longínquo lar dos que tombam em combate."

Fez-se silêncio. "Todos estão resolvidos a ir adiante", disse Galadriel, fitando-os nos olhos.

"Quanto a mim," disse Boromir, "meu caminho do lar está à frente e não atrás."

"Isso é verdade," respondeu Celeborn, "mas toda esta Comitiva vai contigo a Minas Tirith?"

"Não decidimos nosso curso", comentou Aragorn. "Além de Lothlórien não sei o que Gandalf pretendia fazer. De fato, não creio que ele mesmo tivesse um propósito definido."

"Talvez não," disse Celeborn, "porém quando deixardes esta terra não podereis mais esquecer o Grande Rio. Como alguns de vós bem sabem, ele não pode ser atravessado por viajantes com bagagem entre Lórien e Gondor, a não ser de barco. E não estão derrubadas as pontes de Osgiliath, e tomados pelo Inimigo todos os desembarcadouros?

"De qual lado ireis viajar? O caminho para Minas Tirith fica deste lado, a oeste; mas a rota direta da Demanda está a leste do Rio, na margem mais obscura. Qual margem tomareis agora?"

"Se meu conselho for levado em conta, será a margem oeste e o caminho para Minas Tirith", respondeu Boromir. "Mas não sou eu o líder da Comitiva." Os demais nada disseram, e Aragorn parecia duvidoso e perturbado.

"Vejo que ainda não sabeis o que fazer", disse Celeborn. "Não é papel meu decidir por vós; mas ajudar-vos-ei como puder. Há alguns dentre vós que sabem manejar barcos: Legolas, cujo povo conhece o veloz Rio da Floresta; e Boromir de Gondor; e Aragorn, o viajante."

"E um Hobbit!", exclamou Merry. "Nem todos nós enxergamos barcos como cavalos bravios. Meu povo vive junto às margens do Brandevin."

"Isso é bom", disse Celeborn. "Então equiparei vossa Comitiva com barcos. Precisam ser pequenos e leves, pois se fordes longe pela água existem lugares onde sereis obrigados a carregá-los. Chegareis às corredeiras de Sarn Gebir e, por fim, quem sabe, às grandes cachoeiras de Rauros, onde o Rio despenca trovejando de Nen Hithoel; e há outros perigos. Os barcos poderão tornar vossa jornada menos laboriosa por algum tempo. No entanto, não vos darão conselhos: no fim tereis de abandoná-los e ao Rio e vos voltar para o oeste — ou leste."

Aragorn agradeceu muitas vezes a Celeborn. O presente dos barcos muito o confortou, nem que fosse porque agora não precisariam decidir seu curso por alguns dias. Também os outros pareciam mais esperançosos. Não importavam os perigos à frente, parecia melhor enfrentá-los flutuando, descendo a larga correnteza do Anduin, que caminhar em frente com esforço e costas encurvadas. Somente Sam tinha dúvidas: ele, fosse como fosse, ainda considerava os barcos tão ruins quanto cavalos bravios, ou piores, e nem todos os perigos a que sobrevivera faziam com que pensasse melhor deles.

"Tudo há de ser preparado para vós, e vos aguardará no porto antes do meio-dia de amanhã", disse Celeborn. "Enviar-vos-ei minha gente pela manhã para vos auxiliarem nos preparativos da jornada. Agora vamos desejar a todos uma boa noite e um sono despreocupado."

"Boa noite, meus amigos!", disse Galadriel. "Dormi em paz! Esta noite não ocupeis demasiado os vossos corações com pensamentos da estrada. Quem sabe as trilhas que cada um há de percorrer já estejam estendidas diante de vossos pés, apesar de não as verdes. Boa noite!"

A Comitiva então se despediu e voltou a seu pavilhão. Legolas foi com eles, pois aquela seria sua última noite em Lothlórien, e, apesar das palavras de Galadriel, eles queriam se aconselhar uns com os outros.

Por longo tempo debateram o que deveriam fazer e como seria melhor tentar a realização de seu propósito com o Anel; mas não chegaram a nenhuma decisão. Estava claro que a maioria desejava ir primeiro a Minas Tirith e escapar pelo menos por algum tempo do terror do Inimigo. Estariam dispostos a seguir um líder para o outro lado do Rio e até a sombra de Mordor; mas Frodo não disse palavra, e Aragorn ainda tinha a mente dividida.

Seu próprio plano, enquanto Gandalf estava com eles, fora o de ir com Boromir e ajudar a libertar Gondor com sua espada. Pois acreditava que a mensagem dos sonhos era uma convocação, e que finalmente chegara a hora de o herdeiro de Elendil se revelar e competir com Sauron pelo domínio. Mas em Moria, o fardo de Gandalf fora imposto a ele; e sabia que já não podia abandonar o Anel se no fim Frodo se recusasse a ir com Boromir. E, no entanto, que ajuda ele ou qualquer membro da Comitiva podia prestar a Frodo, exceto caminhar às cegas rumo à treva com ele?

"Hei de ir a Minas Tirith, a sós se necessário for, pois é meu dever", disse Boromir; e depois disso ficou em silêncio por algum tempo, sentado de olhos fixos em Frodo, como se estivesse tentando ler os pensamentos do Pequeno. Finalmente voltou a falar, em voz baixa, como quem debate consigo mesmo. "Se quiserdes apenas destruir o Anel," disse ele, "então de pouco servem guerra e armas; e os Homens de Minas Tirith não podem ajudar. Mas se quiserdes destruir o poderio armado do Senhor Sombrio, então é loucura entrar sem forças em seu domínio; e loucura lançar fora." Deteve-se de repente, como se tivesse se dado conta de que dizia seus pensamentos em voz alta. "Seria loucura lançar fora as vidas, quero dizer", concluiu. "É uma escolha entre defender um local fortificado e caminhar abertamente para os braços da morte. Assim, pelo menos, é como vejo."

Frodo percebeu algo novo e estranho no olhar de Boromir e fitou-o intensamente. Claramente o pensamento de Boromir era diverso de suas palavras finais. Seria loucura lançar fora: o quê? O Anel de Poder? Ele dissera algo semelhante no Conselho, mas depois aceitara a correção de Elrond. Frodo olhou para Aragorn, mas este parecia imerso em seu próprio pensamento e não deu sinal de ter atentado para as palavras de Boromir. E assim terminou o debate deles. Merry e Pippin já estavam adormecidos, e Sam cabeceava. A noite avançava.

Pela manhã, quando começavam a embalar seus parcos pertences, vieram ter com eles Elfos que falavam sua língua e lhes trouxeram muitos presentes de comida e roupas para a viagem. A comida era mormente em forma de biscoitos muito finos, feitos de farinha que por fora era assada, de cor parda clara, e no interior era cor de creme. Gimli pegou um dos biscoitos e o examinou com olhar duvidoso.

"*Cram*", disse ele em voz baixa, quebrando um canto tostado e mordiscando-o. Sua expressão mudou depressa, e ele comeu deliciado todo o resto do biscoito.

"Nada mais, nada mais!" exclamaram os Elfos, rindo. "Já comeste o suficiente para um longo dia de marcha."

"Pensei que era apenas uma espécie de *cram*, que os homens de Valle fazem para jornadas no ermo", disse o Anão.

"E é", responderam. "Mas nós o chamamos *lembas,* ou pão-de--viagem, e é mais fortificante que qualquer alimento feito pelos Homens e mais saboroso que *cram*, por tudo que nos dizem."

"De fato é", disse Gimli. "Ora, é melhor que os biscoitos de mel dos Beornings, e isso é grande elogio, pois os Beornings são os melhores padeiros que conheço; mas não estão muito dispostos a distribuir seus biscoitos aos viajantes nos dias de hoje. Vós sois anfitriões bondosos!"

"Assim mesmo pedimos que poupeis a comida", disseram eles. "Comei pouco de cada vez e só quando necessário. Pois estes alimentos vos são dados para servirem quando tudo o mais faltar. Os biscoitos continuarão doces por muitos, muitos dias, se não forem quebrados e permanecerem em seus embrulhos de folhas, assim como os trouxemos. Cada um manterá um viajante de pé por um dia de longa labuta, mesmo que seja um dos altos Homens de Minas Tirith."

Em seguida os Elfos desembrulharam e deram a cada membro da Comitiva as roupas que haviam trazido. Para cada um haviam providenciado um capuz e um manto, feitos de acordo com seu tamanho, do material sedoso, leve, mas quente, que os Galadhrim teciam. Era difícil dizer de que cor eram: pareciam cinzentos, do tom do crepúsculo sob as árvores; e, no entanto, quando se moviam, ou eram postos em outra luz, eram verdes como folhas à sombra, ou pardos como campos não cultivados à noite, de prata sombreada como água sob as estrelas. Cada manto era preso ao pescoço com um broche semelhante a uma folha verde de veios prateados.

"Estes são mantos mágicos?", perguntou Pippin, olhando-os admirado.

"Não sei o que queres dizer com isso", respondeu o líder dos Elfos. "São belas vestes, e o tecido é bom, pois foi feito nesta terra. Certamente são roupas élficas, se é isso que queres dizer. Folha e ramo, água e pedra: possuem o tom e a beleza de todas essas coisas na penumbra da Lórien que amamos; pois colocamos o pensamento de tudo o que amamos em tudo o que fazemos. Porém são vestes, não armaduras, e não desviarão haste nem lâmina. Mas devem servir-vos bem: são leves no uso e bastante quentes, ou bastante frescos, conforme necessário. E descobrireis que muito vos auxiliarão a vos manter fora da vista de olhos hostis, quer caminheis entre as pedras ou as árvores. Estais deveras em alta conta com a Senhora! Pois ela própria e suas donzelas teceram este material; e nunca antes vestimos estrangeiros nos trajes de nosso próprio povo."

Depois da refeição matutina, a Comitiva se despediu do gramado junto à fonte. Tinham um peso no coração; pois era um belo local e se tornara como um lar para eles, por muito que não conseguissem contar os dias e noites que ali haviam passado. Enquanto estavam por um momento olhando a água branca à luz do sol, Haldir veio caminhando em sua direção pela grama verde da clareira. Frodo saudou-o com deleite.

"Voltei das Divisas do Norte", disse o Elfo, "e agora fui enviado para ser vosso guia de novo. O Vale do Riacho-escuro está cheio de vapor e nuvens de fumaça, e as montanhas estão inquietas. Há ruídos nas profundezas da terra. Se algum de vós pensava em voltar ao lar, rumo ao norte, não seria capaz de passar por ali. Mas vinde! Agora vossa trilha segue para o sul."

Ao caminharem através de Caras Galadhon, os caminhos verdes estavam vazios; mas nas árvores acima deles muitas vozes murmuravam e cantavam. Eles mesmos iam em silêncio. Por fim, Haldir os fez descer as encostas meridionais da colina, e chegaram outra vez ao grande portão repleto de lâmpadas, e depois à ponte branca; e assim saíram e deixaram a cidade dos Elfos. Então desviaram-se da estrada calçada e tomaram uma trilha que entrava em um fundo capão de mellyrn e prosseguia, serpenteando por bosques ondulantes de sombra prateada, levando-os sempre para baixo, para o sul e o leste, rumo às margens do Rio.

Haviam percorrido cerca de dez milhas, e o meio-dia estava próximo, quando toparam com um alto muro verde. Passando por uma abertura, saíram subitamente das árvores. Diante deles estendia-se um longo gramado de erva reluzente, salpicado de douradas flores de *elanor* que brilhavam ao sol. O gramado acabava em uma língua estreita entre margens claras: à direita e a oeste o Veio-de-Prata corria rebrilhando; à esquerda e a leste o Grande Rio rolava suas largas águas, fundas e escuras. Na beira oposta as matas ainda marchavam rumo ao sul até onde a vista alcançava, mas todas as margens estavam áridas e nuas. Nenhum mallorn erguia seus ramos de ouro pendente além da Terra de Lórien.

Na margem do Veio-de-Prata, um pouco acima do encontro dos rios, havia um atracadouro de pedras brancas e madeira branca. Junto a ele estavam amarradas muitas canoas e barcaças.

Algumas eram pintadas de cores vivas e luziam em prata e ouro e verde, mas a maioria era branca ou cinzenta. Três pequenos barcos cinzentos estavam preparados para os viajantes, e neles os Elfos arranjaram seus pertences. E acrescentaram também rolos de corda, três em cada barco. Pareciam delgados, mas fortes, sedosos ao tato, de tom cinzento como os mantos-élficos.

"O que são estes?", perguntou Sam, mexendo em um que estava sobre o gramado.

"Cordas deveras!", respondeu um Elfo dos barcos. "Nunca viajeis longe sem uma corda! Uma que seja comprida, forte e leve. Estas são assim. Podem ser de ajuda em muitas necessidades."

"Não precisa me contar isso!", disse Sam. "Eu vim sem nenhuma e me preocupo desde então. Mas estava pensando do que estas são feitas, pois sei alguma coisa de cordoaria: é de família, como se poderia dizer."

"São feitas de *hithlain*," disse o Elfo, "mas agora não há tempo de te instruir na arte de sua feitura. Se soubéssemos que esse ofício te deleitava, muito te poderíamos ter ensinado. Mas agora, ai de ti! a não ser que alguma vez voltes para cá, terás de te contentar com nosso presente. Que te sirva bem!"

"Vinde!", disse Haldir. "Tudo já está preparado para vós. Entrai nos barcos! Mas cuidai-vos primeiro!"

"Ouvi estas palavras!", acrescentaram os outros Elfos. "Estes barcos são de construção leve, e são artificiosos e diversos dos barcos de outros povos. Não afundam, não importa como os carregueis; mas são caprichosos se forem mal manejados. Seria de bom alvitre vos acostumardes a entrar e sair deles, aqui onde há um atracadouro, antes de partirdes rio abaixo."

A Comitiva dispôs-se deste modo: Aragorn, Frodo e Sam estavam em um barco; Boromir, Merry e Pippin em outro; e no terceiro estavam Legolas e Gimli, que àquela altura eram bons amigos. Neste último barco estava armazenada a maior parte dos pertences e pacotes. Os barcos eram movidos e dirigidos com remos de cabo curto que tinham lâminas largas em forma de folha. Quanto estava tudo pronto, Aragorn os levou num ensaio subindo o Veio-de-Prata. A correnteza era rápida, e avançaram devagar. Sam estava sentado à proa, agarrado às bordas, olhando melancólico para a margem lá atrás. A luz do sol que brilhava na água lhe ofuscava os olhos. Ao passarem além do campo verde da Língua, as árvores se aproximaram da beira da água. Aqui e ali, folhas douradas balançavam e flutuavam na correnteza ondulante. O ar era muito claro e imóvel, e reinava o silêncio, exceto pelo canto alto e distante das cotovias.

Passaram por uma curva fechada do rio, e ali, navegando altivo correnteza abaixo em sua direção, viram um cisne de grande tamanho. A água encrespava-se de ambos os lados do peito branco, por baixo do pescoço encurvado. O bico luzia como ouro lustrado, e os olhos brilhavam como azeviche engastado em pedras amarelas; as enormes asas brancas estavam meio elevadas. Uma música desceu pelo rio à medida que se aproximou; e de repente perceberam que era uma nau, trabalhada e entalhada com habilidade-élfica à semelhança de uma ave. Dois Elfos trajando branco a dirigiam com remos negros. No meio do navio estava sentado Celeborn, e atrás dele Galadriel estava de pé, alta e alva; tinha nos cabelos um diadema de flores douradas, e na mão, uma harpa, e cantava. Triste e doce era o som de sua voz no ar fresco e límpido:

> *De folhas canto, folhas d'ouro, e folhas d'ouro vêm:*
> *De vento canto, um vento chega, nos ramos se detém.*
> *Além do Sol, além da Lua, espuma sobre o Mar,*
> *Junto à praia de Ilmarin, árvore d'ouro a medrar.*
> *Em Semprenoite, em Eldamar sob astros que lá vão,*
> *Ao pé das élficas muralhas da bela Tirion.*
> *As folhas d'ouro sobre os anos crescem entretanto,*
> *E aqui, além do Mar-Divisa, dos Elfos soa o pranto.*
> *Ó Lórien! Chega o Inverno, o Dia tão vazio;*
> *As folhas caem na corrente, e longe flui o Rio.*
> *Ó Lórien! Na Costa de Cá demais eu já pousei*
> *E a elanor dourada em grinalda inerte atei.*
> *Se agora eu cantasse a nau, que nau iria chegar,*
> *Que nau me restituiria por tão amplo Mar?*[λ]

Aragorn parou seu barco quando a Nau-cisne emparelhou com ele. A Senhora terminou sua canção e os saudou. "Viemos dar nosso último adeus", disse ela, "e enviar-vos de nossa terra com bênçãos."

"Apesar de terdes sido nossos hóspedes," comentou Celeborn, "ainda não comestes conosco, e, portanto, vos convidamos a um banquete de partida, aqui entre as águas correntes que vos levarão para longe de Lórien."

O Cisne aproximou-se lentamente do atracadouro, e eles deram a volta nos barcos e o seguiram. Ali, no último extremo de Egladil, sobre a grama verde, foi festejado o banquete de partida; mas Frodo pouco comeu e bebeu, atentando apenas para a beleza da Senhora e sua voz. Não parecia mais perigosa nem terrível, nem repleta de poder oculto. Já lhe parecia assim como os Elfos por vezes são vistos pelos homens dos tempos posteriores: presente e, no entanto, remota, uma visão viva daquilo que já foi deixado muito para trás pelas fluidas correntezas do Tempo.

Depois que haviam comido e bebido e estavam sentados na grama, Celeborn outra vez lhes falou de sua viagem, e erguendo a mão apontou ao sul, para as matas além da Língua.

"Ao descerdes pela água", disse ele, "vereis que as árvores vão rarear e chegareis a uma região árida. Ali o Rio corre em vales pedregosos entre altas charnecas, até chegar por fim, após muitas léguas, à alta ilha da Rocha-do-Espigão, que chamamos Tol Brandir. Ali ele lança os braços em torno das íngremes costas da ilha, e depois cai, com grande ruído e fumaça, sobre as cataratas de Rauros, em direção a Nindalf, o Campo Alagado, como o chamam em vossa língua. É uma região ampla de pântanos indolentes, onde o rio se torna tortuoso e muito dividido. Ali o Entágua conflui por muitas fozes desde a Floresta de Fangorn a oeste. Junto a essa correnteza, deste lado do Grande Rio, está Rohan. Do lado oposto ficam as colinas desertas das Emyn Muil. Lá o vento sopra do Leste, pois eles dão para os Pântanos Mortos e as Terras-de-Ninguém até Cirith Gorgor e os portões negros de Mordor.

"Boromir, e quem quer que o acompanhe em demanda a Minas Tirith, fará bem em deixar o Grande Rio acima de Rauros e atravessar o Entágua antes que este encontre os pântanos.

Porém não devem subir muito longe por esse rio nem se arriscar a ficarem enredados na Floresta de Fangorn. Aquela é uma terra estranha e agora pouco conhecida. Mas Boromir e Aragorn sem dúvida não precisam deste alerta."

"De fato ouvimos falar de Fangorn em Minas Tirith", comentou Boromir. "Mas o que ouvi me parecem ser mormente histórias de anciãs, como as que contamos a nossas crianças. Agora tudo o que fica ao norte de Rohan está tão longe de nós que a fantasia pode vagar livremente por ali. Outrora Fangorn estava na fronteira de nosso reino; mas agora faz muitas vidas de homens que algum dentre nós a visitou para provar ou refutar as lendas que foram transmitidas de anos distantes.

"Eu mesmo estive em Rohan algumas vezes, mas jamais o atravessei rumo ao norte. Quando fui enviado como mensageiro, passei pelo Desfiladeiro junto ao sopé das Montanhas Brancas e atravessei o Isen e o Griságua para a Terra-do-Norte. Uma jornada longa e extenuante. Calculo que fossem quatrocentas léguas, e levou-me muitos meses; pois perdi meu cavalo em Tharbad, passando o vau do Griságua. Depois dessa jornada e da estrada que trilhei com a Comitiva, não tenho muitas dúvidas de que hei de encontrar um caminho através de Rohan, e de Fangorn também, se necessário."

"Então nada mais preciso dizer", comentou Celeborn. "Mas não desprezes o saber que foi transmitido de anos distantes; pois com frequência pode ocorrer que anciãs guardem na memória o conhecimento de coisas outrora necessárias ao saber dos sábios."

Então Galadriel se ergueu da grama e, tomando uma taça de uma de suas donzelas, encheu-a de hidromel branco e a deu a Celeborn.

"Esta é a hora de beber a taça do adeus", disse ela. "Bebe, Senhor dos Galadhrim! E não deixes teu coração se entristecer, por muito que a noite deva seguir-se ao meio-dia e já se aproxime nosso entardecer."

Levou então a taça a cada membro da Comitiva e pediu que bebessem e se despedissem. Mas quando haviam bebido, mandou que se sentassem outra vez na grama, e foram arrumadas cadeiras para ela e Celeborn. Suas donzelas a cercavam em silêncio, e ela contemplou os hóspedes por algum tempo. Por fim voltou a falar.

"Bebemos a taça da partida," disse ela, "e as sombras caem entre nós. Mas, antes de partirdes, eu trouxe em minha nau dádivas que o Senhor e a Senhora dos Galadhrim agora vos oferecem como lembrança de Lothlórien." Então chamou cada um por sua vez.

"Eis a dádiva de Celeborn e Galadriel ao líder de vossa Comitiva", disse ela a Aragorn, e deu-lhe uma bainha que fora feita para se ajustar à sua espada. Era imbricada com um rendilhado de flores e folhas, lavradas em prata e ouro, e sobre ela estavam postos, em runas-élficas formadas de muitas gemas, o nome Andúril e a linhagem da espada.

"A lâmina que for sacada desta bainha não há de se manchar nem romper, mesmo na derrota", disse ela. "Mas há algo mais que desejes de mim em nossa despedida? Pois a escuridão fluirá entre nós, e pode ser que não mais nos encontremos, a não ser daqui a muito tempo, em uma estrada que não tem retorno."

E Aragorn respondeu: "Senhora, conheceis todo o meu desejo, e por muito tempo guardastes o único tesouro que busco. Porém não é vosso para mo dardes, mesmo que quisésseis, e só através da treva hei de chegar a ele."

"Porém quem sabe isto te alivie o coração," disse Galadriel; "pois foi deixado aos meus cuidados para te ser dado, caso passasses por esta terra." Então apanhou do colo uma grande pedra de verde límpido, engastada em um broche de prata lavrado à semelhança de uma águia de asas estendidas; e, quando a ergueu, a gema reluziu como o sol brilhando através das folhas da primavera. "Esta pedra eu dei à minha filha Celebrían, e ela à filha dela; e agora vem a ti como sinal de esperança. Nesta hora assume o nome que te foi vaticinado, Elessar, Pedra Élfica da Casa de Elendil!"

Então Aragorn tomou a pedra e prendeu o broche no peito, e os que o viram se admiraram; pois antes não haviam percebido quão alto e régio se portava, e pareceu-lhes que muitos anos de labuta lhe haviam caído dos ombros. "Pelas dádivas que me destes eu vos agradeço," respondeu ele, "ó Senhora de Lórien, de quem descendem Celebrían e Arwen Vespestrela. Que maior louvor posso dizer?"

A Senhora inclinou a cabeça e depois se voltou para Boromir, e deu a ele um cinto de ouro; e a Merry e Pippin deu pequenos cintos de prata, cada um com uma fivela lavrada como flor dourada. A Legolas deu um arco dos que usavam os Galadhrim, mais longo e robusto que os arcos de Trevamata, encordoado com uma corda de cabelos-élficos. Com ele foi uma aljava de flechas.

"Para ti, pequeno jardineiro e amante das árvores," disse ela a Sam, "tenho apenas uma pequena dádiva." Pôs-lhe na mão uma caixinha de madeira cinzenta lisa, sem adornos, exceto por uma única runa de prata na tampa. "Aqui está posto G de Galadriel", continuou ela; "mas também pode significar gazão em vossa língua. Nesta caixa há terra de meu pomar, e nela está a bênção que Galadriel ainda possui para outorgar. Não te manterá na estrada nem te defenderá contra qualquer perigo; mas, se a guardares e ao fim voltares a ver teu lar, talvez ela te recompense. Por muito que encontres tudo árido e devastado, haverá poucos jardins na Terra-média que florirão como o teu, se ali esparzires esta terra. Então poderás recordar Galadriel e ter um vislumbre longínquo de Lórien, que só viste em nosso inverno. Pois nossa Primavera e nosso Verão se foram, e nunca mais serão vistos na terra, exceto em lembranças."

Sam enrubesceu até as orelhas e murmurou algo inaudível, segurando a caixa e fazendo a melhor mesura que podia.

"E que dádiva um Anão pediria aos Elfos?", indagou Galadriel, voltando-se para Gimli.

"Nenhuma, Senhora", respondeu Gimli. "Basta-me ter visto a Senhora dos Galadhrim e ter ouvido suas palavras gentis."

"Ouvi todos, Elfos!", exclamou ela aos que a cercavam. "Que ninguém volte a dizer que os Anãos são possessivos e descorteses! Mas certamente, Gimli, filho de Glóin, desejas algo que eu possa dar? Dize-o, eu te peço! Não hás de ser o único hóspede sem dádiva."

"Não há nada, Senhora Galadriel", comentou Gimli, fazendo uma mesura profunda e gaguejando. "Nada, a não ser que fosse…

a não ser que seja permitido pedir, não, mencionar uma única mecha de vosso cabelo, que supera o ouro da terra assim como as estrelas superam as gemas da mina. Não peço tal dádiva. Mas me mandastes dizer qual era meu desejo."

Os Elfos agitaram-se e murmuraram com espanto, e Celeborn encarou o Anão, admirado, mas a Senhora sorriu. "Dizem que a habilidade dos Anãos está em suas mãos, não em suas línguas", disse ela; "porém isso não vale para Gimli. Pois ninguém jamais me fez um pedido tão ousado e ao mesmo tempo tão cortês. E como hei de recusar, visto que o mandei falar? Mas dize-me, o que farias com tal dádiva?"

"Guardá-la-ia como um tesouro, Senhora," respondeu ele, "em memória de vossas palavras para mim em nosso primeiro encontro. E, se algum dia eu retornar às forjas de meu lar, ela há de ser posta em cristal imperecível para ser herança de minha casa e penhor de boa vontade entre a Montanha e a Floresta até o fim dos dias."

Então a Senhora destrançou um de seus longos cachos, cortou três cabelos dourados e os colocou na mão de Gimli. "Estas palavras hão de acompanhar a dádiva", disse ela. "Não predigo, pois agora toda predição é vã: de um lado está a treva, e do outro apenas a esperança. Mas, se a esperança não fracassar, então digo a ti, Gimli, filho de Glóin, que tuas mãos transbordarão de ouro, e mesmo assim o ouro não terá domínio sobre ti.

"E tu, Portador-do-Anel", disse ela, voltando-se para Frodo. "Venho por último a ti, que não és o último em meus pensamentos. Para ti preparei isto." Ergueu nas mãos um pequeno frasco de cristal: ele rebrilhava quando ela o movia, e raios de luz branca emanavam de sua mão. "Neste frasco", comentou ela, "está presa a luz da estrela de Eärendil, posta entre as águas de minha fonte. Luzirá ainda mais forte quando a noite estiver ao teu redor. Que te seja uma luz nos lugares escuros, quando todas as outras luzes se apagam. Recorda Galadriel e seu Espelho!"

Frodo tomou o frasco, e por um momento, quando ele brilhava entre eles, viu-a de novo de pé como rainha, grande e bela, porém não mais terrível. Inclinou-se, mas não achou palavras para dizer.

Então a Senhora se ergueu, e Celeborn os levou de volta para o atracadouro. Um meio-dia amarelo se estendia sobre a verde terra da Língua, e a água reluzia com prata. Por fim estava tudo preparado. A Comitiva ocupou seus lugares nos barcos como antes. Com exclamações de despedida, os Elfos de Lórien os empurraram para o rio corrente com longas varas cinzentas, e lentamente as águas encrespadas os levaram embora. Os viajantes estavam sentados imóveis, sem se mexer nem falar. Na margem verde junto à ponta extrema da Língua, a Senhora Galadriel estava só e silenciosa. Quando passaram por ela viraram-se, e seus olhos a observaram flutuando devagar para longe deles. Pois assim lhes parecia: Lórien deslizava para trás, como uma nau luminosa com árvores encantadas por mastros, navegando rumo a costas esquecidas, enquanto eles permaneciam indefesos na margem do mundo cinzento e desfolhado.

Enquanto observavam, o Veio-de-Prata se juntou às correntezas do Grande Rio, e seus barcos viraram e começaram a correr rumo ao sul. Logo o vulto branco da Senhora estava pequeno e distante. Ela luzia como uma janela de vidro numa colina distante ao sol poente, ou como um lago remoto visto de uma montanha: um cristal caído no colo da terra. Então pareceu a Frodo que ela levantava os braços num adeus final e longínquo, mas com penetrante nitidez, no vento que os seguia veio o som de sua voz que cantava. Mas cantava agora na língua antiga dos Elfos além do Mar, e ele não compreendia as palavras: bela era a música, mas não o consolava.

Porém, como sói acontecer com as palavras élficas, elas permaneceram gravadas em sua memória, e muito tempo depois ele as interpretou o melhor que pôde: a língua era a das canções-élficas, e falava de coisas pouco conhecidas na Terra-média.

> *Ai! laurië lantar lassi súrinen,*
> *yéni únótimë ve rámar aldaron!*
> *Yéni ve lintë yuldar avánier*
> *mi oromardi lisse-miruvóreva*
> *Andúnë pella, Vardo tellumar*
> *nu luini yassen tintilar i eleni*
> *ómaryo airetári-lírinen.*

Sí man i yulma nin enquantuva?

An sí Tintallë Varda Oiolossëo
ve fanyar máryat Elentári ortanë,
ar ilyë tier undulávë lumbulë;
ar sindanóriello caita mornië
i falmalinnar imbë met, ar hísië
untúpa Calaciryo míri oialë.
Sí vanwa ná, Rómello vanwa, Valimar!
Namárië! Nai hiruvalyë Valimar.
Nai elyë hiruva. Namárië!

"Ah! como ouro caem as folhas ao vento, longos anos inumeráveis como as asas das árvores! Os anos passaram como breves goles do doce hidromel em altivos salões além do Oeste, sob as azuis abóbadas de Varda onde as estrelas estremecem na canção de sua voz, sacra e régia. Quem agora há de voltar a encher minha taça? Pois agora a Inflamadora, Varda, Rainha das Estrelas, do Monte Sempre-branco, ergueu as mãos como nuvens, e todas as trilhas estão submersas em funda sombra; e de uma terra cinzenta a treva se estende nas ondas espumantes entre nós, e a névoa cobre as joias de Calacirya para sempre. Agora perdida, perdida para os do Leste está Valimar! Adeus! Quem sabe tu encontres Valimar. Quem sabe tu mesmo a encontres. Adeus!" Varda é o nome da Senhora que os Elfos nessas terras do exílio chamam de Elbereth.

Repentinamente o Rio circundou uma curva, e as margens subiram de ambos os lados, e a luz de Lórien se escondeu. Àquela bela terra Frodo nunca mais voltou.

Agora os viajantes voltaram os rostos para a jornada; o sol estava à sua frente, e seus olhos foram ofuscados, pois estavam todos repletos de lágrimas. Gimli chorava abertamente.

"Por último contemplei o que era mais belo", disse ele ao companheiro Legolas. "Daqui em diante não chamarei nada de belo senão a dádiva dela." Pôs a mão no peito.

"Conta-me, Legolas, por que vim nesta Demanda? Mal sabia eu onde estava o principal perigo! Bem falou Elrond, dizendo que não poderíamos prever o perigo que encontraríamos em nossa estrada. O tormento na treva era o perigo que eu temia, e isso não me reteve. Mas eu não teria vindo se conhecesse o perigo da luz e da alegria. Agora recebi minha pior ferida nesta despedida, mesmo que hoje à noite eu rumasse direto para o Senhor Sombrio. Ai de Gimli, filho de Glóin!"

"Não!", exclamou Legolas. "Ai de nós todos! E de todos os que caminham no mundo nestes dias posteriores. Pois é assim que as coisas são: encontrar e perder, como parece àqueles cujo barco está no rio corrente. Mas considero-te abençoado, Gimli, filho de Glóin: pois sofres tua perda pela própria livre vontade, e poderias ter escolhido de outro modo. Não renegaste teus companheiros, e a mínima recompensa que terás é que a lembrança de Lothlórien há de restar sempre clara e imaculada em teu coração e não há de minguar nem deteriorar-se."

"Quem sabe", disse Gimli; "e te agradeço por tuas palavras. Palavras verdadeiras, sem dúvida; porém todo esse consolo é frio. A lembrança não é o que deseja o coração. Ela é apenas um espelho, apesar de límpido como Kheled-zâram. Ou assim diz o coração de Gimli, o Anão. Pode ser que os Elfos enxerguem de outro modo. Deveras ouvi dizer que para eles a lembrança é mais semelhante ao mundo desperto que ao sonho. Não é assim com os Anãos.

"Mas não falemos mais disso. Cuida do barco! Está muito baixo na água com toda esta bagagem, e o Grande Rio é veloz. Não desejo afogar meu pesar em água fria." Apanhou um remo e dirigiu rumo à margem ocidental, seguindo o barco de Aragorn à frente, que já saíra da correnteza mediana.

Assim a Companha prosseguiu em seu longo caminho, descendo pelas águas largas e apressadas, levada sempre rumo ao sul. Matas nuas espreitavam em ambas as margens, e não conseguiam ter vislumbre das terras atrás delas. A brisa morreu, e o Rio corria sem ruído. Nenhuma voz de ave rompeu o silêncio. O sol ficou enevoado, à medida que o dia envelhecia, até brilhar no céu pálido como uma elevada pérola branca. Depois minguou no Oeste, e o crepúsculo chegou cedo, seguido de uma noite cinzenta e desprovida de estrelas. Seguiram flutuando por muito tempo nas horas escuras e silenciosas, guiando os barcos por baixo das sombras salientes das matas ocidentais. Grandes árvores passavam como fantasmas, estendendo suas raízes retorcidas e sedentas através da névoa para chegar à água. Era monótono e fazia frio. Frodo, sentado, escutava o fraco marulhar e gorgolejar do Rio, encrespando-se entre as raízes das árvores, e a madeira flutuante junto à margem, até que cabeceou e caiu em um sono inquieto.

– 9 –

O Grande Rio

Frodo foi despertado por Sam. Descobriu que estava deitado, bem envolto, debaixo de altas árvores de casca cinza, num canto tranquilo das matas na margem oeste do Grande Rio, Anduin. Dormira a noite toda, e o cinzento da manhã passava indistinto entre os ramos desnudos. Gimli estava ocupado com uma pequena fogueira ali perto.

Partiram outra vez antes de o dia avançar. Não que a maior parte da Comitiva estivesse ávida para se apressar rumo ao sul: contentavam-se com o fato de que a decisão, que tinham de tomar o mais tardar quando chegassem a Rauros e à Ilha da Rocha-do-Espigão, ainda estava alguns dias à frente; e deixavam que o Rio os carregasse à sua própria velocidade, sem desejarem correr em direção aos perigos que ficavam mais além, não importando o curso que tomassem no fim. Aragorn deixou-os derivarem com a correnteza como quisessem, poupando forças com vistas à exaustão que viria. Mas insistia em que pelo menos partissem cedo todos os dias e viajassem até tarde, no anoitecer; pois sentia no coração que o tempo urgia, e temia que o Senhor Sombrio não tivesse estado ocioso enquanto eles se demoravam em Lórien.

Não obstante, não viram sinal de nenhum inimigo naquele dia, nem no seguinte. As monótonas horas cinzentas passavam sem ocorrência. À medida que o terceiro dia da viagem avançava, o terreno mudava lentamente: as árvores escassearam e depois desapareceram por completo. Na margem leste, à esquerda, viam longas encostas informes que se erguiam em direção ao céu; pareciam pardas e murchas, como se o fogo tivesse passado por ali sem deixar viva uma só folha verde: um ermo inóspito sem mesmo uma árvore quebrada ou uma pedra destacada que aliviasse o vazio. Haviam chegado às Terras Castanhas que se estendiam, vastas e desoladas, entre Trevamata Meridional e as colinas das Emyn Muil. O próprio Aragorn não sabia dizer que pestilência ou guerra ou feito maligno do Inimigo havia arruinado a região daquele modo.

A oeste, à sua direita, o terreno também era isento de árvores, mas era plano e em muitos lugares era verde com amplas planícies gramadas. Daquele lado do Rio passaram por florestas de grandes juncos, tão altos que bloqueavam toda a vista para o oeste, enquanto os barquinhos margeavam farfalhando suas beiras palpitantes. Seus penachos, escuros e mirrados, dobravam-se e balançavam nos ares claros e frios, chiando com som fraco e triste. Aqui e ali, através de aberturas, Frodo podia ver súbitos vislumbres de prados ondulantes, e longe atrás deles colinas ao pôr do sol, e mais além, na margem da visão, uma linha escura onde marchavam as fileiras mais meridionais das Montanhas Nevoentas.

Não havia sinal de seres vivos que se mexessem, exceto aves. Havia muitas delas: pequenos pássaros que assobiavam e piavam nos juncos, mas raramente podiam ser vistos. Uma ou duas vezes os viajantes ouviram o sopro e o gemido de asas de cisnes e, ao erguerem os olhos, viram uma grande falange percorrendo o céu.

"Cisnes!", exclamou Sam. "E são muito grandões!"

"Sim," disse Aragorn, "e são cisnes negros."

"Como parece ampla, vazia e tristonha toda esta região!", comentou Frodo. "Sempre imaginei que, à medida que se viajasse para o sul, o clima ficasse mais quente e alegre, até o inverno ficar para trás definitivamente."

"Mas ainda não viajamos muito para o sul", respondeu Aragorn. "Ainda é inverno, e estamos longe do mar. Aqui o mundo é frio até a súbita primavera, e ainda poderemos ter neve novamente. Muito longe, na Baía de Belfalas aonde corre o Anduin, faz calor e o clima é alegre, quem sabe, ou assim seria se não fosse pelo Inimigo. Mas aqui, eu estimo, não estamos a mais de sessenta léguas ao sul da Quarta Sul, lá no seu Condado, a centenas de longas milhas daqui. Agora você está olhando para o sudoeste, por cima das planícies setentrionais da Marca-dos-Cavaleiros, Rohan, a terra dos Senhores-de-cavalos. Em pouco tempo chegaremos à foz do Limclaro, que corre desde Fangorn para se juntar ao Grande Rio. Essa é a fronteira norte de Rohan; e outrora tudo o que ficava entre o Limclaro e as Montanhas Brancas pertencia aos Rohirrim. É uma terra rica e agradável, e seu capim não tem rival; mas nestes dias malignos o povo não habita junto ao Rio nem cavalga com frequência até suas margens. O Anduin é largo, no entanto os orques conseguem atirar suas flechas longe através da correnteza; e ultimamente, dizem, atreveram-se a atravessar a água e atacar os rebanhos e as coudelarias de Rohan."

Sam olhava de uma margem para a outra, inquieto. Antes as árvores lhe pareciam hostis, como se abrigassem olhos secretos e perigos furtivos; agora ele desejava que as árvores ainda estivessem lá. Sentia que a Comitiva estava descoberta demais, flutuando em barquinhos em meio a terras sem abrigo e num rio que era a fronteira da guerra.

Em um ou dois dias seguintes, à medida que avançavam, continuamente levados para o sul, essa sensação de insegurança se apossou de toda a Comitiva. Durante um dia inteiro pegaram nos remos e avançaram às pressas. As margens passavam deslizando. Logo o Rio alargou-se e se tornou mais raso; a leste ficavam longas praias pedregosas, e havia baixios de cascalho na água, de forma que era preciso manobrar com cuidado. As Terras Castanhas ergueram-se em áridos descampados por cima dos quais fluía um ar gelado do Leste. Do outro lado os prados haviam se transformado em morros ondulados de capim murcho em meio a uma paisagem de pântanos e moitas. Frodo arrepiou-se ao pensar nos gramados e fontes, no sol brilhante e nas chuvas suaves de Lothlórien. Havia pouca fala e nenhum riso em todos os barcos. Cada membro da Comitiva estava ocupado com seus próprios pensamentos.

O coração de Legolas corria sob as estrelas de uma noite de verão em alguma clareira do norte em meio aos bosques de faias; Gimli manuseava ouro em sua mente e perguntava-se se era adequado para produzir um estojo para a dádiva da Senhora.

Merry e Pippin, no barco do meio, estavam desconfortáveis, pois Boromir estava sentado resmungando para si mesmo, às vezes mordendo as unhas, como se o consumisse alguma inquietação ou dúvida, às vezes agarrando um remo e impelindo o barco para logo atrás do de Aragorn. Então Pippin, sentado à proa olhando para trás, viu de relance um estranho brilho no olho de Boromir, que espiava adiante, fitando Frodo. Há muito tempo Sam decidira que, apesar de talvez os barcos não serem tão perigosos quanto sua criação o fizera crer, eram muito mais desconfortáveis do que ele mesmo imaginara. Estava apertado e infeliz, sem nada para fazer senão encarar as terras invernais que passavam se arrastando e a água cinzenta de ambos os lados. Mesmo quando os remos eram usados, não confiavam um a Sam.

Com a tardinha descendo no quarto dia, ele estava olhando para trás, por cima das cabeças inclinadas de Frodo e Aragorn e dos barcos seguintes; estava sonolento, ansiando por um acampamento e pela sensação da terra sob os dedos dos pés. De repente uma coisa atraiu sua visão: de início ele a fitou com indiferença, depois sentou-se ereto e esfregou os olhos; mas quando olhou de novo não podia mais vê-la.

Naquela noite acamparam em uma ilhota próxima da margem oeste. Sam estava deitado ao lado de Frodo, enrolado em cobertores. "Tive um sonho engraçado uma ou duas horas antes de pararmos, Sr. Frodo", disse ele. "Ou quem sabe não foi um sonho. Foi engraçado, seja como for."

"Bem, o que foi?", indagou Frodo, sabendo que Sam não sossegaria até contar sua história, fosse qual fosse. "Não vi nada nem pensei em nada que me fizesse sorrir desde que deixamos Lothlórien."

"Não foi engraçado desse jeito, Sr. Frodo. Foi esquisito. Tudo errado, se não foi sonho. E é melhor o senhor ouvir. Foi assim: eu vi um tronco com olhos!"

"O tronco é normal", disse Frodo. "Há muitos no Rio. Mas deixe os olhos de fora!"

"Isso eu não vou fazer", disse Sam. "Foram os olhos que me fizeram sentar direito, por assim dizer. Eu vi algo que achei que era um tronco flutuando, ali na meia-luz atrás do barco de Gimli; mas não dei muita atenção a ele. Então pareceu que o tronco estava nos alcançando devagar. E isso era estranho, como se poderia dizer, já que estávamos todos flutuando juntos na correnteza. Foi bem aí que vi os olhos: duas espécies de pontos pálidos, meio luminosos, numa corcova na ponta de cá do tronco. E mais ainda, não era tronco, porque tinha pés com nadadeiras, quase como um cisne, só que pareciam maiores, e ficavam entrando e saindo da água.

"Foi aí que me sentei reto e esfreguei os olhos, e pretendia dar um grito se ele ainda estivesse lá quando eu tivesse esfregado a sonolência da cabeça. Porque agora o fosse-o-que-fosse estava avançando depressa, e chegando perto atrás de Gimli. Mas se aquelas duas lâmpadas me apanharam mexendo e espiando, ou se eu tomei consciência, não sei dizer. Quando olhei de novo ele não estava lá. Mas acho que apanhei um vislumbre, com o rabo do olho, como dizem, de alguma coisa escura correndo para baixo da sombra da margem. Mas não consegui ver mais os olhos.

"Eu disse para mim mesmo: 'Sonhando outra vez, Sam Gamgi', disse eu; e não disse mais nada naquela hora. Mas estive pensando desde então, e agora não tenho tanta certeza. O que pensa disso, Sr. Frodo?"

"Eu não pensaria nada, exceto que era um tronco, o anoitecer e o sono nos seus olhos, Sam," respondeu Frodo, "se fosse a primeira vez que esses olhos foram vistos. Mas não foi. Eu os vi lá longe no norte, antes de chegarmos a Lórien. E vi uma criatura estranha com olhos escalando o eirado naquela noite. Haldir também a viu. E você se lembra do relato dos Elfos que perseguiram o bando de orques?"

"Ah," disse Sam, "lembro; e também lembro mais. Não gosto dos meus pensamentos; mas pensando em uma coisa e outra, e nas histórias do Sr. Bilbo e tudo isso, imagino que posso dar um nome à criatura, adivinhando. Um nome asqueroso. Gollum, quem sabe?"

"Sim, é isso que receio desde há algum tempo", assentiu Frodo. "Desde aquela noite no eirado. Suponho que ele estava espreitando em Moria e ali pegou nossa pista; mas eu esperava que nossa estada em Lórien confundisse seu faro outra vez. A criatura desgraçada deve ter se escondido na floresta junto ao Veio-de-Prata, vendo-nos partir!"

"É mais ou menos isso", disse Sam. "E é melhor nós mesmos ficarmos um pouco mais vigilantes, do contrário vamos sentir uns dedos asquerosos ao redor do pescoço uma noite dessas, se é que vamos acordar para sentir alguma coisa. E é nesse ponto que eu queria chegar. Não é preciso incomodar Passolargo ou os outros hoje à noite. Eu vou ficar de vigia. Posso dormir amanhã, já que sou só bagagem num barco, como você poderia dizer."

"Eu poderia," respondeu Frodo, "e poderia dizer 'bagagem com olhos'. Você vai ficar de vigia; mas só se prometer me acordar a meio tempo da manhã, se nada acontecer até lá."

Nas horas mortas, Frodo emergiu de um sono profundo e obscuro com Sam sacudindo-o. "É pena acordar o senhor," sussurrou Sam, "mas foi o que o senhor disse. Não tem nada para contar, ou não tem muita coisa. Pensei que ouvi uns borrifos leves e um som de fungadas faz pouco tempo; mas a gente ouve muitos desses sons esquisitos junto ao rio, de noite."

Deitou-se, e Frodo se sentou, aconchegado em seus cobertores, e tentou enxotar o sono. Minutos ou horas passaram devagar, e nada aconteceu. Frodo estava a ponto de ceder à tentação de se deitar outra vez quando um vulto escuro, quase invisível, flutuou perto de um dos barcos atracados. Podia-se ver indistintamente uma mão comprida e esbranquiçada, estendendo-se de repente e agarrando a amurada; dois olhos pálidos, semelhantes a lâmpadas, brilharam frios ao espiarem lá dentro, e depois ergueram-se e olharam para Frodo na ilhota. Não estavam a mais de uma ou duas jardas de distância, e Frodo ouviu o chiado leve de uma inspiração. Pôs-se de pé, sacando Ferroada da bainha, e encarou os olhos. Imediatamente sua luz se apagou. Houve outro chiado e um borrifo, e a escura forma de tronco partiu a toda, rio abaixo, no meio da noite. Aragorn mexeu-se no sono, virou o corpo e sentou-se.

"O que é?", sussurrou ele, pondo-se de pé com um salto e vindo até Frodo. "Senti alguma coisa durante o sono. Por que sacou a espada?"

"Gollum", respondeu Frodo. "É o que acho, pelo menos."

"Ah!", disse Aragorn. "Então você sabe do nosso salteadorzinho, não é? Ele veio andando atrás de nós, em silêncio, através de toda Moria e até o Nimrodel. Desde que embarcamos ele esteve deitado em um tronco, remando com as mãos e os pés. Tentei apanhá-lo uma ou duas vezes à noite; mas ele é mais manhoso que uma raposa e escorregadio como um peixe. Eu esperava que a viagem pelo rio o enganasse, mas ele tem demasiada habilidade na água.

"Vamos ter de tentar um avanço mais rápido amanhã. Agora vá deitar-se, vou montar guarda pelo resto da noite. Gostaria de pôr as mãos no desgraçado. Poderíamos fazer uso dele. Mas se eu não puder, vamos tentar perdê-lo. Ele é muito perigoso. À parte de ele próprio cometer um assassinato à noite, poderá pôr em nosso encalço algum outro inimigo que esteja por aí."

A noite passou sem que Gollum voltasse a mostrar nem uma sombra. Depois disso, a Comitiva manteve vigilância atenta, mas não viram mais sinal de Gollum enquanto a viagem durou. Se ainda os estava seguindo, era com muita cautela e astúcia. A pedido de Aragorn, passaram a remar por longos trechos, e as margens passavam rapidamente. Mas viam pouca coisa da paisagem, pois viajavam mormente à noite e à meia-luz, descansando de dia e mantendo-se tão ocultos quanto o terreno permitia. Deste modo o tempo passou sem ocorrências até o sétimo dia.

O tempo ainda estava cinzento e encoberto, com vento do Leste, mas à medida que a tarde se transformou em noite o céu limpou do lado oeste, e poças de luz fraca, amarela e verde pálida, abriram-se sob as costas cinzentas das nuvens. Ali a lasca branca da Lua nova podia ser vista reluzindo nos lagos remotos. Sam olhou para ela e franziu a testa.

No dia seguinte, o terreno de ambos os lados começou a mudar rapidamente. As ribanceiras começaram a subir e a ficar pedregosas. Logo estavam passando por uma região de colinas rochosas, e em ambas as margens havia encostas íngremes encobertas por fundas moitas de espinhos e abrunheiros, emaranhadas com sarças e trepadeiras. Atrás deles erguiam-se penhascos baixos e esfarelados e chaminés de pedra cinzenta e desgastada, cobertas de hera escura; e mais atrás, por sua vez, subiam altas cristas coroadas de abetos retorcidos pelo vento. Estavam se aproximando da região dos morros cinzentos das Emyn Muil, a divisa sul das Terras-selváticas.

Havia muitas aves em torno dos penhascos e das chaminés de rocha, e durante todo o dia, altas no ar, revoadas de pássaros voavam em círculos, negros diante do céu pálido. Naquele dia, enquanto estavam acampados, Aragorn observava os bandos duvidoso, pensando se Gollum cometera alguma malícia e se a notícia da viagem deles já andava pelo ermo. Mais tarde, ao pôr do sol, quando a Comitiva se agitava, aprontando-se para partir de novo, ele divisou uma mancha escura diante da luz que minguava: uma grande ave, alta e distante, ora dando voltas, ora voando devagar rumo ao sul.

"O que é aquilo, Legolas?", perguntou ele, apontando para o céu ao norte. "É uma águia, como penso?"

"Sim", disse Legolas. "É uma águia, uma águia caçadora. Pergunto-me o que isso pressagia. Está longe das montanhas."

"Não partiremos até que esteja totalmente escuro", disse Aragorn.

Veio a oitava noite da jornada. Era silenciosa e sem vento; o cinzento vento leste havia passado. O estreito crescente da Lua caíra cedo no pálido pôr do sol, mas acima deles o céu estava limpo, e, apesar de haver longe ao Sul grandes cordilheiras de nuvens que ainda luziam fracamente, no Oeste as estrelas brilhavam luminosas.

"Vamos!", disse Aragorn. "Arriscaremos mais uma jornada de noite. Estamos chegando a trechos do Rio que não conheço bem; pois nunca antes viajei pela água nestas regiões, não entre este lugar e as corredeiras de Sarn Gebir. Mas, se meus cálculos estão certos, até lá ainda há muitas milhas à frente. Ainda há lugares perigosos mesmo antes de lá chegarmos: rochas e ilhotas rochosas na correnteza. Precisamos vigiar atentamente e não tentar remar depressa."

A Sam, no barco dianteiro, foi dada a tarefa de vigia. Ele ficava à proa, espiando a treva. A noite tornou-se escura, mas lá em cima as estrelas estavam estranhamente luminosas, e havia um brilho na superfície do Rio. Era quase meia-noite, e tinham passado algum tempo à deriva, mal usando os remos, quando de repente Sam deu um grito. Apenas algumas jardas à frente, vultos escuros assomavam na correnteza, e ele ouvia o redemoinho da água corrente. Havia uma correnteza veloz que virava para a esquerda, rumo à margem leste onde o canal estava livre. Enquanto eram carregados para o lado, os viajantes puderam ver, muito de perto agora, a pálida espuma do Rio que açoitava rochas afiadas, bem projetadas na correnteza como uma fileira de dentes. Os barcos estavam todos agrupados.

"Ó de bordo, Aragorn!", gritou Boromir quando seu barco abalroou o do líder. "Isto é loucura! Não podemos enfrentar as Corredeiras de noite! Mas nenhum barco sobrevive a Sarn Gebir, seja de noite ou de dia."

"Para trás, para trás!", gritou Aragorn. "Vira! Vira, se puderes!" Enfiou o remo na água, tentando segurar o barco e fazê-lo dar a volta.

"Calculei mal", disse ele a Frodo. "Não sabia que tínhamos vindo tão longe: o Anduin corre mais depressa do que eu pensava. Sarn Gebir já deve estar perto."

Com grande esforço, contiveram os barcos e os viraram devagar; mas inicialmente só conseguiram avançar pouco contra a corrente e o tempo todo eram arrastados cada vez mais perto da margem leste. Ela já surgia na noite, escura e agourenta.

"Todos juntos, remar!", gritou Boromir. "Remar! Do contrário seremos jogados nos baixios." Enquanto ele falava, Frodo sentiu que a quilha abaixo dele ralava na pedra.

Nesse momento ouviu-se um zunido de cordas de arco: várias flechas assobiaram por cima deles, e algumas caíram em seu meio. Uma atingiu Frodo entre os ombros, e ele cambaleou para a frente com um grito, largando o remo: mas a flecha resvalou, frustrada por sua cota de malha oculta. Outra atravessou o capuz de Aragorn; e uma terceira se cravou na amurada do segundo barco, perto da mão de Merry. Sam pensou vislumbrar vultos negros que corriam para cá e para lá nas longas encostas de seixos que ficavam abaixo da margem leste. Pareciam muito próximos.

"*Yrch!*", disse Legolas, recaindo em sua própria língua.

"Orques!", exclamou Gimli.

"Obra de Gollum, aposto", disse Sam a Frodo. "E que belo lugar escolheu. O Rio parece disposto a nos levar reto aos braços deles!"

Todos se inclinaram para a frente, fazendo força nos remos: o próprio Sam deu uma mão. A cada momento esperavam sentir a ferroada de setas de penas negras. Muitas assobiaram por cima deles ou atingiram a água por perto; mas não houve mais nenhum tiro certeiro. Estava escuro, mas não demais para os olhos noturnos dos Orques, e no lampejo das estrelas eles haveriam de ser alvos para seus inimigos astuciosos, não fosse pelos mantos cinzentos de Lórien e pelas madeiras cinzentas dos barcos de feitura-élfica, iludindo a malícia dos arqueiros de Mordor.

Remada a remada, prosseguiram com esforço. No escuro era difícil ter certeza de que estavam se movendo de fato; mas lentamente o redemoinho da água amainou, e a sombra da margem leste desapareceu na noite. Finalmente, até onde podiam julgar, haviam alcançado de novo o meio da correnteza e afastado os barcos a certa distância acima das rochas salientes. Então, dando metade de uma volta, lançaram-nos com toda a força rumo à margem oeste. Sob a sombra de moitas que se inclinavam sobre a água, pararam e tomaram fôlego.

Legolas largou o remo e apanhou o arco que trouxera de Lórien. Depois saltou para a margem e subiu alguns passos na ribanceira. Ajustando a corda no arco e encaixando uma seta, voltou-se e espiou por cima do Rio na escuridão. Do outro lado da água ouviram-se gritos estridentes, mas nada podia ser visto.

Frodo ergueu os olhos para o Elfo, em pé bem acima dele, fitando a noite, buscando um alvo para atirar. Sua cabeça era escura, coroada de nítidas estrelas brancas que brilhavam nos poços negros do céu atrás dele. Mas agora, subindo e navegando desde o Sul, as grandes nuvens avançavam, enviando escuros emissários aos campos estrelados. Um súbito pavor se abateu sobre a Comitiva.

"*Elbereth Gilthoniel!*", suspirou Legolas, olhando para cima. Quando o fez, um vulto escuro como uma nuvem, porém não uma nuvem, pois se movia muito mais depressa, surgiu do negrume no Sul e voou em direção à Comitiva, maculando toda a luz à sua chegada. Logo apareceu como grande criatura alada, mais negra que os poços da noite. Vozes selvagens se ergueram para saudá-la do lado oposto da água. Frodo sentiu um súbito ar gelado a lhe percorrer e lhe agarrar o coração; em seu ombro havia um frio mortal, como a lembrança de uma antiga ferida. Agachou-se como se fosse se esconder.

De súbito o grande arco de Lórien cantou. Estridente, a flecha partiu da corda-élfica. Frodo ergueu os olhos. Quase acima dele, o vulto alado deu uma guinada. Ouviu-se um berro áspero e grasnante quando ele caiu do alto, desaparecendo na escuridão da margem leste. O céu estava limpo outra vez. Houve um tumulto de muitas vozes ao longe, praguejando e choramingando na treva, e depois silêncio. Nem seta nem grito vieram outra vez do leste naquela noite.

Algum tempo depois, Aragorn conduziu os barcos rio acima de novo. Tatearam ao longo da beira da água por alguma distância até encontrarem uma pequena baía rasa. Algumas árvores baixas cresciam ali, perto da água, e atrás delas se elevava uma ribanceira íngreme e rochosa. Ali a Comitiva decidiu ficar para esperar o amanhecer: era inútil tentar avançar mais de noite. Não montaram acampamento nem fizeram fogueira, mas deitaram-se agrupados nos barcos, amarrados uns junto aos outros.

"Louvados sejam o arco de Galadriel e a mão e o olho de Legolas!", disse Gimli, mastigando um pedaço de *lembas*. "Foi um poderoso tiro no escuro, meu amigo!"

"Mas quem pode saber o que ele atingiu?", disse Legolas.

"Eu não posso", disse Gimli. "Mas estou contente de que a sombra não se aproximou mais. Não gostei nada dela. Lembrou-me demasiado da sombra em Moria — da sombra do Balrog", concluiu num sussurro.

"Não era um Balrog", disse Frodo, ainda trêmulo pela gelidez que o acometera. "Era algo mais frio. Acho que era…" Então deteve-se e silenciou.

"O que pensas?", perguntou Boromir ansiosamente, inclinando-se do seu barco, como se tentasse vislumbrar o rosto de Frodo.

"Penso... Não, não vou dizer", respondeu Frodo. "Não importa o que fosse, sua queda desesperou nossos inimigos."

"Assim parece", disse Aragorn. "Porém onde estão, quantos são e o que farão a seguir, isso não sabemos. Esta noite todos precisamos passar sem dormir! A escuridão nos oculta agora. Mas quem pode dizer o que o dia mostrará? Mantende as armas à mão!"

Sam estava sentado, batendo de leve no punho da espada como quem conta nos dedos e olhando o céu lá em cima. "É muito estranho", murmurou ele. "O Lua é o mesmo no Condado e nas Terras-selváticas, ou devia ser. Mas ou ele está rodando errado, ou meus cálculos estão todos enganados. Lembra-se, Sr. Frodo, o Lua era minguante quando estávamos deitados no eirado em cima daquela árvore: uma semana depois de cheio, calculo. E ontem à noite faz uma semana que estamos a caminho, e lá surge um Lua Novo, estreito como uma apara de unha, como se não tivéssemos passado tempo nenhum na terra élfica.

"Bem, consigo me lembrar com certeza de três noites lá, e parece que me lembro de várias mais, mas juraria que de jeito nenhum foi um mês inteiro. A gente poderia pensar que o tempo não conta lá dentro!"

"E quem sabe seja assim mesmo", disse Frodo. "Naquela terra, talvez, estávamos em um tempo que em outros lugares faz muito que já passou. Acho que foi só quando o Veio-de-Prata nos levou de volta para o Anduin que retornamos ao tempo que flui através das terras mortais rumo ao Grande Mar. E não me lembro de nenhum lua, nem novo nem velho, em Caras Galadhon: só estrelas de noite e sol de dia."

Legolas mexeu-se em seu barco. "Não, o tempo não se detém jamais", disse ele; "mas a mudança e o crescimento não são iguais em todas as coisas e lugares. Para os Elfos o mundo se move, e move-se ao mesmo tempo muito depressa e muito devagar. Depressa porque eles próprios pouco mudam, e tudo o mais passa fugaz: é um desgosto para eles. Devagar porque não precisam contar os anos correntes, não para si. As estações que passam são apenas ondulações sempre repetidas na longa, longa correnteza. Porém sob a Sol todas as coisas finalmente devem se desgastar e acabar."

"Mas o desgaste é lento em Lórien", disse Frodo. "O poder da Senhora está ali. Ricas são as horas, por muito que pareçam breves, em Caras Galadhon, onde Galadriel controla o Anel-élfico."

"Isso não deveria ter sido dito fora de Lórien, nem para mim", disse Aragorn. "Não fale mais disso! Mas assim é, Sam: naquela terra você perdeu as contas. Ali o tempo nos ultrapassou fluindo depressa, como para os Elfos. A lua velha passou, e a lua nova cresceu e minguou no mundo cá fora enquanto nos demorávamos ali. E ontem à noite uma nova lua voltou. O inverno está quase acabado. O tempo flui adiante, rumo a uma primavera de pouca esperança."

A noite passou em silêncio. Não se ouviu mais voz nem chamado do outro lado da água. Os viajantes aninhados em seus barcos sentiram a mudança do tempo. O ar tornou-se morno e bem imóvel sob as grandes nuvens úmidas que flutuaram vindas do Sul e dos mares distantes. O ímpeto do Rio nas rochas das corredeiras parecia tornar-se mais alto e mais próximo. Os ramos das árvores acima deles começaram a gotejar.

Quando chegou o dia, o humor do mundo em torno deles tornara-se indolente e triste. Lentamente o amanhecer surgiu em luz pálida, difusa e sem sombras. Havia uma névoa sobre o Rio, e uma neblina branca envolvia a margem; a ribanceira oposta não estava visível.

"Não suporto neblina", disse Sam; "mas esta parece que é de sorte. Quem sabe agora podemos ir embora sem que esses malditos gobelins nos vejam."

"Quem sabe", comentou Aragorn. "Mas será difícil encontrar a trilha a não ser que a neblina se erga um pouco mais tarde. E precisamos encontrar a trilha se formos ultrapassar Sarn Gebir e chegar às Emyn Muil."

"Não vejo por que deveríamos passar pelas Corredeiras ou seguir o Rio mais adiante", disse Boromir. "Se as Emyn Muil estão à nossa frente, então podemos abandonar estas cascas de noz e avançar para o oeste e o sul até atingirmos o Entágua e atravessarmos à minha própria terra."

"Podemos, se estivermos rumando para Minas Tirith," disse Aragorn, "mas isso ainda não está combinado. E tal curso pode ser mais perigoso do que parece. O vale do Entágua é plano e pantanoso, e lá a neblina é um perigo mortal para quem está a pé e carregado. Eu não abandonaria nossos barcos até sermos obrigados a isso. O Rio, pelo menos, é uma trilha que não se pode perder."

"Mas o Inimigo domina a margem leste", objetou Boromir. "E mesmo que passes pelos Portões das Argonath e chegues à Rocha-do-Espigão sem seres importunado, o que farás então? Saltar cascata abaixo e pousar nos pântanos?"

"Não!", respondeu Aragorn. "Dize antes que carregaremos nossos barcos pelo antigo caminho ao sopé de Rauros, e ali tomaremos a água de novo. Não conheces, Boromir, ou escolhes ignorar a Escadaria do Norte e o alto assento no topo de Amon Hen que foram feitos nos dias dos grandes reis? Eu ao menos pretendo me postar de novo naquele lugar elevado antes de decidir a continuação de meu trajeto. Quem sabe ali hajamos de ver algum sinal que nos guie."

Por muito tempo Boromir resistiu a essa escolha; mas quando se tornou claro que Frodo seguiria Aragorn, aonde quer que este fosse, ele cedeu. "Não é costume dos Homens de Minas Tirith desertar de seus amigos na necessidade," disse ele, "e precisareis de minha força se pretendeis alcançar a Rocha-do-Espigão. À alta ilha irei, mas não além. Ali hei de me voltar para meu lar, a sós se meu auxílio não tiver merecido a recompensa de algum companheirismo."

O dia já avançava, e a neblina se erguera um pouco. Ficou decidido que Aragorn e Legolas iriam avançar de imediato ao longo da margem, enquanto os demais permaneceriam junto aos barcos. Aragorn esperava encontrar algum caminho por onde pudessem carregar seus barcos e também sua bagagem até a água mais tranquila além das Corredeiras.

"Pode ser que os barcos dos Elfos não afundem", disse ele, "mas isso não quer dizer que passemos vivos por Sarn Gebir. Ninguém ainda fez isso. Nenhuma estrada foi construída pelos

Homens de Gondor nesta região, pois mesmo em seus dias de grandeza seu reino não alcançava o Anduin acima além das Emyn Muil; mas existe um caminho de varação em algum lugar da margem oeste, se eu puder encontrá-lo. Não pode ter se deteriorado ainda; pois barcos leves costumavam fazer a viagem vindos das Terras-selváticas, descendo até Osgiliath, e ainda o faziam até poucos anos atrás, quando os Orques de Mordor começaram a se multiplicar."

"Raramente em minha vida veio qualquer barco do Norte, e os Orques vagueiam pela margem leste", disse Boromir. "Se fores em frente, o perigo aumentará a cada milha, mesmo que encontres um caminho."

"O perigo está diante de nós em todas as estradas rumo ao sul", respondeu Aragorn. "Esperai por nós um dia. Se não retornarmos nesse tempo, sabereis que deveras o mal nos assaltou. Então deveis tomar um novo líder e segui-lo da melhor forma que puderdes."

Foi com um peso no coração que Frodo viu Aragorn e Legolas escalarem a ribanceira íngreme e desaparecerem nas névoas; mas seus temores acabaram sendo infundados. Só duas ou três horas haviam passado, e mal chegara o meio do dia, quando os vultos sombrios dos exploradores ressurgiram.

"Está tudo bem", disse Aragorn, descendo a ribanceira com dificuldade. "Há uma trilha, e ela leva a um bom desembarcadouro que ainda é usável. A distância não é grande: o topo das Corredeiras está apenas meia milha abaixo de nós, e elas têm pouco mais de uma milha de comprimento. A pouca distância além delas a correnteza volta a ficar límpida e lisa, apesar de ser veloz. Nossa tarefa mais difícil será levar os barcos e a bagagem ao antigo caminho de varação. Nós o encontramos, mas aqui ele fica bem afastado da beira da água e corre a sota-vento de uma parede de rocha, a um oitavo de milha ou mais da margem. Não descobrimos onde fica o desembarcadouro do norte. Se ele ainda existir, devemos ter passado por ele ontem à noite. Poderíamos subir o rio com esforço e ainda assim perdê-lo na neblina. Receio que agora precisamos abandonar o Rio e rumar daqui para o caminho de varação do melhor modo que pudermos."

"Isso não seria fácil mesmo que fôssemos todos Homens", disse Boromir.

"No entanto vamos tentar assim como somos", disse Aragorn.

"Sim, vamos tentar", disse Gimli. "As pernas dos Homens se atrasam numa estrada acidentada, enquanto um Anão vai em frente, nem que a carga seja o dobro do seu próprio peso, Mestre Boromir!"

A tarefa demonstrou ser difícil de fato, porém acabou sendo realizada. A carga foi tirada dos barcos e levada ao topo da ribanceira, onde havia um espaço plano. Depois os barcos foram puxados para fora da água e carregados para o alto. Eram bem menos pesados do que esperavam. Nem Legolas sabia de que árvore que crescia na terra élfica eles eram feitos; mas a madeira era dura e, ainda assim, estranhamente leve. Merry e Pippin sozinhos puderam facilmente carregar seu barco pelo trecho plano. Ainda assim foi necessária a força dos dois Homens para erguê-los e transportá-los sobre o terreno que a Comitiva teve de atravessar depois. Ele subia ao se afastar do Rio, numa confusa extensão de rochedos de calcário cinzento, com muitos buracos ocultos cobertos de ervas daninhas e touceiras; havia moitas de sarças e depressões repentinas; e aqui e ali havia poças lodosas alimentadas por águas que escorriam dos terraços mais no interior.

Um a um, Boromir e Aragorn carregaram os barcos, enquanto os demais mourejaram e lutaram seguindo-os com a bagagem. Por fim tudo tinha sido removido e depositado no caminho de varação. Depois, sem muito empecilho adicional, exceto pelas urzes escarrapachadas e muitas pedras caídas, todos seguiram em frente juntos. A neblina ainda se estendia em véus na parede de pedra esfarelada, e à esquerda deles a névoa encobria o Rio: podiam ouvi-lo marulhando e espumando por cima dos baixios afiados e dos dentes rochosos de Sarn Gebir, mas não podiam vê-lo. Duas vezes fizeram o percurso antes de tudo estar trazido a salvo ao desembarcadouro do sul.

Ali o caminho de varação, virando-se outra vez para a margem da água, descia suavemente até a margem rasa de uma pequena lagoa. Esta parecia ter sido escavada na beira do rio, não por mãos, e sim pela água que descia rodopiando de Sarn Gebir e dava contra um pilar baixo de rocha que se projetava a alguma distância para dentro da correnteza. Além dele a margem subia íngreme até um penhasco cinzento, e mais além não havia passagem para quem estivesse a pé.

A tarde breve já terminava, e um crepúsculo sombrio e nublado se aproximava. Sentaram-se junto à água, escutando o ímpeto e o rugido confuso das Corredeiras escondidas na névoa; estavam exaustos e sonolentos e tinham os corações abatidos como o dia que acabava.

"Bem, aqui estamos nós, e aqui vamos ter de passar mais uma noite", disse Boromir. "Precisamos dormir e, mesmo que Aragorn pretendesse passar pelos Portões das Argonath à noite, estamos todos demasiado cansados — exceto por nosso robusto anão, sem dúvida."

Gimli não deu resposta; estava sentado cabeceando.

"Agora vamos repousar o mais que pudermos", disse Aragorn. "Amanhã teremos de viajar de dia outra vez. A não ser que o tempo mude de novo e nos engane, havemos de ter uma boa chance de atravessar sem sermos vistos por olhos na margem leste. Mas esta noite dois terão de vigiar juntos em turnos: três horas livres e uma de guarda."

Naquela noite nada aconteceu de pior que um breve chuvisco uma hora antes do amanhecer. Assim que estava totalmente claro eles partiram. A neblina já rareava. Mantiveram-se o mais perto possível do lado oeste, e podiam ver as formas indistintas dos penhascos baixos que se elevavam cada vez mais, muralhas sombrias com os pés no rio apressado. Na metade da manhã as nuvens desceram mais, e começou a chover intensamente. Puxaram as capotas de couro sobre os barcos para evitar que se alagassem e seguiram à deriva; pouco podiam enxergar à frente ou em volta através das cortinas cinzentas que caíam.

A chuva, porém, não durou muito. Lentamente o céu acima deles foi clareando, e então de repente as nuvens se abriram e suas beiradas rotas foram arrastadas Rio acima para o norte. As neblinas e garoas se foram. Diante dos viajantes estendia-se uma larga ravina, com grandes bordas rochosas às quais se agarravam, em cima de plataformas e em frestas estreitas, algumas árvores retorcidas. O canal estreitou-se, e o Rio corria mais depressa. Já avançavam velozes, com pouca esperança de pararem ou virarem, não importa o que encontrassem à frente. Por cima deles havia uma vereda de céu azul-pálido, em torno deles, o Rio escuro e sombreado, e diante deles, negras, eclipsando o sol, as colinas das Emyn Muil, em que não se via nenhuma abertura.

Espiando à frente, Frodo viu ao longe duas grandes rochas que se aproximavam: pareciam dois grandes pináculos ou pilares de pedra. Erguiam-se altas, íngremes e agourentas de ambos os lados da correnteza. Uma brecha estreita apareceu entre elas, e o Rio arrastou os barcos em sua direção.

"Contemplai as Argonath, os Pilares dos Reis!", exclamou Aragorn. "Logo havemos de passar por eles. Mantende os barcos em linha e o mais afastados que puderdes! Ficai no meio da correnteza!"

À medida que Frodo era levado em sua direção, os grandes pilares subiam ao seu encontro como torres. Pareciam-lhe gigantescos, vastos vultos cinzentos, silenciosos, mas ameaçadores. Então ele viu que de fato tinham sido moldados e lavrados: a perícia e o poder de outrora os haviam trabalhado, e ainda preservavam, depois dos sóis e das chuvas de olvidados anos, as imensas semelhanças em que tinham sido esculpidos. Sobre grandes pedestais alicerçados nas águas profundas elevavam-se dois grandes reis de pedra: com olhos embaçados e frontes gretadas, ainda olhavam para o Norte de cenho franzido. A mão esquerda de cada um estava erguida, com a palma para fora, em gesto de advertência; na direita cada um trazia um machado; em cada cabeça havia um elmo e uma coroa esfacelados. Ainda envergavam grande poder e majestade, guardiões silenciosos de um reino há muito desaparecido. O pasmo e o medo se abateram sobre Frodo, e ele se encolheu, fechando os olhos sem ousar erguê-los quando o barco se aproximava. O próprio Boromir abaixou a cabeça quando os barcos passaram rodopiando, frágeis e fugazes como folhinhas, sob a sombra duradoura das sentinelas de Númenor. Assim penetraram no escuro abismo dos Portões.

Os penhascos terríveis erguiam-se de ambos os lados até alturas inimaginadas. O céu indistinto estava longe. As águas negras rugiam e ecoavam, e um vento guinchava acima delas. Frodo, agachado de joelhos, ouviu Sam à sua frente, murmurando e gemendo: "Que lugar! Que lugar horrível! Só me deixem sair deste barco e nunca mais vou molhar os dedos dos pés numa poça, muito menos num rio!"

"Não temais!", disse uma voz estranha atrás dele. Frodo virou-se e viu Passolargo, e, no entanto, não era Passolargo; pois o Caminheiro curtido pelo tempo não estava mais ali. Na proa estava assentado Aragorn, filho de Arathorn, altivo e ereto, conduzindo o barco com remadas hábeis; seu capuz estava jogado para trás, e seus cabelos escuros voavam ao vento, e tinha uma luz nos olhos: um rei retornando do exílio à sua própria terra.

"Não temais!", disse ele. "Há muito desejo contemplar as imagens de Isildur e Anárion, meus antepassados de outrora. Sob a sombra deles Elessar, o Pedra Élfica, filho de Arathorn da Casa de Valandil, filho de Isildur, herdeiro de Elendil, nada tem a temer!"

Então a luz de seus olhos minguou, e ele falou para si mesmo: "Gostaria que Gandalf estivesse aqui! Como meu coração anseia por Minas Anor e as muralhas de minha própria cidade! Mas agora aonde hei de ir?"

O abismo era comprido e escuro, repleto com o ruído do vento, da água corrente e da pedra ecoante. Inclinava-se um pouco para o oeste, de forma que inicialmente estava tudo escuro à frente; mas logo Frodo viu diante de si uma alta brecha de luz que crescia constantemente. Aproximou-se depressa, e de súbito os barcos a atravessaram a toda, saindo para uma luz ampla e límpida.

O sol, que já descera há muito do meio-dia, brilhava em um céu tempestuoso. As águas confinadas se espalhavam em um longo lago oval, o pálido Nen Hithoel, cercado de íngremes colinas cinzentas cujas encostas estavam cobertas de árvores, mas cujos topos eram vazios de vegetação, reluzindo frios à luz do sol. Na extremidade sul erguiam-se três picos. O do meio avançava um pouco à frente dos outros e estava separado deles, uma ilha nas águas, ao redor da qual o Rio corrente lançava braços pálidos e rebrilhantes. Distante, mas grave, subia pelo vento um som de rugido como o ribombar do trovão ouvido de longe.

"Contemplai Tol Brandir!", disse Aragorn, apontando o pico alto ao sul. "À esquerda está Amon Lhaw, e à direita, Amon Hen, os Morros da Audição e da Visão. Nos dias dos grandes reis havia altos assentos em seus topos, e ali se mantinha vigia. Mas dizem que nenhum pé de homem ou animal jamais pisou em Tol Brandir. Antes que caia a sombra da noite havemos de chegar até eles. Ouço a voz infinda de Rauros que chama."

Então a Comitiva repousou um pouco, derivando rumo ao sul na correnteza que fluía pelo meio do lago. Comeram algum alimento e depois apanharam os remos e avançaram com pressa. Os flancos das colinas a oeste caíram na sombra, e o Sol ficou redondo e rubro. Aqui e ali espiava uma estrela enevoada. Os três picos erguiam-se diante deles, obscuros no crepúsculo. Rauros rugia com voz possante. A noite já se estendia nas águas correntes quando os viajantes finalmente alcançaram a sombra das colinas.

O décimo dia de viagem terminara. As Terras-selváticas estavam atrás deles. Não podiam avançar mais sem escolher entre o caminho do leste e o do oeste. A última etapa da Demanda estava diante deles.

10

O Rompimento da Sociedade

Aragorn conduziu-os até o braço direito do Rio. Ali, na margem oeste, sob a sombra de Tol Brandir, um gramado verde se estendia para a água desde o sopé de Amon Hen. Atrás dele erguiam-se as primeiras encostas suaves do morro, cobertas de árvores, e as árvores marchavam para oeste ao longo da costa curva do lago. Uma pequena nascente despencava do alto e regava a grama.

"Vamos descansar aqui hoje à noite", disse Aragorn. "Este é o gramado de Parth Galen: um belo lugar nos dias de verão de outrora. Esperemos que nenhum mal ainda tenha chegado aqui."

Puxaram os barcos para as ribanceiras verdes e montaram acampamento ao lado deles. Puseram guarda, mas não viam nem ouviam seus inimigos. Se Gollum achara um modo de segui-los, continuava invisível e inaudível. Ainda assim, à medida que a noite avançava, Aragorn ficou inquieto, revirando-se no sono e acordando muitas vezes. De madrugada levantou-se e veio ter com Frodo, que estava no turno de vigia.

"Por que está acordado?", perguntou Frodo. "Não é seu turno."

"Não sei", respondeu Aragorn; "mas uma sombra e uma ameaça estiveram crescendo em meu sono. Seria bom você sacar sua espada."

"Por quê?", disse Frodo. "Há inimigos por perto?"

"Vejamos o que Ferroada nos mostra", respondeu Aragorn.

Então Frodo sacou a lâmina-élfica da bainha. Para sua consternação, os gumes reluziam fracamente na noite. "Orques!", exclamou ele. "Não muito próximos, porém próximos demais, ao que parece."

"Era o que eu temia", disse Aragorn. "Mas talvez não estejam deste lado do Rio. A luz de Ferroada é fraca, e pode não indicar nada mais que espiões de Mordor vagando nas encostas de Amon Lhaw. Nunca antes ouvi falar de Orques em Amon Hen. Mas quem sabe o que pode acontecer nestes dias malignos, agora que Minas Tirith não mantém mais seguras às passagens do Anduin. Amanhã precisamos andar com cautela."

O dia chegou como fogo e fumaça. Perto do horizonte Leste havia estrias negras de nuvens, como os fumos de um grande incêndio. O sol nascente as iluminava por baixo com chamas de um vermelho sujo; mas logo subiu acima delas para um céu límpido. O cume de Tol Brandir tinha uma ponta de ouro. Frodo olhou para o leste e contemplou a alta ilha. Seus flancos subiam escarpados da água corrente. Muito alto, acima dos grandes penhascos, havia encostas íngremes escaladas pelas árvores, erguendo uma copa por cima da outra; e mais acima, por sua vez, havia faces cinzentas de rochas inacessíveis, coroadas com um grande ápice de pedra. Muitas aves giravam em torno dele, mas não se via sinal de outros seres vivos.

Depois de comerem, Aragorn convocou a Comitiva. "O dia por fim chegou", disse ele; "o dia da decisão que por longo tempo retardamos. Agora o que há de ser de nossa Comitiva que até aqui viajou em sociedade? Havemos de nos voltar para o oeste com Boromir e ir às guerras de Gondor; ou nos voltar para o leste, ao Medo e à Sombra; ou havemos de romper nossa sociedade e ir para cá e para lá, aonde cada um escolher? Não importa o que façamos, temos de fazê-lo logo. Não podemos nos deter aqui por muito tempo. O inimigo está na margem leste, isso sabemos; mas temo que os Orques já possam estar deste lado da água."

Fez-se um longo silêncio em que ninguém falou nem se mexeu.

"Bem, Frodo", disse Aragorn por fim. "Receio que o fardo recaia sobre você. Você é o Portador designado pelo Conselho. Só você pode decidir seu próprio caminho. Neste assunto não posso aconselhá-lo. Não sou Gandalf e, apesar de ter tentado desempenhar o papel dele, não sei que intenção ou esperança ele tinha para esta hora, se é que tinha alguma. Parece mais provável que, se ele estivesse aqui agora, ainda assim a decisão caberia a você. Essa é sua sina."

Frodo não respondeu de imediato. Depois falou devagar: "Sei que é necessária pressa, e, no entanto, não consigo decidir. O fardo é pesado. Dai-me mais uma hora, e falarei. Deixai-me a sós!"

Aragorn olhou-o com bondosa compaixão. "Muito bem, Frodo, filho de Drogo", assentiu ele. "Você terá uma hora e há de ficar a sós. Ficaremos aqui por um tempo. Mas não se afaste longe nem fora do alcance da voz."

Frodo ficou um momento sentado de cabeça baixa. Sam, que estivera observando o patrão com grande preocupação, balançou a cabeça e murmurou: "É claro como o dia, mas não é bom Sam Gamgi meter o bedelho nesta hora."

Logo Frodo se ergueu e saiu andando; e Sam viu que, enquanto os demais se controlaram e não o encaravam, os olhos de Boromir seguiram Frodo atentamente até que este saísse de vista nas árvores do sopé de Amon Hen.

Depois de inicialmente vagar sem destino na floresta, Frodo viu que seus pés o conduziam para cima, rumo às encostas do morro. Chegou a uma trilha, as ruínas definhantes de uma estrada de antigamente. Nos lugares íngremes haviam sido talhados degraus de pedra, mas estavam agora rachados, gastos e fendidos pelas raízes das árvores. Durante algum tempo ele subiu, sem se importar para que lado ia, até chegar a um lugar gramado. Cresciam sorveiras ao redor, e no meio havia uma larga pedra chata. O pequeno gramado de montanha era aberto a Leste, e agora estava repleto de luz do sol precoce. Frodo parou e olhou por sobre o Rio, muito abaixo dele, até Tol Brandir e as aves que circulavam no grande golfo de ar entre ele e a ilha inexplorada. A voz de Rauros era um imenso rugido misturado a um ribombo grave e pulsante.

Sentou-se na pedra e apoiou o queixo nas mãos, fitando o leste, mas pouco enxergando com os olhos. Tudo o que acontecera desde que Bilbo deixara o Condado lhe passava pela mente, e ele rememorou e ponderou tudo o que conseguia lembrar das palavras de Gandalf. O tempo passou, e ainda assim ele não estava mais perto de decidir.

De súbito despertou dos seus pensamentos: veio-lhe uma estranha sensação de que havia algo atrás dele, de que olhos inamistosos o fitavam. Deu um salto e se virou; mas, para sua surpresa, tudo o que viu foi Boromir, e seu rosto estava risonho e gentil.

"Estava com medo por ti, Frodo", disse ele, avançando. "Se Aragorn tem razão e há Orques por perto, então nenhum de nós deveria vagar sozinho, e tu menos que todos: tanta coisa depende de ti. E meu coração também está apreensivo. Posso ficar aqui e conversar um pouco, já que te encontrei? Isso me consolaria. Onde há tantos, toda fala se transforma em debate sem fim. Mas quem sabe dois juntos possam encontrar a sabedoria."

"És bondoso", respondeu Frodo. "Mas não creio que a conversa vá me ajudar. Pois eu sei o que deveria fazer, mas tenho medo de fazê-lo, Boromir: medo."

Boromir manteve-se em silêncio. Rauros prosseguia em seu rugido infindo. O vento murmurava nos ramos das árvores. Frodo teve um calafrio.

De repente Boromir veio sentar-se a seu lado. "Tens certeza de que não sofres inutilmente?", disse ele. "Desejo ajudar-te. Precisas de conselho em tua difícil decisão. Não aceitas o meu?"

"Creio que já sei que conselho me darias, Boromir", disse Frodo. "E pareceria sábio, não fosse pela advertência de meu coração."

"Advertência? Advertência contra o quê?", indagou Boromir bruscamente.

"Contra o adiamento. Contra o caminho que parece mais fácil. Contra a recusa do fardo que me foi imposto. Contra — bem, se é preciso dizê-lo, contra a confiança na força e na fidelidade dos Homens."

"Porém essa força há muito vos protege lá longe em vossa pequena terra, apesar de não o saberdes."

"Não duvido da valentia de teu povo. Mas o mundo está mudando. As muralhas de Minas Tirith podem ser fortes, mas não são fortes o bastante. Se fracassarem, o que será então?"

"Havemos de tombar valentemente na batalha. Porém ainda há esperança de que não fracassem."

"Nenhuma esperança enquanto perdurar o Anel", disse Frodo.

"Ah! O Anel!", disse Boromir, e seus olhos se iluminaram. "O Anel! Não é uma sina estranha que devamos sofrer tanto medo e dúvida por um objeto tão pequeno? Um objeto tão pequeno! E eu o vi apenas por um instante na casa de Elrond. Não poderia dar-lhe uma olhadela de novo?"

Frodo olhou para cima. Seu coração esfriou de repente. Vislumbrou um estranho brilho nos olhos de Boromir, porém o rosto deste ainda era gentil e amistoso. "É melhor que permaneça oculto", respondeu.

"Como quiseres, não me importa", comentou Boromir. "No entanto nem mesmo posso falar dele? Pois pareces sempre pensar apenas no seu poder em mãos do Inimigo: em seus usos maus, não nos bons. O mundo está mudando, dizes. Minas Tirith tombará se o Anel perdurar. Mas por quê? Certamente, se o Anel estivesse com o Inimigo. Mas por quê, se estiver conosco?"

"Não estiveste no Conselho?", respondeu Frodo. "Porque não podemos usá-lo, e o que se faz com ele torna-se mau."

Boromir levantou-se e andou para lá e para cá, impaciente. "Então tu vais em frente", exclamou. "Gandalf, Elrond — toda essa gente te ensinou a dizê-lo. Para si mesmos eles podem ter razão. Esses elfos e meio-elfos e magos, quem sabe eles possam malograr. Mas muitas vezes me pergunto se são sábios, e não meramente tímidos. Mas cada um faz como os seus. Os Homens leais, esses não se corrompem. Nós de Minas Tirith nos mantivemos firmes por longos anos de provação. Não desejamos o poder dos senhores magos, apenas força para nos defendermos, força numa causa justa. E eis! em nossa necessidade o acaso traz à luz o Anel de Poder. É uma dádiva, digo eu; uma dádiva aos adversários de Mordor. É tolice não usá-lo, não usar o poder do Inimigo contra ele. Os destemidos, os impiedosos, só estes alcançarão a vitória. O que não poderia fazer um guerreiro nesta hora, um grande líder? O que não poderia fazer Aragorn? Ou, se ele se recusar, por que não Boromir? O Anel me daria o poder do Comando. Como eu afugentaria as hostes de Mordor, e todos os homens se congregariam junto a meu estandarte!"

Boromir caminhava para cima e para baixo, falando cada vez mais alto. Parecia quase ter esquecido Frodo, enquanto sua fala se ocupava de muralhas e armas e da convocação de homens; e traçava planos para grandes alianças e gloriosas vitórias do porvir; e abatia Mordor, e ele próprio se tornava um rei poderoso, benévolo e sábio. Subitamente parou e agitou os braços.

"E nos mandam jogá-lo fora!", gritou. "Não, digo, para o *destruir*. Isso poderia estar bem se a razão mostrasse alguma esperança de fazê-lo. Não mostra. O único plano que nos propõem é que um pequeno caminhe cegamente para Mordor e ofereça ao Inimigo todas as oportunidades de ele mesmo recapturá-lo. Tolice!

"Certamente tu vês, meu amigo?", disse ele, já se voltando outra vez, subitamente, para Frodo. "Dizes que tens medo. Se assim for, o mais audaz deveria perdoar-te. Mas na verdade não é teu bom senso que se revolta?"

"Não, tenho medo", disse Frodo. "Simplesmente medo. Mas estou contente de ter-te ouvido falar tão detalhadamente. Agora minha mente está mais clara."

"Então virás a Minas Tirith?", exclamou Boromir. Seus olhos brilhavam, e seu rosto era impaciente.

"Interpretas-me mal", disse Frodo.

"Mas virás, pelo menos por algum tempo?", insistiu Boromir. "Minha cidade já não está longe; e de lá é pouco mais longe até Mordor do que daqui. Faz muito tempo que estamos no ermo, e precisas de notícias do que o Inimigo está fazendo antes de te moveres. Vem comigo, Frodo", disse ele. "Precisas de repouso antes de tua aventura, se é que precisas ir." Pôs a mão amistosamente no ombro do hobbit; mas Frodo sentiu a mão tremer de ansiedade reprimida. Afastou-se depressa com um passo e encarou alarmado o alto Homem, com quase o dobro de sua altura e muitas vezes sua própria força.

"Por que és tão hostil?", disse Boromir. "Sou um homem fiel, não sou ladrão nem perseguidor. Preciso de teu Anel: isso já sabes; mas dou-te minha palavra de que não desejo guardá-lo. Não me deixarás pelo menos fazer um ensaio de meu plano? Empresta-me o Anel!"

"Não! não!", gritou Frodo. "O Conselho me encarregou de portá-lo."

"É por tua própria tolice que o Inimigo nos derrotará", exclamou Boromir. "Como isso me irrita! Tolo! Tolo obstinado! Correndo de propósito para a morte e arruinando nossa causa. Se quaisquer mortais têm pretensão ao Anel são os homens de Númenor, e não os Pequenos. Não é teu senão por infeliz acaso. Poderia ter sido meu. Deveria ser meu. Dá-o a mim!"

Frodo não respondeu, mas afastou-se até que a grande pedra chata estivesse entre eles. "Vamos, vamos, meu amigo!", continuou Boromir em voz mais amena. "Por que não se livrar dele? Por que não ficar livre de tua dúvida e de teu medo? Podes pôr a culpa em mim se quiseres. Podes dizer que eu era forte demais e o tomei à força. Porque sou forte demais para ti, pequeno", exclamou; e repentinamente pulou por cima da pedra e saltou sobre Frodo. Seu rosto belo e agradável estava hediondamente mudado; em seus olhos havia um fogo raivoso.

Frodo esquivou-se para o lado e outra vez deixou a pedra entre eles. Só havia uma coisa que podia fazer: trêmulo, puxou o Anel pela corrente e o pôs depressa no dedo, no próprio momento em que Boromir saltava sobre ele outra vez. O Homem deu um grito sufocado, ficou um momento fitando espantado e depois correu loucamente para um lado e outro, procurando aqui e ali entre as rochas e as árvores.

"Trapaceiro miserável!", gritou. "Deixa-me pôr as mãos em ti! Agora vejo o que pensas. Levarás o Anel a Sauron e nos venderás a todos. Só esperaste pela oportunidade de nos deixar em apuros. Malditos sejais tu e todos os pequenos com morte e treva!" Então, topando o pé numa pedra, caiu estatelado, de rosto para baixo. Por um instante ficou imóvel como se sua própria praga o tivesse abatido; depois, subitamente, chorou.

Ergueu-se e passou a mão nos olhos, afastando as lágrimas num ímpeto. "O que eu disse?", exclamou. "O que fiz? Frodo, Frodo!" chamou. "Volta! Uma loucura me tomou, mas já passou. Volta!"

Não houve resposta. Frodo nem mesmo ouviu seus gritos. Já estava bem longe, saltando cegamente trilha acima, rumo ao topo da colina. O terror e o pesar o sacudiam, e ele via em pensamento o rosto doído e feroz de Boromir e seus olhos em brasa.

Logo foi dar sozinho no cume de Amon Hen e parou, arfando ao respirar. Via, como que através de uma névoa, um amplo círculo plano calçado de lajes enormes e cercado por uma ameia arruinada; e no meio, posto sobre quatro colunas esculpidas, havia um alto assento acessível por uma escada de muitos degraus. Subiu por ela e se sentou na antiga cadeira, sentindo-se uma criança perdida que escalou o trono dos reis da montanha.

De início pouco conseguia enxergar. Parecia estar em um mundo de névoa onde só havia sombras: o Anel o dominava. Depois, aqui e ali, a névoa cedeu e ele viu muitas visões: pequenas e nítidas, como se estivessem sob seus olhos em uma mesa, e no entanto remotas. Não havia som, apenas imagens vivas e luminosas. O mundo parecia ter encolhido e silenciado. Estava sentado no Assento da Visão, em Amon Hen, o Morro do Olho dos Homens de Númenor. Olhou para o leste, para terras amplas e desconhecidas, planícies inominadas e florestas inexploradas. Olhou para o norte, e o Grande Rio se estendia abaixo dele como uma fita, e as Montanhas Nevoentas se erguiam pequenas e duras como dentes quebrados. Olhou para o oeste, e viu os largos pastos de Rohan; e Orthanc, o pináculo de Isengard, como um espigão negro. Olhou para o sul, e sob seus próprios pés o Grande Rio se enrodilhava como uma onda desabando e despencava por cima das cataratas de Rauros em um poço espumante; um reluzente arco-íris dançava sobre o vapor. E viu Ethir Anduin, o imenso delta do Rio, e miríades de aves marinhas rodopiando como uma poeira branca ao sol, e, abaixo delas, um mar verde e prata, ondulando em linhas infindas.

Mas onde quer que olhasse via os sinais da guerra. As Montanhas Nevoentas pululavam como formigueiros: orques emergiam de um milhar de buracos. Sob os ramos de Trevamata havia combate mortal de Elfos, Homens e feras cruéis. A terra dos Beornings estava em chamas; havia uma nuvem sobre Moria; a fumaça subia nas fronteiras de Lórien.

Cavaleiros galopavam no capim de Rohan; lobos arremetiam de Isengard. Dos portos de Harad naus de guerra zarpavam rumo ao mar; e do Leste os Homens vinham infindos: espadachins, lanceiros, arqueiros a cavalo, carruagens de chefes e carroças com suas cargas. Todo o poderio do Senhor Sombrio estava em movimento. Então, voltando-se outra vez para o sul, ele divisou Minas Tirith. Parecia muito distante e linda: de muralhas brancas e muitas torres, altiva e bela em seu assento montanhoso; suas ameias rebrilhavam com aço e seus torreões eram coloridos com muitos estandartes. A esperança se agitou em seu coração. Mas a Minas Tirith opunha-se outra fortaleza, maior e mais possante. Para ali, rumo ao leste, seu olho era involuntariamente atraído. Passava pelas pontes arruinadas de Osgiliath, pelos portões arreganhados de Minas Morgul e pelas Montanhas assombradas, e contemplava Gorgoroth, o vale do terror na Terra de Mordor. Ali a treva se estendia sob o Sol. O fogo ardia em meio à fumaça. O Monte da Perdição queimava, e erguia-se um grande fumo. Então finalmente seu olhar se deteve: muralha sobre muralha, ameia sobre ameia, negra, incalculavelmente possante, montanha de ferro, portão de aço, torre de diamante, ele a viu: Barad-dûr, a Fortaleza de Sauron. Toda a esperança o abandonou.

E repentinamente ele sentiu o Olho. Havia na Torre Sombria um olho que não dormia. Ele sabia que tomara consciência do seu olhar. Havia ali uma vontade feroz e ávida. Ela saltou em sua direção; ele a sentiu quase como um dedo, procurando por ele. Muito logo ela o localizaria, saberia exatamente onde ele estava. Tocou Amon Lhaw. Resvalou em Tol Brandir — ele se jogou do assento, agachando-se, cobrindo a cabeça com o capuz cinzento.

Ouviu-se exclamando: "Nunca, nunca!" Ou seria: "Deveras eu venho, eu venho a ti!"? Não sabia dizer. Então, como um lampejo de algum outro ponto de poder, veio-lhe à mente outro pensamento: "Tira-o! Tira-o! Tolo, tira-o! Tira o Anel!"

Os dois poderes digladiavam-se nele. Por um momento, perfeitamente equilibrado entre suas pontas penetrantes, ele se contorceu, atormentado. De repente estava outra vez consciente de si, Frodo, nem a Voz e nem o Olho: livre para escolher, e com um instante que lhe restava para fazê-lo. Tirou o Anel do dedo. Estava ajoelhado diante do alto assento, à clara luz do sol. Uma sombra negra pareceu passar como um braço acima dele;

desviou-se de Amon Hen, tateou rumo ao oeste e se desfez. Então todo o céu ficou limpo e azul, e pássaros cantavam em todas as árvores.

Frodo pôs-se de pé. Uma grande exaustão o dominava, mas sua vontade era firme, e seu coração, mais leve. Falou consigo em voz alta. "Agora vou fazer o que é preciso", disse ele. "Pelo menos isto está claro: o mal do Anel já está agindo na própria Comitiva, e o Anel precisa abandoná-los antes de causar mais mal. Irei sozinho. Em alguns não posso confiar, e aqueles em quem confio me são caros demais: o pobre velho Sam, e Merry e Pippin. Passolargo também: seu coração anseia por Minas Tirith, e ele será necessário lá agora que Boromir caiu na maldade. Irei sozinho. Imediatamente."

Desceu rápido pela trilha e voltou ao gramado onde Boromir o encontrara. Então parou, escutando. Pensou ouvir gritos e chamados da mata próxima à margem, lá embaixo.

"Devem estar me caçando", disse ele. "Pergunto-me por quanto tempo estive longe. Horas, imagino." Hesitou. "O que posso fazer?", murmurou. "Preciso ir agora ou não irei jamais. Não vou ter outra oportunidade. Detesto deixá-los, e assim sem qualquer explicação. Mas com certeza entenderão. Sam entenderá. E que outra coisa posso fazer?"

Lentamente puxou o Anel e o pôs outra vez no dedo. Desapareceu e foi-se colina abaixo, menos que um farfalhar do vento.

Os outros permaneceram longamente junto à margem. Por algum tempo haviam mantido silêncio, remexendo-se inquietos; mas agora estavam sentados em círculo e conversavam. Vez por outra faziam um esforço para falar de outras coisas, da sua longa estrada e muitas aventuras; interrogavam Aragorn acerca do reino de Gondor e sua história antiga, e dos restos de suas grandes obras que ainda podiam ser vistos naquela estranha terra fronteiriça das Emyn Muil: os reis de pedra e os assentos de Lhaw e Hen, e a grande Escadaria junto às cataratas de Rauros. Mas seus pensamentos e suas palavras sempre vagavam de volta a Frodo e ao Anel. O que Frodo decidiria fazer? Por que hesitava?

"Está debatendo qual o caminho mais desesperado, penso eu", disse Aragorn. "E isso faz sentido. Agora é mais desesperançoso que nunca a Comitiva rumar para o leste, já que fomos rastreados por Gollum e devemos recear que o segredo de nossa jornada já foi traído. Mas Minas Tirith não é mais próxima do Fogo e da destruição do Fardo.

"Podemos ficar aqui um pouco e resistir bravamente; mas o Senhor Denethor e todos os seus homens não podem esperar fazer o que o próprio Elrond disse estar além do seu poder: manter o Fardo em segredo, ou então rechaçar o pleno poderio do Inimigo quando ele vier tomá-lo. Como algum de nós decidiria no lugar de Frodo? Eu não sei. Agora deveras sentimos a maior falta de Gandalf."

"Aflitiva é nossa perda", disse Legolas. "Porém temos de deliberar sem seu auxílio. Por que não podemos decidir e assim ajudar Frodo? Chamemo-lo de volta e então votemos! Eu votaria a favor de Minas Tirith."

"E também eu", assentiu Gimli. "É claro que nós só fomos enviados para auxiliar o Portador em seu caminho, para não irmos além do que quiséssemos; e nenhum de nós está sob juramento ou comando para ir em busca do Monte da Perdição. Dura foi minha partida de Lothlórien. Porém cheguei até aqui, e digo isto: agora que alcançamos a última decisão está claro para mim que não posso abandonar Frodo. Eu escolheria Minas Tirith, mas se ele não escolher, então o seguirei."

"E eu também irei com ele", disse Legolas. "Seria desleal despedir-se agora."

"Seria deveras uma traição se todos o abandonássemos", comentou Aragorn. "Mas se ele rumar para o leste nem todos precisam ir com ele; nem penso que todos deveriam. Essa aventura é desesperada: tanto para oito quanto para três ou dois, ou um sozinho. Se me deixásseis escolher, eu designaria três companheiros: Sam, que não suportaria de outro modo; e Gimli; e eu mesmo. Boromir retornará à sua própria cidade, onde seu pai e seu povo necessitam dele; e com ele deveriam ir os demais, ou ao menos Meriadoc e Peregrin, se Legolas não estiver disposto a nos deixar."

"Isso não está certo!", exclamou Merry. "Não podemos deixar Frodo! Pippin e eu sempre pretendemos ir aonde ele fosse, e ainda é assim. Mas não nos dávamos conta do que isso significaria. Parecia diferente lá longe, no Condado ou em Valfenda. Seria loucura e crueldade deixar Frodo ir a Mordor. Por que não podemos detê-lo?"

"Precisamos detê-lo", disse Pippin. "E é com isso que ele está preocupado, tenho certeza. Ele sabe que não vamos concordar se ele rumar para o leste. E ele não quer pedir a ninguém para ir com ele, pobre rapaz. Imagine só: partir para Mordor sozinho!", Pippin estremeceu. "Mas o querido velho e tolo hobbit, ele devia saber que não precisa pedir. Devia saber que, se não podemos detê-lo, não havemos de deixá-lo."

"Com sua licença", disse Sam. "Não acho que estão compreendendo meu patrão nem um pouco. Ele não está hesitando sobre o caminho que vai tomar. Claro que não! De que serve Minas Tirith afinal? Para ele, quero dizer, com sua licença, Mestre Boromir", acrescentou, e virou-se. Foi aí que descobriram que Boromir, que de início estivera sentado em silêncio fora do círculo, não estava mais lá.

"Agora aonde ele foi?", exclamou Sam, parecendo preocupado. "Esteve meio esquisito ultimamente, na minha opinião. Mas de qualquer jeito ele não está neste negócio. Está a caminho de casa, como ele sempre disse; e não dá para culpá-lo. Mas o Sr. Frodo, esse sabe que precisa encontrar as Fendas da Perdição, se puder. Mas está com *medo*. Agora que chegou a hora ele está simplesmente apavorado. É esse o problema dele. É claro que ele teve umas aulinhas, por assim dizer — todos nós — desde que saímos de casa, do contrário estaria tão apavorado que simplesmente jogaria o Anel no Rio e sairia correndo. Mas ainda está com medo demais para partir. E também não está se preocupando conosco: se vamos junto com ele ou não. Ele sabe que pretendemos ir. Aí está outra coisa que o incomoda. Se ele tomar coragem para ir, vai querer ir sozinho. Ouçam o que digo! Vamos ter problemas quando ele voltar. Porque ele vai mesmo tomar coragem, tão certo como se chama Bolseiro."

"Creio que você fala mais sabiamente que qualquer um de nós, Sam", disse Aragorn. "E o que havemos de fazer se você estiver correto?"

"Pará-lo! Não o deixar ir!", exclamou Pippin.

"Será deveras?", disse Aragorn. "Ele é o Portador, e a sina do Fardo está sobre ele. Não creio que seja nosso papel impeli-lo para um lado ou outro. Nem creio que teríamos êxito se tentássemos. Há outros poderes muito mais fortes em ação."

"Bem, gostaria que Frodo 'tomasse coragem' e voltasse, e que acabássemos com isso", disse Pippin. "Esta espera é horrível! O tempo já não acabou?"

"Sim", disse Aragorn. "A hora passou faz tempo. A manhã está terminando. Precisamos chamá-lo."

Nesse momento Boromir reapareceu. Saiu do meio das árvores e caminhou na direção deles sem falar. Seu rosto parecia severo e triste. Deteve-se como quem conta os que estavam presentes e depois sentou-se à parte, com os olhos no chão.

"Onde estiveste, Boromir?", perguntou Aragorn. "Viste Frodo?"

Boromir hesitou por um segundo. "Sim e não", respondeu lentamente. "Sim: eu o encontrei um tanto colina acima e falei com ele. Instei para que viesse a Minas Tirith e não rumasse para o leste. Zanguei-me e ele me deixou. Desapareceu. Nunca antes vi tal coisa acontecer, apesar de tê-lo ouvido em histórias. Ele deve ter posto o Anel no dedo. Não pude reencontrá-lo. Pensei que ele iria voltar para vós."

"Isso é tudo o que tens a dizer?", disse Aragorn, encarando Boromir com rigor e sem grande benevolência.

"Sim", respondeu ele. "Não direi mais nada agora."

"Isso é ruim!", exclamou Sam, erguendo-se com um salto. "Não sei o que este Homem andou fazendo. Por que o Sr. Frodo iria pôr a coisa no dedo? Não devia fazer isso; e, se fez, sabe-se lá o que pode ter acontecido!"

"Mas ele não o manteria no dedo", disse Merry. "Não se tivesse escapado do visitante indesejado, como Bilbo fazia."

"Mas aonde ele foi? Onde está ele?", exclamou Pippin. "Já faz um tempão que ele se foi."

"Quanto tempo faz que viste Frodo pela última vez, Boromir?", perguntou Aragorn.

"Meia hora talvez", respondeu ele. "Ou poderia ser uma hora. Depois disso vaguei durante um tempo. Não sei! Não sei!" Pôs a cabeça entre as mãos e ficou sentado como quem está arqueado de pesar.

"Uma hora desde que ele desapareceu!", gritou Sam. "Precisamos tentar encontrá-lo imediatamente. Vamos!"

"Espere um momento!", exclamou Aragorn. "Precisamos nos dividir em pares, e arrumar — ei, parem! Esperem!"

Não adiantou. Não lhe deram atenção. Sam saíra correndo primeiro. Merry e Pippin foram em seguida, e já estavam sumindo a oeste, nas árvores junto à margem, gritando: "Frodo! Frodo!" com suas vozes nítidas e agudas de hobbits. Legolas e Gimli estavam correndo. Um súbito pânico ou loucura parecia ter recaído sobre a Comitiva.

"Vamos todos nos dispersar e nos perder", gemeu Aragorn. "Boromir! Não sei que papel desempenhaste nesta desgraça, mas ajuda agora! Vai atrás desses dois jovens hobbits e vigia-os pelo menos, mesmo que não consigas encontrar Frodo. Volta a este ponto se o encontrares, ou alguma pista dele. Hei de voltar logo."

Aragorn saltou, afastando-se rapidamente, e saiu no encalço de Sam. Logo que chegou ao pequeno gramado entre as sorveiras ele o alcançou, subindo a colina com esforço, ofegante e chamando: "Frodo!"

"Venha comigo, Sam!", disse ele. "Nenhum de nós deve ficar sozinho. Há uma desgraça acontecendo. Eu a sinto. Vou até o topo, ao Assento de Amon Hen, para ver o que puder ser visto. E veja! É como meu coração suspeitava, Frodo veio por aqui. Siga-me e mantenha os olhos abertos!" Subiu correndo pela trilha.

Sam fez o que pôde, mas não conseguia acompanhar Passolargo, o Caminheiro, e logo ficou para trás. Não havia ido longe quando Aragorn, à frente, saiu de sua visão. Sam parou e ofegou. De repente bateu com a mão na cabeça.

"Ôpa, Sam Gamgi!", disse ele em voz alta. "Suas pernas são curtas demais, portanto use a cabeça! Deixe-me ver agora! Boromir não está mentindo, não é o jeito dele; mas ele não nos contou tudo. Alguma coisa assustou muito o Sr. Frodo. Ele acabou tomando coragem, de repente. Afinal se decidiu... a ir. Para onde? Para o Leste. Não sem o Sam? Sim, até sem o seu Sam. Isso é duro, cruelmente duro."

Sam passou a mão pelos olhos, pondo as lágrimas de lado. "Firme, Gamgi!", disse ele. "Pense, se puder! Ele não pode atravessar rios voando e não pode pular por cima de cascatas. Não tem equipamento. Então precisa voltar para os barcos. Voltar para os barcos! Volte para os barcos, Sam, feito um raio!"

Sam deu a volta e desceu a trilha a toda. Caiu e esfolou os joelhos. Levantou-se e continuou correndo. Chegou à beira do gramado de Parth Galen junto à margem, onde os barcos haviam sido puxados da água. Não havia ninguém ali. Pareciam soar gritos nas matas atrás dele, mas ele não lhes deu atenção. Por um momento fitou fixamente, todo imóvel, boquiaberto. Um barco deslizava sozinho, descendo pela margem. Com um grito, Sam atravessou correndo o gramado. O barco escorregou para dentro da água.

"Chegando, Sr. Frodo! Chegando!", chamou Sam e jogou-se da ribanceira, tentando agarrar o barco que partia. Errou por uma jarda. Com um grito e uma pancada, caiu de rosto para baixo na água funda e veloz. Afundou borbotando, e o Rio se fechou sobre sua cabeça encaracolada.

Uma exclamação de desespero partiu do barco vazio. Um remo revirou-se e o barco mudou de rumo. Frodo veio bem a tempo de agarrar Sam pelos cabelos quando este emergiu, fazendo bolhas e debatendo-se. O pavor estava fixo em seus olhos castanhos redondos.

"Suba, Sam, meu rapaz!", exclamou Frodo. "Agora pegue minha mão!"

"Me salve, Sr. Frodo!", disse Sam arfando. "Estou afogado. Não consigo ver sua mão."

"Aqui está ela. Não belisque, rapaz! Não vou largá-lo. Mexa as pernas e não se debata, do contrário vai virar o barco. Isso mesmo, segure-se na borda e deixe-me usar o remo!"

Com algumas remadas Frodo levou o barco de volta à margem, e Sam foi capaz de sair rastejando, molhado como um ratão d'água. Frodo tirou o Anel e pôs os pés na margem outra vez.

"Entre todas as malditas amolações você é a pior, Sam!", disse ele.

"Oh, Sr. Frodo, isso é duro!", respondeu Sam, tiritando. "Isso é duro, tentar ir embora sem mim e tudo isso. Se eu não tivesse adivinhado direito, onde o senhor estaria agora?"

"Em segurança, a caminho."

"Em segurança!", disse Sam. "Bem sozinho e sem mim para ajudá-lo? Eu não teria suportado, seria a minha morte."

"Seria a sua morte vir comigo, Sam," comentou Frodo, "e isso eu não teria suportado."

"Não tão certo como ser deixado para trás", disse Sam.

"Mas estou indo para Mordor."

"Sei disso muito bem, Sr. Frodo. Claro que está. E vou com o senhor."

"Ora, Sam," disse Frodo, "não me atrapalhe! Os outros vão voltar a qualquer minuto. Se me apanharem aqui vou ter de discutir e explicar, e nunca hei de ter coragem nem oportunidade de ir embora. Mas preciso partir já. É o único jeito."

"Claro que é", respondeu Sam. "Mas não sozinho. Eu vou também, ou não vai nenhum de nós. Antes disso vou fazer furos em todos os barcos."

Frodo chegou a rir. Um súbito calor e contentamento lhe tocou o coração. "Deixe um!", disse ele. "Vamos precisar dele. Mas você não pode vir assim, sem seu equipamento nem comida nem nada."

"Aguente só um momento, que vou pegar minhas coisas!", exclamou Sam, impaciente. "Está tudo pronto. Pensei que íamos partir hoje." Precipitou-se até o acampamento, pescou sua mochila na pilha onde Frodo a pusera ao esvaziar o barco dos objetos de seus companheiros, agarrou um cobertor de reserva e alguns pacotes a mais de comida e correu de volta.

"Então todo o meu plano malogrou!", disse Frodo. "Não adianta tentar escapar de você. Mas estou contente, Sam. Não posso lhe dizer o quanto. Venha! É óbvio que devíamos partir juntos. Vamos embora, e que os outros encontrem uma estrada segura! Passolargo vai tomar conta deles. Não acho que vamos vê-los de novo."

"Podemos ainda, Sr. Frodo. Podemos", respondeu Sam.

Assim Frodo e Sam partiram juntos na última etapa da Demanda. Frodo remou, afastando-se da margem, e o Rio os carregou rapidamente para longe, descendo pelo braço ocidental, passando pelos penhascos carrancudos de Tol Brandir. O rugido da grande cascata se aproximava. Mesmo com a ajuda que Sam era capaz de dar, foi trabalho duro atravessar a correnteza na extremidade sul da ilha e dirigir o barco para o leste, rumo à margem oposta.

Por fim voltaram outra vez a terra firme nas encostas meridionais de Amon Lhaw. Ali encontraram uma margem inclinada e puxaram o barco para fora, bem acima da água, e o esconderam o melhor que podiam atrás de um grande rochedo. Depois, pondo os fardos nos ombros, partiram em busca de uma trilha que os levasse por cima das colinas cinzentas das Emyn Muil, e para baixo rumo à Terra da Sombra.

Poemas Originais

LIVRO I

1. Uma Festa Muito Esperada

[A] p. 83:
> The Road goes ever on and on
>   Down from the door where it began.
> Now far ahead the Road has gone,
>   And I must follow, if I can,
> Pursuing it with eager feet,
>   Until it joins some larger way
> Where many paths and errands meet.
>   And whither then? I cannot say.

2. A Sombra do Passado

[A] p. 102:
> One Ring to rule them all, One Ring to find them,
> One Ring to bring them all and in the darkness
>   bind them.

[B] p. 103:
> Three Rings for the Elven-kings under the sky,
>   Seven for the Dwarf-lords in their halls of stone,
> Nine for Mortal Men doomed to die,
>   One for the Dark Lord on his dark throne
> In the Land of Mordor where the Shadows lie.
>   One Ring to rule them all, One Ring to find
>   them,
>   One Ring to bring them all and in the darkness
>   bind them
> In the Land of Mordor where the Shadows lie.

3. Três Não É Demais

[A] p. 132:

 The Road goes ever on and on
  Down from the door where it began.
 Now far ahead the Road has gone,
  And I must follow, if I can,
 Pursuing it with weary feet,
  Until it joins some larger way,
 Where many paths and errands meet.
  And whither then? I cannot say.

[B] pp. 137–38:

 Upon the hearth the fire is red,
 Beneath the roof there is a bed;
 But not yet weary are our feet,
 Still round the corner we may meet
 A sudden tree or standing stone
 That none have seen but we alone.
  Tree and flower and leaf and grass,
  Let them pass! Let them pass!
  Hill and water under sky,
  Pass them by! Pass them by!

 Still round the corner there may wait
 A new road or a secret gate,
 And though we pass them by today,
 Tomorrow we may come this way
 And take the hidden paths that run
 Towards the Moon or to the Sun.
  Apple, thorn, and nut and sloe,
  Let them go! Let them go!
  Sand and stone and pool and dell,
  Fare you well! Fare you well!

 Home is behind, the world ahead,
 And there are many paths to tread
 Through shadows to the edge of night,
 Until the stars are all alight.
 Then world behind and home ahead,
 We'll wander back to home and bed.
  Mist and twilight, cloud and shade,
  Away shall fade! Away shall fade!
  Fire and lamp, and meat and bread,
  And then to bed! And then to bed!

[C] p. 140: *Snow-white! Snow-white! O Lady clear!*
  O Queen beyond the Western Seas!
O Light to us that wander here
  Amid the world of woven trees!

Gilthoniel! O Elbereth!
  Clear are thy eyes and bright thy breath!
Snow-white! Snow-white! We sing to thee
  In a far land beyond the Sea.

O stars that in the Sunless Year
  With shining hand by her were sown,
In windy fields now bright and clear
  We see your silver blossom blown!

O Elbereth! Gilthoniel!
  We still remember, we who dwell
In this far land beneath the trees,
  Thy starlight on the Western Seas.

4. Um Atalho para Cogumelos

[A] p. 154: *Ho! Ho! Ho! to the bottle I go*
To heal my heart and drown my woe.
Rain may fall and wind may blow,
And many miles be still to go,
But under a tall tree I will lie,
And let the clouds go sailing by.

5. Uma Conspiração Desmascarada

[A] pp. 168–69: *Sing hey! for the bath at close of day*
that washes the weary mud away!
A loon is he that will not sing:
O! Water Hot is a noble thing!

O! Sweet is the sound of falling rain,
and the brook that leaps from hill to plain;
but better than rain or rippling streams
is Water Hot that smokes and steams.

O! Water cold we may pour at need
down a thirsty throat and be glad indeed;

but better is Beer, if drink we lack,
and Water Hot poured down the back.

O! Water is fair that leaps on high
in a fountain white beneath the sky;
but never did fountain sound so sweet
as splashing Hot Water with my feet!

[B] p. 175: *Farewell we call to hearth and hall!*
Though wind may blow and rain may fall,
We must away ere break of day
Far over wood and mountain tall.

To Rivendell, where Elves yet dwell
In glades beneath the misty fell,
Through moor and waste we ride in haste,
And whither then we cannot tell.

With foes ahead, behind us dread,
Beneath the sky shall be our bed,
Until at last our toil be passed,
Our journey done, our errand sped.

We must away! We must away!
We ride before the break of day!

6. A Floresta Velha

[A] p. 183: *O! Wanderers in the shadowed land*
despair not! For though dark they stand,
all woods there be must end at last,
and see the open sun go past:
the setting sun, the rising sun,
the day's end, or the day begun.
For east or west all woods must fail ...

[B] p. 192: *Hey dol! merry dol! ring a dong dillo!*
Ring a dong! hop along! fal lal the willow!
Tom Bom, jolly Tom, Tom Bombadillo!

[C] p. 192: *Hey! Come merry dol! derry dol! My darling!*
Light goes the weather-wind and the feathered starling.
Down along under Hill, shining in the sunlight,

Waiting on the doorstep for the cold starlight,
There my pretty lady is, River-woman's daughter,
Slender as the willow-wand, clearer than the water.
Old Tom Bombadil water-lilies bringing
Comes hopping home again. Can you hear him singing?
Hey! Come merry dol! derry dol! and merry-o,
Goldberry, Goldberry, merry yellow berry-o!
Poor old Willow-man, you tuck your roots away!
Tom's in a hurry now. Evening will follow day.
Tom's going home again water-lilies bringing.
Hey! Come derry dol! Can you hear me singing?

[D] p. 194:   *Hop along, my little friends, up the Withywindle!*
Tom's going on ahead candles for to kindle.
Down west sinks the Sun: soon you will be groping.
When the night-shadows fall, then the door will open,
Out of the window-panes light will twinkle yellow.
Fear no alder black! Heed no hoary willow!
Fear neither root nor bough! Tom goes on before you.
Hey now! merry dol! We'll be waiting for you!

[E] p. 196:   *Hey! Come derry dol! Hop along, my hearties!*
Hobbits! Ponies all! We are fond of parties.
Now let the fun begin! Let us sing together!

[F] p. 196:   *Now let the song begin! Let us sing together*
Of sun, stars, moon and mist, rain and cloudy weather,
Light on the budding leaf, dew on the feather,
Wind on the open hill, bells on the heather,
Reeds by the shady pool, lilies on the water:
Old Tom Bombadil and the River-daughter!

7. Na Casa de Tom Bombadil

[A] p. 198:   *O slender as a willow-wand! O clearer than clear water!*
O reed by the living pool! Fair River-daughter!
O spring-time and summer-time, and spring again after!
O wind on the waterfall, and the leaves' laughter!'

[B] p. 199:   *Old Tom Bombadil is a merry fellow;*
Bright blue his jacket is, and his boots are yellow.

[C] p. 201:   *I had an errand there: gathering water-lilies,*
green leaves and lilies white to please my pretty lady,
the last ere the year's end to keep them from the winter,
to flower by her pretty feet till the snows are melted.
Each year at summer's end I go to find them for her,
in a wide pool, deep and clear, far down Withywindle;
there they open first in spring and there they linger latest.
By that pool long ago I found the River-daughter,
fair young Goldberry sitting in the rushes.
Sweet was her singing then, and her heart was beating!

[D] p. 201:   *And that proved well for you – for now I shall no longer*
go down deep again along the forest-water,
not while the year is old. Nor shall I be passing
Old Man Willow's house this side of spring-time,
not till the merry spring, when the River-daughter
dances down the withy-path to bathe in the water.

[E] p. 211:   *Ho! Tom Bombadil, Tom Bombadillo!*
By water, wood and hill, by the reed and willow,
By fire, sun and moon, harken now and hear us!
Come, Tom Bombadil, for our need is near us!

8. Neblina nas Colinas-dos-Túmulos

[A] p. 220:   *Cold be hand and heart and bone,*
and cold be sleep under stone:
never more to wake on stony bed,
never, till the Sun fails and the Moon is dead.
In the black wind the stars shall die,
and still on gold here let them lie,
till the dark lord lifts his hand
over dead sea and withered land.

[B] p. 221:   *Ho! Tom Bombadil, Tom Bombadillo!*
By water, wood and hill, by the reed and willow,
By fire, sun and moon, harken now and hear us!
Come, Tom Bombadil, for our need is near us!

[C] p. 221: Old Tom Bombadil is a merry fellow,
Bright blue his jacket is, and his boots are yellow.
None has ever caught him yet, for Tom, he is the master:
His songs are stronger songs, and his feet are faster.

[D] p. 222: Get out, you old Wight! Vanish in the sunlight!
Shrivel like the cold mist, like the winds go wailing,
Out into the barren lands far beyond the mountains!
Come never here again! Leave your barrow empty!
Lost and forgotten be, darker than the darkness,
Where gates stand for ever shut, till the world is mended.

[E] p. 222: Wake now my merry lads! Wake and hear me calling!
Warm now be heart and limb! The cold stone is fallen;
Dark door is standing wide; dead hand is broken.
Night under Night is flown, and the Gate is open!

[F] p. 224: Hey! now! Come hoy now! Whither do you wander?
Up, down, near or far, here, there or yonder?
Sharp-ears, Wise-nose, Swish-tail and Bumpkin,
White-socks my little lad, and old Fatty Lumpkin!

[G] p. 228: Tom's country ends here: he will not pass the borders.
Tom has his house to mind, and Goldberry is waiting!

9. Na Estalagem do Pônei Empinado

[A] pp. 242–44: There is an inn, a merry old inn
     beneath an old grey hill,
And there they brew a beer so brown
     That the Man in the Moon himself came down
     one night to drink his fill.

The ostler has a tipsy cat
     that plays a five-stringed fiddle;
And up and down he runs his bow,
Now squeaking high, now purring low,
     now sawing in the middle.

The landlord keeps a little dog
   that is mighty fond of jokes;
When there's good cheer among the guests,
He cocks an ear at all the jests
   and laughs until he chokes.

They also keep a horne´d cow
   as proud as any queen;
But music turns her head like ale,
And makes her wave her tufted tail
   and dance upon the green.

And O! the rows of silver dishes
   and the store of silver spoons!
For Sunday* there's a special pair,
And these they polish up with care
   on Saturday afternoons.

The Man in the Moon was drinking deep,
   and the cat began to wail;
A dish and a spoon on the table danced,
The cow in the garden madly pranced,
   and the little dog chased his tail.

The Man in the Moon took another mug,
   and then rolled beneath his chair;
And there he dozed and dreamed of ale,
Till in the sky the stars were pale,
   and dawn was in the air.

Then the ostler said to his tipsy cat:
   'The white horses of the Moon,
They neigh and champ their silver bits;
But their master's been and drowned his wits,
   and the Sun'll be rising soon!'

So the cat on his fiddle played hey-diddle-diddle,
   a jig that would wake the dead:
He squeaked and sawed and quickened the tune,
While the landlord shook the Man in the Moon:
   'It's after three!' he said.

They rolled the Man slowly up the hill
    and bundled him into the Moon,
While his horses galloped up in rear,
And the cow came capering like a deer,
    and a dish ran up with the spoon.

Now quicker the fiddle went deedle-dum-diddle;
    the dog began to roar,
The cow and the horses stood on their heads;
The guests all bounded from their beds
    and danced upon the floor.

With a ping and a pong the fiddle-strings broke!
    the cow jumped over the Moon,
And the little dog laughed to see such fun,
And the Saturday dish went off at a run
    with the silver Sunday spoon.

The round Moon rolled behind the hill
    as the Sun raised up her head.
She* hardly believed her fiery eyes;
For though it was day, to her surprise
    they all went back to bed!

10. Passolargo

[A] p. 257   *All that is gold does not glitter,*
        Not all those who wander are lost;
    The old that is strong does not wither,
        Deep roots are not reached by the frost.
    From the ashes a fire shall be woken,
        A light from the shadows shall spring;
    Renewed shall be blade that was broken,
        The crownless again shall be king.

11. Um Punhal no Escuro

[A] p. 278:   *Gil-galad was an Elven-king.*
    Of him the harpers sadly sing:
    the last whose realm was fair and free
    between the Mountains and the Sea.

His sword was long, his lance was keen,
his shining helm afar was seen;
the countless stars of heaven's field
were mirrored in his silver shield.

But long ago he rode away,
and where he dwelleth none can say;
for into darkness fell his star
in Mordor where the shadows are.

[B] pp. 286–87 *The leaves were long, the grass was green,*
    The hemlock-umbels tall and fair,
And in the glade a light was seen
    Of stars in shadow shimmering.
Tinu´viel was dancing there
    To music of a pipe unseen,
And light of stars was in her hair,
    And in her raiment glimmering.

There Beren came from mountains cold,
    And lost he wandered under leaves,
And where the Elven-river rolled
    He walked alone and sorrowing.
He peered between the hemlock-leaves
    And saw in wonder flowers of gold
Upon her mantle and her sleeves,
    And her hair like shadow following.

Enchantment healed his weary feet
    That over hills were doomed to roam;
And forth he hastened, strong and fleet,
    And grasped at moonbeams glistening.
Through woven woods in Elvenhome
    She lightly fled on dancing feet,
And left him lonely still to roam
    In the silent forest listening.

He heard there oft the flying sound
    Of feet as light as linden-leaves,
Or music welling underground,
    In hidden hollows quavering.

Now withered lay the hemlock-sheaves,
 And one by one with sighing sound
Whispering fell the beechen leaves
 In the wintry woodland wavering.

He sought her ever, wandering far
 Where leaves of years were thickly strewn,
By light of moon and ray of star
 In frosty heavens shivering.
Her mantle glinted in the moon,
 As on a hill-top high and far
She danced, and at her feet was strewn
 A mist of silver quivering.

When winter passed, she came again,
 And her song released the sudden spring,
Like rising lark, and falling rain,
 And melting water bubbling.
He saw the elven-flowers spring
 About her feet, and healed again
He longed by her to dance and sing
 Upon the grass untroubling.

Again she fled, but swift he came.
 Tinúviel! Tinúviel!
He called her by her Elvish name;
 And there she halted listening.
One moment stood she, and a spell
 His voice laid on her: Beren came,
And doom fell on Tinúviel
 That in his arms lay glistening.

As Beren looked into her eyes
 Within the shadows of her hair,
The trembling starlight of the skies
 He saw there mirrored shimmering.
Tinúviel the elven-fair,
 Immortal maiden elven-wise,
About him cast her shadowy hair
 And arms like silver glimmering.

Long was the way that fate them bore,
  O'er stony mountains cold and grey,
Through halls of iron and darkling door,
  And woods of nightshade morrowless.
The Sundering Seas between them lay,
  And yet at last they met once more,
And long ago they passed away
  In the forest singing sorrowless.

12. Fuga para o Vau

[A] pp. 304–06:
Troll sat alone on his seat of stone,
And munched and mumbled a bare old bone;
  For many a year he had gnawed it near,
    For meat was hard to come by.
      Done by! Gum by!
  In a cave in the hills he dwelt alone,
    And meat was hard to come by.

Up came Tom with his big boots on.
Said he to Troll: 'Pray, what is yon?
  For it looks like the shin o' my nuncle Tim,
    As should be a-lyin' in graveyard.
      Caveyard! Paveyard!
  This many a year has Tim been gone,
    And I thought he were lyin' in graveyard.'

'My lad,' said Troll, 'this bone I stole.
But what be bones that lie in a hole?
  Thy nuncle was dead as a lump o' lead,
    Afore I found his shinbone.
      Tinbone! Thinbone!
  He can spare a share for a poor old troll,
    For he don't need his shinbone.'

Said Tom: 'I don't see why the likes o' thee
Without axin' leave should go makin' free
  With the shank or the shin o' my father's kin;
    So hand the old bone over!
      Rover! Trover!
  Though dead he be, it belongs to he;
    So hand the old bone over!'

> 'For a couple o' pins,' says Troll, and grins,
> 'I'll eat thee too, and gnaw thy shins.
> > A bit o' fresh meat will go down sweet!
> > I'll try my teeth on thee now.
> > > Hee now! See now!
> > I'm tired o' gnawing old bones and skins;
> > I've a mind to dine on thee now.'
>
> But just as he thought his dinner was caught,
> He found his hands had hold of naught.
> > Before he could mind, Tom slipped behind
> > And gave him the boot to larn him.
> > > Warn him! Darn him!
> > A bump o' the boot on the seat, Tom thought,
> > Would be the way to larn him.
>
> But harder than stone is the flesh and bone
> Of a troll that sits in the hills alone.
> > As well set your boot to the mountain's root,
> > For the seat of a troll don't feel it.
> > > Peel it! Heal it!
> > Old Troll laughed, when he heard Tom groan,
> > And he knew his toes could feel it.
>
> Tom's leg is game, since home he came,
> And his bootless foot is lasting lame;
> > But Troll don't care, and he's still there
> > With the bone he boned from its owner.
> > > Doner! Boner!
> > Troll's old seat is still the same,
> > And the bone he boned from its owner!

LIVRO II

1. Muitos Encontros

[A] pp. 338–41: *Eärendil was a mariner*
that tarried in Arvernien;
he built a boat of timber felled
in Nimbrethil to journey in;
her sails he wove of silver fair,

of silver were her lanterns made,
her prow he fashioned like a swan,
and light upon her banners laid.

In panoply of ancient kings,
in chainèd rings he armoured him;
his shining shield was scored with runes
to ward all wounds and harm from him;
his bow was made of dragon-horn,
his arrows shorn of ebony,
of silver was his habergeon,
his scabbard of chalcedony;
his sword of steel was valiant,
of adamant his helmet tall,
an eagle-plume upon his crest,
upon his breast an emerald.

Beneath the Moon and under star
he wandered far from northern strands,
bewildered on enchanted ways
beyond the days of mortal lands.
From gnashing of the Narrow Ice
where shadow lies on frozen hills,
from nether heats and burning waste
he turned in haste, and roving still
on starless waters far astray
at last he came to Night of Naught,
and passed, and never sight he saw
of shining shore nor light he sought.
The winds of wrath came driving him,
and blindly in the foam he fled
from west to east, and errandless,
unheralded he homeward sped.

There flying Elwing came to him,
and flame was in the darkness lit;
more bright than light of diamond
the fire upon her carcanet.
The Silmaril she bound on him
and crowned him with the living light,
and dauntless then with burning brow
he turned his prow; and in the night

from Otherworld beyond the Sea
there strong and free a storm arose,
a wind of power in Tarmenel;
by paths that seldom mortal goes
his boat it bore with biting breath
as might of death across the grey
and long-forsaken seas distressed:
from east to west he passed away.

Through Evernight he back was borne
on black and roaring waves that ran
o'er leagues unlit and foundered shores
that drowned before the Days began,
until he heard on strands of pearl
where ends the world the music long,
where ever-foaming billows roll
the yellow gold and jewels wan.
He saw the Mountain silent rise
where twilight lies upon the knees
of Valinor, and Eldamar
beheld afar beyond the seas.
A wanderer escaped from night
to haven white he came at last,
to Elvenhome the green and fair
where keen the air, where pale as glass
beneath the Hill of Ilmarin
a-glimmer in a valley sheer
the lamplit towers of Tirion
are mirrored on the Shadowmere.

He tarried there from errantry,
and melodies they taught to him,
and sages old him marvels told,
and harps of gold they brought to him.
They clothed him then in elven-white,
and seven lights before him sent,
as through the Calacirian
to hidden land forlorn he went.
He came unto the timeless halls
where shining fall the countless years,
and endless reigns the Elder King
in Ilmarin on Mountain sheer;

*and words unheard were spoken then
of folk of Men and Elven-kin,
beyond the world were visions showed
forbid to those that dwell therein.*

*A ship then new they built for him
of mithril and of elven-glass
with shining prow; no shaven oar
nor sail she bore on silver mast:
the Silmaril as lantern light
and banner bright with living flame
to gleam thereon by Elbereth
herself was set, who thither came
and wings immortal made for him,
and laid on him undying doom,
to sail the shoreless skies and come
behind the Sun and light of Moon.*

*From Evereven's lofty hills
where softly silver fountains fall
his wings him bore, a wandering light,
beyond the mighty Mountain Wall.
From World's End then he turned away,
and yearned again to find afar
his home through shadows journeying,
and burning as an island star
on high above the mists he came,
a distant flame before the Sun,
a wonder ere the waking dawn
where grey the Norland waters run.*

*And over Middle-earth he passed
and heard at last the weeping sore
of women and of elven-maids
in Elder Days, in years of yore.
But on him mighty doom was laid,
till Moon should fade, an orbe´d star
to pass, and tarry never more
on Hither Shores where mortals are;
for ever still a herald on
an errand that should never rest
to bear his shining lamp afar,
the Flammifer of Westernesse.*

[B] p. 343: *A Elbereth Gilthoniel,*
silivren penna mı́ ´riel
o menel aglar elenath!
Na-chaered palan-dı́ ´riel
o galadhremmin ennorath,
Fanuilos, le linnathon
nef aear, sı́ ´ nef aearon!

2. O Conselho de Elrond

[A] p. 354: *Seek for the Sword that was broken:*
  In Imladris it dwells;
There shall be counsels taken
  Stronger than Morgul-spells.
There shall be shown a token
  That Doom is near at hand,
For Isildur's Bane shall waken,
  And the Halfling forth shall stand.

[B] p. 356: *All that is gold does not glitter,*
  Not all those who wander are lost;
The old that is strong does not wither,
  Deep roots are not reached by the frost.
From the ashes a fire shall be woken,
  A light from the shadows shall spring;
Renewed shall be blade that was broken:
  The crownless again shall be king.

[C] p. 365: *One Ring to rule them all, One Ring to find them,*
One Ring to bring them all and in the Darkness bind
  them.

3. O Anel vai para o Sul

[A] p. 389: *When winter first begins to bite*
  and stones crack in the frosty night,
when pools are black and trees are bare,
  'tis evil in the Wild to fare.

[B] pp. 396–97: *I sit beside the fire and think*
  of all that I have seen,

of meadow-flowers and butterflies
   in summers that have been;

Of yellow leaves and gossamer
   in autumns that there were,
with morning mist and silver sun
   and wind upon my hair.

I sit beside the fire and think
   of how the world will be
when winter comes without a spring
   that I shall ever see.

For still there are so many things
   that I have never seen:
in every wood in every spring
   there is a different green.

I sit beside the fire and think
   of people long ago,
and people who will see a world
   that I shall never know.

But all the while I sit and think
   of times there were before,
I listen for returning feet
   and voices at the door.

4. Uma Jornada no Escuro

[A] pp. 445–47: *The world was young, the mountains green,*
              No stain yet on the Moon was seen,
              No words were laid on stream or stone
              When Durin woke and walked alone.

              He named the nameless hills and dells;
              He drank from yet untasted wells;
              He stooped and looked in Mirrormere,
              And saw a crown of stars appear,
              As gems upon a silver thread,
              Above the shadow of his head.

The world was fair, the mountains tall,
In Elder Days before the fall
Of mighty kings in Nargothrond
And Gondolin, who now beyond
The Western Seas have passed away:
The world was fair in Durin's Day.

A king he was on carven throne
In many-pillared halls of stone
With golden roof and silver floor,
And runes of power upon the door.
The light of sun and star and moon
In shining lamps of crystal hewn
Undimmed by cloud or shade of night
There shone for ever fair and bright.

There hammer on the anvil smote,
There chisel clove, and graver wrote;
There forged was blade, and bound was hilt;
The delver mined, the mason built.
There beryl, pearl, and opal pale,
And metal wrought like fishes' mail,
Buckler and corslet, axe and sword,
And shining spears were laid in hoard.

Unwearied then were Durin's folk;
Beneath the mountains music woke:
The harpers harped, the minstrels sang,
And at the gates the trumpets rang.

The world is grey, the mountains old,
The forge's fire is ashen-cold;
No harp is wrung, no hammer falls:
The darkness dwells in Durin's halls;
The shadow lies upon his tomb
In Moria, in Khazad-dûm.
But still the sunken stars appear
In dark and windless Mirrormere;
There lies his crown in water deep,
Till Durin wakes again from sleep.

6. Lothlórien

[A] pp. 482–83: *An Elven-maid there was of old,*
A shining star by day:
Her mantle white was hemmed with gold,
Her shoes of silver-grey.

A star was bound upon her brows,
A light was on her hair
As sun upon the golden boughs
In Lórien the fair.

Her hair was long, her limbs were white,
And fair she was and free;
And in the wind she went as light
As leaf of linden-tree.

Beside the falls of Nimrodel,
By water clear and cool,
Her voice as falling silver fell
Into the shining pool.

Where now she wanders none can tell,
In sunlight or in shade;
For lost of yore was Nimrodel
And in the mountains strayed.

The elven-ship in haven grey
Beneath the mountain-lee
Awaited her for many a day
Beside the roaring sea.

A wind by night in Northern lands
Arose, and loud it cried,
And drove the ship from elven-strands
Across the streaming tide.

When dawn came dim the land was lost,
The mountains sinking grey
Beyond the heaving waves that tossed
Their plumes of blinding spray.

Amroth beheld the fading shore
Now low beyond the swell,

And cursed the faithless ship that bore
  Him far from Nimrodel.

Of old he was an Elven-king,
A lord of tree and glen,
When golden were the boughs in spring
In fair Lothlo´rien.

From helm to sea they saw him leap,
  As arrow from the string,
And dive into the water deep,
  As mew upon the wing.

The wind was in his flowing hair,
  The foam about him shone;
Afar they saw him strong and fair
  Go riding like a swan.

But from the West has come no word,
  And on the Hither Shore
No tidings Elven-folk have heard
  Of Amroth evermore.

7. O Espelho de Galadriel

[A] p. 508: *When evening in the Shire was grey*
his footsteps on the Hill were heard;
before the dawn he went away
on journey long without a word.

From Wilderland to Western shore,
from northern waste to southern hill,
through dragon-lair and hidden door
and darkling woods he walked at will.

With Dwarf and Hobbit, Elves and Men,
with mortal and immortal folk,
with bird on bough and beast in den,
in their own secret tongues he spoke.

A deadly sword, a healing hand,
a back that bent beneath its load;
a trumpet-voice, a burning brand,
a weary pilgrim on the road.

*A lord of wisdom throned he sat,
swift in anger, quick to laugh;
an old man in a battered hat
who leaned upon a thorny staff.*

*He stood upon the bridge alone
and Fire and Shadow both defied;
his staff was broken on the stone,
in Khazad-dûm his wisdom died.*

[B] p. 508:   *The finest rockets ever seen:
they burst in stars of blue and green,
or after thunder golden showers
came falling like a rain of flowers.*

8. Adeus a Lórien

[A] p. 525:   *I sang of leaves, of leaves of gold, and leaves of gold
        there grew:
Of wind I sang, a wind there came and in the
        branches blew.
Beyond the Sun, beyond the Moon, the foam was on
        the Sea,
And by the strand of Ilmarin there grew a golden Tree.
Beneath the stars of Ever-eve in Eldamar it shone,
In Eldamar beside the walls of Elven Tirion.
There long the golden leaves have grown upon the
        branching years,
While here beyond the Sundering Seas now fall the
        Elven-tears.
O Lo'rien! The Winter comes, the bare and leafless Day;
The leaves are falling in the stream, the River flows away.
O Lórien! Too long I have dwelt upon this Hither Shore
And in a fading crown have twined the golden elanor.
But if of ships I now should sing, what ship would
        come to me,
What ship would bear me ever back across so wide a Sea?*

Nota sobre as Inscrições em *Tengwar* e em Runas e suas Versões em Português

Por Ronald Kyrmse

Nas edições originais, em inglês, das obras de J.R.R. Tolkien *O Hobbit*, *O Senhor dos Anéis*, *O Silmarillion* e *Contos Inacabados*, existem diversas inscrições – especialmente nos frontispícios – grafadas em *tengwar* (letras-élficas) e *tehtar* (os sinais diacríticos sobre e sob os *tengwar*, que indicam vogais, nasalização e outras modificações), ou então em runas. Nesta última categoria, é preciso destacar que em *O Hobbit* o autor usou runas anglo-saxônicas, ou seja, do nosso Mundo Primário, para representar as runas-anânicas, assim como o idioma inglês representa a Língua Comum da Terra-média e o anglo-saxão representa a língua dos Rohirrim, mais arcaica que aquela. Nas demais obras, a escrita dos anãos é coerentemente representada pelas runas-anânicas, ou *cirth*, de organização bem diversa.

A seguir estão mostradas essas inscrições, traduzidas para o português (em coerência com o restante do texto das edições brasileiras) e suas transcrições para as escritas élficas ou anânicas usadas nos originais. Está indicada em cada caso a fonte usada para transcrever.

O processo pode ser resumido nas seguintes operações (exemplo para texto em tengwar no original):

Desta forma, temos as seguintes frases em inglês e traduzidas para o português, nas runas e em *tengwar*:

NOTA SOBRE AS INSCRIÇÕES EM *TENGWAR* E EM RUNAS

CAPA EM PORTUGUÊS:

O Senhor dos Anéis traduzido do Livro Vermelho

FRONTISPÍCIO SUPERIOR EM INGLÊS:

The Lord of the Rings translated from the Red Book

FRONTISPÍCIO INFERIOR EM INGLÊS:

of Westmarch by John Ronald Reuel Tolkien: herein is set forth the history of the War of the Ring and the Return of the King as seen by the hobbits:-

FRONTISPÍCIO SUPERIOR EM PORTUGUÊS:

do Marco Ocidental por John Ronald Reuel Tolkien: Aqui está contada

FRONTISPÍCIO INFERIOR EM PORTUGUÊS:

a história da Guerra do Anel e do Retorno do Rei conforme vista pelos hobbits:-

INSCRIÇÃO DO ANEL NO CAPÍTULO "A SOMBRA DO PASSADO"

*Ash nazg durbatulûk, ash nazg gimbatul,
ash nazg thrakatulûk agh burzum-ishi krimpatul
[Texto na língua negra de Mordor e, por isso, não traduzido.]*

PORTÕES DE MORIA NO CAPÍTULO "UMA JORNADA NO ESCURO"

*Ennyn Durin Aran Moria: pedo mellon a minno.
Im Narvi hain echant: Celebrimbor o Eregion teithant i thiw hin.
[Texto em sindarin, ou élfico-cinzento, e, por isso, não traduzido.]*

TÚMULO DE BALIN, NO CAPÍTULO "UMA JORNADA NO ESCURO"

*Balin
Fundinul
Uzbad Khazad-Dûmu
Balin son of Fundin Lord of Moria*

NOTA SOBRE AS INSCRIÇÕES EM *TENGWAR* E EM RUNAS

ᛒᚨᛚᛁᚾ
ᚠᚢᚾᛞᛁᚾᚢᛚ
ᚢᛉᛒᚨᛞᚲᚺᚨᛉᚨᛞᛞᚢᛗᚢ
·ᛒᚨᛚᛁᚾᛋᛟᚾᛟᚠᚠᚢᚾᛞᛁᚾᛚᛟᚱᛞᛟᚠᛗᛟᚱᛁᚨ·

Balin
Fundinul
Uzbad Khazad-Dûmu
Balin filho de Fundin Senhor de Moria
[Texto das três primeiras linhas,
em khuzdul, ou anânico, e, por isso, não traduzido.]

Nota sobre as Ilustrações

J.R.R. Tolkien: *The Book of Mazarbul first page, final art*.
Nanquim, lápis colorido e aquarela sobre papel
colorido manchado, queimado e rasgado.

NOTA SOBRE AS ILUSTRAÇÕES

J.R.R. Tolkien: *The Book of Mazarbul second page, final art*.
Nanquim, lápis colorido e aquarela sobre papel
colorido manchado, queimado e rasgado.

J.R.R. Tolkien: *The Book of Mazarbul third page, final art.*
Nanquim, lápis colorido e aquarela sobre papel
colorido manchado, queimado e rasgado.

Estas páginas foram ilustradas pelo autor como *fac-símiles* do diário-anânico encontrado na Câmara dos Registros, em Moria. Como descrito no livro, o diário foi "talhado e perfurado e parcialmente queimado, e estava tão manchado de negro e com outras marcas escuras como sangue seco, que pouco se podia ler nele". Tolkien buscou reproduzir as páginas exatamente como descritas, manchando, rasgando e queimando os papeis em diversos pontos. O pouco que pode ser lido é apresentado em *cirth* e *tengwar*.

NOTA SOBRE AS ILUSTRAÇÕES

J.R.R. Tolkien: *Doors of Durin, final art for print.*
Nanquim sobre papel.

Antes de chegar à esta versão das Portas de Durin, J.R.R. Tolkien desenhou muitas tentativas delas. Elas possuem todos os detalhes mencionados no capítulo "Uma Jornada no Escuro". Nos cantos superiores e na base podem ser vistas os *tengwar* correspondentes à C, N e D, referências a Celebrimbor (o elfo Noldo de Eregion responsável por desenhar as runas na porta), Narvi (o anão que fez as portas) e Durin (o rei dos anãos de Moria, à época).

J.R.R. Tolkien: *Dust Jacket design for The Fellowship of the Ring.*

A ilustração que originou a capa desta edição é baseada nos desenhos originais de Tolkien para a dust jacket da 1ª edição inglesa. Nela, podemos ver o Um Anel ao centro, com o Olho de Sauron no meio dele e, ao seu redor, os três anéis élficos Narya (de gema vermelha, em direta oposição ao Um), Nenya (branco) e Vilya (azul). Durante o processo de elaboração, foram feitas diversas tentativas de impressão e provas em papéis coloridos que desagradaram o autor, até que ele, por fim, sugeriu que os livros fossem impressos com as sobrecapas pretas (porém ocorreu exatamente o contrário: as primeiras edições foram impressas com as sobrecapas brancas).

E foi para honrar esse pedido de J.R.R. Tolkien que as capas das edições brasileiras foram feitas em tons escuros.

NOTA SOBRE AS ILUSTRAÇÕES

J.R.R. Tolkien: *Moria Gate*. Lápis colorido sobre papel.

Na ilustração original da quarta capa deste livro, J.R.R. Tolkien desenhou o Portão Oeste de Moria visto de longe. Podemos ver o lago e um tentáculo do Vigia na Água.

É interessante notar que a ilustração difere da forma como está descrito no capítulo "Uma Jornada no Escuro" em pequenos elementos como a cascata que cai do lago, a presença de degraus debaixo da porta e as raízes dos azevinheiros, que não tocam a água.

Este livro foi impresso na Ipsis, em 2022, para a HarperCollins Brasil. A fonte usada no miolo é Garamond corpo 11. O papel do miolo é pólen soft 70g/m², e o da capa é couchê 150g/m².